鐘樓怪人

Notre-Dame de Paris

遠流出版公司

鐘樓怪人

Notre-Dame de Paris

作者⋯⋯⋯⋯⋯⋯維克多・雨果（Victor Hugo）
譯者⋯⋯⋯⋯⋯⋯管震湖

●

主編⋯⋯⋯⋯⋯⋯楊豫馨
責任編輯⋯⋯⋯⋯許邦珍

●

發行人⋯⋯⋯⋯⋯王榮文
出版發行⋯⋯⋯⋯遠流出版事業股份有限公司
地址⋯⋯⋯⋯⋯⋯臺北市南昌路二段81號6樓
電話⋯⋯⋯⋯⋯⋯(02)23926899
傳眞⋯⋯⋯⋯⋯⋯(02)23926658
劃撥帳號⋯⋯⋯⋯0189456-1

●

香港發行⋯⋯⋯⋯遠流（香港）出版公司
地址⋯⋯⋯⋯⋯⋯香港北角英皇道310號雲華大廈四樓505室
電話⋯⋯⋯⋯⋯⋯(852)25089048
傳眞⋯⋯⋯⋯⋯⋯(852)25033258
香港售價⋯⋯⋯⋯港幣166元

●

法律顧問⋯⋯⋯⋯王秀哲律師・董安丹律師
著作權顧問⋯⋯⋯蕭雄淋律師

●

2005年3月1日　二版一刷
2005年4月16日　二版三刷
行政院新聞局局版台業字第1295號
售價⋯⋯⋯⋯⋯⋯新台幣500元
推廣特價⋯⋯⋯⋯新台幣299元
如有缺頁或破損，請寄回更換

ISBN 957-32-5430-1

YLib 遠流博識網
http://www.ylib.com　E-mail:ylib@ylib.com

鐘樓怪人／雨果(Victor Hugo)著；
管震湖譯. -- 二版. -- 臺北市；
遠流, 2005〔民94〕
面；　公分.
譯自：Notre-Dame de Paris
ISBN 957-32-5430-1(平裝)

876.57　　94001162

鐘樓怪人

Notre-Dame de Paris

維克多・雨果（Victor Hugo）／著
管震湖／譯

〈專文討論〉

一千零一個鐘樓怪人

莊裕安

一九九七年迪士尼動畫電影《鐘樓怪人》在台灣首映，這僅是司空見慣每年例行的卡通盛宴。但對一個四歲小男孩來說，宛如《百年孤寂》開章明義，父親牽著小邦迪亞去找他從沒看過的冰塊，會發展成家族七代恩怨情仇的開端。幾年以後，男孩幾乎完全遺忘當初進入戲院的場景。但父母總是重複敍述，那天他穿著怎樣的衣褲，如何沒有翻倒可樂，沒有灑落爆米花，還能夠在適當情節反應妥貼的驚恐與喜悅。

小男孩稍大後很懷疑，這事會不會像掉進陰溝蓋裡的玩具零件，永遠找不回來了。但組合父母一再的片段回憶，終於重新構築一套完整畫面，並且說服自己，這是事實的全部。當然，後來他也從有線電視迪士尼頻道反覆看過幾回卡通電影，牢牢記住這部啓蒙電影的每一處細節，讓整個拼貼更加完美合理。他還讀過注音版的改寫童書，並記住一個外國名字，維克多・雨果。以上是我兒子的故事，正好可以套用在卡爾維諾的雋語。

卡爾維諾為「經典」下了好幾個俏皮的定義，有一個這麼說，「經典就是談論得多，閱讀得少的書」。對我兒子與他的「創世紀經典」來說，眞是一語中的。經過不斷的懷舊聊天與組裝拼貼，他以為再沒有別人比他更瞭解已藏為私有的《鐘樓怪人》，天曉得他其實從沒閱讀過雨果的原典。我不願強迫兒子閱讀任何書籍，但我考慮引誘他從蒐藏中，培養對這部經典的漫長情誼。

兒子的第一個戰利品，當然是反覆看過多遍的迪士尼影碟。我知道有人討厭迪士尼就像討厭麥當勞，但我不能，因為我們虧欠它，中文化的頻道曾是我們最佳免費托嬰保姆。雨果原著並不是童話，但迪士尼將它改編成《美女與野獸》的姊妹版，這點我不喜歡。幸好沒有遵循迪士尼一向的溫馨團圓式結局，還維持雨果的悲劇精神。但此戲值得一再回顧，讓我感興趣的部分不是人物，而是巴黎聖母院的細部繪圖。經過考證般的勘景，繪圖師精細畫出吐火獸廊台、飛扶壁、玫瑰窗、翼廊、聖母門、國王廊台。即使親臨巴黎聖母院，一米七的小男人還是無法看清九十米高的龐然大物。迪士尼讓我看到聖母院的微血管、毛囊、汗孔與皮脂腺，讓我看見介乎有與無之間的信仰。

追根究柢也許該從一九一一年法國默片找起，但亨利・克勞斯老掉牙的骨董膠捲不知保存如何。隆・錢尼一九二三年的版本，機會可能較大。錢尼是第一個影壇千面亞當，後來他的傳記電影便以《千面人》為名。錢尼身世頗傳奇，他的雙親既聾且啞，因此造就兒子特殊的肢體語言表達能力。從小在跑江湖戲班子當學徒，是個十八般武藝都在行的萬能表演者，一人飾演多角是家常便飯。由於出身社會邊緣底層，日後對孤苦伶仃角色拿捏尤其成功。

隆・錢尼演藝生涯的最大建樹，就是同時塑造鐘樓怪人、歌劇魅影、科學怪人。這三個角色面貌醜陋，心地未必如表相。他們同樣被社會遺棄或孤立，但各自發展的命運別有千秋，也都是影壇一再重拍的重要類型。卡斯頓・勒胡的魅影尤其明顯師承雨果，他把巴黎聖母院改成巴黎歌劇院，頗能自創新局。錢尼飾演卡席莫多，先是套上三十磅重的馬軛當駝背外型，裡面再塞四十磅的塡充物做肉墊。此外，他還用蛋殼內層薄膜附住眼角膜，假扮出卡席莫多先天眼翳，儼然有隱形眼鏡概念。此外還穿上古早五花大綁式的緊身囚衣，好讓自己的身子縮成一團，更像雨果筆下的造型。後來他演魅影，半邊骷髏樣臉龐，破相化妝術更上一層樓。

我一直以爲迪士尼的卡席莫多造型太溫馴，像小孩的玩偶伴侶，造型師大概怕嚇壞兒童。等到看了查里・勞頓一九三九年的電影才恍然大悟，原來是按照勞頓的扮相繪圖。一九三九年這個版本是公認最佳改編，迪士尼幾乎依它的人物與分場發展。勞頓是英國硬底子莎劇演員，曾以扮演亨利八世奪得奧斯卡影帝。勞頓的卡席莫多跟錢尼大相逕庭，他的臉雖然變形醜陋，但格外有善良與好奇的眼神，相處久了會越加發現他的美。勞頓晚年不拍戲了，爲小孩灌錄不少有聲書，是非常體貼的說書人。從卡席莫多這個角色，我們似乎往前看到錢尼的童年，往後看到勞頓的晚年，偉大演員是這樣爲角色灌注自己的生命。

演愛斯美娜達的瑪琳·奧哈拉才十九歲，是她第一次登上銀幕，拍完之後與勞頓一起被希區考克選爲《牙買加客棧》主角。演副主教弗羅洛的哈德維克不遑多讓，卡席莫多與愛斯美娜達是在善那一著眼點的美醜對比，弗羅洛則是善惡兼有的複雜角色。哈德維克擅長反派，演納粹軍官尤其一絕，因爲演技受英王封爲爵士。我在哈德維克的弗羅洛一角，似乎感覺到雨果《悲慘世界》裡苦苦要追捕尙萬強，個性十分偏執的沙威。我以爲哈德維克會是很好的沙威詮釋者，沒想到在公認最佳《悲慘世界》一九三五年版，哈德維克飾演好心款待男主角的主教，演沙威的竟是《鐘樓怪人》這個查里·勞頓，這些老牌演員的彈性可眞神奇！

安東尼·昆一九五七年版，是我這輩影迷較熟悉的版本。他剛從扮演《梵谷傳》裡的高更，獲得奧斯卡最佳男配角。安東尼·昆詮釋卡席莫多與兩位前輩大有區隔，他比較像一頭沈默的動物，沒有經過人類的馴化教養。這點其實接近卡席莫多的成長方式，也對比出查里·勞頓過於善解人意的特質，理所當然動物便欠缺高貴的人性光輝。珍娜·露露布里姬妲的愛斯美娜達因此比較成熟，帶有啓蒙小畜牲的母性況味。卡席莫多的戲份相對前兩個版本略少，巴黎聖母院與圍在它四周討生活的攤販、乞丐、扒手、江湖術士、吉普賽人，更像領銜這部電影的主角。這也是最接近雨果原著結局的版本，別忘了作者本來就取名《巴黎聖母院》。

大概是雨果的原著太豐富，改編電影失手的並不多，大致都有獨特的觀點。一九九七年的最現代的版本，彩色影像與高科技錄音當然讓人耳目一新。不過若提到雨果原著的「歌德風格」，黑白片反而更能表現文藝復興教堂的龐然與神祕。曼迪・帕丁肯的演技無法與諸前輩媲美，弗羅洛的選角也嫌老，但特點是營造出父子情誼。演愛斯美娜達的是墨西哥女星莎瑪・海耶克，她剛以畫家卡蘿的傳記電影《揮灑烈愛》更上演藝事業一層樓，她的野性美也極適合扮演卡門。安東尼・霍普金斯一九八二年曾演過卡席莫多，據說也是偉大詮釋，不過當年尚未受奧斯卡賞識，連帶此片被忽略。

《鐘樓怪人》一共有十七齣歌劇改編，其中十六齣發表於十九世紀後半葉，是法國大歌劇最輝煌的年代。不過這十七齣如今已無一列爲標準劇碼，只在歌劇史上聊備一格。卡席莫多注定要分配給音色瘖啞的男中音，只有威爾第有此本領。威爾第替男中音譜寫弄臣與法斯塔夫兩個男中音難角，兩人都要在身軀充塡衣物，各自表現佝僂與肥胖。需要靠丹田發出宏大音量的歌劇演員，必須彎腰駝背唱高難度詠歎調，可想像是何等考驗。一九九八年巴黎推出音樂劇新戲時，失敗十七次之後再出發，格外引人注目。歌手巧妙安排大駝塊在右肩，身體向左傾跛，這樣就不會影響共鳴腔。

這齣戲錯落有致安排群舞、獨唱、重唱，以愛斯美娜達的未婚夫當串場說書人，場面調度很靈活。舞台設計並不複雜，活動景片及巧妙燈光，看得出馭繁於簡的匠心，既求現代又要文藝復興風格，燈光投射的玫瑰窗與火把都是神來之筆。設計高空舞蹈與體操，讓人想起皮爾・卡登製作的《崔斯坦與伊索笛》，甚至找來中國的少林武功小和尚。故事情境不再拘泥於十五世紀哥倫布大航海時代，現代軟搖滾適合搭配紅燈區的櫥窗秀，或是森冷的鐵柵欄監牢。伴奏配器包括小型古典管弦樂團、電吉他、安達魯西亞民俗風的打擊樂器，多元融合。難怪此劇繼《悲慘世界》，成爲叫好叫座的票房大戲。

駝子唱歌不稀奇，跳起芭蕾更是破天荒。一八四四年羅馬尼亞編舞家特吉亞魯曾在倫敦推出以《愛斯美娜達》爲名的舞碼，當年巡迴整個歐洲，連俄國頂尖舞伶帕弗洛娃都列爲常備舞碼。不過近來提到小說改編的芭蕾，鋒頭已被羅蘭・貝提掩蓋。一九六五年貝提找來盛名的電影配樂作曲家莫里斯・賈爾，賈爾當時已譜出《阿拉伯勞倫斯》、《齊瓦哥醫生》傳世名作。芭蕾是比歌劇更抽象與反寫實的表現方式，飾演卡席莫多的舞星一副好身材，只是聳起右肩與上臂，象徵性地表示殘障。看過貝提的舞碼，可以瞭解爲何特吉亞魯會取名《愛斯美娜達》，因爲抽象概念化以後，變成三星拱月、三男追一女的故事。電影裡討人厭的反派弗羅洛，芭蕾裡卻變成體態英挺面貌俊秀的「黑天鵝王子」，這也是古典芭蕾有趣的地方。

《鐘樓怪人》當然是無庸置疑的經典，連醫界都有「卡席莫多症候群」這樣的名詞。罹患此症的人，主要表現出脊柱後側隆凸，躺下來睡覺常會壓迫呼吸肌肉，因此會伴隨失眠。除此之外，脊柱後側隆凸的人常有臉部的缺陷瘤，通常是淋巴管瘤或神經纖維瘤。雨果描述的右眼被瘤蓋去，硬化的嘴唇暴出如象牙的門齒，叉開的下顎，加上典型的怨恨、慌張、憂鬱人格特質，逼近眞實病案原型。一九八〇年大衛・林區拍攝的《象人》，約翰・赫特主演的畸形患者梅瑞克，便是根據眞實醫案研究改編，也算「卡席莫多症候群」一例。也曾有人懷疑印度濕婆的象頭人身兒子，有可能是同類患者，但印度人絕不會同意。

一千零一個導演重說一遍《鐘樓怪人》，就有一千零一種不同的卡席莫多故事。許多父母都擔心小孩不喜歡讀大部頭課外書，來勢洶洶的《哈利波特》讓人鬆一口氣。我小孩生平第一次讀完沒有注音的天書，竟然是整整三百頁《神祕的魔法石》。怕甚麼呢，《鐘樓怪人》只不過還比《火盃的考驗》厚一點，比《鳳凰會的密令》薄一點。又想起卡爾維諾的雋語，「經典就是我正在重讀，而不是我正在讀的書」。趕快把一本經典讀完，才能享受重讀的樂趣。就像聽歌劇，第一遍照著劇本聽完之後，以後只需要選聽一些精華的詠歎調。那種重讀真會讀出銷魂的快感，信不信由你。

〔作者簡介〕

莊裕安，內科執業醫師，散文作家與資深愛樂友。著有《寄居在莫札特的壁爐》、《愛電影不愛普拿疼》等十七冊散文集。

〈名家導讀〉

黑袍下的蛇

金恆杰

有比海更壯闊的景觀，
那便是天；
有比天更壯闊的景觀，
那便是人的靈魂的內裡。

雨果：《悲慘世界》

維克多・雨果生於一八〇二年，死於一八八五年，他的一生和十九世紀的法國綰結鉤繫，難解難分。而十九世紀的法國，是何等燦爛的一百年。作爲一個世紀的代言人，雨果的作品是全方位的：詩、戲劇、小說，甚至鋒利的政論；他還是出色的業餘畫家。

《鐘樓怪人》（原名《巴黎聖母院》）是他四本重要的小說中的第一本。管震湖先生新譯本在台發行，誠然是令人高興的事。譯者的〈譯後記〉精要而又不失細緻地介紹了這部巨著，其實已沒有我在此再多說話的必要了。我所能做的，大約只有在這〈譯後記〉的基礎上作有限的補充吧。

歷史小說在歐洲開始流行，是十九世紀初的事，這是大家都知道的。英國的沃爾特·司科特（Walter Scott）的著名歷史小說《撒克遜劫後英雄略》(Ivanhoe) 成爲一時的典範，是少年雨果熟讀而且熱愛的書，當一八二八年十二月，雨果和出版商戈斯蘭簽約時，他所接受要完成的，原也是一本「司科特」式的歷史小說。

在一定程度上來看，雨果的確是依照歷史小說的格局來寫的。小說故事發生在一四八二年，這個年份還附在書名之後，是有歷史象徵意義的。那一年，也就是路易十一駕崩的前一年，可以說標誌著中世紀的結束，邁入「現代」歷史的開始，王室權力和布爾喬亞結了盟。小說內有歷史人物、歷史事件、群眾的大騷動等等歷史小說應有的構成要素。

然而，雨果對歷史小說的基本概念不同於司科特，他認爲理想的小說應是「悲劇的而且是史詩的」，他的《悲慘世界》可以說是他小說理念的具體的體現。《鐘樓怪人》在撰寫的過程中起了深刻的變化，逐漸離開他當初「司科特」式的結構性，說的，不再是弓箭手、鐵籠、宮廷陰謀等等故事，著重描寫的，不再僅是衣著的時代精確性、情節的離奇迭宕。雨果跟著人物的改換與增刪、故事的發展，逐漸取消了原先設計的歷史外部裝飾，把重心放在人性的悲劇上：慾望的破滅、道德的淪喪、過去神聖價值的破產等。他又把巴黎聖母院，這一座他熱愛的哥德式登峰造極的建築物人格化，成爲小說的輻輳中心。凡此種種，都使得這部小說雖然具備了一定的歷史小說的格局，在精神上卻大大超過了這類小說的先天性的侷限。

如不嫌粗糙籠統，我們可以說，人性似乎有兩個極端，稱之為善和惡、美和醜，各自產生力量強大的磁場。雨果把人置於這兩個磁場中間，觀察其拉鋸戰般的掙扎。在小說正文之前，雨果有一個「緣起」。他以在巴黎聖母院某塊石頭上看到所刻的一個希臘字，來說明他寫這部小說的動機。「'ΑΝΑΓΚΗ」這個字意謂「命運」，但也可以衍申出「折磨」之意。人就在此接受折磨，這就是命運。

副主教克洛德·弗羅洛是一個最好的例子。

他出身於一個中等家庭，以苦學苦修，年紀輕輕就攀到了副主教崇高的地位。這個典型的知識份子，有熾烈的好奇心，把自己的一生奉獻給眞理的追求，拒絕娛樂，不近女色。他窮天人之究，探盡人間知識的奧秘之後，轉而研究巫學，以至聲譽傳入宮中，國王路易十一屈尊紆貴親臨聖母院，向他請教煉金術。

他十六歲那年父母雙亡，毅然肩負撫養搖籃中幼弟的責任，雖說是弟弟，實則對之充滿著父愛。一日，有人在聖母院的一個聖水缸中發現了一個畸形棄嬰，他想起如果沒有他，他的弟弟可能也會遭到同一命運，心生憐憫，把棄嬰收留下來，這就是後來專司鐘樓的卡席莫多。對這樣一個醜陋猙獰的似人似獸的孩子，他不但撫養其成人，還親自教他說話認字。

在這個人的身上，我們看到了不可限量的自律的毅力，對弱者的憐憫與對幼小者的慈愛。

然而，就在莊嚴的黑袍覆蓋之下，他的心中卻蟄伏著一條蛇，肉慾的蛇。當美麗奔放的愛斯美娜達的春風吹過，冬眠的蛇甦醒之後分外兇猛，啃嚙著我們副主教的心：他長期幽居，以種種象徵標識，千辛萬苦為自己建立起來的心理防禦工程剎那間就崩塌了，一切努力、一切行為便都失去了意義，被抽去了實質內容。

為了得到愛斯美娜達，他不擇手段，刺殺孚比斯，唆使卡席莫多挾持愛斯美娜達，最後逼姦不遂，把美麗的姑娘送到劊子手的手上絞死。書中多人的死亡，包括他的弟弟約翰和卡席莫多在內，都是他一手造成的。副主教何曾願意陷到罪惡的泥沼裡去呢？但是，由得了他嗎？

> ……人心中的激慾之海，如一條出路也不給，會如何暗潮洶湧翻滾，它會如何蓄勢澎湃以至漫溢出來。它嚙心穿腸，令人飲泣吞聲，痙攣無告，終有一天決堤而出，沖毀河床的。
>
> ——七卷四節

「'ΑΝΑΓΚΗ」這個希臘字，就是他在心身絞在折磨中時，用圓規刻下來的，可謂血漬斑斑。

如果說，副主教高高棲身於社會的頂峰，那麼，愛斯美娜達正好落在社會的最底層。她從小由波希米亞人（在十九世紀，指的是一群外來的，不可接近，高危險性的族群，通常指茨岡人〔Tziganer〕）養大，慣於嬉遊於群丐、竊盜和騙子菌集的「奇蹟宮廷」一帶，她不但沒有學識，連說的話別人也似懂非懂。

在污泥中長大的她，卻代表著絕對的善和如雪般純潔，她是同情和愛的化身。在這裡，她正是弗羅洛的對偶。

當詩人、哲學家格蘭古瓦誤入「奇蹟宮廷」禁區，被抓起來要吊在絞架上時，她慨然救了他一命；當卡席莫多因受弗羅洛的唆使，去挾持愛斯美娜達而被綁在恥辱柱上，鞭韃示眾，他哀嚎祈求圍觀的群眾給他水喝，不但沒有人一伸援手，反而嘲弄他。只有受害人愛斯美娜達生出同情之心，解下腰間的水壺餵他。

她內在的愛和善體現在外的是異常的美麗，異常的迷人。小說開頭她出場時，正值荳蔻梢頭的年齡：「美妙線條的小腿，秀髮如漆，目光似火」，而且歌聲之中「柔情千轉」，「令人心醉」。這樣的一個女子，不正是「命運」派遣來考驗弗羅洛的嗎？應該說，是考驗所有人的心的：小說中三個重要人物都愛上了她，圍繞著她發生了變化和做出行動。

正如人格化了的巴黎聖母院是小說外在結構的輻輳中心，愛斯美娜達爲小說人物內心道德和感情的輻輳中心，在這裡激出了高貴情愫的火花以及卑下和齷齪。

讓我們一起來欣賞作爲浪漫主義的代表作家，雨果如何以畫家的手法，把十五世紀繽紛地呈現在我們的眼前，讓弗羅洛和愛斯美娜達和他們的同代人在這個背景中，演出命運派給他們的角色。

〔作者簡介〕

金恆杰，台大外文系畢業。一九六二年赴法，於巴黎第三大學任教至一九八八年；在法期間，曾與同好創辦《歐洲雜誌》。曾任中央大學法文系教授。

作者序

若干年前，筆者參觀巴黎聖母院——或者不如說，遍索聖母院上下的時候，在兩座鐘樓間的某個黑暗角落裡，發現牆上有這樣一個手刻的字：

'ΑΝΑΓΚΗ（希臘文：命運）

這幾個大寫希臘字母，受時間的侵蝕已經發黑，深深陷入石頭裡面。它們的形狀和姿態都顯示出哥德字體固有的、難以言狀的特徵，彷彿揭示著在這裡書寫它們的是一位中世紀古人。尤其是這個字所蘊藏的宿命和悲慘的寓意，強烈地打動了我。

筆者尋思再三，力圖猜出那痛苦的靈魂——一定要把這罪惡、不幸的烙印留在古老教堂的額頭上才肯棄世而去的人——究竟是誰。

後來，那堵牆壁又遭灰泥塗抹或者刮磨——到底是何種原因已不可得知，這個字迹也就不見了。將近兩百年來，各座中世紀教堂所遭受的對待，不正是如此嗎！隨處都有人加以破壞，使它們裡裡外外殘缺不全——教士們的塗抹，建築師們的刮磨，然後是民眾們的破壞。

就這樣，雕鑿在聖母院陰暗鐘樓的神秘字迹，它不勝憂傷加以概括的、尙不爲人所知的命運，早已蕩然無存，空餘筆者在此緬懷不已。在牆上寫這個字的人，幾百年以前已從塵世消逝；就是那個字，也已從主教堂牆壁上消逝，甚至這座主教堂，恐怕不久也將從地面上消逝。

這本書正是爲了述說這個字而寫作的。

1831 年 2 月

勘定本
作者附告
(1832年)

曾有錯誤的預告，說本版預定增加新的章節；其實，應該說是增加未曾刊入的篇章。如果說「新」的意思是「新寫的」，那麼本版增加的並不是「新」的。它們是與本書其他各章同時寫就的——寫作於同一時期，來源於同一思想，一直是《鐘樓怪人》最初的手稿。

不僅如此，筆者眞不明白，一部作品完成之後，怎麼可以另有新的發展？這並不是可以隨心所欲的。筆者認爲，一部小說的產生，在某種意義上必定是各個章節一起產生的；一部劇作也一定是所有場次同時產生的。請讀者不要以為，諸位所稱戲劇或小說的那個神秘小天地，它那整體構成部分的數量，愛怎麼規定都行。這種性質的作品，至少其中的某些部分，應是一次激發而出，以後也就是那樣了，要是嫁接個什麼，焊接個什麼，那是不能生根的。事情既已如此，就別反悔了，別去修補了。書既已出版，創作物的性別既已判明並已宣布，——無論是否得一壯男，孩子既然呱呱墜地，他就是那個樣子，父母再也無可奈何了，他是屬於陽光空氣的了，您就讓他照原樣生死吧！

您的著作失敗了嗎？湊合算了！別再給失敗的著作增加什麼篇章。它不完整嗎？您產生它的時候就應該使它完整的。您的那棵樹扭結了嗎？您是沒法將它扳直的。您的小說害了癆病？您的小說活不成了？它所沒有的生命力您是無法再給予的。您的劇作生來缺條腿？請您聽我說，別去給它裝條木頭腿。

所以，筆者特別希望讀者明白，本版增補的那幾章並不是特意為這次重印寫作的。前幾版之所以沒有刊入這幾章，原因十分簡單：《鐘樓怪人》初次付印之際，這三章手稿遺失了，因而筆者不是重寫，就得捨棄。筆者當時考慮，幸好這三章的其中兩章是關於藝術和歷史，對於劇作或小說的實質並無大礙；不見了，讀者是不會覺察的，只有筆者一人知道尚付闕如這一秘密，於是決定捨棄。況且，要是必須供認不諱，筆者是由於懶惰，對於把丟失的三章重新寫出來的任務委實望而生畏，還不如乾脆另寫一部小說吧。

如今，這三章又找到了。剛好有此機會，筆者趕緊把它們一一復歸原位。①

以下是這部作品的全貌，就是筆者最初希望的樣子，也是那時製就的樣子，好也罷，壞也罷，持久也罷，易逝也罷，反正我的意欲正是如此。

誠然，有些人十分高明，僅僅尋求《鐘樓怪人》的戲劇性和故事情節，這重新找到的篇章，在他們看來也許沒什麼價值；但是，也許另一些讀者已經發現，研究本書中蘊藏的美學哲學思想並非無益，自會慨然樂意在閱讀本書的過程中，從小說形式下去探索小說情節以外的寓意，樂意——請允許我們使用多少有點狂妄的詞句——透過詩人這樣的創作，追尋出歷史學家的體系、藝術家的宗旨。

就是爲了後一類讀者，作者決定在這一版中補入重新找到的三章，企望使《鐘樓怪人》臻於完整——假定《鐘樓怪人》當眞值得臻於完整。

當然，筆者想表達闡述的是：當前建築藝術日趨傾頽式微，這一至尊藝術，今日必不可避免衰亡滅絕。不幸，這樣的看法在筆者心裡已經根深蒂固，而且是久經深思熟慮的。不過，筆者也覺得有必要在此申明，他熱烈希望終有一日會證明他的看法錯誤。筆者知道，藝術，無論何種形式的藝術，都可以充分寄望於未來的世代，既然我們聽見尙在幼芽狀態的天才正在我們的工作室裡蠢然萌發，種子既已撒在犁溝裡，收穫一定豐饒！筆者唯一的隱憂（讀者可以從本版第三卷中看出原因何在）只在於：千百年來一向是培育藝術最佳土壤的建築業，這塊古老土地中的精液元氣，恐怕已經消耗殆盡了。

幸好，今日的青年藝術家們生氣勃勃，健壯有力，可以說是前途不可限量，特別是在如今的建築學系裡，教員雖然十分可恨，卻仍然不知不覺、甚至完全超出意料地培養出優秀的學生。這就好比陶工賀拉斯所說，「想做的是小罐罐，做出來的卻是大甕」——Currit rota, urceus exit.（拉丁文：輪盤一轉，大甕就出來了。）

但是，不管建築藝術的前途如何，不管我們的青年建築師們今後怎樣解決建築藝術問題，我們在期待新的建築物出現的同時，還是好好保護古文物吧！只要可能，我們就應激發全民族去愛護民族古蹟。筆者著作本書的主要目的正在於此，筆者一生的主要目標之一，也在於此。

《鐘樓怪人》也許已經爲中世紀建築藝術，爲至今某些人所不知——更糟糕的是爲某些人所誤解——的這一燦爛藝術，開拓了眞正的遠景；但是，筆者遠遠不能認爲這一任務已經完成。以往，筆者不止一次地爲維護我們的古老建築藝術，高聲譴責過許許多多褻瀆、毀壞、玷辱的行爲，今後也要樂此不倦。筆者已經承擔這項任務，便要反覆宣揚這個問題，而且一定要反復宣講。筆者一定要堅持不懈地捍衛我們的歷史性文物，在程度上絕不會亞於我們學校裡那些打倒偶像者發動攻擊時的窮凶極惡。因爲，眼見這中世紀建築藝術落在那些胡亂抹泥刷灰者的手裡，看著他們如此對待這一偉大藝術的遺跡，眞是令人痛心啊！我們文明人眼睜睜瞧著他們這樣做，最多只是站在一旁發出噓聲，這眞是我們的恥辱！

這裡說的還不僅僅是外省的事情，而且就在巴黎，就在我們家門口、我們窗戶下面，在這個偉大的文化昌盛的城市，出版、言論、思想發達之都。我不禁要在結束這一〈附告〉時，舉幾個例子來說明就在我們眼前，就在巴黎藝術公眾的眼前，悍然不顧被這種膽大妄爲搞得狼狽不堪的批評家們的抗議，每日都在策劃、爭論、開始、繼續、安安穩穩進行著種種滅絕文明的行爲。

最近大主教府被拆除了，這座建築趣味低劣，倒也罷了；可是，跟大主教府一塊的聖母院主教堂，也要被拆除了，而它卻是十四世紀遺留下來的稀罕古蹟啊！專以拆毀爲能事的建築師根本不懂得識別！他們竟良莠不分，一視同仁地統統拆掉。現在有人在議論要把精美佳品的樊尙小教堂毀平，拿去同磚石泥土一起建造莫名其妙的城防工事——甚至朵麥尼②在世之時也不會覺得需要的工事。他們一方面不惜工本，修繕和恢復波旁王宮這麼個破爛玩藝兒，另一方面卻聽任春分的大風把聖禮拜堂③無上佳妙的彩繪玻璃窗打得七零八落。屠宰場聖賈克教堂的鐘樓四周，搭起腳手架已有幾天了，最近就要大動鎬頭了！一位泥水匠即將在司法宮④那兩座可敬的鐘樓之間，蓋一棟白色的小屋了。還有一位泥水匠即將「閹割」那座封建時代遺留下來，有三座鐘樓的聖傑曼德佩教堂⑤。當然，也能找到將拆毀國王最愛的聖傑曼妻賽華教堂⑥的泥水匠。這些泥水匠都自命爲建築師，由省或國庫雜支中開銷工資，居然也穿上綠色禮服⑦。凡是損害高雅趣味的低級事，他們都幹。在寫這篇〈附告〉的當兒，眞教人痛心；他們之中有一個正在處置杜樂麗皇宮，另一個對著菲利貝勒·德洛姆臉面正中砍了一刀。於是，這位泥水匠先生的笨重建築物，便厚顏無恥地在文藝復興時代這座最俏麗的建築物前矮墩墩地趴著，當然也就算不上我們這個時代多見不怪的醜事了。⑧

1832年10月20日

於巴黎

---

① 現在這三章列爲第三卷和第五卷第二章。雨果所說這三章在《鐘樓怪人》初次付印以前即已寫就，現在只是「復原」等等，顯然不是事實。就在增補之一的第三卷第二章中，作者自己提到了「本書出版第七版和第八版之間」，這也就是承認這三章補寫的時間是在一八三一年開始發行和一八三二年勘定本付印之間，也就是，並非原來就有、只是遺失了的。——譯注（以下除另行注明外，皆爲譯注。）

② 彼埃爾·桑麥尼（Pierre Daumesnil 1777-1832）：拿破崙時期的獨腿將軍，曾固守樊尚城堡（Cha De Vincennes）數年之久，抵抗第七次反拿破崙盟軍。

③ 聖禮拜堂（Sainte-Chapelle）這座中古世紀建築，至今尚存於司法宮舊址

內，以巧奪天工的彩繪玻璃著稱。

④ 司法宮 (Palais de Justice) 是四世紀興建的。在羅浮宮建成前，是波旁王朝以前兩個王朝的宮殿，曾被火焚三次。今日巴黎的司法宮已不是雨果描繪的中世紀司法宮。

⑤ 聖傑曼德佩教堂 (St-Germain-des-Prés) 爲巴黎最古老的教堂。大革命時，多數建築物被燒毀；現今的教堂源於十一世紀，於十九世紀重建，殘存的三個樓塔中，有一座是法國最古老的鐘樓。——編注

⑥ 聖傑曼婁賽華教堂(St-Germain l'Auxerrois)，自瓦洛王朝於十四世紀由西堤島貶到羅浮宮後，這裡便成爲王族最喜歡的教堂；歷史上有其重要性。法國大革命後，教堂一度成爲穀倉，重建後，仍爲哥德式的重要建築。——編注

⑦ 綠色禮服是法蘭西學院院士的服裝，此處諷刺泥水匠的大禮服也是綠色的。

⑧ 杜樂麗皇宮 (Les Tuileries) 爲文藝復興風格的建築；十五世紀興建，一八八二年拆毀。其建築師爲菲利貝勒・德洛姆 (Philibert Delorme 1510-1570)，一五四八年開始擔任皇家建築總監達十年之久，他是法國古典建築藝術的始祖。在凱薩琳王后的指示下，他主持建造杜樂麗皇宮。他死後，這座皇宮中央被增添其他房舍，不倫不類，故云。

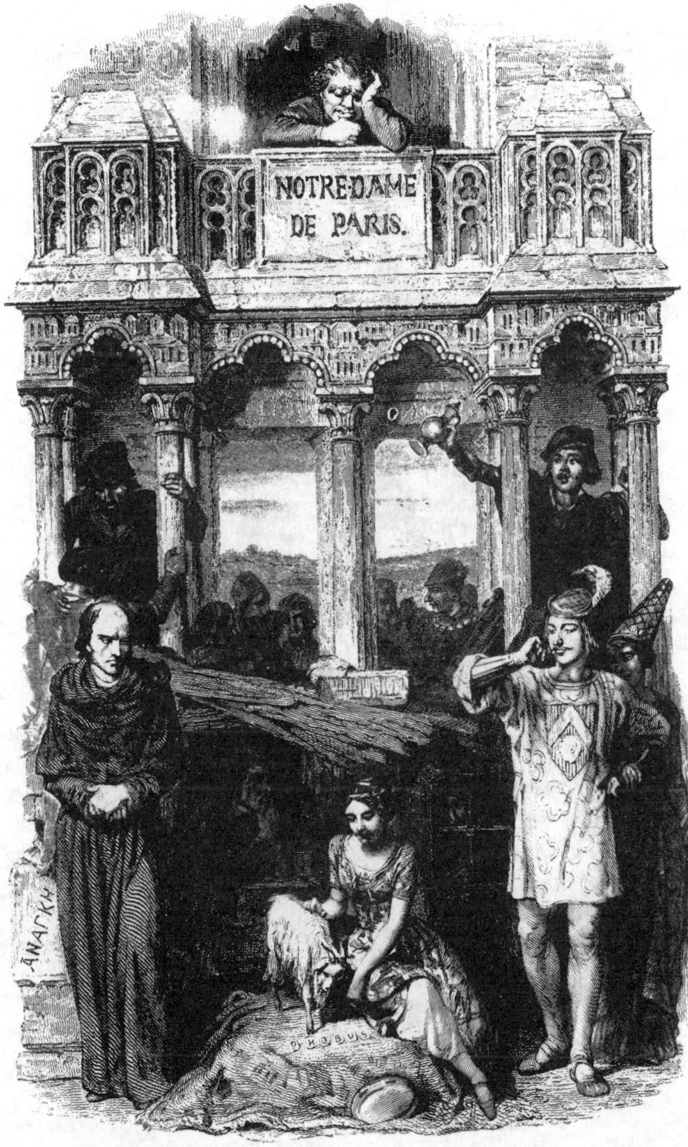

鐘樓怪人主角群像

愛斯美娜達與佳利

善心人

一滴水，一滴淚

鐘樓怪人

Notre-Dame de Paris

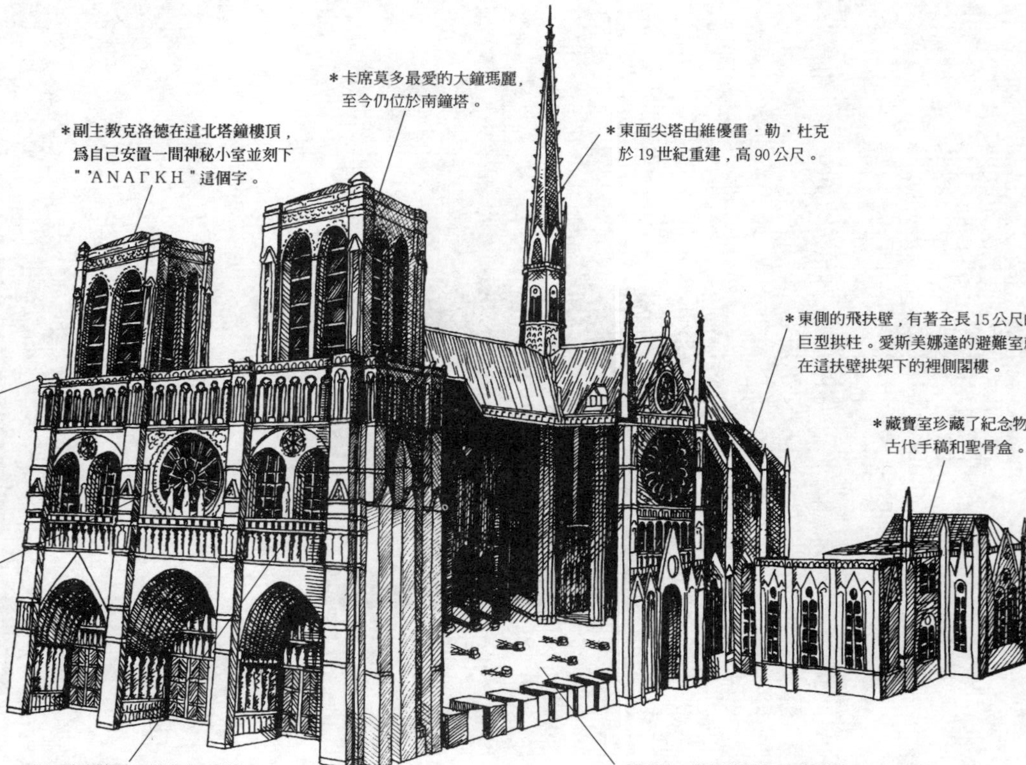
＊卡席莫多最愛的大鐘瑪麗，至今仍位於南鐘塔。
＊副主教克洛德在這北塔鐘樓頂，爲自己安置一間神秘小室並刻下"'ΑΝΑΓΚΗ"這個字。
＊東面尖塔由維優雷．勒．杜克於 19 世紀重建，高 90 公尺。
＊東側的飛扶壁，有著全長 15 公尺的巨型拱柱。愛斯美娜達的避難室就在這扶壁拱架下的裡側閣樓。
＊藏寶室珍藏了紀念物、古代手稿和聖骨盒。
＊順著鐘樓裡垂直開鑿出來的螺旋梯，爬上 387 級石階到達北塔的吐火獸廊台，是鳥瞰巴黎景致的最佳地點，同時也可欣賞著名的簷槽排水口。
＊西面正門的三座大門上有極精緻的雕像；兩個廊台將玫瑰窗框在正中央。
＊國王廊台陳列 28 位猶大王雕像 —— 自希爾德貝一世（西元511年）至菲利浦－奧古斯都（西元1223年）。
＊翼廊是13世紀菲利浦－奧古斯都在位時下令興建的。

江彬如　繪

1

I
司法宮大廳

距今三百四十八年六個月又十九天，一大早，巴黎內城、大學城、外城三重城垣內①各處大小鐘聲轟然齊鳴，驚醒了全體居民。

然而，一四八二年一月六日，並不是一個留下了歷史記憶的日子。一大早就這樣把巴黎大大小小的鐘和男男女女攪動起來的那樁事情，也毫無可記載之處。這一天既不是皮卡迪人或勃艮地人打來②，也不是顯靈聖物遊街，不是拉阿斯城③的學生們造反，不是吾人所稱「威嚴赫赫之主」國王陛下舉行入城式，甚至不是司法宮廣場前舉行絞死男女扒手的行刑景象④，更不是在十五世紀屢見不鮮的某個外國御使團盛裝披掛、羽飾束頂、招搖而至。不到兩天前，已有這樣的一支隊伍來到了這裡，他們是弗蘭德爾的御使們，奉旨前來為法國儲君⑤和弗蘭德爾的瑪格麗特公主締結婚約。他們的進入巴黎，使波旁紅衣主教⑥大傷腦筋；但是，為了討好國王，他也只得裝出笑臉去迎接弗蘭德爾市這吵吵鬧鬧、土裡土氣的一群代表們⑦，而且他還在自己的波旁府邸裡演出許多出色的「寓意劇、滑稽戲和鬧劇」來款待他們。不料，一陣滂沱大雨落下，把門口的那些豪華帷幔沖得一場糊塗。

一月六日那天，史學家讓・德・特洛瓦⑧所說「使得巴黎全體民眾激動不已」的原因，在於遠古以來這一天適值雙重隆重節日：既是主顯節⑨，又是醜人節⑩。

這一天，按規定要在河灘廣場⑪放煙火，在勃臘格小教堂⑫種植五月樹⑬，在司法宮演出聖蹟劇⑭。前天晚上，政府的官員就身穿駝毛布紫紅半截襖，胸前綴著兩個白色大十字，在大街小巷吹起喇叭，高聲吆喝著通告大家。

一大早，住家和店鋪都關上了大門，男男女女的市民們，成群結隊從四面八方湧向指定的三個地點。人人都自有決定，有的去看放煙火，有的去看種五月樹，有的去看聖蹟劇。不過，可得讚揚巴黎閒漢們古已有之的見識——絕大多數的民眾還是去看放煙火，因為這正合時令；或者去看聖蹟劇，因為是在司法宮大廳裡演出，既有屋頂遮避雨雪，又有緊閉的門窗遮擋寒風。於是，看熱鬧的人，全體一致摒棄了那棵可憐的、花朵零零落落的五月樹，隨它獨自在勃臘格小教堂，在一月的嚴寒天空下戰慄。

大多數的民眾都湧入通向司法宮的各條大街，因爲他們知道，前兩天到達的弗蘭德爾使臣們打算前來觀看聖蹟劇，以及將在大廳裡舉行的醜人王選舉。

這天，要擠進司法宮大廳還眞不容易，雖然當時它號稱世界上最大的大廳。確實，索伐耳⑮那時還沒有丈量過孟塔吉城堡⑯的大廳。在千家萬戶窗口看熱鬧的人看來，下面的司法宮廣場好似洶湧的大海一般，通往廣場的五、六條街道猶如河口，不時湧出一股股人流。廣場好比形狀不規則的大噴水池，其中到處伸突出來的一個個海岬就是那些房屋的牆角，而人群的洪流不斷壯闊開展，澎湃衝擊著這些岬角。司法宮高大的哥德式⑰正面的中央有一道大台階，人流分成方向相反的兩股，不斷上上下下。在中央台階底下，人的波濤被劈成兩股以後，又以波浪翻滾之勢，順著兩側的斜坡擴散。這樣，這道大台階上簡直如淌水一般，向廣場上傾注不絕，好似瀑布向湖泊不斷直瀉而下。喊聲、笑聲、無數腳步雜沓聲，構成巨大聲響、巨大轟鳴。不時，這陣轟鳴巨響更加洶洶然；那是湧向大台階的巨大人流在回旋，在掀動，在旋轉；因爲，有位政府的弓箭手在推搡，或者是一位侍衛軍官騎著馬死命地維持秩序。這項命令是由市府傳至警察廳，再由警察廳傳至憲兵隊。

大門口，窗戶上，窗洞裡，屋頂上，家家戶戶，萬頭攢動，一個個市民善良的面孔，安靜，老實，注視著司法宮，注視著人群，也就心滿意足了。因爲，即使現在，巴黎還是有許多人滿足於觀看看熱鬧的人。在一堵人牆的後面正在發生著什麼，這對我們而言，不是已經夠有趣的嗎？

假如一八三〇年的我們能夠發揮想像力，夾雜在十五世紀的這群巴黎人中間，同他們一起被人拉拽，被人擠撞，磕磕絆絆，湧入司法宮原本極爲寬敞——在一四八二年一月六日卻顯得十分窄小——的大廳，我們所見的景象也就不能不引起我們的興趣，不能不使我們神魂顚倒。我們將看到周圍全是一個個古老的事物，由於過於古老而使我們感到無比新鮮。

如果讀者同意，我們就來想像，看看讀者要是跟我們一起夾雜在身穿短罩衫、半截衫、短襖⑱的嘈雜人群中間，跨進大廳，會有什麼樣的印象。

首先，我們的耳朵會嗡嗡直響，還會眼花撩亂。我們的頭頂上是尖弓雙圓拱的屋頂，木雕貼面，漆成天藍色，裝飾著金色百合花圖案；腳下是大理石地面，黑白相間。幾步開外有一根又一根的大柱子，縱向一共有七根，豎立在大廳橫剖面正中，支撐著那雙圓拱屋頂的七個落拱點。前四根柱子周圍有幾爿貨攤，玻璃片兒和金屬飾片閃閃發光；後三根柱子周圍則放著幾條橡木凳子，已被訴訟人的褲子和代訴人的袍子磨損了，磨光了。大廳四周，順著高高的牆壁過去，門與門之間，窗與窗之間，柱與柱之間，一列塑像不見盡頭，塑造的是自法臘蒙⑲以下的法國歷代君王：遊手好閒的國王雙臂下垂，目光下視；英武好鬥的國王腦袋高昂，雙手高舉，傲然指向天空。還有，一扇扇尖拱長窗，都是五光十色的彩繪玻璃；大廳的寬闊入口都是一座座精工細雕的絢麗門扉。而這一切湛藍、金黃、亮晶晶、光燦燦的拱頂、柱子、牆壁、窗子、門扇、塑像，在我們看見的時候已經略顯晦暗了，到了我主紀元的一五四九年，縱然杜•勃勒耳還根據傳統讚美過，然它已遭塵封，蛛網掩埋，幾乎全然不見當年的顏色了。

這座長方形寬闊大廳，在一月的這一天，為昏暗的天光所照射，被衣著顏色斑駁、洶湧喧嚷的群眾湧入；他們順著牆沿遊蕩，繞著那七根柱子轉悠。要是我們這樣想像一下，也就大致可以對整個景象有個模糊的印象了。下面我們再來更具體地說一說這幅景象的有趣細節。

肯定無疑，要不是臘伐雅克⑳刺死了亨利四世，就不會有臘伐雅克的卷宗存放在司法宮檔案室裡，也不會有他的共犯由於利害攸關，非把該案卷宗毀掉不可，從而，縱火犯也就不會別無良策，只得放火燒掉司法宮，以便燒毀檔案室，而將檔案室燒掉又為的是把卷宗燒掉；所以，要不是如此這般，也就不會有一六一八年那場大火了。那麼，古老的司法宮就會屹立如故，而那大廳也就安然無恙了㉑；我便可以對讀者說：「您自己去看吧！」如此，咱們倆都能免了麻煩，我免得像上述那樣描寫一番，您也就免得讀了。這證明了一項新穎眞理：重大事件必有估計不到的後果。

當然，十分可能，首先，臘伐雅克並沒有什麼共犯；其次，即使有，他的共犯其實跟一六一八年那場大火並無牽連。這樣，失火的原因就可以有兩種其他解釋，而且都是言之成理的。第一種解釋是：那顆燃燒著的大星星，一尺寬，一肘高，如大家所知，恰好在三月七日午夜以後從天上墜落，掉在司法宮上。第二種解釋見於岱奧菲主教的這四行詩：

眞是悲慘的遊戲：
司法女神在巴黎，
吃了太多的辣椒，㉒
自把宮殿來燒毀。

關於司法宮一六一八年火焚事件有上述三種政治的、自然的、詩的解釋，不管我們怎樣看待這三種解釋，不幸而確鑿無疑的事實是，它已失火了。由於這次火災，更由於連續各次修復的工作，把幸免於火舌的殘餘清除得一乾二淨，今天也就所剩無幾了，法國歷代君王這幢最早的住所更是所剩無幾。羅浮宮的這位長兄㉓，在俊美王菲利浦四世㉔在位之時就已經歲數不小了，人們甚至到裡面去尋找恭敬王羅伯二世建造的、埃加杜斯㉕描述過的那些壯麗建築物的遺跡……然一切都已消失殆盡。

聖路易㉖行其婚事的那間大議院現在怎樣了？他「身穿駝毛布短襖、無袖粗呢子罩衫，上罩長外套，下登黑色皮絆鞋，同若安微㉗一起躺在地毯上」審理案件的那座花園㉘，現在下場如何？席吉蒙㉙的臥室到哪裡去了？查理四世的呢？無釆邑王約翰㉚的呢？查理六世頒發大赦令的那座大樓梯在哪裡？馬塞爾當著王子的面，殺害羅伯・德・克萊蒙元帥和香巴涅元帥的那塊石板地呢㉛？毀棄僞教皇貝內迪多訓諭的窗口——他的那些傳諭使者也是從這個窗口被帶出去加以醜化，身披袈裟，頭戴法冠，在巴黎全城遊行示眾，以示謝罪——如今安在？那座大廳，它金碧輝煌的裝飾，尖拱窗戶，塑像，柱子，爲一塊塊圖案刻鏤所割裂的寬闊拱頂，現在都在哪裡？還有那金裝玉飾的臥室呢？把門的石獅子，低著頭，夾著尾巴，好像身於所羅門王座前，表現出暴力服從於公理的馴良卑順模樣，現在又在哪裡？那一座座絢麗的房門，一扇扇精緻的彩色玻璃窗戶呢？使得畢斯科奈特望而生畏的那房門上的鏤花鐵包皮呢？杜・昂席精工製造的木器，現在在哪裡？……

歲月流逝，人事更替，這些奇蹟落到了怎樣的下場？用什麼來代替這一切，代替了這樣豐富的高盧歷史㉜、這樣珍貴的哥德藝術？代替歷史的，無非是勃羅斯先生那種低矮笨重的穹窿，至於史實，我們有著關於粗壯柱子的喋喋不休的回憶，至今巴特律㉝之流搖唇鼓舌之聲還在回響。

其實，這些都不算什麼！——言歸正傳，且說名不虛傳的古老司法宮名不虛傳的大廳吧。

那寬闊無比的長方形大廳的兩頭都各有其擺設。一頭是那著名的大理石桌子，長度、寬度、厚度都無與倫比，前所未見，正如古老地籍冊上所說：「世上頂大頂大的一大塊。」這樣的一種說法可眞叫卡崗都亞垂涎欲滴㉞！另一頭是座小教堂，裡面有座路易十一叫人塑造的自身石像，跪在聖母的面前，他還叫人把查理曼大帝和聖路易的塑像抬進小教堂去放著——他認爲這兩位法國君王是上帝言聽計從的聖者，全然不顧搬走了之後，外面那一長串國王塑像中留下了兩個空牆凹。當時，這座小教堂建造才只六年，還是嶄新的。建築得精緻，雕塑得美妙，鏤鑿得細微深邃，這樣的一種嫵媚風姿正是哥德時代末期的特徵，其後延續至十六世紀中葉，成爲文藝復興時代仙鄉異境般的幻想歙然。門楣上那透亮、小小的玫瑰窗尤爲傑作，纖秀而優雅，有如燦爛的抽紗花邊。

大廳中間，正對大門，背靠牆壁，有一座金錦鋪墊的看台。看台的專用入口就是前面講過的那間金裝玉飾的臥室的窗子。這座看台是專門爲弗蘭德爾御使們和其他應邀觀看這次聖蹟劇演出的大人物而搭建的。

按照慣例，聖蹟劇得在那張大理石桌子上面演出。一大早就爲此把大桌子布置好了。大理石桌面已被司法宮書記們的鞋跟劃得一道道的，現在這厚重的桌面上已經搭起了一個木架籠子，相當高，籠子頂上搭著擱板，整個大廳都看得見，到時候就充作舞台。籠子四周圍著帷幕，裡面就算是劇中人的更衣室。外面，一無遮掩地放著一架梯子，聯結更衣室和舞台，演員進場和退場都得爬梯子。倉促拼湊的角色、機關布景、驚人的戲劇效果，沒有一樣不是安排從這道梯子上場的。這是戲劇藝術和舞台裝置多麼天眞、多麼可敬的原始創造啊！

凡是節日或行刑之日，司法宮便有四名官員負責管制秩序。這時，他們正分立在大理石桌子四角。

演出預定要到司法宮的大時鐘敲響正午十二點才開始。對於戲劇的演出時間來說，固然晚了點，可是得遷就御使們的時間呀！

於是，這麼許多觀眾從早晨起就已等著了。這些愛看熱鬧的老實人當中，有許多天剛矇矇亮就在司法宮前大台階上等候，凍得直打哆嗦；還有些人甚至於自稱已經在門前歪斜著身子靠了一夜，為的是等著搶在前頭進去。

人越擠越多，像水流滿溢一般，開始沿著牆壁上漲，向柱子周圍膨脹，漫上了柱頂、檐板、窗沿；建築物、雕塑物的一切突出部位，盡都是人。群眾早已厭煩，等不及了，加上今天一整天都可以恣意玩世不恭，隨便發瘋耍賴，要是誰的胳臂肘撞了一下，或誰的釘了鐵掌的鞋踩了一下，是隨時都會吵起架的，況且，久久的等待早已疲乏不堪，而群眾本來就關在屋子裡禁閉著，擁擠著，擠傷了，窒息了，這樣，在御使們預定蒞臨之前，群眾的吵鬧聲早已更加尖銳，更加痛苦。只聽見埋怨聲、咒罵聲，諸如對弗蘭德爾人、官員、波旁紅衣主教、司法宮典吏、奧地利的瑪格麗特公主、執棒侍衛長、冷了、熱了、壞天氣、巴黎主教、醜人王、柱子、塑像、那扇關著的門、這扇關著的窗——一切的一切都罵了。散布在人群中三五成堆的學生和僕役聽了大為開心；他們便不斷惡作劇，不斷捉弄人，在不滿的人們中瞎攪和，簡直是火上加油，更增添了普遍的乖戾情緒。

人群中尤其有那麼一幫子促狹鬼，他們打破一扇玻璃窗，勇敢非凡地坐在柱頂盤上，從上面東張西望，大肆嘲弄，忽而對著大廳裡的群眾，忽而對著外面廣場上的群眾。他們醜化別人的動作，哈哈大笑，在大廳裡東呼西應，彼此叫喊著取笑。由此可以看出，這些年輕的大學生並不像其他觀眾那樣覺得厭煩疲倦，他們爲了取樂自己，非常善於從視線之下的種種趣事中覓取場景，藉以安心等待即將上演的場景。

「哎呀！可不就是你，『磨坊』的約翰‧弗羅洛！」其中一個喊道：「你號稱『磨坊』眞是名不虛傳，瞧你那兩隻胳臂、兩條腿，就像四支風扇迎風揮舞。——你來了多久啦？」

被稱作「磨坊」的這個人，是一個身材矮小的淘氣大王，金色的頭髮，俊秀的面孔，調皮的神氣，此刻正頑皮地坐在良若葉飾的斗拱上。約翰‧弗羅洛回答說：

「唉！眞是可憐！我已來了四個多鐘頭啦！但願這四個多鐘頭，到了陰間，會從我進煉獄淨罪的時間中扣除！我到這兒時，正趕上聽西西里國王那八名唱詩班童子在聖禮拜堂唱出七點鐘大彌撒的第一節哩。」

「那些唱詩的可眞不賴！嗓子比他們頭上的帽子還尖！國王爲聖約翰先生㉟舉行彌撒之前，其實應該先打聽打聽聖約翰先生是不是喜歡聽人用普羅旺斯口音唱拉丁文讚美詩！」

窗子底下，人群中一位老太婆尖聲叫喊：

「國王的這個彌撒，原來是爲了雇用西西里國王那些該死的歌手啊？我請問你們，這到底是怎麼回事啊？一次彌撒就得花一千巴黎里弗爾㊱！這些錢還是由巴黎市場的魚販來承擔呢！」

「住嘴，老太婆！」有個神情嚴肅的胖子站到這個賣魚婆的身旁，捂住鼻子，接口說：「是得舉行彌撒的。你總不希望國王再生病吧？」

攀緣在斗拱上的小個子學生叫道：

「說得好！賣皮貨給國王做皮袍的大老爺吉勒‧勒科鈕先生！」

所有的學生聽到皮貨商這個倒霉姓氏㊲，都哈哈大笑起來。

「長角的！長角的吉勒先生！」有人這樣喊。

「Cornutus et hirsutus（拉丁文：長角的和毛髮倒豎的）！」另一個又接著喊。

柱頂上的淘氣大王又說：

「噢！笑什麼？讓人尊敬的好人吉勒‧勒科鈕——宮廷總管約翰‧勒科鈕先生的弟弟，樊尙樹林首席護林官馬伊埃‧勒科鈕的兒子！他們個個都是巴黎的好市民，個個都是結了婚的，父子相傳啊㊳！」

大家更是樂不可支了。胖子皮貨商應聲不得，狠命想躲過四面八方向他投來的注視，掙扎得氣喘吁吁、汗流滿面也沒有用。他就像一只楔子卡在木頭裡，越使勁就越咬進去，結果只是把他的腦袋更加結結實實地夾在隔壁左右的肩膀中間，又氣又惱，弄得大寬臉脹得通紅。

終於，來了另一位胖子前來解圍，五短三粗，道貌岸然，跟皮貨商一樣。

「混帳！」他叫道：「學生竟然敢這樣對市民說話！想當年，早就得用木棍抽打你們了，然後再用木棍把你們燒死！」

那些學生都叫了起來：

「喲！是誰唱得這麼好聽呀？是什麼夜貓子喪門星呀？」

「嘿，我當是誰？原來是安德里・繆斯尼埃老爺！」一個說。

「因爲他是我們大學㊴四名宣過誓㊵的書商之一！」另一個說。

「哎！我們那破爛攤子裡什麼都是四個；四個學區㊶，四個學院，四個節日，四個檢事㊷，四個選董㊸，四個書商！」還有一個說。

頑皮鬼約翰・弗羅洛說：

「好啊！那就叫他們下四層地獄去吧！」

「繆斯尼埃，我們要把你的書燒掉！」

「繆斯尼埃，我們要揍死你的僕人！」

「繆斯尼埃，我們要搓揉你的老婆！」

「嘿！繆斯尼埃的老婆烏達德，可眞是胖乎乎的好妞兒！」

「風流俊俏，就跟小寡婦似的！」

「該死！叫鬼把你們抓了去！」安德里・繆斯尼埃低聲吼道。

「磨坊」約翰吊在柱頭上接話：

「安德里老爺，你住口，要不，看我不掉下來砸在你腦袋上！」

安德里老爺抬眼看看，好像是在估量柱子的高度和淘氣鬼約翰的體重。默算了一下後，不敢吭聲了。

約翰占領了戰場，乘勝追擊：

「我就是要這麼幹，雖然我是一位副主教的弟弟！」接著，他又說：「可愛的大學弟兄們！今天這樣的日子，我們的特權居然得不到尊重！你們看，外城有五月樹和煙火，內城有聖蹟劇、醜人王，還有弗蘭德爾御使，而我們大學城卻什麼也沒有！」

「就是啊！我們的莫貝廣場㊹也夠大的呢！」趴在窗沿上的一位大學生叫道。

「打倒董事長，打倒選董，打倒檢事！」約翰忽然喊了起來。

另一個接著喊：

「今天晚上就用安德里老爺的書，在加雅花園放煙火吧！」

「還有錄事們的書桌！」旁邊的一位說。

「還有堂守㊺們的棍棒！」

「還有院長們的痰盂！」

「還有檢事們的酒櫃！」

「還有選董們的麵包盤！」

「還有董事長的小凳子！」

「打倒！打倒安德里老爺！打倒堂守和錄事，打倒神學家、醫生和經學博士，打倒檢事、選董和董事長！」淘氣鬼小約翰應和似地叫道。

「哎呀！世界末日到了！」安德里老爺塞住耳朵嘀咕。

「且慢，董事長來了，正打廣場上經過。」窗口的一位老兄喊道。

個個爭先恐後扭頭向廣場望去。

「當眞是我們可敬的董事長蒂博先生嗎？」約翰•弗羅洛問道。他攀附的柱子在裡面，看不見外面的情況。

「是他，是他，」大家都說：「正是他，董事長蒂博先生！」

果然是董事長和大學城裡的重要人物來了。他們隆重列隊前往迎接御使團，此刻正好穿過司法宮廣場。學生們擁擠在窗前，用挖苦話和嘲弄的掌聲歡迎他們。走在行列最前面的董事長首先遭到攻擊。

「董事長先生！您好啊！」

「這老賭棍，他到這兒來幹嘛呀？這麼說，他丟下了骰子！」

「瞧他騎騾子的神氣勁兒！騾子的耳朵還沒他的長哩！」

「您好啊，蒂博董事長先生！Tybalde aleator（拉丁文：賭棍蒂博）！老混蛋！老賭棍！」

「上帝保佑您！您昨夜擲出了不少『雙六』吧？」

「啊！瞧他那張老臉，發青，憔悴，擲骰子擲得人都熬乾啦！」

「你要上哪兒去呀：？Tybalde ad dados（拉丁文：擲骰子的蒂博），屁股衝著大學城，急急忙忙往外城奔？」

「他當然是到蒂博多德㊻街去開個房間玩玩呀！」約翰叫道。

大夥兒猛烈鼓掌，雷鳴似的吼叫，一齊複述這一語雙關的俏皮話。

「您是到蒂博多德街去開個房間玩玩，是不是？董事長先生，魔鬼牌桌上的大賭客！」

接著輪到了其他的大人先生。

「打倒堂守！打倒執權杖者！」

「嘿，羅班・普斯潘，你瞧瞧，那個人是誰？」

「是吉貝・德・絮伊，Gilbertus de Soliaco（拉丁文：吉貝・德・絮伊）㊼，奧坦學院的學監。」

「接著，我這隻鞋！你站的地勢比我好，你拿去扔到他臉上！」

「Saturnalitias mittimus ecce nuces!（拉丁文：今晚把爛蘋果扔到你臉上！）」

「打倒六位神學家和他們的白道袍！」

「那些是神學家嗎？我還以爲是六隻大笨鵝，是聖日內維埃芙女神㊽送給魯尼朵邑的賀禮。」

「打倒醫生！」

「打倒主德論文和解疑論文！㊾」

「操！給你一個脫帽禮！聖日內維埃芙的學監！你剝奪了我的權利。一點也不假！我在諾曼第學區的位置，他搶去送給了小阿斯坎尼奧・法耳撒帕達，他卻是布吉省的，因爲他是義大利人。」

「眞不公平，」學生們都說：「打倒聖日內維埃芙學監！」

「呵呵！若善・德・拉德奧先生！呵呵！路易・達于伊！呵呵！朗貝・奧克特芒！」

「讓魔鬼把日耳曼學區檢事掐死！」

「還有聖禮拜堂的神父和他們的『灰毛搭肩』；cum tunicis grisis（拉丁文：灰毛搭肩）㊿！」

「Seu de pellibus grisis fourratis!（拉丁文：或者，那些身穿

灰皮毛袈裟的！）」

「呵！文學士們！這麼多美麗的黑斗篷！這麼多美麗的紅斗篷！」

「眞是董事長美麗的尾巴㉛！」

「好像是威尼斯公爵趕去同大海結婚！」

「你瞧，約翰！聖日內維埃芙主教堂的神父們！」

「神父們，見鬼去吧！」

「克洛德・肖阿神父！克洛德・肖阿博士！您這是去找瑪麗・吉法爾德吧？」

「她在格拉提尼街。」

「她在給浪蕩王鋪床。」

「她賣了四德尼埃；quatuor denarios（拉丁文：四德尼埃）㉜。」

「Aut unum bombum.（拉丁文：來了一堆蜜蜂。）」

「您要不要她當您的面賣呀？」

「同學們！瞧西蒙・桑甘先生，皮卡迪的選董，他帶著老婆，坐在騾子後面吶！」

「Post equitem sedet atra cura.（拉丁文：騎馬人身後的黑色憂慮）」

「別害怕，西蒙老爺！」

「早上好，選董先生！」

「晚上好，選董夫人！」

「看見這些，他們多高興呀！」約翰嘆道，他始終高踞在斗拱的葉飾上。

這當兒，大學城宣過誓的書商安德里・繆斯尼埃欠身，貼著王室皮貨商吉勒・勒科鈕的耳朵說：

「我告訴您，先生，世界末日到了。學生這樣胡鬧眞是從未見過。都是本世紀那些可惡的新發明搞砸的。什麼火砲呀，蛇形砲呀，臼砲呀，特別是印刷術——德國來的又一瘟疫㊸！手稿書籍再也沒有了！印刷術把製書業這一行給毀了！是世界末日到了！」

「從天鵝絨衣料越來越時興這件事中，我也完全看得出來！」皮貨商說。

恰好這時，中午十二點的鐘聲響了。

「哇！……」全體觀眾異口同聲叫了起來。

學生們也不說話了。接著是一陣大騷動，腳直撲騰，腦袋直晃動，咳嗽聲、擤鼻涕聲如同爆炸一般。人人設法安頓，個個搶占位置，踮起腳尖，分別聚集成堆。隨後，一片寂靜，大家都伸長脖子，都張著嘴巴，所有人的視線都轉向大理石桌子。但什麼都沒有出現。司法宮的四名官員一直站在那裡，僵直著身體，一動也不動，恰似四尊彩繪塑像。眾人的視線又轉向弗蘭德爾使臣專用看台。門依然緊閉，看台上依然沒有人。這麼一大群人從早上起就等著三樣東西：正午十二點、弗蘭德爾御使團，和聖蹟劇。準時來到的只有正午十二點。

這也太過分了吧？

等了一分鐘，兩分鐘，三分鐘，五分鐘，一刻鐘；還是什麼也沒有。那座看台上仍然不見任何人影兒，舞台上也毫無動靜。這時，焦躁已經變成了憤怒。激憤的言詞遍及全場，當然還只是低聲嘀咕：「聖蹟劇，聖蹟劇！」腦子漸漸發熱，一場暴風雨正在人群上空飄蕩，雖然還只是輕輕咆哮。「磨坊」的約翰第一個點燃了火花。

「聖蹟劇！趕快開演！讓弗蘭德爾人見鬼去吧！」他憋足了勁，大聲吼叫，蛇似的繞著柱子扭曲著。

觀眾一致鼓掌。他們也喊叫：

「聖蹟劇！讓弗蘭德爾見他媽的鬼去吧！」

「馬上給我們開演聖蹟劇，」約翰又吼道：「否則，我主張把司法宮的官員吊死，就算是喜劇、寓意劇！」

「說得好！」民眾大叫：「先吊死幾個官員吧！」

眾人鼓譟起來。那四個傢伙臉色蒼白，可憐兮兮地面面相覷。人群向他們湧去，他們已經看見脆弱的木柵欄在擠壓之下扭歪了，快被衝破了。

情況萬分危急。

「套起來，套起來！」到處都有人在喊。

恰在這時，更衣室的帷幕掀開了，有個人鑽了出來。群眾一看見他，便突然打住，好像中了魔法一般，憤怒變成了好奇。

「肅靜！肅靜！」

那人心驚膽戰，渾身上下直哆嗦，必恭必敬往前走。越往前走，越近乎屈膝下跪，就這樣走到了大理石桌子的邊緣。

這當兒倒也逐漸恢復了平靜。只聽見輕微的騷動聲——一大群人安靜下來常常會有的那種輕微騷動聲。

「先生、女士們，」那個人說：「我們萬分榮幸地要在紅衣主教大人面前吟誦、獻演一齣極爲出色的寓意劇，名字叫做『聖母瑪麗亞的卓越裁決』。在下扮演朱庇特㊹。主教大人此刻正在陪伴奧地利大公派遣的十分可敬的御使團，御使團此刻正在博岱門聽取大學董事長先生的演說。萬分顯貴的紅衣主教大人大駕一到，我們就開演。」

確實，不用其他，「朱庇特」這樣三言兩語，就保全了司法宮四名倒霉官員的性命。縱然我們十分榮幸，炮製了這麼一個眞實的故事，從而應在聖母——批判之神——面前承擔責任，人們在這種場合引用這一傳統箴言：「Nec deus intersit（拉丁文：請神不要來干預。）㊺」，可不是針對我們的。況且，「朱庇特」的服裝極爲華麗，起了不小的作用，吸引了大家的注意，使他們安靜下來了。

朱庇特身穿鎖子鎧，上罩鍍金大鈕扣的黑絲絨外套，頭戴鍍金的銀鈕扣尖頂頭盔，要不是臉上的胭脂和頦下的大鬍子各自遮去他一半的面部，要不是他手執金光燦爛的硬紙板做的一個圓筒，掛滿金屬飾片，金絲銀條橫七豎八——有經驗的人一看就明白這麼個圓筒代表霹靂，要不是穿著古希臘式皮絆鞋，那麼，他裝束之威嚴，眞可以賽過貝里公爵的布列塔尼弓箭手。

---

① 中世紀的巴黎是三座城。內城在今日稱爲西堤島，即巴黎聖母院所在地，在塞納河中；大學城相當於今日稱爲左岸的一部分；外城相當於右岸的一部分。雨果在第三卷第二章〈巴黎鳥瞰〉中有詳盡的描述。

② 皮卡迪（Picards）在法國境內北部，曾經建立強大封建政權，一四八二年才通過阿拉斯條約歸屬法蘭西，成爲法國一省。勃艮地（Bourguignons）在法國境內東部，五世紀時，那裡就有強大的王國，後歸屬法蘭西，九世紀又成爲獨立王國，最後，在十四世紀時成爲法國一省。這兩個地方的人都曾經長期與所謂法蘭西島的人紛爭、打仗。

③ 拉阿斯城（Laas），即大學城更早的名字。

④ 司法宮廣場在中世紀是巴黎的刑場之一。偷東西即處絞刑，說明中世紀刑法的嚴酷。雨果在本書中多次揭示、諷刺、抨擊這種苛政。

⑤ 這個儲君即位後即爲查理八世，在位時間是一四八三至一四九八年。

⑥ 指查理·波旁公爵（1433-1488），曾爲巴黎省長，一四七六年開始爲紅衣主教，直至去世。

⑦ 弗蘭德爾（Flandre）現今大部分屬比利時，一小部分屬法國；居民說日耳曼族的弗蘭德爾語。在中世紀，爲商業繁榮的自由城聯合體，所以，那裡來的使臣是市長、鎮長之類。由於弗蘭德爾當時尊奉奧地利大公，這些人奉旨出使法國爲奧地利的瑪格麗特公主聯婚，故爲御使。

⑧ Jehan de Troyes ，十五世紀法國史學家——編注

⑨ 主顯節，又譯顯現節。據《聖經》說，耶穌曾三次向世人顯示神蹟。天主

教稱之爲「三王來朝節」，典故見〈馬太福音〉。至今仍在一月六日舉行。

⑩ 這裡的醜人節，是中世紀的一個民衆娛樂節日，不是後世民俗定爲四月一日的愚人節。

⑪ 河灘廣場（La Gréve）：巴黎市政廳廣場的舊名。

⑫ Braque ；這座小教堂今已不存在，舊址在西堤島上。

⑬ 五月樹（Plantation de mai）：彩帶卷裹綴以紙花的樹狀物，於五月一日或其他日子種植，表示喜慶。

⑭ 在司法宮大廳內演出聖蹟劇的習俗，直至司法宮火焚以後才終止；聖蹟劇是十四、十五世紀盛行的一種宗教劇，劇情取材自《聖經》。

⑮ 亨利·索伐耳（Sauval 1623-1676）：歷史學家，著有關於巴黎古史的專著。

⑯ 孟塔吉城堡(Chateau de Montargis)：十二世紀建成的古堡，現爲博物館。

⑰ 一般「哥德式」的用法是完全不恰當的，但已約定俗成，因此也使用之，像一般人一樣用它來表示中世紀後半葉的建築藝術，其主要特點是尖拱式樣，直接繼承中世紀前半葉那種以開闊穹窿爲特徵的仿羅馬建築藝術。——雨果原注

關於這兩種建築式樣，請參閱〈譯者後記〉。——譯注

⑱ 這裡說的都是中世紀的一定式樣的上衣，大體上均爲「賤民」的服裝。

⑲ 法臘蒙（Pharamond）是傳說中法蘭克人的第一個君主。

⑳ 弗朗索瓦·臘伐雅克（Ravaillac 1578-1614）：刺殺法王亨利四世的狂人。

㉑ 雨果描繪的大廳，其地基即爲今日巴黎司法大廈前廳所據。

㉒ 辣椒爲雙關語，喻爲貪污受賄。

㉓ 司法宮原爲王宮，羅浮宮落成後，成爲最高司法機關。

㉔ 直至路易十四，法國國王多有綽號，不是死後的謚號。

㉕ 埃加杜斯（Helgaldus），教士，卒於一〇四五年，著有拉丁文《國王羅伯本紀》。

㉖ 聖路易即路易九世。

㉗ 若望·若安微（Joinville 1224-1317）：歷史學家，聖路易的寵臣。

㉘ 路易九世不僅對外有侵略武功，而且對內被阿諛者稱爲執法公正，傳說他常在御花園接見平民百姓。

㉙ 席吉蒙（Sigismond 1368-1437）：一三八五年爲日耳曼皇帝。娶法國公主爲妻。

㉚ 無采邑王約翰（Jean Sans Terre）：英國人，理查一世之弟，一一九九至一二一六年爲英國國王。當時以及以後相當長的時間，英國國王都在法國有采邑——實際上是侵占法國領土。但這個約翰，由於婚姻問題被法國國王奪回了采邑。

㉛ 一三五八年二月二十二日馬塞爾（Marcel）殺害王儲及其輔弼羅伯·德·克萊蒙（Robert de Clermont）和輔弼香巴涅（Champagne）元帥於司法宮內。

㉜ 高盧人的歷史從凱撒征服高盧前一世紀開始，至法蘭克人於五世紀入侵高盧終止。顯然，上述一切均不屬高盧歷史範圍，除非這裡的高盧一語指古代——嚴格地說，是指中古——法國而言。

㉝ 奧利維埃·巴特律（Patrus 1604-1681）：以詭辯著稱的名狀師。

㉞ 卡崗都亞（Gargantua）是拉伯雷《巨人傳》的主角，以貪食且食量巨大驚人而著稱，所以，對那麼一大塊想必會垂涎欲滴。

㉟ 戲稱基督教聖者約翰。

㊱ 法國古代的錢幣，值二十五蘇。——編注

㊲ 「勒科鈕」意爲「長角的」，在法語裡猶言「戴綠帽子的」。

㊳ 這句話也是拿他的姓氏取笑。

㊴ 爲巴黎大學的前身。一一七九年決定成立，只招神學生；十三世紀學制完備起來，一二五三年有了索爾本（Sorbon）創辦的學院，故以索爾本的姓氏爲整個大學的名稱。現在索爾本只是巴黎大學的一部分。

㊵ 中世紀法律規定，要取得某項特許，必須以一定的儀式宣誓，誓詞主要表示信守宗教信念，國王是沒有什麼地位的。

㊶ 中世紀的巴黎大學學生按籍貫分爲四個學區：法蘭西學區、皮卡迪學區、諾曼第學區和日耳曼學區。

㊷ 每一學區的主管人稱檢事。

㊸ 檢事加上三個學院的院長，即爲選董，互選產生董事長一名，爲全校之長。

㊹ 莫貝廣場（Place Maubert）是巴黎昔日的學術中心之一。——編注

㊺ 堂守是教堂的俗人小吏。

㊻ 「蒂博多德」（Thibautodé），取 Thibaut aux dés（擲骰子的蒂博）的諧音，故下文說「一語雙關的俏皮話」。

㊼ 中世紀的文人喜歡把姓名改變爲古拉丁文形式。

㊽ 聖日內維埃芙（Sainte-Geneviéve）：相傳爲保護巴黎的女神。

㊾ 神學論文的兩種；前者論述基督教的七德，後者論述經文中的疑難。

㊿ 法文爲 aumusses grises。這裡故意以拉丁文重複一次。

(51) 「尾巴」就是「隨從」的意思，這裡一語雙關。

52 德尼埃 (deniers)：古時法國錢幣，等於十二分之一蘇。法文四德尼埃爲quatre denies，用意同注50

53 指德國人谷騰堡 (1399-1468)，據說於一四三六年發明活字印刷術。大概是從阿拉伯人處得知中國的這一發明吧。

54 朱庇特：羅馬神話中最高的神，即希臘神話中的宙斯；也是雷神，手持霹靂。

55 「這種場合」正是朱庇特上場 (intersero)，恰恰是這位大神三言兩語的「干預」，保全了四條性命。這個拉丁箴言用於雙關意義上。也因此，下一句又說到朱庇特。

II
哲學家
彼埃爾·格蘭古瓦

然而，隨著他的演說，群眾的滿意心情和他那身打扮所激起的一致驚讚，便漸漸消散了。當他很不識相地說到「萬分顯貴的紅衣主教大人大駕一到，我們就開演」這麼的結論時，雷鳴般的喝倒采聲淹沒了他的聲音。

「馬上開演！聖蹟劇！馬上演出聖蹟劇！」民眾吼叫。

其中磨坊約翰的嗓音最大，幾乎蓋過一切。它穿透了喧囂，就跟尼姆嘈雜樂隊演奏中的高音笛似。

「馬上開演！」他尖聲怪叫著。

「打倒朱庇特！打倒波旁紅衣主教！」羅班・普斯潘和其他高坐在窗台上的大學生也跟著大聲吼叫。

「立刻上演寓意劇！快點！立刻！不然就把演員和紅衣主教套起來，把繩子給拴上，吊死他們！」群眾們都附和著。

可憐的朱庇特嚇傻了，魂不附體，胭脂塗抹的臉蛋也蒼白了，手上的霹靂掉下來。他把頭上的頭盔取下，拎在手裡；接著頻頻鞠躬，戰慄著吶吶說道：

「紅衣主教大人……御使們……弗蘭德爾的瑪格麗特公主……」

他語無倫次，擔心被吊死。因為，若繼續等，民眾要吊死他；若不等，紅衣主教也要吊死他。他眞是左右為難，就是說，左右只見絞刑架。

幸虧有個人前來承擔責任，救了他。

這個人剛才一直站在欄杆裡邊，大理石桌子周圍的空地上，誰都沒有瞧見他，因為他背靠著柱子，他身子又細又長，正好藏在柱子後面，為任何視線所不及。此人又高又瘦，臉色蒼白，頭髮金黃，年紀輕輕——雖然額頭和臉頰上已經有了皺紋。他目光灼灼，面帶微笑，身上穿的黑嗶嘰袍子已經磨破了，磨光了。此刻，他走到大理石桌子跟前，向那位可憐的活受罪的傢伙招招手，可是，那傢伙已經嚇暈了，沒有看見。

新出現的這個人又向前走了一步，小聲叫道：

「朱庇特！親愛的朱庇特！」

朱庇特沒有聽見。

終於，這個金髮大個子不耐煩了，湊近他的臉大喝一聲：

「米歇・吉博納！」

「誰在叫我呀？」朱庇特這才驚醒過來，問道。

「是我，」黑衣人回答。

「啊！」

「快開演吧！讓群眾滿足！我負責去請司法宮的官員息怒，待會兒官員再去請紅衣主教大人息怒。」

朱庇特這才緩口氣。

群眾還在轟他，於是，他扯開嗓子使勁嚷道：

「市民先生、女士們，我們馬上就開演啦！」

「Evoe, Juppiter! Plaudite, cives!（拉丁文：讚美您，朱庇特！喝采吧，公民們！）①」學生們叫喊。

「妙呀！妙呀！②」民眾高呼。

掌聲震耳欲聾；朱庇特退入帷幕以後，歡呼聲還在大廳裡迴盪。

這當兒，那位大顯神通的無名氏，正如親愛的戲劇家高乃依所說「把暴風雨化作了風平浪靜」的人兒，也謙遜地退進了那根柱子的陰影之中。要不是頭一排觀眾中有兩位女孩注意到他剛才跟米歇・吉博納——朱庇特——的對話，硬把他從沉默中拽了出來，他也許還會像先前那樣不爲人所見，一動不動，一聲不響。

「師傅，」其中的一位女孩說，招招手請他過去。

「別那麼稱呼，親愛的莉娜德，」女孩身旁標緻、鮮艷，穿著節日盛裝越發顯得水靈的同伴說：「人家又不是學者！只是普通人，不必稱呼師傅，稱老爺就可。」

「老爺，」莉娜德就這麼稱呼著。

無名氏走到柵欄前，忙不迭地問道：

「小姐，妳們叫我有何貴幹？」

莉娜德窘得要命，忙說：

「哎，沒什麼！是這位吉絲蓋特・讓先娜想跟您說話。」

「不是我，」吉絲蓋特羞紅著臉說：「是莉娜德叫您師傅，我說應該叫老爺。」

兩位女孩低眉垂目。而他呢，正巴不得跟她倆攀談上，便笑瞇瞇地瞅著她倆，說：

「小姐，妳們沒有話跟我說嗎？」

「哦，沒有。」吉絲蓋特回答。

「沒有！」莉娜德接著說。

大個子金髮青年退了一步，打算走開。但是，兩位小姐好奇得不得了，哪肯罷休。

「老爺，」吉絲蓋特連忙叫著，焦躁得很，就跟水閘打開似的，或者說，就像女人下了決心：「您認識在聖蹟劇中扮演聖母的那位大兵嗎？」

「妳是說扮演朱庇特的那位吧？」無名氏說。

「嗄,可不就是,」莉娜德說:「瞧她多傻!那您認識朱庇特?」

「米歇・吉博納?」無名氏說:「認識的,小姐。」

「他那大鬍子多神氣!」莉娜德說。

「要演的是什麼戲,有意思吧?」吉絲蓋特怯生生地問道。

「很有意思,小姐。」無名氏毫不猶豫地回答。

「是什麼戲呢?」莉娜德又問。

「是『聖母瑪麗亞的卓越裁決』,寓意劇,小姐!」

「啊!眞妙!」莉娜德接口說。

一時無話。無名氏打破了沉默。

「是一齣好戲,從未上演過的哩。」

「那就不是兩年前的那一齣了,教皇使節先生入城那一天上演的戲,裡面還有三位美麗的少女扮演……」吉絲蓋特說。

「扮演美人魚。」莉娜德說。

「一絲不掛哩。」那青年接著道。

莉娜德趕緊羞答答地低眉垂目。吉絲蓋特一看,也照辦無誤。年輕人卻笑嘻嘻地往下說:

「今天的這一齣更好看喔,是寓意劇,特別爲佛蘭德爾公主寫的。」

「劇裡面唱小調嗎?」吉絲蓋特問。

「啊!寓意劇哪能這樣呢?劇種不可以搞混了。要是一齣滑稽戲,那當然可以!」無名氏說。

「眞可惜!兩年前那一齣,在蓬梭泉邊有幾個粗野的男女打架,還一邊唱拉丁聖歌，一邊做出種種身段。」吉絲蓋特說。

「對教皇使節合適的，對公主並不合適。」無名氏毅然決然說道。

莉娜德似乎沒聽到無名氏的話，繼續說：

「在他們跟前，幾件低音樂器爭先恐後發出美妙的旋律。」

而吉絲蓋特也接著說：

「並且爲了給過往行人解乏，噴泉的三個噴口眼還噴射出葡萄酒、牛奶和花蜜酒，隨便人們飲用。」

「在蓬梭下面一點的三一泉那兒，有一齣耶穌受難的啞劇。」莉娜德接下去說。

「我還記得！耶穌被釘死在十字架上，兩個強盜一左一右！」吉絲蓋特叫道。

兩個饒舌的姑娘想起教皇使節入城的情景大爲興奮，於是同時說起話來。

「前面一點，在畫家門那兒，還有一些角色，穿的衣服華麗極了。」

「聖無辜嬰兒泉③那兒，獵人追捕一頭母鹿，狗汪汪大叫，號角嗚嗚直響！」

「在巴黎屠宰場那兒搭起了高台，演出攻克第厄普城堡的故事！」

「教皇使節經過的時候，你知道，吉絲蓋特，扮演我方的人開始進攻，把英國人統統殺了！」

「小堡④門前，有那麼多漂亮人物！」

「錢幣兌換所橋⑤上盡是人！」

「教皇使節經過的時候，橋上放起了兩百多打各種各樣的鳥雀，好看極了，莉娜德！」

「今天的更好看！」青年終於聽得不耐煩，打斷了她們。

「您說今天的聖蹟劇很好看，是嗎？」吉絲蓋特說。

「沒錯！」他回答，然後略略故作誇張地宣告：「兩位小姐，在下就是劇作者！」

「眞的？」兩位小姐大爲驚愕。

「是的！」這位年輕詩人頗有點洋洋得意：「我們有兩個人。約翰・馬尙鋸木頭，搭起了戲台，鋪上了板子；我呢，我寫了劇本。我叫彼埃爾・格蘭古瓦。」

就是《熙德》的作者自報「彼埃爾・高乃依」，也不會比他更加自豪了。⑥

讀者可能已經注意到，從朱庇特鑽進帷幕，到現在這位新寓意劇作者突然現出眞面目，使得吉絲蓋特和莉娜德天眞爛漫地驚讚不止，這之間已過了不少時間。値得指出的是，這些觀眾幾分鐘前還在喧鬧不已，現在卻聽信了那位演員的宣告，滿懷寬容地等待著。這就證明了一個永恆的眞理，到如今每天都還在我們的劇院裡不斷地驗證：使觀眾安心等待的無上妙法，就是向他們宣布馬上就要開演。

可是，學生約翰並沒有睡大覺。

在混亂之後的安靜等待中，他忽然大叫起來：

「喂！朱庇特，聖母，你們這些該死的賣藝者！你們拿人尋開心呀？演戲，快點演戲！快點開演！不然，我們又要給你們好看啦！」

這就夠了！

戲台後面發出抑揚的樂聲。帷幕掀起，鑽出四個人來，臉上塗脂抹粉，從台側的陡峭梯子爬上平台，在觀眾面前站成一排，向他們深打一躬。於是，管弦樂停止，聖蹟劇開始了。

這四個人向觀眾鞠躬博得了熱烈的掌聲，然後，在一片虔誠的寂靜中開始朗誦開場詩——我們欣然略去，免得讀者受這份罪。況且，那時的觀眾（今天有時候仍然如此）更感興趣的是演員們的服裝，不是他們扮演的角色。其實，他們四個都穿著一半黃、一半白的袍子，不同的只是質料；這倒是公道的。第一個是金銀錦緞的，第二個是綢子的，第三個是呢子的，第四個是帆布的。第一個右手拿著一把寶劍，第二個拿著兩把金鑰匙，第三個拿著一桿秤，第四個拿著一把鍬。這四樣標記的含義顯而易見，不過，為了幫助那些懶於思考、或仍然看不懂的人，袍子下襬還綉了幾個大黑字；錦緞袍子下襬的字樣：「我是女貴族」，綢袍子下襬：「我是教士」，呢袍子下襬：「我是女商人」，帆布袍子下襬：「我是勞工」。任何有眼光的觀眾都能清楚地看出這四個象徵人物的性別——兩名男主角穿的袍子短一些，頭上戴的是披風帽；兩名女主角穿的袍子長一些，頭上戴著頭巾。

除非是存心找碴，才會聽不懂優美的開場詩背後隱藏著的意思：勞工娶了女商人，教士娶了女貴族，這兩對幸福的夫妻共有一個最出色、最寶貴的嗣子，他們自認為非得給他配個美貌的天仙不可，於是走遍世界各地去尋找一位美麗女子。他們先後拒絕了哥孔德女王、特瑞比宗德公主、韃靼大可汗的女兒，等等。勞工和教士、女貴族和女商人然後在司法宮大理石桌子上面休息，並向老實的觀眾大講特講警句格言。這些警句格言被當時的人用來應付文學院的考試、辯論會和取得學位。

所有的一切，確實妙不可言！

這四個象徵人物對群眾競相灌輸滔滔不絕的隱喻。不過，在這些群眾中間，沒有一個人耳朵的專注、心臟的悸動、目光的狂亂、脖子的伸長，超過了劇作者本人；也就是那位詩人，那位好人兒彼埃爾・格蘭古瓦，那位剛才禁不住把自己的名字告訴了兩位美麗女孩的老兄。現在他已經走回來了，離她們不過幾步遠，站在柱了後面靜聽著，注視著，品味著。觀眾仁慈有加，熱烈歡迎了他的開場詩大作，這掌聲還在他內心中回響。他完全沉溺於陶然靜觀默思之中了——這正是一位作者看見自己的思想，在眾多觀眾屏息靜聽之中、從演員嘴裡一一吐出時的醺然陶醉。了不起的彼埃爾・格蘭古瓦！

可是，說來痛心，片刻的陶醉很快就被擾亂了。格蘭古瓦的嘴唇剛剛碰著醺醺然歡樂勝利之杯，就有一滴苦液摻了進去。

一個破衣爛衫的乞丐混跡於觀眾之中，他沒有撈到什麼油水，即使身旁的人從衣兜裡取出錢給他，大概也沒有多大的補償。於是，他突發奇想，打算爬到醒目的位置去吸引眾人的視線和賞賜。開場詩剛念頭幾句，他就攀緣著專用看台的柱子，爬到了那個以其底部界限著看台欄杆的檐板上坐著，展示他那襤褸的衣衫和整個右臂上的一個醜惡的大瘡，乞求群眾的注意和憐憫。不過，他沒有吭聲。

他保持著沉默，開場詩仍順利朗誦著。要不是不湊巧，那個學生約翰從柱頂上發現了這個乞丐和他的鬼把戲，是不會發生什麼亂子的。小搗蛋約翰突然狂笑起來，絲毫不管會不會打斷演出。他擾亂了全場的肅靜，樂不可支地叫嚷：

「瞧呀！這個要飯的病鬼！」

你要是曾經投過一塊石頭到盡是青蛙的池沼裡去，或者向一群飛鳥開過一槍，就可以想像出這大煞風景的言語在全神貫注的觀眾中造成的效果。格蘭古瓦打了一個寒噤，像被電擊了似的。開場詩戛然中止，一個個的腦袋紛紛擾擾轉向那個乞丐——而他卻滿不在乎，反而覺得這樣一來機會大好，正可以大撈一票；他眼睛半閉，作出可憐巴巴的模樣，開始叫喊：

「可憐可憐吧，先生太太們！」

約翰卻說：

「哎呀！這不是克洛班·特魯伊甫嗎？唷呵！朋友！你的瘡是在胳臂上，怎麼倒使你的腿不方便了？」

說著，他以猿猴般的矯捷，扔了一個小銀幣到乞丐用長瘡的胳臂伸出的油膩毡帽內。乞丐保持不動，接住了施捨和挖苦，然後繼續悲鳴：

「行行好吧，先生太太們！」

這段插曲使得全體觀眾大為開心。許多人，以羅班・普斯潘和所有的神學生為首，歡快地鼓掌，讚賞這個穿插在開場詩中間、即興串演的古怪二重唱——學生約翰的尖聲怪叫和乞丐不動聲色的吟唱。

格蘭古瓦大為不滿。剛開始，他被愣住了，現在清醒過來，便拼命向劇中四人大聲吼叫：

「繼續演下去呀！怎麼搞的？演下去呀！」

他甚至不屑一顧那兩名搗亂分子。

這時，他覺得有人拉拉他的大袍子下襬，便惱怒地掉過頭去……不過，他卻又好不容易擠出了笑臉，因為他必須笑瞇瞇的——原來是吉絲蓋特美麗的手臂穿過欄杆，以這種方式請求他注意。女孩問他：

「先生，他們還演下去嗎？」

「當然演下去。」格蘭古瓦回說，對這個問題相當惱火。

「這樣的話，先生，您可不可以說給我聽聽……」

「他們接下去要說什麼，是吧？」格蘭古瓦打斷她的話，又說：「行，妳聽我說……」

「不是，」吉絲蓋特說：「我是問你，一直到現在，戲裡面都說了些什麼？」

格蘭古瓦簡直要跳起來了，就像是一個人被硬生生地捅了個傷口。

「去他的笨丫頭！」他咬牙切齒在心裡說。

從此，吉絲蓋特在他心裡便一筆勾銷了。

這當兒，演員們聽從了他的指示。觀眾們看見演員又開始說話，趕緊回過頭來聽著——當然已經錯過了許多美妙的詩句。因爲戲劇被猛然砍成兩截，格蘭古瓦心裡一陣辛酸。好在逐漸恢復了安靜，學生不再言語，乞丐則數著帽子裡的幾個錢，戲劇又占了上風。

其實，這齣戲倒眞是美妙佳作，即使今天看來，也還可以從中學到不少東西，只需略加調整就行了。它的陳述部分稍稍長點兒，空洞些，按章法說倒還簡單明瞭，所以，格蘭古瓦在他眞誠的心靈聖殿裡，也讚嘆它的清晰美妙。

可以想見，那四個象徵人物幾乎跑遍了全世界，不辭辛勞，卻沒有辦法爲他們無比寶貴的嗣子找到合適的歸宿。這裡，劇中人對這條美妙的大魚⑦大加讚頌，千千萬萬微妙的暗示都表明說的就是弗蘭德爾瑪格麗特公主的未婚夫。事實上，這位老兄此刻正極爲悲傷地隱居在昂布瓦茲⑧，簡直沒法想到勞工和教士、女貴族和女商人剛剛爲他跑遍了全世界。如此這般，上述嗣子少年英俊，身強力壯，尤爲難能可貴（這是一切王德的無上源泉！）：他是法蘭西之獅的兒子。我要宣稱，這個大膽的借喻委實了不起；既然時逢大講譬喻、大唱皇家婚禮讚歌的日子，用戲劇來撰寫博物志，那就絲毫不會因爲獅子的兒子居然是一隻海豚而火冒三丈了。正是諸如此類世所罕見、不倫不類⑨的雜亂交配，證實了劇作者理應滿懷激情加以讚頌。

不過，要想尊重批評的話，咱們的詩人本來是可以用不滿兩百行的詩句把上述絕妙思想說個透徹的。然而，市府大人已有諭令在先，聖蹟劇必須從中午十二點演到下午四點，所以總得說點什麼吧！何況，觀眾耐心聽著哩。

正當女商人和女貴族吵得不可開交、勞工朗誦著「林中從未見過這樣無敵的野獸……」的時候，專用看台的門突然開了——這道門原來關上就很不合時宜，現在打開更不合時宜。

門官猛然宣布：

「波旁紅衣主教大人駕到！」

---

① 按：evoe，是酒神女祭司讚美酒神巴克庫斯的歡呼。

② 原文作“Noël! Noël!”（聖誕節！聖誕節！），原爲基督徒慶祝耶穌誕生的讚歌結尾的疊句，後沿用爲歡呼：「妙啊！妙啊！」

③ 聖無辜嬰兒泉現今已不存在。一一五〇年爲某一爲基督教殉難的嬰兒而在此開闢公墓，以後相當長時間內，清泉附近是遊覽勝地。

④ 大堡和小堡均爲十三世紀的城堡，分立錢幣兌換所橋橋頭兩岸，大堡在右岸，小堡在左岸，扼守進入內城的入口。前者毀於一八〇二至一八一〇年，後者毀於一七八二年。現今的巴黎還遺留著「夏德萊」這個地名，但城堡

早已不見。關於這兩個堡，雨果在本書第三卷第二章〈巴黎鳥瞰〉中有相當詳盡的描述。

⑤ 錢幣兌換所橋，是西堤島通往右岸的一座橋樑，中世紀時橋上有許多錢幣兌換商擺攤或設店，故名。曾多次被毀。

⑥ 彼埃爾·高乃依（Pierre Corneill.1606-1684）乃法國古典主義戲劇大師，是名悲劇《熙德》的作者。

⑦ 法語中的 dauphin（嗣子，儲君）又意「海豚」，所以說是「大魚」，下文又直接寫到「海豚」。

⑧ 預定要娶瑪格麗特公主的查理十世，自幼被父親路易十一嚴加管教，雖在此喜慶日子，也不得不在修道院裡修心養性。

⑨ 原文作 pindarique（潘達魯斯風的）。按，潘達魯斯爲古希臘抒情詩人，其風格浮誇、晦澀，有時莫名其妙地堆砌。

III
紅衣主教大人

可憐的格蘭古瓦！即使聖約翰教堂所有的特大爆竹一齊爆炸；即使二十張連弓箭一齊發射；即使畢利砲台那赫赫有名的蛇形砲轟擊——巴黎圍城時期，一四六五年九月二十九日星期日，它一砲就轟死了七名勃艮地人；即使聖殿門那裡庫存的全部彈藥一齊爆炸；在此莊嚴而激動人心的時刻，都比不上門官說出「紅衣主教大人駕到」這幾個字，更震聾他的耳朵。

倒不是因爲彼埃爾・格蘭古瓦畏懼或者藐視紅衣主教先生。他既沒有這種軟弱也沒有這副傲慢。如果以今天的話來說，我們得說他像「被電擊了一般」。他本是這樣的一種人，高尚堅毅，克己穩重，始終善守中庸之道——stare in dimidio rerum（拉丁文），富於理性精神，信奉開明哲學，然而也恪守七德①。這一類可貴的哲學家至今仍有。對於他們，智慧好比阿里安娜，給了他們一個線團，自從開天闢地以來，他們展開、滾動這個線團，穿過人事變幻的迷宮。每個時代都可以看到這樣的人，他們始終沒有變化，也就是說，始終適應各個時代。如果我們能夠恢復他應得的榮譽，彼埃爾・格蘭古瓦倒眞是這類哲學家在十五世紀的代表。姑且不考慮格蘭古瓦吧，也應該說，是這類哲學家的精神指導杜・勃勒伊神父，使他在十六世紀寫出這樣率眞卓越的詞句，值得一切時代永誌不忘：「從籍貫上說，我是巴黎人；從言論上說，我是 Parrhisia——自由派②，因爲 parrhisia 在希臘文的意思是言論自由；我甚至對孔德親王殿下③的叔叔和弟弟那兩位紅衣主教大人也運用言論自由，不過非常尊重他們的尊嚴，也從不開罪他們隨從人員中的任何人，儘管隨從人員多極了。」

所以說，紅衣主教駕到給彼埃爾・格蘭古瓦產生的不愉快感覺，其中並不包含對大人的仇恨或藐視他的大駕。恰恰相反，我們這位詩人是太懂人情世故，長罩衫也太破了，是不會不特別重視把自己創作的戲劇開場詩中豐富的寓意——尤其是其中對於法蘭西之獅的長子的讚頌，奉獻給萬分尊貴的大人聽聞的。然而，凡是詩人，崇高胸懷中占支配地位的向來不是私利。假設詩人實體可以「十」表示，那麼肯定無疑，分析起來就如幽默作家拉伯雷所說，會發現其中私利只占一份，自尊心倒要占九份。但是，在門打開讓紅衣主教進來的一刻，格蘭古瓦的九份自尊心，被民眾的讚賞風一吹，膨脹起來了，腫脹到了驚人的龐大程度，剛才我們從詩人氣質構造中識別出來的那微量不可覺察的一丁點兒私利，也就好似受到窒息，消失得無影無蹤了。儘管私利是可貴的成分，是一種由現實性和人情味構成的壓艙物，把詩人緊緊拽住，免得他們雙腳不沾地，不知飛到哪兒去了。

本來，格蘭古瓦正在自得其樂，因為他感受到，眼見著，也可以說是觸摸到全體觀眾——雖然都是貧賤小民，但這又有什麼關係呢？他們傾聽他那婚禮讚歌，無不目瞪口呆，張口結舌，簡直就是如醉如癡。我要肯定指出，他自己也在分享全場的陶醉氣氛；如果說，詩人拉封丹看見自己的喜劇《佛羅倫斯人》上演時會問道：「這些歪詩是哪個混蛋作的？」那麼恰恰相反，格蘭古瓦會欣然詢問：「這部傑作的作者是誰呢？」現在，我們可想而知，紅衣主教突然大煞風景的來臨，對他造成了怎樣的效果。

他最為擔心的事情偏偏發生了，極其真實地發生了。主教大人一進場，全場就沸騰起來。一個個的腦袋都轉向那座看台，再也聽不見其他了，只聽得一個個的嘴巴重複又重複：「紅衣主教！紅衣主教！」

倒霉的開場詩再次戛然中斷。

紅衣主教在看台門限上停留了片刻。當他那相當冷漠的目光掃視全場的時候，喧嘩聲更加猛烈。人人都爭著把他看個清楚明白，個個競相伸長脖子超出身旁的人。

他確實是個卓越的大人物，看他比看任何喜劇都值得。他，查理·波旁的紅衣主教，里昂的大主教，里昂伯爵，高盧的首席主教，而他的弟弟彼埃爾——博惹的領主——又娶了路易十一的長女，他與皇家還是姻親呢，他的母親是勃艮地的安妮絲郡主，因而他與鹵莽漢查理也是姻親。然而，高盧首席主教的首要特點，與眾不同的特性，還在於他那天生的朝臣品德和對權勢的忠心耿耿。可以想見，他那雙重姻親關係給他帶來過數不清的麻煩，他那靈魂小舟不得不穿行於無數塵世暗礁之間，才沒有撞碎在路易和查理兩位的寶座之下，而這兩座夏里德和席拉似的礁石④曾經使得內穆公爵和聖波爾將軍⑤粉身碎骨。上天保佑，他終於相當順利地在航行中得以苟全，平安抵達了羅馬⑥。然而，雖然他平安抵港，也正是因爲如此，他回顧自己的政治生涯那樣飽受驚駭，歷盡艱辛，朝不保夕，危如累卵，未免心有餘悸。因此，他習慣於聲稱，一四七六年對他來說，「既是黑暗的，又是光明的」。這個意思就是，那一年他喪失了母親波旁奈公爵夫人和表兄勃艮地公爵⑦，而後者的喪失使他在母喪之餘倒也頗覺慶幸。

話又說回來，他倒是一個大妙人。他過著紅衣主教的快活日子；欣然享用夏約皇家葡萄園的佳釀，快樂又逍遙；對於麗莎德·加穆瓦斯、托馬絲·薩雅德之類的騷娘兒們絕對不仇恨；寧願對標緻少女施捨，不肯照顧老太婆。由於這一切原因，在巴黎民眾看來，此人十分可愛。他身後總是跟著一群侍從，全是出身名門世家的主教和住持，一個個風流倜儻，放浪不羈，隨時吃喝玩樂；不止一次，聖傑曼-奧塞爾的忠厚信女們，晚上經過波旁府邸燈火輝煌的窗下，大為駭然，聽見白天還為她們念誦經文的那些嗓子，正在觥籌交錯之中大唱教皇伯諾瓦十二的酒神頌——我們知道，這位教皇在他的冠冕上又加上了第三重冠。Bibamus papaliter（拉丁文：咱們像教皇一樣喝吧！）。

也許正是由於他這樣理所當然深孚民望，他進場來，群眾並沒有轟他噓他，雖然他們剛才還是那樣不滿，即使在預定選舉另一位教皇⑧的這個日子，他們也並不想尊敬什麼紅衣主教。好在，巴黎人一向不記仇，況且，既然專斷擅行迫使演出開始，好市民們已經滅了紅衣主教的威風，也就心滿意足了。此外，紅衣主教大人長得漂亮，還穿了一件美麗的大紅袍，頗有精神，也就是說，他得到了全體婦女的擁護，因而群眾中較好的一半⑨是站在他那邊的。一位紅衣主教人長得好，大紅袍又穿得好，因為耽誤了咱們看戲，就去噓他，當然很不公道，未免缺德。

他進來了，以那種大人物天生對待民眾的微笑向觀眾致意，然後帶著若有所思的神情緩步趨赴他的那張紅絲絨座椅。他身後的扈從——換在今天，我們會稱之為「他的參謀部」，那些主教和住持也跟著進入看台，當然使得在座的老百姓更加喧囂，更加好奇。人人爭先恐後指指點點，提名道姓，看誰至少認識其中的一位。有的指出哪一位是馬賽主教，名叫——假如我記得不錯——阿洛岱；有的指出哪一位是聖德尼教堂的監督長；哪一位是聖傑曼德佩教堂的住持羅伯・德・勒皮納斯，他是路易十一的某位情婦的生活放蕩的哥哥。這些名字都說得錯誤百出，怪腔怪調。至於那幫學生，嘴裡則罵罵咧咧。今天本是他們的好日子，他們的醜人節，他們的浪蕩日，法院小書記和大學生一年一度的狂歡節。沒有一樁不端行爲今天不是合情合理而且神聖的。況且，人群中還有不少騷娘兒們：什麼西蒙娜・加特爾里弗爾啦，安妮絲・加丁啦，羅嬪・皮埃德布啦……難道不能至少隨便罵上兩句，略略詛咒上帝，既然今天的日子這樣好，周圍又有這樣美妙的教會人士和娼妓爲伍？因此，他們就姿意妄爲了；在這一片喧囂聲中，詈罵胡鬧嘈雜得嚇壞人的，就是那幫神學生：他們常年由於畏懼聖路易用來打火印的烙鐵而箝口不語，今天都放鬆了舌頭。可憐的聖路易！他們在你的司法宮裡對你怎樣放肆褻瀆啊！他們每一個人都在剛剛進入看台的貴人中間選定一個對象，肆行攻擊，或是穿黑袍的，或是穿灰袍的，或是穿白袍的，或是穿紫袍的。至於磨坊的約翰，既然是副主教的弟弟，他就大膽攻擊穿紅袍的，悍然注視著紅衣主教，扯開喉嚨大唱：「Cappa repleta mero!（拉丁文：浸透了美酒的袍子呀！）」

我們在此赤裸裸地揭發出這些細節，只是爲了讀者們的身心健康，其實在當時，全場一片嗡嗡聲，蓋過了他們的喊叫，專用看台上還沒有來得及聽見就已經被淹沒了。何況，紅衣主教即使聽見也不會介意，因爲今天胡鬧一下本是習俗。而且，他的煩心事本來已經夠多的了，一臉心事重重的模樣：是另一件煩心事在壓迫著他，差不多跟他同時進入了看台。那就是弗蘭德爾御使團。

倒不是他頗有政治見地，操心他表妹勃艮地的瑪格麗特公主和他表弟維也納儲君查理殿下的婚事會有嚴重的後果。奧地利大公與法國國王這樣拼湊而成的親善關係能夠維持多久，英國國王會怎樣看待自己的女兒被人小看，這些他都不著急，照舊每晚痛飲夏約皇家葡萄園的佳釀，只是……他絲毫沒有料到：就是這個酒（當然經過醫生庫瓦迪埃稍加查驗並改變成分），路易十一日後會熱誠地贈送幾瓶給愛德華四世，忽然某天早晨就替路易十一剪除了愛德華四世⑩。「奧地利大公的萬分可敬的使團」並沒有把這類煩心事帶給紅衣主教，而是從另一方面使他心煩意亂，我們在之前已經稍稍提過：他——波旁的查理，卻不得不歡宴並熱情款待不知從哪裡鑽出來的小市民；他——紅衣主教，款待這些鄉村小吏；他法蘭西人——快活的席上客，款待這些弗蘭德爾人——喝啤酒的傢伙；而且要在大庭廣眾之間！當然，這是他爲了討好國王而只好齜牙咧嘴苦笑著的最乏味的一次！

這時，門官以響亮的聲音通報：「奧地利大公御使先生們駕到！」他轉過臉去看著門，作出世上最優美的姿態——因爲他素有研究。不用說，全場觀眾也都轉過臉去瞧瞧。

於是，奧地利的馬克西米連⑪的四十八名使節便兩兩步入，其莊嚴同波旁的查理那些教士隨從的殷勤巴結恰成對比。爲首的是上帝十分可敬的僕人、聖伯廷寺院的住持、金羊毛學院的學監約翰，和根特的最高執行長果瓦的雅各・多比。大廳裡頓時寂靜無聲。不時有人竊笑，因爲聽見了那些稀奇古怪的姓名和種種小市民的頭銜：這些人士一個個都那麼不動聲色地通名報姓，自報頭銜，再由門官亂七八糟大聲喝叫出來，群眾再一傳告，更搞得一塌糊塗。他們是：盧文市的判事洛瓦・婁洛夫先生，布魯塞爾市的判事克萊・埃杜德先生，弗蘭德爾的議長保羅・德・巴歐斯特先生——即瓦米塞耳先生，安特衛普市的市長約翰・科甘斯先生，根特市法院的首席判事喬治・德・拉莫爾先生，該城檢查院的首席判事蓋多夫・文・德・哈格先生，以及比貝克的領主先生，還有約翰・平科克，約翰・狄馬塞耳，諸如此類，不一而足。典吏，判事，市長；市長，判事，典吏；一個個身體板直，裝模作樣，故作姿態，身穿絲絨或錦緞的節日服裝，頭戴天鵝絨披帽，帽頂上綴著塞浦路斯大束金線球。一個個都好像林布蘭⑫在其畫作《夜之圓舞》中襯托著黑色背景，那樣強烈、莊嚴地深刻描繪那一類弗蘭德爾的出色面孔，尊嚴而嚴峻的面孔；一個個額頭上都彷彿銘刻著——正如奧地利的馬克西米連自己在詔書中說的——完全有理由「予以充分信任，深信彼等明智、勇敢、有經驗、忠誠、品德高尚」。

但有一人例外。他的面相透露著精明、聰慧、詭譎，是一種外交家的面容。紅衣主教一見，趨前三步，深打一躬。其實，這個人的名字不過是「威廉・里姆——根特市的參事，領養老金者」。

當時很少有人知道這位威廉・里姆是個什麼樣的人物。其實此人，天才罕見，如在某個革命時期，他是會光芒四射地浮上事態發展的表面，但在十五世紀他只是偷偷摸摸搞些陰謀罷了，正如聖西門公爵⑬所說：「生活在破壞活動⑭之中。」不過，他倒確實頗受歐洲第一「破壞家」⑮的賞識，與路易十一正因共同搞陰謀而打得火熱，經常插手這位國王的秘密勾當。這些事情，當然那天的觀眾全不知情，他們只是對於紅衣主教這樣彬彬有禮地對待這個病容滿面的弗蘭德爾一介的官員，而感到非常詫異。

---

① 基督教的七德爲正義、謹愼、節制、堅忍、信仰、希望、仁愛。

② 這裡的俏皮話取其諧音：Parisien（巴黎人）和 parrhisian（自由派）。後者爲用拉丁字母拼寫的希臘字。

③ 孔德親王歷來是法國國王胞弟（大弟弟）的封號。

④ 夏里德和席拉，是義大利和西西里之間的兩座出名的險礁。

⑤ 內穆公爵（Nemours 1437-1477）：有武功，後因反對路易十一，被關進巴士底獄，最後被斬首。聖波爾，(Saint-Pol 1417-1462)：以結束百年戰爭的軍功受路易十一寵幸，後以叛亂罪被處決。

⑥ 指當了紅衣主教。抵港本是法語裡「平安無事到達目的」之意，故此句一語雙關。

⑦ 這位勃艮地公爵即鹵莽漢查理（1433-1477），是勃艮地最後一位公爵。

⑧ 這裡的教皇指醜人王（法語裡使用「教皇」一詞)。

⑨ 若干西方語言中把婦女稱作「較好的一半」。

⑩ 英、法長期紛爭，法國多半居劣勢，直至路易十一。他設法害死了英王愛德華四世（1461-1483）。藥酒事成爲千古疑案。

⑪ 馬克西米連（Maximilien 1458-1519）：奧地利大公，日耳曼皇帝，第一個妻子是鹵莽漢查理之女。他倆的女兒即本文中所說的瑪格麗特公主，嫁法國王儲，後爲法國王后。

⑫ 林布蘭（Rembrandt 1606-1669）：荷蘭名畫家。

⑬ 聖西門公爵（Saint-Simon 1675-1755）：歷史學家，所寫《回憶錄》，翔實地記載了他那個時代歐洲各宮廷的陰謀勾當和各國重大事件。

⑭ 這裡，雨果玩了一個文字遊戲，上面的「偷偷摸摸」又意「洞穴的」，這裡的「破壞活動」又意「地洞」，兩相呼應。這位里姆是個眞實人物，爲人即如雨果所述。

⑮ 這裡又是一個文字遊戲，「破壞家」一詞從上句「破壞活動」一詞衍生。這裡指的是路易十一。關於這個君王，請參閱《譯者後記》。

IV
雅各・科柏諾老爺

當根特的領養老金者和紅衣主教大人互相低低打躬，更低地談話的時候，進來了一個人，身材高大，臉膛寬闊，肩闊膀圓。他硬跟威廉・里姆並肩擠入，簡直就像猛犬緊緊跟著狐狸。在周圍絲絨綢緞的襯托之下，他那尖頂氈帽和皮革襖子，就像一個污點似的。門官以爲他是一位已暈頭轉向的馬夫，伸手把他攔住，說道：

「喂，朋友！不許進！」

穿皮襖人肩一拱，把門官撞開了。

「你這是幹什麼！」他大喝一聲，使得全場觀眾都豎起耳朵聽著這場奇特的對話：「你沒看見我是跟他們一塊兒的？」

「你叫什麼名字？」

「雅各・科柏諾。」

「身分？」

「賣襪子的，住在根特，招牌是『三鏈』。」

門官向後一閃。要是他通報的是判事和市長倒還罷了，可是賣襪子的？這也太難看了。紅衣主教如坐針氈。所有的民眾都在聽著、瞧著。兩天來，大人煞費苦心調理那些弗蘭德爾大狗熊，想使他們多多少少能在公開場合端得出去。這下子，這個惡作劇可真夠大人受的！這時，威廉・里姆卻露出狡獪的笑容，走到門官跟前，壓低嗓門，說：

「你就通報『雅各・科柏諾——根特市判事們的書記』。」

「門官，你就通報『雅各・科柏諾——名城根特市判事們的書記官』。」紅衣主教也大聲嚷道。

這下子可糟了。要是里姆一人倒可以遮掩得過，可是科柏諾已經聽見了紅衣主教的話。

「不對，媽的！」他大叫起來，聲若雷鳴：「雅各・科柏諾——賣襪子的！門官，你聽見了嗎？不多不少！就是賣襪子的，相當不錯嘛！『大公都不止一次到小店來找手套哩』①。」

笑聲、掌聲響成一片。這倒也是，俏皮話在巴黎向來得到迅速的理解，因此總是大受歡迎的。

更何況，科柏諾是個平民，周圍的觀眾也是平民。因此，他們之間的溝通疾如閃電，可說是一拍即合。弗蘭德爾襪商這種令達官貴人丟面子的高傲攻擊，在所有平民派心靈中激發出難以言狀的尊嚴感，雖然這種情緒在十五世紀還是模糊的、不明顯的。襪商竟然分庭抗禮，敢於頂撞紅衣主教大人！可憐的老百姓本來習慣於尊敬、服從給紅衣主教拿衣服的聖日內維埃芙住持的侍衛和僕人，所以想起來心裡都美滋滋的。

科柏諾傲慢地向主教欠身，主教趕忙向路易十一也畏懼的萬能市民還禮。然後，威廉・里姆——即菲利浦・德・科敏②所說的「機靈而滑頭的傢伙」——面帶譏誚，露出自命優越的微笑，注視著他倆各自走向各自的座位：紅衣主教狼狽不堪，滿腹憂慮；科柏諾泰然自若，高傲矜持，或許在暗自思量他那賣襪子的頭銜畢竟抵得上其他任何頭銜。而科柏諾今天來參加婚禮的那個主角瑪格麗特的母親瑪麗・德・勃艮地，對於紅衣主教的畏懼還不如對於襪商的畏懼，因為，可以把根特人民煽動起來反對鹵莽漢查理女兒的寵臣們，並不是紅衣主教；當弗蘭德爾公主為了他們一直跑到斷頭台下向民眾苦苦哀求的時候，一句話就可以把群眾鼓動起來而不聽她哭訴的，也不是紅衣主教；襪商只需抬一抬穿著皮革襖子的胳臂，就可以叫最顯貴的老爺——吉・丹伯庫和威廉・雨戈奈大臣③——人頭落地！

但是，對於可憐的紅衣主教，事情還沒有到此結束，客人如此惡劣，這樣的一杯苦酒他只好一飲到底。

讀者大概還沒忘記，開場詩起始時爬到紅衣主教看台邊上的那個厚顏無恥的乞丐吧？即使達官貴人到來，他也沒有鬆手溜下去；當高級教士們和御使們像眞正的弗蘭德爾青魚一般，擁擠在看台上，紛紛在高背交椅上就座時，他把自己的姿勢擺得更舒服了，乾脆兩腿交叉盤住了柱頂托。他的唐突無禮，眞是世間少有！不過，起初並未有人發現，大家的注意力都轉向別處了。他呢，也好像沒有覺察大廳裡有什麼事情，只是搖晃著腦袋，表現出那種那不勒斯人典型的無憂無慮神情；在一片嗡嗡聲中，彷彿習慣性機械動作，不時叫喊：「可憐可憐吧！」

誠然，在所有觀眾中大概只有他不屑於扭過頭去聽聽科柏諾和門官的爭執。然而，很不湊巧，根特的襪商老闆科柏諾——民眾已經強烈同情而且仰望著他——正好坐在乞丐頭頂上看台的第一排。這位弗蘭德爾御使仔細看看面前的這個賤人，然後伸出手臂，友善地拍拍他破衣爛衫下的肩膀。見此情景，大家吃驚不已。乞丐猛一回頭，兩人的臉上都流露出驚訝、相識、喜悅之至的神情……然後全然不顧觀眾，襪商和病鬼手拉著手，低聲說起話來。這時候，乞丐克洛班•特魯伊甫的襤褸衣衫，展現在看台金光燦爛的鋪墊之上，就跟毛毛蟲襯托在美麗的柑桔上一般。

這一奇特景象是多麼新鮮，激起了群眾的狂熱欣喜，大廳裡一片嘰嘰喳喳聲，紅衣主教立刻覺察到了。他微微俯身。從他坐的地方也只能隱隱約約瞥見破爛不堪的寬袖短衫，很自然地，他以爲乞丐正在要飯。乞丐這樣膽大妄爲，主教大人怒不可遏，喝道：「司法宮官員何在，給我把這個賤民丟到河裡去！」

「媽的，紅衣主教大人！」科柏諾仍然握著克洛班的手，說道：「這是我的朋友。」

「妙呀！妙呀！」民眾喊道。

從此以後，科柏諾老爺在巴黎也像在根特一樣，正如科敏所說，「在民眾心目中享有極大的威望，因為這樣氣概的人如此目無法紀，是必定受民眾擁戴的。」

紅衣主教咬牙切齒。他傾過身，對坐在身旁的聖日內維埃芙寺院的住持低聲說道：

「大公殿下派來給瑪格麗特公主聯婚的使臣，可眞是有意思！」

「大人，您對這些弗蘭德爾畜生講禮貌是糟蹋糧食！Margaritas ante porcos.④」住持回說。

紅衣主教微微一笑，說道：

「應該說 Porcos ante Margaritum.⑤」

對於這句俏皮話，所有穿袈裟的隨從都笑不可抑。紅衣主教心裡稍覺舒坦；他跟科柏諾也算是扯平了，因為他的挖苦話也得到了捧場。

現在，請讀者中有能力用現今人們的文筆概括形象和意念的人允許我們問一問：你們是否能夠清楚地想像，當我們的視線滯留在他們的時候，司法宮那寬闊長方形大廳內是個什麼情景。

在大廳中間，背靠西牆的是一座金色錦緞鋪墊的寬敞、華麗看台。在門官尖叫一一通報之下，那些莊重人物從一道尖拱小門魚貫而入，登上看台。看台前排的交椅上，已經坐著不少可敬的貴人，頭上戴的帽子不是貂皮，就是天鵝絨的，或者猩紅緞子的。在始終悄然無語、莊重肅然的看台周圍、下面、對面，到處一片騷動的響聲。民眾的數萬雙眼睛注視著看台上每一張面孔，數萬人輕語說著看台上每一個人的名字。固然，此情此景甚是有趣，值得群眾注意；但是，那邊，在那個木頭台子上面有四個五顏六色的木偶，下面也有四個五顏六色的木偶，那是什麼呀？台子旁邊的那個人，身穿黑罩衫，臉色蒼白，他是誰呢？唉！親愛的讀者，那是彼埃爾·格蘭古瓦和他的開場詩。

我們大家早已把他忘得一乾二淨了！

而這正是他最爲擔心的。

紅衣主教一進來，格蘭古瓦就活動不已，力求挽救他的開場詩。他先是懇求陷於停頓的演員繼續演下去而且要提高嗓門，然後，他看見沒有一個人在欣賞戲劇，只好吩咐演員暫停演出；中斷到現在將近一刻鐘了。他不停地頓足，不停地奔走，不停地向吉絲蓋特和莉娜德呼籲，不停地慫恿身邊的群眾要求繼續演戲。然而，完全白費了勁。大家仍將目光停留在紅衣主教、御使團和看台上，那裡才是這一大片廣闊視界的唯一中心。然而，我們也必須遺憾地指出：早在紅衣主教蒞臨、可怕地分散了群眾的注意力之前，開場詩早已使觀眾有點厭煩了。說到底，看台上也好，戲台上也好，演的都是一碼事，都是勞工和教士的衝突，貴族和商人的衝突。許許多多的人寧願看見他們有血有肉，活生生的，呼吸著，活動著，擠撞著，體現成弗蘭德爾御使團，體現成那些教士隨從，在紅衣主教大紅袍裡面，在科柏諾皮革襖子下面，而不願看見他們化作格蘭古瓦給予古怪打扮的、身穿半黃半白寬長袍的四個木頭人，塗脂抹粉，奇裝異服，用韻文說話，簡直就像稻草人！

話雖這麼說，但我們的詩人看見平靜稍稍恢復了，就想出了一條原本倒是可以挽回局面的妙計。

他轉向身旁的一位老兄，看上去頗有耐心的一個胖子，說道：

「先生，幹嘛不從頭再演一遍呀？」

「什麼？」胖子說。

「聖蹟劇呀！」格蘭古瓦說。

「隨您的便。」胖子說。

稍得贊同，格蘭古瓦就覺得夠了。他馬上自己喊了起來，盡可能使自己混於群眾之中：

「聖蹟劇從頭再演呀，從頭開始呀！」

「活見鬼！」磨坊的約翰說：「怎麼？那邊，他們嚷嚷些什麼？（他說「他們」，是因爲格蘭古瓦嗓門特大，頂得上好幾個人。）同學們，你們看！聖蹟劇不是演完了嗎？他們還要從頭演！這可不行呀！」

「不行！不行！」所有的學生都喊了起來：「打倒聖蹟劇！打倒！」

這時，格蘭古瓦卻更加起勁，反而叫得更響了：

「從頭演！從頭演呀！」

這一陣子喧鬧引起了紅衣主教的注意。他向幾步開外一個身穿黑衣的大個子說：

「司法宮執事先生，這些小鬼難道是被關在聖水瓶子裡，怎麼在鬼叫鬼叫的呢？」⑥

司法宮官員是個兩面人，是司法界裡的一種蝙蝠；像老鼠又像鳥雀；既是審判官，也是兵士。

他走到主教跟前，膽戰心驚，唯恐大人震怒，吞吞吐吐向主教解釋民眾何以不守禮法的原委：大人還沒有蒞臨，時間就到了中午，演員迫不得已，只好不等法駕光臨就開演了。

紅衣主教哈哈大笑，說道：

「老實說，即使是大學董事長也會不得不這樣哩。您說呢，威廉・里姆先生？」

威廉・里姆回說：

「大人，我們倖免看戲的前半部，總算是占了便宜呢！」

執事問道：

「允許這些賤民把他們的鬧劇演下去嗎？」

「演吧，演下去吧，」紅衣主教說：「我無所謂。而且，我可以趁此機會念念每日祈禱書。」

執事走到看台邊上，揮揮手要觀眾安靜，然後叫道：

「市民們，村鎮百姓們，居民們，有人要求從頭再演，也有人要求不演了，爲了使這兩方的人都滿意，主教大人下令繼續演下去。」

確實只好遷就兩部分人。結果，劇作者和觀眾都對紅衣主教有點不滿。

於是，劇中人繼續胡說八道。格蘭古瓦指望觀眾會好好靜聽他大作中剩下的部分。這個指望也像其他幻想一樣，很快就破滅了。觀眾雖好歹算是恢復了平靜。但是，格蘭古瓦未曾注意到的是：紅衣主教下令繼續演出的時候，看台上的貴賓還沒有到齊，弗蘭德爾御使們到達以後，繼續又來了一些人，都是紅衣主教的隨行人員，於是門官不斷在格蘭古瓦的大作中尖聲怪叫，通報貴賓的姓名和身分，產生了巨大的破壞作用。不妨想像，在演出中間，就在兩個韻腳之間，甚至就在一行詩的中間，有那麼一位門官尖聲怪叫，呼出這樣的插曲：

「雅各・夏莫呂老爺——國王的教會法庭代訴人⑦！」

「約翰・德・哈萊老爺——候補騎士⑧，巴黎城騎巡夜禁總管！」

「加利約・德・惹諾瓦克老爺——騎士，勃呂薩克的領主，國王砲兵統帥！」

「德婁-臘居老爺——國王全國暨香巴涅省、勃里省水利森林巡查官！」

「路易・德・格臘維老爺——騎士，國王的近侍，海軍總司令，樊尙樹林禁衛！」

「德尼斯・勒・邁西耶老爺——巴黎盲人院總管！」

諸如此類，不一而足。

越來越叫人受不了。

在這種古怪的伴奏之下，戲簡直無法演下去了。格蘭古瓦尤其憤慨，因爲他知道劇本是越來越精采，只欠人傾聽。確實，這部傑作筆調優美，情節生動曲折，無以復加。

正當開場的教士和女貴族、勞工和女商人因找不到嗣子之妻而不知所措悲嘆不已的時候，女神維納斯自己光臨了，vera incessu patuitdea（拉丁文：以女神的輕盈步履），身穿華麗矯襖，上繡巴黎城的戰艦紋章。她親自來向嗣子求婚，既然他注定要娶最艷色女子。只聽得朱庇特的霹靂從更衣室裡發出轟鳴：他表示支持。女神就要勝利了，用通俗的話來說，他就要嫁給王子了。不料，來了一位小姑娘，身穿白色錦繡，手執一朵雛菊——一望而知這就是弗蘭德爾公主的化身⑨，她來跟維納斯爭奪。驚人的效果！絕妙的情節！經過好一番爭執，維納斯、瑪格麗特和後台躲著的人們一致決定提交聖母裁決。還有一個美妙角色，就是美索不達米亞國王堂・佩德爾。不過，演出打斷的次數太多，現在已經說不清他到底起了什麼作用。這一切都是從那張梯子爬上來的。

可是，一切全毀了！這一切的優美全無人感受、理解。自從紅衣主教進來，就彷彿有了一根看不見的魔線，突然把全體觀眾的視線從大理石桌子牽向看台，從大廳南端牽向西側。這魔力根本無法解除，所有人的眼睛都固定在那裡——新來的貴賓，他們該死的姓名，他們的長相和他們的服裝。眞是傷心呀！除了吉絲蓋特和莉娜德在格蘭古瓦拉拉她們袖子的時候，轉過頭來，除了身旁的那個胖子還有點耐性，那齣可憐的寓意劇早已被遺棄了，沒人聽了，也沒人看了。格蘭古瓦現在看見的觀眾，只是一個個的側面。

眼見他那光榮的詩的大廈一塊又一塊土崩瓦解，是多麼辛酸啊！再想想，這些民眾剛才還險些兒要打倒執事大人，迫不及待要聆聽吟誦他的大作！現在聽到了，卻全然不放在心上！這場演出在開始的時候是受到全場一致的歡呼呀！民心向背的起伏變幻是多麼無常啊！你想想剛才還幾乎要把那四個官員吊死！格蘭古瓦眞想不惜一切代價換回剛開始的甜蜜時刻！

終於，門官怪聲呼號的獨白停止了。所有的貴賓都已到齊了。格蘭古瓦長吁了一口氣。演員們也可以安安穩穩地繼續演下去。不料，科柏諾老爺──那個賣襪子的，猛然站起身來，格蘭古瓦聽見他在眾人屏息之中發表了一篇萬惡的演說：

「巴黎的市民紳士們，我不知道媽的我們在這兒幹嘛來著！我當然看見那邊角落裡，那個台子上，有幾個人好像要打架。我不知道這是不是你們所謂的聖蹟劇；可是並不有趣呀！他們只是鬥口，並不動手。我等他們動手等了一刻鐘。什麼也沒等著。只會叫罵傷人的人，就是孬種！應該把倫敦的或者鹿特丹的打拳角鬥者請來，那才叫好看！而你們就可以看到拳頭打得呯呯響，廣場上都聽得見。這裡的那幾位演員眞令人噁心！他們至少應該跳上一段摩爾人⑩的舞蹈，或者其他玩藝兒！原先告訴我的不是這個呀！本來答應的是醜人節，選個醜人王。我們根特也有醜人王，在這方面我們不落後，媽的！我告訴你們，我們是這麼辦的：聚集起許許多多人，就跟這兒一樣。然後，每個人輪流把腦袋鑽進一個窟窿眼裡，做個怪相給大伙兒看看。誰的怪相最醜，大家一齊鼓掌，就當上醜人王了。非常有趣的！你們要不要也用我們的辦法選舉醜人王呀？反正不像聽這些廢話那樣沒勁。誰要是願意從窗洞裡做怪相，誰參加就是了。你們說呢，市民先生們？反正這兒怪模怪樣的男男女女有的是，盡夠咱們以弗蘭德爾方式大笑一場。我們不都是夠醜的嗎，盡可以指望會有極爲出色的怪相！」

格蘭古瓦恨不得駁斥他幾句，可是他又驚愕又氣惱，簡直說不出話來了。況且，這些市民聽見被稱爲「紳士」，心中眞是高興，對於頗孚眾望的襪商建議都表示熱烈贊成，任何抗拒都是沒有用的。只有順勢才行。格蘭古瓦雙手捂住臉，恨不能像狄芒特的阿加曼儂王那樣有一領斗篷把腦袋蒙起來。

---

① 「大公……找手套」是一句俏皮話，有兩層意思：一是諷刺大公無知，到襪子店來買手套(手套和襪子是有高貴和低賤之分的)；二是「根特」和「手套」諧音（弗蘭德爾語中「根特」結尾輔音「特」發音，今法語則不念出來，中古法語〔le moyen francais〕可能是發音的)。

② 菲利浦·德·科敏（Philippe de comines 1447-1511)：歷史學家，路易十一的親信。

③ 瑪格麗特的兩個小白臉。

④ 拉丁文：瑪格麗特（Margaritac）先於豬（Procos)，意爲「糟蹋糧食」、「上

不得台面」……

⑤ 拉丁文：豬先於瑪格麗特（在她前面、優先於她），詞序和格這樣一變，把弗蘭德爾畜生和公主都罵進去了。

⑥ 這是套用俗話：「魔鬼關在聖水瓶子裡似的瞎折騰。」

⑦ 代訴人就是代國王提起公訴，後來即成爲檢察官。

⑧ 候補騎士，是青年貴族取得騎士封號前見習時的頭銜，不列入爵位。

⑨ 公主的名字「瑪格麗特」，本是「雛菊」的意思。

⑩ 摩爾人：中古和以後居住在北非和西班牙的伊斯蘭阿拉伯人。

V
卡席莫多

爲實現科柏諾的主張，轉眼之間，一切都準備好了。市民們、學生們和小書記們一齊動手。大理石桌子對面的那座小教堂被選定爲表演怪相的場所。門楣上面的那扇美麗的玫瑰窗，被打碎一塊玻璃，露出圓框，參加比賽的人就從這個圓洞裡伸出腦袋。也不知從什麼地方找來兩個大酒桶，疊了起來，站上去剛好夠得著那個洞。

爲了讓怪相給人新鮮、完整的印象，還規定參加競選的人，無論男女——因爲有可能選出的是一位女王——先把臉蒙起來，躲在小教堂裡不准露面，一直到比賽時再突然出現。不一會兒，小教堂裡面就擠滿了比賽的人，門隨即就關上了。

科柏諾從自己的座位上發號施令，安排一切。這陣吵鬧聲中，紅衣主教十分尷尬，不亞於格蘭古瓦。於是，他推說還得去做晚禱，已經率領全體隨從退席了。而那些群眾，儘管在他來的時候激動萬分，然而對於大人的離去根本未加理會。只有威廉·里姆注意到主教的全軍潰退。民眾的關注，就像太陽的運行一般：出自大廳一端，在正當中停留了一會，現在走到另一端去了。大理石桌子和錦緞看台已經完成它們的使命·現在該是路易十一的小教堂大顯身手了。從此人們可以恣意發狂胡鬧，只剩下佛蘭德爾人和賤民之輩。

醜人王比賽開始了。探出窗洞的第一張醜臉，眼皮翻轉露出紅色，嘴巴咧著像是獅子口，額頭皺得一塌糊塗，好像我們現在所穿的帝國輕騎兵式的靴子①，引起了哄堂大笑，那樣不可抑制，連荷馬聽了都會把這些村鎮百姓誤認爲神仙哩。然而，大廳不正是奧林匹亞山嗎？②格蘭古瓦的可憐的朱庇特比誰都清楚這一點。第二個，跟著又是第三個，一個接著一個。笑聲不絕，人們高興得直跺腳。

這個場面中有一種說不出來、特殊的、心蕩神移的享受，一種難以言狀的陶醉迷人的力量，是很難向今天我們沙龍的讀者言傳的。請諸位自己想像一下吧，各種各樣的面孔相繼出現，表現出一切圖形，從三角形到不規則四邊形，從圓錐體到多面體；一切人類的表情，從憤怒直至淫佚；一切年齡，從新生兒的皺紋到瀕死老太婆的皺紋；一切宗教幻影，從田野之神到別西卜③；一切獸臉，從狗嘴到鳥喙，從豬頭到馬面。請諸位想像一下，新橋的那些柱頭像，經雕塑家日耳曼・皮隆妙手而化爲石頭的那些魔魔，在這裡突然復活了；威尼斯狂歡節上的一切面具④，一個個出現在你們的面前。總而言之，眞是人海百怪圖！

狂歡越來越弗蘭德爾式了。即使畫家特尼埃來描繪，也只能給予不完整的印象。請諸位想像一下，在酒神節進行畫家薩爾瓦多・羅莎所畫的戰役。什麼學生，什麼御使，什麼市民，什麼男人，什麼女人，盡都消失了；克洛班・特魯伊甫，吉勒・勒科鈕，瑪麗・加特爾里弗爾，羅班・普斯潘，統統不見了。一切都消融在舉世放縱的浪蕩之中。大廳完全化作了一座無恥嬉戲的大熔爐，每一張口都狂呼亂喊，每一雙眼睛都電光閃閃，每一張臉都醜態百出，每一個人都扭捏作態。一切都在喊叫，在咆哮。一個接一個從窗口探出來齜牙咧嘴的鬼臉，每增加一個，就是一根投入爐火中的柴禾。從這沸騰的人群中間不停地逸散出尖銳的、銳利的、淒厲的、嘶嘶的聲音，就好像蒸氣不斷從爐中升騰出來，交織成蚊蚋振翅的嗡嗡嚶嚶。

「呵！天殺的！」

「你看那張臉呀！」

「根本不行！」

「換一個！」

「姬埃麥特，你瞧那個牛頭，只差沒長角了。你可別要他當老公啊！」

「又來了一個！」

「教皇的肚子！這算什麼怪相？」

「唉！你這是弄虛作假嘛！拿出你自己本來的面目不就行了！」

「該死的娘兒們佩瑞特！她可眞做得出來！」

「妙呀！妙呀！」

「我快悶死了！」

「瞧瞧這一個，耳朵都伸不出來了！」

諸如此類，不一而足。

現在，得爲老朋友約翰說兩句公道話了。在這場群魔亂舞中，他依然盤坐在柱頭上，就好像角帆上的見習水手。他狂舞亂擺，那股癲狂勁兒教人難以置信。他的嘴巴張得大大的，發出一種耳朵聽不見的聲音，倒不是因爲人聲嘈雜蓋過了它，再嘈雜也不行，而是他的聲音大概已經超過可聞尖銳聲的極限——按照索伏的說法是一萬二千次振動，按照比奧的說法是八千。⑤

至於格蘭古瓦，第一陣沮喪過去之後，他恢復了鎭靜，昂然抵禦住挫折。他第三次對他的演員們——那些說話的機器——吩咐：「演下去！」然後，在大理石桌子前面大踏步走來走去，同時想著：「他也要到小教堂的窗洞露露面，哪怕只是爲了對這些忘恩負義的群眾做個鬼臉開開心。」

「可是不能！這樣未免有失身分；不必報復了吧！要堅持鬥爭

到底！」他反覆告誡自己：「詩的力量對民眾是巨大的，我要把他們拉回來。看看誰戰勝誰，是怪相呢？還是文學？」

唉！只剩下他自己觀看自己的大作了。

比剛才還要糟糕。他現在只看得見眾人的背面。

我說錯了。他剛才在緊急關頭徵詢過意見的那位有耐性的胖子，仍然面向著舞台。至於吉絲蓋特和莉娜德，早已叛逃了。

這唯一的觀眾如此忠實，格蘭古瓦眞是打心眼裡感動。他走上前去，輕輕搖搖他的胳臂，因爲這位仁兄已經趴在欄杆上，有點睡著了。

「先生，」格蘭古瓦說：「謝謝您。」

「先生，」胖子打了個呵欠，答道：「謝什麼？」

「我知道，您討厭的是那邊吵得厲害，使您沒法自在如意地聽。不過，別著急！您的大名將流芳百世。請教尊姓大名？」詩人說。

「雷諾・夏多，巴黎小堡的掌印官⑥。」

「先生，您在這兒是繆斯的唯一代表。」

「您過獎了，先生。」小堡的掌印官說。

格蘭古瓦又說：「只有您認眞地聽了這個劇本。您覺得怎麼樣？」

「哎，哎！」胖法官這才朦朧半醒，回答得確實有精神。

格蘭古瓦也只好滿足於這種讚頌了，因爲恰好這時一陣雷鳴般的掌聲，夾雜著轟然歡呼，打斷了他們的談話。醜人王選出來了！

「妙呀！妙呀！妙呀！」四面八方一片狂叫。

果然，這時從玫瑰窗洞伸出來的鬼臉眞是了不起，光艷照人。狂歡激發了群眾的想像力，他們對於荒誕離奇的醜人已經形成一種理想的共識，但是，從窗洞裡先後鑽出來的那些五角形、六角形、不規則形的鬼臉，沒有一個能滿足他們。而現在，出來了一個妙不可言的醜臉，看得全場觀眾眼花撩亂，奪得錦標是毫無問題的了。科柏諾老爺也高聲讚賞起來，參加比賽的克洛班·特魯伊甫現在只好認輸，天知道那張臉能醜到何種程度，我們當然也要自嘆弗如。

我們不想向讀者詳細描寫那個四面體鼻子，那張馬蹄形的嘴，小小的左眼爲茅草似的棕紅色眉毛所壅塞，右眼則完全消失在一個大瘤子之下，橫七豎八的牙齒就像城牆的垛子，長著老繭的嘴巴上有一顆大牙踐踏著，伸出來好似大象的長牙，下巴劈裂，特別引人注目的是這一切都表現出一種神態，混合著狡獪、驚愕、憂傷。如果能夠，請諸位自己想像吧！

全場歡聲雷動。大家趕忙向小教堂衝去，把這個上天賜的醜人王高舉著抬了出來。這時，驚訝、讚嘆達到了頂點，怪相竟然就是這個醜人王的本來面目！

更恰當地說，他整個人就是一副怪相。一個大腦袋上棕紅色頭髮耷拉著。兩個肩膀之間聳著一個大駝背，前面的雞胸給予了平衡。從股至足，整個下肢扭曲成奇形怪狀，兩腿之間只有膝蓋那裡才勉強接觸，從正面看，恰似兩把大鐮刀，在刀把那裡會合。寬大的腳，巨人的手。這樣不成形體卻顯露出難以言狀的可怖體態，那是精力充沛、矯捷異常、勇氣超人的混合。這是奇特的例外，公然違抗力與美皆來自和諧這一永恆法則。這就是民眾們所選的醜人王！

簡直就是把打碎了的巨人再重新胡亂拼湊起來。

這樣的一種西克洛佩⑦出現在小教堂門檻上，呆立不動，厚厚墩墩，高度幾乎等於寬度，就像某位偉人所說「底之平方」。看見他那一半紅、一半紫的外套，滿綴著銀色鐘形花，尤其是他那醜到完美程度的形象，群眾立刻就認出了他，異口同聲地叫起來：

「這是卡席莫多，打鐘的人！這是卡席莫多，聖母院的駝子！獨眼龍卡席莫多！卡席莫多瘸子！妙呀！妙呀！」

可見，這可憐的傢伙綽號多的是，隨便挑。

「孕婦可得當心！」學生們喊道。

「還有想懷孕的也得當心！」約翰接口喊叫。

女人們當眞遮起臉來。

一個女人說：「呀，這混帳猴子！」

另一個說：「又醜又壞！」

還有一個說：「眞是魔鬼！」

「我眞倒霉，住在聖母院前，每天夜晚都聽見他在屋檐上徘徊。」

「還帶著貓。」

「他總是在人家的屋頂上。」

「他從我們家的烟筒灌入惡運。」

「那天晚上，他從我們家窗戶向我做鬼臉，我相信那是他，把我嚇死了！」

「我敢說他是參加群魔會的。有一次，他把一把掃帚落在我家屋檐上了。」⑧

「啊！駝子的醜臉！」

「噗哇哇……」

男人們卻大得其樂，鼓掌不已。

喧鬧的對象卡席莫多則始終站在小教堂門限上，陰鬱而莊重，任人家讚美。

一個學生——我想是羅班·普斯潘吧？跑上前去對著他的臉大笑，湊得未免太近了。卡席莫多把他攔腰抱起，從人群中間扔出十步開外，還是一言不發。

科柏諾老爺大爲驚嘆，走了過去：

「媽的！天父！你是我生平所見最美的醜。不但在巴黎，而且在羅馬，你都夠資格當教皇⑨！」

說著，他伸出手興高采烈地拍拍卡席莫多的肩膀。卡席莫多仍然一動不動。科柏諾說下去：

「你這個傢伙，我心裡眞的癢癢的，我要帶你出去大吃一頓，哪怕是要花我一打嶄新的十二圖爾銀幣⑩。你說怎麼樣？」

卡席莫多不回答。

「媽的！」襪商說：「你聾了？」

確實，他是個聾子。

然而，他開始對科柏諾的親狎行爲不耐煩了，猛然轉過身去，牙齒咬得格格響。那大塊頭弗蘭德爾人趕忙後退，就像是猛犬也招架不住貓似的。

於是，他敬畏地圍著這個怪人轉了一圈，半徑距離至少十五步。有個老太婆向科柏諾解釋卡席莫多是個聾子。

「聾子！」襪商發出佛蘭德爾人的粗獷笑聲，說道：「媽的！眞是十全十美的醜人王！」

「喂，我認識他，」約翰喊道。他爲了就近觀看卡席莫多，終於從柱子頂上下來了。他說：「他在我的副主教哥哥那裡擔任敲鐘人。——你好，卡席莫多！」

「鬼！」羅班・普斯潘說。自己剛才被摔了一個跟斗，心裡很不痛快。他說：「他出現，是個駝子；他行走，是個瘸子；他看人，是個獨眼；你對他說話，是個聾子。——哎，他的舌頭拿去幹什麼啦，這個波利芬⑪？」

「他願意的時候還是說話的。他是給鐘震聾的，並不啞。」一位老太婆說。

「美中不足呀！」約翰評論道。

「不對，他還多一隻眼睛哩。」羅班・普斯潘補充說。

「哪裡！」約翰頗有見地，說：「獨眼比瞎子不完美得多。欠缺什麼，他自己知道。」

於是，所有的乞丐，所有的僕役，所有的扒手，都由學生們率領，列隊前進，把法院書記文件櫃翻騰了一番，找出紙板，做了個冠冕，還做了一件可笑的道袍給醜人王。

卡席莫多聽任他們爲自己打扮，眼睛都不眨一下，傲然順從的樣子。然後，大家叫他坐在一張五顏六色的擔架上。十二名醜人團大騎士把擔架往肩上一扛。這獨眼巨人看見漂亮、端正、身體構造良好的人的腦袋都在自己的畸形腳下，陰鬱的臉上頓時粲然，顯現睥睨一切的辛酸又歡樂的表情。接著，這衣衫襤褸的遊行隊伍開始吼叫著行進，按照慣例，先在司法宮各條走廊轉一圈，然後出去，到大街小巷兜圈子。

---

① 帝國，指拿破崙一世的第一帝國，「皺得像帝國輕騎兵的靴子」是一句反語。

② 法語裡稱不可抑制的哄堂大笑爲「荷馬式的笑」，據說荷馬是那樣描寫奧林匹亞山衆神的笑聲的。

③ 別西卜，猶太傳說中的鬼王。

④ 狂歡節，即謝肉節，在大齋節前三天舉行，可以在這一天盡情狂歡。這一天在威尼斯的廣場上舉行的化裝舞會是最著名的，大仲馬等等作品中都有描寫。

⑤ 索伏（Sauveur）和比奥（Biot）都是法國著名的物理學家。

⑥ 小堡當時爲最高法院的一部分，掌印官是其中的小官，相當於收發室的頭頭之類。

⑦ 西克洛佩是希臘神話中的獨眼巨人。

⑧ 前後說的都是把卡席莫多當作魔鬼的化身。爬屋頂，騎掃帚飛，帶著貓，

嚇唬人，等等，都是魔鬼或巫師的習慣。他們每年一次還要在半夜裡聚會狂舞，雞鳴就消逝。

⑨ 這樣説，是因爲法語「醜人王」使用「醜人的教皇」一語。

⑩ 最初鑄造於圖爾市的銀幣，以後在十五、六世紀流通於法國全境。

⑪ 波利芬是獨眼巨人中最醜最凶惡的，即被尤利塞斯戳壞獨眼的那一個。

VI
愛斯美娜達

我們要欣慰地告知讀者，在上述場面的過程中，格蘭古瓦和他的劇本始終巍然不爲所動。演員們在他的激勵之下繼續吟誦著，他自己則繼續聆聽不已。那番喧囂既無法避免，也就只好認了。他決心堅持到底，毫不灰心，並且相信群眾的注意力會扭轉回來的。當他看見卡席莫多、科柏諾，還有醜人王吵吵嚷嚷的隨從大聲喧嘩著走出大廳的時候，內心未曾滅絕的希望又燃燒起來。群眾跟著跑了。

他心想：「好啊，所有的搗亂分子都滾蛋了！」不幸，所有的搗蛋分子也就等於群眾。一眨眼的工夫，大廳內的人都跑光了。

說實在的，還剩下一些觀眾，有的零散各處，有的三三兩兩圍在柱子跟前；盡是老幼婦孺，他們留下來只是因爲受夠了吵鬧和驚擾。還有幾個學生騎在窗戶頂檯上，向廣場舉目眺望。

格蘭古瓦想：「也好！還是有這麼幾個人，聽完我的聖蹟劇的觀眾有這幾個也就夠了。人雖然少了點，畢竟是觀眾的精華，是有文化修養的觀眾。」

過了一會，原應在聖母登場的時刻造成最驚人效果的一支樂曲卻沒有被演奏。

格蘭古瓦發現，他的樂隊已被醜人王和醜人們席捲走了。

他決定認命了，心想：「不要也行呀！」

有一堆市民似乎在議論他的大作，他趕緊湊過去。只聽見零零碎碎的幾句：

「設納多老爺，您知道內穆公爵的納伐爾府邸嗎？」

「知道，就在勃臘格小教堂對面。」

「財稅局剛剛把它租給了畫聖畫的吉約墨・亞歷山大，租金一年六里弗爾八索耳巴黎幣①。」

「房租漲得可眞厲害！」

「算了吧，」格蘭古瓦嘆息著想道：「總算還有別人在聽。」

不料，窗口上的一個荒唐鬼大叫起來：

「同學們，愛斯美娜達！愛斯美娜達在廣場上吔！」

這一下子眞跟耍魔術似的，大廳裡剩下的人全都衝到窗口，爬上牆頭，向外張望，叨唸著：「愛斯美娜達！愛斯美娜達！」

與此同時，只聽見外面響亮的鼓掌聲。

「愛斯美娜達，這是什麼意思？」格蘭古瓦傷心地合起雙手：「哎呀，大哪！好像現在該輪到窗了出風頭了！」

他扭頭去看大理石桌子，發現演出完全停頓了。恰好此刻該朱庇特帶著他的霹靂上場。可是，朱庇特卻呆立在舞台下面發愣。

詩人大怒，大喝一聲：

「米歇・吉博納！你怎麼回事？這是你演的角色嗎？快爬上去！」

朱庇特卻說：「糟糕！有個學生把梯子搬走了！」

格蘭古瓦一看，一點不假。他大作「情結」和「解結」之間的任何聯繫都給割斷了。

「混蛋！他幹嘛把梯子搬走？」詩人喃喃說道。

「搬去看愛斯美娜達，」朱庇特可憐巴巴地說：「那些學生說：『看，這兒正好有個梯子，沒有人用！』說著就搬走了。」

這是致命的最後一擊。格蘭古瓦也只好認了。

他對演員們喊道：

「你們都見鬼去吧！……要是我得到賞錢，你們也會有的！」

於是他低著頭，敗陣而去，不過，他殿後，彷彿是位大將奮勇作戰之後才撤退的。他一邊爬下司法宮那一道道彎彎曲曲的樓梯，一邊咬牙切齒地嘟囔：

「這些巴黎佬眞是些笨驢蠢豬！他們是來聽聖蹟劇的，卻什麼也不聽！他們對誰都有興趣，什麼克洛班·特魯伊甫啦，紅衣主教啦，科柏諾啦，卡席莫多啦，還有魔鬼！可就是對聖母瑪麗亞不感興趣！這幫閒漢，我早知道的話，就多給你們幾個處女瑪麗！唉，我是來看人們的臉的，結果只看到背脊！身爲詩人，成績還頂不上賣狗皮膏藥的！難怪荷馬得在希臘大小村鎮裡到處乞討爲生，納索②會在流亡之時死在莫斯科人中間！可是，他們說的那個『愛斯美娜達』是個什麼意思，我還眞不明白。不過，我要是明白，就叫魔鬼把我的皮扒了去！這到底是什麼意思呢？一定是古埃及的咒語③！」

---

① 直至路易十一統一幣制之前，法國通用巴黎幣和圖爾幣。在巴黎鑄造的銀幣里弗爾比圖爾的貴四分之一。

② 納索（Nason 1544-1596）：義大利大詩人，後被迫離開祖國，死於俄國。

③ 古埃及占星術士預報凶日或凶時的咒語。

2

I
「從夏里德到席拉」①

正月的夜是來得很早的。格蘭古瓦從司法宮出來，大街小巷都已經黑沉沉一片了。夜幕降落，他反而覺得高興。他巴不得鑽進黝黑無人的小胡同裡去，好自由自在地沉思冥想，讓哲學家的他略略包紮他那詩人的創傷。何況，哲學是他今夜唯一的棲身之處，他還不知道要住到哪裡去。初次的戲劇嘗試就這樣驚人地夭折，他不敢再回草料港對面水上穀倉街的公寓。他原來以爲市長大人一定會因爲他所作的婚禮讚歌而將大賞他一筆錢，有了這筆錢，剛好可用來還清欠巴黎屠宰稅承包商吉約墨•杜克斯-席爾老爺六個月的房租，也就是說，十二巴黎索耳，相當於他全部財產的十二倍，連他的短褲、襯衫和尖頂帽統統算上。他暫時先在聖禮拜堂司庫的牢獄小門洞裡蹲了蹲，盤算片刻，既然巴黎所有的碎石路面隨便他挑選，他得考慮考慮該選在哪裡過夜。他想起，上個星期曾在舊鞋店街的法院某咨事家門口看見一塊騎騾子用的踏腳石，心中暗想，這塊大石頭倒也將就，給乞丐或詩人權充枕頭豈不妙哉！他感謝上蒼讓他這樣靈機一動。

但是，正當他準備穿過司法宮廣場，前往內城那曲曲折折的迷宮，從桶廠街、老呢布廠街、舊鞋店街、猶太街等——這些地方的十層樓房子至今還屹立著——彎彎曲曲的古老街道穿行而過的時候，忽見醜人王遊行隊伍也從司法宮出來，大叫大嚷，打著火把，奏著音樂，衝將過來，擋住了他格蘭古瓦的去路。一看見這些人，他自尊心所受的創傷不由得又刺痛起來，於是連忙逃之夭夭。他那戲劇的不幸遭遇，令他辛酸難言，凡是能使他再次想到這天節日演出的一切，都給他帶來劇烈難當的痛苦，都使他傷口流血不止。

他本想取道聖米歇橋，不料，到處都有孩子們拿著花炮和沖天炮跑來跑去。

「見他娘的鬼，花炮焰火！」格蘭古瓦說著，趕緊折回，奔向錢幣兌換所橋。橋頭的房屋上懸掛著三面旌旗，上面畫著國王、王子和弗蘭德爾瑪格麗特公主的肖像，還有六面小旌旗，上面的肖像是奧地利大公、波旁紅衣主教、博惹親王、法蘭西的若望娜②、查理七世的私生子③，還有一位不知道是什麼人。這些都有火把照耀著，群眾圍觀、讚嘆。

「走運的畫家約翰·傅博！」格蘭古瓦長嘆一聲，掉過頭去，不看那些大小旗子。前面是一條街道，他看見那裡很黑、很僻靜，正好可逃避節日的一切回響和返照。他鑽了進去。過了一會，腳下碰著了一個障礙，他摔倒了。原來是五月樹花束。為了慶祝這隆重的一天，司法宮小書記們早上把它拿來放在法院院長的家門口。又是一樁倒霉事，格蘭古瓦英勇地承受了。他爬起來，走到塞納河邊。民事法庭的小塔樓和刑事法庭的大塔樓都拋在身後，他沿著皇家花園的大牆往前走，沿著沒有鋪碎石路面的泥濘河岸，走到了內城的最西端，④對著牛渡小洲眺望了一會。這個小沙洲後來隱沒在銅馬和新橋下面了。小洲從陰暗中顯現，在他看來，好像微微發白的狹窄水面那邊的一團黑漆漆的東西。借著一盞小燈的微弱光線，隱約可見有個蜂房似像是木屋的東西，那大概就是給牲畜擺渡的船夫夜裡棲身之處。

格蘭古瓦思忖：「走運的船夫！你並不盼望光榮，也不做婚禮讚歌！什麼王室婚禮，什麼勃艮地公爵夫人，都與你無干！你甚至不知道什麼『雛菊』⑤，你只知道那四月在草原上綻放的雛菊，供你的牛作飼料！而我這個詩人，被人喝倒采，凍得直哆嗦，欠債十二索耳，鞋底已經薄得可以做你小燈上的罩子。謝謝你，牛渡小洲的船夫！你那小屋廓清了我的視野，教我忘記巴黎！」

忽然，從幸福的小屋那邊傳出聖約翰爆竹⑥的巨大聲響，把他從近乎抒情詩似的神遊遐思中驚醒，是擺渡牲畜的船夫們也在慶祝節日，在那裡鳴放鞭炮。

這一聲爆竹炸得格蘭古瓦毛髮倒豎。他叫道：

「該死的節日！你要到處追逐我嗎？啊，我的上帝！甚至追到了這船夫的小屋裡！」

然後，他看看腳下的塞納河，心裡產生了一個可怕的衝動。

「要是水不這麼冷的話，唉！我多麼願意投河自盡！」

於是，他不顧一切狠下心。既然他逃脫不了醜人王、約翰・傅博的旌旗、五月樹花束、花砲、響砲，那就投入節日狂歡的中心，到河灘廣場去吧！

他想：「到那裡去，至少也許可以有火焰的餘溫暖暖身子，本市的公眾食攤上一定已經支起國王甜食點心的三大食品櫃，⑦我還可以去分一杯餘羹殘屑，聊以充饑！」

---

① 夏里德、席拉是兩個有名的暗礁。「從夏里德到席拉」是一句成語，猶言「從泥坑到火坑」，「出了災禍還是災禍」。

② 法蘭西的若望娜（1464-1506）：路易十一之女。

③ 名叫路易，是路易十一同父異母的弟弟。

④ 即西堤城島與當時的大學城相接之岬角。現在早已變成了大馬路。

⑤ 指弗蘭德爾的瑪格麗特公主。

⑥ 這種爆竹因爲習慣在聖約翰日鳴放，故名。

⑦ 公衆食攤是當時的濟貧設施，以國王的名義施捨，所以諷刺地提到國王的甜食點心。

II
河灘廣場

河灘廣場昔日的規模，如今只能依稀可見。所剩的無非是廣場北角上那座美麗的小鐘樓，就連它今日也遭到可恥的灰泥塗抹，那雕塑裝飾的生動線條已經面目全非了，也許不久將不見蹤影，被不斷增添的新房屋淹沒，而巴黎所有古老建築物也將迅速被吞噬。①

只要是從河灘廣場上經過的人，一定都會像我們一樣，對於那座被夾在路易十五時代兩幢不成名堂的房屋之間、被扼殺得可憐的鐘樓投以滿懷的憐憫與同情。我們可以很容易想像出它原來所屬這整個建築群的原貌，從而恢復十五世紀古老哥德式風格廣場的全景。

那時的廣場也像今天一樣，呈不規則四邊形，一邊是河岸，三邊是許多高大狹窄而且陰暗的房屋。白天，可以觀賞那些建築物的多種多樣風格。它們都是以石頭或木頭雕塑而成，完整地呈現出中世紀家宅建築的種種風貌，從十五世紀可以上溯到十一世紀，從已經開始取代尖拱窗戶的窗框窗戶，直至更早時候被尖拱窗戶代替的仿羅馬式開闊穹窿；而這種穹窿式窗戶，仍然盤踞在羅郎塔樓的二樓——位於河灘廣場瀕臨塞納河的角上、挨近鞣革工場街的古老房屋的尖拱窗戶的樓下。夜裡，這一大堆房屋只見屋頂參差不齊的黑影，環繞著廣場展開它們的鋸齒般銳利邊線。因為，往昔與現今城池的根本差異之一就在於：今天的各城，朝著廣場和街道的是房屋的正門，而以往是房屋的山牆。二百年來，房屋都轉了個方向。

廣場東邊的中央矗立著一棟式樣混雜的笨重建築物，由彼此重疊的三開臉組成。它先後稱作三個名字，說明了它的沿革、用途和建築風格：「太子宮」，是因為查理五世為王子時曾在此居住；「商人屋」，是因為它曾經充作市政廳；「柱屋——domus ad piloria」，是因為它整個的四層樓由粗大柱子支撐著。巴黎這樣的好城市所需的一切，這裡面一應俱全：有一座小教堂，可以向上帝祈禱；一大間廳堂，可以接見、或者必要時嚴詞駁斥國王派來的人；在頂樓上有一間兵器庫，堆滿了槍砲，因為巴黎市民都懂得，不管什麼情況，祈禱和上訴是不足以保衛巴黎市民權②的，他們在市政廳頂層倉庫裡常年儲備著生了鏽的某種精良弩砲。

早在當時，河灘廣場就已景象淒涼了，今天仍然如此，因爲它至今還在人們心中喚醒悲慘的回憶，也由於多明各・博卡多建造的那棟陰森森的市政廳代替了杜屋。應該說，廣場中央碎石路面上一座絞刑台和一座恥辱柱——當時人們稱爲「公道台」和「梯子」——長年累月並肩聳立，作用也很不小，迫使人們不忍卒睹，不忍觀看這陰風慘慘的廣場。在這裡，曾經有多少歡蹦活跳的人斷送了性命，五十年後，也正是在這裡產生了所謂「聖伐利埃熱」恐怖症——這個斷頭台恐怖症是一切病症中最可怕的，因爲它不是來自上帝，而是來自人③。

順帶得說一句，想來令人欣慰的是，三百年前死刑還在這裡猖獗，到處是鐵碾④，石製絞刑台，深陷在路面上、常年擱置在那兒的各式各樣刑具，堵塞了河灘、菜市場、太子廣場、勃臘瓦十字教堂、豬市、陰森可怖的鷹山、警長柵欄、貓廣場、聖德尼門、博岱門、聖賈各門，還不包括無數市長、主教、主教堂神父、住持、修院院長在此伏法的那些「梯子」，也不包括塞納河中的溺刑⑤場；令人欣慰的是：如今，死亡的甲冑已經片片墜落，美不勝收的酷刑、各種異想天開的刑罰不復存在，每五年必須在大堡重換一張皮革床架的酷刑⑥皆已取締，今天，這一封建社會的古老霸王，即河灘廣場，幾近完全被逐出我們的法律、我們的城市，一部又一部法典加以驅逐，一處又一處地方把它趕走，在我們廣闊的巴黎，現在只剩下河灘廣場上可恥一角裡一座可憐的斷頭台，偷偷摸摸，局促不安，滿面羞愧地站在那裡，彷彿總在提心吊膽，生怕做壞事給人當場逮住，因為它向來幹完了卑鄙勾當就溜掉！

---

① 雨果這裡說的是十九世紀三〇年代的情景，今日，這個廣場也已不存在了。

② 市民權，是中世紀新興市民為保衛自己城市的權利對抗王權而爭取得到的。這座建築當時又稱「商人屋」，也說明這個權利的性質。

③ 聖伐利埃為查理八世的將領，對義大利征戰導致法國人大批死亡。這種熱病亦即災難的意思。

④ 碾刑是中世紀的一種酷刑：先把犯人剁去四肢，然後縛在鐵碾子上碾成肉醬。

⑤ 另一種中古酷刑，犯小罪者甚至也處此刑：綁上重物扔入河中，或溺斃，或重新拖出來。

⑥ 受鞭笞等等時，犯人被縛在皮革製的床架上。

III
BESOS PARA GOLPES①
以吻換揍

彼埃爾・格蘭古瓦到達河灘廣場的時候，都已經凍僵了。他走的是磨坊橋，以免碰上錢幣兌換所橋上擁擠的群眾，也免得再看見約翰・傅博的旌旗；但是，主教的那些水車在旋轉，他恰好經過，濺了一身水，甚至濕透了他的長罩衫。加上初次的戲劇遭到失敗，使他更加寒冷了。所以，他急急忙忙向廣場中央燃燒得正旺的火焰跑去。可是，已經有許許多多的人靠著火，圍成了圈。

「天殺的巴黎佬！」他自言自語。

格蘭古瓦是個眞正的戲劇詩人，經常禁不住獨白起來。他說：

「他們把火擋住了！可我是太需要烤火了。鞋喝足了水，該死的水車濺了我一身！巴黎鬼主教的水車眞混蛋！我倒眞想知道當主教的要水車幹什麼？難道他巴望從主教提升爲磨坊老闆？他如果只欠我的詛咒就能當上，我給他就是了。詛咒他的主教堂和他的磨坊！這些閒漢，待會兒看看他們會不會走開！還眞得看看他們在那兒幹什麼？在烤火，多麼快活！瞧千百根柴禾燃燒，一定很好看②！」

他近前一看，才發現群眾圍的圈子，早已大得超過就著焰火取暖所需——湧過去的人，並不完全是受到燃燒的美景所吸引。

在群眾的圈子中間，留下了一塊寬闊的空地，有位女孩在那裡跳舞。

這姑娘是人？是仙？還是天使？格蘭古瓦儘管是個懷疑派哲學家，是個愛諷刺的詩人，但他也被迷住了，因爲那眩目的景象，簡直使他的魂都出竅了。

女孩的個兒不高，可是在他看來卻身材細長，因爲她那苗條的身段，顯得挺拔、亭亭玉立。她膚色微黑，不過，在陽光下一定是發出像安達盧西亞③女人或羅馬女人那種耀眼的閃閃金光。她那纖纖小腳也是安達盧西亞式的，穿在腳上秀氣、俏麗的鞋子，正好合適自如。在她腳下馬馬虎虎鋪墊著一張舊波斯地毯；她舞著，旋轉著，每逢她那容光煥發的臉閃過你面前，那黑色的大眼睛就向你投射灼灼的目光。

周圍的人都瞪大眼睛，張著嘴巴。她舞著，渾圓潔白的雙臂高舉過頭，把那巴斯克手鼓嘣嘣敲響，俊俏、纖弱的臉龐蜜蜂似地活潑轉動，金色胸衣平滑無紋，色彩斑駁的衣裙飄舞鼓脹，雙肩袒露，裙子撒開，不時可見美妙線條的小腿，秀髮如漆，目光似火——眞是一個超自然的生靈！

格蘭古瓦心想：「眞的，這是一個火精，一個山林女仙，一個女神，曼納路斯山的酒神祭女④！」

恰好這時，「火精」的一根髮辮散了，一根黃銅簪子滾到地。

「哦，不，她是個吉卜賽女郎！」

格蘭古瓦的一切幻想，盡皆消失了。

女郎又跳起舞來。她從地上拿起兩把劍，劍尖戳在額頭上，把它們朝一個方向轉動，身子則向另一個方向旋轉。她確確實實是個吉卜賽女郎。但是，儘管格蘭古瓦的幻想已經消失，這整個的景象還是不失迷人的魅力。焰火的強烈紅光閃耀，歡騰跳躍在那些群眾的臉上、在吉卜賽女郎的微黑額頭上，然後又向廣場深處投射微弱的反光，人們戰慄的影子在跳蕩，映現在深暗古老的柱屋上，和絞刑架的石製支臂上。

在千百張爲火光照映得通紅的臉中間，有一張似乎比其他在觀賞跳舞女郎的面孔更爲出神。這是一位嚴峻、沉著、陰鬱的男人。他被周圍的人群擋住了，看不出來穿什麼衣服；歲數至多三十五，可是已經禿頂了，只見兩邊太陽穴邊上幾撮稀稀疏疏的頭髮，而且是花白的；高寬的額頭，已經刻畫著一道道皺紋；但是，在他那深凹的眼睛裡閃爍著不尋常的青春火花、火熱的活力、深沉的情欲。他目不轉眼地盯著吉卜賽女郎。這十六歲的佻㒓少女舞著，飛旋著，大家都很高興；而那位男人的沉思默想卻越來越陰沉了。不時，他嘴唇上浮現出微笑，同時發出一聲嘆息，然而，笑容比嘆息更爲痛苦。

女郎氣喘吁吁，終於停了下來，觀眾滿心是愛，熱烈鼓掌。

吉卜賽女郎喊了一聲：

「佳利！」

於是，格蘭古瓦看見一隻漂亮的小山羊跑進來，雪白，活潑，機伶，光艷，兩隻角染成金色，兩隻腳也染成金色，還戴著一圈鍍金的項鏈。格蘭古瓦剛才沒看見這隻山羊，牠一直趴在角落裡，看著牠的主人跳舞。

女郎又喊了一聲：

「佳利，該你了！」

她坐了下來，以優美的姿態把手鼓遞到山羊的面前，問道：

「佳利，現在是幾月了？」

佳利舉起前足，在鼓上敲了一下。沒錯！正是一月份！群眾都鼓起掌來。

女郎把手鼓轉了一面，又問：

「佳利，今天是幾號呀？」

佳利抬起金色的小足，在鼓上敲了六下。

埃及少女⑤把手鼓又翻了一面，問道：

「佳利，現在幾點了？」

佳利敲了七下，正好，柱屋的大時鐘打了七點。

民眾驚讚不迭。

「這裡面有巫術！」人群中有個不祥的聲音說。是那個死盯著吉卜賽女郎的禿頭男人。

她打一個寒噤，扭頭去看，但是，掌聲再起，淹沒了那陰森的聲音。它完全給抹去了。於是，她繼續詢問她的山羊：

「佳利，城防手銃隊隊長吉沙・大勒米老爺在聖燭節⑥遊行中是個什麼模樣？」

佳利站起後腿行走，咩咩叫了起來，走得那麼莊重、斯文。所有的觀眾看見手銃隊隊長那副充滿私欲的假虔誠模樣，被這畜生可笑地表現出來，莫不哈哈大笑。

表演越來越成功，女孩更起勁了，又說：

「佳利，教會法庭代訴人雅各・夏莫呂老爺是怎麼佈道的？」

山羊蹲下去，又叫了起來，還揮動著前足，模樣眞古怪。除了學不出他那種蹩腳法語、蹩腳拉丁語之外，舉止、聲調、姿態，維妙維肖，活脫脫就是夏莫呂。

觀眾的掌聲更熱烈了。

那禿腦袋又叫了：「褻瀆！侮辱！」

吉卜賽女郎再次回頭。她說：「哦！又是這個壞東西！」接著，她把下嘴唇伸得老長，做了個好像是習慣的噘嘴嬌態，轉過身去，開始托著手鼓收取觀眾的賞賜。

大銅板、小銅板、盾幣、鷹幣⑦，雨點似的灑下。忽然，她走過格蘭古瓦面前。他冒冒失失把手伸進衣兜，她趕緊站住。

「見鬼！」詩人一摸口袋，發現了眞情：原來囊空如洗。可是，俊俏的少女還站在那裡，一雙大眼睛瞅著他，伸著手鼓，等著。格蘭古瓦大滴大滴的汗珠直往下淌。

他的口袋裡要是有座秘魯金礦，他也一定會掏出來給她。可是，他沒有；況且，美洲那時還沒有被發現。

幸虧，發生了一件出乎意外的事情，替他解了圍。

「妳還不滾開，埃及螞蚱？」一個尖銳的聲音從場地最黑暗角落裡發出。

少女一驚，猛然轉身。這次不是禿子喊的，而是一個女人的聲音，旣極度虔誠而又心懷叵測。

這聲叫喊嚇壞了吉卜賽女郎，卻使在那裡亂竄的一群孩子大爲開心。他們亂哄哄地大笑，叫道：

「是羅朗塔樓的隱修女，是麻袋女⑧在罵人！她是不是還沒有吃飯呀？看看公共食攤上有什麼剩的，給她吃點吧！」

所有的人都向柱屋湧去。

這當兒，格蘭古瓦趁少女惶惑之際，已經躲到一旁，聽見孩子們鼓譟，忽然想起自己還沒有吃過飯。於是，他也向食攤跑去。可是，小鬼們的腿比他快，等他跑到，他們早把東西搶了個精光，甚至五索耳一斤的野菜也沒有剩下。只有牆壁上馬太·比泰納一四三四年畫的幾株過於苗條的百合花，夾雜著幾朵玫瑰。當晚飯吃未免不太受用吧？

不吃飯就睡覺當然受不了；沒有飯吃而且不知道到哪兒去睡覺更不是快活的事情。格蘭古瓦現在正是這樣。沒有吃的，沒有住的。急需的都沒有，他覺得備受煎熬，也就更感到聊應急需之迫切。他早已發現這一眞理：朱庇特創造人類的那會兒正是這位大神厭世情緒大發的時候，這位聖者終其一生，個人的命運總是圍攻著哲學。至於格蘭古瓦自己，圍攻的封鎖還從來沒有像此刻這樣水泄不通；他聽見自己的肚子敲起了被圍攻者的投降鼓，而且覺得讓噩運運用饑饉手段迫使他的哲學俯首就擒未免太丟臉了。

他越來越沉溺於這樣憂鬱的沉思，這時傳來一陣柔情千轉、然而古怪的歌聲，使他倏然醒來。是那位埃及少女在歌唱。

她的歌聲，也和她的舞蹈、她的美貌一般無二，也是那樣無可形容，那樣令人心醉，彷彿是某種純淨、悠揚、空渺、虛飄之物，連綿不斷燦爛盛放著旋律和料想不到的節奏；接著唱出簡單樂句，間或穿插著尖厲而細薄的音符；然後音階跳躍，夜鶯歌唱也要甘拜下風，然而始終保持著和諧；隨著這唱歌的姑娘胸脯起伏，八度音柔和波動，時起時伏。她那艷麗容顏跟隨著歌聲萬般情緒的起伏轉折，從最粗獷的激情突發直至最純眞的尊嚴傲岸，變幻莫測。直若忽而是瘋子，忽而是女王。

她唱的歌詞是一種格蘭古瓦從來不知的語言⑨，看來她自己也未必懂得，既然她給予歌唱的表情跟歌詞的內容並沒有什麼關聯。因此，下面這四行詩，她唱出來的時候卻帶著最瘋狂的歡快：

在一根大柱子裡，
他們發現一箱子珍寶，
和許許多多的錢；
裡面還有許多新旗幟，
和嚇人的鬼臉。

過了一會，她又唱出這樣一節：

那些阿拉伯騎士，
塑像般躍馬而至，
橫戈執刀槍上肩，
掌中還有神翎箭。

格蘭古瓦聽到這聲調，眼淚湧了上來。其實，她歌聲的主要情調是歡樂。她好似一隻小鳥，歌唱是因爲寧靜安適，是因爲無憂無慮。

吉卜賽少女的歌聲擾亂了格蘭古瓦的遐思冥想，不過也只是像天鵝擾亂了水面。他靜聽著，狂喜不已，忘卻了一切。許多鐘頭以來，這是他第一次忘卻了痛苦。

然而，這也只是轉瞬即逝的感覺。

剛才打斷吉卜賽女郎舞蹈的那個女人的聲音，又來打斷她的歌唱。

「妳還不住口，地獄來的知了兒！」她喊道，還是從那個黑暗的角落裡。

可憐的「知了兒」戛然住嘴。格蘭古瓦慌忙堵住耳朵。

他叫道：「啊！該死的破鋸子，鋸斷了詩琴⑩啦！」

其他觀眾也像他一樣嘟囔著：「麻袋女，見鬼去吧！」

這個匿身不現的老厭物向吉卜賽女郎肆行攻擊，險些兒就要後悔莫及。要不是恰好此刻觀眾瞧見醜人王遊行隊伍走過來，分散了注意。

那大隊人馬走遍大街小巷，高擎著火把，喧鬧著，走進了廣場。讀者已經看見這支隊伍從司法宮出發。一路過來，隊伍不斷擴充，凡是巴黎能找到的賤民、暫時沒事幹的小偷、碰得到的流浪漢，都加入了，所以，到達河灘廣場的時候，已經大有聲勢，頗爲壯觀了。

最前列是埃及人。埃及公爵騎馬領隊，他那些伯爵在下面步行，給他牽轡執鐙，後面亂七八糟走著埃及男女，肩扛懷抱著哭哭啼啼的小兒。他們這一群，公爵殿下和眾位伯爵，還有百姓細民，一概破衣爛衫，衣不蔽體。然後是江湖乞丐們⑪，就是說，法國的各類盜賊，依照品級的低高排列——最次的位置最先；就這樣，四個人一排，帶著他們在這個奇特體中各等級的各式各樣標記行進著，大多數是殘疾，缺胳臂的，少腿的，有那矮而肥的，又有那假香客，還有夜盲的，瘋癇的，賣假藥的，放蕩的，可鄙的，膽小的，病弱的，賣劣貨的，狡猾的，沒娘沒爹的，喜歡幫凶的，僞善的，即使荷馬復生也不能盡舉。在僞善者和喜歡幫凶者組成的核心圈子中央，好不容易才識別得出乞丐王——龍頭大哥，只見他蹲在兩頭大狗拉的一輛小車裡。在江湖好漢後面到來的，是伽利略帝國⑫的皇帝吉約墨·盧梭，身穿葡萄酒跡斑斑點點的朱紅袍，威嚴赫赫地走著，前導是相撲著的武技舞蹈者，周圍是皇帝的執杖吏、幫閒和審計院的小書記們。最後來的是司法宮小書記們，身穿黑袍，推著一株株鮮艷的五月樹紙花，奏著可以在群魔會上演奏的音樂，燃著黃色大蠟燭。浩浩蕩蕩的隊伍中心，是醜人團大騎士們肩扛舁子，上面點的小蠟燭數量之多，爲瘟疫流行時聖日內維埃芙聖物盒擔架所不及。在這頂舁輿上，頂冠執杖，身披王袍，燦爛輝煌端坐著新登基的醜人王——聖母院敲鐘人——駝子卡席莫多。

這支古怪的遊行隊伍，有自己的獨特音樂。埃及人轟然敲擊非洲木柝和手鼓。不諳音律的流浪漢們也拉起弦琴⑬，吹起號角，彈起十一、二世紀的哥德手琴⑭。伽利略帝國也不見得先進，從他們的音樂中依稀可辨藝術原始時代某種窳陋三弦提琴尚滯留於 ré—la—mi 的樂音。不過，集當時音樂富麗之大成、互相傾軋、不亦樂乎、奏得好不熱鬧的還是在醜人王的周圍，這些樂器是最高音三弦提琴、次最高音三弦提琴、高音三弦提琴，外加笛子和銅管樂器。可嘆呀！這些正是格蘭古瓦的樂隊——我們的讀者可還記得？

自打司法宮出發，來到河灘廣場，卡席莫多那哀傷而且醜陋的面容便逐漸達至傲然煥發的幸福頂點，眞是難以盡述。這是他生平第一次自尊心得到滿足。在此以前，他只體驗過由於自身地位低賤而遭到的屈辱和輕侮，由於形象醜陋而遭受唾棄。因此，他雖然是個聾子，也儼若貨眞價實的「教皇」，他一向只感覺到被群眾憎惡，因而自己也仇恨他們，這時卻享受著他們的歡呼。縱然他的子民是一堆醜人、盜賊、乞丐，那又有什麼關係！反正是他的子民！而他是他們的君王！對於這種種譏誚的鼓掌、可笑的尊敬，他仍然看得認眞，不過，也得承認，這裡面確實混雜著群眾對他的些許畏懼，因爲，駝子力大無窮，瘸子行走如風，聾子詭計多端；這三種特質沖淡了荒唐可笑的成份。

不過，新醜人王居然有能力理解自己此刻的感情，也理解別人此刻的感情，這卻是我們萬萬想不到的。這個未成人形的軀殼裡寓居的靈魂，必然有未臻完善、相當閉塞之處，所以，即使有感受，他此刻的感受，對於他自己，也一定是極其模糊、含混、紊亂的。只是，歡喜浸透著他，自豪主宰著他，他那陰沉而不幸的臉龐也就容光煥發了。

於是，當人們看見卡席莫多正醺醺然、得意洋洋經過柱屋，人群中突有一人衝出來，怒氣沖沖，一把從他手中奪去那醜人王標誌——金紙包木頭的王杖，委實免不了大驚失色，十分駭異。

此人，這個膽大妄爲的傢伙，不是別人，正是那個禿腦袋，剛才混跡於看跳舞的人群中間對可憐的少女大肆恫嚇、發洩仇恨的那個男子。他穿的是教士的衣服。他一竄出人群，原先沒有注意他的格蘭古瓦就認出來了——

「怎麼了！」他吃了一驚，說道：「這不是我的學藝⑮老師副主教堂⑯・克洛德・弗羅洛嗎！他要對這個獨眼壞小子幹什麼呢？他會被吃掉的！」

果然，隨著一聲恐怖的叫喊，可怕的卡席莫多跳下了舁輿。婦女們掉轉視線，不忍心看見副主教被撕成碎片。

卡席莫多一躍而至教士面前，看看他，雙膝跪地。

教士扯去他的冠冕，折斷他的王杖，撕碎他那金屬綴片閃亮的王袍。

卡席莫多依然跪著，低垂腦袋，合起雙手。

隨後，他倆以手勢和動作進行奇特的交談，因爲兩人都不說話。教士站著，惱怒，專橫；卡席莫多跪著，謙卑，懇求。但是，肯定無疑，只要願意，卡席莫多伸出拇指就能把神父碾碎。

終於，副主教粗暴地搖晃著卡席莫多孔武有力的肩膀，示意他起來，跟著走。

卡席莫多站起身來。

於是，醜人團在起初一陣驚愕過去之後，想捍衛他們這位被如此猝不及防趕下王位的君主。埃及人、黑話分子和所有的小書記都跑來圍著教士吼叫。

卡席莫多卻挺身站立在神父前面，兩隻巨人的拳頭青筋蟠曲，像被惹惱了的猛虎一般磨著利齒，對膽敢進攻的人怒目而視。

神父恢復了陰沉的莊重神態，向卡席莫多招招手，默默地抽身而去。

卡席莫多走在他前面，在人堆中擠過去，所向披靡。

他們穿過人群和廣場之後，看熱鬧的人、遊手好閒的人，蜂擁著，要跟在他們身後。於是，卡席莫多就又殿後，倒退著尾隨副主教，厚墩墩的，惡狠狠的，怪異可怖的，毛髮倒豎，緊繃四肢，露出野豬似的獠牙，發出猛獸般的咆哮，手腳一動，目光一閃，人們莫不紛紛閃避。

群眾聽任他們倆鑽進了一條黑漆漆的窄巷，誰都不敢冒險跟在後面：卡席莫多咬牙切齒的魔影就足以堵塞住巷口。

格蘭古瓦說：「眞是妙極了！可是，我究竟到哪裡去混頓晚飯吃呢？」

---

① 西班牙語：「以吻換揍」（即別人打了你，你還去吻他的手）。

② 按原文，這裡的「柴禾燃燒」還有某種土風舞的意思，所以說它好看，是一種美景。

③ 安達盧西亞（Andalause）位於西班牙南部。

④ 曼納路斯山在希臘，山上有酒神巴克庫斯神廟。酒神祭女由十歲至二十歲的處女充當，常用於象徵美貌、純潔、貞節。

⑤ 吉卜賽人的起源是個謎。按新近的說法，認爲他們起源於印度。中世紀的人以爲他們是從埃及到歐洲去的。另一方面，當時還把流浪者、乞丐等等統統稱爲「埃及人」（下文可以看見）。法國人通常稱吉卜賽人爲「波希米亞人」（譯文中按我們中國人的說法，改稱爲「吉卜賽人」），是因爲他們最

早知道的吉卜賽人是從現屬捷克斯洛伐克的波希米亞去的。

⑥ 聖燭節在二月二日。

⑦ 這裡的銀幣指相當於三分之一的蘇，大者倍之；盾幣是勃艮地錢幣；鷹幣是一種銅幣。這也說明在路易十一以前幣制很不統一。

⑧ 基督教徒行悔罪，身套麻袋，或身披粗麻布，灑灰在身上。

⑨ 愛斯美娜達看來是從西班牙到法國來的，所唱的歌都是一種變化了的西班牙文。以下都是這樣。

⑩ 即「里拉」，古希臘樂器。

⑪ 原文作「黑話王國」。指除吉卜賽人以外的流浪漢、盜賊等等，而主體是乞丐。

⑫ 「伽利略帝國」本是中世紀對審計院的稱呼，這裡是江湖說法，指的是賣藝人社會。

⑬ 即古式小提琴。

⑭ 一種四弦彈撥樂器。

⑮ 原文作「赫爾墨斯」，是羅馬神話中司手藝、雄辯等等的神。

⑯ 「堂」(Dom) 為尊稱，在中世紀不僅僅西班牙人和葡萄牙人使用；冠於牧師姓名之前，相當於「可敬的」。

IV
夜裡跟蹤美女的麻煩

格蘭古瓦不顧一切跟上了吉卜賽女郎。他看見她牽著山羊走進了廚刀廠街，他也走了進去。他心裡暗想：「爲何不呢？」

巴黎街頭講求實際的哲學家格蘭古瓦早已發現，要發揮自己的想像力，最好的辦法就是：總是跟著一個你不知道她往哪兒去的美貌女子往前走。這樣自願放棄自己的獨立性，使自己的奇想從屬於另一個人的奇想，而另一個人卻根本沒有想到——這也就是把隨心所欲的獨立性和盲目的服從調和起來，在奴性和格蘭古瓦所喜歡的自由兩者之間莫名其妙地取乎其中。格蘭古瓦這樣的人，基本上正是優柔寡斷的混合複雜體，願意在一切極端之間執平，不斷在人的一切天然傾向之間搖擺，也使它們互相制約。他時常樂意把自己比作穆罕默德的陵墓，被兩塊磁石向相反的方向吸引，永遠晃蕩在高低之間，穹窿和地坪之間，下墜和上升之間，天頂點和天底點之間。

格蘭古瓦要是生活在我們今天，他該會多麼恰當地在古典和浪漫之間確守中庸啊①！

然而，他沒有始祖人那樣的體格，未能活上三百歲，可眞遺憾！他的棄世留下了空白，這在今天更爲人們感到痛切。

不過，要這樣在街上盯梢行路的人，尤其是盯梢行路的女人——這正是格蘭古瓦樂意幹的，最好的動機莫過於不知投宿何方。

因此，他深深沉思著，緊跟在少女身後。少女看見這種節日裡唯獨應該通宵開門的小酒店也紛紛打烊，市民們匆匆回家，她就加快步伐，把漂亮的母山羊趕得小跑起來。

格蘭古瓦的想法大致是：「反正，她總得住在什麼地方，而吉卜賽女子向來好心腸——誰說得準呢？……」

誰說得準呢？……他內心裡當然盤算的是難以啓齒的、相當文雅的主意。

一路上，經過最後關閉大門的三三兩兩市民面前，他不時聽見他們交談的片言隻語，打斷了他種種美妙推想的思路。

有時是兩個老頭在搭訕。

「蒂博・費尼克勒老爺，您知道天冷了嗎？」

（格蘭古瓦從冬天一開始就早已知道了。）

「是呀，博尼發斯・狄索姆老爺！今年冬天會不會又像三年前，就是八〇年那樣木柴漲到八索耳一斤②？」

「呸！那算什麼，蒂博老爺，要是比起一四〇七年冬天，那一年從聖馬丁節③一直到聖燭節都冰封地凍哩！那麼冷，最高法院的書記們坐在大廳裡，每寫三個字，鵝毛筆就要凍一次！審訊記錄都寫不下去了！」

再過去，是兩個同街坊的女人在窗口，打著蠟燭。霧氣沉滯，燭火劈啪作響。

「您丈夫跟您講過那天的事了嗎，布德臘克太太？」

「沒有。什麼事，屠康太太？」

「小堡的公證人吉勒・戈丹的馬，看見弗蘭德爾人和他們的行列，受了驚，撞倒了塞勒斯坦派④教士菲利頗・阿弗里奧老爺。」

「眞的？」

「一點也不假！」

「小市民的馬！稍許過分了些！要是騎士的馬，那就太妙了！」

窗戶關了，格蘭古瓦的思路也斷了。

幸好，他立刻又找了回來，毫不費勁就接上了，這全仗吉卜賽女郎和佳利。這兩位始終在他前面走；是兩個苗條、纖秀、楚楚動人的身影，他讚賞她倆小小的腳、美麗的身段、婀娜的體態；他觀賞著，就幾乎要把她倆混作一體。要說聰明、和善，他覺得兩個都是美麗的少女；要說輕盈、靈活、步履的矯捷，兩個都是母山羊。

這當兒，街道越來越黑，越渺無人影。宵禁的時刻早已敲響，開始只能間或在碎石路面上碰見一二個人，在窗戶上瞅見一線燈光了。跟著埃及少女，格蘭古瓦走進了蛛網似的迷宮──那古老的聖無辜嬰兒墓周圍糾纏不清的小街、岔道和死巷，好像是被貓撓得一塌糊塗的線團。

「瞧，這些街道簡直不講邏輯！」格蘭古瓦說。他迷失在不斷兜圈子的千百條羅盤路中，但是，那女郎寸步不亂，道路似乎異常熟悉，連想都不想，舉步就走，步子還越走越快。至於格蘭古瓦，他簡直就要不知道自己在哪兒了，──要不是轉過一條街道，偶爾瞥見菜市場那兒的八角形恥辱柱的雕花尖頂的黑影強烈地投射在韋德萊街一家亮著燈的窗戶上。

他引起少女的注意已經好一會兒了。她多次忐忑不安地掉頭看看他；有一次甚至利用一家微啓店門的麵包房透出的燈光，猛然站住，瞪著眼睛上下打量他。她這樣看了看他，格蘭古瓦看見她又像先前那樣噘噘嘴唇，然後便不管他了。

她這一撇嘴，促使格蘭古瓦不能不考慮了。這樣優美的嬌態中，肯定包含著輕蔑嘲弄的意味。於是，他低下頭來，放慢了腳步，同女郎保持一段距離，落在後面遠了點兒。然後，她拐過一個街角，他剛剛看不見她，就聽見她尖叫一聲。

他趕緊跑上前去。

那條街道漆黑，但是，拐角聖母像下有一個鐵籠子，裡面燃燒著油捻，格蘭古瓦借著亮光，看見兩個男人正摟著吉卜賽女郎，堵住她的嘴，不讓她叫喊，她在拼命掙扎。可憐的小山羊嚇得要死，柢著兩角，咩咩直叫。

格蘭古瓦大喊一聲：「救人啊，巡防隊員們！」

他勇敢地衝上去。抱住女孩的那兩個男人中有一個剛好一回頭，原來是卡席莫多那張可怕的醜臉。

格蘭古瓦沒有逃跑，但也沒有上前一步。

卡席莫多搶步過來，反手一擊，就把他打出四步遠，摔倒在地。跟著，卡席莫多拔腿就跑，一隻手臂托著吉卜賽女郎——她好似一條紗巾飄捲在他的手臂上，消失在黑夜之中。那另一個男人跟在後面也跑了起來。可憐的山羊悲傷地叫著，跟隨在後。

「救命呀！救命呀！」不幸的吉卜賽少女喊叫。

「站住，混蛋！把那個女孩放下來！」忽然一聲雷鳴般的怒吼，一個騎士從旁邊的大街上猛然衝出。

他是王室侍衛弓箭手隊長，全副武裝，手執一把大劍。

卡席莫多給嚇懵了。騎士把女孩從他懷裡奪過去，橫放在坐鞍上。可怕的駝子清醒過來，衝過去要搶回俘獲物，緊跟著隊長的十五、六名弓箭手，也手執長劍出現了。這是一小隊王室侍衛，奉巴黎憲兵隊羅伯・戴屠維耳大人之命，前來檢查夜禁情況。

卡席莫多被包圍、抓住、捆得牢牢的。他吼叫著，口吐白沫，牙齒咬得格格響。要是大白天的話，毫無疑問，單單他那張因為發怒而變得更加可怕的醜臉，就足以把這一小隊人馬統統嚇跑，但是，黑夜剝奪了他最可怕的武器──他的醜陋獰惡。

扭打的過程中，他那個伙伴早已溜走了。

吉卜賽女郎翩翩然在軍官馬鞍上坐起身來，兩手勾住年輕人的雙肩，對他凝目注視了一會，好像是喜愛他那英俊的相貌，同時也對他善心搭救感到欣喜。然後，她主動打破沉默，甜蜜的聲音更加甜蜜，說道：

「軍官先生，您尊姓大名？」

「孚比斯·德·夏多佩隊長為您效勞，我的美人兒！」軍官挺身答道。

「謝謝！」她說。

趁著孚比斯捻捻他那勃艮地式小髫子的工夫，她箭也似的滑下馬背，跑掉了。

就是閃電也不及她消失得迅速。

隊長抽緊捆著卡席莫多的皮索，說道：

「教皇的肚臍！我寧願扣留那女孩！」

「您要怎樣呢，隊長？」一個巡防騎兵說：「黃鶯飛跑了，蝙蝠還在！」

① 雨果早期信奉古典主義教條，但在《鐘樓怪人》前兩年，他已經寫出《克倫威爾》及其序言，與古典主義決裂，高舉起浪漫主義大旗。

② 這裡的「斤」，是中世紀的木柴重量單位。

③ 聖馬丁日爲十一月十一日。

④ 教皇塞勒斯坦五世於一二五四年創立的教派。

V
還有麻煩

格蘭古瓦被摔得發昏，躺在拐角聖母像前動彈不得。他逐漸清醒了過來。起先還有一陣子迷迷糊糊，有點半睡半醒似的，卻也不無甜蜜的感覺，只見吉卜賽女郎和小山羊兩個空幻的影子同卡席莫多沉重的拳頭混成了一片。不過，時間倒也不長。他的身軀同地面接觸的那一部分感到了涼氣，便猛然驚醒，精神也振作起來了。他忽然思量：「這股子涼氣是從哪裡來的呢？」這時才發現自己差不多全泡在陰溝裡了。

「他媽的駝子獨眼巨人！」他咬牙切齒地嘟囔。他想爬起來，可是腦子昏昏沉沉，也許摔得太痛了，只好繼續躺在溝裡。好在手還能動，他就捂住鼻子，隨它去了。

「巴黎眞齷齪，」他想，他覺得可以肯定陰溝就是他的住處了，「要不是做夢，誰要住這裡①？」

「巴黎的汚泥特別臭！裡面一定有許多揮發性硝酸鹽。況且，這是尼古拉・弗拉麥②先生和某些煉金術士的看法……」格蘭古瓦說。

「煉金術士」這個詞兒猛然使他想起副主教克洛德・弗羅洛。他回想剛才撞見的暴行場面，吉卜賽少女是給兩條漢子摟住掙扎的，卡席莫多有一個伙伴，副主教那陰沉沉、高傲的面容，模模糊糊閃現在他腦海裡。

「那才奇怪哩！」他想。於是，從這個前提出發，他開始構造種種荒唐推想的大廈——一種哲學家的紙糊房子。猛然，又一次回到了現實世界：「哎呀！凍得厲害！」他叫了出來。

確實，這地方越來越待不得了。溝水的每一分子都奪走了格蘭古瓦身側熱力的每一分子，他的體溫和陰溝的水溫之間開始以不可忍受的方式建立著平衡。

猝然，又有另一種性質的苦惱向他襲來。

一群孩子——就是那種不管什麼天氣都在巴黎街頭光著腳丫到處亂竄的小野人，名字永遠叫做「流浪兒」，也就是我們小時候放學出來,看見我們的褲子沒有破,就向我們扔石頭的那些小傢伙——這樣的一夥小淘氣一窩蜂似的，也不管左鄰右舍是不是要睡覺，大笑大叫，向格蘭古瓦躺著的街口跑來。他們拖著一個莫名其妙的古怪口袋，光是腳下木鞋的響聲就連死人也吵得醒。格蘭古瓦雖然還沒有完全爬起來，也爬起了一半。

「喂呀，埃納甘・當岱希！喂呀，約翰・潘斯布德！」他們吵得震天響：「拐角上破銅爛鐵商人老歐斯塔希・穆朋最近死了。我們把他的草墊子取來了，去放個焰火玩玩吧。今天是歡迎弗蘭德爾人的日子！」

他們剛好走到格蘭古瓦跟前，並沒有瞅見他，順手一扔，就把草墊子扔在他身上了。同時，一個小傢伙抄起一把稻草，正準備從慈悲聖母座下的油捻上對個火。

「天哪！」格蘭古瓦低聲咆哮：「現在可不就要太熱啦！」

情況危急了！他已陷入水火夾攻之中了。他作出超人的掙扎——那種就要下油鍋、沒命掙扎的製造假錢者的驚人努力。一蹦而起，一把抓起草墊子向頑童們扔去，趕緊跑掉了。

孩子們驚呼：

「聖母呀！破銅爛鐵商人的鬼魂來了！」

他們也趕緊逃掉了。

草墊子獨霸了戰場。推事老爹倍勒福瑞、還有科羅澤一致肯定：次日，該地的教士們以隆重的儀式把這塊草墊子撿回來，送進了聖運教堂寶庫。從此直至一七八九年③，管聖器的人都賺了很多錢：

說是莫貢塞伊街拐角的聖母像在那個可紀念的一四八二年一月六日夜裡，大顯神靈，咒逐了已故歐斯塔希·穆朋，該人向魔鬼惡作劇，死的時候故意搗蛋，把自己的陰魂隱藏在草墊子裡。

---

① 這裡引述的是一句詩。

② 尼古拉·弗拉麥（Nicolas Flamel 1330-1418）：法國化學家，教授。

③ 法國資產階級大革命時期，數度有查封教堂、沒收教會財產之舉。

VI
摔罐成親

沒命逃竄了老半天，也不知道要跑到哪兒去，許多次把腦袋撞在街角上，跳過許多陰溝，穿過許多小巷、許多死胡同、許多街口，從菜市場古老石板路面的彎曲窄巷裡亂找出路，驚恐萬狀，如同古老經文拉丁語所說，嘗試過 tota via, cheminum et viaria（拉丁文：一切道路，大街和小巷），我們的詩人終於猛然站住了，首先是由於喘不過氣來，其次是因爲心中忽然念頭一閃，想到了一個兩難問

題。他一隻手捂著額頭，自言自語：

「彼埃爾・格蘭古瓦先生，我覺得您這樣瞎跑未免太沒腦子！小鬼們怕您，比您怕他們還厲害哩。我告訴您，剛才您往北邊跑時，一定也聽見了他們往南邊逃。二者必居其一：他們也許逃掉了，那麼草墊子就一定被他們一害怕扔下了，那正好可以做殷勤接待您的床鋪，而那是您從早找到現在的玩藝兒。您為尊奉聖母，替她編了一齣聖蹟劇，演得那麼成功，好不熱鬧，是她顯聖送草墊子來獎賞您的；或者，孩子們沒有逃跑，這樣的話，他們一定把草墊子點著了，那不就是一堆好火，正好為您烤乾衣服、暖和暖和身子。好火也罷，好床也罷，草墊子反正是上天賜與的。莫貢塞伊街角的慈悲聖母瑪麗亞，也許正是為了這個緣故才打發歐斯塔希・穆朋死掉的。您這樣撒腿就跑，就好像皮卡迪人見著法蘭西人就趕緊逃命，如此把您要找的扔掉，這不是大傻瓜嗎！」

於是，他向後轉去，摸索著方向，鼻子向前伸，耳朵豎起來，竭力尋找賜福的草墊子。可是白費了勁，只見房屋交錯，大街小巷盤結，他不斷遲疑，拿不定主意，在這黑暗巷弄糾結紛亂之中進退不得，躊躇不前，即使陷入小塔府邸的迷宮也不過如此。終於，他失去了耐性，莊嚴地喊叫：「該死的交叉街道！是魔鬼按照自己的腳爪模樣造出來的！」

如此發洩一下，他的心裡舒服些了。這時又正好瞧見狹長小巷的盡頭有個紅光在閃耀，他的情緒也就更高了。他說：

「讚美上帝呀！就是那邊！是我的草墊子在燃燒。」

於是，他自喻爲在黑夜中迷失方向的舟子，虔誠地又說：

「Salve, salve, maris stella!（拉丁文：致敬，致敬，導航星！）」

他這句祈禱文是對聖母還是對草墊子所說，我們沒法知道。

這條狹巷是順坡而下的。沒有鋪石子，越走越泥濘、傾斜，往前沒走幾步，他就發現有個很古怪的現象：這條小巷並不是渺無人影的。一路過去，有些難以言狀、模糊不清、奇形怪狀的東西匍匐著，一個個都在爬向街盡頭搖曳著的那點亮光，就像笨重的昆蟲，在夜裡從一根草莖到一根草莖向牧童的篝火爬去。

最使人富冒險精神的，莫過於不用擔心有什麼東西可以被人搶。於是，格蘭古瓦繼續前行，直到快要貼近這些毛毛蟲中間爬得最慢、落在最後的一個，格蘭古瓦這時才看出這玩藝兒不是別的，而是可憐的無腿人，使用兩隻手蹦著，好像是一隻受傷得只剩下兩隻腳的細腿大蜘蛛。

詩人走到蜘蛛人面前，牠向他抬起頭來，用一種悲切的聲音叫喊：

「La buona mancia, signor! La buona mancia!（義大利語：老爺，行行好吧！行行好吧！）」

格蘭古瓦說：

「要是我懂得你說的是什麼！就讓鬼也把我抓去吧！」

他逕自前行，又趕上了一堆這類爬行物，向其中一個仔細一瞧，原來是一個又缺胳臂又缺腿的殘廢人。此人的拐杖和木頭腿的裝置極爲複雜，看起來好似蓋房子的腳手架自己在挪動。格蘭古瓦滿腦子都是莊嚴的古典譬喻，於是就把牠比作火神的大鼎鑊的化身。

這只活鼎在他經過的時候，向他舉帽致敬，可是帽子舉到格蘭古瓦下巴跟前就停住了，像是給他托著一個刮鬍子用的盤子；又對著他的耳朵大叫：

「Señor caballero, para comprar un pedaso de pan!（西班牙語：老爺，給兩個錢買點兒麵包吧！）」

「看來，這一個也會說話，可是，這種語言實在不文明，他自己要是懂得，可真比我走運！」格蘭古瓦說。

忽然靈機一動，他一拍額頭：

「哈，他們今天上午說的『愛斯美娜達』是什麼意思？」

他想加快步伐，但是，又有個東西擋住了去路。這個東西，更恰當地說，應該說是個瞎子，一個長著猶太人大鬍子的小矮子瞎子，伸出一根棍子向四周亂劃，由一隻大狗帶領著，他發出的鼻音就跟說匈牙利話似的：

「Facitote caritatem!（拉丁文：行行好吧！）」

「夠意思的！」彼埃爾・格蘭古瓦說：「到底有一個會說基督教語言①的。我一定是長相特別樂善好施，他們才這樣要我施捨，也不管我身無分文！」

他轉向瞎子，說：

「朋友，我上星期剛把最後一件襯衫賣掉。既然你只會說西塞羅語言，我告訴你，就是 Vendidi hebdomade nuper transita meam ultimam chemisam.（拉丁文：我上星期剛把最後一件襯衫賣掉。)」

說完,他轉過身準備繼續趕路,但是,瞎子與他同時加快步伐,而瘸子,還有沒腿人,也急急忙忙趕上來,缽子和拐棍在地面上碰得直響。他們三個緊跟在可憐的格蘭古瓦身後,磕磕碰碰地開始向他歌唱——

「Caritatem!」瞎子唱道。

「La buona mancia!」沒腿人唱道。

「Un pedaso de pan!」瘸子接過樂句,反覆唱道。

格蘭古瓦堵住耳朵。

「啊,巴別塔②呀!」他叫道。

他跑了起來,瞎子也跑,跛子也跑,沒腿人也跑。

他越往街道深處跑,就有越來越多的沒腿人、瞎子和跛子,還有缺胳臂的、獨眼的、渾身是瘡的大痲瘋。有的從房子裡面出來,有的從附近小街出來,有的從地窖氣窗裡出來,吼叫著,嗥叫著,吠叫著,一瘸一拐,跌跌撞撞,衝向燈光,在泥濘中翻滾,就像雨後的蜒蚰。

格蘭古瓦始終被那三個人追趕著,簡直不知道會落到什麼下場。他嚇昏了頭,在其他那些人中間亂竄,繞過跛子,跨過沒腿人,在這密密麻麻的畸形人堆裡蹭跌,就像那個英國船長陷入了一大群螃蟹中間。

忽然,他想到不如向後跑,然而太晚了,這一大群人已經封鎖住他的退路,那三個乞丐緊揪著他不放,他只好前進。受到這不可抵擋的浪潮衝擊，爲恐懼所驅使，也因爲頭暈目眩，他只覺得這一切彷彿是一場可怕的噩夢。

終於，他到達了街的盡頭。那裡是一個廣闊的空地，有許多燈光在混濁的夜霧中星星點點閃爍。格蘭古瓦衝過去，指望仗著自己腿快，可以甩脫緊緊跟著他的三個殘廢的魔影。

「Onde vas, hombre!（西班牙語：你往哪裡跑，傢伙！）」沒胳臂沒腿人大吼一聲，扔下雙拐，邁開巴黎街道上從未見過的飛毛腿，追了上來。

這時，無腿人已經站得挺直，把他沉重的鐵皮大碗扣在格蘭古瓦的頭上，而瞎子瞪著兩隻火花閃亮的眼睛直視著他。

「我這是在哪兒？」嚇傻了的詩人說。

「在奇蹟宮廷。」第四個幽靈走上前來說。

「憑我的靈魂發誓，」格蘭古瓦說：「我當眞看見了瞎子能看！跛子能跑！可是救世主在哪裡？」

他們以陰森森的哈哈大笑回答。

可憐的詩人舉目四望，當眞是在可怕的奇蹟宮廷，從來沒有一個好人在這般時分進去過。這神奇的圈子，小堡的軍官和市府的警衛長若膽敢進去，無不化爲飛灰；這盜賊的淵藪，是巴黎臉上的膿瘡；這陰溝，汚水每天早晨流出，每天夜裡流回去，沉滯著罪惡、乞討、流浪，沉滯著各國首都大街小巷滿溢橫流的醜惡；這陰風習習的巢穴，社會秩序的一切寄生蟲，每晚滿載贓物而歸；這撒謊作僞的醫院，吉卜賽人，拋卻黑袍的修士，失足的學生，一切民族——西班牙、義大利、德意志——的壞蛋，一切宗教——猶太教、基督教、伊斯蘭教、偶像崇拜者——的渣滓，白天敷上假傷口去要飯，夜裡搖身一變爲土匪；總之，這廣闊的化妝室，今日巴黎大街小巷演出的偷盜、賣淫、謀殺的那些永恆的喜劇，它的一切演員早在中古時代就在這裡上妝卸妝。

這是一個廣闊的廣場，形狀不規則，地面敷設拙劣，跟當時巴黎的一切廣場一樣。點點火光散布，圍著火光麇集著一群群奇形怪狀的人，來回飄蕩，又吼又叫。只聽得尖銳的笑聲、小孩的啼哭聲、女人的說話聲。眾人的手和頭襯托在火焰背景上，顯出無數稀奇古怪的剪影晃動。在那火光跳動的地面上，掩映著難以言狀、飄忽的巨大黑影，不時有一條狗跑過去——它，像一個人，又有一個人過去——他倒像一條狗。種族的界限、物種的界限，在這裡猶如在修羅場③，都似乎已經泯滅。男人、女人、牲畜、年齡、性別、健康、疾病，一切都似乎爲這群人所共有；一切摻雜、混合、重疊，合爲一體；在這裡人人皆爲整體。

借著閃爍著的微弱火光，格蘭古瓦強壓心中的惶惑，辨認出廣場的周圍是一些破舊醜陋的房屋，門臉兒一個個都有一兩個透亮的窗窟窿，蟲蛀了似的，破了相，扭歪了，戳破了。在他看來，這些房屋在陰影中就像是巨大的老太婆腦袋，排成一圈，怪異而乖戾，眨著眼睛在注視群魔亂舞的場面。

這彷彿是一個新世界，前所未知，聞所未聞，奇形怪狀，爬行動物似的蟻集著，光怪陸離。

格蘭古瓦越來越心驚膽戰。三個乞丐抓住他，好像是三把鉗子。一大堆怪面孔圍著他咆哮，震聾了他的耳朵。倒霉的格蘭古瓦竭力抖擻精神，努力回想今天是不是群魔亂舞的星期六④。但是，白費了勁，他的記憶和思想的線索已經斷了；他什麼也不敢相信，在所見和所感之間飄忽，他向自己不斷提出這樣一個不可解決的問題：「如果我存在，那麼這一切是不是存在；如果這一切存在，那麼我是不是存在？」

這時，在周圍轟轟喧嚷嘈雜之中，清晰地響起了一聲叫喊：

「把他帶到國王那裡去，帶到國王那裡去！」

格蘭古瓦心裡嘀咕：「聖母呀！這裡的國王？那一定是一隻公山羊⑤。」

所有的人不斷地叫嚷：「帶去見國王！帶去見國王！」

他們都來拖他，爭先恐後都要抓住他。但是，三個乞丐就是不鬆手，硬把他奪去，吼叫道：「他是我們的！」

這麼一爭奪，詩人的那件病入膏肓的外衣也就壽終正寢了。

穿過可怕的廣場，他頭暈目眩的感覺消失了。剛走了幾步，眞實感也恢復了。他開始適應這裡的氣氛。最初，從他那詩人的腦袋裡，也許乾乾脆脆、十分散文式地是從他那空空的肚皮裡，升起了一道烟霧——或者說是一道水汽，擴散著，擋住了物體，只讓他隱隱約約看見。在那若隱若現的噩夢迷霧中，在那使得一切輪廓抖動、一切形體扭曲、一切物體壅積爲無比巨大群團的夢幻黑暗中，物膨脹成爲幻相綽綽，人膨脹成爲鬼影幢幢。經過了這樣一番幻覺叢生之後，目光漸漸不再迷亂，也不再放大一切了。眞實世界緩緩在他周圍顯現，撞擊著他的雙眼，撞擊著他的雙腳，一片又一片拆毀了他起初以爲受其圍困的那種種恐怖的詩情幻景。他不能不看清楚並不是涉行於冥河，而是輾轉於泥污，推搡著他的並不是魔鬼，而是盜賊；岌岌可危的並不是他的靈魂，而簡直就是他的性命——誰教他缺乏那個寶貴的調解者、能夠非常有效地撮合強盜和好人的好玩東西，金錢！

他更仔細地也更冷靜地考察這裡的狂亂景象，終於體認他是從群魔會一跤跌入了下等酒店。所謂「奇蹟宮廷」其實只是一個下等酒店。不過，那是盜賊們的酒店，一切都沾上了葡萄酒和血的鮮紅色。

到達行程的終點，那些破衣爛衫的人終於把他放了下來，這時，他眼前的景象是不能使他重新詩意盎然的——即使是地獄之詩也不行！只有空前散文式的冷酷現實，地窖！如果這裡描述的不是十五世紀的事情，我們要說，格蘭古瓦是一跤從米開蘭基羅的世界跌到了卡洛的世界。⑥

熊熊大火在一塊寬闊的圓形石板地上燃燒，火焰燒紅了此刻正好空著的大鑊的三隻腳。圍著火堆，橫七豎八地放著幾張破爛桌子，沒有任何略通幾何學的僕役稍費心思，把它們構成的圖形略加調整，或者至少使它們不至於交切成萬分怪異的角度。桌上閃耀著葡萄酒和麥酒滿溢的罐子，圍坐著許多醉漢，他們的臉由於烤火，也由於喝多了酒，通紅發紫。其中有個大肚子、滿臉喜色的人，正肆無忌憚地摟著一個胖乎乎的肉感妓女親熱。還有一個假兵，用他們的話來說，就是一個「滑頭碼子」，吹著口哨，正在解開他那假傷口上的繃帶，舒展著從早晨起就千裹萬纏束縛起來的健壯有力的大腿。對面是一個病懨懨的人，正用菜渣和牛血炮製著他第二天要使用的「傷腿」。再過去兩張桌子，有一個假香客騙子⑦，全身的衣著是要去聖地朝拜的打扮，念誦著《聖后經》，當然一面哼哼唧唧，同時也不忘記唱聖詩。另一個地方，有一個小壞蛋在向一個老瘋癲請教發羊癲瘋的妙計，後者教他怎樣嚼肥皂片來口吐白沫。旁邊有個害水腫的正在「消腫」，害得四、五個女拐子慌忙捂住鼻子，而她們此刻正在一張桌子上爭奪這天晚上偷來的小孩。

這形形色色的景象，正像兩個世紀以後索伐耳所說：「宮廷認爲十分有趣，就拿來當作國王的消遣。在小波旁宮專爲供奉而上演的四幕芭蕾舞劇《黑夜》，還把它當作一種『導舞』。」

一六五三年看過這場演出的人補充說：「『奇蹟宮廷』裡的種種突然變幻的形體，眞是表演得空前出色。爲此，路易十四的宮廷詩人邦斯臘德，還爲我們撰寫了幾行漂亮的詩句。」

到處只聽見粗野的大笑和淫蕩的歌聲。人人自得其樂，自說自話，吵吵罵罵，根本不聽別人在說什麼。酒罐子碰得直響，響聲起處就是一陣爭吵，破罐子又把襤褸衣衫撕得粉碎。

一頭大狗蹲坐著，盯著火。孩子們也摻和進這場宴飲。那個被偷來的孩子在哭叫。另一個四歲的胖娃娃，坐在一張過高的凳子上，垂吊著雙腿，下巴只夠得著桌子邊，悶聲不響。還有一個孩子，一本正經地用手指在桌上擺弄著大蠟燭流下的油脂。又有一個，非常瘦小，蹲在泥裡，幾乎整個身子都鑽進了一口大鍋，用瓦片刮擦，發出一種可以使斯特臘狄伐里烏斯⑧暈過去的聲音。

一只大酒桶放在火旁。桶上坐著一個乞丐。這就是乞丐王坐在寶座上。

揪住格蘭古瓦的三個傢伙把他拖到酒桶前，飲酒狂歡的人群一時安靜了下來，除了那個孩子還在刮大鍋。

格蘭古瓦不敢仰視，大氣兒也不敢出。

「Hombre, quita tu sombrero!（西班牙語：傢伙，去掉你的帽子。）」抓住他的其中一人說道。

格蘭古瓦還沒來得及聽懂，此人就一把抓去了他的帽子。這頂尖頂帽雖然很破，但是遮遮太陽、擋擋雨也還過得去。格蘭古瓦嘆了一聲。

這當兒，乞丐王從酒桶上對他說：

「這小子是個什麼人？」

格蘭古瓦一個寒噤。這個聲音雖然語帶威脅、顯得頗有聲勢，還是使他想起了另一個聲音，就是今天上午在觀眾中大叫「可憐可憐吧！」、那個最早破壞他的大作演出的聲音。

他抬頭一看，正是克洛班・特魯伊甫。

克洛班・特魯伊甫佩戴著王者的標記，破衣爛衫依然如故，只是手臂上的瘡已經不見了。他手裡拿著一根皮鞭，就是當時主教的侍從用來維持秩序、稱作「布拉伊」的鞭子。他頭戴一種從頂上收圓、合攏的帽子，不過，很難說清楚究竟是兒童帽還是王冠，兩者非常相似。

格蘭古瓦在認出了奇蹟宮廷之王，原來就是早上大廳裡那個該死的乞丐之後，不知道為什麼，心裡重新產生了一線希望。他吶吶而言：

「先生……大人……陛下……我該怎樣稱呼您呢？」

逐步升級達到了頂點，再也不知道該怎樣再往上升，或者怎樣再往下降。

「大人，陛下，或者伙計，你愛怎樣稱呼都行！不過，得快點！你有什麼要為自己辯護的？」

「為自己辯護？」格蘭古瓦想，我不喜歡這個說法。便囁嚅著：「我就是今天上午的那個……」

「鬼的指頭！」克洛班打斷他的話，說道：「你叫什麼名字，小子，別廢話！你聽著！你面前是三位威力強大的君王。我，克洛班・特魯伊甫，屠納王，龍頭大哥的傳人，黑話王國的君主；你看見那邊那個頭上裹著一塊破布的黃臉老頭，他是馬提亞・亨加迪・斯皮卡利，埃及和波希米亞公爵；還有，那個胖子，沒有聽我們說話，正在撫摸騷娘兒們的，是吉約墨・盧梭，他是伽利略皇帝。我們三人是審判你的。你不是黑話哥兒們卻潛入黑話王國，侵犯了我們城市的特權。你應該受到懲罰，除非你當上了『卡朋』、『米杜』、『里福的』，用正人君子的黑話來說，就是小偷、乞丐、流浪漢。你是這樣的人嗎？為你自己辯解吧！說出你的身分來！」

格蘭古瓦答道：

「唉！我沒有這樣的榮幸。我只是創作那……」

「住口！」特魯伊甫不等他說完，喝道：「要吊死你！再自然也不過了，正派的市民先生。你們那裡怎樣對待我們，我們這裡就怎樣對待你們！你們對待無賴漢的法律，無賴漢也用它來對待你們。如果說這個法律太壞，那是你們的錯。我們實在應該常常看看正人君子在麻索項圈裡龇牙咧嘴的表情，這才叫公正！來吧，朋友，高高興興地把你的破爛衣服脫給這兒的小姐太太們去分吧！我要把你吊死，讓無賴漢開開心；你呢，就把你的錢包給他們，讓他們去喝酒。要是你還有什麼姿態要做，那邊有個石臼，裡面有個很好的石頭上帝老爹，是我們從牛頭聖彼得教堂偷來的⑨。你可以有四分鐘的時間把你的靈魂去向他老人家吐一吐！」

這番演說可眞教人不寒而慄。

「說得好，憑我的名譽發誓！克洛班・特魯伊甫佈道眞是賽過教皇老頭兒！」伽利略皇帝一邊敲碎酒罐去墊桌子，一邊嚷道。

「皇帝陛下和國王陛下，」格蘭古瓦說，非常沉著，因為不知怎的，他又恢復了冷靜，話說得很堅決：「你們可能不知道，我名叫彼埃爾・格蘭古瓦，是個詩人，就是今天上午在司法宮大廳上演的那齣寓意劇的作者。」

「啊！是你呀，老爺！我也在那兒，上帝的腦袋！好吧，伙計，你今天上午叫我們討厭了好一陣子，難道這就成了要你今晚不被吊死的理由？」克洛班說。

恐怕很難脫身啦，格蘭古瓦心想。不過，他還是盡力而爲，說道：

「我可眞看不出怎麼詩人就不能算作無賴漢。流浪漢，伊索就是一個；乞丐，荷馬就是一個；小偷，墨久里⑩就是一個……」

克洛班打斷他的話，說道：

「我看，你是想用你巫師般的咒語糊弄我們⑪。媽的，你乾脆讓咱們吊吧，別扭扭捏捏的！」

「請原諒，屠納王陛下，」格蘭古瓦駁道，他是寸土必爭了，「被你們吊死倒是値得的。不過，請等一等！……聽我說……您總不至於不聽我的辯詞就處我死刑吧……」

事實上，他可憐巴巴的申辯詞已完全被周圍的喧囂聲淹沒了。那個刮大鍋的小傢伙更使勁地刮他的大鍋。最要命的是，一個老太婆剛剛把一只裝滿牛油的煎鍋放在火光熊熊的三角架上，熬得劈啪直響，就像一群孩子跟在戴假面具的人⑫後面瞎嚷嚷。

這當兒，克洛班·特魯伊甫似乎在同埃及公爵和伽利略皇帝商量著什麼；不過，皇帝已經爛醉了。

克洛班厲聲喝道：「別吵啦！」

可是，大鍋和牛油煎鍋不聽他的，還是繼續它們的二重唱。於是，他從大桶上一躍而下，一腳踢翻大鍋，大鍋連同裡面的小孩滾出十步開外；又對油鍋踹了一腳，裡面的油全潑到火裡去了。然後，他又莊重地坐上寶座，絲毫不理會那孩子的抽抽噎噎以及老太婆的嘀嘀咕咕——她的晚飯已經化作白煙了。

克洛班招招手，公爵、皇帝、還有大幫凶們和僞善人們都過來，在他身邊坐成馬蹄形，而格蘭古瓦始終被粗暴地死死扭住，成爲注視的中心。這個半圓圈坐的全是破衣爛衫的人，綴著金屬飾片，帶著叉子、斧頭，連兩腿都噴著酒氣，粗壯的胳臂赤裸，面孔骯髒、憔悴、癡呆。在這襤褸人圓桌會議的中央，克洛班·特魯伊甫儼若元老院的議長、大貴族的國王、紅衣主教會議的教皇。先是從他那酒桶的高度，然後是他那難以言狀的傲慢態度，使他君臨一切，狂暴嚇人，眼珠子骨碌碌轉，那野性的面容同無賴漢種族的獸性相得益彰，簡直是許多豬嘴中間的豬頭。

克洛班長滿繭子的手摸著畸形的下頦，對格蘭古瓦說：

「你聽著，我看不出爲什麼不可以把你吊死。確實，好像你不怎麼喜歡被吊死；當然，你們市民們是不怎麼習慣的。你們把受絞刑看得太玄。其實，我們並不想跟你們過不去。有一個辦法你可以暫時脫身。你願不願意成爲我們的一員？」

格蘭古瓦眼看性命難保，原已開始聽天由命。這麼一個建議對他起了什麼作用，那是不難想見的。於是，他死勁地說道：

「那個當然，願意之至！」

「你同意加入咱們好漢幫？」克洛班又說。

「正是，加入好漢幫！」格蘭古瓦回答。

「你承認自己是自由市民⑬的一員？」屠納王又問。

「自由市民的一員。」

「黑話王國的子民？」

「黑話王國的子民。」

「無賴漢？」

「無賴漢。」

「連心裡都是？」

「連心裡都是。」

「我要告訴你，即使如此，你也還是要被吊死的！」

「活見鬼！」詩人說。

克洛班毫不介意地又說：

「只是……可以遲些再吊，儀式也會弄得隆重些，並且由老實的巴黎城出錢，使用漂亮的石頭絞刑架，派正派人把你吊起來。這當然對你是很大的安慰。」

「但願如您所說！」格蘭古瓦回答。

「還有別的好處哩。作爲自由市民，你無需給清潔費、窮苦捐、燈籠稅，而巴黎一般市民是必須出這些錢的。」

「但願如此，」詩人說：「我就當無賴漢，黑話分子，自由市民，加入好漢幫，您說什麼就是什麼。其實我早就是，屠納王陛下，因爲我是哲學家，et omnia in philosophia, omnes in philosopho continentur（拉丁文：哲學中包含一切，一切人都包括在哲學家中），您知道的。」

屠納王皺皺眉頭，說道：

「你把我看成了什麼，朋友？你這是說的什麼匈牙利猶太人的黑話？我可不是希伯來人。做強盜，就不當猶太人。我甚至不偷盜了，我早已超過了，我現在是殺人。割喉管，幹；割錢包，不幹！」

他越說越生氣，這篇短短的演說也就越來越斷斷續續，格蘭古瓦好不容易才插進話去表示抱歉：

「請原諒，陛下，這不是希伯來語，是拉丁語。」

克洛班勃然大怒，叫道：

「我告訴你，我不是猶太人，我要把你吊死。你這個王八蛋，還有站在你身邊那個賣劣貨的猶太小鬼頭，我眞希望看見你們被咱們給釘死在櫃台上，就跟一枚假錢似的。唉！那小鬼本來就是假錢嘛！」

他邊說，邊指著那個滿臉鬍子的小個子匈牙利猶太人，就是先前對格蘭古瓦說「facitote caritatem」的那個人。他聽不懂其他語言，只好乾瞪眼，看著屠納王這樣大發雷霆。

克洛班陛下終於平靜下來，又對詩人說：

「小子！這麼說，你願意當無賴漢？」

「當然！」詩人回說。

「光是願意還不行，」乖戾的克洛班又說：「『願意』並不能給湯增加一絲一毫佐料，只是對進天堂有點用處；而天堂和黑話幫是兩碼事。要想進黑話幫，你得證明自己不是窩囊廢，爲此你得摸假人的錢包。」

格蘭古瓦說：「您要我摸什麼都行呀！」

克洛班手一揮，幾個偷兒離隊而出，不一會就回來了，搬來兩根椿子，下端都裝著一個木頭十字架，這樣埋在地裡才好生根，兩邊上端之間綁上一根橫樑，於是，一個可以移動的非常出色的絞刑架就製作成功了。格蘭古瓦看見一眨眼的工夫就在他面前豎好了，不由得十分驚訝。什麼都齊全，甚至絞索也不缺：它正在橫樑下面以優美的姿態晃來晃去。

「他們還要搞到哪一步呢？」格蘭古瓦心裡納悶，有點著急。恰好這時聽見一陣鈴響，他也就不必再著急了。原來搬來了一個假人，無賴漢們用繩索捆住它的脖子，把它吊了起來。這玩藝兒有點像嚇唬麻雀的稻草人，它穿著紅衣服，身上盡是大小鈴鐺，就是給十隻加斯第騾子⑭披掛也夠用了。這無數的鈴鐺隨著吊索的擺動，響了好一陣子，然後聲音漸漸小，終於沒有了聲息，同時那個假人也寂然不動了，順從了那已經取代滴漏計和沙漏計的鐘擺的規律。

於是，克洛班指指假人腳下的一隻歪歪倒倒的破舊小凳子，對格蘭古瓦說：

「站上去！」

「要死呀！」格蘭古瓦表示反對：「我會把脖子摔斷的。您這個凳子的腳就跟馬西雅的六八詩格⑮一樣跛，一隻六韻腳，另一隻八韻腳。」

「上去！」克洛班又說。

格蘭古瓦站上去，腦袋晃動，手臂搖擺，才保持了平衡。

屠納王又說：「現在，你把右腳勾住左腳，踮起左腳！」

「陛下，這麼說，您是一定要我摔折胳臂、扭斷腿囉？」格蘭古瓦說。

克洛班搖搖頭，說道：

「你聽著，朋友，你太囉嗦了。兩句話就給你說清楚了。你照我說的踮著腳站，這樣才夠得著假人的衣服口袋，你就掏他的衣兜，掏出裡面的一個錢包。你做到了，而且聽不見鈴響，就合格了，那就收你爲無賴漢。今後就只用揍你八大了。」

「上帝的肚子！我盡力而爲吧。要是碰響了鈴鐺呢？」

「那就吊死你。聽明白了嗎？」

「一點也不明白。」格蘭古瓦答道。

「你再聽一遍。要你摸假人的衣袋，把他的錢包掏出來，只要有一聲鈴響，就把你吊死，明白了嗎？」

「是囉，」格蘭古瓦說：「我明白了。還有呢？」

「你要是掏出錢包，我們聽不見鈴響，就收你爲無賴漢，然後連續揍你八天。現在你明白了吧？」

「不，陛下，還是不明白。我能占到什麼便宜呢？一種情況是吊死，另一種情況是挨揍……」

「還可以當無賴漢，」克洛班說：「當無賴漢！這還不夠勝算嗎？揍你是爲你好，讓你經得起打。」

「太謝謝了。」詩人回說。

「行了，快點！」屠納王用腳敲擊酒桶，敲大鼓似的。他說：「快摸，快點幹！我最後一次警告你，只要聽見一聲鈴響，就該你去做假人。」

對克洛班的話，那一大幫的黑話分子大爲喝采。他們圍著絞刑架站成一圈，毫不憐憫地哈哈大笑，於是格蘭古瓦明白了：他使他們太高興了，因而不能不對他們恐懼萬分。所以，他再也沒有任何希望，只能心存僥倖，指望自己能夠順利做到這個被強迫幹的可怕動作。他決心冒險一試，當然，難免得先對他要偷的假人熱誠祈禱，因爲它或許比無賴漢們容易受感動。那無數的鈴鐺有著無數的小銅舌，在他看來，就像毒蛇張開大口，隨時要嘶嘶發聲，咬他。

他心中暗想：「啊！我的性命難道就取決於這些鈴鐺？」他合起雙手，默禱：「啊，小鈴鐺呀！你別響啊！小鈴鐺呀，你別晃啊！小鈴鐺呀，你別抖啊！」

他再次企圖打動克洛班，問道：

「萬一有風呢？」

「一樣吊死你！」對方毫不猶豫地回答。

既然毫無退路，也沒有緩刑，又混不過去，他就毅然下了決心。他把右腳勾住左腿，踮起左腳，伸出一隻胳臂。可是，正當他手指碰著假人的時候，只有一隻腳支撐的身子，在只有三條腿支撐著的小凳子上一晃；他下意識地想把假人拽住，一下子就失去了平衡，撲通一聲，摔倒在地；同時，只見那假人吃不住他手掌一推，打了個旋轉，然後在兩邊支柱中間十分威嚴地搖來晃去，身上的無數鈴鐺也就要命的響成了一片，震得格蘭古瓦腦子發昏。

「該死！」他喊著摔下去，趴在地上像死了似的。

同時他也聽見頭頂上可怕的鈴聲轟響，乞丐惡魔般地哄堂大笑，還有克洛班的聲音：「把這個混蛋給我揪起來，立刻吊上去！」

他爬起來。他們已經解下假人，讓位給他。

黑話分子們把他放到小凳子上。克洛班過來，把繩子套上他的脖子，拍拍他的肩膀，說道：

「再見吧，朋友！你再也逃不掉了，哪怕你狡猾得跟教皇一樣！」

格蘭古瓦幾乎要喊出「饒命！」了。他舉目四望，一點希望也沒有，他們都在哈哈大笑。

「星星的貝勒維尼，」屠納王叫喊一個胖乞丐，他應聲出列，「你爬到橫樑上去！」

星星的貝勒維尼敏捷地爬了上去。不一會兒，格蘭古瓦抬眼一望，只見他坐在頭頂上的橫樑上面，不由得心裡直發毛。

克洛班又說：「現在，我一拍手，紅面孔安德里，你就拱膝蓋把凳子拱倒；弗朗索瓦・向特-普呂納，你就抱住這小子的腿往下拉；你們三個人同時動作，聽清楚了嗎？」

格蘭古瓦一陣哆嗦。

「準備好了嗎？」克洛班・特魯伊甫對他們三人說。

這三個黑話分子都準備衝上去，像三隻蜘蛛撲向一隻蒼蠅。這可憐的受刑者還得有一陣子可怕的等待，這時克洛班不慌不忙用足尖踢踢火堆裡還沒有燃起來的枯枝。

「好了嗎？」他又問，張開兩手預備擊掌。

再過一秒鐘就全完了。可是，他止住了，好像突然想起了什麼。

「等一等，」他說：「我倒忘了！……我們有個規矩。要把一個男人吊死，總得先問問有沒有哪個女人要他。……小子，這是你最後的機會。你若不跟女無賴結婚，就只好跟絞索結婚了。」

這條吉卜賽法律，讀者也許覺得奇怪。其實，今天依然原原本本記載在古老的英國宗教法典裡。請諸位參閱《柏林頓的注疏》。

格蘭古瓦吁了一口氣。這是他半小時之內第二次死裡逃生。因此，他不敢奢望。

克洛班重新爬上他的大桶，叫道：

「喂！女人們，娘兒們，無論是女巫，還是女巫的雌貓，凡是母的，妳們有哪一個騷娘兒要這個臭爺！科萊特・夏洛納！伊麗莎白・特魯凡！西蒙娜・若杜因！瑪麗・皮埃德布！托娜・龍格！貝臘德・發努埃！密歇勒・惹納伊！克洛德・隆日-奧瑞伊！馬杜琳・吉羅魯！喂！伊莎博・提埃里！喂，妳們都來看呀！白送一個男人不要錢！誰要呀？」

格蘭古瓦正在落魄之中，想必那模樣不怎麼吊人胃口。女無賴們都好像對這個送上門來的貨色不太感興趣。不幸的人只聽見她們回答：

「不要，不要！把他吊死吧！那我們大家可就都開心啦！」

不過，也有三位走出人群，過來嗅嗅他。第一位是個四方臉胖妞。她仔細觀看哲學家那寒酸的短衫。這上衣已經千瘡百孔，窟窿比炒栗子的大勺還多。胖妞兒做了個鬼臉，咕嚕道：「破布條兒！」又對格蘭古瓦說：「看看你的斗篷吧！」

「我丟了。」格蘭古瓦說。

「你的帽子呢？」

「給搶去了。」

「你的鞋呢？」

「沒有了鞋底。」

「你的錢包呢？」

「唉！」格蘭古瓦吞吞吐吐：「一個銅子也沒有！」

「那你就讓他們吊，說聲謝謝吧！」女無賴啐道，轉身就走。

第二位又老又黑，滿臉皺紋，其醜無比，即使在這奇蹟宮廷裡也醜得嚇人。她圍著格蘭古瓦轉，把他嚇得直哆嗦，生怕她要了他。幸好，她嘀咕了聲「他太瘦啦」，說完也走掉了。

第三位倒是個女郎，長得鮮艷，相貌也不難看。

可憐的人低聲向她哀告：「救救我吧！」

她以憐憫的目光向他端詳了一會，然後低眉垂目，牽牽衣裙，拿不定主意。

可憐人則目不轉睛注視她的一舉一動，這是他最後的一線希望。

「不，不行的！吉約墨・龍格儒會打我的。」少女終於說道，她也回到人群中去了。

「小子，你只好倒霉了！」克洛班說。

隨即，在大桶上站立起來，叫道：「誰都不要？」摹仿著拍賣場吆喝聲，逗得眾人大樂：「誰都不要？一——二——三！」轉向絞刑架，點點頭說：「吊！……」

星星的貝勒維尼、紅面孔安德里、弗朗索瓦・向特-普呂納，向格蘭古瓦靠過去。

這時，黑話分子群中響起了喊聲：

「愛斯美娜達！愛斯美娜達！」

格蘭古瓦一個寒噤，轉身向鼓譟聲看去。人群閃開，讓出一條通道，走出一位純潔、光艷照人的身影。

是那個吉卜賽女郎。

「愛斯美娜達！」格蘭古瓦喃喃自語，目瞪口呆，無比激動，這個咒語般的名字猛然一下子勾起他這一天的種種回憶。

這個天生尤物，甚至在奇蹟宮廷也似乎施展著她那美貌的魔力。她一路過去，男女黑話分子都溫順地閃開兩旁。她目光所及，他們那粗暴的面孔都容光煥發。她步履輕盈，走到受刑人跟前。美麗的佳利跟在後面。

格蘭古瓦簡直跟死了一樣。

她靜靜地端詳了片刻。

她鄭重地向克洛班問道：「你們要把這個人吊死？」

「是呀，妹子，」屠納王答道：「除非妳要他做丈夫。」

她噘起下嘴唇，做了一個慣常的嬌態。

「我要了他。」她說。

格蘭古瓦至此堅決相信：他從早上起就是在做夢，現在是夢境的繼續。

確實，波瀾起伏固然美妙，也未免太突兀了吧。

活結解開了，詩人從小凳上給抱了下來。他激動萬分，只好坐下。

埃及公爵一聲不響，拿來一只瓦罐。吉卜賽女郎把它遞給格蘭古瓦，對他說：

「你把它摔到地上！」

瓦罐摔成了四瓣。

「兄弟，」埃及公爵說著，兩手放在他倆的額頭上：「她是你的妻子；妹子，他是妳的丈夫。婚期四年。行了！」

---

① 指這個瞎子竟然會說拉丁語。

② 《舊約聖經．創世紀》第十一章說，人們要在示拿地方建造一座通到天上的塔，耶和華阻止他們，把他們的語言變亂，互相聽不懂。這座塔名叫巴別塔，「巴別」即「變亂」之意。這裡是指語言混亂，不可理解。

③ 地獄之都。

④ 按西方迷信，星期六夜裡是群魔亂舞的時候。

⑤ 這裡的公山羊指半人半羊的怪物，是淫猥邪惡的象徵。

⑥ 雅各．卡洛（Jeques Callot 1592-1635），法國雕刻家、版畫家，米開蘭基羅（Michel-Ange 1475-1564）比他大約早一百年。另外，米開蘭基羅的畫大多以神鬼爲主題，例如《創世紀》、《最後的審判》等；卡洛則擅長描繪

巴黎下層社會，例如《波希米亞人》、《乞丐》……等等。雨果這句話的意思或許是指這兩方面。

⑦ 中世紀強盜多有假扮成香客，伺機謀財害命的。

⑧ 斯特臘狄伐里烏斯 (Stradivarius 1644-1737)：義大利著名的小提琴製造家。

⑨ 實際上這是一個石頭神龕，有耶穌像。克洛班有意這樣輕蔑對待。

⑩ 墨久里 (Mercurius) 是羅馬神話中的盜神，但並不屬詩人之列。

⑪ 因爲格蘭古瓦上面說的三個名字都是用的拉丁文。

⑫ 這是指狂歡節上的假面舞者。

⑬ 「自由市民」，是當時的說法，指不守王法的那種人，又有「盜賊」、「騙子」等等意思。

⑭ 加斯第是西班牙的地名。西班牙人喜歡趕騾子，鈴鐺掛得很多。

⑮ 馬西雅 (Martial 43-104)：拉丁詩人。六八詩格是一種「跛韻」，因爲一行是六韻脚的，下一行就是八韻脚的。

VII
新婚之夜

過了一會，詩人發現自己在一間嚴嚴實實、暖暖和和的尖拱圓頂小房間裡，坐在一張好像只爲了便於從附近那放食物的擱板上拿點東西來的桌子前面。也許還有一張舒舒服服的床，而且有一位標緻的女郎與他相伴！這場奇遇就像變魔法似的。他開始當眞認爲自己是童話裡的人物了。他不時東張西望，彷彿想看看兩隻噴火獸拉的火焰車是不是還在那裡——因爲只有這種車輛才能如此快速地將他從韃靼國送到天堂。有時，他也使勁盯著身上短衫上的破洞，努力抓住現實，免得全然失卻依托。他的理性在這想像境界裡飄蕩，現在只有靠這點來維繫了。

女郎似乎根本不注意他。她走來走去，有時撞動小凳子，有時跟她的小山羊說說話，有時又噘噘小嘴。終於，她走過來，坐在桌子旁，格蘭古瓦可以隨意端詳她了。

諸位讀者，你們都有過童年，或者，很幸運的，你現在還是兒童。你們可能不止一次，在陽光燦爛的日子，沿著潺潺流水，從一個草叢到一個草叢追趕美麗的藍蜻蜓或綠蜻蜓；牠路躚急旋，輕吻著每一樹梢。(我自己就常常整天如此，那是我一生中最好的日子。)你們還記得，你們是怎樣滿懷柔情，好奇地想著，看著那朱紅色、天藍色的翅膀輕輕旋轉，飄忽的形體不可捉摸，正是由於動作極其迅速而難於覺察。翅膀的顫動中隱約顯出的那空靈之物，在你看來是多麼虛渺，純屬想像，不可觸知，無法看見。但是，蜻蜓一旦棲歇在蘆葦尖上，你們一旦能夠屏息觀察牠那薄紗長翼、那變幻色彩的長袍、那兩顆水晶眼珠，你們怎能不驚訝，怎能不擔心牠的形體重新變成幻影，牠的生命重新化作空幻！你們回想一下這些印象，就可以理解格蘭古瓦此刻的感受。他透過可以看見、可以觸知的形體，觀賞著以往只是通過歌舞喧囂的旋渦、隱約瞥見過的那個愛斯美娜達。

他越來越沉溺於遐思之中。他目光模糊地注視著她，心想：「啊！這就是愛斯美娜達！天堂的生靈！大街上跳舞的少女！這樣實在，又這樣虛無！今天上午最終斷送了我的聖蹟劇是她，今晚搭救了我的性命也是她！她是我的壞精靈，也是我的好天使！……確實，她眞是個標緻女郎！而且一定是愛我愛到了瘋狂程度，才會那樣把我要走……且慢！」隨即，他猛然抬頭，恢復了現實感——一向作爲他性格和哲學基礎的現實感，說著：

「我還不知道到底是怎麼回事，反正我成了她的丈夫！」

腦子裡有這種念頭而且表現在目光中，他便走到少女身旁，步態威武，神情表現出殷勤獻媚。少女見了向後直退，問道：

「您想幹什麼？」

「這還用得著問嗎？愛斯美娜達小親親！」格蘭古瓦回答，口裡、眼裡滿是情欲，他自己聽了都大吃一驚。

埃及少女睜大著眼：

「我不知道您是什麼意思！」

「怎麼！」格蘭古瓦又說，腦子越來越發熱，心想，要對付的畢竟只是奇蹟宮廷的一種慣常的品性罷了。於是說道：「我不是屬於妳的嗎，親愛的美人兒？妳不也是屬於我的嗎？」

一無隱諱，他非常乾脆地一把將她攔腰抱住。

少女的短衫在他手裡滑過，就跟蛇皮似的。她一蹦，跳到房間的另一端去了，隨即又站直了身子。格蘭古瓦還沒來得及搞清楚，她手裡已經握著一把匕首。她既惱怒又高傲，噘著嘴唇，鼓著鼻孔，兩頰紅得跟小蘋果①似的，眼神裡火花直冒。同時，那隻白山羊拱衛在她面前，兩隻染上金色的美麗尖角頂著，擺出挑戰的姿態。

這一切只是一眨眼的功夫。蜻蜓一下子變成了毒蜂，只想螫人。

我們的哲學家傻了，眼神癡呆，一會看看山羊，一會看看女孩。

驚魂甫定，能夠說話了，他終於叫了一聲：

「聖母瑪麗亞！這兩個惡婆娘！」

吉卜賽女郎也打破緘默：

「你眞可笑，這樣放肆！」

「對不起，小姐，」格蘭古瓦笑嘻嘻地說：「不過，那您爲什麼要我做丈夫呢？」

「難道我必須看著你被吊死嗎？」

詩人自作多情的一切想法統統破滅，大失所望地說道：

「這麼說，您嫁給我，並沒有別的想法，只是想救我一命？」

「你希望我有什麼別的想法？」

格蘭古瓦咬咬嘴唇，又說：

「算了吧，我演丘比特並不像我自己想像的那樣成功。不過，摔破瓦罐又算怎麼回事呢？」

這當兒，愛斯美娜達的匕首和小山羊的犄角始終戒備著。

詩人說：「愛斯美娜達小姐，我們和解吧。我可不是小堡的錄事，您也不必滿不在乎地像這樣拿著一把匕首在巴黎招搖，渺視市府大人的諭示和禁令。您也不是不知道，一個星期前，諾埃耳・勒克里文就因爲攜帶短劍，被罰款十個巴黎索耳。這倒不與我相干。還是言歸正傳吧。我用我進天堂的份兒向您保證，不得到您的允許，我絕不靠近您。不過，您給我晚飯吃吧！」

其實，格蘭古瓦也跟德普瑞奧先生②一樣——很不貪戀女色。他並不是那種逼迫女人順從的騎士或火槍手。在愛情方面，他也像對待其他事一樣，樂意堅持緩進，採取平和手段。在他看來，好好吃頓晚飯，而且有個可愛的人兒作陪，正好可充作一場艷遇的序幕和結局之間的美妙插曲，尤其是在他餓腸轆轆的時候。

埃及少女不答理。她噘噘嘴，又作出那種高傲的嬌態，小鳥似的把頭一揚，大笑起來。那把可愛的匕首倏然不見，像出現時那樣迅速，格蘭古瓦未能看明白蜜蜂的刺又是怎樣收藏起來的。

不一會兒，桌上就有了一塊黑麵包、一小片豬油、幾只乾癟了的蘋果、一罐子麥酒。格蘭古瓦狼吞虎嚥起來，鐵叉和瓦盆碰得咣咣直響，彷彿他整個的情欲都已化作食欲。

女郎坐在他對面，默默注視著他。顯然，她只是眼睛瞅著，心裡則另有所思。想著想著，還不時面露微笑，纖纖小手輕輕撫摸著依依緊貼在她膝頭的那隻聰明山羊。

一支黃蠟大燭，照耀著這幅狼吞虎嚥與思冥想的畫面。

然而，在一陣腸胃號叫緩和之後，格蘭古瓦一看，只剩一個蘋果了，不禁覺得難爲情——其實沒有必要。

「您不吃嗎，愛斯美娜達小姐？」

她搖搖頭，以沉思的目光注視著小室的圓頂。

「她在想什麼？」格蘭古瓦心裡說，順著她的視線一看：「總不可能是拱頂上石刻的侏儒鬼臉叫她全神貫注吧？活見鬼！我簡直可以同它比個高下。」

他叫了一聲：「小姐！」

她好像沒有聽見。

他再高聲叫道：「愛斯美娜達小姐！」

還是不起作用。少女的心在別處。格蘭古瓦的聲音沒有能力將它召喚回來。幸虧小山羊來干預了，牠輕輕扯扯女主人的袖子。埃及少女趕緊說：「佳利，你怎麼啦？」彷彿驚醒過來了。

「牠餓了。」格蘭古瓦說，爲自己能搭上話感到很高興。

愛斯美娜達開始把麵包掰碎。佳利就著她的手心窩吃，姿態優美。

不過，格蘭古瓦不讓她有時間重新墜入沉思，大膽提出了一個微妙的問題：

「那麼，您不要我做丈夫？」

女孩瞪著他，說：「不要。」

「做您的情人呢？」格蘭古瓦又問。

她又噘噘嘴唇，回答：「不要。」

「做您的朋友？」格蘭古瓦還問。

她凝視他，想了想，答道：「也許吧。」

這個「也許」向來是哲學家珍視的。於是，格蘭古瓦的膽子更大了，他又問：

「您知道怎樣叫做朋友？」

「知道，」埃及少女答道：「就是好比兄妹倆，兩人的靈魂互相接觸而不揉合，又像一隻手的兩個手指。」

「那麼，愛情呢？」格蘭古瓦問。

「啊，愛情？」她說，聲音顫抖，眼睛發亮。「那既是兩個人，又是一個人。一個男人和一個女人融合為一個天使。那就是天堂！」

這位街頭獻舞的女郎，在說這話的時候顯得格外艷麗。格蘭古瓦感動異常。在他看來，這樣的美貌正是同她幾乎東方式的③言詞魅力完全協調。她那純潔的鮮紅嘴唇微微泛起微笑，她那率眞而端莊的容顏由於思慮不時顯得暗淡，就好像鏡子上被哈了一口氣似的；黑黑長長的睫毛低垂，時時射出無可形容的光芒，使她整個面貌顯得那樣芬芳沁人——正是後世拉斐爾把聖女的純潔、母性的美麗和神祇的聖明，神秘地交匯糅合恰到好處而獲致的典範。

格蘭古瓦還是追問下去：

「那必須是怎樣的男人您才樂意呢？」

「他必須是個男子漢。」

「那我呢，我怎麼樣？」

「他必須頭戴著盔，手執利劍，靴跟上馬刺金光燦爛。」

「那就是說，沒有坐騎就算不上男人。……您是愛著一個人吧？」

「以男女之愛？」

「以男女之愛。」

她沉思一會，隨後表情古怪地說：

「不久我就會知道了。」

「為什麼不能是今晚？」詩人又滿懷柔情地追問：「為什麼不能是我呢？」

「我只能愛一個能保護我的男人。」

格蘭古瓦臉紅了，但也只好認了。顯然，女孩指的是兩個鐘頭以前在危急關頭他未能給她多大的救助。這一夜的其他險遇已經把這一情節沖淡，這時才又想了起來。他拍拍額頭，又說：

「沒錯，小姐，我還眞應該從那件事開始談起才對。我七扯八拉說了許多廢話，請您原諒。那麼，您是怎樣逃脫卡席莫多的魔掌呢？」

吉卜賽女郎聽到這個問題，打了個寒噤。

「呀，可怕的駝子！」她雙手捂住臉，說道。渾身直顫，好像冷得不得了。

「確實可怕！」格蘭古瓦說，毫不鬆勁，再追問下去：「您到底是怎樣逃脫的？」

愛斯美娜達笑笑，嘆了口氣，默然不語。

「您知道他爲什麼跟著您嗎？」格蘭古瓦想迂迴地提出問題。

「不知道，」女孩說，緊接著又說：「不過，您也跟著的，爲什麼跟著我？」

「老實說，我也不知道。」格蘭古瓦回答。

沉默了一會，格蘭古瓦用餐刀刻斵著桌子，少女微笑著，彷彿透過牆壁在瞧著什麼。忽然，她以含糊不清的聲調唱了起來：

Quando las pintadas aves
Mudas estan, y la tierra......

（西班牙文：當五顏六色羽毛的小鳥疲倦了，而大地……）

她又戛然止住，撫弄著佳利。

「您這隻羊挺可愛。」格蘭古瓦說。

「這是我的妹妹。」她說。

「人們為什麼叫您『愛斯美娜達』？」詩人問道。

「我也不知道。」

「一點兒也不知道嗎？」

她從胸襟裡掏出一個用念珠樹⑤種子串鏈、吊在頸子上的長方形小香囊。這個小香囊發出強烈的樟腦味。外面用綠綢子裹著，荷包中間有顆仿翡翠玻璃的大綠珠子。

「也許是因為這個東西吧⑥。」她說。

格蘭古瓦想接過小荷包。她往後一退，說道：

「別碰！這是護身符，你會損壞它的法力的，再不，就是你被它的法力蠱住。」

詩人的好奇心越來越強烈了。

「是誰給您的？」

她把一隻手指放在嘴唇上，把護身符依舊揣進胸襟。

他想問些別的問題，可是她愛理不理。

「『愛斯美娜達』是什麼意思？」

「我不知道！」她說。

「是什麼語言？」

「埃及語吧，我想。」

「我早有這種推測，」格蘭古瓦說：「您不是法國人？」

「不知道。」

「您有父母嗎？」

她唱起一支古老的民謠：

我的父親是隻雄鳥，
我的母親是隻雌鳥。
我過河不用小舟，
我過河不用小船，
我父親是隻雄鳥，
我的母親是隻雌鳥。

「這支歌眞好聽，」格蘭古瓦說：「您是幾歲到法國的？」

「很小的時候。」

「到巴黎呢？」

「去年。我們從教皇門進城的時候，我看見蘆葦裡黃道眉飛上天空，那是八月底，我就說：『冬天會很冷的。』」

「去年的確很冷，」格蘭古瓦說，終於又交談起來，他高興得不得了：「每天我都往指頭上呵氣過日子。……這麼說，您有未卜先知的本領？」

她又不愛答理了。

「不。」

「你們稱作埃及公爵的那個人，是你們這裡的大頭目嗎？」

「是的。」

「那……是他給我們主持婚禮的呀！」詩人怯生生地指明。

她又作了個慣常的嬌態：

「我連你的名字都還不知道哩。」

「我的名字？您想知道……我叫彼埃爾・格蘭古瓦。」

「我知道有一個更美麗的名字……」她說。

「您可眞壞！」詩人說：「不過，也沒什麼，我是不會生您的氣的。呃，您以後進一步了解我，也許就會愛我。還有，您那麼信任我，把您的身世告訴我，那我也得談談我的情況。您知道，我叫彼埃爾・格蘭古瓦。我再告訴您，我是戈奈斯公證所佃農的兒子。二十年前巴黎圍城的時候，我父親被勃艮地人絞死了，母親被皮卡迪人剖肚開膛。所以，我六歲就成了孤兒，腳上的鞋也就是巴黎的碎石路面。從六歲到十六歲是怎麼挨過來的，自己也不知道。這兒一個水果商給我一個杏子吃，那兒一個糕餅店老板給我一塊麵包皮；夜裡就讓巡查把我抓進監牢，牢房裡就有稻草睡了。儘管這樣，我還是長大了，長成了您看見的這樣瘦巴巴的。冬天就躲在桑斯府邸門廊下曬太陽；我覺得，聖約翰教堂的火非得三天才生得起來，眞荒唐。

十六歲的時候，我想找個職業，前前後後什麼都試了。我當過兵，可是我的勇敢差了點兒。我當過修士，但我不夠虔誠，況且，我喝酒的本領也不到家。沒辦法，我只好去伐木場當大木工的學徒，可是身體不行。我比較適合當小學教員，當然，我那時不識字，不過這倒不礙事。過了一段時間，我終於發現自己做什麼都差了一點兒。既然我什麼都幹不了，我就完全自願當了個詩人，謅兩句韻文。這種職業，只要是流浪漢，誰都可以，總比偷東西強吧？——還眞有幾位朋友的強盜兒子勸我去偷去搶哩。

有一天算我走運，碰見了聖母院副主教克洛德·弗羅洛神父先生。承他關照，多加勉勵，我現在才說得上知書明理，懂得了拉丁文，從西塞羅的演說詞到神父的解罪經，我是無所不曉；只要不是野蠻文字，只要不是經院哲學，不是談詩學、談韻律學的、談煉金術這類科學，我都知曉。在下就是今天在司法宮大廳裡擠滿許多群眾、大獲成功的那齣聖蹟劇的作者。我還寫了一本足足有六百頁的書，講的是一四六五年的那顆大彗星——就是使得一個人發了瘋的那顆。我還有其他成就。因爲我多少懂一點製造大砲，我參加了製造若望·莫格的那座大砲，您知道的，就是試放那天在夏朗通橋上炸死了二十四個看熱鬧群眾的那座。⑦

您看，我當婚姻配偶還是不壞的。我會好些有趣的戲法，可以教給您的山羊。比方說，摹仿巴黎主教那該死的僞君子！他那些水車，誰打水車橋上經過，都會被濺得一身。還有，我的聖蹟劇，要是他們給我報酬的話，我就可以賺一大筆實實在在的錢。況且，我完全聽您差遣，我本人，還有我的心智、學識、文才，樂意跟您一同生活。小姐，如果您覺得合適，就作夫妻吧；如果您覺得作兄妹更合適，就作兄妹吧。」

格蘭古瓦不說了，等候著這番說詞對少女起了什麼作用。

少女只是眼睛盯著地面。

「孚比斯，」她輕輕說道。然後轉向詩人：「『孚比斯』是什麼意思？」

格蘭古瓦不太明白他那番演說和女孩的這個問題之間有何聯繫。但是，能有炫耀自己博學的機會還是很高興的。他得意洋洋地回答：

「這是一個拉丁詞，意思是『太陽』。」

「太陽！」她複述道。

「這是一個很英俊的弓手，一個神的名字。」

「神！」埃及女郎說，語調中有沉思、激情的意味。

這時，恰好她的一隻手鐲脫落，掉在地上。格蘭古瓦趕緊彎腰去撿。等他抬起身來，少女和山羊都不見了。他聽見門鎖響聲，是那扇大概通向鄰室的房門從外面反鎖上了。

「她至少總留下了一張床吧。」我們的哲學家說。

他在室內繞行一圈，並沒有適合睡覺的家具，只有一口相當大的木箱，但箱子蓋是雕花的，格蘭古瓦睡上去，感覺就跟米克羅梅加斯為舒展身子躺在阿爾卑斯山頂上差不多⑧。

「算了，」他說，一面盡最大努力將就睡下去：「總得認命吧。不過，這真是一個奇怪的新婚之夜。真遺憾！摔罐成親，我原先還認為相當率真，饒有古風，頗為有趣哩。」

---

① 原文這裡的「小蘋果」專指一種半邊紅、半邊白的蘋果，猶言「又羞又惱」。

② 德普瑞奧（M Despréaux），即著名法國詩人、諷刺文作家、文藝理論家波瓦洛（1636-1711）。他有一篇雜文〈對女性的非難〉，雨果大概是認爲該文對女性大不敬，故意說他「很不貪戀女色」，其實波瓦洛只是指責當時的某些時髦女性。

③ 按西方人的習慣看法，所謂「東方式」代表著神秘、語言富於隱喻之類。

⑤ 念珠樹（adrézarach 或 azédarach），又名印度丁香，出產於印度、伊朗一帶的果樹，其果實可用作念珠或製作項鍊。

⑥ 「愛斯美娜達」是 émeraude（祖母綠，或訛爲翡翠）的訛音。前有冠詞，她可以叫做「翡翠女郎」。今從俗，仍音譯。

⑦ 至此，雨果所寫有點像著名的費加洛獨白。

⑧ 米克羅梅加斯（小巨人）是伏爾泰同名小說的主人翁。伏爾泰借這個巨人的遊歷諷刺了一些社會現象，並嘲弄了他所不贊成的某些哲學家。巨人躺在阿爾卑斯山上舒展身子，借喻長人格蘭古瓦只好睡在山似的凸凹不平的木箱上，並不是該小說中的情節。

3

I
聖母院

當然，巴黎聖母院如今仍是一座巍峨壯麗的建築，然而，儘管它風韻依舊不減當年，我們還是很難不喟然長嘆。看見時間和人們同時對這可敬的豐碑給予無盡毀損和支解，公然渺視奠定第一塊基石的查理曼大帝和安放最後一塊石料的菲利浦－奧古斯都①，實在是令人痛心疾首。

在法國這位年邁的天主教女王的臉上，只要有一條皺紋，旁邊就會有一道傷疤。Tempus edax, homo edacior.（拉丁文：時間毀損，人吞噬。） 這句話我想這樣譯出：「時間是盲目的，人們是愚蠢的。」

要是我們有時間和讀者一起一一檢視這座古教堂所受到的各種破壞痕跡，就會發現時間的破壞較小，最惡劣的還是人爲的破壞，尤其是「藝術人士」給予的破壞。我必須說是「藝術人士」，因爲近兩百年來，不斷有人取得建築師的身分。

若要舉幾個最突顯的例子，當然，首先要說的是聖母院的正門，建築史上再也沒有比它更爲壯麗的篇章了。正面的那三座尖頂門拱，那鋸齒狀飛檐層浮花刻鏤，有著二十八座猶大王塑像的神龕；那中央的巨型玫瑰窗兩側有兩櫺側窗，猶如神父必有祭師和助祭；那高高單薄的梅花拱廊，以細小圓柱支撐著笨重的平台；還有那兩座偉岸沉黑的鐘樓，連同它們的石板前檐，上下重疊爲雄偉的六層，構成和諧宏大整體的一部分；這一切，既是先後、又是同時，成群而不紊亂地盡現眼前，連同無數浮雕、雕塑、鏤鏨細部，強勁地結合爲肅穆安詳的整體。簡直是石製的交響樂，那樣波瀾壯闊，它是人和一個民族的巨型傑作，既複雜而又統一，如同《伊里亞德》和它的姊妹《羅曼司羅》②；是一個時代一切力量通力合作的偉大產物，它的每一塊石頭上都可以看見千姿百態，突現著天才藝術家工匠的奇想。總之，是人類偉大的創造，雄渾而富饒，一如神的創造；它似乎竊得神的創造中的雙重特徵：既千變萬化，又永恒如一。

關於這座建築物正面的描述，同樣適合於這整個教堂；關於巴黎這座主教堂的描述，同樣適合於中世紀基督的一切教堂。一切都包含在這來源於自己、邏輯嚴謹、比例和諧的藝術之中。——量一量巨人的足趾，就可以知道他的全身。

再來說說聖母院的正門吧。當我們前去虔誠讚嘆這座雄偉肅穆的主教堂時，它的雄偉使人敬畏，正如它的編年史家所說：「quæ mole sua terrorem incutit spectantibus.（拉丁文：其宏偉，見者無不怵然。）」

這個正門如今已經缺少了三件重要的東西。首先是以往把它從地平上抬起來的那十一級台階，其次是下層三座拱門神龕裡的塑像；以及上層占據著二樓廊台的二十八位猶大王塑像——從席勒德貝一世開始，直至手握「王柄」的菲利浦－奧古斯都③。

石階，是時間使它消失的，由於不可抗的緩慢過程，內城地面上升了。雖然，巴黎地面的上升，逐一吞沒了使得主教堂愈形高大巍峨的十一級台階；然而……，時間給予這棟建築物的，也許還是多於帶走的。例如時間在教堂的正面染上了一層數百年積累的深沉色澤，爲這古老的文物增添與時俱增的美麗年資。

但是……那兩列塑像是誰拆去了？是誰使一個個神龕空了？是誰在中央拱門的正中刻製了那個嶄新的雜種尖拱窗戶？是誰那樣悍然無忌，在中央門拱套上了那座雕刻著路易十五式樣圖案的醜陋而笨重的木頭門框，而且這個圖案居然就在華斯科奈特的蔓藤花紋旁邊？

還有，假如我們走進教堂內部，又是誰打倒了聖克里斯多夫巨像——一切塑像中的佼佼者，正如司法宮大廳在一切大廳中、斯特拉斯堡的尖塔在一切鐘樓中首屈一指？無數的塑像，昔日裝點在前後殿堂的各個圓柱之間，或跪、或站、或騎乘，有男、有女、有小孩，國王、主教、近衛騎士都有，石頭的，大理石的，金的，銀的，銅的，甚至蠟製的，是誰把它們粗暴地掃除了？不是時間。

是誰去掉了滿是華麗的聖骨盒和聖物盒的古老哥德式祭壇，改換成以浮雕著天使頭像和雲彩的粗笨大理石棺材，好像是取自瓦德卡斯教堂和軍人傷兵院的一個零散樣品？是誰把這塊年代不同的巨石，愚蠢地夾在埃爾岡杜斯的加洛林王朝的石板地裡？是不是繼承路易十三遺願的路易十四④？

又是誰用冷冰冰的白玻璃代替了那些「色彩絢麗」的彩繪玻璃——我們的先人曾爲其驚讚不已，目不暇給，躊躇於大拱門玫瑰窗和東面尖拱窗之間？十六世紀的唱詩童子，如果看見我們那些滅絕文明的大主教們把主教堂胡亂塗上刺目的黃灰泥，又會怎麼說呢？他也許會想起，這是劊子手用來塗抹「死囚房」的顏色；他會想起，由於叛變，小波旁府邸正是被塗上了這種黃色。「反正是質地精良的黃顏料，」索伐耳說：「精心塗抹上去，一百多年也不能使它褪色。」唱詩童子會以爲聖殿變成了恥辱場，立刻逃之夭夭。

假若我們在主教堂裡直接往上走，不停下來觀看許許多多、形形色色的野蠻裝飾，那麼，那座迷人的小鐘樓何在？昔日，它屹立在東西兩翼交叉點上，既輕盈又潑辣，不亞於近傍的聖禮拜堂尖塔（也已經被毀掉了），比其他塔樓更爲挺拔，直指天空，纖秀，尖削，和諧，空靈。但一七八七年，一位「品味很高」的建築師把它截肢了，而且以爲用一個很像湯缽蓋子的鋁製膏藥貼上去，就可以掩蓋傷疤。

幾乎任何國家，尤其是法國，中世紀卓越藝術的遭遇大抵如此。從廢墟上可以看出，有三種斲傷都或多或少深深地損壞了這種藝術。一是時間，它隨時不知不覺打開缺口，到處消蝕表面；二是政治宗教革命，它們從本質上說是盲目的、狂暴的、洶洶然向中世紀藝術衝擊，撕去了它那雕塑和鏤刻的華麗外衣，拆毀了它那美麗玫瑰窗，踏碎了它那蔓藤花紋項鏈和小人像項鏈，有時不滿意教士帽，有時不滿意王冠，就把塑像打倒；三是越來越古怪而且愚蠢的時興式樣，從文藝復興時期開始，種種雜亂無章、富麗堂皇的偏向便層出不窮，相繼導致建築藝術的必然衰頹。

時髦風尚所引起的破壞作用，尤甚於革命。種種時尚給予重創，打擊了建築藝術的骨架，斫削、刻蝕、瓦解、摧毀了整座建築，從形式直至象徵，從內在邏輯直至美麗風貌。況且，時尚多變，經常搞得全部重來，而這至少是時間和革命無法達到的。時之所尚，甚至假借「高雅情趣」的名義，厚顏無恥地不顧哥德藝術已受創傷，還要巧飾時髦一時的庸俗趣味，加上種種大理石飾帶，金屬流蘇，種種卵形、渦形、螺旋形裝飾，種種帷幔、花環、穗帶、石刻火焰、銅製雲朵、胖乎乎的小愛神、圓滾滾的小天使，無一不是瘋瘋痂疤。先是凱薩琳・德・邁迪西⑤的小祈禱室吞噬藝術，損毀這座教堂的容顏；兩個世紀以後，又在杜巴利夫人⑥的閨房裡被醜化，予以折磨，終於使它殞滅。

綜合以上所述，今日有三種災害損毀著哥德建築藝術的容顏。表面的皺紋和疣子，是時間造成的；侮辱、虐待、挫傷、折裂，是從路德⑦直至米拉博⑧的革命造成的。支解、截肢、骨節脫臼、「修復原貌」，則是教授們按照維特魯維烏斯⑨和維尼奧雷⑩的遺訓，進行希臘式、羅馬式或蠻族式的工程。汪達爾人⑪所創造的這一輝煌藝術，學院派把它扼殺了。時間和革命造成損害至少還一視同仁，不無偉大之處；然而，各種流派的建築師蜂擁而至——他們都是有特許的、宣誓過的、發過願的，出自他們的低級趣味、偏著心眼的胡亂選擇，已使它每況愈下。他們竟甚至使用路易十五時代的菊苣飾紋來代替帕德嫩神廟⑫裡最大光環⑬上那種哥德式花邊絲帶。這不過是蠢驢對將死的雄獅猛踢一腳罷了，就像看見老橡樹凋零猶嫌不足，還要遭到毛毛蟲啃嚙、蛀食，咬得七零八落。

撫今憶昔，不勝天淵之慨。想當年，羅伯·色納利曾把巴黎聖母院比作艾費蘇斯著名的狄安娜神廟⑭——這座神廟曾使艾羅斯特臘圖斯⑮遺臭萬年，並使「古代異教徒贊頌備至」。然而色納利認爲聖母院這座高盧主教堂，「無論長度、寬度、高度或結構，都要遠勝一籌！」⑯

不過，巴黎聖母院不能稱爲形態完備、造型確定、可以歸類的建築物。它已經不是仿羅馬式⑰教堂，也還不是哥德式⑱教堂。這座建築並不是一個典型。巴黎聖母院不像屠爾鈕寺院那樣，它不是一種以開闊穹窿爲樞鈕的建築物，並沒有那種墩實寬廣的肩距、渾園廣闊的拱頂，不會那樣冷冰冰、赤裸裸，不會那樣威嚴而單純。巴黎聖母院也不像布吉主教堂，它沒有尖拱穹窿的壯麗、輕盈、多樣、繁茂、多衍、盛放。

它不能被歸入那些陰暗、神秘、低矮、似乎被開闊穹窿壓碎了的古老教堂家族。那些教堂，除了頂棚以外，差不多都是埃及式樣的，都是象形文字式的，用於祭祀的，象徵性的；它們的裝飾，更多是菱形、鋸齒形的花卉圖案，而花卉圖案又多於動物圖案，動物圖案多於人形圖案；與其說是建築師的創作，不如說是主教的作品炮製；它們是建築藝術最早的變態，全部烙印著植根於拜占庭帝國、終止於征服者威廉⑲的那種神權軍事紀律的痕迹。

但聖母院也不可能被歸入另一家族，另一類高大、空靈、有很多彩繪玻璃窗和雕塑的教堂。這類建築形體尖峭，姿態驃悍；作爲政治象徵，它們屬於村社、屬於市民；作爲藝術品，它們自由、任性、狂放。它們是建築藝術的第二次變異，不再是象形文字式，不再是不可變易，不再是僅僅用於祭祀，而是富於藝術魅力的、進步的、爲民眾喜愛的，始於十字軍東來，終於路易十一時代。

巴黎聖母院不是第一類那種純粹仿羅馬血統的，也不是第二類純粹阿拉伯血統的。

它是一種過渡時期的建築。當薩克遜建築師終於豎立起聖母院中堂的最初一批柱子的時候，十字軍帶至歐洲的尖拱式樣，已經以勝利者的姿態盤據在原來只用於支撐開闊穹窿的那些仿羅馬式寬大斗拱之上。尖拱式樣從此壓倒一切，構成這座主教堂的其餘部分。

然而，最初還未經考驗，還有些膽怯，這種式樣有時躲閃，有時擴展，有時收斂，還不敢像以後在許多出色的主教堂裡那樣放膽尖聳，如箭似矛。它似乎是已感覺到粗壯的仿羅馬式柱子就在跟前，而有所限度。

儘管如此，從仿羅馬式到哥德式過渡的這類建築，仍然珍貴，值得研究，不亞於純粹單一的式樣。這種建築藝術所表現的微妙，就在於：假若沒有這些建築物，就會失傳。這是尖拱式樣嫁接於開闊穹窿。

巴黎聖母院特別是這種變異的一個奇特樣品。這座可敬歷史性建築的每一側面、每塊石頭，都不僅是法國歷史的一頁，更是科學、藝術史的一頁。在此，我們只指出主要的細節。例如，當你正體驗著幾乎達到了十五世紀哥德藝術精美極限的小紅門時，中堂粗壯沉重的柱子，卻使人回溯到加洛林時代的聖傑曼德佩教堂。小紅門和中堂的柱子之間，大概相距六百年。甚至煉金術士，也無一不從大拱門的象徵中發現令人滿意的煉金術概述；他們認爲，屠宰場聖賈各教堂是煉金術最完善的象形符號。因此，仿羅馬式教堂、點金術教堂、哥德藝術、薩克遜藝術，使人回想起葛利哥里七世⑳時代的笨重圓柱、尼古拉・弗拉麥賴以先行於馬丁・路德的那種煉金術象徵、教皇統治下的統一、教派分裂、聖傑曼德佩教堂、聖賈各教堂，這一切都揉和、結合、融合在聖母院這棟建築之中。這個主軸教堂、始祖教堂，在巴黎的一切古老教堂中，是一種嵌合體。它的頭是這座教堂的，肢體是那座教堂的，後部又是另一座的；它從每一座都取點東西。

我們要再說一遍，這種混合型結構依然引起藝術家、考古學家、歷史學家相當大的興趣。它使我們感覺到建築藝術是多麼原始淳樸的創造，因爲它表明——巨人時代㉑的遺跡、埃及的金字塔、印度的巨型浮屠也同樣表明——建築藝術的最偉大，在於它不是個人的創造，而是社會的創造；與其說是天才人物的作品，不如說是人民勞動的成果。它是一個民族留下的沉澱，是各個世紀形成的堆積，是人類社會相繼昇華而產生的結晶；總之，是各種形式的生成層。每一時代洪流都增添沉積土，每一種族都把自己的那一層沉澱在歷史文物上面，每一個人都提供一磚一石。海狸是這樣做，蜜蜂是這樣做，人也是這樣做的。建築藝術的偉大象徵——巴別塔，就是一座蜂房。

偉大的建築物，像大山一樣，是多少個世紀創造的結果。往往藝術有了變化，而建築物依然如故：pendent opera interrupta（拉丁文：停頓致生中斷）；建築物隨著藝術的變化而平平靜靜地延續下去。新藝術只要是碰見建築物，就把它揪住不放，粘附於它，把它消化，隨心所欲地發展，只要可能就把它了結。這個過程是按照某種靜悄悄的自然法則，順利地、不費勁地、不產生反作用地進行的。這是一種突然的嫁接，是一種循環不已的元氣，是一種不斷再生的生命。多種藝術以不同高度先後焊接於同一建築物，這裡面當然有許許多多東西值得寫出一部部巨著，甚至往往寫出人類的世界通史。人、藝術家、個人，在這種沒有作者姓名的龐然大物上已不見蹤影；人的智慧卻概括於其中，總結於其中。時間是建築師，人民是泥瓦工。

這裡，我們姑且只談歐洲宗教的建築藝術——這位東方偉大營造藝術的小妹妹。顯而易見，她是一個巨大的生長層，其中分爲三個結晶帶，彼此獨立又互相重疊：仿羅馬帶、哥德帶、文藝復興帶（或稱希臘—羅馬帶）㉒。仿羅馬帶是最古老、最深層的，它爲開闊穹窿所占據，而以希臘圓柱的形式延續在最上面的文藝復興現代層中。尖拱式樣的哥德帶則介乎二者之間。

屬於這三層的任一建築，皆是完全獨立的、統一的、完整的。那就是尤米埃日寺院、漢姆主教堂、奧爾良的聖十字架教堂。但是，這三帶的邊緣各自互相融合，像太陽光譜的顏色那樣，從而有了複合建築，有了微妙的過渡建築。有座教堂的底部是仿羅馬式，中間是哥德式，頂部是希臘—羅馬式；這是因爲建造的時間長達六百年之久，這種變異是罕見的。岱當普城堡的主塔就是一個樣品。

但是，更常見的是兩種形式的混合建築，巴黎聖母院就是一例。這座擁有許多尖拱特色的哥德式建築物，它早期的柱子就仍遠屬於仿羅馬式樣，與聖德尼教堂的門拱和聖傑曼德佩教堂的中殿同屬仿羅馬式。而博舍維耳的半哥德式美麗教堂，其到達半中腰的部分就屬於仿羅馬式；如果盧昂主教堂的中央尖塔㉓的頂部不屬文藝復興風格的話，它會是完全的哥德式風格。

不過，這一切參差迥異，只涉及建築物表面，變調的只是藝術，教堂的結構本身並沒有損及，內部骨架和各部分之間仍是合乎邏輯的布局。一座主教堂，無論其雕塑、飾物的輪廓如何，起碼底部仍總是仿羅馬式中堂，至少是處於萌芽雛型的狀態。這個中堂一成不變地遵循同一規律在地面上發展。它始終分為兩殿，交叉為十字形，而上頂端的圓室為詩班席；總是在下側兩翼舉行堂內遊行，安放小祭壇，這是一種橫向的、可來回走動的場所，主殿由柱廊與它相通。在此前提之下，小祭壇、門拱、鐘樓、尖塔多少是變化無窮的，隨時代、民族、藝術的口味變化而異。只要保證提供崇拜儀式所需，建築藝術就可以方便行事。舉凡塑像、彩繪玻璃、玫瑰窗、蔓藤花紋、穹窿飾、柱頭、浮雕之類，建築藝術都可以按照它認為合適的方式，盡情發揮想像力加以排列組合。因此，這些建築物的外觀變化多端，內部卻井然有序、嚴格統一。樹木主幹始終不變，樹葉生長情況卻變化無常。

---

① 菲利浦—奧古斯都，即法國國王菲利浦二世（1180-1223）。

② 《伊里亞德》（Iliad）是荷馬的傑作；《羅曼司羅》（Romuncero）是中世紀以前，西班牙民間傳奇性敘事詩。

③ 從西元五一一年直至一二二三年的巴黎王——編注

④ 結婚多年未得子的路易十三曾在聖母院許願：如能有子嗣，將重新裝修聖

母院。路易十四花了六十年，才替父償還這一願望。——編注

⑤ 佛羅倫斯的名門望族邁迪西，在法、義兩國歷史上有過重大影響。凱薩琳王后（Catharine de Médici 1519-1589）是法國國王亨利二世之妻，弗蘭索瓦一世、查理九世及亨利三世之母，爲挽救舊王朝的覆滅，曾作過重大而終於無效的努力。

⑥ 若望娜·貝居·杜巴利伯爵夫人（Dubarry 1743-1793）：路易十五的情婦，在斷頭台上殞命。

⑦ 馬丁·路德（Luther 1483-1546）：德國宗教改革家。這裡指宗教改革運動。

⑧ 奧諾瑞—加布里埃·米拉博（Honoré-Gabriep Mirabeau 1749-1791）：法國資產階級大革命中的著名政治家，這裡指一七八九年開始的這場大革命。

⑨ 馬庫斯·維特魯維烏斯·波利奧（Marcus Vitruvius Pollio），公元前一世紀羅馬建築師。這裡代表古典風格。

⑩ 維尼奧雷（Giacomo da Vignola 1507-1573）：義大利著名建築師。這裡代表文藝復興風格。

⑪ 汪達爾人，是古日耳曼人的一支，五、六世紀先後侵入高盧、西班牙和非洲，對哥德文化有重大貢獻，但哥德藝術不是他們創造的，而是來源於阿拉伯。

⑫ 帕德嫩神廟（Porthénon）在雅典，祭祀雅典娜。這裡代表古希臘風格。

⑬ 光環指神像、上帝、耶穌、聖者等等腦後裝飾的靈光。

⑭ 艾費蘇斯（Éphése）是位於愛琴海岸的希臘古城，森林女神狄安娜神廟存在時，被譽爲世界奇蹟之一。

⑮ 艾羅斯特臘圖斯（Érostrate）爲使自己永世留名，於公元前三五六年放火

燒毀了狄安娜神廟。

⑯《高盧史》第二卷第三篇第一三〇印張第一頁。——雨果原注。

⑰ 在建築藝術上，指中世紀西歐各地，將自己的獨特建築風格融合古羅馬式樣而興起的一種建築藝術。——編注

⑱ 繼仿羅馬建築式樣而興起的哥德式，最早開始於十二世紀，距汪達爾人入侵達六、七百年。

⑲ 征服者威廉（Guillaume 1027-1087）：原爲法國諾曼第公爵，於一〇六六年率兵征服英國，爲英國國王。

⑳ 葛利哥里七世（Grégoire VII），一〇七三至一〇八五年爲教皇。

㉑ 指前希臘時代，又名米塞納斯時代。實際上，這個時代是在埃及文明和印度文明之後，並不是先於它們。

㉒ 若依地區、風土和種族不同，也可稱隆巴第帶、薩克遜帶、拜占庭帶。他們各有其特點，但本一原則，即開闊穹窿。Facies non omnibus una, Non diversa tamen, qualem, etc.（面孔彼此不一樣，但也不相差太大，就像幾姐妹。）——雨果原注

㉓ 這個木架結構的尖塔，在一八二三年被天火燒掉了。——雨果原注

II
巴黎鳥瞰

在前一章，我們爲讀者嘗試恢復巴黎聖母院這一絕妙教堂的建築原貌，扼要指出了它在十五世紀的絕大部分魅力所在，而這是如今所欠缺的。但是，我們並未提及到最主要的，那就是，當時從聖母院鐘樓頂上俯覽巴黎的全景。

假如我們順著鐘樓牆壁裡面垂直開鑿出來的螺旋樓梯，長久在黑暗中摸索、盤旋而上，最後會忽然來到陽光充足、空氣流通的兩座高高平台之一，此時，向四面八方伸展的美景就會盡收眼底。這樣的一種奇觀是「sui generis（拉丁文：自身完成）」，我們的讀者要是曾經有幸參觀過完整而統一的哥德城市——目前尚存的有巴伐利亞的紐倫堡，西班牙的維多利亞城，或者更小的布列塔尼的韋特雷城、普魯士的諾爾德霍生城，如果它們還保存良好，自可想見一斑。

三百五十年前，十五世紀的巴黎，已經是一座巨大的城市。現代巴黎人對於那時之後的面積發展，通常都有錯誤的看法。自從路易十一以來，巴黎的擴大最多不超過三分之一。而且，老實說，巴黎所損失的美麗成分，遠遠超過了其收穫的面積。

我們知道，巴黎誕生於形狀像個搖籃的古老河洲①之上。這河洲的灘頭就是巴黎的最早牆垣，塞納河就是它最早的溝塹。以後若干世紀，巴黎仍然是河洲狀態，有兩座橋，一座在北，一座在南；兩座橋頭堡，既是它的門戶，也是它的堡壘；右岸的叫大堡，左岸的叫小堡。

早在第一王朝②列王統治時期，由於河洲過於逼窄，再也沒有迴旋餘地，巴黎就跨過了塞納河。於是，越過大堡，超過小堡，最早的一座城牆和塔樓開始侵入塞納河兩岸的田野。這座古老城牆在上個世紀還有若干遺跡，今天只剩下回憶了，有時也有一點傳統留下，例如博岱門又叫博多埃門 Porta Bagauda。逐漸，房屋的洪流不斷從城中心向四面擴展、漫溢，蠶食、消蝕、抹去了這道牆垣。菲利浦－奧古斯都還爲了擋住這股洪流，建造了一道新堤壩。他興建了一圈高大結實的塔樓，把巴黎囚禁起來，以後一個多世紀，巴黎的房屋就在這個盆子裡面擁擠、堆積，開始向高度發展，樓上加樓，一層層加上去，像水在水庫裡那樣上漲；一座座房屋爭先恐後把自己的腦袋探上去超過鄰人，好多吸點空氣，彷彿液體受壓，不斷向上噴射。街道越來越深，越來越窄，任何空地都填平了，不見了。終於，房屋跳出了菲利浦－奧古斯都的牆垣，歡天喜地在平原上散布，就跟從牢房裡逃出來似的，漫無秩序地到處亂跑。就在那裡安頓下來，在田野裡開闢花園，開始舒舒服服地過日子。

在一三六七年，城市向城郊的擴張就很厲害了，因而只好再來一堵圍牆，尤其是查理五世在河右岸建造的。可是，像巴黎這樣的城市總是不斷膨脹的，也只有這樣的城市才成為首都。這種城市就像大漏斗，一個國家的地理、政治、精神、文化的川流，一個民族的自然川流，都會匯集到這裡來；也不妨說是文明之井，又好似溝渠，舉凡商業、工業、文化、人口，一個民族的一切元氣、一切生命、一切靈魂，都一個世紀又一個世紀、一滴又一滴在這裡過濾，在這裡沉積。於是，查理五世的圍牆也落到和菲利浦－奧古斯都圍牆同樣下場，十五世紀末葉，它就被跨越、超出了，城郊也跑得更遠了，到了十六世紀時，表面上看這座圍牆好像後退了，越來越深入到舊城裡面，其實那是因為城外有一座新城已經逐漸擴充。

長話短說，早在十五世紀，巴黎就超出了叛教者朱利安③時代作為大堡和小堡萌芽狀態的三道城牆同心圓的範圍。威力巨大的城市先後脹破了四道牆箍，就像一個孩子長大了，撐破了去年的衣服。在路易十一時代，隨處可見在房屋的汪洋大海中有一堆又一堆作為舊城牆遺跡的敵樓冒了出來，就像洪水氾濫中冒出的山巔，那是被新巴黎淹沒了的舊巴黎群島。此後，巴黎還有變化，對於我們的觀瞻當然是不幸的；不過，巴黎以後只跨過一道圍牆。那是路易十五興建的。這座用污泥和垃圾做成的可憐城牆，倒也配得上這位國王，也值得詩人這樣歌唱：

圍繞巴黎的城牆，
使巴黎嘀嘀咕咕不滿意。

在十五世紀，巴黎仍舊分為內城、大學城、外城三座各自獨立的城市，各有其面貌、特點、風俗習慣、特權和歷史。

內城位在西堤島上，它是最老、最小的古城，是另外兩座城的母親，夾在它們中間，說句不恰當的譬喻，好像是一個小老太婆夾在兩個身材高大的漂亮女郎中間。大學城在塞納河左岸④，從小塔直至納勒塔，相當於今日巴黎的酒市場到鑄幣廠。大學城的城牆深深伸入朱利安建造過公共澡堂的野外，聖日內維埃芙山被包了進去。這道城牆弧線的頂點是教皇門，大致上相當於現在的先賢祠地址。外城是巴黎三大城中最大的城，在河右岸。它的堤岸雖然斷斷續續，或者說有時斷掉了，也還是沿著塞納河而下，從華利砲台直至樹林砲台，也就是從今日的豐穀倉直至杜樂麗皇宮。塞納河切斷首都城牆的四個點，左岸為小塔和納勒塔，右岸是華利砲台和樹林砲台，當時稱作「巴黎四塔」。外城伸入田野的深度還要超過大學城。外城城牆——即查理五世城牆——的頂點，在聖德尼門與聖馬丁門，這兩座城門的地點現今仍存在。

前面已經說過，巴黎的這三大區域是自成一座城市；但作爲城市也未免過於各專其司，使得每座城自身不夠完整，若沒有其他兩座就無法生存。這三座城的面貌迥然不同：內城裡盡是教堂，外城裡盡是宮殿，大學城裡盡是學院。這裡姑且不談舊巴黎種種次要的別出心裁之處，也不談變幻莫測的道路捐，只從一般角度說說混亂不堪的市政管轄整體全貌。大體而言，西堤島屬主教管轄，右岸歸商會會長，左岸歸大學董事長。巴黎市政府——屬王室官吏，而非市府官吏——則統管全部。

內城有聖母院，外城有羅浮宮和市政廳，大學城有索爾本大學⑤；內城有市醫院，外城有菜市場⑥，大學城有神學生草坪。若學生在左岸的大學城幹了犯法的事，得在西堤島上內城的司法宮接受審判，然後在右岸外城的鷹山被處死。除非大學董事長自認爲該校強大、國王孱弱而進行干預，因爲在自己校內被吊死是大學生的特權。

順帶一提，這類特權的大部分——還有比這一條更好的其他特權——都是憑藉造反和叛亂從國王那裡強索得到的。這是自古以來的慣例，只有人民去奪取，國王才肯丟棄。有一條文件是這樣直言無隱的：「Civibus fidelitas in reges, quœ tamen aliquoties seditionibus interrupta, multa peperit privilegia.（拉丁文：雖然叛亂時常打亂市民對國王的忠誠，但還是產生了市民特權作爲補償。）」

十五世紀巴黎城範圍內的塞納河，有五個河島：盧維埃島，原來上面有樹林，現在只剩下柴禾棍兒了；壯牛島和聖母院島，兩島都荒無人煙，都屬於主教的采邑，十七世紀時，這兩島已合成一個，在上面大興土木，我們現在稱爲聖路易島⑦；最後是內城和它尖端的船夫島，後來這個小島沉陷於新橋斜堤底下⑧。內城當時有五座橋，右邊三座是石造的聖母院橋、錢幣兌換所橋和木造的水車橋，左邊兩座是石造的小橋和木造的聖米歇橋，橋上面都有房屋。大學城有六座門，是菲利浦—奧古斯都建造的，從小塔算起分別是聖維克多門、波爾岱門、教皇門、聖賈各門、聖米歇門、聖傑曼門。外城也有六座門，是查理五世建造的，從華利砲台算起，計有聖安東門、聖殿門、聖馬丁門、聖德尼門、蒙馬特門、聖奧諾瑞門。這些城門既堅固又美麗。有一道壕溝，又寬又深，春汛氾濫⑨，急流流淌，拍擊著城牆底，環繞整個巴黎；水來自塞納河。夜裡把城門關閉，全城兩端用幾根粗壯鐵鏈攔住河面，巴黎就高枕無憂了。

鳥瞰之下，內城、大學城、外城這三鎮各自呈現出複雜交錯、奇特紐結的街道，不過，一眼就可看出這三大城是構成一個整體的，並且還可看見兩條平行的長街貫穿三城，自南而北，幾與塞納河垂直。這二條長街不斷把這一城的人潮流向、湧向、注入另一城內，三鎮由此合而爲一⑩。第一條長街從聖賈各門到聖馬丁門，在大學城時叫做聖賈各街，在內城就叫猶太街，到了外城則叫聖馬丁街；跨過塞納河的兩座橋，一座是小橋，另一座名叫聖母院橋。第二條長街在大學城叫做豎琴街，在內城叫做小桶廠街，在外城叫做聖德尼街；通過塞納河上的聖米歇橋和錢幣兌換所橋，從大學城的聖米歐門走向外城的聖德尼門。不過，儘管名稱各異，街道始終還是這兩條。它們是兩條主街，兩條始祖街，是巴黎的兩條大動脈。三重城垣內的其他一切血管，都從它們流出、也向它們流進血液。

除了這兩條縱貫巴黎全境、爲整個首都所共有的主要街道外，外城和大學城各有自己的一條主要大街，與塞納河平行，迤邐而去，以直角切過兩條「大動脈」。這樣，在外城，可以從聖安東門直線而至聖奧諾瑞門；在大學城，從聖維克多門可直抵聖傑曼門。這兩條大街與前述兩大幹線交叉，構成總脈絡：巴黎街道錯綜複雜，四面八方糾纏散布，整個交通網就鋪在這脈絡上面。不過，如果仔細審視，從這不可辨認的網絡圖中，還是看得出在大學城和外城各有一條寬闊大街，好似兩束花，從各座橋燦爛開放到各座門。

這個幾何圖形現在還依稀存在⑪。

那麼，一四八二年從聖母院鐘樓俯覽全城，是一幅怎樣的圖景呢？下面我們就來說一說。

遊人氣喘吁吁爬上了這個高處，往下一望，首先映入眼簾的，是重重疊疊的屋頂、煙囪、街道、橋樑、廣場、尖塔、鐘樓，眞教人眼花撩亂。萬物一齊湧至眼前：石料山牆、銳角屋頂、在牆拐角聳立的懸空小塔、十一世紀的石頭金字塔、十五世紀的石板方碑、城堡主樓的光禿禿圓塔、教堂的花紋綴飾的方形塔，大的，小的，厚重的，小巧的，紛至沓來。目光長久迷失在這深邃的迷宮裡；迷宮裡面，從彩繪雕刻門面的、外部木頭骨架的、扁寬大門的、樓層懸空外突的最普通房屋，直至當時有著一系列塔式柱廊莊嚴的羅浮宮，無一不匠心獨運，合情合理，有其天才、美姿，無一不源出於藝術。但是，當我們掃視這紛擾雜陳的建築物的時候，還是可以分辨出幾個較大的主要群體。

首先是內城，或者沿用索伐耳的說法，叫做「西堤島」。在他那雜亂無章的著述中有時也有幾句優美的詞句：「西堤島宛如一艘大船，在塞納河中央順流方向陷入泥沙而擱淺。」上面已經說過，在十五世紀，這隻大船由五座橋繫舶於河的兩岸。這樣的一種船形河洲也引起了紋章記述家的興趣，因爲巴黎古城的城徽是以船作爲紋章，據發汶和帕斯吉埃說，正是由於這個發祥地是船形的，而不是因爲諾曼第人圍攻巴黎⑫。在懂得破譯的人看來，任何紋章都是待解之謎，都是一種需要理解的語言。中世紀後半葉的整個歷史都記述在紋章中，正如前半葉的歷史記述在仿羅馬教堂的象徵之中。這是神權象形文字之後的封建象形文字。

因此，內城呈現於眼前的，首先是船尾朝東，船頭朝西。你面向船頭，就可以看見你面前古老屋頂鱗次櫛比，它們上面是聖禮拜堂的後殿圓形鉛屋頂，其形狀像是大象馱著這座教堂的鐘樓。只是，這座鐘樓是最大膽挺拔的一種箭形，最精雕細鏤，最玲瓏剔透，透過它那挑花抽紗似的圓錐，碧空一覽無遺，爲一切鐘樓所不及。在聖母院門前，最近處是三條街道匯入的廣場——有著古老房屋的廣場⑬。廣場南側矗立著市立醫院那盡是皺紋的陰沉沉正門，以及它那似乎遍布瘢痕和疣子的屋頂。然後，左邊和右邊，東邊和西邊，在內城儘管狹小的城垣內，俯視著的是那二十一座教堂的鐘樓，時代不一，風貌各異，大小不同。從聖德尼教堂仿羅馬式低矮蟲蛀的風輪花形鐘樓——這是 carcer Glaucini（拉丁文：海神的監獄），直至聖彼得教堂和聖朗德里教堂兩者的尖針形鐘樓，不一而足。聖母院背後，北邊是哥德式走廊的修士庭院，南邊是半仿羅馬式的主教府邸，東邊是「灘地」的尖岬。在那些密集的房屋中，還可以根據當時屋頂上常有的透空的高高僧帽狀石脊，分辨出各座宮殿的最高層窗戶，分辨出查理六世時代巴黎市贈與于維納．德．于爾森⑭的那座府邸。再過去是帕呂市場那些瀝青抹頂的簡陋棚屋；遠處還有老聖傑曼教堂的嶄新東圓室，一四五八年延展至弗勒夫的一段街道；另外，不時可以看見一個十字路口上盡是行人，某個街角豎立著一座恥辱柱，菲利浦－奧古斯都時代的一段出色路面——那是一段相當壯觀的石板路，正中劃出專供馳馬的箭道，這段路面後來在十六世紀翻修爲很糟糕的所謂「同盟路面」的碎石馬路；還有一個荒涼的後院，它的樓梯上有那種十五世紀常見的、今天在布爾多奈街道上還可以看到的半明半暗的角樓。最後，在聖禮拜堂右邊，面向西方，是司法宮的塔群座落在河邊。內城西端是御花園，園裡的老樹遮掩著，船夫島隱而不見。至於塞納河，從聖母院鐘樓上俯視，幾乎只能看見內城兩端的河水。塞納河消失在橋樑下面，而橋樑消失在房屋下面⑮。

一眼望去，這些橋樑的頂蓋⑯發綠，因爲水氣過早地使它們長上了青苔。越過橋樑，向左邊的大學城眺望，映入眼簾的第一座建築是粗壯低矮的一束塔樓，那就是小堡。它的門廊大張著口，吞沒了小橋的一端。如果你從東往西——從小塔向納勒塔——眺望，可以看見長長一片房屋，雕樑畫棟，彩繪玻璃窗層層重疊，俯視路面，路面兩邊市民住房的山牆曲曲折折，一眼望不到盡頭，但時常為一道街口所切斷，或者隨時有一座石頭大廈的正面或側面穩穩當當插入，連同庭院或花園、公館的廂房和立體建築，夾雜在這麇集著的許許多多狹小房屋中間，就像是領主老爺夾雜在一大堆平民百姓之中。在堤岸上有五、六棟這樣的府邸，其中有洛林府邸——它與貝爾納修道院共用小塔旁邊的那道大院牆；還有納勒府邸——它的主樓是巴黎的邊界，尖尖的屋頂在一年之中，有三個月以它們黑色的三角形遮去了通紅夕陽的一角。

但是，塞納河的這一邊不如另一邊繁華；在這一邊學生比手工匠多，也更吵鬧。嚴格地說，它的堤岸只從聖米歇橋到納勒橋。河岸的其他部分，或者是光禿禿的河灘——例如在貝爾納修道院再過去的地方。或者是屋基浸泡在水裡的房子——例如在兩座橋樑之間密密麻麻的房屋。洗衣婦發出極大的喧鬧聲，她們在河岸邊，從早到晚又叫、又說、又唱，使勁捶打衣服，跟現在的情形一樣。巴黎的賞心悅事，這可以算是不小的一樁。

大學城呈現於我們眼前的是一個整體，從頭到尾都是統一而完整的。那無數屋頂，厚實，有稜有角，密集，差不多都是由同一幾何因素構成的，俯視過去，呈現出同一質料結晶而成的樣子。任意切割的街道，似乎並沒有把這些房屋切成不太相等的區域。四十二所學院相當均勻地散布，到處都是；這些美麗建築物形式多樣的有趣屋頂，與它們所淩駕的普通屋頂都是同一種藝術的產物，歸根到底，它們只是同一種幾合圖形的平方或立方乘積罷了。因此，這些形形色色的屋頂使得整體多樣化，而沒有擾亂到整體，更使得它們愈益完整，沒有形成多餘的負擔。幾何學，正是一種和聲學。這些漂亮府邸，以其壯麗的形象，高踞於左岸那些可以入畫的房屋頂樓之上：它們是奈維爾公館、羅馬公館、蘭斯公館——這三處如今已不存在，只剩下克呂尼府邸。克呂尼府的存在，曾使建築藝術家因而大感快慰，然而……幾年前有人愚蠢地把它的塔樓砍去了。在克呂尼府附近，那座有好幾道美麗圓頂拱門的羅馬式宮殿，就是朱利安所建造的公共澡堂。還有許多寺院，其美麗更爲虔誠，其壯麗更爲肅穆，然而美麗、壯麗都不亞於克呂尼府邸。首先引人注目的，是那有三座鐘樓的貝爾納修道院；是那只剩下方形塔的聖日內維埃芙修道院，使我們對它毀掉的部分不勝惋惜；是索爾本，它既是學校，又是修院，其建築只剩下佳妙無比的中堂和聖馬太教派的四邊形美麗修院；是它旁邊的聖伯諾瓦修院，就在本書出版第七版和第八版之間，人們在這個院牆裡面，草草建造了一所戲院；是結繩派修道院，它那三座巨大山牆彼此相連；是奧古斯都教派修道院，它那優美的尖塔像是城牆垛子，在巴黎這一岸，從西樓起位於第二個雉堞——頭一個是納勒塔。

各學院實際上是修道院和人世之間的橋樑，它們位於府邸和寺院這一建築系列之中，嚴峻而優雅，其雕塑不像宮殿那樣虛飄，建築風格不像修院那樣刻板。哥德藝術在這些建築中恰到好處地在華麗和樸實之間保持了平衡，然而不幸地，這樣的文物現在幾乎已經蕩然無存了。教堂在大學城裡為數甚多，一座座都很壯觀，從朱利安時代的開闊穹窿，直至聖塞維蘭時代的尖拱式樣，建築藝術各個時期的風格，應有盡有。這類教堂高踞一切之上，彷彿在這許許多多和諧音調之中又增添了一種和聲；它們隨時突破山牆的繁複重疊形象，展示出筆立尖箭、透空鐘樓、針尖突入雲霄的式樣，其實這種針尖線條，無非是屋頂銳角的出色、誇張表現。

大學城座落在丘陵地帶。東南角的聖日內維埃芙山形成巨大的圓形突起。很值得從聖母院上俯瞰：那麼許多狹窄曲折的街道（今天是「拉丁區」）和大片房屋從這座山頂向四面八方散布，雜亂無章地、幾乎筆直地從山坡俯衝下去，直至河邊，有的好像要跌倒，有的好像要重新爬起來，但都似乎互相制約。無數黑點來來往往絡繹不絕，在馬路上彼此擦肩而過，看下去似乎在攪動一切。這是從遠方高處所見的人群。

這無數屋頂、尖塔、起伏不定的建築物，以一種古怪的形式折疊著、扭曲著、斷裂著大學城的外廓。從它們的空隙中隱隱約約間或可見一大段長著青苔的院牆、一座粗壯的圓塔、堡壘似的有雉堞的城門——那是菲利浦－奧古斯都修道院。再來是一片片青蔥的草地，再過去是逐漸向遠方逸去的道路，沿途仍然殘留著一些近郊房屋，越遠越稀少。這些城郊村鎮有一些還是相當大的。首先是從小塔開始的聖維克多鎮，它的單券橋架在華埃夫爾河上，它的教堂裡可以看到粗壯王路易六世的墓誌銘（epitaphium Ludovici Grossi），還可以看到它那教堂的八角尖頂，以及尖頂旁四座十一世紀的小鐘樓——如今在那兒仍能看到這樣一座沒有拆毀的教堂。其次是聖馬索鎮，當時已經有三座教堂和一所修道院。然後，左側越過戈勃蘭家⑰的水車和它那四堵白牆，就到了聖賈各鎮和它那十字路口美麗的十字架雕刻；還有上步廊的聖賈各教堂，當時是哥德式尖頂的美麗建築物；還有聖瑪格洛瓦那座十四世紀的美麗教堂，拿破崙曾把它的中堂改充草料場；還有田園聖母院，裡面有拜占庭式的鑲嵌圖案。最後，視線越過田野裡的夏特婁修道院，它是與司法宮同時代的美麗建築物，有幾座分隔成塊的小花園；又越過少有人跡的伏維爾廢墟，向西眺望，可以看見聖傑曼德佩教堂的三座仿羅馬式尖頂。聖傑曼鎮這時已經是一個大市鎮，有近二十條街道。聖絮皮斯修道院的尖頂鐘樓在市鎮的一角。就在旁邊，可以看見聖傑曼集市的四邊形圍牆，今日仍然是市場；然後是寺院恥辱柱，這是一座漂亮的小圓塔，頂上是很好看的鉛製圓錐體。瓦廠還在遠處，烤爐街通至公用爐⑱，磨坊在街道盡頭的土丘上；還有痲瘋病院那座不易看見的孤零零簡陋房子。不過，這裡特別引人注目、讓人長久凝視的，還是形象威嚴的聖傑曼德佩教堂；它既是一座教堂，也像一座領主府邸，巴黎的歷任主教都以在此住宿一夜為榮。它的齋堂——建築師把它造得特別氣派，也很美觀，齋堂的玫瑰窗就像主教堂的一樣；奉祀聖母的雅緻小教堂，龐大的宿舍，一座座寬闊的花園、柵欄、吊橋，以及看來切入了四周青葱草地的有牆垛子的圍牆；一座座常有武士的甲冑與金光燦爛的主教肩衣交互輝映的庭院；——這一切都圍繞著那三座牢固座落在哥德式東圓室上的開闊穹窿式高尖塔，構成了一片壯麗的遠景。

長久眺望大學城之後，你再轉向右岸遠望外城，景象突然改變了特色。外城雖然實際上比大學城大得多，但格調不怎麼統一。第一眼就可以看出它劃分爲若干部分，彼此奇特不一。首先，在外城的東邊，今天仍然以卡穆洛惹納把凱撒誘入的那片沼澤命名⑲。當時那裡有許多宮殿，這一大片房屋直抵河邊。儒伊府邸、桑司府邸、巴爾博府邸和王后行宮四座府邸幾乎互相連結。它們的石板屋頂間插著尖削的角樓，倒映在塞納河中。這四座大廈座落在諾南迪埃街和塞勒斯坦教堂之間，而教堂的尖頂襯托得這四座府邸山牆和圍牆雉堞的輪廓愈顯優美。這四座豪華大廈的前面雖然有若干發綠的陋屋瀕臨水邊，仍然遮擋不住大廈正面的美麗邊角、石頭窗框的方形寬闊窗戶、擠滿塑像的尖拱門廊、輪廓總是那樣分明的高牆，遮擋不住建築藝術上這一切美妙奇想。正是由於這種種奇想，哥德藝術運用於每座建築，都彷彿以新奇的組合重新裝飾了建築物。

這四座大廈的背後，是那奇蹟似的聖波爾行宮的圍牆。它向四面八方伸展，廣闊無比，形式多樣，時而像一座城堡的牆垣斷裂，有著樹籬和垛子；時而像聖布魯諾修女院的院牆，爲大樹掩映。法國國王在這裡有足夠寬敞的地方，可以豪華地留宿二十二位與王儲和勃艮地公爵品位相當的王侯，連同他們的僕役和隨從，外加大領主們；皇帝來觀光巴黎時也曾在這裡駐蹕；此外，社會名流們在這座行宮裡也各有專用的休憩之所。這裡得說明一下：每位王爺的住處最低不少於十一間房子，從出巡排練場直至祈禱室，還不算上一道道走廊、一間間浴室、若干爐灶房，以及每套房間必備的其他「備用空地」，更不用談國王每位客人的專用花園，也不算上大大小小的廚房、地窖、膳食調配室、家屬公共食堂；還有若干家禽飼養場，附設二十二所通用實驗室，實驗的項目包括燒烤研究以及飲料研究；無數種遊戲，槌球、手網球⑳、鐵環球㉑等等；飛禽大棚，養魚池，馴馬場，馬廄，牛羊圈；若干圖書室、兵器室和鐵工場。當時的行宮、羅浮式宮殿是城中之城——聖波爾別墅，就是這個樣子的。

從我們站立的鐘樓上遠眺，聖波爾行宮雖然爲前述四座大廈隱約遮掩，還是頗爲壯觀的，眺望起來十分令人驚嘆。雖然有彩繪玻璃窗和小圓柱的幾道長廊巧妙地與主體建築相連，還是可以分辨出被查理五世合併爲這座宮殿的三座附屬大廈：小繆色府邸，屋頂邊緣裝飾著花邊欄杆，十分優美；聖莫爾神父府邸，地勢起伏好像一座堡壘，有一座高大的砲台，還有箭孔、槍眼、鐵雀㉒，薩克遜式的寬闊大門上端有這位神父的紋章雕刻在吊橋的兩邊榫口之間；岱當普伯爵府邸，頂層主樓已經傾坍，呈圓形，缺凹不平，好似雞冠；間或有老橡樹三五成叢，好像一朵朵碩大的菜花；池水清澈，波光粼粼，有幾隻天鵝嬉戲；還有許多庭院，向外看可以瞥見片片景色如畫。還有獅子宮的低矮尖拱由薩克遜粗短柱子支撐著，一道道鐵柵門裡面彷彿永遠有獅子在吼叫。穿過上述一切，可以看見聖哉瑪麗亞教堂已經成片剝落的尖頂。左邊還有巴黎市長的公館，四座精雕細鏤的小塔分立兩側。中央最裡邊才是聖波爾行宮的本身建築。它那重疊增設的門面，自查理五世以下先後添加裝飾，雜亂無章，架床疊屋，兩百多年來全憑建築師一時高興，在它的小教堂裡任意加添東圓室，在走廊上叠起山牆，還加上無數風信雞隨風轉動；行宮的兩座高塔緊貼在一起，高塔的圓錐形頂蓋下面雉堞起伏，好像兩頂捲邊的尖帽子。

我們的目光繼續在這伸向遠方的環形宮殿群中拾級而上，視線穿過外城房屋中間的深谷（也就是說，聖安東街在房屋中間穿行而過），就看到昂古萊姆府邸——我們還是只談主要建築物。這是經過了好幾個時代建造起來的一座龐大的大廈。有些部分還是嶄新潔白的，在建築整體中顯得不甚和諧，就好像一件藍色短外套上補了一塊紅補釘。這座現代式樣㉓的宮殿，屋頂卻又尖又高，十分離奇，而且，屋頂上到處是鏤花的雨水管，又有鉛板覆蓋在屋頂上面，鍍金的銅鑲嵌有無數奇異的蔓藤花紋閃閃發光。這奇異鑲嵌的屋頂，在這座古老建築物灰暗的殘敗景象中，眞顯得亭亭玉立。府邸的那些古老的粗壯塔樓好似袒露的大肚子，由於年久失修而中間鼓出，就像是大酒桶日久天長傾頽下來，自上而下裂開。後面是小塔宮，尖細高聳的塔樓林立。無論你眺望何方，不管是香博爾，還是阿朗勃臘，也不如這裡有魅力、虛渺、奇異：這一片林立的尖塔、小鐘樓、煙突、風信雞、螺旋梯，還有宛如從一個模子裡倒出來的那些透空燈籠，以及亭台樓閣，成束的小塔（當時把 tourelles 稱爲 tournelles），眞是千姿百態，高矮不一，風貌迥異。這一切，宛若一個巨大無比的石頭棋盤。

小塔宮的右邊，只見一束黑漆漆的巨型砲樓，溝塹環繞，就像是一根帶子把它們捆成一堆而彼此嵌合，又只見那座主樓上槍眼比窗子還多出許多,那座吊橋從不見放下,那座鐵柵門永遠關閉——那就是巴士底城堡㉔。一個個黑啄從城垛子之間伸出來，遠遠看去還以爲是承溜，其實都是石砲。

在這座可怕的建築物腳下，處在它的石彈威脅之下，是聖安東門,深藏在兩座砲台之間。

小塔宮過去，直至查理五世城牆，是一片片繁茂青翠的樹木花草，一片片莊稼、一座座王家林地，鋪開了柔軟的地毯。其間，當你看見迷離交錯的林木和小徑，你就可以認出那就是路易十一賜與庫瓦蒂埃㊲的著名迷宮花園。庫瓦蒂埃這位博士的觀象台高踞於迷宮之上，好似一根孤立的大圓柱而以一間小屋爲柱頂盤。就在這間觀星室裡進行了可怕的星相觀測。

如今這裡是王宮廣場。

上面已經說過，宮殿區——上面只介紹了幾處最出色的建築，想讓讀者約莫有個印象——占據著查理五世城牆與它東邊的塞納河之間的夾角。外城的中心是一大堆平民住宅。實際上就是從這裡開始了通往右岸的三座橋樑。而橋樑總是先產生住宅，然後才產生王宮的。這一堆市民住宅擁擠著，好像蜂窩的一個個小穴，但也有其迷人之處。這裡是一國首都的大片屋頂，好似海洋的層層波濤，蔚爲壯觀！首先，街道縱橫交錯，於整體中呈現出無數動人的各別面貌。以菜市場爲中心，星星般散射出千百道光芒。聖德尼街和聖馬丁街，連同它們的無數分支，互相盤結，猶如兩顆大樹枝杈糾纏。還有許多折線，那是石膏廠街、玻璃廠街、織布廠街，蜿蜒於整個區域。也有一些美麗的建築突破這山牆海洋的石頭波濤：那就是小堡，矗立在錢幣兌換所橋頭——這座橋後面可以看見塞納河水在水車橋下翻滾，——小堡已經不是叛教者朱利安統治時期那種羅馬式樣，而是一座十三世紀封建時代的砲台，石頭質地堅硬異常，用鎬頭刨三小時也啃不下拳頭大的一塊來；那也是屠宰場賈各教堂的華麗方形鐘樓，以及它那布滿青苔的雕刻牆角，鐘樓在十五世紀雖然還沒有完工，但已經使人驚讚不迭。當時它還沒有今天仍然蹲坐在屋頂四角的那四隻怪獸：它們有點像斯芬克斯，使我們看見新巴黎時不免要去猜測舊巴黎的謎㉕。雕塑家羅耳在一五二六年才把它們安放上去，他一番辛苦只掙了二十法郎。那也是柱屋，它面對著前面已向讀者作過介紹的那個河灘廣場；那也是聖惹維教堂，後來增建了一座「高雅」的拱門，把它全糟蹋了；又是聖梅尼教堂，它那古老的尖拱造型幾乎仍然是開闊穹窿的；又是聖約翰教堂，它那壯麗的尖頂永世口碑相傳；那又是二十來座其他歷史豐碑，它們並不恥於讓自己奇蹟似的美麗湮沒在狹窄、深邃、黝黑街道的一片混沌之中。還可以加上那些在十字街頭比絞刑架更爲大量的石頭雕刻十字架；還有越過層層屋頂遠遠看見圍牆的聖無辜嬰兒公墓；從科索納里街兩座煙囪之間可以看見頂端的菜市場恥辱柱；黑壓壓行人一片的十字路口矗立著特臘瓦十字教堂的「梯子」；小麥市場的環形房舍；不時還可以看見一段段菲利浦—奧古斯都時代的古老城牆，它浸沒於住宅群中，只見爲常春藤啃嚙的塔樓、傾圮的城門、奇形怪狀的破壁頹垣；還有堤岸大街，它那千百爿商店鋪面，一個個鮮血淋漓的剝皮場；從草料港到主教港，塞納河上船行如梭。

這樣，你就大致上有了一四八二年外城的不等邊四邊形中心區的印象。

除了這兩個區：宮殿區和住宅區以外，外城的面貌還有一個特色，那就是，從東到西是長長一片教堂，幾乎橫貫全境而爲外城的邊緣帶。這個地帶位於巴黎邊界上碉堡城垣的後面，形成巴黎的第二道內城垣：由修道院和小教堂構成。例如，緊挨著小塔的園林地帶，在聖安東街和老聖殿街之間有聖卡特琳教堂和它那廣闊的鬱鬱葱葱的田園。它的界限也就是巴黎的城牆。在聖殿老街和新街之間是聖殿教堂，這是座落在一道有雉堞的寬闊院牆之內孤立陰森的一座高大、筆立的塔樓。在聖殿新街和聖馬丁街之間是聖馬丁教堂，花園環繞，這設防的高傲教堂，它那敵樓環立，鐘樓有如三重法冠，固若金湯，巍峨壯麗，僅次於聖傑曼德佩教堂。在聖馬丁街和聖德尼街之間開始了三一教堂的圍牆。最後，在聖德尼街和蒙多戈伊街之間是修女院。旁邊就是奇蹟宮廷的破爛屋頂和快要坍塌的院牆。這是混入虔誠修道院串鏈中唯一的世俗環節。

右岸密集屋頂中還有引人注目的第四個自然區域，位於城牆西角和下游的河岸之間。那是擁擠在羅浮宮腳下的各座宮殿和府邸所構成的一個新地段。菲利浦—奧古斯都的老羅浮宮，其主塔周遭便聚集了二十三座侍塔，外加若干小塔，這整個巨大無比的宮殿，遠遠望去，似乎是嵌入阿朗松和小波旁兩座府邸的哥德式尖頂之間。這多塔巨龍，巴黎的守護大神，它那二十四個腦袋永遠昂立，巨大得嚇人的身子或是鉛皮的，或是以石板爲鱗的，全都發出金屬的閃閃光芒，以驚人的形式結束了外城西部的地理布局。

這樣，市民住宅這廣闊的一片，即古羅馬人所謂的insula——島，左右各有一大群宮殿，一邊以羅浮宮爲首，另一邊以小塔宮爲冠，北邊是長長一帶寺院和田園。一眼望去盡是一團混亂。這無數建築物的屋頂有蓋瓦的，也有石板鋪的，層層交疊，構成無盡系列的古怪形式。在這些建築的上面則是右岸四十四座教堂的鐘樓，刺花文身，密紋細鏤。數萬街道縱橫交錯，一邊的界限是方塔高牆（大學城的牆垣上則是圓塔），另一邊以塞納河爲界。一座座橋樑下面無數舟楫穿行不絕。——這就是十五世紀的外城。

城牆外面，城門口附近有幾處城郊市鎮，但數量少於大學城那邊，也比較分散。巴士底城堡後面，有二十來棟簡陋房屋環繞著福班十字架教堂的那些奇特雕塑和田園聖安東尼教堂的扶壁拱架，還有波潘庫爾鎮，隱沒在小麥地裡；庫爾提伊那快樂的小村莊，到處是小酒店；聖洛朗鎮，它那教堂的鐘樓，遠遠望去，好像和聖馬丁門的那些尖塔連成一氣，還有聖德尼城郊和寬廣的聖拉德爾田園；蒙馬特門過去，是白牆環繞的穀倉女舟子修道院；修道院後面，蒙馬特山的石灰石山坡上，當時教堂大致與磨坊的數量相當，以後只剩下了磨坊，因爲現今社會只需要肉體的糧食。從羅浮宮再往前看，在草場上伸展著聖奧諾瑞郊區，當時已頗具規模；還有那小布列塔尼園林鬱鬱葱葱；還有小豬市，市場中心矗立著可怕的大鑊，是用來煮死製造僞幣者。在庫爾提伊和聖洛朗之間，你已經注意到，荒涼平原上有一座矮矮的土丘，頂上有個好似建築物的東西，遠遠看去，好像一座柱廊傾頹在坍陷的屋基上。這不是帕德嫩神廟，也不是奧林匹亞山朱庇特殿堂。這是鷹山。

這麼許多建築，我們一一簡單介紹，也就逐漸勾勒出了舊巴黎的輪廓。如果這還不足以損壞它在讀者心目中的印象，那麼就再來囉嗦兩句，予以概括。中央是西堤島，形狀活像一隻烏龜，覆蓋著瓦頂的橋樑好似它的腳爪從灰色屋頂龜殼裡伸出來。左邊是大學城不等邊四邊形，整整一大塊，結結實實，密集，擁塞，毛髮橫七豎八。右邊是外城，這廣闊半圓形裡面的花園和歷史性建築比西堤島和大學城都多得多。這三大區域——內城、大學城和外城——都有無數街道縱橫交錯。流經全境的是塞納河——按照杜勒勃耳神父的說法，那是「塞納乳娘」。一座座沙洲、橋樑，一艘艘船舶擁塞。巴黎四周是廣闊的平原，無數田園、許多美麗村莊星羅棋布。左邊有伊席、旺夫爾、蒙盧日、既有圓塔又有方塔的讓提伊等等；右邊是其他二十來個村莊，從孔弗朗直至主教城。天邊山巒環繞，好似一個大盆的邊緣。遠處東邊是樊尙和它那七座四角塔，南邊是比塞特和那些小尖塔，西邊是聖克盧和它的主樓，北邊是聖德尼和它的尖頂。這就是一四八二年的烏鴉棲息在聖母院鐘樓頂端時所見的巴黎。

然而，這樣的一座城市，伏爾泰卻說：「在路易十四以前，只有四座美麗的建築。」索爾朋的圓頂、神恩谷教堂、現代式樣的羅浮宮和現已不可考的另一座，也許是盧森堡宮吧。幸好，伏爾泰儘管如此，還是創作了《老實人》，仍然是無盡世代中唯一最善於發出惡魔般冷笑的人。不過，這也正好證明：身爲絕世奇才，卻不一定懂得自己並無天資的某種藝術。莫里哀稱拉斐爾和米開蘭基羅爲「他們時代的矯揉造作者」，不是自認爲很恭維他們嗎？

言歸正傳，再來談談十五世紀的巴黎。

當時的巴黎不單單是一座美麗的城市；它是結構單一的一座城市，是中世紀建築藝術和中世紀歷史的產物，是凝聚爲石頭的編年史。是一座僅僅由兩層構成的城市：仿羅馬層和哥德層，因爲羅馬層早已絕跡，只剩下朱利安的公共澡堂穿透厚厚的中世紀殼蓋冒了出來。至於凱爾特層，即使鑽井鑽下去，也找不到樣品。

五十年後，文藝復興興起，巴黎那樣嚴謹、卻又那樣豐富多彩的單一性中摻入了光輝奪目的新因素，閃耀著文藝復興時代的奇想，表現出種種體系，羅馬式開闊穹窿、希臘式圓柱、哥德式低矮圓拱，無一不嶄露頭角，雕塑是那樣細緻而富於理想，蔓藤花紋和莨菪葉飾情趣超俗，而路德式當代建築藝術又是那樣富於異教情調。這樣，巴黎雖然一眼看去不那麼和諧了，但也許更加美麗了。但是，這一光輝燦爛的時期並不長久。文藝復興並不是無所偏頗的，它並不滿足於建設，它還要破壞。確實，文藝復興需要地盤發展。因此，哥德式巴黎完整無缺的時間只是一剎那。屠宰場聖賈各教堂幾乎還未及完成，就開始拆毀老羅浮宮了。

從此以後，這座偉大的城市日益改觀。曾經抹去仿羅馬巴黎的哥德巴黎，到頭來自己也被抹去了。可是，又有誰說得上代替它的是怎樣的巴黎呢？

在杜樂麗皇宮，那是凱薩琳·德·邁迪西的巴黎㉖；在市政廳，那是亨利二世的巴黎，那兩座建築至今仍然是趣味高雅的；在王宮廣場，是亨利四世的巴黎，正門是磚砌的，邊角是石壘的，屋頂是石板鋪的，還有三色的房屋；在神恩谷教堂，是路易十三的巴黎，這是一種矮墩墩的建築藝術，穹窿好似有提把的籃子，圓柱鼓著肚子，圓頂駝著背，眞教人莫名其妙；在軍人傷兵院，是路易十四的巴黎，宏大、華麗、金光燦爛而冷冰冰；在聖絮皮斯修道院，是路易十五的巴黎，渦卷，飄帶繫結，雲朵，細穗，菊萵苣葉飾，這一切全是石刻的；在先賢祠，是路易十六的巴黎：羅馬聖彼得教堂的拙劣翻版，建築笨拙地縮成一團，也不能補救線條的難看；在醫學院，是共和的巴黎：可憐的仿希臘羅馬風格，摹仿羅馬大競技場和雅典帕德嫩神廟，彷彿是共和三年憲法摹仿米諾斯法典，建築藝術上被稱爲「獲月㉗風格」；在旺多姆廣場，是拿破崙的巴黎：用大砲鑄成一根銅柱，這個巴黎倒也挺了不起；在交易所廣場，是王政復辟時代的巴黎：雪白的廊柱支撐著平滑的飾帶，總體呈正方形，花費了兩千萬。

由於格調相似、式樣和姿態相類，而與上述典型歷史性建築物的每一座相通的，在各個居住區都有一定數量的平民住房，雖然分散在各區，行家的眼光還是一下子就可以把它們識別出來，並且確定其時代。只要善於鑒賞，即使只是一把敲門槌，也能夠從中發現某個時代的精神、某個國王的面貌。

所以說，如今的巴黎並不具備普遍一致的風貌。巴黎現在只是一個若干世紀樣品的集錦，其中最美麗的已經消失。現在的首都只是房屋占地面積擴大了，可是那是些什麼樣的房子呀！照現在巴黎發展的情況來看，每五十年就要更新一次。因此，它那建築藝術的歷史特徵每日都在泯滅之中。歷史文物越來越罕見，我們彷彿看見它們正在日益湮沒，埋葬於房屋之中。祖先的巴黎是石頭的巴黎，而子孫的巴黎將是泥灰的巴黎。

至於新巴黎的現代建築，我們有意不去談論。這並不是說，我們就不去恰如其分地加以讚美。蘇弗洛先生建造的聖日內維埃芙教堂，當然是石頭建造空前佳妙的一塊薩瓦省糕點，榮譽軍團宮也是極為出色的一塊蛋糕。小麥市場的圓頂好似一頂巨大規模的英國馬師小帽。聖絮皮斯修道院的塔樓就像兩大根單簧管，而且式樣毫無出眾之處；兩座的屋頂上還歪七扭八地爬行著電報線，波動起伏，好看得緊！聖羅希教堂的拱門之壯麗，只有聖托馬斯・阿奎納㉘教堂的拱門才能比擬。在它的一個酒窖裡還有一座高浮雕耶穌受難像和一個鍍金的木雕太陽，這都是無比美妙的東西。植物園裡的迷宮之燈也是非常顯露才華的。至於交易所大廈，柱廊是希臘式的，門窗的開闊穹窿是羅馬式的，低矮寬闊的拱頂是文藝復興式樣，它當然是一座非常合乎規矩、非常純粹的建築物。證明就是：大廈頂上那層阿提刻樓㉙連雅典也沒見過，那種直線眞是漂亮，而且隨處都有煙突管把線條切斷！還得指出，屢見不鮮的是：建築的構造極其適合它的用途，因而一看見建築物，它的用途也就自動否定了自己。所以，任何一座建築，無論用作王宮，還是議會廳、市政廳、學院、馴馬場、科學院、倉庫、法庭、博物館、兵營、陵墓、廟宇、戲院，都無關緊要。管它的，先用作交易所再說！此外，任何一座建築還應該適應氣候條件。這一座交易所建築顯然是故意爲法國這樣寒冷而多雨的天氣建造的，所以，冬天一下雪，就得打掃屋頂，當然它的屋頂也正是爲了便於打掃而造的，於是，那個屋頂完全像在乾燥的近東一樣，平平坦坦的！至於上述的那個用途，它也眞是再適合也不過了：它在法國正是用作交易所的，要在希臘的話，當作神殿也行！誠然，設計它那種造型的時候，把大時鐘掩蓋起來是頗費了一番心思的，否則豈不破壞了正面美妙線條的純淨？但是，也有補償，圍繞著整個建築蓋了一道柱廊，每逢重大宗教盛典的日子，就可以在那裡莊嚴肅穆地發表證券經紀人和商業掮客的高論。

毫無疑問，這些都是極其壯麗的建築物。況且，還有許許多多美麗的街道，有趣而且豐富多彩，例如里伏黎街就是。我絕對相信，從氣球上俯覽，巴黎終有一日會呈現出其線條的豐富，細節無窮無盡，面貌變化多端，表現出那樣難以形容的簡單中見雄偉，美麗而出人意外，有如棋盤一般。

不過，無論你覺得今日的巴黎多麼值得讚美，請你還是把十五世紀的巴黎在你心裡恢復原狀，重新建造出來吧！請你看看天光是多麼美妙地透過無數尖頂、圓塔、鐘樓編織而成的樊籬而來；請你想想塞納河又是多麼神奇地在這廣闊城市中間奔流，碰上島岬就撕裂，遇見橋拱就折疊，河水成爲一灘灘黃的、綠的顏色，不斷變幻著，賽似蛇皮。你再襯托著湛藍的天空，清楚勾勒出這個老巴黎哥德式樣的剪影，讓它的輪廓漂浮在那粘附於無數煙囪上的冬日煙靄之中；你把它浸沒在濃濃的黑夜裡，看看光明與黑暗在那無邊建築物迷宮中交織成趣；你投入一線月光，使這昏暗迷宮朦朧出現，使無數塔樓的巨大頭頂顯露在迷霧之上；或者，你重新展現它那濃黑的側影，以陰影去復活尖頂和山牆的無數銳角，使黑色剪影凸現在落日昏黃的天幕上，顯出無數鋸齒，賽過鯊魚的下頦，——然後，你再比較吧！

要是你想從舊城獲得現代巴黎再也無法給予的印象，那你就在哪個重大節日的早晨，在復活節或聖靈降臨節，日出之際，登上某個至高點，俯覽整個首都，去目睹那鐘樂齊鳴的奇景。看啊，信號自天而降，因爲，那是太陽發出信號，於是，成千上萬教堂同時顫動。首先是零星散布的鐘聲鏗鏘，從一座教堂到一座教堂，彷彿是樂師們彼此告知演奏就要開始了；然後，突然你看見——因爲有時似乎耳朵也有其視覺——你看見從每一座鐘樓同時升起聲音之柱、和聲之煙。開始，鐘聲一一戰慄，裊裊升起在那燦爛輝煌的晨空，徑直，純淨，可以說是彼此孤立。然後，鐘聲逐漸壯大而溶合、混同，彼此交融，匯合爲一支雄渾磅礴的協奏曲。現在只有一個整體的音響在顫動了，從無數鐘樓回盪不已，飄揚，波動，跳躍，旋轉於全城上空，把那無盡顫抖轟然鳴響的渦卷遠遠投向天邊之外，延綿不絕。然而，這和聲的汪洋大海並不是一團混沌。無論它多麼宏大，多麼深邃，它仍然透明豁亮。你可以看見每組音符獨立蜿蜒著，從鐘聲齊鳴中逸出；你可以一直傾聽手鈴和風笛時而低沉、時而尖銳的唱和；你可以看見一個鐘樓至一個鐘樓八度上下跳躍；你注視著這些八度音振翅翺翔，輕盈而發出呼嘯：這是銀鈴的聲音；跌落而破碎、破行：這是木鐘的聲音；你從它們中間驚讚著聖德斯塔許教堂七口鐘的豐富音階上行下降響個不停；你看見閃亮的音符急速滑過一切音程，划出三、四個曲曲折折的光跡，然後閃電一般消失了。那邊，是聖馬丁教堂尖銳、碎裂的歌唱，這邊，是巴士底陰險、粗暴的呼喊，另一端是粗壯的羅浮塔的最低音。舊王宮莊嚴鐘樂的響亮顫音傳向四面八方，聖母院鐘聲均勻重重撞擊著，猶如大鐘敲打鐵砧，濺出一陣陣火花。你不時看見聖傑曼德佩教堂三種鐘樂飛揚，一陣陣各種形狀的音符掠過。隨後，這一陣陣宏偉壯麗的鐘聲微微間歇，聖哉瑪麗亞的賦格曲式樂音穿插進來，斷斷續續轟鳴，如同星光的火花爆裂。下面，在這支協奏曲的最深處，可以模模糊糊分辨出各座教堂內心的歌聲，從它們拱頂的每個顫動著的毛孔裡滲透出來。──確實，這是一齣值得靜聽的歌劇。通常，巴黎白天散逸出嚐嚐聲，那是城市在低聲慢語；夜裡，那是城市在輕輕呼吸；現在，這是城市在歌唱。因此，請你注意傾聽這鐘樂，想像向五十萬人擴散的整體音響效果，款款傾訴河水永恒的哀怨、風聲無盡的嘆息、天邊山丘上如同巨大管風琴奏鳴的那四座森林的遙遠而莊重的四重奏，你再像半濃淡畫中那樣，從中心鐘樂聲裡消除那些過於嘶啞、過於尖銳的聲音；然後，請你說說世上是否還有什麼聲音更爲豐富，更爲歡樂，更爲金光閃閃，更爲使人暈眩，勝似這鐘樂齊鳴，超過這音樂的熔爐，超過這麼許多高達三百尺㉚的石笛同時鏗然發出成千上萬樂音，勝似這座渾然成爲一支管弦樂的城市，超過這首暴風驟雨般的交響曲。

---

① 指位於塞納河內的西堤島。巴黎原只是西堤島上的小漁村，西元前五五年，羅馬人征服後逐漸興盛，向河左岸發展。法蘭克人繼羅馬人之後統治這個城市，命名「巴黎」，並定都於此。——編注

② 第一王朝，即墨洛溫王朝，起始於墨洛溫（約 447-458），終止於席勒德瑞克三世（卒於 751 年）

③ 朱利安（尤利安努斯）(331-363)：羅馬皇帝，曾宣布不信基督教。

④ 即南岸，因爲塞納河流向是自東而西。

⑤ 索爾本是巴黎大學舊稱，現在只是巴黎十三座大學之一的一部分。

⑥ 最初的菜市場開始於十世紀，在十五世紀成爲有繁雜分類部門的市集，到了左拉所描寫的時代甚至更爲龐大。現在已經改造爲主要在地下的超級市場，分門別類當然更爲龐雜，不過早已不賣菜了。

⑦ 現在的聖路易洲仍沿舊名，還在塞納河中，但與聖母院所在的西堤島東西相望，並不包括聖母院島。

⑧ 早在雨果之前很久，這個小島就沒有了。目前在巴黎市區範圍內的塞納河中只有西堤島（聖母院所在地）和聖路易島。

⑨ 這是說，冬末春初，冰雪消融，塞納河水上漲，灌入壕溝。

⑩ 這兩條長街今日仍在（當然已經展寬了不少），自西南南而東北東，平行穿過西堤島，兩端都直抵外環路。不過，不是一溜筆直的。各段街名均已更改，不一。

⑪ 直至二十世紀八〇年代，譯者目睹，還是依稀可辨。只是，城門早已消失，只留下了地名；街道名稱絕大部分已經改變，橋名也改變了一些。

⑫ 諾曼第人來自北歐，原是航海的民族，所以說到船。諾曼第人於九世紀渡海侵入諾曼第，以後建立公園；諾曼第大公理查一世（943-996）大舉入侵內地，擊敗法國國王路易四世，圍攻巴黎多次，終被國王承認爲諾曼第公國之主。

⑬ 現在的聖母院廣場上已沒有房屋，當然也就沒有街道；只是，從幾個方向通至廣場四側的馬路不止三條。

⑭ 于維納·德·于爾森（1360-1431）：一三八八年爲巴黎市市長。

⑮ 上文已經提到，當時的橋上建有房屋。

⑯ 頂蓋就是橋上房屋的屋頂。

⑰ 著名的染坊主家族。

⑱ 居民向領主交納租金之後，可以使用這種爐灶烤麵包等等。

⑲ 卡穆洛蒽納是高盧人的首領，卒於公元前五一年，曾抵擋羅馬軍隊的進攻，

把凱撒的大將及其部隊誘入沼澤。

⑳ 手網球：網球的前身，最初不用球拍，用手擊球過網。

㉑ 鐵環球：把球扔入鐵環為勝，可說是今日籃球的原始形態。

㉒ 鐵雀：城牆外部的突角，用以防備敵人爬牆。

㉓ 按雨果的看法，現代式樣是指文藝復興及其後的式樣，所以與哥德式又尖又高的屋頂等等不協調。

㉔ 巴士底原為屏障聖波爾行宮的城堡要塞，後來才專門用來監禁國家要犯。濫施逮捕和刑罰，使得巴士底獄成了專制暴政的象徵，直至一七八九年七月十四日大革命，才被革命的巴黎人民攻陷並平毀。

㉕ 斯芬克斯用謎語難住行人，把他們吞噬，後被猜中，飛往埃及，化作獅身人面像。

㉖ 我們既痛苦而又憤慨地看見：人們打算擴建、改造、重組，也就是說，摧毀這座卓越的宮殿。今日的建築師粗手笨脚，根本不夠資格去碰一碰文藝復興時代的這些精緻傑作。我們始終希望他們不這樣幹。況且，拆毀杜樂麗皇宮如今不僅僅是一種粗暴行為，連喝醉酒的汪達爾人也會覺得羞愧，而是一種背叛。杜樂麗皇宮不單純是十六世紀藝術的珍品，它還是十九世紀歷史的一頁。這座宮殿不再屬於國王，而是屬於人民。讓它就像如今這樣吧！我們的革命已經兩次在它臉上打下烙印。在它那兩座門面上，一座挨過八月十日的炮彈，一座遭受過七月二十九日的轟擊。這座宮殿是神聖的。——一八三一年四月七月於巴黎，雨果第五版原注

一七九二年，法國人民強行要求廢黜國王，宣布共和，完成一七八九年革命未竟事業。為背叛祖國的國王和大資產階級當政者所激怒，一七九二年

八月十日晨，巴黎的革命人民在資產階級左派市政府領導下，政占這座王宮。國王狼狽逃竄，終被逮捕，次年被送上斷頭台處決。從此開始了法國革命資產階級的激進專政。

一八三〇年，查理十世頒布一系列反動敕令。巴黎和全國各地革命人民再次發出「打倒波旁王朝」、「建立共和」的口號。七月二十九日，起義群衆和一部分國民自衛軍攻占杜樂麗皇宮，國王倉皇出奔英國。但是，七月革命的勝利果實爲金融貴族等等反動勢力所篡奪，共和制未得建立，卻建立了波旁支系（即奧爾良王室）的七月王朝。

曾經成爲反動復辟堡壘的杜樂麗皇宮本身並不是神聖的，只是由於人民革命的烙印，它才是神聖的。當然，杜樂麗皇宮雖已蕩然無存（一八七一年遭火焚，一八八二年拆除），它的建築藝術仍是不朽的。——譯注

㉗ 獲月：共和曆法的第十月，相當於六月十九（或二十）日至七月十九（或二十）日。

㉘ 托馬斯·阿奎納（約 1225-1274）：著名的基督教神學家、哲學家。義大利人。他的哲學和神學體系即爲反動的「托馬斯主義」。

㉙ 阿提刻文化指雅典文化；建築藝術上指頂樓小於底下各層的那種式樣。

㉚ 本書中的尺均爲法尺，每法尺合三二五毫米。

4

I
善心的人們

這個故事發生在十六年前。在卡席莫多日——復活節後第一個星期日——早上，聖母院彌撒過後，有一個生物被放置在前庭左側的拱石木襯上，正對著聖者聖克里斯多夫那座大塑像。一四一三年，當有人想要把這位聖者和信徒安東尼・德・艾薩爾騎士兩座石像一齊打倒的時候，這位信徒石像正跪在聖者石像面前仰望著他。按當時的習俗，就是在這張木床上扔下棄嬰，求公眾慈悲收養。誰願意，盡可以抱走。在木床前面有一個銅盆，收集施捨的錢幣。

在主曆一四六七年復活節後第一個星期日的早晨，躺在木床上的那個活玩藝兒，似乎激起了人們的極大好奇，他們擁擠地圍住那張床。人群中大部分是婦女，幾乎全是老太婆。

站在前列，深深彎腰瞧著那張木床的，就有四位老婆子。從她們身上穿的那種名叫「cagoule ①」的披風來看，可以猜到是屬於某個女修院。我看不出爲什麼史冊不把這四位審愼而可敬的老修女姓名傳之後世。她們是安妮絲・愛爾姆、約翰娜・德・塔爾姆、亨利愛特・戈耳提埃和郭雪爾・維奧勒特。這四位都是寡婦，都是埃謙納—峨德里小教堂——這可算是她們的家——的老修女，今天向院長請了假，遵守彼埃爾・達伊的規章，前來聽佈道。

不過，就算是這四位峨德里修女暫時遵守了彼埃爾・達伊的規章，卻肯定十分開心地違背了米歇・德・勃臘希和比薩紅衣主教極不人道地規定她們不許說話的章程。

「這是什麼呀，郭雪爾修女？」安妮絲問道，一邊端詳著那個小生物——他此刻正陳列在木架上，受到這麼多人注視，嚇得哇哇大哭，拚命扭曲身子。

約翰娜說：「要是人們現在都生像這樣的孩子，這成何體統呀？」

安妮絲說：「小孩子我可不在行，不過，這小孩一定是個罪孽。」

「這哪是孩子呀，安妮絲！」

「這是個不成形的猴崽子。」郭雪爾判斷道。

「這是個奇蹟。」戈耳提埃接岔。

安妮絲指出：「這是拉塔爾日②以來的第三個了。我們上次看見的奇蹟——奧貝維利埃的聖母顯聖懲罰香客嘲弄者，已是本月份的第二個奇蹟了，迄今還不到一個星期哩。」

約翰娜說：「這個所謂的棄嬰，眞是個天譴的怪物！」

「他那樣怪叫，就是唱詩童子也要被他吵聾的！小哭鬼，你就別吵啦！」郭雪爾說。

「眞是蘭斯先生把這個大怪物給巴黎先生③送來的哩！」戈耳提埃合掌說道。

「我想，」安妮絲・愛爾姆說：「這是一頭畜生、野獸，是猶太男人跟母豬生的。反正不是基督教徒，該扔進水裡淹死，扔進火裡燒死！」

戈耳提埃又說：「眞希望沒有人認領他！」

「啊，我的上帝！」安妮絲叫道：「他們也許會把這個小怪物送去給那些可憐的奶媽餵奶的！那些住在河邊小巷裡、緊挨著主教大人公館的育嬰奶媽，眞是可憐！要是我，我寧願餵吸血鬼！」

「可憐的愛爾姆，妳可眞是天眞！妳難道沒看出這小怪物至少四歲了？他對妳的奶頭沒胃口，還不如去吸烤肉的叉子呢！」

「這個小怪物」——即使是我們，也難免要這樣稱呼它——確實不是新生兒。這是一小堆有稜有角、激烈蠕動的肉，包裹在一個印有當時擔任巴黎主教的吉約墨・夏提埃先生姓名縮寫的麻布口袋裡。他的腦袋伸在外面。那是一個奇形怪狀的腦袋，只看見一大堆棕紅色頭髮，一隻眼睛，一張嘴巴，還有幾顆牙齒。那隻眼睛在啼哭，嘴巴在啼叫，牙齒好像只想咬人。這一堆肉在麻袋裡直撲騰，使得周圍不斷擴大、不斷更新的觀眾大爲吃驚。

有錢的貴族夫人阿洛伊絲・德・貢德洛里埃夫人，牽著一個六歲左右的俊俏小女孩，身後拖曳著帶金角的長長紗頭巾路過這裡。她站在木架前，對這個不幸的生物端詳了一會。這當兒，那可愛的小女孩百合花・德・貢德洛里埃，穿綢著緞，用她美麗的小手指指著木床上常年懸掛的牌子，拼讀著「棄——嬰」一詞。

貴婦厭惡地扭過頭去，說道：

「眞的？我還以爲這裡只陳列孩子哩。」

她轉過身去，同時往銅盆裡扔進一個弗洛林銀幣，砸在一些銅幣中間直響，埃謙納—峨德里小教堂那幾個可憐老修女的眼睛都鼓起了。

過了一會，國王的首席書記教士、莊重而博學的羅伯・米斯特里科勒從這兒經過，他一隻胳臂挾著彌撒書，另一隻胳臂挾著妻子吉約墨特・梅萊斯。也就是說，他的兩側各有一個行爲調節者：精神的與肉體的。

他仔細看了看那個東西，說道：

「棄嬰！顯然，他是棄在冥河邊上的！」

宮廷命婦④吉約墨特說：

「只有一隻眼睛，另一隻眼睛上長著疣子。」

羅伯・米斯特里科勒大人說：「不是疣子，是一個卵，裡面藏著一個跟他一樣的魔鬼，那魔鬼也有一個卵，裏面又有一個魔鬼……。」

「你怎麼會知道的呢？」吉約墨特・梅萊斯問道。

「我一眼就能看出！」書記教士答道。

「先生，您看這個棄嬰預示著什麼？」郭雪爾問道。

「很大的災難！」米斯特里科勒回答。

「啊，我的上帝！」聽眾中有個老太婆說：「去年就發生過瘟疫啦，現在再加上這玩藝！大批英國人就要在阿爾弗婁登陸了！」

「這樣，王后九月間也許來不成巴黎了，」另一個說：「生意已經越來越不好做了。」

「我主張，巴黎的老百姓最好是別讓這個小巫神睡在木板上，不如把他放在柴堆上。」約翰娜・塔爾姆叫道。

「放在熊熊烈火的柴堆上燒！」老太婆補充說。

「這可能更穩當些。」米斯特里科勒說。

有個年輕的神父已經來了一會兒，靜聽著修女的大發議論和書記教士的妙語成章。神父面容嚴峻，額頭寬闊，目光深邃。他默默撥開人群，看了看「小巫神」，伸出手去護住他。他做得正是時候，因爲所有的人正想像著「柴堆上美麗的熊熊烈火」，已經樂不可支了。

「這孩子我收養啦！」教士說。

他用袈裟把他一裹，抱走了。觀眾愕然目送。不一會兒，他穿過從教堂通向修士院⑤的紅門，不見了。

最初的驚訝過去之後，約翰娜・德・塔爾姆傾身過去，貼著戈耳提埃的耳朵說：

「戈耳提埃修女，我早跟妳說過，這個年輕的神學生克洛德・弗羅洛是個巫師。」

---

① 一種無袖的斗篷，上連風帽，露出眼睛和嘴。

② 四旬齋以後的第四個星期日。

③ 當時的巴黎和蘭斯都是子爵采邑。

④ 中世紀以及以後的波旁王朝、拿破崙帝制等等時代，有資格在內廷裡行走的貴婦，皆如此稱呼。這有點像我國明、清時的制度，但不同的是：法國隨侍在王后左右的已婚和未婚女子，也得此稱呼。

⑤ 中世紀以及之後三、四百年，許多教堂的後院即爲修道院，例如巴黎的聖母院和聖心堂都是這樣。

II
克洛德·弗羅洛

確實，克洛德·弗羅洛不是尋常之輩。

他出身於一個中等階層的家族；按照上世紀唐突無禮的說法，叫做「高貴市民」或「小貴族」。這個家族從帕克勒兄弟那兒繼承了蒂爾夏普采邑。這片采邑原屬巴黎主教，爲了采邑上的二十一棟房屋，十三世紀時，在教會法庭曾打過不計其數的官司。現在作爲該采邑的所有主，克洛德·弗羅洛是在巴黎及城郊附近有權享有年貢的一百四十一位領主之一；於是，他的姓名長期以這種身分，記載在存放於田園聖馬丁教堂的檔案中，排列在湯加爾維府邸——屬弗朗索瓦・雷茲——和圖爾學院之間。

早在幼年，克洛德・弗羅洛就由父母決定終身從事神職。他被教以用拉丁文閱讀，還學會了低眉垂目、輕言細語。童稚之年，被父親送進大學城的托爾希學院去隱修①，依靠彌撒祈禱和辭典②經文長大成人。

好在這孩子生性抑鬱、莊重、認眞，學習勤奮而快速。遊戲的時候從來不大聲嚷嚷，傅阿爾街上的冶遊狂歡，簡直不涉足；什麼叫做「dare alapas et capillos laniare（拉丁文：打人耳光和互相揪頭髮）」，根本不知道；在史家以「大學城第六次騷動」爲題、嚴肅地記述一四六三年的那次暴亂中，他也絕對不露面。他難得揶揄蒙泰居的神學生，不喜歡嘲笑他們的裝束，雖然他們以身穿 cappette 而博得「美名」③；也不怎麼嘲弄朵爾芒學院靠獎學金念書的那幫窮學生，儘管他們腦袋剃得溜光，身上穿的是青綠色、藍色、紫色三種顏色的粗呢子大衣——按照四王冠教堂紅衣主教在特權憑證中的說法，叫「azurini coloris et bruni（拉丁文：天藍色和棕色）」。

相反的，他出入聖約翰・德・博維街的大小學堂倒是相當勤快。瓦耳的聖彼得教堂的教長每次開始宣講教會法典，總是發現有個神學生在他講壇的對面，貼著聖方德爾蓋席耳學校的一根柱子站著，那就是克洛德・弗羅洛。他攜帶著硬殼寫字板，咬咬鵝毛筆，墊著磨損了的膝頭書寫，冬天，還得對著手指呵氣。每個星期一早晨，歇夫·聖德尼學校一開門，教會博士米勒·狄利埃先生所看見的第一個氣喘吁吁跑來聽講的學生，也是克洛德·弗羅洛。因此，這個小神學生雖然才十六歲，在神秘神學方面，卻趕得上教堂的神父，在經文神學方面，也不亞於教議會的神父，在經院神學方面，更不遜於索爾本的博士。

學完神學之後，他就匆匆忙忙學習教令。從《箴言大全》，他一頭扎進了《查理曼法令匯編》。他以旺盛的求知欲，一部又一部教令，先後把伊斯巴耳的主教岱奧多爾的教令，窩姆的主教布夏爾的教令，夏特爾的主教伊夫的教令全都吞了下去；隨後又啃下了繼承查理曼法令的格臘田法令，然後是葛利哥里九世教令集，接著又是奧諾里烏斯三世的 Super specula（拉丁文：論冥想。）書信。岱奧多爾主教於六一八年開始、葛利哥里教皇於一二二七年結束的那個時代，是民法和教會法在中世紀混亂中鬥爭發展的動蕩時代，他都統統搞清楚了，弄熟悉了。

把教令吃透了以後，他就刻苦鑽研醫學和自由技藝④。他研究了草藥學、膏藥學，成了發燒、挫傷、骨折、膿腫方面的專家。雅各·岱斯帕爾要是在世，一定會承認他爲內科大夫，里夏·艾倫會承認他爲外科大夫。文學學士、碩士、博士學位他也都一一獲得。他還研究了拉丁語、希臘語、希伯來語，這三重聖殿當時很少有人涉足。他在科學方面求知聚寶，眞是如醉似狂一般。到了十八歲，他的四大智能⑤都經得起考驗。在這個青年看來，人生的唯一目的就是：求知。

大約就在這個時候，一四六六年夏季，天氣酷熱，大瘟疫流行，僅在巴黎這個子爵采邑就奪去了四萬多人的生命；據若望·德·特洛瓦說，其中還包含有「國王的星象師阿爾努，這樣博學多才、詼諧機智的正人君子」。大學城裡盛傳，蒂爾夏普街的瘟疫禍害尤烈。而克洛德的雙親恰恰住在這條街上。年輕的神學生大爲驚慌，急忙跑回家去。進了家門，才知道父母親已於前一天晚上病故。襁褓中的小弟弟還活著，被遺棄在搖籃裡，正在哇哇啼哭，克洛德的親人孑留於世的也就是他了。年輕人趕忙把小弟弟抱了起來，沉思著跑了出去。以前他只是生活在科學中，從此才開始了眞正的生活。

這場災禍是克洛德生命中的一次危機。他是一個孤兒，卻是長兄，十九歲就做了家長，他猛然從學校裡的沉思冥想中驚醒過來，回到了塵世。於是，他滿懷悲憫，對這孩子——自己的弟弟——激發起熱情，獻身於他。這個以往只知道喜愛書本的年輕人，這樣富於人情味的感情，可眞是稀罕感人。

他這種感情甚至發展到某種奇特的程度。在他那樣不諳世故的心靈中，這簡直像初戀一般。可憐的神學生自幼離開了父母，等於與雙親素昧平生，送去隱修可以說是封閉在書本裡，最大的欲望就是學習研究，一心一意要在科學中提高自己的智力，在文學中增長自己的想像力，從未有時間考慮自己的感情應占據怎樣的地位。這個失去雙親的小弟弟，這個忽然從天上掉下來歸他撫養的孩子，使他煥然成爲新人。他發現，世上除了索爾本的玄想之外，除了荷馬的詩之外，還有別的東西。人需要感情，沒有柔情、沒有愛情的生活只是乾澀的、軋軋響得刺耳的機械運轉。

然而，在他的年紀，代替幻想的仍然只是幻想，所以，在他想像中，骨肉至親的情感才是唯一需要的，有一個小弟弟就足以塡滿他生活的空虛。於是，他傾其全部的愛去熱愛小約翰，雖然他的熱情已經夠深刻、熱烈、全神貫注的了。這可憐、柔弱的人兒，金髮俊美，頭髮鬈曲，臉頰紅潤，這個孤兒除了另一個孤兒的愛之外別無依托，這就使得克洛德靈魂最深處都爲之激動；既然他是一個性喜嚴肅思考的人，他就開始以無限的慈悲思慮著約翰的一切。他對弟弟關懷愛護無微不至，就好像小傢伙是一件十分脆弱而又異常寶貴的物品。他對於這個小孩，不僅僅是長兄，甚至成了他的慈母。

小約翰還在吃奶就失去了媽媽；克洛德把他交給奶媽。除了蒂爾夏普采邑之外，他繼承父業的還有磨坊采邑，那是附屬於讓提伊方塔寺院的，是一座小山崗上的磨坊，位於溫歇斯特城堡附近。磨坊女主人自己奶著一個漂亮的孩子，而且離大學城不遠，克洛德就親自把小約翰送去給她。

從此，由於感到有了負擔，他對於生活更加嚴肅。對小弟弟的考慮不僅成爲他的娛樂，也成爲他學習的宗旨。他決心用他誓願於上帝的全部熱忱對待小弟弟，決心一輩子不要女人，不要孩子；他的妻子、他的孩子就是弟弟的幸福和前程。因此，他比以往更專心致志於教職使命。由於他才華出眾、博學多識，而且身爲巴黎主教的直接附庸⑥，教會的大門是對他完全敞開著的。他才二十歲，就由於教廷殊恩加被，當上了神父，作爲聖母院最年輕的教士，侍奉著鑑於過晚舉行彌撒而被稱作「altare pigrorum（拉丁文：懶漢的聖壇）」的聖壇。

他比以往更專注於心愛的書本，偶爾放下書本，也只是爲了匆匆到磨坊采邑。在他那個年齡，這樣求知不倦、這樣刻苦律己，是難能可貴的，很快就使他博得了教堂上下的敬重和欽佩。他那學問家的聲譽越過院牆而傳至民眾，稍稍有了點歪曲——這在當時是常有的事——而被說成了巫師。

卡席莫多日，他剛從「平民聖壇」⑦對平民說完彌撒回來。這座聖壇就在詩班席通向中堂右側門戶的旁邊，距離聖母像不遠的地方。這時，圍繞著置放棄嬰的拱石木襯的幾個老太婆的嘰嘰喳喳，引起了他的注意。

於是，他向那個遭人憎惡、大受威脅的不幸小東西走了過去。可憐的小傢伙是那樣淒慘，形體是那樣醜惡，被人遺棄不管，使他想起了自己的弟弟，心裡突然產生幻覺，彷彿看見如果他自己死了，他親愛的小約翰也十分可能被悲慘地棄置在棄嬰木架上。這種種想法一齊湧上心頭，悲憫之情油然而生，他就趕忙抱走了小孩。

他把孩子從麻布口袋裡拖出來一看，確實醜得不成形體。可憐的小魔鬼左眼上面有一個疣子，腦袋縮在脖子裡，脊柱弓曲，胸骨隆起，雙腿彎曲。不過，他似乎很活潑，雖然聽不出他囁嚅的是什麼語言，他的啼叫卻顯得相當有力，十分健壯。克洛德看見這樣的醜惡形象，更加同情。他暗自許願，要爲了愛自己的弟弟而把這個小東西撫養成人，日後無論小約翰犯下什麼錯誤，都有這麼一個以他爲名而行的善行作爲抵償。這無異於在他弟弟名下存放的某種善行投資，是一樁卑微的功德，他要爲弟弟積攢起來，以備日後小淘氣一旦短缺這筆費用之需——因爲天堂買路錢是只收這種貨幣的。

他爲撿來的孩子施洗，給他取名爲「卡席莫多」，也許是想借以紀念收養他的那個日子，也許是想用這個名字說明這個可憐的小東西是多麼不完善，簡直連個雛型都談不上：因爲，卡席莫多既是獨眼，又是駝子，又是羅圈腿，可說是僅僅「略具人形」⑧。

---

① 托爾希學院是神學院，隱修是指過神學生幽居生活。

② 這裡的「辭典」指學習拉丁文和古希臘文。

③ cappette 是一種短斗篷。據說，這裡所說的「美名」是指這些學生博得綽號爲「cappette」。

④ 自由技藝，指語法、倫理、修辭、算術、幾何、音樂、天文七學科。

⑤ 中世紀和以後相當時間內，西方人認爲，推理、判斷、記憶和想像是人的四大智能。

⑥ 這裡是指其采邑隸屬關係。

⑦ 即指上文的「懶漢的聖壇」，這是中世紀對民衆的蔑稱。

⑧ Quasimodo，拉丁語；如按拉丁語發音，這個名字可以譯作「夸席莫多」。

今從俗，仍按法語發音。原義是「差不多」、「略差一點兒」……所以，教士取這樣一個名字，除了紀念卡席莫多日外，也是說明棄嬰驚人的畸形。

III
聖母院敲鐘人 ①

西元一四八二年，卡席莫多已經長大成人，經養父克洛德・弗羅洛的保舉，當聖母院的敲鐘人已有多年。而弗羅洛也經恩主路易・德・博蒙的保舉，當上若薩的副主教；博蒙則於一四七二年在吉約墨・夏提埃去世之後，經奧利維埃・公鹿——由於上帝恩佑，他做了路易十一的御前理髮師——的保舉，繼任為巴黎主教。

卡席莫多就這樣成了聖母院的敲鐘人。

III

歲月流逝，這個打鐘人同主教堂結成了難以形容的緣分。來歷不明，兼以形體醜陋，這樣的雙重噩運使他永遠與世隔絕，可憐的不幸人自幼就囚禁在這雙重不可逾越的桎梏之中，已經習慣於對收養他而加以庇佑的宗教牆垣以外的世界視而不見。隨著他成長發育，聖母院對於他，已經相繼成爲卵、巢、家、祖國、宇宙。

確實，在這個活東西和這座建築物之間，存在著某種天生的神秘和諧。還在童稚之年，當他歪歪倒倒、一蹦一跳，拖曳著身軀，在它的穹窿黑暗之中行走的時候，他那人臉獸軀彷彿眞是一條天然爬行動物，匍匐蠕動於仿羅馬式斗拱，投下了那麼許多稀奇古怪的陰影在潮濕陰暗的石板地面上。

而後，當他第一次下意識地抓住鐘樓上的繩索，吊在上面，把大鐘搖響起來的時候，他的養父克洛德的感覺，就彷彿是看見孩子的舌頭終於鬆開了，開始說話了。

就這樣，始終順應主教堂的模式而漸漸發育成長，在主教堂裡生活、睡覺，幾乎足不出戶，隨時承受著它那神秘的壓力，他終於酷似主教堂了，鑲嵌在它裡面，可以說已經成爲它的一個組成部分了。他那軀體突出的一個個稜角——請允許我這樣修辭——正好嵌合在這座建築物凹進去的一個個角落裡。他似乎不僅僅是它的住客，也是它的天然內涵。差不多可以說，他以它爲形狀，正如蝸牛以其殼爲形狀。它是他的寓所、洞穴、軀殼。古老教堂和他之間本能上的息息相通，是那樣深沉，有那麼多的磁性親和力、物質親和力，使得他緊緊粘附於它，在某種程度上猶如烏龜之粘附於龜殼。

凸凹不平的主教堂就是他的甲殼。

無需提醒讀者，請諸位不要從字面上理解我們在這裡不得不使用的修辭說法。使用這些，無非是表達一個人和一座建築物之間奇特、勻稱、直接、宛若同體的結合。同時也不必贅言，在這樣長期、這樣密切的共居之中，他對整個主教堂已經是多麼熟悉。這座寓所也就是他自己所固有的。其中沒有一個深處，卡席莫多沒有進去過；沒有一個高處，他沒有爬上去過。他曾經多次僅僅抓住雕塑物的突出部分，攀緣那升起數級的正面。常常可以看見他像一隻爬行在筆直牆壁上的壁虎，在兩座鐘樓上攀登。這兩尊巨大的建築物，那樣巍峨，那樣迫人，那樣可畏，他爬上去並不覺得頭暈目眩，不感到恐怖，也不驚呆得搖晃不已。看見這兩座鐘樓那樣聽從他的擺布，那樣容易攀登，你會覺得他已經把它們馴服了。在這雄偉主教堂的各個懸岩峭壁中間時常跳躍、攀登、嬉戲，他就或多或少變成了猿猴、羚羊，又像是義大利南部海邊的孩子，在會走之前就會游泳，十分幼小就能跟大海玩耍。

不僅如此，不單單他的身體似乎已經按照主教堂的模樣塑造成型，就是他的靈魂也是這樣。這個靈魂是怎樣的狀態呢？他的靈魂，在這樣扭結的外囊之下，在這樣狂野的生命之中，形成了怎樣的褶皺？構成了怎樣的形狀呢？這是很難說清楚的。卡席莫多天生獨眼、駝背、跛足。克洛德·弗羅洛好不容易以極大的耐性才教會他說話。然而，注定的噩運緊迫著這可憐的棄嬰。這個聖母院敲鐘人在十四歲時又得了一項殘疾：鐘聲震破了他的耳膜，他聾了，這下子可就一應俱全了。造化本來爲他向外界敞開的唯一門戶，從此猛然永遠關閉。

這樣一關閉，截斷了那仍然滲透卡席莫多靈魂的唯一歡樂的光明。這個靈魂從此墮入無邊的黑夜，這苦命人的憂傷就如同他的畸形一般不可治療到了極點。不僅如此，耳朵一聾，在某種程度上也算是啞了。爲了不被別人譏笑，他自從發現自己聾了，就堅決決定沉默不語，只在自己獨處時，才間或打破沉默。他的舌頭，克洛德·弗羅洛費了很大氣力才鬆開來，如今他自己又自願重新扎結起來。因此，偶爾迫不得已必須講話的時候，他的舌頭已經麻木、顯得笨拙，就像一扇門的絞鏈鏽蝕了。

假如我們現在試行透過卡席莫多的堅硬厚皮去深究他的靈魂，假如我們能夠探測他那畸形身體結構的最深處，假如我們有辦法打起火把去看看他那些不透明器官的背後，測度這個渾濁生靈的黑暗內裡，探明其中的幽暗角落和離奇死巷，突然以強烈光芒照亮他那被束縛在獸穴深底的心靈，大概可以發現這不幸的靈魂處於某種可憐的發育受阻塞的佝僂狀態，就像威尼斯鉛礦裡的囚徒，石頭礦坑太低太短猶如匣子，迫使這些礦工彎成兩半截以致迅速衰老。

身體畸形，精神必定萎縮。卡席莫多簡直感覺不到還會有什麼靈魂按照他的模樣塑成，在他身體裡面盲目活動。外界事物的印象先得大大折射一番，才能達到他的思想。他的腦子是一種特殊的介質：思想只要是通過去，出來的時候無一不面目全非。經過這番曲折之後的反射，勢所必然，都是雜亂無章、偏離正道的。

由此產生了無數視覺上的幻影，判斷上的乖異，思想胡亂游蕩，而不斷逸出常軌，有時瘋狂，有時愚騃。

機體結構既然注定如此，第一個後果就是他對物體投射的目光受到擾亂。他對事物幾乎接受不到任何立即的知覺。外部世界在他看來似乎比我們要遠得多。

他的不幸所造成的第二個後果，就是使他變得很壞。

他確實很壞，因為他性情狂野，而狂野是由於他的醜陋。他的天性一如我們的天性，也有其邏輯。

他的力氣也發育得相當異乎尋常，這也是他很壞的一個原因。「Malus puer robustus（拉丁文：壞孩子必定身強力壯。）」，霍布斯這樣說。

不過，也得為他說句公道話：邪惡也許不是他天生固有的。自從他第一步踏入人間，他所感覺到的，就是爾後看見自己被大家嘲笑、斥責、排斥。人們的言語，在他聽來，無一不是揶揄或者詛咒。他長大了，發現自己周圍仍只有仇恨。他把這個仇恨接了過來，也沾染上這普遍的邪惡，並拾起了人家用來傷害他的武器。

到後來，要他把臉轉向人類，已是十分勉強。他的主教堂就夠滿足他了。那裡面到處都是大理石人像，國王、聖徒、主教多的是，他們至少不會對著他的臉哈哈大笑，對他投射的目光總是那樣安詳慈愛。其他的塑像雖然是些妖魔鬼怪，對他卡席莫多卻並不仇恨。他自己就太像他們了，他們是不會仇恨他的，他們當然寧願嘲笑其他的人們。聖徒是他的朋友，他們保佑他；鬼怪也是他的朋友，他們庇護他。因此，他時常向他們久久傾訴衷曲。因此，他有時一連幾個鐘頭，蹲在這樣的石像面前，獨自一人跟它說話，一有人來，就趕緊逃走，像是情人唱小夜曲時被人撞破了私情一般。

主教堂不僅是他的社會，也是他的宇宙，更是他的整個大自然。他不必嚮往其他花園，有那些只開不謝的玫瑰窗就足夠了；不必追求其他樹蔭，那石刻葉飾永遠綠蔭如織，葱蘢的薩克遜式拱柱上始終鳥鳴婉囀；不必渴望其他山峰，只需要主教堂那兩座巍峨鐘樓；不必渴求其他海洋，巴黎就在鐘樓腳下如海似潮轟響。

在這座慈母般的建築中，他最熱愛的，喚醒他的靈魂，促使他的靈魂展開、在洞穴中可憐地收起雙翼的，使他有時也感歡欣的，就是那幾座鐘。他熱愛它們，愛撫它們，對它們說話，懂得它們的言語。從兩翼交會之處尖塔②裡的那一組鐘直到門廊上的那口大鐘，他無一不滿懷柔情地愛戀。後殿交會處的鐘塔以及兩座主鐘樓，在他看來好似三個大鳥籠，其中的鳥雀是他親手餵養的，只爲他一人歌唱。儘管正是這些鐘把他耳朵震聾了，但做母親的總是最疼愛那個最讓她痛苦的孩子。

確實，它們的聲音是他唯一還聽得見的，那口大鐘③也是他最心愛的。每逢節日，這些喧鬧的女孩在他身邊歡蹦活跳，而這個家族中他最喜歡的還是這一位。她名叫瑪麗，位在南邊的鐘樓裡，陪伴她的是妹妹雅各琳娜。雅各琳娜是一口小一點的鐘，她的鐘籠也小一點，就在瑪麗的旁邊。雅各琳娜的命名，是由於把她贈送給主教堂的那位主教，這位蒙塔居主教的妻子名字就叫雅各琳娜。——儘管捐獻了這口鐘，蒙塔居主教後來還是沒有逃脫在鷹山上身首離異的下場。另一座鐘樓——北鐘樓——裡還有六口鐘。兩翼交會處的尖塔裡也有六口小一點的鐘和一口木鐘：只在聖星期四④晚飯後，才敲響這口木鐘。總計起來，卡席莫多在他的後宮裡「豢養」著十五口鐘，其中大鐘瑪麗最受寵幸。

鐘聲大作的日子，他是多麼興高采烈，令人無法想像。副主教只要放他走，對他說：「去吧！」他就急忙爬上鐘樓的轉梯，其速度比別人爬下來還快。他上氣不接下氣，跑進大鐘的那間四面通風的房子，靜默著，滿懷柔情地端詳它半晌，然後對它輕言慢語，用手撫摸它，彷彿它是一匹即將奔馳長行的駿馬。它即將辛苦服役，他感到心疼。愛撫之後，他呼喚鐘樓下一層的另外幾口鐘，教它們開始。它們就懸吊在纜繩上，絞盤軋軋響，那巨大的金屬大圓盅緩緩晃動起來。卡席莫多的心劇烈跳動，眼睛盯著它搖擺。鐘舌才剛撞上青銅鐘壁，他爬上去站著的那個木架就顫動起來。卡席莫多同大鐘一起顫抖。他瘋狂地大笑，喊道：「好呀！」這時，這口聲音沉濁的大鐘加速搖擺，它以更大的角度來回擺動，卡席莫多的眼睛也就更加火光熠熠。終於，鐘樂大作，整個鐘樓都戰慄了，從根莖的木樁直至屋頂上的梅花裝飾，木架、鉛皮、砌口，一齊呻吟起來。卡席莫多大爲激動，滿口白沫直噴；他跑過來，跑過去，跟著鐘樓一起顫動。大鐘這時大發癲狂，左右搖擺，青銅大口一會對著鐘樓這邊側壁，一會對著那邊側壁，噴吐出暴風雨般的咆哮聲，四法里⑤之外都可以聽見。卡席莫多蹲在大張著的鐘口面前，隨著大鐘的來回擺動，一會蹲下，一會又站起來，他呼吸著這令人驚恐的大鐘喘息，一會瞧著腳下兩百尺那無數生命悸動著的深淵廣場，一會瞧著那一秒鐘又一秒鐘捶擊他耳鼓的巨大銅舌。這是他唯一聽得見的言語，唯一爲他打破了萬籟俱寂的聲音。他狂喜不已，猶如鳥雀沐浴在陽光下。突然，大鐘的瘋狂感染了他，他目光狂亂了，等著大鐘搖擺過來，就像蜘蛛等著蒼蠅，忽然縱身猛撲上去。他懸空吊在沉淵上面，抓住青銅巨怪的耳朵，雙膝緊夾著，用腳踵驅策它，隨著大鐘的猛烈晃蕩，以整個身子的衝擊力、以全身的重量，加劇鐘聲的轟然鳴響。這時，鐘樓震撼了；他叫囂著，牙齒咬得直響，棕紅色頭髮倒豎起來，胸膛裡發出風箱般的聲音，兩眼噴火，巨鐘在他身下喘息著嘶叫；於是，聖母院洪鐘不復存在，卡席莫多也不復存在，只有夢幻，只有旋風，只有狂風暴雨；這是騎乘著音響的暈眩，這是緊攀著飛馬的靈魂，這是半人半鐘的奇特生物，這是駕駛著活生生的非凡青銅鷹翼馬身怪物飛奔的可怕的阿斯托夫⑥。

有這個不平凡生物存在，整個主教堂裡就洋溢著難以形容的生氣，似乎從他身上——至少按照群眾的誇張迷信說法是這樣——散發出一種神秘氣息，使得聖母院所有的石頭都有了生命，古老教堂的整個心肝五臟都悸動起來了。人們只要知道他在那裡，就好像親眼看見走廊裡和門道上千千萬萬座塑像都有了生命，動起來了。確實，整座主教堂好像是一個對他百依百順的生物，他意志所至，它就立刻發出洪亮的吶喊。卡席莫多宛如一個形影不離的精靈，依附於它身上，也充溢在整個教堂裡，彷彿是他使這宏大的建築物呼吸起來。他確實無處不在，化作無數的卡席莫多，遍布於建築物各個地方。

有時，人們驚恐地看見鐘樓最高處有一個異樣侏儒攀登、蠕行，手腳並用地攀緣，從外面降下深淵，從一個稜角到一個稜角跳躍，要鑽到塑像果貢⑦的肚子裡去搜索；這是卡席莫多在開放他的鳥兒們。有時，又會在主教堂的某個陰暗角落裡，碰見活著的希邁爾⑧，神色陰鬱地蹲在那裡；那是卡席莫多在沉思。有時，又會在鐘樓下面瞅見有顆大腦袋和互不協調的四肢在吊著一根繩索，拚命搖擺；這是卡席莫多在敲晚禱鐘或奉告祈禱鐘⑨。時常在夜裡看見有個醜惡的形體，遊蕩在鐘樓頂上那排環繞著底下半圓室周圍不牢靠的、鋸齒似的欄杆上；這又是聖母院的駝子。

於是，附近的女人都說，整個主教堂都顯得怪異、超自然、可怖，這裡或那裡都有眼睛和嘴巴張著，到處聽見這怪異教堂周圍那些晝夜伸著脖子、張著嘴巴守護的石犬、石蟒、石龍在吼叫。如果是聖誕夜，大鐘似乎在咆哮，召喚信徒們去望熱烈的午夜彌撒；陰沉的門面上彌漫著一種氣氛，使人以為大拱門會吞噬了人群，玫瑰窗則監視著人們。而這一切都是來自卡席莫多。假如是在埃及，人們會把他當作這座廟宇的尊神；中世紀的人卻以為他是廟宇的鬼怪；其實，他是它的靈魂。

因此，在那些知道卡席莫多存在過的人們看來，今天的聖母院是荒涼的、沒有生氣的、死氣沉沉的。他們感覺缺少了什麼。他們感覺這個巨大的身軀已經空了，只剩下骨架，沒有了靈魂，空餘著寓居過的地方，僅此而已。就好像是一顆頭顱空有兩個長眼睛的窟窿，卻沒有了目光。

---

① 原文爲“Immanis pecoris custos, immanior pés”（拉丁文：「怪獸的牧人，自己更怪」）此處的「怪獸」是指那些鐘，「牧人」指卡席莫多。

② 聖母院背面（東面）的尖塔，也就是「後殿交會處的鐘塔」。

③ 巴黎聖母院南鐘樓裡，今日還陳列著一口大鐘，據介紹就是卡席莫多的大鐘瑪麗。

④ 復活節前的星期四。

⑤ 舊制一法里，約今四公里。

⑥ 阿斯托夫是英國傳說中的王子，他的號角能發出可怕的聲音。

⑦ 果貢是希臘神話中的蛇髮女怪，人只要被它看見就立即化爲石頭。

⑧ 希邁爾：獅首羊肚龍尾的噴火怪物。

⑨ 奉告祈禱鐘：早、中、晚三次奉告聖母的祈禱時的鐘聲。

IV
狗與主人

但是，有一個人，卡席莫多把他排除在對於一切人的惡意和仇恨之外，愛他比愛主教堂也許猶有過之——那就是克洛德·弗羅洛。

事情很簡單。是克洛德·弗羅洛撿起了他，收養了他，撫養了他，把他拉拔成人的。小時候，當狗和孩子們攆著他吼叫時，他習慣躲藏在克洛德·弗羅洛的胯下。克洛德·弗羅洛教會了他說話、識字、寫字。克洛德·弗羅洛使他成爲敲鐘人，把大鐘許配給他，就像莎士比亞把茱麗葉許配給羅密歐一樣。

因此，卡席莫多的感激之情是深沉、熱烈、無限的；儘管養父的臉上時常烏雲密布，時常聲色俱厲，儘管養父的言詞慣常簡短、專橫，他的感激之情卻一刻也未曾稍減。卡席莫多對於副主教，就是最卑順的奴隸、最聽話的僕人、最警覺的猛犬。可憐的敲鐘人聾了以後，他和克洛德・弗羅洛之間建立了一種只有他倆懂得的神秘手語。副主教於是成爲卡席莫多還保持著交往的唯一的人。在這個世界上，他只與兩個東西有關係：一個是聖母院，一個是克洛德・弗羅洛。

任何東西也比不上副主教對打鐘人的支配力量，沒有其他事物可以代替打鐘人對副主教的依戀。只要克洛德一招手，只要一想到要討他的喜歡，卡席莫多就立即從聖母院鐘樓上衝下來。卡席莫多的體力雖發達到那樣非凡的程度，卻仍盲目地交由另一人支配，這眞是異乎尋常的事情。這裡面當然包含著兒子般的孝順、奴婢般的依戀，也包含著一個靈魂對另一個靈魂的著迷魔力。

這是一個可憐的、拙劣的、笨拙的機體，對另一個高傲、深湛、有力、優異的智慧體俯首帖耳、垂目乞憐。最後，超乎這一切的，是感恩戴德。推至極限的感激之情，簡直無法比擬。這是這樣的一種美德：它的最優美楷模不是人類間所能覓得的。所以我們說，卡席莫多愛副主教，甚至狗、馬、大象愛其主人也不能相比。

V
克洛德·弗羅洛
(續)

到了一四八二年，卡席莫多大約二十歲，克洛德·弗羅洛約三十六歲——一個長大了，另一個日趨衰老。

克洛德·弗羅洛不再是托爾希學校那個普通學生、小弟弟的溫柔保護人，不再是懂得許多事情、同時也不知道許多事情的愛沉思默想的年輕哲學家。他現在是一個刻苦、莊重、陰鬱的教士，是負責世人靈魂者，是若薩的副主教、主教的第二大弟子，領導著蒙特里和夏多福兩個副主教區，掌管著一百七十四位鄉村本堂神父。這是一個威嚴而陰鷙的人。當他雙臂合抱，腦袋低垂在胸前，整個的臉只能看見光禿禿的寬闊前額，沉思著；當他威嚴地從唱詩班的高高尖拱下緩緩走過的時候，身穿白袍和短衫的唱詩童子、聖奧古斯都教堂的僧眾、聖母院的神職人員都會不寒而慄。

不過，堂・克洛德・弗羅洛並沒有放棄做學問，也沒有放棄對小弟弟的教育，既然這是他生活中的兩件大事。然而，隨著時間的消逝，這兩件極為甜蜜的事情也略帶苦味了。保羅・狄阿克爾①說，「日久天長，最好的豬油也會變味。」小約翰・弗羅洛綽號「磨坊」，是因為他在磨坊裡寄養過。他成長的方向卻不是克洛德希望給予他的。長兄指望的是一個虔誠、柔順、博學、體面的學生。然而，弟弟就跟幼樹似的，往往辜負園丁的培育，硬要朝空氣和陽光的方向生長。弟弟成長了，長出美麗的枝葉、茂密蔥蘢，然而，卻是朝向懶惰、無知、放蕩的方向。他確實是個不折不扣的荒唐鬼，放蕩不羈，堂・克洛德大為撓頭；另一方面，他也極為滑稽，鬼得要命，使得哥哥見了不禁微笑。克洛德也把他交托給自己度過最初幾年學習與沉思生活的托爾希學校。這座曾因弗羅洛這個姓氏而顯赫一時的神聖殿堂，今天卻也由這個姓氏而受到玷辱，克洛德感到極為痛苦。有時，他為此對小約翰十分嚴厲地大加訓斥，弟弟都以大無畏的精神承受了。畢竟，這小混蛋心地善良——這在一切喜劇中不是屢見不鮮的嗎？但是，訓斥剛過，他又故態復萌，照舊心安理得，叛逆如故，荒誕不經。有時，他為了表示歡迎，對那些「菜鳥」欺負一番——他的這個寶貴傳統，一直小心翼翼地保存至今。有時，他鼓動一幫子學生，按照傳統衝入小酒店，quasi classico excitati（拉丁文：差不多把全班鼓動起來），「用進攻性棍子」把酒店老板揍上一頓，歡天喜地把酒店吃個精光，連酒窖裡的酒桶也給喝個涓滴不剩。於是，托爾希學校的副學監不勝悲傷地打了一個出色的報告給堂·克洛德，並在邊上附了這樣的拉丁文附註：「Rixa; prima causa vinum optimum potatum（拉丁文：一場鬥毆，而這是縱飲的直接結果）」。還有，據說，他的種種荒唐行徑甚至一再搞到格拉提尼街上去了②，這對一個十六歲的少年來說是相當可怕的。

由於這一切，克洛德傷心之至，仁愛之心大受挫傷，就更加狂熱地投身於知識的懷抱——她至少不會嘲笑我們，我們對她殷勤，她總是給予報償的，雖然所付貨幣有時不怎麼貴重。就這樣，他越來越博學多識，同時，由於自然邏輯的力量，身爲教士是越來越苛刻，整個人也就越來越憂傷了。拿我們每一個人來說，智力、道德和性格總有彼此相似的地方，總會持續不斷地發展，只有生活中的重大變故才會把它打斷。

克洛德·弗羅洛早在年輕時，就幾乎涉獵了實證的、外在的、合乎規矩的人類知識的一切領域，因此，除非他自己認爲「ubidefuit orbis（拉丁文：幾近極限）」而停止下來，否則他就不得不繼續前進，尋求其他食料以饜足他的智能永無滿足的活動所需。「自嚙尾巴的蛇」這個古代象徵，用於做學問尤其適合。看來，克洛德·弗羅洛對此有切身的體驗。好些莊重的人肯定說：克洛德在窮盡了人類知識的 fas 之後，已經鼓起勇氣向 nefas 領域奮進。③據說，他已經把智慧樹的蘋果一一嚐遍，也許是由於飢餓，也許是由於膩味，他終於咬起禁果來了。

我們的讀者大概已經看見，舉凡索爾本神學家的講座，效法聖伊拉里的文學士集會，效法聖馬丁的教會法學家的辯論，醫學家在聖母院聖水盤前（ad cupam Nostrœ Dominœ）的聚會，他都一一參加了。那四大廚師——即被稱爲四大智能者——所能烹調、所能提供的智慧，一切可以允許的、被批准的菜肴，他都已經呑盡，還沒有吃飽就已經饜足了；於是，他更深、更低地去挖掘，一直深入到那種有限的、物質的、狹隘的知識下面；他甚至以自己的靈魂孤注一擲，探入洞穴，坐在煉金術士、星象家、方士們的神秘桌前：這張桌子的一端，在中世紀坐著阿維羅埃斯④、巴黎的吉約墨、尼古拉·弗拉麥，這張桌子在七枝燭台的照耀下，在東方一直延展到所羅門、畢達哥拉斯和瑣羅亞斯德⑤。

無論對錯，至少假設是這樣。

確實，副主教常常去參謁聖無辜嬰兒墓地，他的父母與一四六六年瘟疫的其他死難者一起埋葬在那裡；其實，他對這個墓穴的十字架並不十分虔誠，還趕不上對就在近旁的尼古拉·弗拉麥及其妻克洛德·佩奈耳墳墓上怪異的塑像。

確實，人們也常常看見他沿著隆巴第人街行走，悄悄溜進作家街和馬里莫街交角的一幢房子裡。這是尼古拉·弗拉麥建造的房子，他在一四一七年左右死於屋內，以後就一直沒有人住，已經開始傾類，單單各國的方士和煉金術士在牆上刻上名字，就把牆壁磨損了。附近有些人甚至證實，從一個氣窗裡，曾經看見克洛德副主教在兩間地窖裡掘土翻地——地窖的拱壁上，尼古拉・弗拉麥本人塗寫了無數詩句和象形文字。據信，弗拉麥就是把他的點金石藏在這兩間地窖裡的。兩個世紀以來，從馬吉斯特里到太平神父，所有的煉金術士一個個都曾把裡面的土地不斷翻騰折磨，毫不憐惜地把這屋子搜遍，終於，在他們的踐踏下，整個建築化為塵埃。

確實，副主教滿懷奇特的熱情，愛著聖母院那富於象徵意義的拱門。這是巴黎的吉約墨主教用石頭刻寫的魔法書的一頁。這座建築物的其餘部分永恒地詠唱著神聖詩章，他卻加上這樣惡魔般的扉頁，因而他一定已經下了地獄。據說，克洛德還深入探究了聖克里斯多夫巨像的奧秘。當時這座謎也似的長石像，矗立在聖母院前庭⑥的入口，民眾戲稱它為「灰先生」。但是，也許大家都已經發現，克洛德常常坐在廣場欄杆上，一坐就是好幾個小時，不斷靜觀門廊上的塑像。有時觀看著那些倒擎燈盞的輕佻童女，有時凝視直舉燈盞的聖潔童女；再不然，就計算左邊門道上那隻烏鴉的視角，因為它站在那裡向教堂內某一個點凝視，尼古拉・弗拉麥的點金石假如不在地窖裡面，一定就在它所張望的那個地方埋藏著。

當時這座主教堂的命運眞是奇怪，因為兩個截然不同的人都那樣虔誠地熱愛它，方式卻不一樣。卡席莫多是一種半人半獸的生物，一切憑借本能，愛它的壯麗、宏偉與和諧，而這些都發自它那樣雄渾的整體；克洛德是一個博學多識、想像力熾熱的人，愛它的寓意、神秘、內裡的含義、門面上各種雕塑下暗藏的象徵，彷彿那是羊皮書中第二次文字下所隱藏的第一次書寫的文字，總之，愛它向人類智慧永恒提出的謎。

副主教在兩座鐘樓中那座俯視河灘廣場的鐘樓裡，就在放鐘的木籠旁邊，安置了一間十分隱秘的幽室，誰也不能進去，據說，不經他的允許，即使主教也不能進去。幾乎就在鐘樓頂端、烏鴉窩中的這間小室，以前是貝桑松的雨果主教⑦開闢的，那時他在裡面施行蠱術。這小室裡面藏著什麼，誰也不知道；但在夜裡，從廣場灘地上時常可以看見鐘樓背後的一個小窗洞透出紅色燈光，時斷時續，以短暫而均勻的間隔時隱時現，十分古怪。這燈光似乎是跟隨著某種呼吸的粗重起伏。與其說是燈光，不如說是火焰。在黑暗中，在那樣高的地方，給人的印象是怪異的，所以，附近的老太太們都說：「瞧呀，副主教在呼吸哩！那上面是地獄的火花在閃耀。」

不過，這一切畢竟算不上什麼重大的證據，無法證明其中有巫術。可是，煙到底太多了，難怪人們猜測裡面有火⑧，因此，副主教惡名昭彰。其實，我們應該說，埃及邪術、鬼魂附身術、魔法之類，即使其中最清白無辜的，在提交聖母院主教法庭審判的時候，再也沒有比副主教更為凶惡的敵人，更遭人痛恨的了。他是眞誠感到恐怖也罷，是賊喊捉賊也罷，反正，主教堂眾教士以其充滿學問的腦瓜子認定，副主教是個靈魂敢入地獄門廊、在神秘教魔窟中迷途、在旁門左道的黑暗中摸索的人。民眾對此也是不會誤會的，凡是稍有心智的人都認為，卡席莫多是魔鬼，克洛德・弗羅洛是巫師。

顯然，敲鐘人不過是預定為副主教效勞一段時間，期限一完就要把他的靈魂要回作為報酬。因此，儘管副主教生活極為刻苦，在一切虔誠者看來，他仍是臭名昭著的；任何一個篤信宗教的人，即使毫無嗅覺經驗，都聞得出他是一個魔法師。

如果說，隨著年事日長，他的學問中出現了深淵，那麼，深淵也形成在他的心靈深處。至少，當我們審視他的面孔，看見他的靈魂只是透過重重烏雲才閃爍在面容上的時候，我們有理由這樣認為。然而，他那寬闊的前額沒有了頭髮，腦袋總是低垂著，胸膛總是因嘆息而起伏，這是因何緣由？又是什麼隱秘思想使他嘴角時常浮現苦笑，使他緊蹙眉頭，兩道眉毛揪在一起就像兩頭公牛要牴角？為什麼他剩下的頭髮已經花白？有時他目光中閃耀著內心的火焰，兩眼就像是火爐壁上鑿出的窟窿，這又是怎麼回事？

內心劇烈活動的這種種徵候，在這篇故事發生的時候，恰好達到了極為強烈的程度。不止一次，唱詩班的童子看見他一人在教堂裡目光異樣地閃爍，使得他們嚇得趕緊逃跑。不止一次，在做法事的時候，在合唱中，挨近他的教士聽見他唱「ad omnem tonum（拉丁文：讚美那雷霆萬鈞之力）」的當兒，夾雜進不可理解的話語。不止一次，給僧眾洗衣服的洗衣婦，十分駭異地發現若薩副主教先生的白法衣裡面有被指甲抓破的痕跡。

然而，他更加道貌岸然，也比以往更加堪為表率了。由於身分，也由於性格，他一向不近女色，現在他似乎更加憎恨女人了。只要聽見女人綢衫窸窸窣窣的聲音，他立刻就把風帽拉下遮住眼睛。在這方面，他竭盡苛刻保守之能事，於是，一四八一年十二月，當博惹公主前來拜謁聖母院的時候，他鄭重其事地反對她進入，向主教提出一三三四年聖巴赫特勒米日⑨前夕頒布的黑皮書中的規定——

任何婦人，「無論老幼、貴賤」，一律不許進入修院。

對此，主教只好引述教皇使節奧當的命令——

某些貴婦人不在此例，*aliquæ magnates mulieres, quæsine scandalo vitari non possunt.*（拉丁文：對某些貴婦，除非確有醜行，不得拒絕。）

可是，副主教仍然不表同意，提出反駁說，教皇使節的該項命令頒布的時間是一二〇七年，也就是比黑皮書早一百二十七年，因此已被後者廢除。爲此，他拒絕在公主面前出現。

此外，人們還注意到，他厭惡埃及女人和茨岡⑩女人，相當時間以來更是變本加厲了。他曾經請求主教頒布法令，明令禁止吉卜賽女人到聖母院前庭廣場上來跳舞和敲手鼓；同時，他還仔細查閱主教法庭裡潮濕發霉的檔案，搜尋關於男女巫師由於同公羊、母羊、母豬勾結行蠱而被處以火焚或絞死的案例。

---

① 保羅・狄阿克爾（740-810）：倫巴第的歷史學家。

② 這是指他甚至去了賭場和其他下流場所的聚集之地。

③ 拉丁文：fas，「善」：nefas，「惡」。

④ 阿維羅埃斯（1126-1198）：著名的阿拉伯哲學家、醫學家，被認爲是東方巫術之祖。

⑤ 瑣索羅亞斯德（約公元前七至六世紀）：「祇教」的創始人。

⑥ 巴黎聖母院前面的廣場，至今仍叫「前庭」，當然，房屋均已拆除，前庭比中世紀、也比雨果的時代，大得多了。

⑦ 雨果二世・德・貝桑松（1326-1382）——雨果原注。

⑧ 一語雙關，既指克洛德巫術冒煙噴火，也套用諺語「無煙不起火」（猶言「無風不起浪」）。

⑨ 聖巴瑟特勒米日爲八月二十四日。

⑩ 茨岡人，也是法語中對吉卜賽人的一種別稱。

VI
不受歡迎

前面已經說過，副主教和敲鐘人在主教堂附近的百姓中間，相當不受歡迎。只要克洛德和卡席莫多一同出去——這是常有的事，只要人們瞅見他倆僕隨主後穿過聖母院前面那一堆房屋中冷冽、狹窄、黑暗的街巷，他們一路上就會一再遭到咒罵、挖苦、攻擊，除非在難得的情況下，克洛德．弗羅洛昂首挺胸，嚴厲地，甚至威嚴地擺出臉色，才使訕笑者望而生畏。

在那個時候，這兩個人就像雷尼埃①所說的那兩個詩人：

形形色色的人都追著他們，

就像是貓頭鷹追趕黃眉鳥。

有時候，會有一個鬼鬼祟祟的小淘氣，不顧性命危險，爲了獲得難以形容的樂趣，跑來把一支別針插進卡席莫多的駝背；有時候則是一個美麗活潑的少女，臉皮厚得超過限度，故意擦過教士的黑袍，衝著他的臉，唱出挖苦的歌曲：「躲起來，躲起來吧，魔鬼給逮住了！」有時候是一群邋遢的老太婆，坐在門廊前一級級陰影的台階上，當副主教和打鐘人經過的時候，便大聲鼓譟，哇哇叫，表示歡迎：「嘿！來了兩個人；一個人的靈魂像另一個的身體那樣怪！」再不然，就是一幫學生和士兵在跳房子玩，一起蹦了起來，以傳統的方式用拉丁文大聲嘲罵：「Eia! Eia! Claudius cum claudo!（拉丁文：呀，呀！克洛德和跛子！）②」

然而，通常教士和鐘夫對這些叫罵壓根兒沒有聽見。卡席莫多聾了，克洛德一心沉思，哪裡聽得見這些「敬重」的頌詞！

---

① 雷尼埃（1573-1613）：法國詩人。

② （跛子 claudo 與拉丁名字 Claudius 諧音）。

5

I

Abbas beati martini ①

聖馬丁修院院長

堂・克洛德聲名遠揚。因此，大約就在他拒絕與博薏公主照面的那個時候，有個人來拜訪他，使他長久牢記不忘。

那是一天晚上。他剛做完晚課，回到修士院的小祈禱堂。這間房裡，也許除了扔在角落的幾個裡面裝著疑以炸藥的小瓶子外，並沒有什麼怪異或神秘的地方。固然，牆壁上偶爾也有一些字跡，不過，純粹是科學性質的摘錄或者正經虔誠的引句。副主教就著一盞三角銅燈，坐在堆滿手稿的大櫃子前面，胳臂肘支在攤開的奧諾里烏斯・多頓的著作《De prœdestinatione et libero arbitrio（拉丁文：《論命中注定和自由決定》）》上沉思著，隨手翻弄一本剛剛拿來的對開印刷品——這是他房間裡唯一的印刷產品。正當他沉思默想的時候，有人敲門了——

「是誰？」學問家叫道，不大客氣，好似一頭正在啃骨頭的餓狗被打攪了。

「您的朋友雅各・庫瓦提埃。」外面回答。

克洛德走過去把門打開。

來者果然是國王的醫生，約莫五十來歲，死板的面孔只是從狡獪的目光得到彌補。另有一人陪伴著他。兩人都穿著灰鼠皮的青色長袍，用腰帶束著，包得緊緊的；帽子也是同樣質地、同樣顏色的。他們的手都被袖子遮著，腳被袍子下襬蓋著，眼睛被帽子掩著。

副主教一邊讓他們進來，一邊說道：

「上帝保佑，先生們！眞沒想到，在這般時分二位大駕光臨。」

他這樣彬彬有禮地說著，一面以不安探詢的眼光瞟著御醫和他的同伴。

「拜訪堂・克洛德・弗羅洛・德・蒂爾夏普這樣可敬的學者，時間是永遠不會太晚的。」庫瓦提埃回答，他那弗朗希一孔兌②口音說起話來，每一句都拖得很長，就像女人拖地的長裙那樣莊嚴。

接著，醫生和副主教開始寒暄起來。按照當時的習俗，這是學者們之間交談的開場白。儘管如此，他們之間仍然互相仇視。不過，我們今天也還是這樣，任何學問家對別的學問家恭維起來，嘴巴上甜如蜜，肚子裡賽過毒汁罈子。

克洛德・弗羅洛對於雅各・庫瓦提埃的恭維，主要是這位醫道高手職位令人艷羨，行醫以來，每次爲國王看病都有辦法獲得許許多多的利益，這眞是賽過煉金術士，比得到什麼點金石更穩妥牢靠。

「眞的，庫瓦提埃醫生，聽說您的侄兒當了主教，我高興得不得了。我尊敬的彼埃爾・書爾賽公爵，不是也當了亞眠的主教嗎？」

「是的，副主教先生。這是上帝的恩典、慈悲。」

「您知道嗎？聖誕節那天您率領著您的同伴，您可眞神氣，院長先生！」

「不，只是副的，堂・克洛德。唉，副院長而已。」

「您在聖安德瑞街的漂亮宅第怎樣了？眞是賽過羅浮宮呀！我很喜歡雕刻在門上的那棵杏樹，還帶著挺有意思的俏皮話：A l'abri-cotier（拉丁文：杏樹宅）③」

「唉，克洛德先生，這個營造的花費可大哪！房子漸漸建造起來，我也就日漸破產了。」

「呵！您不是還有典獄和司法宮執行官員的薪俸，以及領地上那麼許多房屋、攤、棚、店鋪的每年租金嗎？簡直擠的是一頭好奶牛呀！」

「我那博瓦席領地，今年什麼收入也沒有。」

「可是，您在特里埃、聖杰姆斯、聖日耳曼—昂—萊伊收的買路錢④一向可觀呀！」

「一百二十里弗爾罷了，而且還不是巴黎幣！」

「您還有擔任國王樞密官的職位，這當然是固定的囉。」

「倒也是，克洛德教友，不過，那塊該死的波利尼領地，每年收入還不到六十金埃居。」

堂・克洛德奉承雅各・庫瓦提埃的言語裡，包含著一種挖苦、刻薄、冷嘲熱諷的意味，他面帶憂傷且殘酷的微笑，有著高尚而不幸的人向一個偶然成功的庸人開開玩笑的嘲弄，然而對方卻毫不覺察。

「憑我的靈魂起誓，」終於，克洛德握著他的手說：「看見您這樣健康，我眞是高興。」

「謝謝您，克洛德先生。」

「但是，」堂・克洛德叫道：「您那位病人的金玉之軀怎樣了？」

「他給大夫的醫藥費總是不足。」御醫答道，向同來的伙伴瞟了一眼。

「您以爲這樣嗎，庫瓦提埃閣下？」伙伴說。

這話的聲調表現出驚訝和責備，引起了副主教對這個陌生人的注意。老實說，自從此人跨進小室的門檻，克洛德一刻也沒有完全轉過身去看他一眼。克洛德有無數理由必須巴結路易十一炙手可熱的御醫雅各・庫瓦提埃，因此他才容忍了對方這樣帶來一位生客。所以，當雅各・庫瓦提埃對他說，「堂・克洛德，我給您帶來了一位教友，他慕名前來拜會」的時候，克洛德的臉色絲毫不熱中，只是問道：「先生，您也是學術界的？」同時，又以銳利的目光直視庫瓦提埃的這位同伴。他從陌生人雙眉之下碰到的只是刺人的、不亞於自己的目光。

在微弱燈光下只能判斷出，這是一個六十上下的老頭，中等身材，看上去相當病弱、健康可慮。他的相貌雖然只是一般市民型的，但是含有某種威力，又有些嚴厲，十分突出的眉稜下面目光炯炯，好像是從獸穴深處射出的光芒。他把帽沿拉下來一直遮住鼻子，可以感覺到表現出天才的寬闊額頭正在轉動。

他自己回答副主教的問題。

「可敬的大師，」他以莊重的聲調說：「您的大名如雷貫耳，敝人特來向您請教。我只是外省一個鄉紳，照規矩，在進入學者家裡之前必須先脫去鞋子的。我應該讓您知道我的姓名。我名叫屠朗若。」

「這個名字眞是古怪！」副主教心想。然而，他那高度的智慧本能，使他感覺到來人相當有權勢而且威嚴，也猜測到在屠朗若皮帽子下的頭顱裡的智慧並不在自己之下。克洛德端詳著這莊重的面孔，陰鬱的臉上由於雅各·庫瓦提埃而發出的訕笑，也漸漸消失了，就像天邊的薄暮逐漸溶入黑夜。他陰沉默然地重新坐在大椅子上，胳臂放在桌上慣常的地方，手托著前額。默想了片刻，他示意客人坐下，開始向屠朗若說話：

「承賜教，先生，不知是關於何學科？」

「神父，」屠朗若回答：「我有病，病得厲害。傳說您是艾斯庫拉皮烏斯⑤再世，所以特來向您請教醫學方面的問題。」

「醫學！」副主教搖頭答道。他沉思了一會，又說：「屠朗若教友——既然這是您的名字——請您掉過頭去。我的答覆早已寫在牆上。」

屠朗若遵照吩咐，轉頭去看，只見牆上刻寫著這幾個字：

醫學是夢幻的女兒。——讓勃利克⑥

原本，庫瓦提埃大夫聽到同伴的問題就已經有氣，這時聽到堂・克洛德的回答，更是惱怒。他欠身對著屠朗若的耳朵，以不讓副主教聽見的低聲說：

「我早告訴過您，他是個瘋子。您還一定要來看他！」

「可是，很可能這瘋子說得有理，雅各大夫！」教友說，聲音也很低，面帶苦笑。

「隨您的便！」庫瓦提埃沒好氣地說。然後，轉身對副主教：「您醫道很高，堂・克洛德，希波克拉提斯⑦距離您很近，就跟猴兒距離榛果差不多。您說，醫學只是一場夢！我很懷疑藥物學家和醫學大師能克制住不向您砸石頭，要是他們在這兒的話。……那麼，您否認藥物對於血液的刺激、膏藥對於肌肉的影響囉！您否認那永恒的藥劑廠——即我們稱之為世界的、花和礦物所構成的永恒藥劑廠，那原是有意創造出來，專門為醫治被稱為人類的患者！」

堂・克洛德冷冷地回答：

「我既不否認藥劑廠，也不否認患者；我否認的是醫生。」

庫瓦提埃惱怒了，又說：

「這麼說，痛風是體內疥癬，敷上一隻烤老鼠就能治瘡傷，年輕血液恰當注入能使老血管恢復青春，這些都是假話了！二加二等於四，在角弓反張之後一定是前弓反張，也是假話！」

副主教毫不激動地答道：

「有些事我是有些看法的。」

庫瓦提埃已怒容滿面了。屠朗若卻說：

「得了，得了，我的好庫瓦提埃呀，別生氣嘛！副主教先生是我們的朋友哩。」

庫瓦提埃平靜了些，輕聲嘀咕：

「他到底是個瘋子！」

沉默了一會，屠朗若又說：

「帕斯克－上帝⑧！您眞叫我沒法子！……我是來向您請教兩件事的：一是關於我的健康，二是關於我的本命星。」

「先生，如果這是您的來意，您大可不必費勁，氣喘吁吁地爬上我家的樓梯。我不信醫學，我也不信星象學。」副主教說。

「當眞！」那位教友大吃一驚。

庫瓦提埃強笑了一下，低聲對屠朗若說：

「您看，可不就是個瘋子？他居然不信星象學！」

「怎能想像每道星光都是一根牽在某人頭上的線呢！」堂・克洛德說。

「那您相信什麼？」屠朗若叫道。

副主教剎那間有些猶豫，隨即陰沉地一笑，彷彿是否定自己的回答：

「Credo in Deum.（拉丁文：我信上帝）」

「Dominum nostrum.（拉丁文：……信我們的主）」屠朗若劃個十字，補充說。

「阿們！」庫瓦提埃說。

屠朗若繼續說：

「可敬的大師，您這樣虔信宗教，我覺得由衷地高興。不過，既然您是大學問家，難道您已經由於學識豐富，以至於不信知識了？」

「不，」副主教抓住屠朗若的手臂說，陰暗的眸子裡閃耀出熱烈的光芒：「不，我不否認知識。我匍匐在地面上爬行，指甲插入地下，穿過地穴的無數曲徑，時間雖不長久，但我並不是看不到遠遠在我前面、在黝黑迴廊的盡頭，有一線光明，一點火光，那彷彿是反映出那個令人目眩的中央實驗所，即患者和智者突然發現上帝的那個實驗所！」

屠朗若打斷他的話，說道：

「那麼，您到底認為什麼是眞實而又肯定的呢？」

「煉金術。」

庫瓦提埃叫了起來：

「天呀，堂・克洛德，煉金術固然有其道理，但是您為什麼詛咒醫學和星象學？」

「你們的醫學，盡為虛空！你們的星象學，盡為虛空！」副主教斷然宣稱。

「您對艾皮道魯斯和迦勒底⑨眞是太不客氣了！」醫生冷笑著反駁。

「請聽我說，雅各先生。我是認眞的。我不是御醫，國王陛下並沒有賞賜我兌達路斯的花園，讓我在裡面觀測星辰……您別生氣，請聽我說。您得到了什麼眞理？我不是說從醫學中——醫學未免太愚蠢，我是說從星象學中您得到了什麼？請您告訴我，縱行 boustrophédon 有什麼長處？ziruph 數字和 zéphirod 數字⑩又有什麼新奇之處？」

「您難道否認鎖骨的磁力？而降神術就是從中產生的。」庫瓦提埃說。

「錯了，雅各先生！您們的那些法術沒有一個有眞實的結果。然而，煉金術有其發現。您難道能否認這樣的成績：冰埋在地下一千年就化爲水晶，鉛乃萬金之祖（因爲黃金不是金屬，黃金是光）；鉛只需經歷二百年一期的四個週期，就能相繼由鉛態變爲紅砷態，由紅砷態變爲錫態，由錫變爲白銀。這難道不是事實？然而，相信鎖骨，相信滿線⑪，相信星宿，這是很可笑的，就像震旦帝國⑫的人相信黃鶯化爲鼴鼠、麥粒變作鯉魚一般！」

「我研究過煉金術，我認爲……」庫瓦提埃叫道。

聲勢奪人的副主教不容他說完，就繼續說道：

「而我，研究過醫學、星象學和煉金術。只有這裡才有眞理（說著，他從櫃子上抓起一個小瓶子，裡面裝著前面說到過的那種粉末），只有這裡才有光明！希波克拉提斯是夢；烏臘尼亞⑬是夢；赫爾麥斯⑭是一個思想。黃金就是太陽；造出黃金，不啻上帝！這才是唯一的科學。我深入探究過醫學和星象學，我告訴您，都是虛空，虛空！人體，那是黑暗；星宿，更是一片黑暗！」

說完，他重新坐倒在椅子上，堅強有力，如有神靈附體。

屠朗若觀察著他，一言不發。

庫瓦提埃勉強冷笑，微微聳肩，低聲念叨著：「瘋子！」

突然，屠朗若說道：

「您達到了那神奇的目標嗎？您造出金子了？」

「我要是造出了，」副主教緩緩回答，彷彿是在思考：「那麼，法國國王就不是路易十一，而叫克洛德了！」

屠朗若皺起眉頭。

堂．克洛德卻輕蔑地笑笑，又說：

「我說了些什麼呀？我要是能重建東羅馬帝國，法國王位對我又算什麼呢？」

「那才好哩！」屠朗若說。

「啊！可憐的瘋子！」庫瓦提埃嘟囔道。

副主教繼續說下去，似乎現在只是回答他自己的思想：

「可是，我仍然在爬行；我在地下道的石子上爬，磨破了臉和雙膝。我只是隱約窺見，卻不得盡觀！我不能盡讀，我只是一個字一個字拼！」

「等到您能盡讀了，您將造出金子嗎？」屠朗若問道。

「那還用問！」副主教說。

「要是這樣，聖母知道我太需要錢了，所以，我眞想學會讀您的書。可敬的神父，您告訴我，您的科學該不會與聖母爲敵或者褻瀆她吧？」

對這個問題，堂・克洛德只是以冷靜的高傲態度反問：

「我是誰的副主教？」

「話是不錯，大師。好吧！請您教給我，好嗎？讓我跟您一起拼讀吧！」

克洛德頓時表現出撒母耳⑮般威嚴，儼然教皇的姿態，說道：

「老人家，要歷經種種神秘所需的歲月，恐怕遠遠超過您有生之年。您的頭髮現在就已花白了！等咱們走出地穴，只好白髮蒼蒼了，可是進去的時候必須滿頭青絲！單單求知本身，就足以使我們雙頰洞陷，形容枯槁，熬乾我們的臉龐；科學，不需要老年人奉獻他已經皺紋密布的臉。不過，如果您的慾望不可克制，一定要在您這樣的歲數學習破譯先哲的可畏文字，那您就來找我好了，我將竭盡全力。我不會叫您這個可憐的老人去鑽先賢希羅多德斯⑯說過的金字塔墓室，或者爬上巴比倫的磚塔，或者印度泰姬白色大理石聖殿。而迦勒底人仿照席克臘神聖式樣建造的結構，被毀掉的所羅門廟宇，破碎的以色列列王陵墓石門，我都沒有見過，跟您一樣。我們將只限於閱讀我們現在所有的赫爾麥斯著作片段。我將向您解釋聖克里斯多夫塑像、播種者象徵、聖禮拜堂門前那兩個天使——一個把手插進水罐裡，另一個的手伸進雲端——的寓意……」

聽到這裡，剛才被副主教聲勢奪人的駁斥搞得狼狽的雅各・庫瓦提埃，又來了勁，打斷了他，洋洋得意，儼若一名學者對另一名學者講話：

「Erras, amice Claudi!（拉丁文：您錯了，克洛德教友！）象徵不是數。您把峨菲烏斯當作了赫爾麥斯⑰！」

副主教鄭重地駁斥：

「是您錯了！兌達路斯⑱是基礎，峨菲烏斯是牆壁，赫爾麥斯是建築物，也就是整體。」

然後，他又轉身對屠朗若說：

「您願意什麼時候來都行。我要讓您看尼古拉・弗拉麥坩鍋裡剩下的金屑，您可以把它同巴黎的吉約墨主教的黃金比一比。我要教給您希臘詞 Peristera ⑲的神秘含義。不過，首先我要叫您一一唸出全部的大理石字母，閱讀全部的花崗岩書頁。我們要從吉約墨主教和圓形聖約翰教堂的門廊，走到聖禮拜堂，然後走到馬里福街上的尼古拉・弗拉麥住宅，走到聖無辜嬰兒公墓裡他的墳墓，去讀聖惹維醫院和鐵工作坊街門廊上那四個大鐵架上寫滿的象形文字。我們還要一同研讀聖科姆、阿當的聖日內維埃芙、聖馬丁、屠宰場聖賈各這些教堂正門上的奧秘……」

屠朗若雖然眼神裡透露出領悟，卻似乎早已不再聽懂堂・克洛德說的是什麼了。他打斷了他的話：

「天啊！您說的都是些什麼書呀？」

克洛德推開小室的窗子，指指宏偉的聖母院教堂，說道：

「這就是一本！」

只見繁星閃耀，聖母院的兩座鐘樓、教堂的石頭外牆、怪異的後部建築，都以黑色側影映現在夜空，宛如一隻雙首斯芬克斯巨怪蹲坐在城市中央。

副主教沉默不語，對這龐然偉岸的建築物凝視片刻，接著，一聲嘆息，伸出右手，指著桌上攤開的那本書，左手指著聖母院，憂傷的目光從書本轉向教堂，說道：

「不幸，這一個將要扼殺那一個。」

庫瓦提埃急忙走過去，不禁叫了起來：

「哎呀！可是，這一個有什麼可怕呢？這不就是安東尼・科柏諾在一四七四年於紐倫堡印行的《Glossa in epistolas D. Pauli》（拉丁文：《聖保羅書信集注》）嗎？並不是新書，只是格言大師彼埃爾・薩巴的舊著。您是因為它是印刷的……？」

「您可說中了，」克洛德回答，似乎沉浸在深思中。他始終站在那裡，屈起的食指擱在著名的紐倫堡印刷機印出的對開紙上。接著，他說出神秘的話語：「不幸，小東西往往壓倒龐然大物。一顆牙齒會毀掉整個身軀。尼羅河的小老鼠能夠咬死鱷魚，劍魚能戳死鯨魚，書將扼殺建築！」

雅各醫生此時正低聲對同伴複述他那不斷念叨「他是瘋子！」的評語。而修院的熄燈鐘響了。

這次，他那伙伴終於回答說：

「我想，他眞是瘋子。」

現在，任何客人都不許再在院內停留。於是兩人起身告辭。屠朗若道別時說：

「神父，我敬愛學者和智士，我尤其敬重您。請您明天到小塔宮來，您就找圖爾的聖馬丁修道院的院長好了。」

副主教震驚了。他終於明白了屠朗若是什麼人。他回想起圖爾的聖馬丁修道院的記錄簿裡有這樣一句話：

Abbas beati Martini, Scilicet Rex Franciœ, est canonicus de consuetudine et habet parvam prœbendam quam habet sanctus Venantius et debet sedere in sede thesaurarii.

（拉丁文：聖馬丁修道院長，即法蘭西國王，按照教會通例，享有同聖凡南提烏斯一樣的僧侶薪俸，並應執掌教堂金庫。）

從此，每當路易十一回巴黎的時候，副主教常被召去與國王談話，堂‧克洛德所受寵愛蓋過了奧利維埃‧公鹿和雅各‧庫瓦提埃，於是，後者也就按照自己的習慣，對國王很不客氣了。

---

① 拉丁文：聖馬丁修院院長。

② 法國東部舊地區名。

③「杏樹宅」，又爲「庫瓦提埃宅」，兩者諧音，一語雙關。

④ 法國在路易十一以及以後的兩個國王締造統一大業之前，各地封建割據，即使小領主也可隨意徵收通過領地的買路錢。

⑤ 艾斯庫拉皮烏斯：阿波羅的兒子，醫神。

⑥ 讓勃利克：公元前四世紀古希臘哲學家。

⑦ 希波克拉提斯：古希臘大醫學家，大約生於公元前四六〇年。

⑧「帕斯克—上帝」，是路易十一的口頭禪。

⑨ 艾皮道魯斯：希臘城市名，在愛琴海岸，現名艾皮道羅；古代曾有燦爛的文化，並有醫神艾斯庫拉皮烏斯的神廟。迦勒底在美索不達米亞平原，是古代文明古國，以天文學著稱於地中海。

⑩ Boustrophédon 一詞原爲希臘文，是一種古代東方和希臘的書寫方式：先從左到右，然後從右到左，好似牛犁田一般。ziruph 和 zéphirod 都是古代書寫數字的方法。

⑪ 滿線：即上文所說「每道星光都是一根牽在某個人頭上的線」(占星用語)。

⑫ 震旦帝國：對中國的古稱。當然，古代中國人並沒有相信過克洛德所說的那些。

⑬ 烏臘尼亞：九繆斯之一，司天文學和幾何學。

⑭ 赫爾麥斯：希臘神話中的神的使者、雄辯術之神，又被說成是巫術、煉金術之祖。

⑮ 撒母耳率領以色列人打敗非利士人，立爲以色列的士師，事跡見《舊約聖經·撒母耳記上》。

⑯ 希羅多德斯（赫羅多圖斯）（約前 484-前 420）：希臘哲學家。

⑰ 峨菲烏斯本爲希臘神話中的人物(主要見關於金羊毛的故事)。這裡實際上指一種秘傳教，出現於公元前七至六世紀，相傳始祖爲峨菲烏斯。而赫爾麥斯只是代表巫術、煉金術，但克洛德認爲兩者互相依存，甚至赫爾麥斯才是整體建築。

⑱ 兑達路斯本是希臘神話中的能工巧匠。副主教借他來指歷代遺存的建築藝術，他認爲以此藝術爲基礎，探究其中的神秘寓意（峨菲烏斯），即可達到法力無邊、點石成金（赫爾麥斯）的高度。

⑲ Peristera 是希臘神話中的山林女仙之一。

II
「這一個將要扼殺那一個」

請讀者們允許我們稍停片刻，先探討一下副主教所說「這一個將要扼殺那一個，書將扼殺建築」這謎一般的言語，裡面可能隱藏著什麼思想。

在我們看來，這個思想有兩個方面。首先是教士的想法：教士對於一種新動力——印刷術的恐懼。這是聖殿裡的人，面對谷騰堡發明的、散發著光輝的印刷機感到恐怖和驚愕。這是教壇和手稿、說出的言語和寫下的言語，面對印出的言語而感到驚慌，彷彿是一隻燕雀看見群①天使展開他那千百萬隻翅膀而目瞪口呆。這是先知已經聽見解放了的人類雜沓蟻動，預見到睿智將使信仰蕩然無存，眾論將推翻信念，世人將擺脫羅馬的桎梏，因而發出驚呼。是哲學家看見人的思想借助於印刷機而得到擴散，會從神權牢籠中逃逸，因而預感不幸。是士兵仔細察看青銅撞角②，驚呼「砲台一定會給撞坍的」，因而恐慌萬狀。這意味著：一種威力即將取代另一種威力；也就是說：「印刷機將要扼殺教會。」

但是，在這種最原始、最單純的想法之下，我們認爲，還隱藏著另一種想法。它更爲新穎，是從第一種想法衍生而來的，比較不易覺察，卻更易駁斥。這一種看法，同樣是哲學性質的，不過，不再僅僅是教士的，而且是學者兼藝術家的。這就是一種預兆：人的思想在改變形式的同時，也將改變表達方式；每一世代的主導思想今後將不再用原來的物質、原來的方式書寫出來；石頭書，原來是那樣堅固、那樣持久，即將讓位於紙書，而紙書甚至更爲堅固、更爲持久。從這方面來看，副主教的含糊說法還有另一層意思：一種藝術將打倒另一種藝術；這就是說，印刷術將扼殺建築藝術。

因爲，從原始時代直至基督紀元十五世紀——包括十五世紀，建築藝術一向是人類的大書，是人類力量或睿智發展的主要表達手段。

當原始人的記憶力不堪負擔，當人類記憶的累積已經太沉重、太混亂，僅憑光禿禿的、瞬息即逝的言詞，就有可能在傳遞的途中喪失一部分的時候，人就以最爲明顯可見、最爲經久不變、最爲自然的方式，把它記載於地面上。每一傳統都凝結爲一座建築文物。

最早的建築物只是一堆堆的石頭，正如摩西所說，「尚未爲鐵所觸及」。建築藝術的開始也像任何書寫文字一樣，最先是字母。先在地上立一塊石頭，這就是一個字母，每一個字母都是一個象形，在這個象形上安置一群意念，就像柱頭裝飾安置在圓柱上。各地的原始人在全世界地面上都是這樣做的。凱爾特人的大石台，在亞洲的西伯利亞和南美洲的大草原上也可以看到③。

後來形成詞：石頭上堆石頭，花崗岩音節互相結合，言詞試行某些組合。凱爾特人的大扁石和大石台、艾屠里亞人④的古塚、希伯來人的墓穴，這些都是字詞。其中有的是專有名詞，特別的是古塚。有時候，石頭很多而且地方廣闊，人們就寫出一個句子。卡爾納克⑤的巨大積石，已經是一個完整的語句了。

最後寫出書來。傳統產生象徵，然後在象徵之下消失，就像樹幹爲樹葉所隱沒。這一切象徵，爲人所信仰，它們成長，繁衍，交錯，日趨複雜；早期的建築已經不足以容納它們，被它們從四面八方淹沒了；早期的建築表達同樣簡單、質樸，匍匐於地的原始傳統，尚且勉強。象徵急需在建築物裡發揚光大。於是，建築藝術隨著人類思想的發展而有了發展，它成了千首萬臂的巨人，用一種永恒、可見、可觸的形式把這一切浮動不定的象徵固定下來。

正當兌達路斯代表著力量，在那裡平衡；正當峨菲烏斯代表著睿智，在那裡歌唱的時候，作爲字母的柱子，作爲音樂的拱廊，作為字詞的尖塔，藉由幾何規律、藉詩的韻律動起來了，它們聚集，組合，交溶，上下，重疊於地面，一層層衝入雲霄，終至聽從每個時代的觀念的吩咐，寫出了神奇的書籍，亦即神奇的建築：泰姬陵，埃及的蘭塞伊昂⑥，還有所羅門廟宇。

最初的思想——道，不僅存在於這些建築物的基礎之中，也存在於其形式之中。例如，所羅門廟宇不單是聖書的裝幀，它就是聖書本身。從它每一堵同心圓的牆垣上，祭司們可以解讀出明顯呈現於眼前的神的眞言，他們就這樣一一目睹神的眞言——即「道」——從這座聖殿到那座聖殿的演變，終而掌握住它在最後聖櫃⑦中的寓意，亦即它的最具體形式：這仍然是一種建築，即圓拱。道，就這樣蘊藏在建築物之中，然而它的形象卻表現在建築物的表面，正如死者的形象描繪在木乃伊的棺木上面。

不僅建築物的形式，而且所選地點，都揭示出道所想表現的思想。依據欲表達的象徵，或者優雅，或者陰暗；希臘人在山頂上建造賞心悅目的廟宇，而印度人則劈開山嶺，在裡面鑿出由巨大行列的花崗岩大象馱著的怪塔。

這樣，太初以來的最初六千年中，從遙遠年代的印度斯坦高塔直至科隆的主教堂，建築藝術一直是人類的偉大書面語言。這是千眞萬確的，不僅一切宗教象徵，而且一切人類思想，在這部巨書中都有其豐沛的一頁。

任何文明都開始於神權，歸結於民主。這一規律也可在建築裡窺見。我們必須強調，營造技術的力量不是僅僅於構造出廟宇、表達出神話和宗教象徵、以象形文字在石頭上記述出神秘條文而已。假設神聖象徵會在自由思想之下耗損、湮沒，人會逃避教士，哲學與體系的贅疣會損傷宗教的臉面，那麼建築藝術也就不能夠再現人類精神的新面貌，建築藝術每一篇章儘管正面寫滿字跡，背面卻會是一片空白，它的創造就會殘缺，它的著作就會不完善。其實不然。

就以中世紀爲例——因爲距離我們較近，可以看得更清楚。中世紀早期，當神權政治締造著歐洲；當梵諦岡重組朱庇特神廟四周分崩離析的舊羅馬所遺留的一切因素；當基督教文明日益努力在過去文明的廢墟中搜尋締造社會的骨架，使用那些殘骸重新建立以僧侶制度爲基礎的新秩序的時候，我們聽見了在這片混亂中最初降生的響聲，然後逐漸看見了新的仿羅馬建築藝術——這個建築是在基督教生氣的灌注下，經蠻族的推動，從古希臘、古羅馬已逝建築藝術的廢墟中發展出來的，埃及和印度神教營造術的姊妹，純正天主教不可替代的表徵，表現教皇治下一統局面永不更變的象形文字。當時的整個思想，事實上都記述在這一仿羅馬陰沉風格中。其中處處可以覺察出權威、統一、不可透入性、絕對性、葛利哥里七世的痕跡；處處覺察出教士，而不是人的力量；只有種姓等級，沒有人民。但是，開始了十字軍東征。這是一次宏大的民眾運動，而任何宏大的民眾運動無論原因和結果是什麼，總是從它的最後衝擊中釋放出自由精神的。新思想就要出現。於是，開始了雅克農民運動⑧、布拉格運動⑨、聯盟運動。權威搖搖欲墜，統一破裂瓦解。封建制度要求與神權政治平分秋色，然而其後必定是人民登上舞台，人民必將一如既往，占有支配權：Quia nominor leo（拉丁文：因爲獅子是王）⑩，於是，領主制度破壞著僧侶制度，村社制度瓦解著領主制度。歐洲的面貌煥然改變。眞的！建築風貌也有了改變。像文明一樣，建築藝術也揭開了新的一頁，出現新的時代精神：建築藝術準備在它的口授下譜寫新的一章。文明從十字軍東征中得到恢復，帶回來尖拱藝術，猶如各民族從中得到了自由。於是，隨著羅馬日益解體，羅馬建築藝術也逐漸死去。象形文字捨棄了主教堂，而去裝飾城堡，成爲標誌封建制度權威的紋章。主教堂本身以往原是極其教條的建築物，從此遭受市民、村社、自由的侵襲，逸出了教士的控制，爲藝術家所掌握。藝術家隨心所欲加以塑造。告別了神秘、神話、弁律。現在是奇想任性盛行。教士只要享有神廟和聖壇，就無異議。建築屬於藝術家了，建築藝術這本書不再是僧侶、宗教、羅馬所有；它現在屬於人的想像，屬於詩，屬於人民。從而產生了只有三百年歷史的現在這種建築藝術的無數迅速變化；曾有六、七百年歷史的仿羅馬藝術長期停滯之後，這種變化是極爲觸目的。與此同時，建築藝術闊步前進。以往由主教們承當的任務，現在是人民以天才和獨創精神予以完成。每一種族在經過的時候，都在這本書上寫下它那一行文字，塗抹掉各主教堂扉頁上的古老羅馬象形文字，因而，在各種族所烙印的新象徵下面，充其量只是間或還可以看見有某種教條顯露出來。人民給予的紗羅覆蓋之下很難看出宗教骨架的痕跡。當時的建築師們即使對待教堂也這樣恣意妄爲，我們現在是無法想像的。例如，巴黎司法宮裡壁爐廳中可以看見柱頭上糾纏著男女修士羞羞答答地交合；還有，布吉寺院的大門廊下可以看見赤裸裸地雕塑著挪亞的奇遇。博歇維寺院的盥洗室上面畫著一個醉修士，長著驢子的耳朵，手裡端著一隻酒杯，悍然訕笑全體僧眾。當時在用石頭表達思想方面存在著一種特權，完全堪與我們現今的出版自由相比擬，那就是建築自由。

這一自由得到過充分發揚。有時是一道門廊、一座建築的正面、整個一座教堂，呈現出一種象徵意義，絕對與宗教崇拜格格不入，甚至敵視教會。早在十三世紀，巴黎的吉約墨，和十五世紀的尼古拉・弗拉麥，就寫過這種叛逆的篇頁。屠宰場聖雅各教堂徹頭徹尾是一座站在反對派立場的教堂建築。

當時的思想自由不過如此而已。因此，當時的思想全部只好書寫在這些叫做建築物的書籍上。寫成建築形式的思想，要是膽敢表達爲手稿，必遭劊子手當眾焚毀，這樣一來，表現爲教堂建築的思想就要目睹表現爲書籍的思想橫遭蹂躪了。既然只有一條出路，就是，表現爲營造房舍，那麼，在一切國度，人們的思想也就爭先恐後趨之若鶩。這樣，無數主教堂才遍布於全歐，數量驚人，即使核實之後也很難置信。社會的一切物質力量和精神力量都匯合於一點，即建築。就這樣，藉口要爲上帝建造教堂，建築藝術以無比宏大的規模向前發展了。

於是，凡生爲詩人者，無一不成爲建築師。天才星散於群眾之間，處處受到封建制度的壓抑，就像處在青銅盾牌的 testudo（拉丁文：硬殼，壓抑）之下，只能從建築藝術尋找出路，從建築藝術尋求發展，其《伊里亞德》也就只能表現爲主教堂。一切其他藝術都服從建築藝術，而且爲建築藝術所支配。創造偉大作品的藝匠比比皆是。建築師、詩人、大師，都一身兼爲雕塑家、畫家、樂師；爲雕塑家，爲這偉大作品刻鑿門面；爲畫家，爲它光燿彩色窗玻璃；爲樂師，爲它撞響鐘樂、奏鳴管風琴。即使是拙劣的詩歌本身，持在手稿中苟延殘喘的，只要是還想多多少少爲人所知，也無一不只好以頌歌或「散文」的形式列入建築的範圍。歸根到底，這就是艾斯庫洛斯⑪的悲劇在希臘的宗教節日中，《創世記》⑫在所羅門廟宇裡所起的作用。

因此，在谷騰堡印刷術發明以前，建築一向是主要的書寫形式、舉世公認的書寫文字。這花崗石書籍由東方開始，由古希臘和古羅馬延續，在中世紀書寫了最後一頁。此外，前述那種種姓等級制度的建築藝術，不僅在中世紀有過，在其他偉大時代也隨著一切相似運動而再現。因此，這裡只是簡略地概述一下普遍規律，要詳述的話，得寫幾大部書才行。在原始時代的搖籃——上東方，繼印度建築之後有腓尼基建築：它是阿拉伯建築藝術體態豐盈的母親；在古代，先是埃及建築，艾屠里亞風格和席克洛佩斯⑬結構只是其變種，然後是希臘建築，後來的羅馬風格只是予以延續，雖然羅馬式樣有著過多的迦太基圓頂，在現代，繼仿羅馬建築之後有哥德建築。把這三個系列加以分析，可以發現，三位大姐——印度建築、埃及建築、仿羅馬建築都有同樣的象徵，即，神權、種姓等級、統一、教條、神話、大神或大帝；三位小妹——腓尼基建築、希臘建築、哥德建築，無論它們本質所固有的形式變異如何，也都是同樣的寓意：自由、人民、人。

無論名叫婆羅門⑭，還是馬吉⑮，還是教皇，在印度的、埃及的或仿羅馬的建築中，總是感覺到有教士在，而不是其他。人民的建築就不是這樣。它更為豐富，並不那麼神聖不可侵犯。在腓尼基建築中感覺到的是商人，在希臘建築中是共和派，在哥德建築中是市民。

任何神權建築的普遍特徵是永世不變，恐懼任何進步，保守傳統格式，把原始型加以凝固，隨時任意歪曲人和自然的形象以遷就象徵的不可理解的奇想。都是晦澀的天書，只有神秘教徒才猜得透。況且，任何形式，甚至任何畸形，因而有了某種含義，也就不可侵犯了。不必強求印度的、埃及的或仿羅馬的建築改進其設計、改善其造型！任何完善化，對它們都是大不敬。在這些建築中，僵死的教條似乎已經擴及石頭，就像是二度石化。相反，人民建築藝術的普遍特徵是變異、進步、獨創、豐富、永遠運動。它已經擺脫宗教的羈絆，足以考慮美化，善加培育，堅持不懈改進塑像裝飾或花紋圖案。它們屬於世俗生活，內中含有屬於人的東西，卻與神聖象徵糅合交融，因而得以再生這種藝術。因此，這類建築是任何靈魂、任何睿智、任何想像力所能參悟的，也仍然是象徵性的，但像大自然一樣容易理解。神權建築與人民建築之間的差別，就是神聖語言與通俗語言⑯之間、象形與藝術之間、所羅門與菲迪亞斯⑰之間的差別。

上述一切，簡略概括起來，撇開種種細微證明和種種瑣碎反對意見，我們可以這樣說：建築藝術直至十五世紀一直是人類的主要記載；在這段時間裡，凡是世上出現的稍稍複雜的思想，無一不化作建築物，任何人民意念以及宗教律法都有其建築豐碑；凡是人類所思重大問題，無一不用石頭寫了出來。爲什麼呢？因爲，任何思想，無論是宗教的，還是哲學的，求自身的永恒，乃利之所在；意念既經鼓動某一世代，就想鼓動其他世代，而且留下痕跡。而手稿的不朽，卻是多麼靠不住！建築物這本大書，才是鞏固而持久的，能夠經受一切的！毀掉書寫出來的言詞，只需一支火炬或一個土耳其人⑱。要平毀建築出來的言詞，必須有一場社會革命、塵世革命。羅馬大競技場經歷了蠻族浩劫，金字塔也許經歷過世界大洪水⑲。

到了十五世紀，一切有了改變。

發現了另一種辦法可以永恒保存人的思想，不僅比建築更持久，更能經受考驗，而且更爲簡單易行。建築藝術被趕下了寶座。峨非烏斯的字母即將爲谷騰堡的字母取代。

書籍將扼殺建築！

發明印刷術是歷史上最爲重大的事件。這是產生一切變革的革命。這是煥然一新的人類表達方式。是人的思想拋棄原來的形式，而取得新的形式；是那條自從亞當以來就代表著智慧的象徵性蛇⑳完全的、最終的蛻變。

印刷形式下的思想比以往任何時候更爲不可毀滅，具有了擴散性，從此不可捕捉，不可摧毀。它與空氣混同爲一。在建築藝術時代，思想曾化作大山，強有力地緊緊掌握住一個時代和一個地點。現在，它化作一群小鳥，四散飛翔，同時占領時間和空間中的廣大部分。

我們要再說一遍，有誰看不出：這樣，它就更爲不可毀滅得多呢？原來只是堅固，現在變成永世長存的了。從持久變成了不朽。盡可以平毀龐然大物，然而，無處不在，怎能根除？哪怕是再來一次大洪水，大山會消失在滾滾洪流之下，小鳥卻繼續飛翔，即使只有一只方舟漂浮在洪水上，小鳥也會棲歇在它上面，隨它漂流，同它一起目睹水退。從這片混亂中出現的新世界，在醒來的時候，將看見翺翔於太空、展翅飛翔、活生生的是曾被淹沒的世界的思想。

只要我們看到這種表達方式不僅是最便於保存的，而且是最爲簡單、最爲方便、最易爲大家掌握的；只要我們想到這種方式並不爲一大堆包袱所拖累，也不需要大動干戈帶上雜七雜八的零碎兒；只要我們想想，要把思想表達爲建築，就不得不調動其他四、五種藝術，投入數噸黃金，石料如山，木頭成林，還要有無數的工人；只要我們把表達爲建築的思想和化爲書的思想作比較：它只需若干紙張、一些墨水和一支鵝毛筆；那麼，人類智慧捨建築而取印刷，又何足爲奇？在河床下面挖一道溝渠，致使河流原來的河床突然截斷，那麼，這條河必定捨棄原來的河床。

由此可見，自從發明印刷術，建築藝術就漸漸乾涸、衰微、貧乏了。我們確確實實感覺到：潮流日見低落，生命汁液漸漸枯竭，時代和人民的思想慢慢拋棄建築藝術而去！這種冷卻在十五世紀還幾乎不可覺察，印刷機當時還太幼弱，充其量只是從仍然強大的建築藝術擴拾一點兒過剩的生命力。然而，從十六世紀開始，建築藝術的病患已經顯而易見；它已經基本上不表達社會思想，而可悲地成爲古典藝術，由高盧的、歐洲的、土生土長的藝術，變成了希臘的、羅馬的藝術，眞假混淆，古今不分，其實是僞古欺世。這種傾頽，卻被稱爲復興㉑。不過，這傾頽倒也壯麗，因爲，古老哥德的精英——這沉落的夕陽，雖然墜落在美因茨印刷機巨山的背後，卻仍以其餘輝，在相當時間內，繼續照耀著那拉丁拱廊和柯林斯柱廊雜合的堆砌㉒。

就是這夕陽西下，我們誤認爲旭日東升。

然而，自從建築藝術僅僅是與其他藝術一般無二的一種藝術，自從它不再是全面的藝術、主宰的藝術、獨霸天下的藝術，它就沒有力量再控制住其他藝術了。其他藝術紛紛獲得解放，粉碎建築師的桎梏，東奔西散。它們都從這一分裂中得到好處。各自隔絕，也就都發展壯大了。雕刻發展爲塑像，彩繪發展爲繪畫，卡農㉓發展爲音樂。彷彿是一個帝國在它的亞歷山大死後四分五裂，各省自立爲王國。

由此而生拉斐爾、米開蘭基羅、若望·古戎㉔、帕勒斯特里納㉕——光輝的十六世紀的榮耀。

與藝術解放的同時，思想也在各處得到解放。異端祖師們在中世紀已經把天主教統治打開了很大的缺口。延至十六世紀，宗教的一統局面打破了。要是在印刷術廣泛應用之前，宗教改革只會是教派分裂，有了印刷術，它就成了一場革命。去掉印刷機的話，異端只是孱弱無力的。命定也罷，無意也罷，反正谷騰堡是馬丁·路德的先驅。

與此同時，當中世紀的太陽已經完全沉落，當哥德精英已在藝術地平線上永遠殞滅，建築藝術也逐漸晦暗、失色，日益消隱。印刷的書是啃嚙建築物的蛀蟲，吮吸它，將它食盡。建築藝術蛻皮、墜葉，顯然消瘦下去。它瑣細貧乏，活力喪盡。它不再表達什麼，甚至不表達對以往藝術的回憶。因爲人的思想捨棄了它，其他藝術也就捨棄了它，它只餘孑然一身，既然沒有了藝術家，只好求助於工匠。白玻璃片子代替了彩色鑲嵌窗玻璃；雕塑家之後來的竟是石匠。任何活力，任何獨創，任何生命，任何聰慧，不復存在。建築藝術氣息奄奄，淪爲悲慘的作坊乞丐，乞討著一個又一個贋品。米開蘭基羅早在十六世紀即已發現它或許正在衰亡，猶逞其餘勇，孤注一擲。這位藝術巨人把萬神祠堆砌在巴特儂神廟上，建造了羅馬的聖彼得教堂㉖：這一偉大作品，理所當然，今日仍然無可匹敵，成爲建築藝術中最後的獨創，是一位藝術巨擘最後簽署了行將結束的宏偉石頭史書。米開蘭基羅亡故之後，可憐的建築藝術既已活過大限，苟延殘喘，只是幽靈和影子，那麼它怎麼辦呢？它就照搬聖彼得教堂，全盤抄襲，鸚鵡學舌。這成爲一陣瘋狂，可憐的瘋狂！於是，每個世紀都有它的聖彼得教堂：在十七世紀是神恩谷教堂，十八世紀是聖日內維埃芙教堂；每個國家也有它的聖彼得教堂；倫敦有，彼得堡也有，巴黎甚至有兩、三座。這都是一種偉大藝術瀕死之際返回幼稚不知所云的遺囑、最後的囈語。

即使我們不像這樣回溯這些具有代表性的建築物，只是把十六至十八世紀建築藝術的概貌研究一番，也還是會發現同樣傾頹衰微的狀況。從弗朗索瓦二世開始，建築物的藝術形式日益消失，讓幾何形式占據了突出地位，就像一個瘦削病人瘦骨嶙峋的骨架。美妙的藝術線條讓位於冷漠無情的幾何線條。建築物不再是建築，只是一個多面體。建築藝術倒也掙扎著，力圖掩飾這貧弱光禿的狀態。於是，我們看見希臘式山牆鑲嵌在羅馬式山牆裡，或者反之。總是羅馬萬神祠混合著希臘巴特儂神廟，到處是聖彼得教堂的翻版。又只見亨利四世時代石砌邊角的磚房，還有王宮廣場、儲君廣場。還有路易十三時代的教堂，笨重，矮墩墩，短而肥，縮作一團，扣上個圓屋頂好似駝背。還有馬扎蘭㉗時代的建築，四民族大學㉘的義大利式混合。還有路易十四時代的宮殿，長長的朝臣兵營㉙，僵硬死板，令人生厭。最後還有路易十五時代的那種菊苣和通心粉，疣子和霉菌，病弱不堪、缺牙豁口、故作媚態的衰老建築藝術，更加面目全非。從弗朗索瓦二世到路易十五，建築藝術的病患以幾何級數增長，建築藝術只剩下皮包骨頭，它正在悲慘境地中死去。

與此同時，印刷術的情況怎樣呢？生命力離開建築藝術而去，盡歸於印刷術。隨著建築藝術的低落，印刷術發展壯大了。人的思想原來將雄厚力量用於建築，從此全部用於書籍。因此，早在十六世紀即已壯大、堪與日漸衰弱的建築藝術較量的印刷術，現在與它角鬥，把它扼殺。到了十七世紀，印刷術完全戰勝，進占主宰地位，勝利已經鞏固，足以使全世界歡慶偉大學術世紀的到來。十八世紀，在路易十四宮廷裡長久休養生息之後，印刷術重新拿起路德的舊兵刃，武裝了伏爾泰，大聲喧嚷，衝過去攻擊其建築表現已被扼殺的舊歐洲。在十八世紀行將結束之際，它已經摧毀一切。等到十九世紀，它將重新建設。

可是，我們現在要問，三個世紀以來是兩種藝術㉚中的哪一種眞正代表人的思想？是哪一種表述人的思想？不僅表現人類思想在文學上、學術上種種特殊現象，而且表現人類思想廣闊、深刻、普遍的運動？是哪一種密切無間、毫無間歇地不斷結合於人類——這闊步前進的千足巨人是建築藝術，還是印刷術？

是印刷術。這一點，我們可別搞錯了。建築藝術已經死了，永遠死了，被印刷的書扼殺了，這是因爲它不那麼持久，是因爲它昂貴得多。每一座主教堂所費以十億計；現在我們可以想一想：需要多少投資，才能夠重寫建築這類書籍，重新在地面上密布千萬座建築，返回那往昔年代，讓無數建築物矗立，以至於——引述一位目擊者格拉伯·臘杜夫斯的話來說——「彷彿世界抖動著身子，把舊裝卸下，換上白色教堂製作的衣裳」㉛。

書印得又快，花錢又少，還能夠廣泛流傳！整個人類思想都順著這個斜坡滑下去，又何足爲奇？不過，這並不是說，建築藝術今後就再也不會在這裡或那裡有一座美麗的豐碑、孤立的傑作。完全有可能在印刷術統治之下，不時出現一根圓柱㉜——我想，大概是以全軍的力量用繳獲的大砲熔鑄而成的，就像在建築藝術統治之下，也有過《伊里亞德》和《羅曼司羅》、《摩訶婆羅多》㉝和《尼伯龍根之歌》㉞一樣，而這些卻是以全民族的力量用行吟詩積累、融合而成的。才華橫溢的建築師，在二十世紀也有可能大顯身手，正如但丁在十三世紀。只是，到了那時，建築藝術將不再是社會的藝術、集體的藝術、支配的藝術。偉大的詩篇、偉大的建築、偉大的人類創作，不再通過建築，而是通過印刷。

今後，建築藝術即使偶爾復興，也不會獨霸天下了。它將受文藝規律的支配，而這個規律原是文藝從它承受的。這兩種藝術的相互地位將顛倒過來。當然，在建築藝術統治的年代，眞正的詩篇固屬罕見，卻有如歷史豐碑一般。印度的毗耶婆㉟，卷帙浩繁，風格奇異，不可參悟，就像浮屠一樣。東方埃及的詩，像建築物一樣，線條宏偉而安詳；古希臘的詩，美麗、肅穆、寧靜；基督教歐洲的詩，表現出天主教的莊嚴，民眾的純眞，一個更新時代的繁榮昌盛。《聖經》好比金字塔，《伊里亞德》好比帕德嫩神廟，荷馬好比菲迪亞斯。但丁在十三世紀，那是最後一座仿羅馬教堂；莎士比亞在十六世紀，那是最後一座哥德主教堂。

這樣，綜上所述（必然說得不完全，而且舛錯屢見），人類有兩類書、兩種記錄、兩份遺囑：營造藝術和印刷術，石聖經和紙聖經。誠然，當我們靜觀以往世紀廣泛攤開的這兩部《聖經》的時候，不免懷念花崗岩文字明顯的壯麗特色，追思表述爲柱廊、塔門、方柱的宏偉文字，這一切宛如人造山峰遍布於全世界；緬懷從金字塔到鐘樓、從凱奧普斯㊱直至斯特拉斯堡的往昔歲月。應該重溫這些書頁上記載的以往歷史，應該贊嘆並不斷重新翻閱建築師書寫的書籍，但是，不應該否認印刷術建造的建築物也是雄偉壯麗的。

這一建築物廣袤無比。不知道哪一位統計家曾計算過，自谷騰堡以下，印刷出來的書一本本疊起來，可以從地球通到月球。不過，我們要說的不是這種宏偉。但是，如果要在頭腦裡想像迄今爲止印刷品的全貌，這個總體圖景難道不像是一座碩大無朋的建築，以全世界爲基礎，人類爲之不懈勞動，而它那怪異的腦袋深深探入未來的迷霧而不見蹤影？這是智慧堆積的蟻塚；這是蜂窩，一切想像猶如金色的蜜蜂，蜂集於此，採來了花蜜。這種建築的樓層何止千萬！巢內交錯著科學的黝黑洞穴，一間間處處通向樓道。表層上到處可見蔓藤花紋、玫瑰窗、齒葉裝飾，令人目不暇接。每一各別作品，看起來雖是隨意而爲、彼此孤立，卻是各得其所，各有其特異之處。整體呈現出和諧。從莎士比亞主教堂到拜倫清眞寺，無數塔樓雜亂紛陳，擁塞在這泛世思想的大都會裡。在此基礎上，重新寫下了建築藝術未能記述的某些人類創作的古老題目。入口的左面鏤刻著白色大理石的古老荷馬淺浮雕。右面是各國文字對照的《聖經》昂立著它那七顆腦袋㊲。再過去，是《羅曼司羅》那七頭蛇昻首而立，還有某些其他雜交形式：《吠陀》和《尼伯龍根之歌》。況且，這奇妙建築物始終還在興建。巨大的機器——印刷機，不斷抽汲社會的智慧汁液，不斷吐出新材料以供這座建築工程之需。整個人類都在腳手架上勞作，每一個人都盡其心智充作營造工人，最卑微的人也在爲它堵洞或者砌石添瓦。瑞蒂夫・德・拉・勃勒東㊳也推來了他那一車子灰泥。每一天都又有一層磚砌了起來。在每一作家個人的獨特貢獻之外，還有集體的貢獻。十八世紀提供了《百科全書》，大革命提供了《指南報》。當然，這也是一座無止無休地盤旋而上的建築，它日益壯大，繼續增長。這裡也有語言的混亂，無盡的活動，不懈的勞動；全人類都在通力合作，這正是保證智慧免受再次大洪水淹沒、免遭再次蠻族摧殘的屏障。這是人類第二次建造巴別塔。

---

① 《聖經·路加福音》第八章：城裡有一個被鬼附著的人，「耶穌向他說：『你名叫什麼？』他說：『我名叫群。』這是因爲附著他的鬼多。」

② 青銅撞角：古代攻城武器。

③ 公元前十至公元三世紀，西歐各地主要居民凱爾特人所遺留的巨石所砌大石台，大概是祭祀所用。這種遺跡至今散布的地方，主要在法國布列塔尼、前弗蘭德爾、愛爾蘭等等。雨果這句話的意思，是說類似這樣的東西，在亞、美兩洲也可看到。

④ 非印歐人種的艾層里亞人，是原始印歐人西進以前主要居住於古義大利的居民。

⑤ 卡爾納克：古地名，在埃及南部，多古代建築。

⑥ 蘭塞伊昂：埃及的拉美西斯二世陵墓，位於底比斯，今尚存有殘柱。

⑦ 聖櫃：原指希伯來人在建立神廟時用來安放聖物的帳篷。

⑧ 雅克農民運動：一三五八年法國的偉大農民運動。

⑨ 布拉格運動：一四四〇年法國貴族反王權的鬥爭。

⑩ 結合上一句是：人民必將一如既往，占有「獅子的份額」。

⑪ 艾斯庫洛斯（前525-前456）：希臘悲劇之父。

⑫ 這裡的《創世記》不是《聖經》中的文字記載，而是古猶太人口頭相傳的。

⑬ 席克洛佩斯：希臘神話中的獨眼巨人；建築藝術上指巨石堆疊的式樣。

⑭ 婆羅門：印度古代的僧侶貴族。

⑮ 馬吉：即《聖經》中的東方博士，意爲星象家、占卜術士。又譯「麻葛」（或「穆護」），指古波斯祭司，以後瑣羅亞斯德教也沿用此稱。

⑯ 神聖語言指希伯來文或拉丁文；通俗語言指民族語言。

⑰ 菲迪亞斯（前490-前431）：希臘大雕塑家。

⑱ 土耳其人：野蠻人的代詞。

⑲ 世界大洪水：基督教徒稱之爲「洪水滅世」，指人類始祖亞當的九世孫挪亞六百歲時洪水氾濫，淹沒整個大地的那場「上帝的懲罰」。

⑳ 《舊約聖經·創世記》第三章說，蛇引誘夏娃吃伊甸園中的禁果，「女人見那棵樹的果子好作食物……能使人有智慧，就摘下果子來吃了。」文藝作品中援引之，常依場合之不同，給予「禁果」、「蛇」等等以不同的寓意。

㉑ 稱文藝復興。

㉒ 指恢復羅馬和希臘風格，雨果認爲這種「復興」只是雜合的堆砌。

㉓ 西洋音樂初期爲複調的宗教樂曲，卡農即這種複調格式之一，以後爲巴哈繼承和發揚。

㉔ 古戎（1515-2566?）：法國著名雕塑家。

㉕ 帕勒斯特里納（1524-1594）：意大利著名作曲家。

㉖ 羅馬的聖彼得教堂是米開蘭基羅（1475-1564）在建築方面的代表作，雨果認爲它是以希臘風格（帕德嫩神廟）爲底子加上羅馬風格（萬神祠）的一種堆砌。

㉗ 馬扎蘭紅衣主教（1602-1661）：義大利人，路易十三的首相。

㉘ 指巴黎大學。

㉙ 指兵營似的長屋，用作朝房。

㉚ 即技藝。指印刷術和建築藝術。

㉛ 原文中，這裡有一段拉丁文，即爲引句。從略。

㉜ 指拿破崙鑄造的旺多姆銅柱。

㉝ 《摩訶婆羅多》（意爲：婆羅多的偉大戰爭），在印度（也許是全世界）篇幅最爲浩繁的巨著，計十九卷，分爲十二萬詩章。大約從吠陀末期至公元六世紀陸續成爲今日的形式。其內容無所不包，實際上等於是一部百科全書。

㉞ 西方民族文學興起初期以英雄史詩爲特徵，《尼伯龍根之歌》是三大巨著之一（另兩部爲英國的《裴歐洛夫》和法國的《羅蘭之歌》）。這部日耳曼史詩計九千餘行，大約從八世紀至十二世紀陸續成爲今日的形式。

㉟ 毗耶婆：印度傳說中的聖人、最偉大詩人、仙子。相傳是他編成《吠陀》，所以又稱爲「吠陀廣博」。

㊱ 凱奧普斯：古埃及第四王朝的國王，是他建造了最大的金字塔。

㊲ 借用七頭巨蟒爲喻。

㊳ 瑞蒂夫・德・拉・勃勒東，即尼古拉・瑞斯蒂夫（1734-1806）：法國的多產作家，國民公會時期和執政時期的政治人物，前於傅立葉的空想共產主義者。

6

I
古代司法的公正

西元一四八二年，貴人羅伯・戴屠維耳的官運正亨通。他既是騎士、貝納的領主，也是馬希省伊夫里和聖安德里兩地的男爵，又是國王的顧問官及侍從官，常任巴黎市長。大約十七年前——一四六五年那顆彗星①出現的十一月七日，他就已經奉旨獲得巴黎市長這一肥缺。在一般人眼中，這份差事與其說是職有專司，不如說是承賜領地。約翰內斯・萊曼納斯就說過：

dignitas quœ cum non exigua potestate politiam concernente, atque prœrogativis muttis et juribus conjuncta est.

（這一官職，不僅在治安方面權力很大，而且兼有許多司法特權。）

一四八二年，這位侍從貴族仍在御前行走，然他奉上諭就任之日卻遠在路易十一的私生女與波旁先生的私生子婚配的時期，時間如此長，這可眞叫人驚異不止。羅伯・戴屠維耳接替雅各・德・維利埃爲巴黎市長的這一天，約翰・多維代替埃利・德・托瑞特爲議會首席之職，約翰・儒夫奈・德・于爾散取代彼埃爾・德・莫爾維利埃爲法蘭西大法官，雷尼奧・德・多爾芒繼彼埃爾・皮伊爲皇家宮室主管。然而，自從羅伯・戴屠維耳執掌巴黎市長以來，首長、大法官、總管，不知換了多少！但他卻蒙恩詔「賜其連任」，於是，他牢牢保住職位，緊抓不放，長入其中，合而爲一，以至於逃脫了路易十一那發瘋似撤換的打擊。這位國王猜疑成性，吹毛求疵，勤奮異常，喜歡頻繁任命和撤換，以保持他政權的彈性。

此外，這位騎士也已經爲他的兒子求得蔭封，兩年前，貴人雅各・戴屠維耳候補騎士的名字，已經出現在父親名字旁邊，列在巴黎市府的禮儀書之首。這當然是罕見的殊恩！不過，羅伯・戴屠維耳也確實是個好軍人，曾爲效忠國王陛下而高舉槍旗②反對「公共福利聯盟」；一四××年王后進入巴黎的那一天，他也曾送她一份厚禮——一隻糖果做的鹿。況且，他與皇宮總管特里斯唐・賴米特私交甚篤。因此，羅伯老爺的生活過得挺美滿、挺開心。

首先，他的官俸異常可觀，此外還要加上附帶的收入——就像他的葡萄園裡額外增加的葡萄：市府的民事和刑事訴訟登記費，小堡的昂巴公判庭的民事和刑事收入，還有芒特—科貝伊橋上的小額買路錢，以及對巴黎鯊皮革製造商、柴禾衡量吏和食鹽衡量吏徵收的稅捐。

另外，他還擁有一項樂趣，就是在騎馬遊街的時候，展示他那漂亮的軍服——今天還可以在他位於諾曼第瓦耳蒙寺院的墳墓上看見，而刺繡華麗的高頭盔，也還可在蒙特里看見——夾雜在地方法官和區長們半紅半褐袍子中間，顯得分外耀眼。

況且，壓倒以下人等，難道不算什麼嗎？——什二長，小堡的司閽兼巡夜，小堡的兩名檢查官，十六個居民區的區長，小堡的獄吏，四名有采邑的什長，一百二十名騎馬的什長，一百二十名執棒的什長，巡夜騎士及其巡防隊、巡防小隊、巡防檢查隊、巡防後衛隊。他還施行高級和初級司法權，執掌碾刑、絞刑、拖刑，外加第一審（按特權憑券上的說法，in prima instantia〔第一審〕），司法權施行於全巴黎子爵采邑，光榮地兼及七個貴族典吏所轄範圍，這難道也不算什麼？每天，羅伯・戴屠維耳老爺都會在大堡的菲利浦—奧古斯都式寬闊扁平的尖拱穹窿下，下令逮捕和審判，難道咱們想像得出有比這更爲愜意的事情？每晚按照習慣，前往伽利略街，位於王宮近旁，根據妻子昂勃羅瓦絲・德・洛瑞夫人的權利而擁有的那棟漂亮宅第去過夜，消除把某個可憐的傢伙投入監獄去過夜而致生的疲勞，又豈不美哉？那個傢伙「在剝皮場街的小籠子裡過夜，這種籠子是巴黎市長和法官們根據規定給這種人安排的牢房，只有十一尺長、七尺四寸寬、十一尺高」③。

羅伯‧戴屠維耳老爺不僅施行當巴黎子爵、市長的特殊審判權，而且本人也積極地參與國王的大審。凡經劊子手而落地的稍稍高貴的人頭，沒有一顆不是先經過他的手。是他親往聖安東尼的巴士底獄，把內穆先生領往菜市場斬首；也是他把聖波爾先生領往河灘棄市的——聖波爾咆哮不已，大喊大叫；市長先生聽了大為開心，因為他是不喜歡將軍先生的。

所有這些，當然綽綽有餘，還不止生活幸福而榮耀，而且總會有那麼一天，他完全夠資格在有趣的巴黎市長列傳中佔據突出的一頁。在這部列傳中，我們可以看到：烏達‧德‧維耳納夫在屠宰場街擁有一幢房屋，吉約墨‧德‧昂加斯特買下了大小薩伏瓦宮，吉約墨‧蒂布把他在克洛班街所有的房屋都饋贈給聖日內維埃芙修女們，雨格‧奧勃里峨住在頗克皮克大廈；還有其他一些家宅記載。

儘管有這麼許多理由，可以讓他耐心而愉快地生活，然一四八二年一月七日早晨，羅伯‧戴屠維耳一覺醒來，心情卻惡劣之至。是什麼緣故呢？他自己也說不清楚。是不是因為天色灰暗？是不是因為他那蒙特里式腰帶的環扣不合適，把市長發福的官體箍得太緊，太像一介武夫？是不是因為他看見窗下一大幫賤民四人一排走了過去，外衣裡面不穿襯衫，高帽子卻沒有頂，腰側掛著錢包，別著酒瓶，向他大聲嘲笑？還是因為隱隱約約預感到，嗣君查理八世即將把市長的官俸削減為三百七十里弗爾十六索耳八德尼埃？聽憑讀者任意想像吧！至於我們，傾向於乾脆認爲，他心情惡劣就是因爲他心情惡劣。

況且，這天是節日的第二天，對於任何人而言都是厭煩的一日，尤其對於市長更是如此，因爲他必須負責把節日在巴黎造成的具體以及抽象的垃圾統統打掃乾淨。此外，他還必須趕往大堡開庭。我們早已發現，當法官的一般在開庭的這一天心情總是特別不好，然後會以國王、法律和正義的名義，把怨氣發洩在哪個倒霉鬼身上。

這天的審判沒等他蒞臨，就已經開始了。他的助理們，管民事的，管刑事的，管私事的，各自遵循慣例幹了起來。從早晨八點起，就有幾十名男女市民擁擠地聚集在小堡的昂巴公判庭的陰暗角落裡，在一道結實的橡木柵欄和牆壁之間，舒舒服服地旁聽市長大人的助理、小堡公判庭庭長弗洛里昂・巴勃迪安老爺，相當馬虎、隨便地進行民事和刑事審訊——這場面眞是變化多端，妙趣橫生。

審判廳又小又矮，頂上是圓形穹窿。在審判席上最高處是一張百合花裝飾的大桌子和一張雕花橡木大靠椅，這是市長大人的寶座，現在空著；左邊有一張凳子，是庭長弗洛里昂的；下面是錄事，他正在作記錄。對面是民眾。門前和桌前站著許多法庭什長，身穿綴著白色十字的紫色粗呢子短襖。市民庭的兩名什長身穿半紅半藍的萬聖節短衫④，在桌子後面底端的一道關著的低矮小門前站崗。厚厚的牆壁只有一個尖拱小窗，透進正月份淡弱的陽光，照著兩個滑稽可笑的面容：一個是穹窿中央刻作藻井裝飾的怪異魔鬼石像，一個是坐在法官席上、百合花桌前的法官。

確實，請讀者自己想像：在市長公案上，兩疊卷宗之間，支著兩肘，一隻腳踏在棕色粗呢子袍子的下襬上，臉縮在袍子的白羔皮領口裡面，兩道白眉像煞這白羔皮的一部分，紅臉膛，形相粗暴，眨著眼睛，威嚴地扛著兩頰的肥肉，兩邊腮幫子在下巴底下連結起來——這就是小堡的法官弗洛里昂・巴勃迪安老爺。

卻說，庭長老爺是個聾子——這在庭長只是小瑕疵。儘管耳朵不靈，弗洛里昂照樣終審判決，不得上訴，而且絲毫無誤。確實，當審判官，只需好像在聽就行了，而這位可敬的庭長滿足這個青天大老爺唯一條件是再合適也沒有了，因爲他的注意力是絕對不會受任何聲音干擾的。

不過，今天在聽眾席裡有一個無情監督著他一舉一動的人。那就是咱們的老朋友約翰・弗羅洛・磨坊。這位學生，這個到處亂竄的傢伙，在巴黎任何地方都一定能碰見，只是在教授的講席前面碰不到。

「瞧！」他低聲對羅班・普斯潘說。這位同伴在他身旁冷笑，而他自己則在評論眼前發生的一切。他說：「瞧，約翰內頓・杜・比埃宗來啦，新市場懶蟲的美麗女兒！……憑我的靈魂發誓，那老混蛋一定懲罰她了！這麼說，老東西不單單沒有耳朵，連眼睛都沒長吶！戴兩串珠子，就罰巴黎幣十五索耳四德尼埃，太貴了點吧！Lex duri carminis（拉丁文：嚴格的法律）……那是誰？原來是鎧甲匠羅班・歇夫・德・維耳！因爲合格成了他那一行的能手，就罰款？啊，這是他繳的入門費哩！……啊，這些賤民中間還有兩位上等人！

艾格來‧德‧蘇安和于坦‧德‧馬伊，兩位候補騎士，corpus Christi！（罵人話，拉丁文：基督的身子）啊，他們是因為擲骰子才來的！那咱們何時才能在這兒見著咱們的董事長呢？……看他給國王送去一百巴黎里弗爾的罰款！別看巴勃迪安耳朵聾，他才打得準哩！……

要是罰款迫使我不能賭博的話，我眞願意當我哥哥副主教。我要白天賭，晚上也賭，活著賭，死了也賭，衣服賭光了就賭我的靈魂！……聖母呀！這麼多女孩！一個又一個，我的小妞兒！昂勃羅瓦絲‧雷居埃爾！伊莎博‧佩伊奈特！貝臘德‧吉羅南！我的上帝，都是我的相好！……罰，罰她們款！誰叫妳們紮鍍金腰帶的⑤！十巴黎索耳！叫你們去浪！噢！……又聾又瞎，生就當法官的鬼臉！弗洛里昂這老笨蛋！哈！巴勃迪安這老蠢才！瞧他坐上桌啦！吃的是打官司的人，啃的是官司，吃呀，啃呀，撐破了肚皮！罰款，沒收無主物，這個稅，那個捐，貢錢，薪俸，賠償及利息，刑罰，監獄、牢房、囚禁還得付錢！對他都是聖誕蛋糕，聖約翰節糖果！瞧他，這豬玀！……得，妙！又是一個騷娘們，蒂博‧蒂博德！就是她！罰她，因為她從格拉提尼街出來了！……那個小伙子是誰呀？吉夫羅瓦‧馬博納——執大弩的近衛騎兵。他侮辱上帝，罵人！罰款，罰蒂博德！罰款，罰吉夫羅瓦！罰他們兩個的錢！這老聾子，他一定是把他倆的案子搞顛倒了！我跟你打賭，他是罰婊子罵人的錢，罰近衛騎兵賣騷的錢！……

注意，羅班‧普斯潘！這會兒，他們帶上來個什麼啦？那麼多什長！天啊！所有的獵犬傾巢出動！一定是打到了個大傢伙，是頭野豬吧？眞的，羅班，眞是野豬！還是挺出色的一頭哩！赫克勒斯⑥！是咱們昨天的醜王，醜人王，咱們的打鐘人，獨眼，駝子，咱們的大鬼臉！是卡席莫多！……」

一點也不假！

正是卡席莫多，被捆著，綁著，拴著，看得嚴嚴實實。一隊弓手把他團團圍住，由巡防騎士親自坐陣。他們身穿鎖子鎧，前胸繡著法蘭西紋章，後背是巴黎城紋章。而卡席莫多，除了他的畸形之外，身上並沒有一絲一毫可以證明有必要這樣大動干戈，槍戟弓弩一擁而上。他臉色陰沉，默然無聲，安安靜靜。他那隻獨眼偶爾看看身上的五花大綁，目光陰鬱而憤怒。

他也時不時環視四周，但是目光昏暗、沒精打采。婦人們見了都指指點點，只覺得好笑。

這當兒，庭長弗洛里昂老爺仔細翻了翻錄事呈交給他的指控卡席莫多的卷宗。過目之後，好像靜靜考慮了一會。每次開始審訊之前，他總要預先小心籌劃一番，所以事先對被告的姓名、身分、犯案早已有底，預料到對方會有怎樣的回答，自己早已盤算好怎樣予以駁斥，任憑審訊怎樣曲折迂迴，他就總能對付過去，並不過分顯出自己耳聾。卷宗對於他就像是給瞎子引路的狗。萬一有那麼一句半句前言不搭後語，或者所提問題不可理解，洩露出他的殘疾，在某些人看來會顯得深奧，在另一些人看來則是魯鈍，但是，無論是哪一種情況，反正司法官的榮譽不會受到損害，因爲當法官的寧可被認爲魯鈍或深奧，卻不可耳聾。因此，他處心積慮不讓任何人看破自己耳閉聽塞，而且通常掩飾得極爲成功，連他自己也產生了錯覺。這樣的自欺，其實比咱們所能想像的容易得多。凡是駝子走起路來總是昂首闊步，口吃者說話喜歡長篇大論，聾子偏愛小聲嘀咕。至於弗洛里昂老爺，他至多只認爲自己耳朵有點不聽使喚罷了。這是他向公眾作出的唯一讓步，還得是在他坦率無隱、審視良心的時刻。

於是，他仔細咀嚼了卡席莫多的犯案動機之後，把腦袋向後一仰，兩眼微閉，擺出更加威嚴、剛正嚴明的架式。這樣一來，他也就既聾且瞎了。這樣的雙重條件，缺一則不能成爲完美無缺的法官。就是以這樣威嚴的姿態，他開始了審問：

「姓名？」

然而，這時出現了一個情況，卻是未曾「爲法律所預見」的，就是，聾子在審訊聾子。

卡席莫多絲毫未料及會對自己提出問題，於是，他繼續盯著法官，沒有回答。

法官既然也是聾子，也就絲毫未料被告也是聾子，還以爲他像一般被告那樣回答了問題，仍以慣常的、愚騃的沉著態度繼續問下去：

「好，年齡？」

卡席莫多對這個問題還是不回答。法官認爲被告已經回話，就又問下去：

「那麼，職業？」

仍然是沉默。聽眾這時小聲嘀咕起來，面面相覷。

庭長不爲所動，泰然自若，以爲被告已經回答了第三個問題，就說：

「行了，你被控告至本庭，第一，深夜擾亂治安，第二，欲行姦污辱一名輕薄女子，in prœjudicium meretricis（拉丁文：假定他是蕩婦）；第三，圖謀不軌，欲對國王的待衛弓手行叛逆事。以上，你必須一一交代。——錄事，被告迄今所說，都記錄了嗎？」

這麼個倒霉的問題一提出，從錄事一直到聽眾，全場一陣哄笑，那麼劇烈、瘋狂，傳染每個人，甚至連兩位聾子也不免覺察到了。卡席莫多聳聳駝背，輕蔑地轉過身來，而弗洛里昂老爺也跟他一樣吃驚，卻認定聽眾大笑的起因是被告給予了大不敬的回答，卡席莫多那麼一聳肩，他更覺得不容置疑了，於是，悻悻然罵道：

「混蛋，你這樣的回答該處絞刑！你知道你是跟誰說話嗎？」

然而這樣的詈罵，絲毫也不能制止全場哈哈大笑。大家都覺得太奇怪，於是笑得個前仰後翻，甚至市民廳什長們也克制不住了——他們本來應該是黑桃J⑦，癡呆應是他們身上制服的一部分。全場只有卡席莫多保持著一本正經的模樣，原因很簡單：他根本不明白周圍發生什麼事。法官越來越惱怒，認爲必須繼續使用惡狠狠的腔調，希望以此懾伏被告、遏止聽眾，迫使他們恢復敬畏。於是他繼續說：

「這麼說，老兄，你實在刁惡而且驃悍，膽敢不敬重小堡的庭長，渺視巴黎地方治安長官。他可是受命懲奸除惡、糾察不端行爲，督導各行各業、禁止壟斷，維護道路設施，制止轉手倒賣家禽和野禽，監督衡量木柴和其他木材，清除城內汚泥，清除空氣中傳染疾病；總之，他是孜孜不倦致力於公眾事務，並無薪俸，也無報酬的長官！你知道不知道，我就是弗洛里昂·巴勃迪安——市長大人的直接助理，此外兼任巡察官、調查官、督導官、檢驗官，擁有在市政府、司法單位、保管抵押和初審法庭的權利……」

聾子對聾子說話是沒有理由住口的。要不是後面的小門忽然打開，市長大人親自進來，上帝才知道弗洛里昂要說到什麼地方、什麼時候才會打住，既然他這樣打開了閘門，如此滔滔不絕。

市長進來，弗洛里昂並沒有突然住口，而是轉過身去，把對卡席莫多傾盆澆灌的演說詞掉過去對準了市長，說道：

「請大人定奪，對在庭被告，按嚴重公然藐視法庭之罪，予以嚴懲！」

他氣喘吁吁坐了下去，大滴大滴的汗珠從額頭上滴落，像淚珠兒一般打濕了他面前攤開的羊皮紙。他趕忙擦汗。

羅伯·戴屠維耳皺皺眉頭，向卡席莫多一擺手，算是警告他。手勢專斷有力，深有含意，聾子這才多少有點明白了。

市長大人嚴厲地向卡席莫多說：

「你是犯了什麼罪到這裡來的，混蛋？」

可憐的傢伙以為市長大人是問他的姓名，便打破慣常的沉默，以嘶啞的喉音回答：

「卡席莫多。」

答非所問，於是，全場又大笑起來。羅伯大怒，叫道：

「你連我也敢嘲弄，大混蛋！」

「聖母院的敲鐘人。」卡席莫多回答，以爲得向法官交代他的職業。

「敲鐘的！」市長大人又叫道。他一早醒來就心情不好（上面已經說過），一聽到這麼個奇怪的答覆更是火冒三丈。「打鐘的！我要讓你去遊街，叫人用鞭子在你脊背上打鐘！聽見了嗎，混蛋？」

卡席莫多卻說：

「要是您想知道我的年齡，我想，到今年聖馬丁節我就滿二十了。」

這可太過分了，市長大人再也無可忍耐。

「啊！你敢藐視本庭，混蛋！執棒什長，你們給我把這傢伙拉到河灘廣場的恥辱柱上，給我打，再把他旋轉一小時示眾。我要教訓教訓他，上帝的腦袋！我命令，派四名宣誓過的號手把本判決在巴黎子爵采邑的七領主土地上曉喻周知！」

錄事迅即草擬判決文。

「上帝的肚子！瞧這判的！」大學生約翰·弗羅洛·磨坊在角落裡叫了起來。

市長回過頭來，再次眼睛冒火的直盯著卡席莫多：

「我想，這傢伙說了『上帝的肚子』！錄事，你再加上罵人罰款十二巴黎德尼埃，其中一半撥作修繕聖德斯塔許教堂之用。我特別信仰聖德斯塔許。」

不過幾分鐘，判決文就寫好了。在當時，這種詞句總是簡單明瞭的。巴黎子爵市長的行文，尚未經過院長蒂博．巴葉和御前狀師羅傑．巴爾納研究炮製，還沒有被這兩位法學大家在十六世紀初加進密密層層的詭辯遁辭、繁文縟節。這份文件的一切都很明確、乾脆、清楚、直截了當。每條小徑上並沒有荊叢，沒有迂迴，一眼就可以看到盡頭是車碾呢，還是絞架，或者恥辱柱。至少可以知道自己是走到哪裡去。

錄事把判決書呈遞給市長大人，蓋上大印。隨即出去巡視各庭，當天的心情未免在當天帶遍巴黎所有的牢獄。約翰．弗羅洛和羅班．普斯潘竊笑著。卡席莫多以漠然而又驚訝的神態注視著這一切。

弗洛里昂．巴勃迪安宣讀判決書，蓋上大印，這時，錄事對可憐的犯人感到憐憫，希望為他減刑，便緊緊湊進庭長的耳邊，指著卡席莫多，說：「這人是個聾子。」

錄事原指望同病相憐的心理，會使得弗洛里昂庭長作出有利於被判犯人的考慮。但是，我們已經發現，首先，弗洛里昂老爺根本不願意別人看出他耳聾；其次，他耳朵實在太背，錄事說什麼，他一個字也沒聽見。不過，他假裝聽見了，就回答說：

「啊，啊！那就不一樣了。我原先還不知道哩。這樣的話，恥辱柱再加一小時。」

接著，他簽署了這樣修改了的判決書。

「幹得好！」羅班．普斯潘說，他對卡席莫多仍然懷恨在心：「這可以教訓教訓他，誰叫他對人粗暴！」

---

① 博吉亞的叔父、教皇卡利克斯圖斯下令公衆祈禱消災的這顆彗星，也就是一八三五年再次出現的那顆。——雨果原注

博吉亞是義大利的望族，這裡的博吉亞大概是指凱撒·博吉亞紅衣主教。——譯注

② 騎士在長矛上端打出小三角旗，標示自己的封號等等，叫做「槍旗」。

③ 見一三八三年的地籍冊。——雨果原注

④ 萬聖節：每年十一月一日。這一天，舉行遊行，這種短衫是什長維持秩序穿的。

⑤ 這幾個妞兒都是娼妓，按中世紀等級制度，是不許佩戴金銀的。

⑥ 希臘神話中的大力神，這裡用作感嘆詞。

⑦ 撲克牌黑桃花色的J，在法語裡，從來源上說，原爲「僕役」、「隨從」之意，後轉爲「騎士」。在撲克牌上，畫的是手執矛戟的武士，形象癡呆。

II
老鼠洞

請讀者允許我們把諸位重新帶往昨天為了同格蘭古瓦一起跟蹤愛斯美娜達而離開的河灘廣場。

時間是早晨十點。四周的景象都表明著昨天是過節狂歡的日子。地上盡是垃圾、緞帶、碎布條、羽冠的碎毛、燈籠的蠟燭油、和公眾夜宴的殘屑。廣場上，許許多多的市民到處「閒逛」，有的用腳翻騰焰火的餘燼，在柱屋前面回憶起前夕的美麗帷幔，心蕩神移；

今天雖只剩下釘子，仍然令人回味無窮。賣蘋果酒和麥酒的人推著酒桶，穿過一堆堆人群。幾個有事忙碌的人匆匆過往。商販們在店鋪門前互相打招呼，聊天。人人都在談論昨天的節日、大使團、科柏諾老爺，以及醜人王。大夥搶著說，似乎在比賽誰說得最俏皮，笑得最響亮。

這時，四名侍衛騎馬而來，在恥辱柱的四周站崗。大部分閒散的「民眾」都被這景象吸引了；他們在那裡正閒得發慌，巴不得來個行刑瞧瞧呢。

讀者既已觀賞過廣場上這齣喧鬧的活劇，現在要是掉轉目光，看看堤岸西邊那座古老半哥德、半仿羅馬式建築的羅朗塔樓，就會發現正面拐角有一部公用精裝祈禱書，放在披屋裡避雨，有道柵欄擋著防小偷，但是手可以伸進去翻閱。在這部祈禱書旁邊有一個狹小的尖拱窗洞，兩道鐵槓交叉攔著，開向廣場；這是唯一的透氣孔，空氣和日光可以稍稍透進一間小室。這間斗室沒有門，它是在塔樓底層的厚厚牆壁上開鑿出來的。室內安靜異常，一片死寂，恰恰這時外面全巴黎最擁擠吵鬧的廣場正熙熙攘攘、人聲鼎沸，斗室的安靜就更加深沉，死寂也就愈顯淒涼了。

將近三百年來，這個蝸居在巴黎大大有名。當年，羅朗塔樓的羅朗德夫人爲了悼念在十字軍遠征中陣亡的父親，便在自家房屋底層的牆壁上開鑿出這間小室，然後把自己幽居在裡面過一輩子，門也給砌死了，不分冬夏，只有窗洞開著。

整個府邸，她只留下這樣一間陋室，其他的都贈送給窮人，獻給上帝。淒苦的宮廷命婦在這座提前安排的墳墓裡等待死亡，等了二十年。她日夜爲亡父祈禱，就睡在塵埃上，甚至不用石頭作枕頭，身穿黑色麻布袋，只賴過路人憐憫放置在窗洞邊沿上的麵包和水爲生。她就這樣在自己施捨家財之後，也來接受人家的施捨。臨終之際，也就是在轉入另一座墳墓的時候，她把丟下的這座墳墓永遠遺贈給受苦的婦女——母親、寡婦或女兒；她們有許多愁怨要爲別人或自己祈禱，寧願活埋在劇烈痛苦或嚴峻懺悔之中。那時候，窮人爲她用眼淚和祝福舉行了隆重的葬禮；但是，他們極爲遺憾這虔誠的女人因爲沒有後台，得不到教皇的恩准，不能列爲聖人。他們之中比較虔誠的人，則希望天堂裡辦事情會比在羅馬順當得多，就乾脆爲亡靈向上帝祈禱。

不過，大多數人也只是把對羅朗德夫人的懷念奉爲神聖，把她留下的破衣襤衫當作聖物。巴黎城則爲悼念這位女貴人設置了一部公用祈禱書，安置在小室的窗洞附近，讓過路人隨時停下腳步，哪怕只是祈禱一下；也想讓人在祈禱時想起布施，使繼承羅朗德夫人的洞穴、隱修在裡面的那些可憐女人，不致完全因爲飢餓和被遺忘而死去。

在中世紀的城市裡，這類墳墓並不少見。在最熱鬧的街道，最擁擠、吵鬧的市場，時常在人群當中、馬蹄之下、車輪之下，就有那麼一個地洞、一口井、一間砌死的、上了柵欄的斗室，一個生靈在裡面日夜祈禱著，自願獻身於某種永恆的悲嘆、某種重大的悔罪。

這一奇特景象在我們心中喚起種種思考：這可怕的小室就像是

房屋和墳墓之間、墓地和居民區之間的中間環節，裡面的那個活人已同人類社會斬斷任何聯繫，從此被列爲死者，這盞燈在黑暗中耗盡最後一滴油，這生命的殘餘在地洞裡搖曳，這呼吸、這嗓音永遠祈禱在石頭匣子裡，這張臉永遠朝向冥間，這雙眼睛已經閃耀著另一世界的太陽，這對耳朵緊貼著墓壁，這靈魂囚禁在肉體之中，這肉體囚禁在牢房之中，在肉與石雙重重壓之下痛苦的靈魂不斷呻吟——這一切在我們心中喚起的種種思考，是不爲當時的群眾所理解的。

那個時代人的虔誠並不合乎理性，也不顧念人情，對於宗教行爲，他們看不見這麼許多。他們籠統地看待事物，尊崇一切犧牲，如有必要就奉爲神聖，從不剖析其中的痛苦；不時送一份口糧來給可憐的懺悔者，看看洞裡的人是不是還活著，忘記了他的姓名，也不大清楚他開始奄奄一息已經幾年了。陌生人要是問到這個地洞裡的活骷髏是誰，如果是個男的，鄰人就答道：「他是隱修男。」如果是女的，就答道：「她是隱修女。」

所以，當時的人無需玄學思辨，不必誇大其詞，也用不著放大鏡，就用肉眼觀看，一切也都是一清二楚的——無論對於物質事物，還是精神事物。而且，當時也還沒有發明顯微鏡。

況且，人們並不感到驚異，這樣遁世幽居的例子——有如前述——在各個城市中心實際上是屢見不鮮的。在巴黎就有相當多這類祈禱上帝、進行懺悔的小室，差不多全是有人的。確實，教士們會千方百計不讓它們空著，因爲這意味著信男信女們不太熱中了，所以，要是沒有懺悔者，就把痲瘋病人關進去。除了河灘這間小室以外，在鷹山還有一間，在聖無辜嬰兒墓地也有一間，還有一間在什麼地方已經搞不清楚，也許是在克利雄府邸吧。還有好些在其他地方，已經沒有建築遺址，只餘口碑相傳的痕跡。大學城也有，那是在聖日內維埃芙山上，有那麼一位中世紀的約伯①。他在一道水槽底部的一座糞堆上唱懺悔七詩唱了三十年，唱完了又從頭唱起，夜裡唱得更響亮（magna voce per umbras）。即使今天，好古成癖的人還覺得，走進「說話井」街就可以聽見他的歌聲。

這裡我們只說羅朗塔樓的地洞，我們得說它從來沒有空過。羅朗德夫人死後，難得有一、兩年沒有人住。許多女人住進去，爲親人、情人，爲自己的罪過哀悼，直至去世。什麼事都要攪和的善於誹謗的巴黎婦女，連最不相干的事也不放過，硬說寡婦絕對沒有住過。

按照當時的習俗，牆上刻著一句拉丁文銘記，告訴過路的有學問的人這間小室虔誠的用途是什麼。延至十六世紀中葉，習俗仍然是：用鐫刻在門楣上的一句簡短格言來解釋一座建築。例如，現在在法國還可以看到屠維耳領主府邸的監獄窗口上方有這樣一句話：「Sileto et spera（拉丁文：沉默和希望）」；在愛爾蘭，福特斯居城堡大門上面的紋章下寫著：「Forte scutum, salus ducum（拉丁文：強大的盾，是領袖的救援②）」；在英格蘭，考柏伯爵那殷勤待客的府邸主要入口上面是：「Tuum est（拉丁文：歸君所有）③」。因爲，當時的任何建築物都表達一種思想。

羅朗塔樓那牆裡面的小室沒有門，只好在窗口下面刻下粗大字母的兩個詞：

TU,ORA（你祈禱）

老百姓看事情全憑良知，不會拐彎抹角，他們寧願把 Ludovico Magno（太陽王，即路易十四）翻譯成聖德尼門，便把這個黑暗、陰沉、潮濕的地洞稱爲「老鼠洞」。這個解釋比起原文也許不那麼莊嚴偉然，然而形象符合得多④。

---

① 據《舊約全書·約伯記》，天降各種災禍給約伯，約伯「坐在爐灰中，拿瓦片刮身體」，苦行懺悔，耶和華終於賜福於他。

② Forte scutum，與福特斯居諧音。

③ 表示主人好客之意。

④ 「老鼠洞」Trou aux rats，發音與 Tu ora 近似。

III
玉米餅的故事

這個故事發生的時候，羅朗塔樓的小室裡有人住著。要是讀者想知道是誰，只要聽聽三個忠厚女人的談話自會明白。她們三人，當我們請您注意老鼠洞的時候，恰好沿著河岸從小堡走向河灘，走到了這個地方。

其中兩位的衣著是巴黎中等市民的。細軟的白胸衣，紅藍條紋相間的細呢子裙，腳踝處彩繡、白線編織的長統襪把腿部包得嚴嚴實實，褐色方頭皮鞋鞋底是黑色的，尤其她們的帽子：那種盡是緞帶、花邊、金屬碎片綴飾的尖頂高帽（香巴涅省女人今天還戴這種帽子），堪與俄羅斯帝國近衛榴彈兵的帽子媲美——這一切都表明她們屬於那種富商太太階層，也就是，介乎如今僕人會稱呼「老板娘」和「夫人」之間的那種女人。

這兩位女人沒有佩戴金戒指或金十字架，很容易看出，她們不是因爲窮而不戴，只是怕罰款①。另一位的衣著大致相仿，只是，服飾和舉止中有一種難以言狀的東西，讓人一眼看出是個外省女人。她把腰帶束到了腰部以上，可想而知，她好久沒到巴黎來了。此外，大襟式的胸衣、鞋上緞帶的結，式樣都很特別，而且長裙的條紋不是豎的，而是橫的。還有其他許許多多古怪的東西，也使高雅趣味的人不勝駭異。

走在前頭的兩位，以巴黎婦女所特有的步態，就是那種要叫許多外省女人見識見識巴黎情調的姿態帶領著。那位外省女子牽著一個胖小子；胖小子手裡拿著一塊大餅。

這孩子硬是要他媽媽拽著才走，正如維吉爾所說，「non passibus œquis（拉丁文：步代並不堅定有力）」不時跌跤，惹得他母親大聲呵斥。確實，他兩眼直盯著手上的餅，並不看路。大概有個什麼重大原因使他不去咬它，他只是以溫柔的目光盯著它看。其實，應該由媽媽來拿這塊餅的，把胖娃娃搞成了唐塔路斯②，未免太殘忍。

這時，三位太太（「夫人」一詞當時只用於貴婦人）開始說話了。

「快點走吧，馬伊埃特太太，」最年輕、也是最肥胖的一位，對那位外省打扮的說：「我擔心會趕不上了。小堡那兒剛才就在說，立刻就要把他帶到恥辱柱去啦。」

另一位巴黎女人接口說：

「唉！著急什麼呀，烏達德・繆斯尼埃太太！他得在恥辱柱上待兩個鐘頭呢。時間足夠的！您見過恥辱柱刑罰嗎？親愛的馬伊埃特。」

「見過，是在蘭斯。」外省女人說。

「得了吧！你們蘭斯的恥辱柱算什麼呀？可憐兮兮的籠子罷了！只『轉』些農民！沒什麼好看的！」

「才不是哩！」馬伊埃特說：「在蘭斯的呢布市場上，有的是大罪犯！我們可見得多啦，還都是一些殺父弒母的！您說農民！您把我們看成了什麼，惹維絲？」

這外省太太肯定快要發火了，因爲事關她家鄉恥辱柱的名譽。幸虧，愼重的烏達德・繆斯尼埃及時了轉開了話題。

「馬伊埃特太太，您看我們那些弗蘭德爾御使怎樣？你們蘭斯也有這樣好看的嗎？」

「我承認，只有在巴黎才看得見這樣的弗蘭德爾人。」

「御使團裡那位大塊頭的，就是賣襪子的那位，您看見了嗎？」烏達德問道。

「看見了，」馬伊埃特說：「他長得像農神哩。」

「還有那個胖子，臉好像露出來的肚子？還有那位小個子、小眼睛的，他的紅眼皮上全是汗毛，跟毛球似的？」惹維絲說。

「他們的馬才叫好看哩！」烏達德說：「全都披著他們那兒的時髦衣服！」

「啊！親愛的，」外省女人馬伊埃特打斷她的話，這次她也擺出優越的架式：「這算什麼！要是你們在六一年，十八年前，看見在蘭斯舉行的加冕典禮，看見王爺們和國王隨從們的馬，你們還不知道會怎麼說呢！各種各樣的鞍褥馬衣都有，有大馬士革呢子的，金線細呢子，邊上鑲著黑貂皮；還有絲絨的，鑲的是紫貂皮；有的還全部鑲著珠寶，掛著金銀穗帶！錢花得淌水似的！馬背上騎著的侍衛一個個標緻極了！」

烏達德冷冷地駁道：

「就算是這樣吧，反正弗蘭德爾御使的馬還是呱呱叫，而且昨天在市政廳大道大人③請吃飯，可真吃得好，還有糖杏、甜酒、香料，以及別的稀罕東西。」

「您說的什麼呀，我的好鄰居！」惹維絲叫了起來：「他們是在紅衣主教府，在小波旁宮吃飯的！」

「不是，是在市政廳！」

「哪裡，是在小波旁宮！」

「確確實實是在市政廳，」烏達德尖刻地駁斥：「還是斯庫臘勃向他們發表拉丁文演說的，聽得他們挺滿意。這是我那宣過誓的書商丈夫告訴我的。」

「確確實實是在小波旁宮，」惹維絲也駁道，尖刻不亞於她：

「紅衣主教大人的狀師還贈送給他們十二瓶半升的甜酒，有白的、紫紅的、鮮紅的；二十四盒蛋黃鋪面的雙層里昂杏仁蛋糕；二十四支大蠟燭，每支兩斤重；以及半打最好的博納葡萄酒。我希望這些都是證明。我是聽我丈夫說的，他是市民廳的五什長。今天早晨，他還把弗蘭德爾御使同約翰教士和特瑞比宗德皇帝的御使比較了一番。這些使臣是先王在世的時候，從美索不達米亞到巴黎來的，耳朵上都戴著耳環哩。」

烏達德不聽這一套，駁斥道：

「沒有錯，他們是在市政廳吃的晚飯，所以從來沒有見過擺設那麼多的糖杏和肉。」

「我告訴您，是在小波旁府邸，由城防什長勒・塞克伺候上飯菜的。您搞錯了。」

「是在市政廳！」

「是在小波旁，親愛的！而且，小波旁宮還用魔術玻璃④在大門上點燃了『希望』這個字。」

「是在市政廳！市政廳！甚至，于宋—勒—瓦爾還演奏了笛子！」

「告訴您，不對！」

「告訴您，就是！」

「告訴您，不對！」

好心的胖子烏達德還準備再駁斥；口角眼看著就要演變爲揪頭髮，幸虧馬伊埃特忽然叫道：

「你們看那些人擠在橋那頭，他們好像在看什麼哩！」

「眞的，我聽見鼓聲了。我看，是小愛斯美娜達在跟她的山羊耍把戲。快點，馬伊埃特！快點走，牽著孩子。您是到巴黎來看新鮮玩藝的。昨天看過了弗蘭德爾人，今天得瞧瞧埃及女人了。」惹維絲說。

「埃及女人！」馬伊埃特一聽，趕忙回轉，使勁抓住孩子的胳臂：「上帝保佑！她要偷我兒子的！快來呀，歐斯塔希！」

她開始沿著堤岸向河灘廣場跑去，把橋扔在背後老遠。可是，她拖著的孩子忽然摔倒，跪在地上；她氣喘吁吁地停住了。烏達德和惹維絲趕了上來。惹維絲說：

「埃及女人偷您的孩子？您眞會胡思亂想！」

馬伊埃特沉思著，搖搖頭。

「奇怪……麻袋女對於埃及女人的看法也是這樣。」烏達德說。

「什麼是『麻袋女』？」馬伊埃特問道。

「呃，就是古杜勒修女呀！」烏達德說。

「古杜勒是什麼啊？」馬伊埃特又問。

「唉！您可眞是從蘭斯來的，連這也不知道！她就是隱居在老鼠洞裡的修女呀！」

「什麼！」馬伊埃特說道：「就是我們要送這塊餅去給她的那個可憐女人？」

烏達德點點頭，說道：

「正是。您馬上就要從河灘的窗洞看見她了。對於那些打手鼓、給人算命的埃及流浪人，她的看法跟您一樣。不知道怎麼搞的，她非常厭惡茨岡人和埃及人。不過，您，馬伊埃特，您幹嘛一看見他們就沒命地逃跑？」

「啊！」馬伊埃特雙手摟住兒子的圓腦袋，說道：「我可不願意遭到帕蓋特・香特弗勒里那樣的不幸。」

「哦！這個故事您可得給我們說說，我的好馬伊埃特。」惹維絲握住她的手臂說。

「我倒是願意，不過，你們巴黎人連這也不知道，可眞是絕啊！還得我這個蘭斯人講給你們聽！」馬伊埃特得意洋洋地說著：「十八年前，帕蓋特・香特弗勒里是個十八歲的標緻姑娘，那時我也是。但是今天，她可不像我是個三十六歲，豐滿、美艷的媽媽，有丈夫，又有兒子。這可得怪她自己。……她是蘭斯的船上樂師吉伯托的女兒。在查理七世加冕的那陣子，他爸爸曾在國王從席勒里順著維勒河開往繆伊宋的航程中，在聖駕面前演奏過。那時候，甚至聖女貞德也在船上哩。

老父親去世的時候，帕蓋特還小得很，只剩下媽媽。她母親的哥哥，就是住在巴黎帕蘭—加蘭街的銅鍋鐵勺商普臘東先生，去年剛死。你們看，她還是好人家的閨女哩。帕蓋特的媽媽只教她作一些刺繡和裝飾品貼補家用，儘管這樣，小姑娘還是長得又高又大，但仍然很窮。母女倆住在蘭斯，河邊上的福耳—潘納街。請注意這一點，我想這是給帕蓋特帶來不幸的原因。六一（一四六一）年，就是當今國王路易十一陛下——上帝保佑他！——加冕的那一年，帕蓋特長得活潑美麗，人們都叫她『香特弗勒里⑤』。可憐的女孩！長得很好看，也很喜歡笑，笑起來露出一口好牙。可是，愛笑的女孩後來都得哭；好看的牙齒毀壞美麗的眼睛！香特弗勒里就是這樣的。她和她母親的日子過得很艱難。樂師死後，母女倆就陷入困境了！每星期做針線掙的錢，難得超過六德尼埃，還頂不上兩個鷹錢。先王加冕時，吉伯托老爹一支歌就掙十二巴黎里弗爾的日子再也沒有了！那年冬天，就是六一年冬天，母女倆連一根柴禾棍兒也沒有，天氣又冷得不得了，香特弗勒里的臉卻因受凍而顯得格外鮮豔，男人就叫她『帕蓋特』，也有叫她『帕蓋瑞特』⑥！於是，她就毀了！……歐斯塔希！你敢咬餅試試看！……當時就能看出她毀了。

有個星期日，她到教堂裡來，脖子上戴著個金十字架——她才十四歲哩！你們看看！……頭一個情人就是住在距離蘭斯四分之三里、有一座鐘樓的年輕子爵科蒙特婁；然後是國王的侍騎亨利·德·特里昂庫老爺；再以後，不行了，是侍衛長希亞爾·德·博利翁；然後越來越糟，從國王的雕刻師蓋里·奧貝戎、王子的理髮師馬塞·德·弗瑞皮、外號叫『修士』的御廚長特弗南，到最後歲數大、地位低的弦琴師吉約墨·拉辛，和燈籠匠提埃里特梅爾。於是，可憐的香特弗勒里，成了萬人騎。她那塊金子用到最後啦！兩位太太，我該怎麼說呢？就在那個六一年，國王路易十一陛下加冕的時候，她給叫化子王鋪床了！就是那一年！」

馬伊埃特嘆了口氣，擦去在眼裡滴溜溜直轉的淚水。

惹維絲卻說：

「這故事沒什麼特別的,也看不出這裡面有什麼埃及人和小孩。」

馬伊埃特接著說:

「別急嘛！小孩，就要有一個了……六六年，到這個月就是十六年了，在聖保羅日⑦，帕蓋特生了一個女兒。眞是不幸的女人！她還很高興哩。她早就盼望生個孩子。她母親是個好女人，從來只睜隻眼、閉隻眼的，可是已經死了。帕蓋特在世上再也沒有什麼人好愛的，也沒什麼人愛她了。她已墮落五年了，是個可憐人，香特弗勒里！她孤單一人，在塵世生活中無依無靠，被人指指戳戳，在街上給人叫罵，侍衛打她，破衣爛衫的孩子也欺負她。接著，到了二十歲，二十歲對於騷娘兒們就是老年了。賣騷現在給她掙的也不比從前賣針線活兒多了。多一條皺紋就少一個埃居⑧。冬天對她又難熬了。爐子裡的柴已經少見，碗櫃裡的麵包也沒有了。她已經幹不了工作，因爲浪蕩以來人也變懶了。她更加痛苦，因爲越懶也就越浪蕩。至少，聖勒米的神父是這麼說，這種女人老了以後，比別的窮苦女人更受飢寒之苦。」

「可不是，不過，埃及人呢？」惹維絲說：

「等一等嘛，惹維絲，」烏達德說，她比較注意聽，不那麼著急：「要是開頭都說完了，那結尾還有什麼好聽呢？請繼續說吧，馬伊埃特。可憐的帕蓋特！」

馬伊埃特接著往下講：

「帕蓋特非常愁苦，非常不幸，常常哭泣，哭得臉都凹下去了。可是，雖然蒙受羞辱，恣意輕狂，遭人唾棄，她還是覺得，要是世上有個什麼、有個什麼人能被她愛，也能愛她，那麼她的羞辱、輕狂就會好一些，也就不會那樣無可依靠。這必須是個孩子，因為只有孩子才天眞爛漫，甘願如此……她認識到這一層，是在愛了一個小偷之後。這個小偷是唯一可能要她的人，可是過了不多久，她發現他看不起她……大凡這樣充滿愛心的女人，總是需要有個愛人或者孩子來充實自己的心靈；否則，她們是非常不幸的。旣然得不到愛人，她就全心全意轉向要個孩子；她虔誠信教之心始終未絕，她就以這個願望向上帝祈禱。於是，上帝憐憫了她，給了她一個女孩。她那份高興勁兒，就甭提了！眼淚嘩嘩地淌，又是撫愛，又是親吻。她自己哺育孩子，用自己的被褥給孩子做尿布，她自己床上只有那麼一條，她卻再也不覺得飢寒了。她因而又恢復了美貌；年老的婊子做了媽媽總是年輕的。美貌再現，嫖客就又回來了，她所賣的又有人問津了。用皮肉所得的骯髒錢，她置辦了小衣服、頭巾、花邊襯衣、緞子小帽，就是沒有想到給自己重買一床被子……歐斯塔希，我叫你別吃那塊餅！……小安妮絲，這就是她給孩子的名字，是教名，因為香特弗勒里早已沒有姓了。小傢伙穿的緞帶、刺繡居然比一位有王子封地的公主還多！她有一雙小鞋，即使路易十一陛下肯定拿不出來的！那是她母親親自為她縫製、刺繡的，帕蓋特使出了做女紅的全副功夫，還把值得聖母一穿的袍子上的一切小裝飾都嵌了上去。這樣一雙粉紅小鞋，眞是世上最可愛的。只有我的大拇指這樣長，要不是看見孩子的小腳丫子從裡面伸出來，眞難相信她能穿得進去。那雙腳可眞小，眞好看，那樣粉紅可愛！賽過做這雙鞋的粉紅緞子。烏達德，等您有了孩子，您就知道了那樣的小腳、小手，是再好看也沒有了。」

烏達德嘆了口氣，說道：

「眞巴不得哩！可是得等安德里・繆斯尼埃高興才行啊。」

馬伊埃特說：

「帕蓋特的孩子還不光是腳好看。她才四個月的時候，我見過她，簡直跟小愛神一般！大大的眼睛，光潤纖秀的黑髮，都已經打卷兒了。等她到十六歲，一定是個深色皮膚的小美人兒！她母親一天比一天更愛她，愛到發狂的程度；撫摸她，吻她，咯吱她，爲她梳洗，替她打扮，恨不得把她吞下去！高興得不知如何是好，爲她感謝上帝，尤其是她那雙粉紅色、漂亮的腳。帕蓋特常常用嘴親吻小安妮絲的小腳，歡喜得發狂。她一會兒給她穿上鞋，一會兒又脫下來，讚賞著，驚嘆不已，一整天只觀看它也不嫌煩。教她在床上學步，心裡也說不出的憐惜，恨不得一輩子跪著給她穿鞋、脫鞋，把她的腳就當作聖嬰的腳。」

「故事怪好聽的，可是這裡面哪有什麼埃及人呀？」惹維絲低聲說道。

「就來啦！」馬伊埃特說：「有一天，蘭斯來了一夥騎馬的人，非常古怪，是乞丐、無賴漢，在全城到處走，由他們的公爵、伯爵帶領著。他們皮膚黝黑，頭髮打卷兒，耳朵上吊著銀耳環。女的比男的還要醜。那些女人的臉很黑，從來不罩個什麼；身上背著個小壞種；麻線織的舊粗布披肩繫在肩頭；頭髮紮成馬尾巴。那些孩子手腳拳著，猴崽子見了都要害怕。

這是一夥被天主教社會唾棄的人！他們都是直接從下埃及經過波蘭到蘭斯來的。聽說教皇叫他們作了懺悔；為了贖罪，要他們在世上漂流七年，不許睡床⑨。因此，他們自稱『悔罪者』，身上發出臭味。看來，他們從前是薩臘贊人⑩，所以他們信朱庇特，向所有佩戴十字架和法冠的大主教、主教和長老索取十圖爾里弗爾。是教皇的一道訓諭給他們這個權利的。他們到蘭斯來，以阿爾及爾國王和德意志皇帝的名義給人算命。可以想見，單單這一點，就足以禁止他們進城。於是，他們一夥人都自願搭起帳篷，駐紮在勃蘭納門附近，在一座今天尚存磨坊的土丘上，就在從前石灰窰附近。蘭斯城裡人人都搶著去看。他們給人看手相，算命說得靈極了。他們預言猶大將來要當教皇⑪。同時，大家也在謠傳，說他們偷孩子，扒錢包，還吃人肉。聰明人對傻瓜說：『別到那兒去！』但他們自己卻偷偷去。所有人都像發了狂似的去讓他們算命。事實上，他們說的事情，紅衣主教聽了都要吃驚。做母親的聽見他們看了自己孩子的手相，用異教語言和土耳其語說出許許多多奇蹟般的事情，得意得不得了。這個的孩子將來要當皇帝，那個的要當教皇，還有一個要當統帥。

可憐的帕蓋特想知道自己的孩子將來怎麼樣，漂亮的小安妮絲會不會當上亞美尼亞的女皇或者什麼的。她把小傢伙抱到埃及人那裡；埃及女人誇獎孩子，撫摸她，用黑嘴唇親她，看了她的手相驚異不止。可憐呀，母親是多麼高興！她們特別讚美她美麗的腳、美麗的鞋。孩子這時還不滿一歲，已經牙牙學語，會對她媽媽微笑，像個小傻瓜似的。她胖乎乎、圓滾滾的，有著各種各樣的小手勢動作，和天堂的天使一般。她看見埃及女人，嚇得直哭。可是，媽媽使勁吻她，聽了算命女人關於安妮絲所說的話欣喜若狂，抱著她走了。她一定會出落得天仙似的，會是德性的化身，會當王后的。於是，母親回到福耳一潘納街的閣樓，感到抱回去的是一個王后，萬分自豪。

第二天，她趁孩子睡在她的床上（因爲她一向讓孩子跟她一起睡）的工夫，輕輕推開門，讓門半掩著，跑到曬衣場街一個女鄰居家裡去告訴她，安妮絲日後吃飯會有英國國王和埃塞俄比亞公爵伺候，還有其他許許多多令人驚奇萬分的事情。回家上樓的時候，沒有聽見孩子的叫聲，她想：『好，孩子還熟睡呢！』然而，到了樓上一看，門敞開著——出去時原是關著的呀！她還是進去了，可憐的母親！趕緊跑到床前……孩子不見了！床上是空的。孩子不見了，只留下一隻漂亮小鞋。她衝出房間，跑下樓梯，頭往牆上使勁撞，叫道：『我的孩子！在誰那兒呀？誰抱走了我的孩子？』街上渺無人影，她家的房子孤零零的。誰也不能告訴她什麼。

她在城裡到處亂跑，大街小巷走遍，成天各處尋找，瘋了似的瞎竄，形容可怕，像丟了幼子的野獸似的挨家挨戶門窗上亂嗅。她氣喘吁吁，披頭散髮，樣子嚇人，眼睛裡冒火，把眼淚也熬乾了。她攔住行人，叫道：『我的女兒！我的女兒！我漂亮的小女兒！誰把我的女兒還我，我給他當奴婢，當他狗的奴婢，讓他吃掉我的心肝五臟，如果他要的話！』她碰見聖勒米的神父，對他說：『神父，我可以用手指頭刨地，您得把女兒還給我！』……烏達德，眞教人揪心！有個心腸很硬的人，我看見連他都哭了，他就是狀師蓬斯・拉卡勃爾，他說：『可憐的母親！』

有一天，她不在家的時候，一個女鄰居看見兩個埃及女人抱著一個包裹偷偷上樓去，然後關上門又下樓來，匆匆跑掉了。夜晚，帕蓋特回到家，聽見房裡好像有小孩的哭聲。母親笑逐顏開，長了翅膀似的飛上樓去，炮彈似的轟的一下衝開了門，進去……可怕極了呀，烏達德！不是她那可愛的小安妮絲，鮮艷紅潤，正是仁慈上帝的饋贈；而是一個小怪物，又醜，又跛，還瞎了一隻眼，四肢扭曲著，嚎叫著，在石板地上瞎爬。她噁心得用雙手捂住眼睛，說：『啊！難道是巫婆把我的女兒變成了這樣一個可怕的怪物？』人們趕緊把這個小醜八怪抱開，免得她發瘋。也不知道是哪個埃及女人跟魔鬼生下的畸形孩子，大約四歲，說的是一種不是人的語言，只是一些根本聽不清楚的單字。可憐的帕蓋特向那隻小鞋撲過去，她的所愛只剩下這一點點東西了。她呆立在那裡，長久啞口無言，呼吸不得，簡直就像死了。忽然，她渾身哆嗦起來，狂亂地吻著這聖物，放聲痛哭，彷彿心都碎裂了。我敢說，換了我們也都會哭的。她喊道：『啊！我的小女兒呀！我的漂亮的小女兒！妳在哪兒？』聽了眞教人心肝五臟都要碎了！我現在一想起來還要哭哩！妳們說，我們的孩子不就是我們的心肝嗎！……我可憐的歐斯塔希！他多好看！妳們眞不知道他有多可愛！昨天他對我說：『我長大了要當近衛騎兵！』哦，我的歐斯塔希，要是丟掉了你，可怎麼好呀！……帕蓋特猛然站起來，在蘭斯城裡到處跑，喊叫：『到埃及人營地去呀！到埃及人營地去！侍衛長快來，燒死巫婆！』埃及人卻已經走了，天也黑了，不可能去追他們。第二天，在蘭斯兩里之外，葛地和蒂洛瓦之間的一叢灌木裡，人們找到了篝火的遺跡和帕蓋特女兒的幾根緞帶，還有幾點血跡和幾粒羊屎。前一天晚上正是星期六夜晚，再也不必懷疑，埃及人在這叢灌木中舉行了群魔會，按照回教徒的習俗——現在依然如此——同別西卜一起把孩子吃掉了。帕蓋特聽到這些可怕的情況之後，沒有哭泣，嘴唇動了動，好像要說話，可是說不出來。第二天，她的頭髮花白了。第三天，她就不見了。」

「這故事眞嚇人，我想，即使是勃艮地人聽了都會哭泣的！」烏達德說。

「難怪您一聽到埃及人就那麼害怕！」惹維絲說。

「剛才您領著歐斯塔希逃命是很對的，因爲這些埃及人也是從波蘭來的。」烏達德說。

「不是，」惹維絲說：「聽說是從西班牙和卡泰羅尼亞⑫來的。」

「卡泰羅尼亞？可能，」烏達德回答：「波蘭尼亞，卡泰羅尼亞，瓦洛尼亞，這三個省我總是搞混了。反正肯定的是，他們是埃及人。」

「而且肯定，」惹維絲說：「他們牙齒很長，會吃小孩。要是愛斯美娜達嘛起個小嘴嘴，也吃一點，我是不會驚奇的。她那隻白山羊的鬼把戲太多了，肯定有邪術。」

馬伊埃特默默走著。她沉溺於遐思之中——人們的這種遐思就好像是某個悲慘故事的延續，只有一陣陣戰慄一直震撼到我們內心最深處之後才會停止。

這當兒，惹維絲對她說：

「後來不知道帕蓋特的下落嗎？」

馬伊埃特沒有回答。惹維絲又問了一遍，同時搖晃她的手臂，喊她的名字。馬伊埃特這才彷彿從夢中驚醒。

「帕蓋特的下落？」她機械地重複惹維絲的問題。這個問題給她的印象彷彿是頭一回聽到的。然後，她使勁集中注意力弄懂惹維絲的意思。

「啊！」她趕忙回答：「啊，誰也不知道。」

停了一會，她又說：

「有人說，看見她在黃昏的時候從弗萊香博門出了蘭斯城；也有人說，她是天矇矇亮時從舊巴塞門出去的。有個窮人發現她的金十字架掛在現在成了集市的那塊莊稼地裡的石頭十字架上。就是這件珠寶在六一年毀了她的。是她的第一個情人——英俊的科蒙特隻子爵送給她的。帕蓋特再窮也從不捨得賣掉它。她保留它，像命根子似的。所以，一看見這個十字架扔下了，女人們都認爲她死了。不過，房特酒店的人說看見她從去巴黎的道路上經過，光著腳在石子路上走。眞要是這樣，她就是從維勒門出去的。這些說法都不一樣。或者，明白說吧，我是相信她是從維勒門出去的——就是說，出了這個世界。」

「不懂。」惹維絲說。

「維勒是一條河呀！」馬伊埃特憂傷地說著。

「可憐的帕蓋特！」烏達德一陣哆嗦：「她淹死了！」

「淹死了！」馬伊埃特說：「吉伯托老爹當年順流而下，經過坦葛橋下，在船上唱歌的時候，哪裡知道日後他親愛的小帕蓋特也會經過橋下，卻沒坐船，也不唱歌。」

「那隻粉紅小鞋呢？」惹維絲問道。

「跟母親一起不見了！」馬伊埃特回答。

「可憐的粉紅小鞋！」烏達德說。

敏感的胖太太烏達德同馬伊埃特一起嘆息，本來這樣就已經夠了，不料，更爲好奇的惹維絲問題還沒問完。

「那個怪物呢？」她忽然對馬伊埃特說。

「什麼怪物？」馬伊埃特問。

「巫婆留在帕蓋特家裡、換走她女兒的那個小埃及怪物呀！你們拿它怎樣了？我希望你們沒有把它也淹死了。」

「哪能呢？」馬伊埃特回答。

「怎麼！那就燒死了？說眞格的，這樣更好，巫婆的崽子嘛！」

「沒有燒死，也沒有淹死，惹維絲！大主教大人對這個埃及孩子頗爲關心，給他驅了邪，祝福了他，小心翼翼把他身體裡面的鬼趕跑了，並且送到巴黎來，放到聖母院門前的棄兒木床上。」

「這些主教呀！」惹維絲嘀咕道：「他們有學問，做事就是不尋常！烏達德，我得問問您，把魔鬼算作棄兒，這是哪門子事情喲！那個小怪物肯定是個魔鬼。唉，馬伊埃特，它到了巴黎又能怎樣？我看，任何善人都不會要他的。」

蘭斯女人答道：

「不知道。正好那時候，我丈夫買下了伯律的公證人職位，離蘭斯城兩里，我們就沒有再管這事了，因爲就在伯律前面有兩座塞爾奈土墩子，擋住視線，看不見蘭斯主教堂的鐘樓。」

一邊說著，三位可敬的太太走到了河灘廣場。她們想著心事，經過羅朗塔樓的公用祈禱書也沒停步，下意識地向人越擠越多的恥辱柱走去。很有可能，此刻吸引著眾人視線的景象，會使她們完全忘記老鼠洞，忘記她們原來是打算去那裡祈禱的；要不是馬伊埃特手上牽著的那個六歲胖小子歐斯塔希突然提醒了她們此行的目的。

「媽媽，」他說，彷彿有某種本能使他覺察到老鼠洞已經走過了：「現在我可以吃餅了嗎？」

要是歐斯塔希更機伶一些，也就是說，少貪吃一點，他如果再等一會，等到回到了大學城，到了瓦朗斯夫人街的安德里・繆斯尼埃先生的寓所，等到老鼠洞和玉米餅之間間隔著塞納河的兩道河彎⑬和內城的五座橋的時候，才冒昧提出這樣一個怯生生的問題，他也許就可吃到餅了。

歐斯塔希提出這個問題的時機，眞是太冒失了；於是，一下子就提醒了馬伊埃特的注意。她叫了起來：

「哎！……我們把隱修女忘了！妳們告訴我老鼠洞在哪兒，我給她送餅去。」

「馬上就去。這可是做好事呀！」烏達德說。

這卻不是歐斯塔希所希望的。

「哎呀，我的餅呀！」說著，搖搖頭又聳聳肩。在這種場合下，這是最大不滿的表示。

三個女人回轉腳步，走到了羅朗塔樓附近。烏達德對那兩位說：

「不需要三個人都往洞裡瞧，免得嚇壞了麻袋女。妳們兩位就假裝翻祈禱書去念經，我把腦袋探進去看看。麻袋女有點認得我。妳們什麼時候過來，我再告訴妳們。」

說著，她一人就往窗洞走去。她剛往裡頭張望，心中的不勝悲憫就表露在臉上，原來快活又坦然的面容頓時改變了表情和顏色，彷彿是從陽光下走到了月光下。她的眼睛濕潤了，嘴巴抽搐著就像要哭似的。過了一會，她一隻手指放在唇邊，示意要馬伊埃特過去看看。

馬伊埃特十分激動，默然踮起腳尖走了過去，好像走近靈床一般。

兩個女人一動不動，大氣兒也不敢出，往老鼠洞那有柵欄的窗洞裡探視，眼前的景象可眞是淒慘！

小室十分狹小，寬度大於深度，尖拱的頂，從外面向裡看，很像主教法冠的內裡。在鋪地的光禿禿石板上，角落裡有個女人坐著——不如說是蹲著，下巴擱在膝上，兩臂合抱，緊緊摟在胸前。她這樣縮成一團，棕色麻布口袋裹住全身，起著大褶，很長很長的頭髮從前面披下來，遮住臉，順著兩腿一直拖至地面。乍看之下，她就像是刻印在黑暗小室深底的一個怪影，一種發黑的三角形，窗洞裡透進來的天光把它剖成兩種色調，一半陰暗，一半明亮。這是那種光明和黑暗參半的魔影，是我們在夢中看見的，也是戈雅⑭的傑出作品中所表現的，蒼白，死滯，不祥，蹲在墳墓上或者靠在牢房的柵欄上。這不是一個女人，也不是一個男人，不是一個生物，也不是一個確實的形體；這是徒具形狀的一個東西，眞實與狂想交織、猶如光與暗交織的某種幻影。從她那垂至地面的頭髮底下，簡直看不見她瘦削而嚴峻的側面，她的長袍簡直沒法遮住她那在堅硬而寒冷的石板地面上抽搐著的赤腳。隱約可見她這種喪衣捲裹之下的依稀人形，眞教人不寒而慄。

這個彷彿牢牢釘在石板上的形體似乎沒有動作，沒有思想，也沒有呼吸。在那單薄的麻袋之下，時值一月，沒有火，直接躺在石頭上，就在土牢的陰影之中，斜斜的氣孔只能夠從外面吹進寒風，不能射進陽光，她似乎沒有痛苦，甚至感覺也沒有。彷彿她已經化作這牢房的石頭，化作這季節的冰塊。她合著雙手，兩眼直勾勾的。第一眼，你以爲這是幽靈，第二眼，你覺得這是石像。

然而，她那發青的嘴唇間或開合，彷彿有呼吸，在顫動，卻宛如隨風飄落的枯葉一般死寂、僵硬。

但是，她那死滯的眼睛裡閃現出一種目光，一種難以言狀的目光，一種深沉、陰森、冷酷的目光，不斷凝視著室外某個看不見的角落。這樣的一種目光，似乎把這個悲苦萬分的靈魂的一切陰暗思想，都固定在無可形容的神秘之物上。

就是這樣的一個生靈，因為住處而被稱為「隱修女」，按照衣著而被稱為「麻袋女」。

惹維絲這時也走到馬伊埃特和烏達德身旁來了，三人一齊向洞裡望去。她們的頭遮住了光線，那可憐的女人雖然沒有了光，卻似乎並不注意她們。烏達德低聲說道：

「別打擾她。她正在入定，她在祈禱。」

這時，馬伊埃特越來越惴惴不安，注視著這憔悴、枯槁、披頭散髮的女人，兩眼飽噙著淚水，自言自語的：

「要是眞的，那可太奇怪啦！」

她把腦袋從氣窗的柵欄裡探進去，盡力張望，探索著那不幸的女人一動不動地凝視著的那個角落。

等她把腦袋縮回來，已經淚流滿面了。

「你們叫這個女人什麼？」她問烏達德。

「我們叫她古杜勒修女。」烏達德回答。

然而，馬伊埃特卻說：

「可我，我叫她帕蓋特·香特弗勒里。」

說著，她一隻手指放在嘴唇上，示意叫目瞪口呆的烏達德把頭伸進窗洞裡去看。

烏達德一看，只見隱修女正陰沉出神地凝視著某個角落，那裡有一只綴滿金箔銀片的粉紅緞子小鞋。

惹維絲接著也去張望。然後，三個女人注視著這不幸的母親，都哭了起來。

可是，無論她們的注視，還是她們的眼淚，都沒有使隱修女分散注意力。她仍然合著雙手，嘴唇木然，目光呆滯；她那樣呆望著粉紅小鞋，知道她不幸遭遇的人見了，眞是心痛欲裂。

三個女人默然無語。她們不敢出聲，連低聲說話也不敢。這樣徹底的靜默、徹底的痛苦、徹底的遺忘——除了一件事，其他皆已忘記得一乾二淨——就這樣，她們覺得彷彿是置身於復活節或聖誕節主壇之前，不敢出聲，大氣兒也不敢出，已經準備跪下了。她們覺得彷彿在受難主日⑮進入了一座主教堂。

終於，三人中最好奇的、也是最不敏感的惹維絲，試圖讓隱修女開口，便喚道：

「古杜勒修女！」

這樣接連喊了三次，一次比一次聲音高。隱修女文風不動，沒有一句話，看也不看一眼，連一聲嘆息也沒有，生息全無。

烏達德也喊了起來，聲音更爲溫柔、親切：

「修女，聖古杜勒修女！」

隱修女還是沉默，仍舊一動也不動。

「眞是個怪人！雷都打不動的！」惹維絲叫道。

「也許是聾了吧？」烏達德嘆息說。

「也許瞎了。」惹維絲補充說。

「也許死了。」馬伊埃特接著說。

確實，靈魂即使還沒有離開這個麻木、沉睡、呆滯的肉體，至少已經退縮、隱藏到深淵裡去了，外部器官的知覺再也不可能達到了。

於是，烏達德說：

「那就只好把這塊餅擱在窗洞上了。可是，可能會被小孩拿走的。怎樣才能把她叫醒呢？」

直到此刻以前，歐斯塔希注意力一直爲剛剛過去的一隻大狗拖的小車子所吸引，這時突然發現帶著他的三個大人正向窗洞裡窺探什麼，不由得心生好奇，就爬到一根柱頭上，踮起腳尖立著，把他那紅噴噴的胖臉貼在窗洞上，叫道：

「媽媽，也讓我瞧瞧呀！」

聽見這樣一個清澈、新鮮、響亮的小孩聲音，隱修女一個寒噤，猛地扭過頭來，就跟鋼製彈簧似的。她那兩隻僅僅剩下骨頭的長手伸了出來，掠開額頭上的頭髮，以驚訝、痛苦、絕望的眼神注視著那孩子。但這道目光也只是一閃即逝。

「啊，我的上帝呀！」她忽然大叫一聲，腦袋低了下去，埋到兩膝之間。嘶啞的嗓音從胸腔裡發出，似乎撕裂了胸膛。她說：「至少，別叫我看見別人的孩子呀！」

「您好，太太。」孩子鄭重其事地說。

然而，這一下好像喚醒了隱修女。她從頭到腳，渾身一陣哆嗦，上下牙齒直打戰，微微抬起頭來，兩肘緊箍著大腿，兩手緊握兩腳，好像是要使它們溫暖。她叫道：

「啊，好冷呀！」

烏達德滿懷憐憫，說：

「可憐的女人，妳要火嗎？」

她搖搖頭，表示拒絕。

「好吧，」烏達德又說，遞給她一個小瓶子：「這兒有點甜酒，喝兩口，身子會暖和點。」

她又搖搖頭，看看烏達德，說：

「水！」

烏達德堅持：

「不行，修女，正月裡不好喝涼水的。得喝點甜酒，吃點這個玉米餅，這是我們特地給妳做的。」

她卻推開馬伊埃特遞給她的餅，說：

「黑麵包！」

「好吧！」惹維絲也感到憐憫，解開羊毛披風，說道：「這件外套比妳的暖和點，妳披上吧！」

她像對待甜酒和餅一樣，還是拒絕，回答說：

「麻袋！」

好心的烏達德說：

「可妳總多少看出來了吧？昨天過節哩。」

隱修女說：

「我看出來了，我水罐裡兩天沒有水了。」

沉默了一會，她又說：

「是過節把我忘了。應該的。這世界爲什麼要想到我呢，既然我不想要它！火熄了，灰也冷。」

接著，好像是話說多了感到疲乏，她又把腦袋低下去，靠在膝上。淳樸慈悲的烏達德自認爲聽懂了她這句話的意思是抱怨太冷了，就天眞地答覆：

「您是要火吧？」

「火！」麻袋女嗓音奇特地說：「那妳們能給在地下已經十五年的可憐小孩也生個火嗎？」

她四肢戰慄，嗓子發顫，目光閃爍，跪立起來。忽然，她向一直以驚奇的眼光注視著她的那孩子，伸出蒼白瘦削的手，叫道：

「快把孩子抱走！埃及女人要來了！」

接著，她撲面倒在地上，額頭碰觸石板地面，發出石頭撞擊石頭的聲音。那三個女人以爲她死了。但是，過了一會，她又動彈起來。只見她肘膝著地，趴在地上爬著，一直爬到放小紅鞋的那個角落裡。她們不敢再看了，再也看不見她了，只能聽見一聲又一聲親吻、一聲又一聲嘆息，中間穿插著令人心碎的呼喊聲、濁重的撞擊聲，彷彿是腦袋往牆上撞。接著，重重一聲撞擊，她們三人嚇得直哆嗦，然後，就什麼也聽不見了。

「恐怕是自己撞死了吧？」惹維絲說，大膽的探頭往氣孔裡張望：「古杜勒修女！」

「古杜勒修女！」烏達德也喊道。

「啊！我的上帝！她不動了！」惹維絲說：「她死了吧？古杜勒修女！」

馬伊埃特一直哽咽氣塞，說不出話來，這時強打起精神，說道：「等一等！」接著，彎下腰去，對著窗洞大叫：「帕蓋特！帕蓋特·香特弗勒里！」

然而，馬伊埃特卻被這個名字對古杜勒修女小室所造成的效果，嚇得膽戰心驚，即使是一個孩子被突然引爆的炮竹而受到驚嚇也比不上。

隱修女全身一陣哆嗦，騰地站立起來，光著腳一下子跳到窗洞口，兩眼火花直冒，馬伊埃特和那兩個女人，還有孩子，嚇得直往後退，退到了河堤欄杆。

這時，隱修女那陰森可怕的臉出現在氣窗上，緊緊貼著窗欄。她狂笑著，叫道：

「哈哈！是埃及女人在叫我！」

恰好這時，恥辱柱那邊出現了一個場面，把她那狂亂的目光吸引過去。她萬分厭惡地皺起額頭，兩隻骷髏般的手臂從囚室裡伸了出去，以臨終斷氣似的重喘聲叫道：

「噢，是妳呀，埃及女人！是妳在叫我，妳這偷孩子的賊！該死的東西！該死！該死！該死！」

---

① 上文已經見到，中世紀這種禁令施及的社會等級是很寬的，事實上，以後所謂的三大等級中只有貴族才能佩戴。

② 希臘神話中的一位國王，受衆神懲罰，永受飢渴之苦，想吃的和想喝的都得不到。此處喻可望而不可及。

③ 前文已經説過，是與市長重疊的官階，代表市民階層。而紅衣主教和市長代表王權。

④ 指幻燈片。

⑤ 「香特」的意思是「歌唱」，「弗勒里」的意思是「鮮花似的」。

⑥ 「帕蓋瑞特」（中世紀作「帕蓋特」）意爲「雛菊」。

⑦ 聖保羅日在六月二十三日。

⑧ 埃居也可譯作「盾幣」，聖路易時代所鑄，以後繼續流通了 很久。

⑨ 狄德羅主編的《百科全書》「波希米亞人」條目（狄德羅自己撰寫）説：波希米亞人的來源可以追溯到一四二七年，「有十二個悔罪者自稱下埃及的基督教徒，被薩臘贊人驅逐，來到了羅馬，向教皇作了懺悔，教皇就叫他們爲悔罪在世界上浪遊七年，不許在任何床鋪上睡覺。」雨果或許是據此而作這些斷言的。

⑩ 薩臘贊人，是中世紀對於中近東、北非和西班牙的穆斯林的稱呼。這裡也表明對於吉卜賽人起源問題的看法混亂。又，薩臘贊人並不信朱庇特。

⑪ 猶大是出賣耶穌的人，當然是與基督教的教皇格格不入的。

⑫ 卡泰羅尼亞，西班牙古省名。

⑬ 塞納河自東向西對穿巴黎，中途爲西堤島所阻，分爲南北兩道河彎。

⑭ 戈雅（1746-1828）：著名的西班牙畫家。

⑮ 大齋第五個星期日。

IV
一滴水，一滴淚

帕蓋特這幾句話，可以說是兩個場景的匯合點。之前，這兩個場景是同時並行發展的，各有其特殊舞台；前一章，我們看到的是在老鼠洞的情況，這一章即將要看的是在恥辱柱附近發生的事。前一場的目擊者只有讀者們剛剛結識的三名婦女；後一場的觀眾，就是我們已經看見聚集在河灘廣場恥辱柱和絞刑架周圍的民眾。

早晨九點鐘，就有四名侍衛分立在恥辱柱四角。因此，群眾指望就要正正規規地行刑了：大概不會是絞刑，但起碼也得是鞭刑，或者割耳朵，反正總得有點什麼。於是，頃刻之間，人愈集愈多，那四名侍衛被擠得太厲害，只好不止一次向兩側「壓壓」他們，就是說，使用皮索鞭和馬屁股。

群眾等待觀看公開用刑的耐性，倒是訓練有素，並沒有顯得特別不耐煩。等得無聊時，他們就仔細觀察恥辱柱來消遣。這玩藝其實很簡單，只是一個立方石頭台子，大約十尺高，裡面是空的。有一道粗石疊成的陡峭台階，當時一般稱作「梯子」，通至上面的平台，平台上有一個平放著的轉盤，是亮板橡木製作的。犯人雙臂反綁在後，跪綁在這個轉盤上面。有一個木杆軸，由平台裡面藏著的絞盤起動，使得轉盤水平旋轉，這樣便可使犯人的臉讓廣場上任何一處的觀眾看見。這就叫做「轉」犯人。

可以看出，河灘廣場的恥辱柱，要說給人娛樂，遠遠不如菜市場的恥辱柱那麼好玩。建築藝術談不上，巍峨建築更談不上。它沒有帶鐵十字架的屋頂，沒有八角燈，沒有細長圓柱直聳屋頂邊緣，頂端展開，形成莨若葉飾和花飾斗拱，也沒有奇獸怪物造型的承溜，沒有精雕細刻的木架，更沒有深深刻入石頭的精工雕塑。要看，也只有那四面粗糙石牆，外加兩堵砂石照壁，旁邊還有一個粗陋、光禿的石頭絞刑台。

哥德藝術的愛好者是根本不可能一飽眼福的。好在，中世紀愛看熱鬧的閒漢們，對於建築藝術相當冷漠，他們才不管恥辱柱美不美哩。

犯人終於綁在車屁股後面給運來了。當他被抬上平台，廣場各個角落都能看見的他被繩子和皮條綁在轉盤上，這時噓聲震天價響，笑聲和喝彩聲轟然而起。大家都認出來了：原來是卡席莫多。

果眞是他。他這次歸來可也奇特：今天他被綁在恥辱柱上，而昨天就在這個廣場上，眾人一致歡呼致敬，擁戴他爲醜人王，隨從他的還有埃及公爵、屠納王和伽利略皇帝！肯定無疑，人群中的任何一人，甚至凱旋而去、縲紲而歸的卡席莫多自己，腦子裡都沒有辦法清楚地作此今昔對比。眼前這個場面只欠格蘭古瓦和他的哲學。

不一會兒，與陛下一起宣誓過的號手米歇・努瓦瑞，根據市府大人尊旨，喝令市民禁聲，並且高聲宣讀判決詞。然後，率領他那些身穿號衣的手下，退至車子後面。

卡席莫多漠然不爲所動，連眉頭也不皺一下。任何反抗都是不可能的，因爲——按照當時刑事判決的用語——「束縛堅固而牢靠」，這就是說，皮索和鐵鏈大概都嵌進肉裡面去了。不過，這是一種至今還沒有丟棄的傳統，而且通過手銬腳鐐把它在我們這樣文明、優雅、人道的民族中間保留至今（且不說苦役場和斷頭台）。

卡席莫多任憑別人拖、推、扛、抬，甚至對他綁上加綁。從他的面容上只能隱約看出有點野人或白癡的驚愕。人們知道他是個聾子，現在乾脆認定他的眼睛也瞎了。

他們把他拖到轉盤上，要他跪下，他就跪下。他們把他裡外上衣都扒，他就讓他們扒掉。他們又用皮索、環扣按照一種新捆法來捆他，他就讓他們如此這般捆綁。只是，他不時大聲喘氣，就像一頭小牛犢被綁在屠夫的車後，搖頭晃腦。

「這傻子！」約翰・弗羅洛・磨坊對他的朋友羅班・普斯潘說（這兩個學生理所當然似的，一直跟著犯人來了）：「他什麼也不明白，就跟關在盒子裡的金龜子一樣！」

卡席莫多前雞胸，後駝背，以及硬皮多毛的兩肩，統統裸露出來，群眾見了，哈哈大笑。大夥快活的當兒，一位身穿城防號衣的男人，五短三粗，登上平台，走到犯人跟前。他的姓名頓時在觀眾中間傳開。此人是彼埃臘・托特律——小堡宣誓過的行刑官。

他一上去，就把一個黑色的沙漏鐘放在恥辱柱的一角。這時，沙漏上層的紅色沙子便不停地向下層滴落。接著，他脫去兩色對半的披風。於是，群眾看見他右手上吊著一根細長的、閃亮的皮鞭，編絞成束，盡是疙瘩，尖端是一個個金屬爪。他伸出左手，漫不經心地挽起右臂襯衫袖子，一直挽至腋下。

這當兒，約翰・弗羅洛把金色鬈髮的腦袋高高探出人群之上（爲此，他撐著羅班・普斯潘的肩膀），喊道：

「先生們，女士們，來看呀！他們要鞭笞我哥哥若薩副主教先生的打鐘人卡席莫多啦！瞧他這東方式古怪建築的模樣，背上背著圓屋頂，兩腿長得像彎彎曲曲的柱子！」

群眾又哈哈大笑，小孩和女孩們笑得最起勁。

終於，行刑官一跺腳，轉盤開始旋轉了。卡席莫多在束縛之下搖晃起來。他那畸形的臉上，突然現出驚呆的神情，周圍的群眾笑得更厲害了。

旋轉的轉盤把卡席莫多的駝背送到彼埃臘先生的眼下，他猛然抬起右臂，細長的皮索像一團毒蛇在空中嘶嘶喊叫，狠命地抽在不幸人兒的肩上。

卡席莫多這才猛醒，就地跳了起來。他開始明白了。他在捆綁中扭曲著身子，又驚訝又痛苦，臉猛烈抽搐著，臉上的肌肉也紊亂了。但是，他一聲嘆息也沒有，只是把腦袋使勁向後仰，又左右躲閃，晃動著，就像一頭公牛被牛虻猛螫腰側。

皮鞭一下又一下地抽，抽個不停。轉盤不住地旋轉，鞭笞似雨點般刷刷落下。頓時，血噴了出來，在駝子的黑肩膀上淌出一道道細流，細長的皮索在空中嘶鳴、飛旋著，把血滴濺得到處都是，飛濺到觀眾中間。

卡席莫多至少看起來好像是第一次不能忍耐了。他悄悄地使勁，企圖掙斷繩索鏈條。只見他兩眼冒火，肌肉僵硬，四肢蜷縮，皮索和鏈條繃得緊緊的。這場掙扎極爲有力，令人驚讚，卻也是絕望的掙扎。市政府久經考驗的縲紲頗有韌性，只是發出軋軋一陣響聲而已。卡席莫多筋疲力竭，頹然作罷，臉上的驚愕換成了痛苦而又深沉的沮喪表情。他那隻獨眼閉了起來，腦袋低垂在胸前，半死不活的樣子。

他不再動了。一切都對他起不了作用了。儘管血繼續不斷往下淌，儘管鞭笞越來越凶猛，興奮不已、無比陶醉的行刑官的揮鞭，也越來越憤怒，可怕的皮鞭更爲刻毒，刷刷直響，賽似巨靈揮動魔掌，儘管這樣，卡席莫多還是一動也不動了。

鞭刑一開始，就有一個小堡執達吏騎著黑馬，守候在「梯子」旁邊。這時，他伸出手上的烏木棒，指指沙漏。行刑官遵命住手。轉盤也不再轉動了。卡席莫多這才緩緩睜開那隻獨眼。

鞭笞完畢。行刑官的兩名下手過來，洗淨犯人肩背上的血跡，用一種無名油膏塗抹他的身子，身上的傷立即癒合。然後，他們把一件無袖法衣式的黃色披衫披在他的身上。與此同時，彼埃朧甩著那鮮血浸透染紅的皮鞭，血一滴滴地落在地面上。

卡席莫多的罪並沒有全部受完。他還得在恥辱柱台子上跪一個小時，這是弗洛里昂·巴勃迪安老爺在羅伯·戴屠維耳老爺所作判決之外，十分英明地增加的。這恰好極為榮耀地證實了若望·德·庫曼納那句既合乎心理學、又合乎生理學的古老俏皮話：「Surdus absurdus.（拉丁文：聾子總是可笑的）」

沙漏又被翻轉過來，駝子繼續綁在木台上，跪滿嚴明法紀所需的時間。

民眾，尤是中世紀的民眾，在社會裡，就像小孩在家庭裡。只要民眾繼續處於這種混沌未開、道德智力未成年的狀態，我們形容孩子的話也可以用來說他們：「在這種年齡①，是沒有憐憫心的。」

讀者從上述已經得知，卡席莫多為眾人所憎恨。確實，理由不止一個，而且都很充足。人群中間簡直找不出一個人，沒有（或者自認為沒有）理由不嫌惡聖母院的駝子。先前看見他出現在恥辱柱台子上的時候，大家都高興得不得了；而後他受盡酷刑，刑餘倖存的可憐狀態，反而沒有使觀眾大發慈悲，只是使人們的憎恨多了一份歡樂的成分，從而使得憎恨更帶殘忍。

一旦「公罰」——借用法學界今日仍在使用的行話來說——完畢，就該千千萬萬個私人來報仇雪恨了。在這裡也像大廳裡一樣，尤其是婦女鬧得最凶。她們一個個都對他心懷怨恨，有的是因爲他壞，有的是因爲他醜。後一類女人尤其凶狠。

「呸！反基督的醜八怪！」一個喊道。

「騎掃帚的魔鬼！」另一個喊道。

「多妙的悲劇醜臉呀！今天要是昨天，就憑這個，你還會當上醜人王！」另一個又吼叫。

「好哇！瞧這恥辱柱上的醜臉！什麼時候你變成絞刑架上的鬼臉呢？」一個老太婆接口說。

「你什麼時候頂著你的大鐘一起埋到地下一百尺呀，該死的敲鐘人？」

「可就是這個鬼給咱們敲奉告祈禱鐘呀！」

「啊！聾子！獨眼！駝子！怪物！」

「他那醜臉會嚇得孕婦流產，比什麼醫道藥品都靈呀！」

兩位大學生——磨坊的約翰和羅班·普斯潘，用震耳欲聾的聲音唱起古老的民謠：

絞索勒死死囚犯！

柴堆燒死醜八怪！

千千萬萬聲咒罵傾瀉，噓聲、笑聲四起，詛咒聲不絕，時時有石頭砸過去。

卡席莫多雖然耳朵聾，但是他看得清清楚楚。民眾的兇惡表現在臉上，瘋狂的程度並不亞於言詞的表露。況且，石頭砸在他身上，比聽見笑聲更爲清楚。

起初他還挺得住。可是，先前在行刑官鞭笞下始終忍著的耐力，這時被這些蟲豸從四面八方刺激，已漸漸不可抑制地激動起來了。他好比是阿斯屠里亞②的公牛，在鬥牛士攻打之下倒不怎麼激動，然狗吠、旗槍③刺，卻要使它惱怒了。

首先，他以威脅的目光緩緩掃視人群。但是，既然他被牢牢捆綁，這種目光並沒有力量，是不能趕走這些咬他傷口的蒼蠅的。於是，他不顧繩捆索綁，用力掙扎，狂蹦亂跳，震得陳舊的轉盤在木軸上軋軋直響。群眾見了，笑聲、噓聲更加響亮。

這不幸的人既然掙不脫束縛野獸的縲紲，只好重新安靜下來。只是不時發出憤怒的嘆息，整個胸膛都鼓脹起來。他臉上卻並無羞赧之色。這個人距離社會狀態太遠，距離自然狀態太近，是不會懂得什麼叫做羞恥的。況且，他既然畸形到如此地步，他又怎能感知？然而，憤怒、憎恨、絕望，緩緩在這張醜臉上密布成烏雲，越來越陰沉，越來越負荷著閃電，這獨眼巨人的那一隻眼睛也就閃耀著千萬道電光。

忽然，這烏雲密布的臉開朗了一會兒，原來有一頭騾子馱著一個教士穿過人群來了。卡席莫多老遠就瞥見這頭騾子和這個教士，於是可憐的犯人面容柔和了。先是憤怒得全身抽搐，現在臉上浮現出奇異的微笑，溫和、寬容、柔情，難以盡述。教士越走越近，這笑容也就越來越明顯、清晰、燦爛。彷彿是這不幸人在向一位救星的來臨致敬。但是，等到騾子走近恥辱柱，騎者能夠認出受刑者是誰的時候，教士卻把頭一低，趕緊轉道回程，驅騾疾奔，彷彿是忙不迭地要擺脫使他丟臉的事情，並不願意被處於這種姿態的一個可憐的傢伙認出、致意。

這個教士就是堂・克洛德・弗羅洛副主教。

烏雲更加濃密，沉落在卡席莫多的臉上，但還夾雜著一絲笑容，一種沮喪、憂傷至極的苦笑。

時間消逝。他在那裡至少已經一個半小時了，痛心，備受虐待，受人奚落，苦惱不盡，而且簡直快被人用石頭砸死。

突然，他再次掙扎，要掙脫鎖鏈，絕望的掙扎加倍劇烈，連身下的整個木架都晃動了。他打破了頑固保持的沉默，叫了起來：「水！」憤懣的嘶啞聲音不像人聲，倒像是犬吠，蓋過了群眾的嘲罵聲。

這淒慘的呼喊絲毫沒有打動人們的同情心，只是使得「梯子」周圍的巴黎善良百姓更加開心。應該指出，這些人的殘忍與愚鈍，並不亞於那幫位於民眾最底層的可怕無賴漢（前面我們已經引導讀者去他們那裡結識過了）。這不幸的罪人周圍響起的沒有別的聲音，只有嘲笑他口渴的轟笑。當然，他那樣臉憋得通紅，汗流滿面，目光散亂，又憤怒又痛苦，嘴裡白沫四濺，舌頭差不多完全伸了出來，這副模樣也確實滑稽可笑，叫人噁心而不是憐憫。也應該指出，這群人中間即使有那麼一位男女市民大發善心，忍不住要送一杯水去給這個受苦的不幸人喝，但恥辱柱那可恥的台階周圍所彌漫的羞恥偏見，也足以使這善良的撒瑪利亞人④望而卻步。

過了幾分鐘，卡席莫多以絕望的目光掃視人群，以更加令人心碎的嗓音再次喊叫：

「水！」

又是全場轟笑。

「給你喝這個！」羅班・普斯潘叫道，撲面向他扔去一塊在陰溝裡浸濕的抹布。「喝啊！壞蛋聾子！我可是你的恩人呀！」

也有一個女人往他腦袋上扔去一塊石頭：

「給你，看你還敲不敲你下地獄的鬼鐘來半夜吵醒我們！」

「好呀，小子！」一個跛子想用拐杖去打他，吼叫道：「你還敢從聖母院鐘樓上散播惡運嗎？」

「給你一罐子，叫你去喝！」一個男人拿起一只破罐子，向他胸脯上扔去，叫道：「就是你，從我老婆跟前走過，就讓她生下一個兩個腦袋的孩子！」

「還有我的貓生下了六隻腳的小貓！」一個老太婆尖聲怪叫，抓起一塊瓦片向他砸去。

「水！」卡席莫多第三次叫喊，上氣不接下氣。

正當這時，他看見人群閃開，進來一個服飾古怪的少女。一隻金角山羊跟著她。她手裡拿著一面巴斯克手鼓。

卡席莫多的獨眼目光一閃。這正是他昨夜企圖搶走的吉卜賽女郎。他模模糊糊感覺到自己此刻受處罰，就是爲了這一暴行。其實不是，他受懲罰只是因爲他不幸是個聾子，更倒霉的是審判他的法官也是聾子。不過，他毫不懷疑她是來報仇的，跟別人一樣要打擊他的。

果然，眼看著她迅速登上梯子。憤怒和怨恨使他窒息。他恨不得自己能夠震坍這恥辱柱，自己的眼睛如果能夠發射雷霆，他希望埃及女郎在來不及爬上平台之前便摔得粉碎。

她一聲不響，走近這枉自扭曲身子想要躲開她的罪人，從腰帶上解下一個水壺，輕輕地把它送到不幸人焦渴的嘴唇邊。

於是，他那迄今完全乾涸、猶如火燒的獨眼裡，滾落下一大滴的淚珠，緩緩滴落，順著那由於絕望而長久抽搐的畸形臉龐流下。也許這是這苦命人生平第一次流淚。

這時，他忘了喝水。埃及少女不耐煩了，噘起了小嘴唇，笑笑，又把水壺貼上卡席莫多緊綳著的嘴唇。

他大口大口地喝著。口乾得火燒火燎似的。

可憐的人喝完以後，噘起他那烏黑的嘴唇，大概是想吻吻這救了他的美麗小手。但是，女孩也許心存戒備，也許想起了昨夜的暴力企圖，急忙把手縮回，好像是孩子害怕被野獸咬，嚇得縮手不及。

於是，可憐的聾子死死盯著她，眼睛裡流露出責備和無可表達的傷感。

這樣美麗的女孩，鮮艷、純潔、嫵媚，同時又這樣纖弱，卻這樣虔誠地跑去救助如此不幸、如此畸形、如此邪惡的怪物。這樣的景象在任何地方見了，都是令人感動的；出現在恥辱柱上，更是壯麗的場面。

即使是剛剛那些民眾，也深爲感動，都鼓起掌，大聲歡呼：「妙啊！妙啊！」

恰在這時，隱修女從地洞的窗孔裡瞥見了恥辱柱平台上站著的埃及女郎，她發出了陰毒的詛咒：

「該死的東西，埃及女人！該死！該死！」

---

① 法語裡，「年齡」又作「時代」解。

② 阿斯屠里亞：西班牙古地區名。

③ 這裡的旗槍是挑鬥公牛用的帶小紅旗的長矛。

④ 撒瑪利亞人是《聖經》中行善的人，見《路加福音》第十章。

V
玉米餅的故事
(續)

愛斯美娜達刷地臉白了，跌跌撞撞走下恥辱柱平台。隱修女的聲音仍然追逐著她：

「妳下來呀，妳下吧！埃及女賊，妳還會再上去的！」

「痲袋女又在發瘋了！」民眾低聲嘟囔，但也僅此而已。因爲，這類女人總是令人畏懼，她們是神聖不可侮的。這種日夜祈禱的人，當時沒有人願意碰一碰。

把卡席莫多帶回去的時間到了。他被解了下來，群眾也就走散了。

馬伊埃特同兩位女伴一起回來，走到大橋附近，忽然站住：

「咦，歐斯塔希，你的餅呢？」

孩子回答：

「媽媽，您跟洞裡老太太說話的時候，一隻大狗咬我的餅。我也就吃了。」

「什麼，先生？你全吃了？」

「是狗先吃的，媽媽。我跟牠說了，牠不聽。然後我也就跟著咬了！」

「這眞是要命！」又好氣又好笑的母親說道：「您瞧，烏達德！我們家在夏勒朗日的園子裡的一棵櫻桃樹，他這麼大就一個人全吃光了！所以，他爺爺說，他日後是要當統帥的。……看下次你人全吃光了！所以，他爺爺說，他日後是要當統帥的。……看下次你還敢不敢，歐斯塔希先生！……走吧，饞嘴的小胖子！」

7

I
把秘密
透露給山羊的危險

轉眼又是幾個星期。時至三月上旬。

太陽，雖然紆說法①的祖師爺杜巴塔還沒有稱它為「萬燭之宗」，仍明媚歡悅地照耀著。這樣的一個春日，甜蜜而美麗，巴黎傾城而出，廣場上、街道上，到處熙來攘往，眞跟過節一般。像這樣的一個燦爛、溫和、晴朗的日子，總是有那麼一個時刻，特別適宜觀賞聖母院的拱門。那就是太陽偏西，差不多照耀著這座主教堂正面的時刻②。夕陽餘暉越來越接近地平線，緩緩從廣場地坪上移，順著聖母院正面垂直攀緣，陰影之下凸現出無數浮雕，而中央的那個大玫瑰窗，紅光閃閃，就像獨眼巨人的眼睛在雷神熔爐反照下噴射著火焰。

現在恰是這一時刻。

落日染紅的巍峨主教堂對面、在廣場和前庭街交角處，有一幢富麗堂皇的哥德式房屋。門廊上面的露台上，有幾個美貌少女，以千種風流、萬般輕佻說笑著。尖頂高帽③頂上的輕紗珠環翠繞，一直披垂下來，直至腳後跟；精工細作的繡花短衫遮住肩膀，卻按照當時那種迷人的風尚，袒露出美麗的處女胸脯升起之處；華麗的襯裙甚至比已經高貴得令人驚讚不迭的罩裙更爲珍貴。而這些衣著的質料不是綾羅綢緞，就是天鵝絨；尤其是白嫩的纖纖細手，說明她們素性慵懶，遊手好閒。從這一切，很容易看出她們是高貴富有家族的小姐。

確實。她們是百合花·貢德洛里埃小姐和她的女伴，有狄安娜·德·克里斯德伊、阿美洛特·德·蒙米歇、珂蓉帛·德·加伊封丹，還有小妮子貝瑯妮·德·香舍里埃。這些名門閨秀現在聚集在居孀的德·貢德洛里埃夫人家裡，因爲博惹大人和夫人四月間要到巴黎來挑選女伴，充作皮卡迪從弗蘭德爾使臣那裡接過的瑪格麗特公主的女伴。方圓三十里內，所有的鄉紳都紛紛爲自己的女兒爭取這一榮耀，許多人已經把女兒親自帶至巴黎，或者遣人送來，交託給可敬可靠的阿洛伊絲·德·貢德洛里埃夫人照料。這位夫人是前王室軍弩手統領的遺孀，現在和獨生女兒百合花退居在巴黎，就住在聖母院前庭廣場對面的自宅裡。

幾位女孩所在的露台裡面，是一間壁上鋪掛著蔓葉圖案金飾的微褐色弗蘭德爾皮幔的客廳。天花板一根根平行橫樑上，雕刻著千百種怪異浮雕，金漆彩繪，賞心悅目。櫥櫃上花紋鏤鏨，斑斕閃爍著琺琅光澤。一座華麗的食櫥上擱著陶瓷的野豬頭。食櫥有兩級台階，表明女主人是方旗騎士④的妻子或未亡人。另一端，在一座從上到下盡是紋章的高大壁爐旁邊，一張鋪墊紅色絲絨的豪華安樂椅上，端坐著貢德洛里埃夫人。她那五十五歲年齡，既表現在她的面容上，也表現在她的衣著上。

一位青年站在她身旁，神態相當傲慢，雖然多少有些虛榮，顯能逞強，卻仍是英俊少年，就是那種容易讓女人一見鍾情、而讓嚴肅的或會看相的男人只會搖頭的美少年。這位年輕騎兵身穿王室侍衛弓手隊長的制服——很像朱庇特的服裝，第一卷中我們已經欣賞過了，所以讀者可以免遭第二遍囉嗦之罪。

女孩們有的坐在屋裡，有的坐在陽台上；前者坐在帶金角的烏得勒支⑤絲絨錦團上，後者坐在雕刻著花卉人物的橡木小凳上。她們在一同刺繡一大張繡花帷幔，一人拉著一角，攤在自己的膝頭上，還剩下好大一塊拖曳地毯上。

她們慢聲細語，欲笑還止，正說明了在女孩們密談的當兒有一位男士在場。雖然男士的在場足以挑動少女們的虛榮心，但男士自己好像不怎麼介意；雖然置身於一群競相吸引他視線的絕色佳人中間，他卻似乎專心致志於用他那麂皮手套揩拭腰帶的環扣。

老婦人不時輕聲向他說點什麼，他就盡最大努力彬彬有禮地回答，然而那種禮貌顯得笨拙而且勉強。阿洛伊絲夫人面帶微笑，頗有深意地做點小手勢，有時一邊跟軍官低聲說話，一邊還向女兒百合花瞟上一眼。我們可以很容易看出，這裡面涉及某件已定的婚事，某件就要結成的婚配——當然是指這位青年和百合花囉。可是，軍官尷尬而且冷淡，這使我們很容易認爲，至少從他這方面看來，愛情已經談不上。他整個的面容都說明他心裡很爲難，也很厭煩——這樣的心情，我們今天城防部隊的小軍官會極爲出色地表達出來：「眞他媽的累人！」

這位好婦人只死心眼兒爲自己的女兒操心——她這樣可憐的媽媽，哪裡看得出青年軍官的不熱中，還在一個勁兒地輕聲叫他注意百合花引針走線的手是多麼靈巧美妙。

「你瞧，侄兒，」她拉拉他的衣袖，跟他咬耳朵：「你看她呀！這會兒她彎腰那個樣子！」

「是啊……」年輕人回答。說完，重新陷入神情恍惚、冷冰冰的沉默之中。

過了一會，女兒又要俯身了，阿洛伊絲夫人趕緊對軍官說：

「像你未婚妻這樣可愛、嫵媚的模樣，你上哪兒找哇？還有比她長得更白淨、頭髮更金黃的嗎？有她那樣美麗秀氣的巧手嗎？你看，她那天鵝似儀態優雅的脖子，看得令人神魂顛倒！連我都要嫉妒你了！你這個小壞蛋，你生爲男子漢可眞有福氣！我的小百合花不是美得讓人崇拜，使你發狂嗎？」

「當然！」軍官答道，腦子裡在想別的。

「你去跟她說話吧！」阿洛伊絲夫人忽然說道，推推他的肩膀：「去跟她說點什麼。你可眞膽小呢！」

我們可以向讀者保證，「膽小」既不是這位隊長的缺點，也不是他的優點。不過，他還是照要求辦了。他向百合花走過去，說道：

「表妹，您繡的這個帷幔是什麼花樣呀？」

「表哥，我都告訴您三遍了，」百合花答道，聲調中滿含埋怨：「這是海王的洞穴。」

衛隊長心不在焉、態度冷漠，百合花顯然比她母親看得清楚。

衛隊長覺得必須再談些什麼，又問：

「是爲誰繡的呢？」

「田園聖安東尼教堂。」百合花說，眼皮抬也不抬。

隊長牽起帷幔的一角。

「表妹，這個鼓起腮幫子、使勁吹喇叭的胖子是誰呀？」

「是特里托⑥。」

百合花表現得愛理不理，始終有些賭氣的味道。

年輕人立刻明白了，他知道必須再對她耳語點什麼，或說些獻媚的廢話才行。於是，他俯身下去，可是，以他的想像力，是找不出什麼溫柔貼心的話兒，至多也只是：

「您母親幹嘛老是穿查理七世時代的那種繡著紋章的長袍？表妹，請您告訴她，現在已經不時興了，門鍵、桂冠那樣的紋章繡在她的長袍⑦上，只會使她看起來就像會走動的壁爐架子。眞的，現在已沒有人坐在自家的旌旗上了，我向您發誓！」

百合花抬起美麗的眼睛，責備地瞟了他一眼，低聲說道：

「您要向我說的就這個呀！」

這當兒，好心腸的阿洛伊絲夫人看見他倆交頭接耳、絮絮細語，高興得不得了。她擺弄著祈禱書匣子上的搭扣，說道：

「這幅愛情圖畫眞叫人感動啊！」

衛隊長越來越尷尬，重新抓起帷幔這個話題，嚷道：

「手工可眞漂亮！」

聽到這句話，另一位皮膚潔白、身穿低領藍色波紋綢裙的珂蓉帛怯生生地開口說話——話雖是對百合花說的，她心裡卻希望英俊的衛隊長搭訕：

「親愛的百合花，您見過羅希－吉戎府邸的帷幔嗎？」

「是不是羅浮宮女總管花園所在的那棟府邸？」狄安娜笑著問道——她的牙齒漂亮，所以隨時隨地都在笑。

「那裡面有巴黎舊城牆的那座肥壯的老敵樓，」有鮮艷鬈髮的褐髮美人阿美洛特接著說。她喜歡嘆氣，正如狄安娜喜歡笑，她自己也不知道爲什麼。

阿洛伊絲夫人說：

「親愛的珂蓉帛，您說說查理六世統治時期，巴克維耳公爵擁有的那座府邸，好嗎？那兒的帷幔才是眞的漂亮，還是上等質料的哩！」

「查理六世！先王查理六世！」年輕的隊長捻著小鬍子，嘀咕：「我的上帝！老太婆的記性可眞是好！」

阿洛伊絲夫人又說：

「那個帷幔實在美麗！手工人人誇，世間罕見呀！」

這時，七歲的小女孩貝瑯妮突然叫了起來——她正從陽台向前庭廣場張望：

「啊！百合花姊姊，您看，那個美麗的小姐在石板地上跳舞，在民眾中間打手鼓哩！」

果眞，外面正響著巴斯克手鼓響亮的顫音。

百合花懶懶地扭頭向廣場看去，說道：

「是個吉卜賽女郎吧！」

「我們走，快去看看！」她那幾位活潑的女伴叫道，統統跑到露台上。

百合花還在推敲未婚夫態度爲何冷淡，也緩緩跟了過去。

而這位未婚夫則大感輕鬆，因爲這一事件打斷了尷尬的談話。他像是一個剛下了崗的士兵，不勝滿意地走回房間的另一端。本來，給美麗的百合花小姐站崗是件十分愉快的事情，至少他以往是這樣認爲；可是現在，衛隊長漸漸膩了，想起快要結婚，他甚至日益冷淡。況且，他這個人是沒有恆心的，而且品味低級；雖然出身高貴門第，他那甲冑底下掩蓋的還不僅僅是酗酒而已。杯中物以及由此而產生的一切惡習，他都嗜之如命。他唯一感到愜意的，是說下流話、軍人式的吊兒郎當、把美人輕易搞到手、不費功夫就情場得意。

固然，他也曾從家庭受過一點教育、學過一些禮儀，但是他闖蕩江湖、駐紮兵營的時候都太年輕，使得貴族的金玉其表也就由於近衛騎兵戎裝的廝磨而日漸消退了。儘管如此，他還懂得一些人情世故，會不時來拜訪百合花小姐，但他已經感覺到雙重的尷尬。首先是因爲他尋花問柳，到處浪擲愛情，因而簡直剩不了什麼給未婚妻了；其次是因爲置身在許多死板、挑剔、規矩的美貌女子中間，使他不斷提心吊膽，唯恐自己那張說慣了髒話的嘴，會突然控制不住，漏出下等酒店的語言，那後果就可想而知了！

況且，這一切還摻合著自命風雅、丰姿過人的傲慢。這些東西怎麼調和得起來，你不妨試試！我只是個史官而已。

好一陣子，他默然站在那裡，倚著壁爐的雕刻框架，似有所思。這時，百合花驀地回頭，對他說起話來。可憐的少女跟他賭氣，畢竟不是情願的。

「表哥，您不是說過，兩個月前您夜巡的時候，曾經從十多名強盜手裡救了一位吉卜賽女孩嗎？」

「我想是吧，表妹。」隊長回答。

「那現在在廣場上跳舞的，可能就是那個吉卜賽女孩哩。您來看看是不是她，孚比斯表哥。」

他看出她有意和好：她親切地邀請他到身邊，還有意叫他的名字。衛隊長孚比斯・德・夏多佩緩步走向露台。

「瞧，」百合花溫存地把手搭在孚比斯的胳臂上，說道：「您看看在圈子裡跳舞的小女孩，是那個吉卜賽女郎嗎？」

孚比斯看了看，說道：

「是她，從她的山羊，我就知道是她。」

「啊！眞是美麗的小山羊！」阿美洛特合掌讚道。

「牠的角是眞金的嗎？」小妮子貝瑯妮問道。

阿洛伊絲夫人仍舊坐在椅子上，說道：

「是去年從吉巴爾門來的吉卜賽人吧？」

「母親，」百合花柔聲說道：「那座城門現在叫地獄門⑧了。」

百合花小姐知道，她母親那些過時的說法，是多麼讓隊長覺得刺耳。

果然，隊長開始輕輕譏笑了：

「吉巴爾門！吉巴爾門！老夫人應該說查理六世走過的吉巴爾門才對吧！」

「姊姊！」小妮子叫了起來——她的眼睛一直不停地轉動，突然抬眼望著聖母院鐘樓的頂上：「上面那個黑衣人是誰呀？」

女孩們都抬頭張望。確實，有個男人正伏在面向河灘廣場的北鐘樓最頂端。是個教士，可以清清楚楚看見他的服裝和雙手托住的臉。不過，他就像座塑像似，動也不動，眼睛緊緊盯住廣場——好似鷂鷹剛剛發現一窩麻雀，目不轉睛地盯著。

「那是若薩的副主教先生。」百合花說。

「您眼睛眞尖，從這兒都認得出來！」珂蓉帛說。

「瞧他看跳舞女孩的那副模樣！」狄安娜說。

「吉卜賽女郎可得當心了！他是不喜歡吉卜賽人的！」百合花

說。

「他那樣看著她，眞可怕！她跳得眞 好！」阿美洛特說。

忽然，百合花對孚比斯說道：

「表哥，既然您認識吉卜賽女郎，您叫她上來吧！讓我們高興高興！」

所有的女孩都拍手喊道：

「啊，好呀！」

「眞是胡鬧！」孚比斯說：「她可能已經把我忘了，而且我也不知道她的名字。不過，既然妳們希望，小姐們，我就試試吧。」

於是，他從陽台欄杆上探身，叫喊：

「小姐！」

吉卜賽女孩這時正好沒有敲手鼓。她扭頭朝向喊聲所來之處……突然，她停下舞步，閃亮的目光盯住了孚比斯。

「小姐！」隊長又喊，揮動一隻手召她上來。

吉卜賽女孩又看看他，忽然，她的臉紅了，好像有團火燃燒著她的臉頰，接著，把手鼓往腋下一夾，穿過驚愕不止的觀眾，緩緩地、踉踉蹌蹌地走向孚比斯的那棟房屋的大門，目光迷亂，像是一隻抵擋不住蟒蛇魅力的小鳥。

過了一會，帷幔掀開，吉卜賽女孩出現在客廳門前，紅著臉，手足無措，氣喘吁吁，一雙大眼低垂著，她再也不敢上前一步。

小妮子貝瑯妮高興得拍起手來。

可是，跳舞女子站在門口一動也不動。她的出現對這群女孩產生了奇特的效果。這些女孩的內心都激盪著取悅英俊軍官的朦朧願望，他那漂亮的軍服是她們賣弄風情的焦點。只要他在場，她們之間就會展開一場悄然無聲的競爭，雖然她們自己心裡不肯承認，但還是會隨時從她們一舉一動、一言一行中爆發出來。她們彼此美貌相當，便以不相上下的實力展開角逐，每一位都能期望獲得勝利。但是，吉卜賽女子的來臨卻猝然粉碎了這一均勢。她艷麗驚人，不同凡響，一出現在房門口，就彷彿散發出只有她才有的光輝。在這間壅塞的客廳裡，在這幽暗的帷幔和護壁環繞之中，她比在廣場上更爲美麗動人，更爲光艷萬分，彷彿是一只火炬，從大天光中突然拿進了黑暗所在。

幾位貴族小姐不由得心搖目眩，一個個都感到自己的美貌受到了損傷。因此，她們的戰線——請允許我這樣措詞——頓時改變了，雖然彼此之間一個招呼也沒打，可是她們聲息相通，靈敏之至。大凡婦女，她們互相感應、互相理解的本能，通常比男人快得多。這幾位小姐頓時覺得進來了一個敵人，她們全感覺到了，於是立刻團結起來。只需一滴葡萄酒，就可以把一杯水染紅；要使一群美貌女子染上某種不快情緒，只需召來一位更爲美貌的女子——尤其是只有一位男士在場的時候。

所以，吉卜賽女郎受到的接待眞是賽似冰霜。她們把她從頭到腳一一打量，然後互相瞅那麼一眼，一切心思都在裡面了。她們是心照不宣的。這當兒，吉卜賽女郎還在等著吩咐，激動得不得了，眼皮也不敢抬。

衛隊長首先打破沉默，用他那滿不在乎的慣常語氣說道：

「我的天，來了一位多麼迷人的美人兒啊！」然後又說：「您覺得怎樣，表妹？」

這樣一句評論，如果讚賞者多長一分心眼兒，至少會低聲發表的；當然，絲毫也不能驅除面對著吉卜賽女孩保持著警惕的女人嫉妒心。

百合花裝腔作勢地以甜蜜蜜的輕蔑態度回答：

「還可以！」

其他幾位小姐低聲耳語。

終於，阿洛伊絲夫人——她的嫉妒也並不稍次，因爲她爲女兒嫉妒——開口對跳舞少女說：

「過來，小姐！」

「過來，小姐！」貝瑯妮學著說，擺出十分滑稽的莊嚴架式。

其實，貝瑯妮還沒有她腰的高度呢。

吉卜賽女孩向貴婦人走去。

「漂亮的小姐，」孚比斯誇張地說，他也向女孩邁出幾步：「我不知道是否極爲榮幸地被您認出來……」

女孩抬眼對他笑笑，目光洋溢著無限溫情，打斷他的話說：

「啊，是的！」

「她的記憶力還眞好！」百合花評論說。

「噢，那天夜裡您倒是逃脫得極爲靈巧啊！您怕我？」孚比斯說。

「喔，不！」吉卜賽少女說。

先是一聲「啊，是的」，現在又是一聲「喔，不」，聲調裡有那麼一種難以言述的含義，使得百合花自尊心大受傷害。

衛隊長對街頭女子說話，總是特別輕鬆愉快，他接著又說：

「您逃了以後，給我留下了一個惡毒的怪物，又駝又獨眼，我想，他就是副主教的敲鐘人。據說，他是那位副主教魔鬼的私生子。他的名字很可笑，叫什麼『四季』，又叫『復活節繁花』，還叫『懺悔節』，多得簡直沒法說！反正是敲鐘的節日名稱⑨！他竟敢搶您！這貓頭鷹想對您幹什麼呢？呃，眞是的！」

「我也不知道。」少女答道。

「竟敢如此放肆！一個打鐘人竟搶起女孩來，倒像他是個子爵呢！下賤小民竟然玩起貴族的遊戲！眞是天下少有！不過，他也被教訓夠了。彼埃臘·托特律這個馬伕，揍起賤民是歷來最厲害的。要是您覺得好玩，我可以告訴您，那個敲鐘人的狗皮都全給他乾淨俐落地扒下來了！」

「可憐的人！」吉卜賽少女說，隊長的一番話使她又回想起恥辱柱的場面。

衛隊長哈哈大笑：

「牛的角！瞧這個憐憫勁兒，眞恰當，就跟羽毛插在豬屁股上似的！我眞願意挺著個大肚子像教皇那樣，要是……」

他猛然打住。

「對不起，小姐們！我看，我是說出什麼難聽話了。」

「呸，先生！」珂蓉帛說。

「他是用那個賤丫頭的語言對她說話！」百合花輕聲說。醋勁越來越大，滿腔怨恨有增無減。因爲她看見衛隊長爲吉卜賽少女，尤其爲她對自己的神魂顛倒而自滿，不斷以粗野天眞的大兵式獻媚態度叫嚷：「憑我的靈魂，眞是美麗的女孩！」

「穿的衣服可眞是粗野！」狄安娜說，還是那樣笑著，露出美麗的牙齒。

這麼一句話，恰似一道光芒，使其他幾位茅塞頓開。她們立刻看到了吉卜賽女孩可攻之處。既然啃不動她的美貌，就向她的服飾猛撲上去。

「說眞的，小姐，」阿美洛特說：「妳是從哪兒養成的習慣，竟然敢不戴披巾、不穿胸褡，就這樣滿街亂跑？」

「裙子還短得可怕！」珂蓉帛補充說。

百合花尖刻地接話：

「親愛的小姐，您那鍍金的腰帶，會搞得侍衛長把您抓去的⑩。」

「小姐，小姐，」狄安娜毫不憐憫地冷笑道：「妳要是老實點，給胳臂套上袖子，不就能少被太陽曬疼了嗎？」

這場面眞該讓比孚比斯聰明的人看看。這幾位美麗的姑娘羞惱萬分，嚼起毒舌，圍著跳舞女孩盤旋、滑動、扭曲。她們既殘酷無情，卻又優雅大方。她們惡毒地把她那可憐的、綴滿金屬碎片的佻㒓服飾挑剔來，挑剔去，嘲笑個不停，挖苦不已，侮辱不休。冷嘲熱諷，倨傲垂憐，目光似刀，向跳舞女孩傾瀉不已。簡直就像古羅馬的貴婦們把金針深深刺進美麗女奴的胸脯而樂不可支。又好似漂亮的獵犬大張鼻孔，眼裡冒火，圍著主人制止牠們呑吃的可憐母鹿轉來轉去。

在這些大家閨秀看來，這個滿街跳舞的下賤女子算得了什麼！她們毫不考慮她就在面前，就這麼當著她的面，對著她大聲品頭論足，好像她是個相當不乾淨、相當下賤卻又相當漂亮的東西。

吉卜賽少女對於這些針刺並不是毫不在乎的。不時可以看見她羞紅了臉，眼睛裡或者臉頰上怒火燃燒，或者嘴唇閃動，似乎什麼輕蔑的話語就要脫口而出。她噘起小嘴，藐視地作出我們已經熟悉的那種嬌態。不過，她始終一聲不響，一動不動，只是盯著孚比斯。那是憂傷而溫柔的目光，也充滿著幸福和柔情，好像她正竭力克制自己，免得被趕出去。

至於孚比斯……他則笑著，以既憐憫又唐突無禮的態度袒護著吉卜賽少女。他把金馬刺碰得直響，不斷說：

「讓她們說吧，小姐！您這身裝束也許有些荒唐！不過，像您這樣標緻的女子，這又算得了什麼。」

「我的上帝！」金髮的珂蓉帛酸溜溜地一笑，揚起她那天鵝似的脖子，嚷道：「我看，侍衛弓手們也太容易爲吉卜賽女子的美麗眼睛著火啦！」

「怎麼，不行嗎？」孚比斯說。

隊長就像隨意扔出一顆石子，甚至扔到哪兒也不在意，就這樣答了一句。小姐們一聽之下，珂蓉帛大笑起來，狄安娜、阿美洛特和百合花也大笑不已，然而百合花同時湧上了眼淚。

吉卜賽少女剛才聽珂蓉帛和狄安娜說話的時候，目光始終盯著地面，這時聽見軍官的話，眼睛裡欣喜又自豪的火花閃耀起來，她抬起頭，又凝視著孚比斯。此刻她更是艷麗驚人。

老夫人目睹此景，感到大受侮辱，不能理解。忽然她叫了起來：

「聖母呀！是什麼在碰我的腿？啊！畜生！」

原來是母山羊來找女主人了。一開始，牠的角就纏在尊貴的老夫人拖到腳下的一大堆衣裙之中。

注意力給分散了。

吉卜賽少女一聲不響，把牠解救了出來。

貝珈妮雀躍不已，大叫：

「瞧！小山羊的腳爪也是金的哩！」

吉卜賽少女跪了下來，臉頰貼著那撫愛著她的山羊的腦袋，彷彿請牠原諒剛才那樣撇棄了牠。

這當兒，狄安娜俯下身去，貼著珂蓉帛的耳朵說：

「唉！我的上帝！剛才我怎麼沒有想到，她就是帶母山羊的吉卜賽女郎！聽說她是女巫，她的山羊會變許多神秘的戲法。」

「好呀，」珂蓉帛說：「那就叫山羊也讓我們開開心，給我們來個奇蹟吧。」

狄安娜和珂蓉帛趕忙對吉卜賽女孩說：

「小姐，叫妳的山羊來個奇蹟吧！」

「我不懂妳們說什麼。」跳舞少女說。

「來個奇蹟，變個魔術吧！就是巫術呀！」

「我不明白，」她又撫愛著山羊，不斷叫：「佳利！佳利！」

恰在這時，百合花發現山羊脖子上掛著一個皮革的繡花小荷包，便問：

「這是什麼？」

少女抬起大眼睛，莊重地說道：

「這是我的秘密。」

「我倒願意知道妳的秘密是什麼。」百合花心想。

這時候，老太太已經惱怒地站起來，說道：

「噢，小姐，妳和妳的山羊要是沒有什麼給我們看，那妳們又待在這兒幹嘛呢？」

吉卜賽女孩一言不發，緩緩向房門口走去。但是，她走得越遠，腳步也就越緩慢，彷彿有個不可抗拒的力量吸住她。忽然，她把飽噙淚水的眼睛轉向孚比斯，站住了。這時，衛隊長喊道：

「真正的上帝！不可以就這樣走掉！您回來，多少給我們跳個什麼。我的小美人，您叫什麼名字？」

「愛斯美娜達。」少女回答，仍然目不轉睛地看著他。

聽到這麼個古怪的名字，小姐們笑得更不亦樂乎了。

「這麼一個可怕的名字！」狄安娜說。

「你們看嘛！」阿美洛特說：「可不就是女巫嗎！」

「親愛的，」阿洛伊絲夫人莊嚴地叫嚷：「妳父母總不至於是從洗禮聖水盤裡給妳釣出這麼個名字來的吧！」

她們的談話有好一陣子了。貝珈妮趁人不注意，已用一塊杏仁蛋糕引逗著，把小山羊牽到一個角落裡去了。不一會兒，她倆就做了好朋友。好奇的小妮子把山羊脖子上拴著的小荷包解下，打開來，把裡面的東西抖落在地毯上。啊！原來是一組字母，一個個分別刻寫在一塊塊黃楊木上。這個東西剛攤開在地毯上，小妮子就驚訝地看見山羊伸出金色腳爪，抽出幾個字母，輕輕推著，把它們排列成一種特殊的次序——大概這就是牠的「奇蹟」之一。不一會兒，牠組了一個字，好像早已訓練有素，因爲牠簡直不假思索就把它組合成功了。貝珈妮驚讚地合掌叫道：

「百合花姊姊，您看山羊在幹什麼呀？」

百合花跑過去一看，全身激起一陣哆嗦，原來地板上組成的字是：

孚比斯（*PHŒBUS*）

她嗓音大變，問道：

「這是山羊寫的？」

「是呀，姊姊！」

不必懷疑，小妮子是不會寫字的。

「這就是她的秘密。」百合花心想。

這時候，所有人也都跑過來了——夫人，小姐們，吉卜賽女孩，軍官。

看見山羊闖了禍，少女的臉上白一陣紅一陣，像犯了罪似的在衛隊長面前渾身直哆嗦，而衛隊長既得意又驚訝地微笑看她。

小姐們萬分驚愕，嘀咕著：

「孚比斯！這是隊長的名字呀！」

「您的記憶力可眞了不起！」百合花對木然呆立的吉卜賽少女說，隨即啜泣起來，兩隻美麗的小手捧著臉，痛苦地吶吶說道：「啊！她是女巫呀！」

而她的內心裡有個更爲辛酸的聲音對她說：

「是個情敵！」

百合花暈倒了。

「女兒，我的孩子！」媽媽叫道，嚇得要死：「妳滾蛋，地獄來的吉卜賽女人！」

一眨眼，愛斯美娜達已把倒霉的字母撿了起來，向佳利招招手，從一道門出去了。同時，百合花已被人從另一道門抬走。

孚比斯隊長一個人待著，猶豫了一會，在兩道門中間拿不定主意。最後，他跟在吉卜賽少女後面出去了。

---

① 以曲折隱晦的手段說明某一意念的修辭法。

② 聖母院正面朝西略偏北。

③ 這種尖帽有些像法國布列塔尼女人直至本世紀四、五〇年代還戴的那種式樣，但現在已不見遺跡了。—譯注

自十四世紀中葉起，服裝乃是身分的象徵。當時的貴婦都佩戴尖頂高帽。—編注

④ 方旗是一種戰旗。方旗騎士是一種可以舉旗糾集附臣和下民前往戰鬥的騎士，後沿爲封建領主的一個等級。

⑤ 烏得勒支，荷蘭城市，以織造業著稱。

⑥ 特里托（Trito）是海王之子。畫上常常畫作人身魚尾。

⑦ 門鍵（gond），桂冠（laurier），合起來中間加個e，就是「貢德洛里埃」，所以他們家的紋章上有這兩樣東西。繡在婦女袍子上已不時興，但仍可安放在壁爐架和旌旗上。

⑧ 原稱吉巴爾門，後改稱地獄門，拆除城牆前稱聖米歇門，現已不存在了。

⑨ 據某個法文版本的編者說，其他還可以列舉五、六個名稱。

⑩ 金器或鍍金器，中世紀只許有一定地位的人佩戴。

II
教士和哲學家

小姐們瞥見站在俯臨廣場的北鐘樓頂上、專心瞅著吉卜賽女子的那個教士，正是克洛德·弗羅洛副主教。

讀者想必沒有忘記副主教在這座鐘樓頂上給自己安置的那間神秘小室。順帶一提，我不知道這是不是今天還可以看見的那一間，就是站在托起鐘樓的平台上面、穿過約一人高的朝東小方窗就可以看見室內的那一間。那是一間陋室，現在已經光禿禿的，空空如也，破爛不堪，牆上灰泥亂抹，只隨意張掛著幾張發黃的拙劣版畫，畫面是幾座主教堂建築的正面。我推測，這個洞裡居住著蝙蝠和蜘蛛，牠們互相競爭，使得蒼蠅陷入雙重殲滅戰中。

每天日落的前一小時，副主教總會登上北鐘樓樓梯，躲進這間斗室；有時徹夜都關在裡面。這天，他來到幽居的低矮小門前，從腰側隨時吊著的腰包裡，把一串極其複雜的鑰匙掏出來，塞進鎖孔……忽然，他聽見手鼓和響板的聲音。

響聲來自前庭廣場①。而他那間小屋，我們已經說過，只有一個朝向主教堂屋脊的窗孔。克洛德·弗羅洛趕緊抽回鑰匙，過了一會，他就來到鐘樓頂，伏在欄杆上；正是小姐們看見的那個陰沉深思的樣子。

他伏在那裡，莊重，呆滯，沉湎於那唯一的凝視、唯一的思慮之中。巴黎全城都在他的腳下；那無數的建築尖塔，那山丘環抱的淡淡天邊，在橋下扭曲的塞納河，在街上波動的民眾，煙霧迷漫，屋頂如鱗，一層層構成無盡的串鏈，以其密集的環扣緊緊壓擠著聖母院。然而，於全城中，副主教只盯著地面一角——那就是聖母院前的廣場；於人群中，只盯著一個身影——吉卜賽女郎。

若要說清楚他的目光究竟隱涵什麼意義，其中火光熠熠又是怎麼回事，那是很不容易的。這是一個專注的目光，然而混合著迷惘、狂亂。他全身僵立，是那樣深沉，只有間或機械似的戰慄使他微微驚動，就像風中的大樹；他雙肘撐著欄杆，比欄杆更像石頭；微笑僵死在嘴角上，整個臉也抽搐起來。看見這一切，眞可以說，克洛德·弗羅洛整個的人只剩下兩隻眼睛還活著。

吉卜賽少女舞著。手鼓在她指尖上旋轉。她一邊跳著普羅旺斯的薩臘邦達舞②，一邊把手鼓扔起在空中。矯捷、輕盈、歡樂，她全然不覺有可怕目光狠狠落在她的頭上。

觀眾群集在她周圍。不時，有個身穿一半黃、一半紅的寬袖短衫的男人上來打圓場，然後回到距離跳舞女孩幾步的一張椅子坐下，摟住山羊，兩膝夾著牠的腦袋。這個男人好像是吉卜賽女郎的伴侶。克洛德從他所站的高處向下望去，看不清楚他的面容。

副主教看見這個陌生人之後，注意力好像在少女和這個男人之間分散了，臉色越來越陰沉。突然，他站直身子，全身戰慄，悻悻然自言自語：

「這個人是誰？我一向只看見她是一個人的！」

於是，他衝到螺旋樓梯的盤旋拱頂之下，急速跑下樓去。經過微微開啓的鐘籠小門的時候，他瞥見一件事情，不覺一驚：原來，卡席莫多伏在很像巨型窗板的石板遮簷的開口，也向廣場眺望。

卡席莫多沉浸在深沉的靜觀之中，沒有發現養父經過，他那狂亂的眼神中有一種異樣的表情，是一種被迷惑的含情脈脈的目光。

「眞奇怪！」克洛德心想：「難道他也在看那位吉卜賽女子嗎？」

他繼續往下走。幾分鐘之後，滿腹心事的副主教從鐘樓底部的側門走到了廣場。

「吉卜賽女郎到哪裡去了？」他說，混雜在手鼓聲招來的觀眾中間。

「不知道，」旁邊的一個人回答：「她剛剛不見了。我想，她是到對面房子裡去跳芳達戈舞③了，他們叫她過去的。」

剛才吉卜賽女孩舞影婆娑，遮沒了地毯上的蔓藤花紋。現在就在這塊地毯上，不見吉卜賽女孩，只見那位穿半紅半黃衣衫的男人，爲了也來掙幾個小錢，在走圓場，他雙手反剪，頭向後仰，臉漲得通紅，繃著脖子，用牙齒叼著一把椅子，椅子上拴著街坊上一個女人借給他的一隻貓。貓嚇得直叫。

這位表演雜技的人汗水直淌地頂著椅子和貓構成的金字塔，經過副主教面前。

「聖母呀！彼埃爾·格蘭古瓦，你在幹什麼呀？」副主教叫了起來。

這嚴厲的叫喊使得這可憐的傢伙大吃一驚，激動萬分，導致整個「建築物」失去了平衡，椅子和貓一古腦兒砸在觀眾的頭上，激起了一片叫罵。

若不是副主教示意叫他跟著走，讓他在這片喧鬧聲中趁機躲進教堂的話，借貓的女街坊和周圍臉被劃破、被擦傷的觀眾，或許要找彼埃爾·格蘭古瓦——確實，這正是他——算帳了，這可夠他嗆的！

主教堂這時已經沒有燈光，也不見人影。正堂四周的迴廊浸入一片黑暗，幾個小教堂④裡微弱燈光星星點點，因爲穹窿已經漆黑。只有教堂正面的玻璃窗輝映著夕陽斜照，在陰影下猶如一大堆鑽石，以千萬種顏色閃爍，霞光萬道，令人目眩，一直返照到正堂裡面的盡頭。

他們剛走了幾步，堂・克洛德往柱子上一靠，狠狠盯著格蘭古瓦。這目光，格蘭古瓦倒是不怕，他只覺得慚愧，竟被這樣一位嚴肅而博學的人物撞見自己身穿這種小丑服裝。教士的注視並沒有嘲弄諷刺的意思，但卻嚴肅、冷靜而又銳利。

副主教首先打破沉默。

「來吧，格蘭古瓦先生，您得向我解釋許多事情。首先，差不多有兩個月沒有看見您了，這是怎麼回事？而現在又碰見您奇裝異服地在大街上表演，眞是的！一半黃，一半紅，眞像科德貝克的蘋果！」

格蘭古瓦一副可憐相，說道：

「先生，服裝確實很古怪，您看，我這身可笑的打扮，眞可賽過一隻頂著葫蘆瓢的貓。我自己也覺得這個樣子很不好，簡直就是存心讓自己去給巡防侍衛長先生們棒打這件衣衫裡面的畢達哥拉斯哲學家的肩胛骨！可是，您叫我怎麼辦呢，我敬愛的老師？全怪我的短外套，冬天一開始，它就卑鄙地拋棄了我，藉口說它只剩短布條兒了，需要到收破爛兒的大筐裡休息去了。而文明又還沒有發達到可以像狄奧吉納斯⑤所主張『裸體行走』的地步。況且，冷風直吹，要人類試著邁出這樣新的一步，總不能在一月份吧？湊巧有這麼一件短衫，我就拿了，把我那件又舊又破的黑罩衫扔掉了，對於像我樣嚴密的哲學家來說，破爛是太不嚴密了⑥。所以，現在我就跟聖惹內斯特一樣穿著小丑的服裝⑦。您說我該怎麼辦？沒錯，這是墮落！可是，阿波羅也曾在阿德邁特斯家裡看養過豬哩！⑧」

「是啊……你可有個好職業喔！」副主教說。

「老師，我同意最好是搞搞哲學、寫寫詩、對著爐膛吹吹火，或者從天上接受火焰⑨，這些可都比頂著大盾⑩耍貓強得多。所以，您剛才突然叫我，我一發傻，就像一頭蠢驢突然要給套上烤肉叉⑪。可您叫我怎麼辦呢？總得生活呀！最美麗的亞歷山大詩行⑫，嚼起來到底不如勃里奶酪啊！我為弗蘭德爾瑪格麗特公主寫的那首有名的婚禮讚歌——這您是知道的，政府卻不給分文，還藉口說寫得不高明，彷彿索福克勒斯的一部悲劇只值四埃居！我幾乎要餓死了，您知道嗎？幸虧我發現我的下巴骨還挺結實，就對下頜的這一邊說：『去耍耍把戲，養活你自己吧！——Ale te ipsam.』有一群乞丐現在做了我的好朋友，他們教了我二十多種大力士把戲，於是我就每天汗流浹背讓我的牙齒白天掙點兒麵包，晚上它自己吃。話又說回來，我承認，這樣運用我的智能，確實不體面，人也不是天生打打手鼓、咬咬椅子混日子的。但，可敬的老師，光靠思考還是不夠的，人得掙飯吃呀！」

堂・克洛德靜靜地聽著。猛然，他那深陷的眼睛露出機敏、銳利的目光，格蘭古瓦覺得簡直刺到他靈魂深處去了。

「說得好極了，格蘭古瓦先生！不過，您又為什麼會和那個跳舞的吉卜賽女子在一起呢？」

「怎麼！她是我的妻子，我是她的丈夫呀！」

教士陰森森的眼睛立刻閃耀出火焰。

「你幹出了這樣的事情，混蛋！」他惡狠狠地捏住格蘭古瓦的胳臂，叫道：「你竟然被上帝唾棄到這步田地，竟然會去碰這種女人！」

格蘭古瓦全身直打顫，回答：

「憑我進天堂的份兒發誓，大人！我向您保證，我從來沒有碰她，如果您擔心的是這個的話。」

「那你說什麼丈夫妻子？」教士說。

格蘭古瓦趕緊三言兩語把讀者已經知道的奇蹟宮廷的奇遇和摔罐成親，如此這般說了一遍。看來，結婚一場毫無結果，每天吉卜賽少女還是跟第一天一樣把新婚之夜賴了過去。他最後說：

「這眞是有苦難言啊！只怪我自己太倒霉，娶了一個聖女。」

「此話怎講？」副主教連忙問道，聽到這番敍述，好像漸漸平靜了。

「一言難盡呀！總之是迷信。聽他們稱作『埃及公爵』的一個老偷兒告訴我，我的妻子是個棄兒，或者說，是個丟失的孩子，反正就是這麼回事。她脖子上掛著一個護身符，據說能使她日後與父母重逢。但是，要是這女孩失去童貞，護身符就會失去靈性。因此，我和她兩個人都守身如玉。」詩人說道。

克洛德面容越來越舒展了：

「這麼說，格蘭古瓦先生，您認爲那個小東西從來沒有給任何男人親近過？」

「堂・克洛德，您以爲任何男人能奈何得了迷信的事？她可是執迷不悟喔！我覺得，在那幫很容易釣到手的流浪女中間，能頑強堅守修女般貞節的，眞是天下少見！可是，她有三樣東西保護她，一是埃及公爵，他把她看作自己卵翼下的人，也許是盤算著要把她賣給什麼荒唐的修士吧；二是她的整個部落，他們都奇特地尊敬她，把她當作聖女一般，三是一把挺可愛的小匕首，這個女混混不顧大人的三令五申⑬，總是隨身攜帶著它，誰要是碰她的腰，小匕首立刻就冒了出來。眞是一隻大馬蜂，還很驕傲，算了吧！」

副主教仍接二連三盤問格蘭古瓦。

按照格蘭古瓦的看法，愛斯美娜達這女孩是馴良又迷人；擁有美麗的外貌，以及她自己特有的撇嘴動作；她天眞爛漫，極爲熱情，對任何事情都很熱心，但什麼也不懂；她甚至還不懂男女之間的區別，即使做夢也想不到；天生就是這樣的一個女孩！她很喜歡跳舞、熱鬧、野外生活；是一種蜜蜂似的女人，腳上有看不見的翅膀，生活在不斷飛旋之中。格蘭古瓦得知，她很小的時候就已走遍西班牙和卡泰羅尼亞，甚至到過西西里；他甚至相信，那個茨岡人車隊一定曾經把她帶到阿爾及爾王國，這個王國在阿卡雅境內，而阿卡雅則一邊與小小的阿爾巴尼亞和希臘毗鄰，另一邊瀕臨西西里海，是去君士坦丁堡的必經之路。

格蘭古瓦說，這些流浪者是阿爾及爾國王——白摩爾民族的首領——的臣民。毫無疑問，愛斯美娜達是很小的時候經由匈牙利到法國來的。這女孩從這些國家帶來了許多的古怪方言、歌曲和奇特思想，使得她說的話相當古怪，就像她那一半巴黎式、一半非洲式的服裝一樣古怪。不過，她常去的那些街道的居民倒很喜歡她，喜歡她的快活天性、善良脾氣、天眞活潑，也喜歡她唱的歌、跳的舞。她自己認爲全城只有兩個人恨她，談起來總是心驚膽戰；一個是羅朗塔樓的麻袋女，這個可惡的隱修女不知怎麼的，對埃及女人總是懷恨在心，可憐的少女只要經過她的窗洞，就要挨罵；另一個是一名教士，只要碰見她，總是向她投射惡毒的眼光和言語，使她害怕得要命。

最後這一點使得副主教非常尷尬，不過格蘭古瓦並沒有注意到，因爲這位沒腦子的詩人在不過兩個月的工夫，早已把那天夜裡碰見吉卜賽少女被擄掠的種種奇特情況忘得一乾二淨了，而這一切又與副主教脫不了干係。

好在少女什麼也不在乎，況且，她也不給人算命，這樣，就不至於遭受當時經常加之於吉卜賽女人的誣告行妖作祟的審訊。格蘭古瓦雖然談不上是她的丈夫，倒也算得她的兄長。反正，這位哲學家對於這種柏拉圖式的婚姻也還安心忍受。至少，他總是有地方住、有麵包得吃的。每天早晨，格蘭古瓦跟著愛斯美娜達從乞丐窩出來，他幫她在市井通衢收斂鷹錢和小銀幣；到了晚上，再同她一起回到住處，聽任她把自己鎖在隔壁小房間裡，然後安安穩穩地睡他的良心覺。他說，這生活整體而言是挺甜蜜的，也很有益於沉思冥想。還有，在這位哲學家的靈魂深處，並不十分肯定自己愛這位吉卜賽女孩已達到瘋狂的程度；他覺得他對山羊的愛也好像不相上下。他認爲那隻山羊又溫柔，又聰明，又伶俐，眞是可愛，是一隻很懂事的山羊。這類叫人驚讚不止、常常使得馴養人遭受火刑的聰明動物，在中世紀眞是比比皆是。這隻金蹄山羊的妖術，其實完全是無害的噱頭。格蘭古瓦向副主教解釋說，這些小玩藝兒好像是非常吸引人的。通常，只需要把手鼓遞到山羊的面前，以某種方式翻動，就可以叫牠變出所需要的戲法。這是愛斯美娜達把牠訓練成這樣的，而這個吉卜賽女孩搞這些巧妙戲法的天才，是世上少有，只花了兩個月的時間，她就教會了山羊用活字塊拼組「孚比斯」。

「孚比斯！」教士喊道：「什麼是孚比斯？」

「我不知道，」格蘭古瓦說：「也許是她相信的某種具有神秘魔力的咒語吧。當她以爲只有她自己一個人的時候，常常會輕聲念這個字哩。」

克洛德目光逼人，又問：

「您有把握這確實是個咒語，不是人的名字？」

「誰的名字？」詩人問。

「我怎麼知道？」教士說。

「我是這麼想的，老師。反正這些流浪人總有點拜火教的味道，崇拜太陽。所以就有了『孚比斯』這個詞兒。」

「在我看來並不像您想的，格蘭古瓦先生。」

「畢竟與我無關啊。隨她去念她的『孚比斯』吧！反正可以肯定的是，佳利愛我已經像愛她一樣了。」

「佳利又是什麼？」

「那隻母山羊啊。」

副主教以手托腮，似乎沉思了一陣子。突然，他把身子急遽轉向著格蘭古瓦：

「你能向我發誓從來沒有碰過她？」

「碰過誰？母山羊？」

「不是，我是說那個女人。」

「我的女人！我敢發誓，沒有碰過。」

「你跟她經常單獨在一起嗎？」

「對，每天晚上足足有一個小時。」

「唉！唉！solus cum sola non cogitabuntur orare Pater noster.（拉丁文：一個男人和一個女人單獨在一起，是不會想到念主禱文的。）」

「憑我的靈魂發誓，哪怕是我大念 Pater, Ave Maria, Credo in Deum patrem omnipotentem!（拉丁文：我們的父，聖哉瑪麗亞！信仰上帝，我們萬能的父啊！）她也不會注意我，絕不會比母雞注意教堂更多些。」

「用你母親的名義發誓，」副主教兇惡地說：「你手指尖也沒有碰過那個女人。」

「我還可以以我父親的名義發誓，因爲這兩者之間有不少關係。⑭不過，我尊敬的老師，請允許我也問一個問題。」

「您說吧。」

「這些跟您有什麼關係嗎？」

副主教蒼白的面孔頓時一下子紅了，就跟大閨女似的。他半晌不回答，然後顯得狼狽地說：

「請聽我說，彼埃爾·格蘭古瓦先生。據我所知，您還沒有被打入地獄。我關心您是希望您好，您只要稍一接觸這個埃及女人，就會變成撒旦的奴隸。您知道的，總是肉體毀滅靈魂的。您要是親近這個女人，就要大禍臨頭！知道嗎？」

格蘭古瓦抓耳撓腮，說道：

「我倒是試過一回，是在新婚之夜。可是我碰了個大釘子。」

「您竟然這樣的無恥，格蘭古瓦先生？」

教士的臉都青了。

詩人笑眯眯的，又繼續說：

「還有一次。我在睡覺以前從她房門的鎖孔裡看了看，我看見舉世無雙的最絕色女子，她只穿著內衣，光著腳丫，把床上的繃子踩得軋軋直響哩。」

「你給我滾到魔鬼那裡去吧！」教士大喝一聲，目光凶惡可怕，揪住驚訝不迭的格蘭古瓦雙肩，猛力一推，接著，急步鑽進了主教堂的最陰暗穹窿之下。

---

①「前庭」Parvis 源自「天堂」Paradissus，原指主教堂前廣闊空地，有欄杆

（或矮牆）、門拱之類。欄杆之類，在巴黎聖母院門前早已拆除，但 Parvis 這個名稱仍沿用至今，只是把房屋也拆除了，所以，今天的 Parvis 比一四八二年大得多。

② 一種三拍子的西班牙舞。

③ 一種快速的四三拍子的西班牙舞。

④ 現存一個小教堂，是在進入聖母院正門後的右側。

⑤ 狄奧吉納斯為古希臘著名犬儒學派哲學家，主張之一為：人必須丟盡各種欲望，包括穿衣服的需要。

⑥ 前後的「嚴密」是一語雙關，屬於文字遊戲。

⑦ 聖惹內斯特是古羅馬時代為傳播基督教而殉道的人，臨刑前被迫穿上小丑服裝。

⑧ 阿德邁特斯是黄勒斯王，曾款待變為凡人模樣的阿波羅，阿波羅為報答他，允許他長生不死。給阿德邁特斯看豬，可能是彼埃爾想當然耳。

⑨ 「對著爐膛吹火」（即，用風箱鼓風）、「從天上接受火焰」，都是指煉金術士行為。喻教士暗中進行的這類活動。

⑩ 大盾是十四、五世紀使用的一種長圓形盾，是一種武器。

⑪ 烤肉叉，實際上是一種能轉動的機械裝置，用於烤肉。機械由人力或畜力推動。畜力多使用狗，不用毛驢。毛驢給套上去，當然就暈頭轉向了。

⑫ 十二音節一行的長詩，為莊嚴詩體。

⑬ 中世紀的統治者，特別是路易十一，再三嚴令禁止平民攜帶武器。

⑭ 這裡有一個隱晦的淫猥暗示。

III
鐘

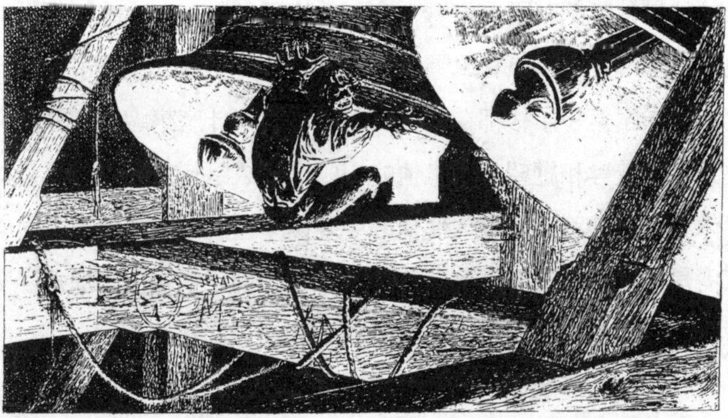

自恥辱柱那天上午之後，住在聖母院附近的人們都發覺，卡席莫多奏鐘樂的熱誠好像大大減退了。從前，主教堂都是隨時鐘聲飄揚的，有時是從初課直至終課經久不息的早禱晨鐘，有時是爲大彌撒而轟鳴的鐘樂，或爲婚禮，或爲洗禮；豐富的樂聲，在兩座鐘樓上繚繞，交織於空中，就像以形形色色的美聲刺繡織錦。古老的主教堂總是顫動不已，鳴響不已，永遠在歡樂的鐘聲之中，可以不斷感覺到有一個任性、喧鬧的靈魂，在那裡通過這些銅舌歌唱。然而，現在這個靈魂似乎不見了……主教堂好像陰沉了，甘願保持沉默。節日和葬禮的鐘樂，也只是簡簡單單的，乾癟癟的，光禿禿的，無非是因應禮儀所需，僅此而已。

凡是教堂都有兩重聲響，室內的管風琴聲和室外的鐘聲；但是現在，聖母院只剩下管風琴聲了，就好像鐘樓裡已沒有了樂師。事實上，卡席莫多始終都在。他內心裡發生了什麼事呢？莫非是恥辱杜蒙受的羞辱和絕望仍盤據他的心頭？亦或是行刑吏的鞭笞還無止無休地在他靈魂中回響，使他心中憂傷，甚至滅絕了對鐘的熱愛？或者是大鐘瑪麗在聖母院敲鐘人的心中碰到了情敵，讓他爲了更可愛、更美麗的人兒而冷淡了瑪麗和她的十四個妹妹？

話說這美妙的一四八二年，天使報喜節是在三月二十五日星期二。這一天，空氣純淨、輕盈，卡席莫多又重新感受到一種對鐘的愛戀之情。於是，當堂守在下面把教堂所有的門敞開的時候，他也爬上了北鐘樓。聖母院那時候的大門是用非常結實的木頭做的，皮革敷面，四邊有鍍金的鐵角，外圍有「精雕細刻、頗爲藝術」的雕刻鑲嵌。

到達樓頂的鐘塔之後，卡席莫多憂傷地搖搖頭，注視那六口鐘片刻，彷彿是它們和他之間久有的奇特隔閡，使他不由得悲嘆。但當他把它們都搖晃起來、又感覺到這六口鐘在他手中擺動①、看見——因爲他聽不見——音符的悸動恍如小鳥在林間枝梢跳躍著的時候，這個被素常搖晃著金光燦爛的寶盒並釋放出賦格呼應、顫音、琶音的精靈抓住的可憐聾子，又重新感到幸福無比。他已忘記了一切，心花怒放，容光煥發。

他走來走去，拍著手，從一根鐘繩跑到另一根鐘繩，用聲音和手勢鼓舞這六位歌手，就像是樂隊指揮激勵著聰慧的音樂大師。他說：

「敲吧，加勃里埃！把你的聲音向廣場上全部傾瀉！今天是過節呀！——蒂博，別偷懶，你慢了哩！快，加油！你生鏽了嗎，懶蟲？……行了，快點，快點！別讓人家看見鐘舌！讓他們都跟我一樣把耳朵震聾！對了，蒂博，幹得好！——吉約墨！吉約墨！你是最胖的，帕斯吉埃是最小的，它卻比你唱得好！聽得見的人一定都聽得出它唱得比你好！——很好，很好！好加勃里埃，再響一點，再響一點！……嘿，你們兩隻麻雀在上面搞什麼名堂？我看不見你們發出一點聲音。——你們的銅啄一點都不像在唱歌，倒像是在打呵欠，怎麼回事呢？快點，你快點敲啊！今天是天使報喜節。多好的太陽！得有很好的鐘樂才行呀！——可憐的吉約墨！你瞧你都喘不過氣來了，大胖子！」

他全神貫注，只顧驅策他這幾口鐘，讓它們六個比賽誰跳得最好，搖擺著它們光閃閃的臀部，好像是一組喧鬧的西班牙騾子，不斷被騾夫的吆喝聲刺激著。

忽然，他穿過在一定高度上遮掩著鐘樓的一片片寬闊石板瓦，向下望去，廣場上有一個衣著古怪的少女，正把一塊地毯鋪在地上，一隻小山羊站上去，馬上觀眾圍成了圈。卡席莫多一見，思緒頓時改變了方向，音樂的熱情猛然凍結，就像一陣風吹凝固了熔化中的松脂。他停住動作，從鐘聲鳴響中轉過身去，蹲在石板遮簷後面，凝目注視著女孩，目光中顯出沉思、溫柔、含情脈脈；而這副模樣正是使得副主教大吃一驚。

這時，被他拋棄的那幾口鐘突然同時沉默，使得在錢幣兌換所橋上傾聽鐘樂的愛好者大失所望，只好怏怏離去，就像一條狗在人家拿骨頭招引牠之後，又向牠砸石頭似的。

---

① 卡席莫多一個人把六口鐘同時搖晃起來，只是雨果的藝術誇張，因爲單單現在尚存的一口最大的鐘（可能就是瑪麗），即重達十五噸，需要八名壯漢在上空兩側分立在兩塊木板上，一側四名，對向行走，推動木板，帶動輪軸裝置，使大鐘來回搖晃，鐘舌敲擊鐘壁，才得鳴響。

IV
'ΑΝΑΓΚΗ

湊巧，就在這個三月的某一日早晨——我想是二十九日星期六的聖歐斯塔希日吧？我們的青年朋友、大學生約翰・弗羅洛・磨坊起床穿衣服的時候，發現平日裝錢包的緊腿長褲不再發出金屬響聲了。

「可憐的錢包啊！」他把錢包從腰兜裡掏出來，說道：「一文錢也沒有了！骰子、啤酒、愛神是多麼殘忍，把你的心肝五臟都掏光了！你看你多乾癟，盡是皺紋，軟不拉嘰的！就像潑婦的乳房！西塞羅老先生，塞內加①老先生，我看見你們包著大硬殼的書，扔在地上到處都是，請你們看看，即使我比錢幣兌換所的錢幣總管或者橋上的猶太人②更懂得，一枚王冠金埃居價值『三十五乘十一』枚二十五蘇③八德尼埃巴黎幣，一枚新月埃居價值『三十六乘十一』枚二十六蘇六德尼埃圖爾幣，可是我身上若一小枚黑色鷹錢也沒有，不能去碰碰雙六的運氣，那又有什麼用呢？啊！執政官西塞羅！這場災難不是可以用 quemadmodum（拉丁文：怎樣）、用 verum enim vero（拉丁文：但是、實際上、完全）擺脫得了的！」

他傷心地穿上衣服，一邊繫短統皮靴的靴帶，一邊想到了一個主意。可是，他又把這個想法趕跑，但它又回來了，搞得他把靴子都穿反了，——這是內心劇烈鬥爭的跡象。終於，他把小帽往地下一扔，叫道：

「算了吧！管它怎麼樣都行！我這就去找哥哥。雖然會趕上一頓訓斥，但至少也會逮住一個埃居啊。」

於是，他匆匆忙忙穿上毛皮鑲邊的寬袖上衣，撿起帽子戴上，抱著破釜沉舟的決心出去了。

他取道豎琴街，走向內城。經過小獵庭街，只聞見烤肉叉不斷轉動發出一陣陣香氣，逗得他那嗅覺器官直癢癢，他以愛戀的目光瞥瞥那獨眼巨人般的燒烤店——就是這家燒烤店曾經有一天，迫使結繩派僧侶卡拉塔吉隆發出這一悲愴的呼喊：「Veramente, queste rotisserie sono cosa stupenda！（拉丁文：確實，這家燒烤店眞是了不起！)」

約翰並沒有錢買吃的，只好長嘆一聲，鑽進了小堡的拱門，即拱衛著內城入口、排列成巨大雙梅花形的幾座龐大塔樓。

他甚至顧不得按照當時的習俗，順手扔一塊石子去砸可憐的佩里奈・勒克萊克石像——此人在查理六世時代把巴黎出賣給英國人，爲這一罪行，他的臉給石頭砸得稀爛，被污泥塗得一塌糊塗，在豎琴街和比席街交叉口贖罪至今已經三百年之久，好似被釘在永恆的恥辱柱上。

過了小橋，走完新日內維埃芙街，磨坊的約翰到達聖母院門前，忽然又躊躇起來，繞著塑像灰先生踱了一會，惴惴不安地念著：

「訓斥當然得挨，埃居可沒有把握！」

他伸手攔住一位從修士後院出來的堂守，問道：

「若薩的副主教先生在哪兒？」

「我想，他在鐘樓上那間密室裡，我勸您別去打擾他，除非您是教皇或國王派來的人。」堂守答道。

約翰拍起手來，說道：

「見鬼！這樣的機會眞是太好，可以去看看那有名的巫術室！」

這樣一想也就橫下心了，他果斷地跑進一道小黑門，開始攀登通向鐘樓高層的聖吉勒④螺旋樓梯。一邊走，一邊自言自語：

「我就要看見了！憑聖母的大烏鴉發誓！我那可敬的長老哥哥視若珍寶藏起來的密室，一定非常有趣！據說，他在裡面製作地獄烹飪，大火煮點金石。上帝！點金石對我不過是普通的石頭，我才不稀罕哩！我寧願在他的爐灶上找到復活節的豬油炒雞蛋，即便是世界上最大的點金石，我也不要！」

爬到小圓柱走廊，他喘息了片刻，用了好幾聲「媽的」大罵走不到頂的樓梯，然後穿過北鐘樓那扇如今已禁止參觀的窄門，繼續往上走。越過鐘塔不一會兒，他碰見了一道側角裡的小柱子和穹窿下的一道低矮的尖拱小門，正面的槍眼開在樓梯的圓形側壁上。從這個槍眼向門上張望，可以看見巨大的門鎖和結實的鐵護板。今天誰要是好奇，想看看這道小門，可以從發黑的牆壁上刻著的幾個白字把它辨認出來：「我愛科臘麗，一八二九。簽字：于仁」。簽名是大寫的。

約翰自言自語：「哦！大概就是這裡了。」

鑰匙插在鎖孔裡。門就在身旁。他輕輕把門略略推開，腦袋從門外探了進去。

讀者大概都翻閱過林布蘭——這位繪畫界的莎士比亞——的絕妙畫冊。在那麼許多出色圖畫中尤其有一張銅板腐蝕畫，據說，畫的是浮士德，任何人看了都一定會嘆爲觀止的。畫上是一間陰暗的斗室，中央有一張桌子，擺滿了醜惡可怕的物件，如骷髏頭、地球儀、蒸餾瓶、圓規、象形文字羊皮書等。博士站在桌前，身穿他那件大黑袍，皮帽子一直遮住眉毛，只看得見半個身子。他從巨大的椅子上欠身，抽搐的兩拳撐著桌子，詫異且驚恐地凝視對面牆上像是黑暗房間中太陽光譜般閃耀的魔術字母組成的一個大光圈。這個玄妙的太陽看上去似乎在顫抖，它那神秘的光輝照耀著這灰濛濛的斗室，可怕而又美麗！

約翰壯著膽把腦袋探入那微微開啓的小門，眼前呈現的景象就像是浮士德的斗室。也是那樣一間陰暗、幾乎沒有什麼光亮的小屋，也有一張大椅子和一張大桌子，還有圓規和蒸餾瓶，動物骨架吊在天花板上，一個地球儀滾在地上，還有藥水瓶亂七八糟混雜著金色葉子閃動的標本箱，骷髏頭擱在塗滿圖形和文字的古怪皮紙上，巨卷手稿完全攤開，毫不憐惜地聽任羊皮卷尖銳的邊角戳破它。諸如此類，全是科學垃圾，這一大堆破爛上面處處是灰塵和蜘蛛網。只是沒有那位博士出神入化、靜觀著火光熊熊的幻景，猶如兀鷹注視著太陽。

不過，斗室內並不是空無一人。有一個男人坐在高背椅上，頭俯向桌子。他背對著約翰，只看得見他的兩肩和後腦勺。約翰一下子就認出了這個禿頭。大自然給予了這顆頭顱永恆的剃度，彷彿造化有意以外表標誌出副主教那不可抗拒的教會天職。

約翰就這樣認出了他的哥哥。但是，房門是輕輕推開的，絲毫未驚動堂・克洛德。他並未覺察到弟弟來了。好奇的學生趁此機會把小屋飽看了一番。椅子左邊，窗洞下面，有一個寬大的爐灶，是他最初沒有注意到的。天光從窗洞裡照進來，先得通過一個滾圓的蜘蛛網。這蜘蛛網就像精緻的玫瑰窗，巧妙地鑲嵌在尖拱窗洞中。網中央端坐著那位昆蟲建築師，一動也不動，就像這抽紗花邊似輪盤的轂。爐灶上亂七八糟堆積著各種各樣的瓶瓶罐罐，有裝砂石的小瓶子、裝木炭的長頸瓶，以及玻璃的蒸餾瓶。約翰嘆息著發現這裡連一口鍋也沒有。他想：「這些炊事用具可眞嶄新閃亮呀！」

爐灶裡根本沒有火，看來就是長期未曾生過火。約翰還發現這些煉金用具中間有一個玻璃面罩，大概是副主教煉製某種危險物質的時候用來保護臉的。現在這個面罩扔在角落裡，盡是灰塵，好像被遺忘了。旁邊有一只風箱，也積滿灰塵，蓋板上鑲嵌著黃銅字母：「SPIRA, SPERA.（拉丁文：呼吸，希望）」

還有一些標誌，按照煉金術士的習慣大量刻寫在牆上，有用墨水寫的，也有用金屬銳器刻的。有的是哥德字體，有的是希伯來字體，還有希臘字體和羅馬字體。這些亂七八糟的銘文彼此胡亂掩蓋，後寫的抹去了先刻的，彼此糾結，就像荒草亂枝，就像混戰中的戈矛長纓。確實，這是形形色色的哲學、各種各樣的遐思冥想、一切人類智慧的一場相當紛亂的混戰。間或有那麼一段文字突出顯現，比其他更爲醒目，好似千戈萬戟中的一面旗幟。這些文字，絕大多數都是中世紀人極其善於表述的拉丁文或希臘文的簡短格言，如：Unde? Inde?（從何時？從哪時？）Homo homini monstrum.（人對人如野獸。）Astra, castra, nomen, numen.（星光，營盤，名字，神意。）Μέγα βιϐλίον, μέγα χαχόν.（大書，即大禍害。）——Sapere aude.（要敢於求知。）——Flat ubi vult.（有意願就產生傲慢）等。

有時候只有一個詞，表面上毫無意義，如 'Αναγχοφαγία（希臘文：淫穢），也許是痛苦地暗指修道院制度；有時候是一句教士紀律箴言，用嚴格的六韻步詩句表達，如 Cœlestem dominum, terrestrem dicito domnum.（拉丁文：稱天神爲主子，稱世人爲該下地獄的。）還有希伯來文巫術書的零碎字句，約翰連希臘文都不甚了了，這就更加認不得。這些字句都任意地標上了星號、人或動物圖象、三角符號，彼此交錯，使得這間斗室塗滿了字跡的牆壁，在很大的程度上更像是一張紙被猴兒用飽蘸墨汁的筆瞎畫了一通。

此外，這間小屋整個的面貌都顯示出無人料理、破爛衰敗。從用具器皿的骯髒殘破便可以想見，屋子的主人已經有好長的時間由於其他的煩心事，安不下心來從事工作。

這當兒，這位主人正把頭伏在一大本插有古怪圖畫的手稿上，似乎有某種念頭不斷打擾他的默思玄想，因而他深感痛苦。至少約翰是這樣判斷的，因爲他聽見沉思者斷斷續續的嘟囔，像是做著空幻的夢而把夢境說了出來：

「是的，馬努這樣說，佐羅阿斯特也這樣教導我們。日生於火，月生於日；火乃萬物之元，其基本粒子通過無盡川流不斷彌漫擴散於世界；以至於這些川流在空中彼此交錯，從而生光；交會於地之點，即生金。……光和金爲同一物，乃火之具體態……是屬同一性質，只有可見與可觸之分、流態與固態之分，猶如水蒸氣之於冰。僅此而已……這不是夢幻，這是自然的普遍規律……但是，怎樣才能從科學中挖掘出這個普遍規律的奧秘呢？什麼！照耀著我這隻手的光，竟是金子！按照某種規律而膨脹的同樣原子，只要依據某種相反的規律把這些原子凝聚起來就行了！……用什麼辦法呢？……有些人想像用把陽光埋藏於地下的辦法。阿維羅埃斯⑤。對，是阿維羅埃斯這樣設想的……阿維羅埃斯埋藏了一道太陽光在科爾杜大清眞寺古蘭聖殿的左邊，但是，得至八千年後才能打開地穴得知實驗是否成功。」

約翰輕聲自語：

「活見鬼！等一個埃居可眞等得久！」

副主教繼續神遊遐思，說道：

「還有人認爲，倒不如用天狼星的光線作實驗。可是，很難捕捉到天狼星的純光，因爲同時有別的星光來干擾。弗拉麥認爲用地上的火更爲方便。弗拉麥！眞是上天注定的名字，弗拉麥就是 Flamma（拉丁文：火焰）呀！……是的，火，這就是一切。鑽石存在於煤，黃金存在於火。但是，怎樣才能提煉出來呢？馬吉斯特里⑥說，有一些女人的名字具有甜蜜而神秘的魔力，只要在作法時念誦就行了。……馬努是這麼說的：『凡是女人受尊敬的地方，神明就喜悅；凡是女人受輕侮的地方，祈禱上帝也無用。女人的嘴唇總是純淨的，那是長流的水，那是太陽的光。女人的名字應該是悅耳、甜蜜、清逸飄忽的；女人的名字應該結尾以長元音⑦，好似祝福之詞。』對，先賢說得對；確實，瑪麗亞，索菲亞，愛斯……唉！該下地獄！總是想到這個……！」

副主教猛力把書闔上。

他摸摸額頭，好像要趕跑不斷糾纏著他的某種思想。然後，從桌上拿起一枚釘子和一把釘錘，釘錘的手把上畫著古里古怪符篆似的文字。他苦笑一聲，又說：

「我的實驗一次次失敗，已經有些時候了！就是那個固定的念頭老纏著我，像烙鐵一樣烙在我的腦子。我甚至未能發現卡席奧多魯斯⑧的秘密，他那盞燈不用油、不用燈捻就能燃燒。但又是多麼簡單的事情！」

「屁話！」約翰心中暗罵。

教士又說下去：

「所以，只要有一點點邪念，就可以使一個人軟弱而瘋狂！啊！克洛德・佩奈耳該笑話我了，她一刻也未能勾引尼古拉・弗拉麥，使他不去進行偉大的功業！什麼！我手裡拿著澤希耶雷的魔錘！這可怕的猶太法學博士在他的小室裡，用這把錘子每敲一下這枚釘子，哪怕是距離目標兩千里，他也能給予所詛咒的仇人重重的打擊，把仇人深深打進地下，被大地吞噬。即使是法國國王，有天晚上無意中撞到了這位魔法師的大門，就得在巴黎的街道上陷沒至膝蓋。……這些事距離現在還不到三百年。唉！我現在也有釘錘和釘子，可是在我手裡還不如刃具匠手裡的銼刀可怕！……不過，關鍵是找到澤希埃雷敲釘子的時候念的咒語。」

「廢話！」約翰心想。

副主教緊接著又說：

「試試看吧！要是成功的話，就可以看見釘子頭上冒出藍色火花。……艾芒—赫坦！艾芒—赫坦！（咒語）不對！……席惹阿尼！席惹阿尼！（咒語）……但願這枚釘子劈開任何名叫孚比斯的人的墳墓！……該死！總是，又是這個念頭！」

他憤然扔開釘錘，癱坐椅上，伏在桌面，一大堆書籍擋著他，約翰看不見他了，好幾分鐘只看得見他的一隻痙攣的拳頭勾曲著擱在一本大書上。忽然，堂・克洛德站起身來，拿起一把圓規，默然不語，在牆壁上刻下大寫字母的這個希臘文：

'ΑΝΑΓΚΗ

約翰心想：「我哥哥是瘋了！寫 Fatum（拉丁文：命運）不是簡單得多嗎？並不是人人都懂希臘文的。」

副主教回來坐下，頭伏在兩隻手上，就像是個發燒的病人，頭太沉重，只好靠在桌上。

學生注視著哥哥，驚奇萬分。他一向心懷坦蕩，對於人世從來只看到純良的自然法則，一貫聽任內心的激情經由自然途徑宣洩；因爲每天早晨都廣泛開闢新的溝渠，他內心那強烈衝動的湖泊一向不會氾濫。他這樣的人當然不能理解，人心中情欲波濤的海洋，要是不給予出路，是會以澎湃之勢洶湧翻滾，沉積膨脹，滿溢漫流，鑿穿心靈，會爆發爲內心的啜泣、無言的痙攣，以致沖塌堤防，奔流千里。約翰一向被克洛德・弗羅洛那嚴峻冰冷、道貌岸然、不可接近的表面所欺騙。這天眞的大學生從未想到，在這艾特納山⑨似的冰雪額頭裡面，竟有沸騰、狂暴、深沉的熔漿。

我們不知道他是不是驀地意識到了這些，但是，不管他多麼淺薄，他還是明白了自己看見了不該看的事情，偶然撞見哥哥的靈魂最隱秘的狀態，因此不可以讓克洛德發現。於是，當副主教重新沉入原來那種死滯狀態的時候，他悄悄地把頭縮回，在門外踏了幾步，弄出聲響來，彷彿是通知裡面的人，他剛剛到達。

副主教從斗室裡面叫道：

「請進！我還在等您哪！我故意把鑰匙留在門上。進來吧，雅各（Jacques）先生！」

約翰壯膽走進去。在這樣的地方來的竟是這樣的客人，副主教非常尷尬，在椅子上哆嗦了一下，說：

「怎麼，是您，約翰（Jehan）？」

「反正都是J開頭的。」學生說，臉照常紅通通的，厚著臉皮，興高采烈。

堂・克洛德的面孔重新板了起來。

「您到這裡來幹什麼？」

「哥哥，」學生回答，竭力擺出合乎禮儀、謙恭卑順的模樣，以天眞無邪的神態，雙手捧著帽子轉動，說道：「我是來向您要……」

「什麼？」

「要一點我很需要的教誨。」約翰不敢說得太大聲：「和一點我更需要的錢。」後面這一句差不多沒有說出來。

「先生，我很不滿意您。」副主教冷冷地說。

「唉！」學生嘆了口氣。

堂・克洛德把椅子轉了四分之一圈，凝視約翰，挖苦地說道：

「見到您可眞高興啊！」

這是一句可怕的開場白。約翰準備被他臭罵一頓。

「約翰，天天都有人向我告您的狀。聽說，您把一個名叫阿爾培・德・臘蒙香的小子爵用棍棒打得臉青鼻腫，這是怎麼回事？」

「噢！沒什麼！是那個壞蛋尋開心，驅馬從泥裡面跑，濺了我們學生一身！」約翰回答。

「那您把那個馬伊埃・法爾惹的袍子撕破，又是怎麼回事？Tunicam dechiraverunt（拉丁文：袍子被撕破），訴狀上這樣說。」副主教又說。

「啊！呸！不過是蒙泰居的蹩腳小斗篷罷了！」

「訴狀上說的是 tunicam（拉丁文：袍子），不是 cappettam（拉丁文：斗篷），您懂拉丁文嗎？」

約翰不回答。教士搖搖頭，又說：

「現代人的學習和文化水平就只這樣了！拉丁語幾乎再也聽不見，古敘利亞語又沒人懂，希臘語更是令人厭惡，甚至最博學之士跳過一個希臘字不念出來，也不以爲無知！竟然還說『Grœcum est, non legitur（拉丁文：這是希臘文，可沒法認）』。」

學生堅決抬起頭來：

「兄長在上，請您允許我用最純正的法語向您解釋寫在牆上的那個希臘詞。」

「哪一個？」

「'ΑΝΑΓΚΗ」

副主教焦黃的顴骨上泛起輕微的紅暈，彷彿火山內部隱藏的翻滾洶湧的烈焰從外面冒出煙來。不過，學生並沒有十分留意。哥哥強打精神，結結巴巴地說：

「好吧，這個詞是什麼意思？」

「命運。」

堂・克洛德瞬間臉色泛白了。學生漫不經心地接著說：

「同一個人刻在下面的那個希臘字『'Αναγχοφαγία』，意思是淫穢。您看我的希臘文還可以吧？」

副主教默不作聲。這一堂希臘文課使他陷入了沉思。

被嬌慣的孩子總有許許多多的狡獪，小約翰則應有盡有。所以，他認為時機有利，可以提一提他的要求了。於是，他用了極其溫柔的腔調，開口說道：

「我的好哥哥，難道您眞的這麼討厭我？僅僅是因為我打架玩玩，和什麼混混、quibusdam marmosetis（拉丁文：小混混）有爭執？——您看，我也懂得拉丁文！」

可是，這種虛偽的甜言蜜語對於嚴厲的大哥哥並沒有引起像往常的作用。刻柏魯斯不咬蜜糕⑩。副主教板起的面孔絲毫不見舒展。

「您到這兒究竟有什麼目的？」克洛德乾脆地說。

「好，簡單明瞭的說吧！」約翰鼓起了勇氣：「我需要錢！」

聽到這樣厚顏無恥的宣告，副主教臉上頓時表現出慈父般說教的表情：

「約翰先生，您知道，我們家蒂爾夏普采邑，連年貢和二十一棟房屋的租金統統算在內，年收入不過是三十九里弗爾十一蘇六德尼埃巴黎幣。雖然比起帕克勒兄弟那時候多一半，但還是不多的。」

「我需要錢。」約翰仍堅決地說。

「您知道，教會法庭已經決定，我們的二十一棟房屋將歸依在路易·德·博蒙主教的正式采邑之下，要贖回這一隸屬關係，必須向尊敬的主教償付兩個鍍金的銀馬克，價值六個巴黎里弗爾。你知道的，這兩個馬克我都還沒辦法湊齊呢！」

「我知道，我需要錢！」約翰第三次說。

「您要錢幹什麼？」

一聽到這個問題，約翰眼裡閃爍著希望。他依然裝出甜蜜蜜的撒嬌模樣。

「親愛的哥哥，我向您要錢絕不會有壞的意圖。我並不是要去小酒店耍派頭，也不是要騎上駿馬、華鞍彩鐙、cum meo laquasio（拉丁文：帶著僕人）到巴黎街上去出風頭。不是的，哥哥，我是爲了做好事。」

「什麼好事？」克洛德感到意外，問道。

「我有兩個好朋友想給俄德里埃濟貧所的一個寡婦的嬰兒買小衣服。這是慈善事。得花三個弗洛林，我也想湊一份。」

「您的朋友叫什麼名字？」

「彼埃爾屠夫和巴普蒂斯特嚼鳥者（嚼鳥者的意思是賭徒）。」

「哦！這兩個名字可眞適合行善啊！就像石砲適合主壇！」副主教說。

約翰瞎掰的兩個名字，確實不怎麼樣。他覺察到了，可是太晚了。

「還有，」敏銳的克洛德又說：「是什麼樣的小衣服得花三個弗洛林？是給哪個寡婦的？哪個寡婦又從什麼時候起有了一個需要襁褓的嬰孩？」

約翰再次試圖打破僵局，說道：

「算了！直接說吧，我就是需要錢，今天晚上，我去愛谷妓院看伊莎博・提埃里妓女！」

「你這個淫穢的壞蛋！」教士喊了起來。

「'Αναγχοφαγία」約翰說。

約翰也許是故意搗蛋，從斗室的牆上借用了這個希臘詞，但它卻對教士起了奇特的作用。他咬咬嘴唇，憤怒化作了面紅耳赤。於是，他說：

「你給我滾！我在等人。」

學生再作一次努力：

「克洛德哥哥，至少給我一個巴黎小錢吃飯吧！」

「格臘田教令，您學得怎麼樣？」堂・克洛德問道。

「作業本丟了。」

「拉丁文學得怎麼樣？」

「賀拉斯的書被人偷了。」

「亞里斯多德學得怎麼樣？」

「說真的！哥哥，不是有位神父說過，『異端邪說在任何時代都是以亞里斯多德形而上學為罪惡淵藪嗎？』⑪去它的亞里斯多德！我才不想為他的形而上學毀棄我的宗教哩！」

「年輕人！上次國王入城的時候，有位名叫菲利浦・科敏的侍從貴族，在他的鞍披上面繡著他家的家訓：『Qui non laborat non manducet.（拉丁文：不勞動者不得食。）』我勸你好好想想。」

學生半晌不作聲，搔搔耳朵，眼光盯著地面，滿臉不高興。突然，他轉向克洛德，敏捷快速就跟鶺鴒似的。

「這麼說來，好哥哥，您是不肯給我一個巴黎蘇去向麵包鋪買一塊麵包吃？」

「Qui non laborat non manducet.」副主教不爲所動，仍然如此回答。

約翰聽了，雙手捂住臉，就跟女人哭泣似的，同時以絕望的腔調叫道：

「Oτoτoτoτoτoτoi（約翰胡謅的希臘詞）！」

克洛德聽到這麼個怪聲，大吃一驚，問道：

「這什麼意思，先生？」

「嘿，什麼！」學生說，不知羞恥地抬眼看看克洛德——其實，他剛剛偷偷用拳頭使勁搓揉，使兩眼顯出流淚的紅腫。他又說：「這是希臘話呀！是艾斯庫洛斯寫的抑抑揚格詩句，是非常痛苦的意思！」

說到這裡，他又突然哈哈大笑，滑稽得要命，笑得很誇張，副主教也只好笑了。其實得怪克洛德自己，誰教他那樣嬌慣這個孩子。

約翰看見哥哥給逗樂了，膽子更大，又說：

「啊，好哥哥！您看我的靴子都破了，世界上哪裡還有比我這後跟拖舌頭的靴子更帶悲劇性的腳套嗎？」⑫

副主教立刻又擺出原來的嚴峻面目。

「我派人給您送新靴子去好了，錢是沒有的。」

「只要一個子就好，哥哥！我一定把格臘田背個滾瓜爛熟，我還會堅決信仰上帝，我會做一個科學和品德方面的眞正畢達哥拉斯！可是，給我一文錢，可憐可憐我吧！您難道願意讓飢饉張開大嘴把我吃掉，飢饉可不就在那兒，在我面前，大張著嘴，黑洞洞，臭不可聞，深不可測，賽過韃靼人，或者說，賽過修士的鼻子！」

堂・克洛德搖搖他那滿是皺紋的腦袋，還是說：

「Qui non laborat……」

不等他說完，約翰叫了起來：

「算了，見鬼去吧！歡樂萬歲！我要去小酒館，去打架，去打破瓶瓶罐罐，還要去玩女人！」

說著，他把帽子往牆上一扔，又把手指頭打得啪啪響，就像呱嗒板似的。

副主教陰沉沉地看著他。

「約翰，您沒有靈魂。」

「沒錯，按照伊比鳩魯的說法，我缺少一個由不知其名的某種東西所構成的無以言狀的玩藝兒。」

「約翰，您應該認眞考慮改正錯誤。」

「這個呀？」學生叫道，看看哥哥，又看看爐灶上的蒸餾瓶，「那麼，這兒的一切思想和瓶子，都是又厚又硬的囉！」

「約翰，您正在從很滑的斜坡上滑下去。您知道會滑到哪裡嗎？」

「到酒館。」約翰答道。

「酒館通向恥辱柱。」

「不過是個普普通通的燈籠罷了。打起這個燈籠，也許狄奧惹內斯就可以找到他要找的人⑬。」

「恥辱柱通向絞刑架。」

「絞刑架是一架天平，一頭是人，一頭是整個的大地。人，是光榮的！」

「絞刑架通向地獄。」

「地獄是一團大火。」

「約翰呀，約翰！下場不會好的！」

「開始會很好哩。」

這時，樓梯上響起腳步聲。

「別出聲！」副主教豎起一個指頭擱在嘴上，說道：「雅各先生來了！聽我說，約翰，」他又低聲說道：「您從這兒看到和聽到的，絕對不許說出去。您快躲進這個爐灶裡，別再出聲！」

學生鑽進爐膛，忽然又想到了一個頗有收益的主意。

「克洛德哥哥，給我一個弗洛林，我就不出聲。」

「別再說了！我答應就是。」

「現在就給！」

「好，你拿去吧！」副主教憤然把錢包扔給他。

約翰鑽到爐灶下面，房門正好開了。

---

① 塞內加有父子兩人，此處當指兒子哲學家路吉烏斯·安奈烏斯·塞內加（2-66）。

② 經營錢幣兌換的猶太商人。

③ 中世紀的計數說法，即三百八十五枚；每枚值二十五蘇的銅幣。

④ 聖吉勒是大約七、八世紀的聖徒，有許多教堂的建造歸之於他。巴黎聖母院那樣的螺旋樓梯據說也是他首創的。

⑤ 阿維羅埃斯，阿拉伯哲學家（1126-1198）。

⑥ 馬吉斯特里，九世紀的拜占庭哲學家。

⑦ 今法語裡元音已無長短之分，但在中法語裡還殘留著古法語裡元音長短的區別。下一句中「瑪麗亞」的「瑪」，「索菲亞」的「索」，「愛斯美娜達」的「娜」音節裡的元音是長元音。

⑧ 卡席奧多魯斯（約480年生）：古羅馬政治家、科學家。

⑨ 艾特納山，西西里的著名火山。

⑩ 刻柏魯斯是看守地獄大門的百頭犬。特洛伊的英雄艾內亞斯扔以蜜糕，牠吃了即被麻醉。艾內亞斯就達到了進去的目的。

⑪ 托馬斯·阿奎納說過類似的話。

⑫ 古希臘的一種靴子，後為悲劇角色的一種象徵。

⑬ 犬儒派哲學家狄奧蒽內斯輕視人類，曾在大白天，打著燈籠在雅典大街上行走，宣稱「我在找『人』」！

V
兩位黑衣人

來人身穿黑袍，面容陰沉。咱們的朋友約翰——可想而知，他在那個角落裡當然盡量設法使自己能夠隨意看得清清楚楚，聽個明明白白——第一眼注意到的，就是這個人無論衣著還是面容都表現出極度的憂傷。不過，他臉上倒也有某種溫和的表情，然而，那是一種貓①似的、法官似的溫和，甜言蜜語諂媚的溫和。他的頭髮已經花白，滿臉皺紋，將近六十歲光景，眨著眼睛，白眉毛，厚嘴唇，大手。約翰一看，來人不過如此，就是說，也許只是一個醫生或者法官，而且該人鼻子距離嘴巴很遠，顯得愚蠢。約翰就在他那個洞裡蜷縮起來，心想：在這種人伴同下，以這種不舒服的姿態沒完沒了地待著，眞是倒霉。

這當兒，副主教甚至並不起身迎接客人，只是揮揮手讓他在門邊的一張小凳上坐下，半天悶聲不響，好像還在繼續剛才的思考，然後，才帶點居高臨下的口氣說：

「您好，雅各先生。」

「您好，先生！」黑衣人回說。

一個說「雅各先生」，另一個饒有深意地稱呼「先生」，兩種態度迥然不同，有如大人物對待一般人、主子對待奴才的差異。顯然，這是博士和弟子之間打招呼。

「呃，這個……」副主教再次沉默——而雅各先生不敢打擾，然後問道：「成功了嗎？」

「唉！先生，」對方苦笑，說道：「我鼓風不停。灰也夠多的，可是，一粒金花也不見。」

堂・克洛德不耐煩地擺擺手，說：

「我跟您說的不是這個，雅各・夏莫呂先生，我跟您說的是審訊您那個魔法師的事。您是不是叫他馬克・瑟南？是審計院的伙食總管吧？他招認了行妖作法嗎？刑訊，您成功了嗎？」

「唉，沒有呀！」雅各回答，還是苦笑：「沒那麼容易的。這個人是塊頑石。他甚至會什麼也沒說，就被送到豬市去煮死②。不過，我們會不惜一切手段讓他吐露眞情的。他現在就已經骨頭散架了。我們要用盡一切辦法，正如可笑的老普勞圖斯所說：『Advorsum stimulos, laminas, crucesque, compedesque, Nervos, catenas, carceres, numellas, pedicas, boias.（使用刺激，壓延，釘死，桎梏，用力，鎖鏈，牢獄，枷鎖，捆綁，束縛。）』但還是什麼結果也沒有。這個人太可怕了。連我的拉丁話都用盡了③！」

「在他的屋子裡沒搜出什麼新鮮玩藝兒？」

「有的，」雅各先生說，掏掏自己的腰包：「這卷羊皮書。上面寫了一些字，我們看不懂。刑事狀師菲利浦・婁利埃先生倒是懂點希伯來文，是在布魯塞爾的坎特斯坦街猶太人一案中學到的。」

說著，雅各先生展開了羊皮卷。

「拿來！」副主教說。他瞥了瞥文卷，叫了起來：「完完全全是妖術呀，雅各先生！艾芒－赫坦！這是冥河鬼到達群魔會時的喊聲。Per ipsum, et cum ipso, et in ipso！（拉丁文：獨自，同自己，在自己）這是命令把地獄的鬼再枷起來。Hax, pax, max！（拉丁文：無意思的形聲詞）這是醫術，是治瘋狗咬的處方，雅各先生！您是教會法庭的國王代訴人④，這卷羊皮書是該下地獄的！」

「我們要把那個傢伙再刑訊一番。還有這個……」雅各先生再次搜腰包，說道：「也是在馬克・瑟南家裡搜出來的。」

這是與堂・克洛德爐灶上那些瓶瓶罐罐同屬一個家族的罐子。

「啊！煉金術士的坩鍋！」副主教叫道。

雅各先生還是畏畏縮縮，他笨拙地笑笑，說道：

「我向您說實話，我在爐灶上試過，也跟我自己的坩鍋一樣，沒有成功。」

副主教開始細看那個罐子：

「他的坩鍋上刻的是什麼字？Och! Och！這是趕跳蚤臭蟲的咒語！這個馬克・瑟南眞是無知！我就知道！您用這個是造不出黃金的。它只能夏天放在您的床上還有點用，僅此而已！」

「既然我們搞錯了，剛才我上來之前先研究了一下下面的大門，長老閣下，您能肯定，雕刻在門上的物理學著作是向著市醫院翻開的，聖母腳下那七個人中腳上有翅膀的就是墨久里⑤嗎？」國王代訴人說。

「當然，」教士答道：「是奧古斯都・尼福在著作中說的。這個義大利博士有一個大鬍子魔鬼，把什麼都教給了他。不過，我們得下去了，我當場看著實物講給您聽。」

「謝謝，我的老師。」夏莫呂一躬到地，說道：「哎唷，我差點忘記了！您希望我什麼時候吩咐人去把那個小妖婆抓起來？⑥」

「什麼小妖婆？」

「那位吉卜賽女孩啊，您知道的，就是那位渺視教會法庭的禁令、每天都到聖母院前面跳舞的少女！她有一頭鬼魂附體的母山羊，長著魔鬼的兩隻角，會認字寫字，還會算術，比得過皮卡特里克斯。單憑這隻羊，就該把所有流浪女子都絞死。審訊已經準備好了。說辦就辦，您看吧！憑良心說，這跳舞少女長得眞標緻！有世上最美麗的黑眼睛！賽過埃及柘榴石！我們什麼時候動手？」

副主教臉色煞白。他以幾乎聽不見的聲音結結巴巴地說：

「到時候我再吩咐。」

接著，強自掙扎說出：

「您管您的馬克・瑟南去吧！」

夏莫呂微笑著答腔：

「請您放心。我馬上回去就把他綁到皮床⑦上去。不過，這傢伙是個鬼！連彼埃臘・托特律都打累了哩，他的手可是比我還粗啊。正如老傢伙普勞圖斯說的：『Nudus vinctus, centum pondo, es quando pendes per pedes.（拉丁文：你光著身子綁著，倒吊起來，也有兩百斤重。）』若把他拿去刑訊，榨他一榨，就是無上妙策！嗯，要讓他嘗嘗這個滋味！」

堂・克洛德卻似乎沉溺於陰暗的思慮之中。他轉臉朝向夏莫呂先生：

「彼埃臘先生……雅各先生，還用得著吩咐嗎？您專管馬克・瑟南就得了！」

「是，是，堂・克洛德。可憐的傢伙，他就要吃足苦頭啦！去參加群魔會，虧他想的！審計院的伙食總管，他應該知道查理曼的立法呀！Stryga vel masca！（拉丁文：不是巫師，就是魔鬼！）至於小女孩愛斯美娜達，他們是這樣稱呼她的，我聽您的命令。……啊！待會經過門道的時候，請您也給我講一講進大門那兒那個平塗畫⑧的園丁是什麼意思。恐怕是『播種者』⑨吧？……咦，老師，您在想什麼？」

堂・克洛德只顧想自己的，並沒有聽他說話。夏莫呂順著他的視線一看，原來他直不楞登地注視著窗洞口的大蜘蛛網。正好一隻莽撞的蒼蠅撲向三月的陽光，一頭撞上了羅網給黏住了。那大蜘蛛感覺到蛛網振動，猛然跳出中央的居室，一下子就撲到蒼蠅的身上，用兩隻前角把牠折爲兩段，同時把醜惡的長喙刺入牠的腦袋。

教會法庭國王代訴人說：「可憐的蒼蠅！」舉起手來，想去救牠。

副主教像猛然驚醒似的，抽搐般猛烈地抓住他的胳臂，叫道：

「雅各先生，讓命運實現其意志吧！」

代訴人驚恐地轉過身來。他覺得彷彿被一把鐵鉗夾住了胳臂。教士的眼睛直瞪瞪的，失魂落魄，目光似火，始終直瞪著蒼蠅和蜘蛛那可怕的一對。

教士以直若肝膽俱裂的聲音繼續喊叫：

「啊，是的！這是一切的象徵。蒼蠅飛舞，歡樂，剛剛誕生；牠尋求著春天、新鮮空氣、自由；啊，是的！但是，牠碰上了命定的剋星——從玫瑰窗跳出的蜘蛛，醜惡的蜘蛛！可憐的跳舞女子⑩！可憐的注定滅亡的蒼蠅！雅各先生，隨牠去吧，這是命運！……唉，克洛德，你是蜘蛛。克洛德，你也是蒼蠅！……你飛向科學、飛向光明，飛向陽光，你一心一意只想奔赴新鮮空氣，奔向永恆眞理的白晝；但是，當你衝向那開向另一世界——光明的世界、智慧的世界、科學的世界的耀眼窗洞的時候，盲目的蒼蠅啊！發瘋的博士，你沒有看見這由命運張掛的細微蜘蛛網橫亙在光明和你之間，你奮不顧身猛撲上去，不幸的瘋子，現在你在掙扎，頭顱撞破了，翅膀折裂了，就在那命運的鐵鉗之間！……雅各先生，雅各先生！讓蜘蛛去幹牠的吧！」

夏莫呂瞅著他，無法理解，只是說：

「我向您保證，我絕不去碰牠。可是，請您放開我的胳臂，老師，求求您！您的手眞跟鉗子似的。」

副主教並沒有聽見。

「啊，瘋狂！」他又說，仍然盯著那窗口：「你以爲那小蒼蠅的翅膀一旦掙破這可怕的羅網，就可以飛到光明啦！不幸呀，不幸！那更遠一些的窗戶，那透明的障礙，那水晶似的壁壘，賽過銅牆鐵壁，橫亙於一切哲學與眞理之間，你又怎能跨越？啊，科學之空虛呀！多少智士賢人飛舞著，從老遠奔來，碰得頭破血流！多少體系在這永恆的玻璃窗上嗡嗡碰壁，嚶嚶而鳴，亂七八糟互相撞擊！」

他倏然住口。最後的這些想法使他不知不覺又想起了科學，於是他似乎冷靜下來了。雅各·夏莫呂向他提出一個問題，終於使他完全回到了現實：

「呃，老師，您什麼時候來幫助我造金子？我遲遲不得成功哩。」

副主教苦笑一下，搖搖頭說：

「雅各先生，請您讀讀米歇·普謝呂的著作：《Dialogus de energia et operatione dœmonum》（拉丁文：關於能的對話與魔鬼的法術）。我們現在所做的並不完全是無罪的。」

「小聲點，老師！這我也想到了，」雅各說，「可是，我不過是教會法庭的國王代訴人，一年才掙三十圖爾埃居，我多少得搞點煉金術才行吧。不過，我們小聲點說話吧！」

恰好這時，從爐灶底下傳出磨牙咀嚼的聲音，引起了心神緊張的雅各的注意。他問道：

「是什麼聲音？」

是約翰·弗羅洛蜷在那裡很不舒服，也很無聊，到底讓他找到了一小塊麵包和一小角發了霉的奶酪，就老實不客氣地大嚼起來，既解煩悶，又聊作午餐。他餓得厲害，吃起來也就聲音很大，而且每一口都嚼得很有聲勢，這就引起了代訴人的警覺和驚慌。

「那是我的一隻貓，牠在那下面大嚼耗子吧！」副主教趕緊解釋。

雅克·夏莫呂聽他這樣說，倒也滿意。他尊敬地笑笑，回說：

「眞的，歷來大哲學家們都有心愛的小動物。您知道的，塞爾維烏斯⑪說，『Nullus enim locus sine genio est（拉丁文：無處沒有守護神）』。」

這時，堂·克洛德擔心約翰又搞出什麼聲響來，趕緊提醒雅各他們還得到門口去研究人像。於是，兩人出了小屋，只聽得約翰喘了一口粗氣，因爲他已經認眞擔心自己的下巴會在膝蓋上打出烙印。

---

① 在西方人眼裡，貓的性格詭詐、陰險、背信棄義。

② 用大釜把犯人煮死，中世紀酷刑之一。

③ 意思是「智窮才盡了」。接上面的拉丁話，是雙關語。

④ 在中世紀，提出公訴權在國王，由國王委派在各種法庭的代訴人，延至後世，即爲檢察官。

⑤ 神的信使墨久里又是貿易之神、偷盜之神，都與黃金有關。

⑥ 教會法庭或主教法庭秉承主教和副主教的意旨行事。

⑦ 施行酷刑的床架。

⑧ 當時畫法，一種是平塗的，一種是凸現的。

⑨ 「播種者」是對上帝的一種稱呼，因爲基督教徒認爲祂是創造萬物、創造生命的唯一力量。

⑩ 原文作陰性跳舞者，既可指蒼蠅，又可指愛斯美娜達。

⑪ 塞爾維烏斯·圖利烏斯（公元前578-534）：傳說中的羅馬第六任國王。

VI
後果

「Te Deum laudamus！（拉丁文：讚美我們的主）」約翰爬出洞來，叫道：「兩隻夜貓子終於走了！Och! Och! Hax! Pax! Max! 跳蚤臭蟲！瘋狗！魔鬼！這種扯淡我聽夠了！弄得我腦袋嗡嗡響，跟敲鐘似的。還得吃發了霉的奶酪！得了吧！還是下去，帶上大哥的腰包，把裡面的錢統統換酒喝！」

他向寶貝錢包裡面脈脈含情地投上讚美的一眼，整理整理衣服，擦擦皮靴，把寬大袖子沾上的爐灰撣撣乾淨，吹起口哨，蹦起來就地一個旋轉，又看了看幽室裡是不是還有什麼好拿的，順手從爐架上抄起幾個彩色玻璃護身符，想拿去作爲送給妓女伊莎博·提埃里的珠寶，最後推開了房門。

他哥哥出於最後的寬容，讓房門開著；他出於最後的惡作劇，也讓它開著。

然後，他雀躍著，衝下了螺旋樓梯。在黑暗的樓梯上他擦過了一個玩藝，它向後擠了擠，直打哼哼。他猜想大概是卡席莫多吧，覺得非常滑稽，一直跑到樓梯底下還笑得不可抑止，走上了廣場也還在笑。

終於又到達地面，他跺了跺腳，叫道：

「嗳！巴黎的石板路面多可愛，多可敬！該死的樓梯，就是雅各梯子上的天使也會爬得上氣不接下氣！①我是怎麼搞的，居然鑽進了這座戳破天的石頭鑽子，僅僅是爲了吃點長了鬍子的奶酪，從窟窿眼裡瞧瞧巴黎的大小鐘樓！」

他走了幾步，瞥見那兩隻夜貓子，即堂·克洛德和雅各·夏莫呂，正在觀賞大門口的一座塑像。他躡手躡足走到兩人跟前，聽見副主教輕聲對雅各說：

「是巴黎的吉約墨叫人拿這塊邊緣鑲金的碧玉石來雕塑約伯像的。用來塑造約伯的這塊點金石也必須歷經考驗，成爲殉難者，方成正果。正如雷蒙·呂勒所說：Sub conservatione formœ specificœ salva anima.（拉丁文：保存以特定形式，靈魂方得救）」

「這對我反正一樣，我手裡有錢包！」約翰說

恰在這時，他聽見有個響亮的大嗓門在他身後破口大罵：

「上帝的血！上帝的肚子！媽的上帝！上帝的身子！別西卜的肚臍！教皇的名字！角和雷！」②

約翰叫道：「憑我的靈魂！這只能是我的朋友孚比斯隊長！」

「孚比斯」這個名字落入副主教的耳中——這時他正向國王的代訴人講解：那條龍把尾巴藏在浴池裡，從浴池裡冒起青煙，出現一個國王似的腦袋。堂・克洛德一聽這個名字，一陣哆嗦，住口不語，使得雅各大爲驚愕。副主教回頭一看，原來是弟弟約翰站在貢德洛里埃府邸門口，跟一位身材高大的軍官談話。

正是衛隊長孚比斯・德・夏多佩先生。他靠在未婚妻家宅拐角的牆上，正在那裡破口大罵。約翰握住他的手，說道：

「我的老兄，孚比斯隊長，您崇敬神明的這股勁兒可眞是驚人！」

「角和雷！」隊長答道。

「你才角和雷呢！」學生駁道：「呃，這個，我的文明的隊長，你幹嘛這樣美妙言詞連珠砲似的呢？」

「對不起，好朋友約翰，」孚比斯喊道，使勁搖晃他的手：「脫韁的馬是不能陡然煞住的，我這是駿馬奔馳般正罵得起勁。我剛剛從一些假道學的女人家裡出來，胸口裡憋得慌，給罵人的話堵得嚴實！我得吐出來，否則就會憋死，肚子和雷！」

「想不想喝兩杯？」學生問道。

一聽這個建議，隊長頓時冷靜下來。

「當然想，不過我沒有錢。」

「我有！」

「呸！看看！」

約翰既威嚴又單純地掏出錢包對著隊長的眼睛一晃。這時，副主教已經撇下雅各，無視於他的茫然不知所措，自己走了過去，站立在幾步開外，注視他倆。而他們卻沒有發現，因爲觀賞那錢包實在太入神了。

「錢包在您的衣袋裡，約翰，好比水中之月，看得見，摸不著，只是影子罷了。天啊！咱們打賭，裡面裝的是石子！」孚比斯叫道。

「您瞧瞧我衣兜裡盡是這樣的石子！」約翰冷靜地回答。

二話不說，他乾脆把腰包裡所有的錢幣都倒在身旁的一個界碑上，那副神氣就跟一個羅馬人拯救了祖國似的。

「眞正的上帝！」孚比斯大叫道：「盡是盾幣、大白洋、小白洋、半圖爾幣、巴黎德尼埃、眞正的鷹錢！眞教人眼花撩亂！」

約翰保持著尊嚴、漠然。有幾個鷹錢滾進了泥濘，隊長正是滿腔熱誠，就俯身去撿。約翰制止了他：

「隨它去，孚比斯隊長！」

孚比斯數了數錢，一本正經地轉向約翰聲稱：

「您知道嗎，一共有二十三巴黎蘇！您昨天晚上在割咽街打劫了誰呀？」

約翰把他那金髮鬈曲的頭往後一仰，以不可一世的神氣瞇著眼睛，說：

「人家有的是當副主教的傻瓜蛋哥哥哩！」

「上帝的角！」孚比斯叫道：「可敬的人！」

「去喝兩杯吧。」約翰說。

「上哪兒？去『夏娃的蘋果』酒店？」

「不，隊長，咱們去『老科學』酒店吧——『老太太鋸提把』，這是連音謎③呀！我喜歡這個。」

「去它的連音謎，約翰！『夏娃的蘋果』那兒的酒好；還有，大門旁邊有一架向陽的葡萄藤，我每次坐在下面喝酒，都很愜意！」

「好吧，就去看夏娃和她的蘋果④。」學生說，挽著孚比斯的胳臂：「呵，親愛的隊長，您剛才說什麼『割咽街』，太寒傖了。現在已經不說這種大粗話了，得說『割喉街』。」

哥兒倆開路前往「夏娃的蘋果」酒店。自不待言，他們先撿起了錢，而副主教尾隨他們。

副主教跟在後面，面色陰沉，失魂落魄。這難道就是那個「孚比斯」？自從副主教同格蘭古瓦那次談話以來，是否就是這個該死的名字纏擾他的一切思想，他沒法肯定。但是，這畢竟是一個「孚比斯」，單單這個有魔力的名字就足以使副主教躡手躡足緊緊跟隨這一對沒腦子的朋友，偷聽他們的交談，觀察他們的一舉一動，密切注意而又憂心忡忡。其實，要聽見他們的談話是再容易不過了，因爲他們說話聲音那麼大，即使大半的過往行人都聽見，他們話也滿不在乎。他們所談無非是決鬥、女人、喝酒、胡鬧。

到達一個街角，從附近十字路口傳來一陣巴斯克手鼓的聲音。

堂・克洛德聽見軍官對學生說：

「快走！」

「怎麼啦，孚比斯？」

「我怕讓吉卜賽少女看見。」

「什麼吉卜賽少女？」

「有一隻母山羊的小女孩啊。」

「愛斯美娜達？」

「正是，約翰。我總是記不住她的鬼名字。快跑，否則她會認出我的。我不願意讓這個女人在街上跟我搭訕。」

「您嘗過她的滋味，孚比斯？」

說到這裡，副主教看見孚比斯冷笑一聲，傾身貼著約翰的耳朵，輕輕說了幾句，接著哈哈大笑，以勝利者的姿態搖頭晃腦。

「當眞？」約翰說。

「憑我的靈魂發誓！」孚比斯說。

「今天晚上？」

「今天晚上。」

「您敢肯定她一定來？」

「您眞是瘋了吧，約翰？這種事情還有什麼可以懷疑的？」

「孚比斯隊長，您可眞是有桃花運啊！」

副主教聽見了這個的談話內容，牙齒直打顫，不可掩飾地渾身哆嗦。他停了一會，像醉漢般靠在一根柱頭上，接著，又緊跟著這兩個歡天喜地的渾小子。

等到他跟上他們，這兩個人已改變話題，只聽見他們尖聲地高唱古老的歌謠：

小方塊宮的孩子，
讓自己像小牛犢被吊死。

---

① 《舊約聖經·創世記》第二十八章說，雅各做了一個夢，「夢見一個梯在地上，梯子的頭頂著天，有上帝的使者在梯子上，上去下來，耶和在梯子以上……」

② 西方人罵人與我們不一樣，多以褻瀆上帝或神明出之。因此，像乎比樣的大粗人，咒罵起來，全是天上的或地底下的東西胡亂拼　。

③ 在法語裡，「老」的陰性又意「老太婆」，「科學」的讀音折成為「鋸一提把」。是為連音謎。

④ 「蘋果」又意「乳房」。

VII
莽和尚

「夏娃的蘋果」這座有名的酒店座落在大學城裡，小輪街和旗手街交角之處。這是底樓的一間大廳，相當寬敞，非常低矮，穹窿的中央落拱點支撐在一根粗壯的黃色木頭柱子上。擺滿了桌子，牆上掛著閃亮的錫酒壺，隨時酒客滿座，有大量的妓女，臨街是一排玻璃窗，大門旁有一架葡萄藤，門楣上有一塊嘩嘩直響的鐵板，安在鐵軸上迎風轉動，上面畫著一個蘋果和一個女人，已經被雨水淋鏽了。朝向街道的這麼一種風信雞就是招牌了。

暮色蒼茫。街口已經黑了，燭火通明的酒店遠遠發射光芒，像是黑夜裡的一座打鐵爐。可以聽見碰杯、嚼食、叫罵、吵架的聲音從幾處破玻璃裡逸出。透過酒店門窗玻璃上蒸騰的水氣，只見百來張模模糊糊的面孔蠕動，不時發出一陣哄笑。行人營營苟苟，匆匆經過這喧鬧的窗前，未及一顧。偶爾，有那麼一個衣衫襤褸的小男孩跑來，踮起腳尖，夠著窗口，向酒店裡面叫嚷，唱出當時人們用來嘲笑酒鬼的古老兒歌：「酒鬼，酒鬼，跳下水！」

這時卻有一人，不受一切干擾，在嘈雜的酒店門前徘徊，不斷向裡面探望，一刻也不離去，就像哨兵守著崗位。他身披斗篷，遮齊鼻子。這領斗篷是他剛才在「夏娃的蘋果」附近的店買的，可能是爲了擋擋三月夜晚的寒風，但也可能是爲了遮住裡面的服裝。他不時停步，站在帶鉛絲網眼的混濁玻璃窗前，諦聽，注視，跺著腳取暖。

終於，小酒店的大門開了。這似乎是他所等待的。出來的是兩位酒客，門裡透出的燭光一時間映紅了他們那快活的面龐。披斗篷的人躲進街對面的一座門道裡，監視著動靜。

兩位酒客之一喊道：

「角和雷！快七點了，我約會的時間到了！」

「我告訴您，」他的那位伙伴用一種模糊不清的聲調接過話：「我不住在壞話街，indignus qui inter mala verba habitat.（拉丁文：住在壞話街的人可惡）我住在若望麵包卷街——in vico

Johannis-Pain-Mollet。如果您把我的住址說反了，就比獨角帽還角。大家都知道，騎過一次熊的人什麼都不怕，可是您把鼻子銜著糖果，就跟市醫院裡的聖雅各似的①。」

「約翰，好朋友，您醉了！」那一位說。

「隨您怎麼說吧，孚比斯，反正已經證明：柏拉圖側面像隻獵狗。」約翰搖搖晃晃地回答。

讀者大概已經猜到這兩位是衛隊長和大學生。躲在陰影裡窺視的那個人似乎也認出他們來了，因爲他緩步跟蹤，儘管大學生彳亍而行，使得衛隊長也行走得曲折繞彎——衛隊長飲酒向來海量，頭腦子始終保持著冷靜。斗篷人仔細諦聽，抓住了以下有趣談話的大概：

「媽的！您走直點好不好，大學生！您知道我得走了。現在都七點了。我要去跟女人幽會了！」

「那您走您的吧！我看見了星星和火苗。您就跟唐馬丹城堡似的，都笑炸了！」

「憑我奶奶的疣子發誓，約翰，您胡說八道太無聊了吧！……等一等，約翰，您還剩多少錢？」

「董事長先生，沒錯，小屠場——parva boucheria。」

「約翰，我的朋友！您知道，我約好了那個小妞兒在聖米歇橋頭相會，然後我只好把她帶到橋頭那個開客棧的法路岱老太婆那裡去，得付房錢哩。那個長白鬍子的老婆娘是不肯讓我賒賬的。約翰，我求求您！教士錢包裡的錢難道都喝光了？您一個巴黎幣也不剩了？」

「過去的時光過得不壞，知道這一點，等於是餐桌上噴香有味的佐料。」

「活見鬼！別胡說八道了！鬼約翰，告訴我，是不是還剩點零錢？拿出來，上帝，否則我就要搜你的身了，哪怕您像約伯一樣是個大痲瘋，像凱撒一樣渾身是癬！」

「先生，加利亞希街一頭通向玻璃廠街，另一頭是織布廠街。」

「得了吧，好朋友約翰，我可憐的伙伴，加利亞希街，好，很好！可是，看在上天的份上，醒醒吧！我只要一個巴黎蘇，可以睡七小時哩。」

「輪迴曲奏了，聽我唱一段：

當耗子把貓都吃光，
國王將當阿拉斯王②；
當無邊無際的大海
在聖約翰日凍起來，
我們將看見從冰上
阿拉斯人離開故鄉。」

「好了，反基督的學生，讓你媽的腸子把你絞死！」孚比斯叫道。

他使勁把醉了的約翰一推，大學生就順勢靠在牆上滑下去，軟綿綿地躺倒在菲利浦－奧古斯都街路面上了。酒鬼們總是有同情心的。孚比斯受這種同情心殘餘的驅使，用腳尖推動約翰，讓他滾到窮人的枕頭上去，也就是上天有意安排在巴黎各個角落裡的石頭上，有錢人輕蔑斥之為「垃圾堆」。衛隊長讓約翰的腦袋枕在白菜梗堆成的一個斜坡上，約翰頓時以美妙的低音打起鼾來。可是，隊長心裡的不滿並沒有消除，便說道：「要是魔鬼的車子從這裡經過，把你撿了去，那你是活該！」他對沉睡的神學生說著，逕自去了。

斗篷人一直跟蹤著他，這時走上前來，在鼾臥的學生身旁站住，彷彿心緒紛亂，拿不定主意，隨後，長嘆一聲，跟在衛隊長後面走了。

讓我們也像他們那樣丟下躺在那裡受美麗星光照料的約翰，讀者如果願意，也跟在他們後面走吧。

衛隊長孚比斯走進拱廊聖安德烈街的時候，覺察到後面有人跟蹤。他偶一回頭，只見有個黑影在他背後沿著牆壁爬行。他停，它也停；他走，它也走。他倒不太驚慌。他心中暗想：「管他呢！我反正沒有錢！」

走到奧坦學院門前，他站住腳步。他就是在這所學院裡開始他所謂的學習。每次經過這座建築物，由於頑皮學生習性猶存，他都要讓大門右邊的彼埃爾・貝特朗紅衣主教的塑像受一受賀拉斯諷刺文「Olim truncus eram ficulnus（拉丁文：從前，無花果樹砍壞了）」中普里阿普斯痛苦地抱怨的那種侮辱。他每次都幹得很起勁，連塑像下面的銘記「Eduensis spiscopus（拉丁文：中高盧文主教）」也差不多被他搞掉了。這一次，他又像往常那樣在塑像前停下了腳步。

街道上正好一個人也沒有。當他漫不經心地把靴勾子③重新扣起來的時候，四處一看，只見那個黑影緩緩走過來，步子很慢，衛隊長完全來得及看清楚這個人影披著斗篷，戴著帽子。那影子走到他身邊，停住腳步，呆立不動，賽過貝特朗紅衣主教塑像。然而，這個人影瞪著眼睛注視孚比斯，兩眼閃爍著貓的瞳仁在夜裡發射的朦朧磷光。

衛隊長素性勇敢，手握長劍，並不在乎毛賊。可是，這是個行走的石像，是個石化的人，他就心裡直發毛了。當時世上流傳著許多關於夜裡在巴黎街頭遊蕩的「莽和尚」莫名其妙的傳說，這時他都模模糊糊地回想起來了。他直楞楞地呆立了幾分鐘，終於強露笑容，打破沉默：

「先生，如果您像我所希望的，是個強盜，您搶劫我等於是鷺鷥啄核桃。我是破落戶子弟，先生，請您另尋高明吧！這所學校的小教堂裡有上等的木頭十字架，是銀子鑲的哩。」

影子把手伸出斗篷，一把抓住孚比斯的胳臂，勢如鷹爪搏擊，同時開言道：

「孚比斯・德・夏多佩隊長！」

「見鬼！您還知道我的名字！」孚比斯說。

「我不但知道您的名字，」斗篷人說，聲音宛如從墳墓裡發出來的：「還知道您今晚有個約會。」

「是呀！」孚比斯回答，目瞪口呆。

「是七點鐘。」

「還剩一刻鐘。」

「在法路岱老太婆那裡。」

「正是。」

「是那個在聖米歇橋開客棧的。」

「照經文上的說法，大天使聖米歇。」

「你這個淫穢的人！」鬼影低吼道：「是跟一個女人？」

「Confiteor!（拉丁文：我承認）」

「她的名字？」

「愛斯美娜達。」孚比斯自得其滿地說，他那股輕浮勁又逐漸上來了。

聽到這個名字，影子的鐵爪狂暴地搖晃孚比斯的胳臂。

「孚比斯・德・夏多佩隊長，你撒謊！」

衛隊長臉氣得通紅，往後一蹦，極其猛烈，掙脫了握住他胳臂的鉗子，神色高傲，伸手握住劍把，而斗篷人面對著這樣的狂怒，仍然陰沉而靜立不動——誰要是這時看見這些，一定會大為驚恐。這好像是唐璜和石像的搏鬥④。

「基督和撒旦！」隊長叫道，「這樣的指責可是從來沒進過夏多佩的耳朵裡！你敢再說一遍⑤！」

「你撒謊！」影子冷冷地說。

衛隊長咬牙切齒。什麼莽和尚，什麼鬼魂，什麼迷信奇談，這時統統忘得一乾二淨。他看見的只是一個人和給予的侮辱。

「啊！好極了！」憤怒使他嗓音哽塞，他吃力地說著，並拔出劍來，隨後囁嚅著——因爲人憤怒的時候也會像恐懼的時候一樣渾身打顫：「來！快！上呀！劍，交鋒！血染黃塵！」

然而，對方文風不動，看見對手擺開架式準備衝刺，便痛苦地說：

「孚比斯隊長，您忘了您的約會！」

孚比斯這樣的人的狂怒就像是奶油湯，只要一滴冷水就可以立刻止住沸騰。這麼簡簡單單的一句話便使他放下了手中寒光閃閃的劍。

「隊長，明天，後天，一個月，十年之後，您都可以看見我是準備好割斷您的咽喉的；但現在，您先去赴約會吧。」那人又說。

「眞的，」孚比斯說，彷彿他也想找個台階下：「一次約會中既碰到劍，又會到女人，這倒挺妙；我看不出爲什麼爲了一個就得丟棄另一個，既然兩者可以得兼。」

他把劍插入鞘。

「去赴您的約會吧！」陌生人又說。

孚比斯相當尷尬地回說：

「先生，非常感謝您的盛情。確實，明天總有時間盡可讓咱倆互相砍殺，把亞當老爹給咱們的皮囊戳它幾個透明窟窿。我感謝您允許我再快活一刻鐘。我倒眞希望把您戳翻到陰溝裡，同時還趕得上去跟美人兒玩玩，特別是因爲幽會的時候讓女人稍等一等是很神氣的事兒。不過，我看您這個人挺『帥』，再說，把這局牌放到明天去打更爲穩妥可靠。所以我還是去幽會吧。您知道的，是七點鐘。」

說到這裡，孚比斯撓撓耳朵，又說：

「噢！上帝的角！我倒忘了！我身上一文錢也沒有，付不起破房錢，鬼老婆子還要先給錢後睡哩。她是不信任我的。」

「哪，拿去付房錢吧！」

孚比斯感覺到陌生人冰涼的手把一大枚錢幣塞進他的掌心。他禁不住捏住了錢，還把那人的手握了握。他叫道：

「好上帝！您可真是個乖孩子！」

「一個條件！您得證明我說錯了，而您說的是真話；您必須把我藏到角落，好讓我能看清那個女人究竟是不是您說的那位。」那人說。

「哎，我無所謂。」孚比斯說：「我們要在聖瑪塔開房間，旁邊有個狗窩，您可以躲在裡面隨便看。」

「好，走吧！」影子說。

「為您效勞，」隊長說：「我不知道您是不是魔鬼先生的化身。不過，今晚咱倆是好朋友。明天我還債，錢和劍一齊付！」

兩人急速前奔。幾分鐘之後，聽見腳下河水聲，說明走上了聖米歇橋——當時橋上有很多房屋。孚比斯對伙伴說：

「我先帶您進去，然後去找美人兒，她約好在小堡附近等我的。」

那人不置可否。從兩人並肩同行開始，他一句話也沒有說過。孚比斯走到一扇矮門前，拚命捶門。門縫裡透出了亮光。

「誰？」一個牙齒漏風的聲音說。

「上帝的身子！上帝的腦袋！上帝的肚子！」隊長回答。

門立即開了。門後是一位老太婆，提著一盞老油燈；這個老傢伙提著油燈直打顫。老太婆彎腰曲背，衣衫襤褸，腦袋直晃，兩隻小眼睛窟窿，頭上裹了一塊破布，手上、臉上、脖子上，到處是皺紋；牙齦下面的嘴唇窩了進去，嘴巴周圍盡是一撮撮白毛，看上去就跟貓鬍鬚似的。

屋裡面殘破衰敗一若其人。白堊的牆壁，頂棚上樑柱黝黑，壁爐坍塌，任何角落裡都是蜘蛛網，破屋中央是幾張缺腿少襯的桌凳，一個齷齪的小孩在塵土裡玩耍，頂裡面是一座樓梯——其實只是一張木頭梯子，通向頂棚上的一個蓋板洞。

進入這個豬窩的時候，孚比斯的那個神秘同伴扯起斗篷，遮到了眼皮子底下。這當兒，衛隊長一邊破口大罵，一邊趕忙像尊敬的瑞尼埃⑥所說的——晃動陽光燦爛的一枚埃居。

「聖瑪塔房間。」他說。

老太婆恨不得把他供起來，把金幣——就是黑斗篷人剛才給孚比斯的那一枚——塞進抽屜。她剛一轉身，那個在塵土裡玩耍的披頭散髮、破衣爛衫的小男孩馬上敏捷地跑到抽屜跟前，攫去金幣，換上從柴禾棍上扯下的一片枯葉。

老太婆連聲喚兩位老爺，請他們跟她走。她自己先上了梯子。登至樓上，她把油燈擱在大木箱上。孚比斯儼然是這裡的常客，也不拘禮，自己打開一道房門，裡面是一間小黑屋。他對伙伴說：「請進去吧，親愛的。」斗篷人也不答話，逕自走入。門也就關上了。他聽見孚比斯在外面插上了門閂，過了一會跟老太婆一同下去。燈光也沒有了。

---

① 據說這座塑像是歪鼻子的。

② 阿拉斯在加來東南，當時屬勃艮地公國。「當阿拉斯王」，實際意思是占領勃艮地公國。最後一句「阿拉斯人離開故鄉」是說，把勃艮地人統統從該公國趕跑，從冰上趕到英國去。一四七七年三月路易十一的軍隊擊敗勃艮地和英國的聯軍，占領了阿拉斯；他把該地居民統統遷徙別地，從法國內地遷來手工業者等等居住。

③ 中世紀的馬靴有勾帶，既拔靴子用，又在穿上之後扣起來。

④ 從中世紀即已開始流傳的唐璜傳奇的最後結局是：這個以勾引女人爲能事的浪蕩子誘姦了一個有夫之婦（或已訂婚的少女，或寡婦），致使被欺騙的男人死後的石像把唐璜拘到地獄裡去了。

⑤ 說騎士撒謊，是莫大的侮辱，比說他與女人私通當然更不可忍受。

⑥ 若望・瑞尼埃（約 1392-1468）：法國詩人。

VIII
臨河的窗子

克洛德·弗羅洛（我們假定，讀者比孚比斯聰明，自會猜到這番奇遇中不會有「莽和尚」，無非是副主教罷了）在被隊長反鎖的黑暗小室裡摸索了一陣。這是建築師時常在屋頂和支撐牆交合之處留下的那種角落。這個「狗窩」（正如孚比斯恰當地稱呼的）縱剖面好像一個三角形。此外，沒有窗戶，也沒有透亮孔，屋頂傾斜下來，人在裡面連站立都不可能。於是，克洛德只好蹲在塵土和牆壁粉屑裡，把這些髒東西壓得直響。他的頭滾燙，伸手在四周摸索，在地上摸到一塊破玻璃，把它貼在腦袋上，一陣清涼，才稍稍舒服了些。

副主教的陰暗心靈裡此刻想些什麼？只有他自己和上帝才知道。

他是不是內心裡在按照某種命運安排，擺弄著愛斯美娜達、孚比斯、雅各・夏莫呂，以及爲他鍾愛卻被他委於泥污的弟弟？也許還有被拖累到法路岱老太婆家裡的他的名譽和法衣？這一切形象，這一切奇遇，我可說不清。然而，肯定無疑，這種種念頭在他靈魂裡，已經糾結爲可怕的一團。

等了一刻鐘，他似乎覺得老了一百歲。忽然，他聽見木頭樓梯軋軋響。有人上來了。梯口蓋板給推開了，又出現了燈光。閣樓那破爛的房門上有一道相當寬的縫隙，他把臉貼了上去。這樣他可以把隔壁房間裡的動靜看個一淸二楚。從蓋板洞口鑽出來的第一個人是貓臉老太婆，手裡打著燈；第二個是孚比斯，捻著小鬍子；接著是第三個，正是愛斯美娜達那翩翩風姿、美麗的身影。教士看見她從地下鑽出來，眞像光華奪目的仙女一般。克洛德渾身哆嗦，眼前騰起一片雲霧，心劇烈地跳動，只覺得天旋地轉，一片轟鳴。他再也看不見，再也聽不見了。

等到他淸醒過來，只剩孚比斯和愛斯美娜達兩人了。他倆坐在大木箱上，旁邊放著油燈。燈光讓副主教看見這兩個青春洋溢的面孔和小屋另一端的一張簡陋的床鋪。

床旁邊有一扇窗戶，窗玻璃早已像被雨打的蜘蛛網那樣殘破，透過它那破損的鉛絲網，可以看見一角天空和遠方落月斜照在鋪絮般柔軟的雲朵上。

女孩紅著臉，手足不知所措，喘著粗氣。長長的睫毛低垂，在羞紅的臉頰上投下陰影。她不敢抬眼去看那得意洋洋的軍官，只是機械地以一種羞澀、楚楚動人的姿態，伸出手指，在板凳上畫著斷斷續續的線條，然後看看自己的手指。看不到她的腳——小山羊蹲坐在上面。

衛隊長打扮得分外俏皮，衣領和袖口上綴飾著金銀穗束——這在當時是最時髦的裝扮。

堂・克洛德太陽穴裡血液沸騰翻滾，一片嗡嗡響聲使他只能相當費勁才聽得見他們的交談。

情話綿綿其實相當乏味。無非是反覆念叨「我愛你」。要是不配上什麼「裝飾音」，在不相干的旁聽人聽來，這種樂句是非常平板、非常單調的。不過，克洛德並不是漠然旁聽的。

「哦！」女孩說，眼皮仍然不敢抬：「不要看輕我，孚比斯大人。我覺得我這樣做很壞。」

「看不起您嗎？美麗的小人兒！」軍官回答，神氣十足，居高臨下，風流自賞：「看不起您，上帝的腦袋！爲什麼呢？」

「因爲我一直跟著您。」

「說到這一點嘛，小美人兒，我們意見不一致哩。我不應該看不起您，應該恨您。」

女孩驚慌失措，看看他，問道：

「恨我？我作了什麼使您恨我呢？」

「因爲妳讓我多次懇求！」

「唉！」她嘆道：「這是因爲我得違背誓言。我會找不到我父母的，護身符會不靈驗呀！……可是那又算什麼？我現在難道還需要父母？」

說著，她直視衛隊長，一雙黑色的大眼睛因爲喜悅和情意綿綿而水汪汪的。

「我要是懂得您說些什麼，鬼把我抓了去！」孚比斯叫道。

愛斯美娜達半晌不吭氣，然後眼睛裡淌出淚水，嘴裡發出嘆息，說道：

「啊！大人，我愛您！」

少女身上散發著一種純潔的芬芳、童貞的魅力，使得孚比斯在她身邊多少有些局促不安。然而，聽到這樣愛慕之情的表白，他膽子大了，狂喜地叫嚷：「您愛我！」伸出胳臂摟住姑娘的腰——他本來就只等這個機會。

教士見了，用手指尖試了試掖在胸襟裡面的匕首鋒刃。

吉卜賽少女輕輕掙脫衛隊長緊箍她腰肢的雙手，說道：

「孚比斯，您人好，豪俠，英俊。您救了我的性命，雖然我只是一個流落在波希米亞的可憐孩子。我早就夢過有個軍官會搭救我。還沒有認識您以前，我就夢見了您，我的孚比斯。我夢中的人跟您一樣，身穿漂亮的軍服，相貌堂堂，佩戴長劍。您叫孚比斯，這是個美麗的名字。我愛您的名字，我愛您的劍。您就把劍拔出來吧，孚比斯，讓我看看。」

「孩子氣！」隊長說，笑著抽出長劍。

少女看看劍柄、劍身，以可愛的好奇模樣審視劍柄上的縮寫姓名，吻著劍說：

「你是一位勇士的佩劍，我愛我的隊長。」

孚比斯趁機對準那低垂的美麗頸脖印上一吻。少女的臉刷地一下紅得像熟透的櫻桃，她跳了起來。教士在黑暗中咬牙切齒。

「孚比斯，讓我跟您說話。您走幾步，讓我看見您高大的全身，讓我聽見您的馬刺響。您多麼英俊！」埃及女郎說。

隊長巴結地站起身來，同時得意洋洋地一笑，責難說：

「您可眞是孩子！……不過，美人兒，您見過我穿上大禮服嗎？」

「唉，沒有。」她答道。

「那才眞叫漂亮哩！」

孚比斯過來坐在她身旁，這次緊緊偎依著她。

「聽我說，親愛的……」孚比斯說。

吉卜賽女郎美麗的小手輕輕拍打他的嘴，那樣的孩子氣，一股傻勁兒，洋溢著歡樂，儀態優美。

「不，不，我不要聽。您愛我嗎？我要您告訴我您是不是愛我。」

「我是不是愛你？我終生的天使！」隊長半跪著叫道：「我的肉體，我的血液，我的靈魂，一切都屬於您，一切都爲了您！我愛您，從來只愛您！」

這樣的話隊長曾經在類似的場合不知複述過多少遍，所以他一口氣就吐了出來，背得滾瓜爛熟，一個錯兒也沒有。聽到這樣熱情的表白，少女抬眼望著骯髒的頂棚，好比那就是蒼天，目光中洋溢著天使般純潔的幸福。她喃喃自語：

「啊！能在這一刻死去，眞是美好！」

孚比斯卻覺得「這一刻」挺方便，正好再次偷個吻。可憐的副主教在角落裡這下子又如受酷刑了。

「死！」情欲衝動的衛隊長叫道：「您說些什麼呀，美麗的天使？該活著，否則邱比特就只算是個小淘氣兒！這樣美妙的開端，就死！牛的角！眞是開玩笑！……不該說的！……聽我說，親愛的席米拉……愛斯麥納達……對不起，可是您這個名字眞跟薩臘贊人的名字似的，簡直沒法念。好比一堆茅草，一下子就把人纏得暈頭轉向。」

「上帝呀！」可憐的少女說：「我本來還以爲這個名字由於別緻而分外美麗哩！可是，旣然您不喜歡，我願意叫其他名字。」

「嗳！咱們別爲這麼點小事兒傷心嘛，我的美人兒！這是個我應該適應的名字，不過如此罷了。我一旦記熟了，也就順口了。請聽我說，親愛的席米拉，我崇拜您到了狂熱的程度。我實在愛您，到了神奇的程度。我知道有個小女孩會因而大發雷霆的……」

「是誰？」少女醋性大發，打斷他的話。

「這跟咱們有什麼關係？您愛我嗎？」孚比斯說。

「噢……」她說。

「好，這就盡夠了。我是多麼愛您，您今後看好啦！我發誓，要是我不使您成爲世上最幸福的人，就讓大鬼奈普圖努斯①把我叉死。我們找個地方去安頓一個美麗的小家庭。我要吩咐我的弓手在您窗下以閱兵式行進。他們都是騎馬的，把米尼昂隊長的弓手氣得發昏。還有尖槍手、短銃手、長銃手。我要帶您去看侶里穀倉的巴黎那些怪東西。好看得緊！八萬頂頭盔，三萬副白色的馬具，短胄，長鎧，六十七面各行業旗幟：大理寺、審計院、將帥財庫、鑄幣助理司等等的旗幟；總之，眞是魔鬼的全副鑾駕！我還要帶您去看行宮的獅子，都是凶猛的野獸。女人都喜愛的。」

女孩好一陣子一直沉浸在幸福的幻想之中，聽見他的嗓音，卻沒有去聽他言詞的意義。

「啊！您會多麼幸福呀！」衛隊長繼續說，同時輕輕解開少女的腰帶。

「您這是幹什麼？」她急速說道。這種「欲行非禮」使她從神遊中淸醒過來。

「沒什麼。」孚比斯說：「我只是說，等您日後跟我在一起的時候，應該把這種街頭賣藝的輕佻打扮脫掉。」

「我日後跟您在一起！我的孚比斯！」少女溫柔地說。

她又浸沒於靜默沉思之中。

見她這樣溫順，衛隊長膽子大起來，一把摟住她的腰，她也毫不抗拒。隊長然後動手解去可憐女孩胸衣上的帶子，弄出輕微的響聲，把她的乳褡子使勁拉扯，致使教士喘著粗氣，看見從紗羅掩蓋下露出了吉卜賽女郎微褐色渾圓的美麗肩膀，就像天邊薄靄中升起月亮。

女孩聽任孚比斯輕薄，似乎並未覺察。膽大妄爲的隊長眼睛裡火花直冒。

突然，她轉向他，以無限的愛戀說道：

「孚比斯，引我入您的宗教吧！」

「我的宗教！」隊長哈哈大笑，說：「我，我引您入我的宗教！角和雷！您拿我的宗教幹什麼用？」

「是爲了我們結婚呀！」她回答。

隊長臉上的表情立刻是又驚訝，又輕蔑，又滿不在乎，又充滿淫邪的情欲。他說：

「呸！還要結婚？」

吉卜賽女郎的臉頓時煞白，憂傷地把腦袋低垂在胸前。

孚比斯溫存地又說：

「我心愛的美人，幹嘛這麼大的傻勁？結婚，什麼大不了的！不到教士開的店鋪裡去聽他們嘴裡噴出拉丁話，難道就不快活？」

說著甜言蜜語，他緊緊貼著吉卜賽女郎的身子，兩隻愛撫的手又放在老位置上，摟著少女的纖纖細腰，眼裡欲火越來越熾熱，一切都表明孚比斯先生顯然快要到達這樣一個關鍵時刻，就是，朱庇特大神自己也要做出許多傻事，使得好心的荷馬只好呼來雲朵幫忙他遮醜。

這過程，堂・克洛德看得一清二楚。房門是用已經爛了的桶板做的，板與板之間裂開大縫，他那鷹隼似的目光正好透過。這個深色皮膚、寬闊肩膀的神父，一向不得不過著嚴峻的修道院禁欲生活，現在眼見著這男歡女愛、銷魂之夜的場面，不由得渾身哆嗦、血液沸騰。那美麗的少女褰裳解懷，委身於欲火中燒的青年，看得他血管中流動著的彷彿是熔化的鉛水。他內心中洶湧著異乎尋常的衝動。他心懷嫉妒，色情的眼光深深鑽入那一顆又一顆被解下的別針下面。此刻誰要是看見這不幸者貼在腐爛門板縫上的面孔，會以爲看見的是一頭猛虎從鐵籠子裡面注視著豺狼吞噬羚羊。他的眸子閃閃發光，彷彿燭火透過那門縫。

忽然，孚比斯急速地一把抓下了埃及少女的乳褡子。可憐的女孩原來一直沉溺於幻想，這下子彷彿一驚，臉色蒼白，清醒了過來。她猛地掙脫色膽包天的軍官懷抱，看了看自己裸露的胸脯和肩膀，含羞帶愧，滿臉通紅，茫然，默然，交合起雙臂遮住兩乳。要不是她兩頰火焰似的燃燒，看見她這樣靜默呆立，還會以爲是一座處女嬌羞的石像哩。她兩眼始終低垂。

然而，隊長那樣一扯，露出了她頸脖上掛著的神秘護身符。

「這是什麼？」他說，抓住這個藉口向剛剛嚇跑了的美麗小動物貼了過去。

「別動！這是我的保護神。她將保佑我找到親人，如果我不辱沒他們的話。啊！隊長先生，請您放開我！我的母親，可憐的媽媽，媽媽！您在那裡？救救我！我求求您，孚比斯先生！把乳褡子還給我！」她急忙回答。

孚比斯向後一退，冷冷地說：

「小姐！我看您並不愛我！」

「說我不愛他！」可憐的不幸女孩喊道，與此同時，她讓隊長坐在身旁，摟住他的脖子：「我不愛您，我的孚比斯！您眞壞，您說些什麼呀，是要我心肝碎裂嗎？啊！好吧！拿去，我的一切！您要拿我怎樣就怎樣吧！我是屬於您的。護身符算什麼？媽媽算什麼？您就是我的媽媽，旣然我愛您！孚比斯，我心愛的孚比斯，您看得見我嗎？是我，您看看我！是您好心不嫌棄的小女孩，她來了，她自己來找您了！我的靈魂，我的生命，我的身子，我整個的人，一切都整個屬於您，我的隊長！啊，不！我們不結婚！旣然您覺得心煩。況且，我算得上什麼，我，輾轉溝壑的不幸女子，而您，我的孚比斯，您卻是侍從貴族！眞是異想天開！一個跳舞女郎要嫁給一個軍官，敢情我是瘋了！不，孚比斯，不，我就做您的情婦，您的消遣，您的玩樂，只要您高興。我是永遠屬於你的女人，我生來就只是這樣！受侮辱，遭輕視，被玷污，那又算什麼？只要被您愛！那我將是最自豪、最歡樂的女人。我老了醜了以後，孚比斯，等我配不上再愛您的時候，大人，請您還允許我伺候您！讓別的女人給您刺繡綬帶，而我——您的女僕，我來照料她們的刺繡。請您讓我給您擦馬刺、刷上衣，撣淨您的馬靴！我的孚比斯，您有這樣的憐憫心，是不是？在此以前，把我拿去吧！看，這一切都是您的，孚比斯！只要您愛我！吉卜賽女人只要這些，只要空氣和愛情！」

這樣說著，她舉起雙臂，緊緊摟住軍官的脖子，她以懇求的眼光自下而上打量著他，同時哭泣中露出燦爛的笑容。她那纖秀豐滿的胸脯摩擦著軍官的粗呢子上衣和粗劣的刺繡。她坐在他腿上，扭動著她那美麗的半裸身軀。衛隊長昏昏然，以他焦渴的雙唇狂吻著她那赤裸裸的微黑上身。少女迷惘的眼睛仰望著頂棚，她向後仰，戰慄不已，心房劇烈跳動，接受著熱烈的吻。

突然，她看見孚比斯頭頂上面出現另一個腦袋，一張灰裡透青、痙攣的臉，閃爍著魔鬼似的目光。就在這張臉旁邊有隻拿著匕首的手。這就是教士的臉和手。他打破了房門，來到了這裡。孚比斯看不見他。少女動彈不得，猶如凝成的冰塊，在這鬼影的可怕魔力之下叫不出聲來，就像一隻鴿子抬起頭來，正好看見老鷂瞪著圓眼睛向窠裡窺視。

她甚至一聲也喊不出來。她看見匕首對準孚比斯插下，又抽起來，血沫直翻。

「該死！」衛隊長叫了一聲，倒了下去。

她暈了過去。

她閤上眼睛，意志已經渙散，彷彿覺得嘴唇上火灼一般：那是一個吻，比劊子手的烙鐵還要燙人。

等她甦醒過來，只見自己被巡夜兵卒團團圍住，倒在血泊中的衛隊長正被人抬出去，那個教士已經不見，房間底部那扇臨河的窗戶大開著。有人拾得斗篷一件，他們還以爲是軍官的。她聽見周圍的人說：

「是這個女巫刺殺了衛隊長。」

---

① 奈普圖努斯：海王的拉丁文説法。海王並不手執鋼叉，執鋼叉的是他的兒子小海神。乎比斯自附風雅，卻恰恰驢唇不對馬嘴。

8

I
錢幣變枯葉

格蘭古瓦和奇蹟宮廷所有的人都惶惶不可終日。足足有一個多月了，他們弄不清楚愛斯美娜達遭遇了什麼不測，這使得埃及公爵和他的朋友無賴漢們很傷心；他們也不知道小山羊的下落，這更增加了格蘭古瓦的痛苦。

一天夜裡，吉卜賽少女失蹤了，從此生死未卜，到處都找不到她。有幾個愛調侃的頑皮鬼告訴格蘭古瓦，那天晚上在聖米歇橋附近看見她跟一個軍官跑了。不過，這位丈夫——按照流浪人的習俗——是位從不輕信他人的哲學家，況且，他比誰都明白妻子是怎麼保護她的貞節的。他已有深刻體會，知道護身符加上吉卜賽女人是多麼堅不可摧的冰清玉潔的貞德；他已經以數學方式計算過這一貞操觀念的二次冪的抗力。他在這方面是完全放心的。

但是，他無法解釋這次失蹤。他悲傷萬分。要是可能的話，他是會消瘦下去的。不過，他倒是傷心得把一切其他全忘了，甚至他愛好的文學，甚至他那部偉大著作《De figuris regularibus et irregularibus》(拉丁文：論通常修辭與非常修辭)。對於這部巨著，他打算一有錢就拿去排印①；自從他看見雨格・德・聖維克多②的著作《Didascalon》(拉丁文：論學) 用著名的凡德蘭・德・斯皮爾活字排印出來以後，他就一直唸叨著也要排印。

這天，他滿腹憂傷，行經刑庭門前，瞥見司法宮的一道大門聚集著許多人。

「怎麼回事？」他向從裡面出來的一個年輕人打聽。

「我不清楚，先生。」年輕人回答道：「據說，是審訊一個女人，她謀殺了一名近衛軍官。這裡面好像有巫術的成分，連主教和宗教法庭都來過問了。我哥哥是若薩的副主教，終生是幹這一行的。我來找他，但是人太多，擠不進去。眞糟糕，我正缺錢花呢。」

「唉，先生！」格蘭古瓦說：「我倒是願意借點給您。可是，我的衣袋全穿了洞，那可不是裝錢弄破的。」

他不敢告訴年輕人認識他哥哥。自從那次在主教堂裡談話之後，他再也沒有去找過副主教了。這樣有失禮貌，他覺得難為情。

學生逕自去了。格蘭古瓦跟著民眾，登上通向大廳的階梯。他認為，再也沒有什麼把戲比刑事審訊更能解悶了，因為法官一般都愚蠢得令人發笑。格蘭古瓦夾在人群中。大家默然走著，摩肩擦踵。有一道陰暗的長廊在司法宮裡蜿蜒著，好像古老建築的地下水道。人們在長廊裡走走停停，走了半天，非常乏味。然後，格蘭古瓦走到了一扇低矮的房門。因為他長得高，眼睛從滾滾波動的人群頭頂上看過去，發現裡面原來是審判廳。

大廳寬敞而陰暗，陰暗就愈顯寬敞。這時正是薄暮。微弱的天光從尖拱窗戶透進，還沒有照到穹窿上就已經不見光芒了。穹窿上那巨大方格的雕花木上的無數人物雕刻，似乎在黑暗中隱約跳動。在幾處地方已經點燃了蠟燭，放在桌子上，照著伏案於文牘之中的錄事們的腦袋。大廳的前半部為群眾所占據；左邊和右邊都有身穿法院袍子的人坐在桌前；頂頭的台子上有不少審判官，坐在後幾排的，為黑暗所隱沒。他們都板著臉，陰森森的。牆壁上到處是百合花圖案③，還可以隱約看見審判官們頭頂上有一幅巨大的耶穌像；到處長矛尖戟，燭光反射，尖端閃閃發光。

格蘭古瓦向身邊的一個人問道：

「先生，那麼多人坐在那兒，就跟開主教會議似的，怎麼回事啊？」

「先生，右側是大法庭評議官，左側是審問評議官；右側方穿黑袍的老爺們是教士，左首穿紅袍的則是法官。」

「坐在首席的那位滿頭大汗的紅袍大胖子是誰呀？」格蘭古瓦又問。

「是庭長先生。」

「他後面的那群公羊呢？」格蘭古瓦繼續問。前面已經說過，他是不喜歡法院的。這也許是因爲他始終對於自己的劇作在司法宮遭受挫折懷恨在心。

「他們是御前審議官老爺。」

「大胖子前面的那頭野豬呢？」

「那是最高法院的刑庭錄事先生。」

「右上方的那頭鱷魚呢？」

「特命御前狀師菲利浦‧婁利埃老爺。」

「左上方那頭肥黑貓呢？」

「教會法庭的國王代訴人雅各‧夏莫呂老爺，還有該庭的官員們。」

「嘿，」格蘭古瓦說：「這些大人物在這兒幹嘛呢？」

「他們在審判。」

「審判誰？沒看見被告呀！」

「是個女人。您看不見的，她背對著我們，人群把她遮住了。喏，您看見那堆戟兵了嗎，那裡邊擋著的就是她。」

「這個女人是怎麼回事？您知道她的名字嗎？」

「不知道，先生。我剛剛來。但我猜她是涉及巫術吧？因爲是教會法庭問案。」

「得了吧！」我們的哲學家說：「我們就要看見這些穿法袍的先生們吃人肉了。這種把戲眞是司空見慣！」

「先生，您不覺得夏莫呂先生的樣子很慈祥嗎？」那人說。

「哼！」格蘭古瓦說：「尖鼻子、薄嘴唇的人會慈祥？我是不信的。」

這時，周圍的人喝令這兩個瞎扯的人住口。人們正在聽一篇重要的證詞哩。

是個老太婆在講話。她穿的衣服把臉都遮沒了，整個人就像是一堆行走的破衣爛衫。她說：

「各位大人，事情可是千眞萬確，就跟我是法路岱老太婆一樣確實。我老太婆可是在聖米歇橋開店住了四十年，房租、買賣稅、年貢從不虧欠！我的店門是開向河上流的那座達加雅染坊。……我現在是個可憐的老太婆，從前可是個美麗的姑娘，各位大人！……總是有人對我說：『法路岱老太太，妳晚上可別紡紗紡得太晚了，魔鬼喜歡用它的角梳理老太婆的紡線哦。眞的，莽和尙去年在聖殿那邊，如今卻在內城遊蕩了。法路岱老太太，當心魔鬼捶妳的門！』……

那天晚上，我在紡紗，有人捶我的門。我問是誰，外面的人咒罵起來。我打開門，進來兩個人；一個穿黑袍的人，和一個英俊的軍官。穿黑袍的只露出兩隻眼睛，炭火似的閃著紅光；再就只看見斗篷和帽子了。他們對我說：『聖瑪塔房間。』這是指我樓上的那間房，老爺們，那是我最乾淨的房間。他們給我一埃居，我塞進了抽屜，並且說：『留著明天到小亭剝皮場去買牛羊下水吃吧。』

我們一塊上樓。到了上面的房間，我剛一轉身，黑袍人就不見了，嚇了我一跳。而那位軍官漂亮得像個大爵爺，他跟我一起下樓，然後出去了。不過在我又紡了四分之一捲的時候，他回來了，帶來一位標緻女郎，那位女郎要是加以裝扮的話，就像太陽一般令人眼目昏花。她牽著一隻公山羊④，挺大的，黑的還是白的，我就記不得了。我一看，心裡就琢磨了。但我想，女孩嘛，跟我不相干，可是，大山羊！……我不喜歡山羊，牠們有鬍子，還有角。這就像人了。還有，這都有點像是妖魔出現的星期六。不過，我沒說話。反正給了我埃居嘛！那就行了，可不是，法官先生？

我領女孩和隊長上去，進了那間房。我讓他們單獨待著，加上公羊。我自己到了樓下，又紡起線來。……老爺們，我那房子是兩層樓的，背面對著河，這跟橋上別的房屋一樣，底樓和二樓的窗戶都面對河。……我紡著紡著，不知道爲什麼，我想起了莽和尚，也許是山羊的關係吧！況且，那位標緻女郎的打扮有點古怪。

突然，我聽見樓上一聲喊叫，接著有個什麼東西倒在地上，窗子也被打開了。我趕緊跑到我在樓下的房裡，看到有個黑乎乎的東西跳進水裡了。是那個鬼魂，穿的是教士的衣服；因爲正好有月光，所以我看得清清楚楚。他向內城那邊游去。我嚇得直哆嗦，叫來巡防隊。這些侍衛長先生們都醉醺醺的，一進來也不搞清楚出了什麼事，就把我打一頓。我跟他們解釋，然後一同上樓去。我們看見了什麼呀？可憐的房間裡盡是血，衛隊長直挺挺地躺在地上，脖子上插著一把匕首，女孩則裝死在旁，而公羊卻凶惡得不得了。……這時我說：『我至少得花半個月洗地板了，還得使勁擦，眞要命！』……然後，隊長被抬走了，可憐的人！女孩的衣服則被扒開了！……等一等。最可怕的是，第二天我想拿那個埃居去買肚腸，卻發現埃居變成了枯葉。」

老太婆說完了。聽眾中間一陣恐怖駭異的嘀咕聲。

「那個鬼魂，那隻公羊，一切都有點妖術的味道。」格蘭古瓦旁邊的一個人說。

「還有那片枯葉！」另一位說。

「不用懷疑，她就是巫婆，是她跟莽和尙串通起來搶劫軍官的！」又有一位說。

格蘭古瓦自己也覺得這一切很可怕但很像是事實。

庭長大人威嚴地說話了：

「法路岱老太太，妳還有沒有別的要對本庭說？」

「沒有了，」老太婆說：「只有一點，報告裡說我開的客棧歪七扭八，還臭氣熏天，這太過分了！橋上的房子本來就不太體面的，因爲人太多嘛。可是賣肉的都不嫌棄，還住在那兒哩。他們可都是有錢人呀！都是跟非常乾淨的標緻女人結婚的。」

這時，被格蘭古瓦稱做鱷魚的那位法官站起身來，喊道：

「注意！我請各位大人不要忘記，被告身上曾搜出了一把匕首。法路岱老太太，魔鬼給妳的埃居變成的枯葉帶來了嗎？」

「帶來了，大人，」她回說：「在這兒！」

一名執達吏把枯葉轉呈給鱷魚。鱷魚陰森森地點點頭，又轉遞給庭長。庭長接過來轉給國王代訴人。就這樣，枯葉在大廳裡轉了一圈。

「這是一片白樺樹葉，」代訴人雅各・夏莫呂老爺說：「是行妖術的又一證明。」

一名評議官發言：

「證人，妳說，是兩個男人同時去妳家裡。穿黑袍的，妳先是看見他不見了，然後又看見他穿著教士衣服在塞納河裡游泳。還有一人是軍官。這兩人，是哪一個給妳那個埃居的？」

老太婆想了一會，說：「是軍官。」

聽眾中間響起輕微的騷動。格蘭古瓦想：

「嘿！這下子我原來信以為眞的也動搖了。」

這時，特別御前狀師菲利浦・婁利埃老爺再次發言：

「我提請諸位注意被害軍官床前筆錄的證詞。他說，當黑衣人上來跟他搭話的時候，他隱隱約約覺得黑衣人非常可能是莽和尙；他還說，是這個鬼魂竭力慫恿他去同被告相會的；並且當時軍官身上沒有錢，是鬼魂把埃居給他，然後又交給法路岱的。如此說來，那枚埃居可說是地獄來的錢囉。」

這個結論性發言一被說出，似乎驅散了格蘭古瓦和聽眾中持懷疑態度之人的一切疑惑。

御前狀師一邊坐下，一邊說：

「諸位手上都有證件卷宗，可以翻閱孚比斯・德・夏多佩的證詞。」

一聽這個名字，被告站了起來。頭揚著，高過了眾人。

格蘭古瓦大爲驚駭——原來是愛斯美娜達。

她臉色蒼白。她的頭髮往常總是編結得十分光潔，綴飾著金屬飾片，而現在亂蓬蓬地披散著。她的嘴唇發青，兩眼深陷，形容嚇人。可悲呀！

「孚比斯！」她茫然叫道：「他在哪裡？哦，老爺們！求求你們，在處死我之前，先告訴我他是不是還活著？」

庭長喝道：「住口，女人！這不關我們的事！」

「啊！可憐可憐我吧！告訴我他是不是還活著！」她合起消瘦的美麗小手，又叫道。鐵鏈在她袍子邊緣順著下來鋃鐺作響。

御前狀師冷酷地說：「那好吧！他就要死了……妳滿意了吧？」

不幸的少女跌坐在被告席小凳子上，啞口無言，也沒有眼淚，慘白的面容就像是蠟製的。

庭長俯身對腳下的一個人——此人頭戴金帽，身穿黑袍，脖子上套著鐵鏈，手裡拿著棍棒——說：

「執達吏，帶第二名被告！」

大家都扭頭看著一道小門。門開了，格蘭古瓦的心劇烈跳動，原來進來的是金角金腳的美麗母山羊。這優雅的動物在門檻上停留了片刻，伸著脖子，彷彿站在懸岩頂上，而眼下是開闊的視野。驀地，牠看見了吉卜賽女孩，立刻躍過一名錄事的桌子和腦袋，兩下子就蹦上她的膝頭。然後，牠以優美的姿態滾到女主人的腳上，乞求著她撫慰的言詞或動作，可是被告一動也不動，這可憐的佳利也得不到她的一顧。

「嗳，就是牠……就是這個壞畜生！」法路岱老太婆說：「她們兩個我都認得。」

「諸位大人如果樂意，我們就來審訊山羊。」雅各·夏莫呂說。

牠確確實實是第二名被告。當時對任何一隻動物進行巫術審訊是再尋常也不過了。一四六六年的政府檔案中這種案例不少，其中有一件非常有趣，記載著爲審訊吉埃－蘇拉爾和他的母豬而開支的費用，這兩個後來在科貝伊「以瀆神罪被處決」。在這筆費用裡有養母豬的開銷，以及從莫桑港取來五百捆柴禾、三潘特⑤葡萄酒和麵包充作臨刑犯最後一餐——與劊子手親如手足地共享——的費用，甚至包括十一天裡每天看管和餵養母豬所花的八巴黎德尼埃。有時甚至較牲畜猶有過之。查理曼大帝和敦厚王路易一世曾下過詔書，對膽敢出現在空中的燃燒的鬼魂予以嚴懲。

這當兒，教會法庭代訴人已在叫嚷：

「如果附於山羊體內的魔鬼，在抗拒了一切咒逐之後，堅持行妖作祟，如果牠以此恐嚇法院，我們要警告牠，我們將不得不對牠施以絞刑或火刑。」

格蘭古瓦嚇出了一身冷汗。代訴人從桌上拿起吉卜賽少女的巴斯克手鼓，用某種特定方式遞到山羊面前，問道：

「幾點了？」

山羊以聰慧的眼睛看看他，抬起金色的腳，敲了七下。當眞是七點鐘。人群中一陣駭異。

格蘭古瓦再也按捺不住，喊了出來：

「這簡直是讓牠自己害自己嘛！你們是知道的，牠並不明白自己在幹什麼。」

執達吏厲聲喝道：「不准講話！」

代訴人雅各·夏莫呂把手鼓就這樣擺過來擺過去，山羊又變了幾套戲法，什麼日期啦，月份啦，等等。讀者在前面都已見識過了。然而，這些聽眾在街上也許不止一次爲佳利無害而頑皮的把戲喝采叫好，但現今在司法宮的穹窿之下，由於司法審訊特有的幻視，卻大爲駭然恐懼。山羊千眞萬確就是魔鬼。

尤其糟糕的是，國王代訴人把山羊頸子上的皮囊裡面的字母版統統倒在地上，立刻就看見佳利用前足從散亂的字母中拼出這個致人死命的名字——「孚比斯」。衛隊長斷送了性命的巫術至此鐵證如山，無可抵賴！於是，以往曾多次以其風韻使得過往行人目眩的豔麗吉卜賽女郎，現在成了可怕的女巫了。

不過，她彷彿了無生氣。無論是佳利的出色表演，還是檢察官的恫嚇，或者聽眾的低聲咒罵，一切她都充耳不聞、視而不見。

爲使她清醒過來，只好由一名侍衛毫不容情地使勁推搡她，庭長也不得不高聲莊嚴宣告：

「小姐，妳是個流浪人，慣行蠱術。妳與本案的妖羊，涉嫌於三月二十九日夜晚勾結黑暗的魔鬼之力，借助蠱術與邪法，以匕首謀害了一名王室侍衛弓手隊長孚比斯·德·夏多佩。妳認罪嗎？」

少女兩手捂住臉，喊道：

「可怕呀！我的孚比斯！啊！這眞是地獄！」

「妳還拒不吐實嗎？」庭長又冷酷地問道。

「吐什麼實！」她以使人心驚的聲調叫道，猛然站了起來，兩眼閃閃發光。

庭長決然追問：

「那麼，妳要如何解釋控告妳的事實？」

她斷斷續續回答：

「我已經說過了。我不知道。是一個教士。我不認識的教士。一直追逐著我的惡魔教士！」

「對了，」法官接口說：「他就是莽和尙。」

「啊，老爺們，可憐我吧！我只是一個可憐的女子……」

「……吉卜賽女人。」法官說。

雅各・夏莫呂老爺發言了，極爲溫存：

「既然被告頑梗不化，我請求用刑。」

「准其請求。」庭長說。

不幸的少女渾身直哆嗦。但是，她聽到戟兵呼令，只得站立起來，並且以相當堅定的步伐走向一道低低的門，在兩列尖戟之間，由夏莫呂和教會法庭教士們帶領。門忽然開了，她走進去，門立刻關上——可憐的格蘭古瓦覺得那是一張可怕的血盆大口，要把她吞噬了。

她的身影剛剛消失，就聽見一陣悲傷的號叫……

原來是小山羊在哭泣。

暫時休庭。一名評議官指出，諸位大人都已疲倦，恐怕得等很久，刑訊才能結束。庭長答道，身爲法官應該懂得自我犧牲，克盡職責。

一位年邁的審判官說：

「該死的可惡的賤貨，偏偏在人家還沒吃飯的時候受刑！」

---

① 中世紀乃至十七世紀初，作家如無保護人，著作必須自己出錢印行。

② 聖維克多（1097？—1141）：神學家。《論學》是他的唯一著作，論述當時世人所知的學問、知識之類。

③ 百合花是法國王權的象徵。

④ 公山羊是魔鬼或巫師（巫婆）的象徵。這裡是誣稱。

⑤ 計量單位：每潘特約合〇・九三公升。

II
錢幣變枯葉
(續)

愛斯美娜達始終由那些猙獰可怖的扈從押解，在白天還得點燈的黑暗走廊裡上下了幾道階梯，終於被司法宮的幾名侍衛推進了一間陰森森的屋子。這間大房是呈圓形，占據著粗壯塔樓之一的整個底層。(今天這幾座塔樓仍在，在新巴黎用以掩蓋舊巴黎的那些現代建築群中，它們仍然高高屹立。) 這墓穴沒有窗子，通向外面的只有那低矮的入口，由一扇巨大鐵門堵塞住。不過，裡面並不是沒有亮光，凹進牆壁裡面有一座火爐，爐火熊熊，通紅閃亮，映照著整個洞穴，使得角落一支可憐的蠟燭也就黯然無光了。用來關閉爐口的鐵柵欄此刻是掀開著，所以從那照亮黑暗牆壁、火光熊熊的爐口，只能看見爐柵一根根的下端，好像是一列間距很大的黑色利牙，整個爐膛也就好似神話中所說噴射火焰的巨龍之口。藉著爐口射出的光亮，女囚看見房間四周擺列著許多形狀嚇人的器具，她不明白那是幹什麼用的。房間中央有張皮革墊子，差不多緊貼著地面，上空吊著一根帶環扣的皮帶，繫在一個銅環上，拱頂石上雕刻一頭咬著這個銅環的扁鼻怪物。爐膛裡塞滿大小鉗子、寬大的犁鏟，亂七八糟地放在炭火上燒得通紅。爐子發出血紅的火光，在整個房間裡所照耀的無一不是令人毛骨悚然的東西。

這樣一個野蠻透頂的所在，竟然只是簡簡單單地稱爲「刑訊室」。

那張皮床上大咧咧地坐著宣誓過的行刑吏彼埃臘・托特律。他的兩名手下如方臉夜叉一般，繫著皮革圍裙，下面是肥大褲子，在爐火上翻動著那些鐵傢伙。

可憐的女孩雖然鼓起最大的勇氣，但一進這間房子，還是被嚇得魂飛魄散。

司法宮典吏的侍衛們排在一側，宗教法庭的教士們排在另一側。一名錄事、書寫用具和一張桌子安排在一個角落裡。

雅各・夏莫呂老爺和顏悅色、笑容可掬地走到吉卜賽少女身邊，說：「親愛的孩子，妳還不認罪嗎？」

「是的。」她說，聲音已經低微得聽不見了。

「既然如此，我們只好忍痛以有違初衷的心情，對妳進行拷問了。……請勞駕坐到床上來。……彼埃臘老爺，您讓坐給小姐，並且把門關上。」夏莫呂接著說。

「關上門的話，火會熄滅的。」彼埃臘嘟囔著站起身來。

「那麼，親愛的，就讓門開著吧。」夏莫呂說。

然而，愛斯美娜達站著不動。許許多多不幸者曾慘遭摧殘的那張皮床，使她不勝驚恐。恐怖一直把她的骨髓也凍結了。她驚恐萬分，木然呆立。夏莫呂一招手，那兩名行刑小吏就一把揪住她，強摁著她坐在床上。他們並沒有碰痛她，可是，這兩個人的手一碰到她，她一接觸到那皮革，就感到全身的血液倒流，統統湧進心臟。她倉皇四顧，目光散亂，彷彿看見那些奇形怪狀的刑具移動過來，從四面八方向她撲來，要在她整個身子上攀緣，要把她啃嚙，要把她緊緊鉗住。在她從前所見過的一切器具中，這些刑具可以說是蟲豸和鳥雀中的蝙蝠、百足、蜘蛛。

「醫生在哪兒？」夏莫呂問道。

「在這兒。」一個她沒有看見的穿黑袍的人回答。

她不覺一個寒噤。

「小姐，」宗教法庭代訴人仍然以那甜蜜蜜的腔調說：「我第三次問您，您仍然對所控各節拒絕承認嗎？」

這次她只有力氣搖頭了，已發不出嗓音。

「您還堅持？好吧，我不勝失望，但是我必須履行職司所需的義務。」雅各・夏莫呂說道。

忽然，彼埃臘說：

「國王的代訴人先生，我們從哪兒開始？」

夏莫呂齜牙咧嘴，好像詩人爲尋求好韻，推敲了一番。終於，他說：

「先上腳枷！」

苦命的女孩感到自己已爲人神共棄，沉重的悲傷壓得她頹然垂下腦袋，猶如失去自身支力的惰性物體。

行刑吏和醫生一同走到她身旁。同時，那兩名小吏開始在恐怖的武器庫中搜尋。

聽見那些獰惡的鐵器鐺鐺作響，不幸的女孩渾身打顫，就像隻通了電的死青蛙。她喃喃自語，聲音低微得無法聽見：「啊！我的孚比斯！」接著，她又如泥塑木雕，死滯不動，無聲無息。

目睹此景，任何人都要肝膽俱裂！——當然，除了法官以外。她簡直就是一個罪孽深重的可憐靈魂，在地獄入口那猩紅的門洞裡受撒旦嚴刑拷問。多得可怕的一大堆鋸、碾、刑凳即將緊緊抓住可憐的肉體，劊子手和刑具的殘酷魔掌即將任意蹂躪的生靈，難道就是那個溫柔、美麗、脆弱的少女？哎！人間司法丟給酷刑的磨子研爲齏粉的可憐芥粒！

這當兒，彼埃臘・托特律的手下已經用粗硬的大手粗暴地扒去她的襪子，裸露出那美麗的腿、漂亮的小腳，在巴黎市井曾經那麼多次以其靈巧優美使得過往行人讚美不迭的腿和腳。

「多麼可惜啊！」行刑吏凝視著如此優美、如此纖巧的肢體，低聲嘀咕。

要是副主教此刻在場，一定會回想起自己所說的蜘蛛與蒼蠅那個象徵。

不一會兒，不幸的少女透過眼前朦朧的雲霧，看見腳枷進逼過來，頓時自己的腳被卡在鐵片之間，在嚇人的刑具之下消失。恐懼使她又有了力量，她狂叫著：「放了我吧！」又披頭散髮地坐了起來，高呼：「慈悲吧！放了我吧！」

她向床外猛然一跳，想跪在國王代訴人的腳下，但是，她的兩腿被那橡木和鐵具的厚重枷鎖緊緊夾住，她昏厥了，癱軟無力，比翅膀上壓著沉重鉛塊的蜜蜂還要心力交瘁。

夏莫呂一擺手，他們又把她扳倒在床上，兩隻粗壯的手把從穹窿上吊下來的皮帶繫住她的纖纖細腰。

「最後一次問妳，妳認罪嗎？」夏莫呂再次逼問，他的「善心」毫不動搖。

「我是冤枉的！」

「那麼，小姐，指控您的那些事實，您怎麼解釋呢？」

「噯，大人！我不知道！」

「您不肯承認？」

「全部否認！」

「上！」夏莫呂吩咐彼埃臘。

彼埃臘把起重桿一扭動，腳枷立刻上緊了，不幸的少女慘叫了一聲，一聲沒有任何人間語言可以描述的慘叫。

「停！」夏莫呂對彼埃朧說；又問埃及女郎：「您招供嗎？」

「全招！」可憐的女孩叫道：「我招，招！饒命呀！」

可憐的女孩，她在遭遇刑訊之初就沒有正確估量自己的力量，她一向生活得歡樂、甜美、光明，所以，第一種苦刑就將她擊潰了。

「基於人道，我必須告訴您，一旦招供，您就等於等死。」國王代訴人指出。

「我寧願死！」她說。她倒在皮床上，奄奄一息，折成兩段，皮帶環扣懸吊著她的腰肢。

「來，我的美人兒，堅持一會！」彼埃朧把她扶起來，說道：「您眞跟吊在勃艮地公爵脖子上的金綿羊似的。」

雅各·夏莫呂大聲說：

「錄事，您記下來！……吉卜賽女郎，您承認您常跟惡鬼、假面人、吸血鬼一起參加地獄的宴會和群魔會，並行蠱作祟嗎？您回答！」

「是。」她說，聲音低得只聽見呼氣。

「您承認看見過別西卜爲召集群魔會而喚來的公山羊，而那是只有行巫術者才看得見的？」

「是的。」

「您承認崇拜過聖殿騎士的天譴偶像博福邁①？」

「是。」

「最後，您供認不諱曾借助惡魔和通常稱爲莽和尙的那個陰魂，於三月二十九日夜裡謀害並刺殺了一位名叫孚比斯・德・夏多佩的衛隊長？」

她抬起頭來，呆滯的大眼睛望望法官，彷彿機械動作，既無抽搐，也無震撼，回說：「是。」

顯然，她的意志力已全然崩潰了。

「記下來，錄事！」夏莫呂說，然後，又對酷刑吏指示：「把犯人放下來，帶去繼續受審。」

犯人被去掉那雙特製的「鞋」之後，教會法庭代訴人看看她那雙仍然疼痛而發僵的腳，說道：

「去吧！應該不是太痛才對。您叫喊得很是時候。您以後還可以跳舞，我的美人兒！」

接著，他轉向他的宗教法庭屬下，說道：

「到底正義得到伸張！令人快慰啊，先生們！小姐可以證明，我們剛才是盡可能從輕用刑的。」

---

① 聖殿騎士是十字軍中最狂熱、最凶狠的武裝僧侶，博福邁是他們製造出來進行宗教迫害的惡鬼。

III
錢幣變枯葉
(再續)

當女孩臉色蒼白、一瘸一拐回到審判廳的時候，全場以欣慰的低語歡迎了她。從聽眾方面說，是等得不耐煩而終得滿足，好比是劇場裡的觀眾終於盼到了一齣戲最後幕間休息已告終結，大幕重新拉開，壓軸好戲要開始了。從法官方面說，是欣喜馬上就可以退庭去吃晚飯了。小山羊也高興得直叫，牠想跑到女主人身邊，可是卻被拴在凳子上。

夜幕完全降臨。蠟燭沒有增加數量，光線極其微弱，連大廳的牆壁都看不見。黑暗籠罩著一切，就像蒙上了一層迷霧。審判官沒精打采的臉影影綽綽。他們可以看見，就在對面，在大廳的另一端，有一個模模糊糊的白點，從黑色背景上顯現。那就是被告。

她拖曳著腳步，掙扎到她的位置上。夏莫呂威嚴地在自己的座位上坐定，隨即站立起來，並小心掩飾自己的得意，宣布：

「被告已經供認不諱了。」

「吉卜賽女郎，您承認您的一切罪行：行妖作祟，賣淫，殺害了孚比斯．德．夏多佩？」庭長接口說。

她的心猛烈抽搐。只聽見她在黑暗中啜泣，以微弱的聲音回答：

「你們所要的一切我都承認，你們快把我處死吧！」

「宗教法庭國王代訴人先生，本庭準備聽取您的公訴要求。」庭長說。

夏莫呂攤開一個嚇人的大本子，開始宣讀，手舞足蹈，以控訴的誇張聲調宣讀了一大篇拉丁文演說詞，其中凡是立案證據都用西塞羅式的紆說法陳述，還穿插著他心愛的可笑作家普魯圖斯的名言引述。很遺憾，我們不能讓讀者欣賞這篇絕妙奇文了。發表這篇演說的人口若懸河，說得有聲有色。不過，序論還沒有唸完，他額頭上已經冒出汗來，眼眶裡的眼珠子也鼓出來了。

正唸到某一段的中間，忽然，他猛一停頓，平常十分溫雅、也十分愚蠢的眼睛立刻凶光四射。

他高聲叫嚷——這次倒是說法國話，因爲大本子上沒有：

「先生們，撒旦參與了本案，你們看，他就坐在我們中間看審，嘲弄威嚴的法庭。看呀！」

說著，他用手向小山羊一指，而小山羊看見夏莫呂這個手勢，還以爲是叫牠學樣。於是，牠坐了起來，盡最大努力用牠的前足和有鬍子的腦袋摹仿宗教法庭國王代訴人的這個激情動作。讀者想必記得，這是牠最佳才能之一。這個插曲，這個最後的「證據」，產生了最大的效果。人們趕緊把山羊四蹄捆了起來。國王代訴人繼續滔滔不絕往下說。

話說得冗長，但是結論部分妙不可言。下面是最後一段，請讀者自己加上夏莫呂老爺的嘶啞嗓音和氣喘吁吁的手舞足蹈吧：

「諸位大人，巫術既已證實，罪行既已彰明昭著，犯罪意圖既已確鑿成立，我們要以屹立在此內城島上擁有大小一切司法權利的巴黎聖母院這一聖殿的名義，表達在座諸君的意見，宣布我們的要求：第一，課以相當數額的罰款；第二，在聖母院主教堂大門前令其謝罪；第三，作出判決，將該女及其母山羊或在河灘廣場，或在突起於塞納河中、比鄰於御花園尖岬的本島，處以死刑！」①

他戴上帽子，重新坐下。

格蘭古瓦傷心之至，嘆道：

「呸！bassa latinitas！（拉丁文：多麼拙劣的拉丁話）」

另一身穿黑袍的人，在被告身旁站了起來。這是被告的辯護士。法官們飢腸轆轆，開始抱怨起來。庭長說：

「狀師，簡短點！」

「庭長大人，既然被告供認了罪行，我只有一句話向諸位大人說。我這裡有撒拉法②的一項條款：『遇有一女巫吃掉一男人，如該女巫供認不諱，課以八千德尼埃，即兩百金蘇之罰款。』請法庭判處該犯罰款。」狀師回答。

「該條款已經廢除。」御前特命狀師駁道。

「Nego.（拉丁文：我否認。）」辯護士說。

「表決吧！罪行確鑿，天色也晚了。」一位評議官說。

即付當庭表決。法官們以舉帽方式表達意見③，他們都急著要走。黑暗中隱約可見他們對於庭長向他們低聲提出的問題，一個接一個取下了帽子。可憐的被告好像在瞧著他們，其實她那混濁的眼睛是什麼也看不見了。

接著，錄事開始登錄，然後呈交庭長一長卷羊皮書。

於是，不幸的少女聽見人們走動聲，戈矛碰擊聲，同時有一個冷酷的聲音對她說：

「吉卜賽女郎，由國王陛下指定日子，在中午時分，妳只穿內衣，赤腳，脖子上套著繩子，由一輛大車送往聖母院大門前，手執兩斤重的大蠟燭去悔罪，然後送往河灘廣場，在本城絞刑架上吊起來勒死；妳這隻母山羊也要受刑勒死；妳還必須向教會法庭付三金獅幣，補償妳所犯並供認的行妖作祟、賣淫、殺害孚比斯·德·夏多佩騎士之罪行。願上帝收留妳的靈魂！」

「啊！一場噩夢呀！」她自言自語，感到幾隻粗大的手把她拖了出去。

---

① 此段原爲拉丁文，極爲拙劣，而且混雜著中世紀法界行話，因而下段有格蘭古瓦的咒罵。——編注

② 十四世紀由居住於撒拉河畔的法蘭克人制定的法律，主要規定女子無繼承權。

③ 不說明理由，僅以脫帽與否表示贊成或反對的一種表決方式。

IV

Lascia'e ogni speranza ①(但丁)

請把希望留在門外

中世紀的建築物，落成之後，大抵地面和地下各占一半。除了像聖母院一樣是建造在樁子上的之外，其他宮殿、堡壘、教堂都有雙重基礎。各主教堂裡，可以說還有一座地下主教堂，低矮、陰暗、神秘，就在那通明透亮、晝夜響徹管風琴和鐘聲的地上中堂的底下；有時候它是一座墓穴。在宮殿和城堡裡，它則是一座監獄，或是墓穴，或是兩者兼而有之。這兩類堅固而拙劣的建築，我們在前面已經說過是如何形成和「氣息奄奄」的。它們不僅有其基礎，還可以說是有其根，蔓延於地下而構成室或廊或梯，情形和地面建築一樣。這樣，教堂、宮殿、堡壘，都半截埋入土地內。一座建築物的地窖就是另一座建築物，你走下去而不是走上去，地下各層在地上各層的下面向下伸展，宛如森林和山峰倒映在山林邊上的湖泊鏡面之中。

在聖安東尼的巴士底堡、巴黎司法宮和羅浮宮的地下建築是監獄。這些監獄的各層越往下去，就越狹窄也越陰暗。這是一個個愈下行愈恐怖的區域。但丁用以描繪地獄的借鑒莫過於此。漏斗狀排列的這些牢房最下端，通常是盆底狀的一個低凹地穴，但丁曾在此放上撒旦，社會則安置死囚。任何可憐的人一旦埋葬在這裡，就永遠告別了天日、空氣、生活，ogni speranza（義大利文：拋棄了一切希望），走出去只是走向絞刑架或柴堆，有時候就在裡面腐爛。人間司法稱之爲「遺忘之穴」。死囚在這兒感覺到，在人類和他之間，沉重地壓在他頭上的是一大堆石頭和獄卒，整個的牢獄、龐然大物的堡壘無非一把複雜的巨鎖，把他禁錮，隔絕於活人的世界。

就是在這樣的一個盆底，在聖路易挖掘的這樣的地牢②，在小塔的 in-pace（拉丁文：囚室）③，囚禁了被判處絞刑的愛斯美娜達。大概是怕她越獄吧？司法宮這龐然大物重壓在她頭頂上。這可憐的蒼蠅其實拱不動它任何一小塊石頭的！

老天爺和人類社會顯然同等不公平，粉碎這樣脆弱的一個生靈，其實何需如此大加撻伐，加諸種種不幸，施予諸般酷刑！

她在那裡，消失在黑暗中，被埋葬，被湮沒，被禁錮。誰要是曾經見過她在陽光下歡笑舞蹈，如今見她這種模樣，一定會怵然戰慄。黑夜般的寒冷，死亡般的寒冷，頭髮不再有清風吹拂，耳際不再有人聲喧嚷，不再有天光映入眼簾，她折成兩段，爲枷鎖所壓碎，蹲在一點點稻草上，身邊只有一個水罐和一塊麵包，而牢房滲出的水在她身下匯成水窪；她一動也不動，幾乎鼻息全無，她甚至不能夠感受痛苦了。孚比斯，陽光，中午，戶外生活，巴黎的大街小巷，在掌聲中跳舞，向那軍官款款細語訴說愛情，然後是教士，麻袋女，匕首，血，酷刑，絞刑架，一一掠過她的心頭，歷歷在目，有時好像歌唱著的金色幻影，有時好像奇形怪狀的噩夢。但是，這一切彷彿只是一場可怕虛渺的鬥爭，陡然消失在黑暗之中，只是遙遠的音樂，高高在空中演奏，然而在這苦命少女墜落的深淵裡再也不能聽見。

自從來到這裡，她一直非睡非醒。在這場災難中，在這間牢房裡，她再也不能區分清醒和睡眠、夢幻和現實，正如再也不能區分晝與夜。這一切都混雜、破碎、漂浮、混亂地擴散在她心裡。她不再有感覺，不再有知識，不再有思想。充其量，她只是在做夢。從來沒有任何生靈像她這樣深深沉陷在空幻之中。

她，肢體發僵，凍得冰涼，變成了化石，簡直注意不到任何事物。有兩三次，在她頭頂上的蓋板發出了響聲，打開了，勉強透進一點點光亮，一隻手從那裡向她扔下一小塊黑麵包。這是她與人類之間尙存的唯一聯繫——獄卒定時的探訪。

唯一還能機械地吸引她的聽覺的，只是她頭頂上那穿透長滿青苔的石頭穹窿、以均勻的間距滴落下來的水滴。她形同癡呆，傾聽著水滴落入她身邊水窪所發出的聲響。

這滴落在水窪的水滴，就是她周圍唯一的動靜，唯一標誌出時間的計時器，地面上唯一傳達到她耳際的聲響。

此外，她也不時感覺到在這黑黝黝的垃圾污泥塘裡，隨處有個冰涼的東西爬到她的腳上或手臂上，嚇得她直哆嗦。

在這裡已經多久了，她自己也不知道。她只記得在一個地方有個人被宣判處死，然後她就被拖到這裡來了。她一覺醒來，就是置身於黑夜裡、死寂中，徹骨透涼。她曾趴在地上爬行，於是，「咬」著她腳踝的鐵環發出鋃鐺響聲。她發現四周都是牆壁，地面是淌水的石板地，還有一堆稻草。可是，沒有燈，也沒有透氣的孔。於是，她坐在稻草上；有時爲了換個姿勢，就坐在牢房裡石頭台階的最低一級。

有一陣子，她試圖計算水滴爲她數出的時間，但是，不一會兒，她那病弱的腦子自行中斷了這樣悲慘的工作，又陷入愚鈍之中。

有一天，或者有一夜——因爲子夜和中午在這座墳墓裡都是一樣的顏色，她聽見頭頂上有一陣響聲，比平常獄卒給她送麵包和水罐的聲音來得大。她抬起頭，看見一道微紅的光線穿過密室穹窿上那道門——或者說，那塊蓋板的縫隙。同時，沉重的鐵板軋響，蓋板生鏽的鉸鏈咯咯響，轉動起來了，她看見一盞燈籠，一隻手，兩個人的下半截身體——門太矮了，看不見他們的腦袋。

光線刺痛了她的眼睛，她只好閉上雙眼。等到再睜開眼睛，門已經關上了，燈放在石梯上，有一個人站在她面前。這個人，黑袍遮至他的腳面，黑風帽遮住他的臉，看不見他的模樣，臉和手都看不清；他彷彿是一件長長的黑色裹屍布，筆直地掛在那裡，在裹屍布裡面可以感覺到有東西在蠕動。她瞪著眼睛對這個幽靈看了幾分鐘。這中間，兩人都不說話，簡直是兩尊對峙的石像。地穴裡似乎只有兩樣東西活著：燈捻由於空氣潮濕而劈劈拍拍響；洞頂滴下的水滴，以單調的叮咚聲伴奏著燈捻的不規則噼啪，水滴也使燈光抖動，反照在油污的水窪裡，形成一個個同心圓。

終於，女囚打破了沉寂。

「您是誰？」

「教士。」

這個回答、口音、嗓音，她聽了直哆嗦。

教士以沉濁的聲音又說：

「您準備好了？」

「什麼？」

「去死。」

「啊！馬上？」她說。

「明天。」

她原來已經高興得把頭揚起來，這下子又低垂到胸前。她喃喃自語：

「還早哩！何不就今天呢？」

「這麼說，您很難過？」沉默了一會，教士說。

「我很冷。」她回答。

她兩手握住兩腳——這是發冷的不幸者慣有的動作，我們已經看見羅朗塔樓的隱修女做過這個動作。同時，她的牙齒直打顫。

教士似乎正從風帽底下用目光掃視四周。

「沒有光！沒有火！泡在水裡！可怕！」

「是的，」她回答，惶惶不安——這是災禍給予她的習慣：「白晝是屬於一切人的，爲什麼只給我黑夜？」

教士又沉默了一會，說道：

「您知道您是爲了什麼被弄到這裡來嗎？」

「我想我原來是知道的，」她說，瘦削的手指摸摸眉頭，彷彿是幫助自己回憶：「可是我現在不知道了。」

忽地，她哭了起來，像個孩子。

「我要出去，先生。我冷，我害怕，還有小動物在我渾身上下爬。」

「好，跟我走！」

說著，教士拽住她的胳臂。不幸的少女本來連心肝五臟都凍成了冰，可是這隻手給她的感覺卻更爲冰涼。

「啊！」她低聲自語：「這是死神寒冷徹骨的手。——你究竟是誰？」

教士掀起風帽。她一看，原來是長期以來一直追逼著她的那張陰險的臉，是在法路岱店裡她看見出現在她所愛的孚比斯頭上的那惡魔的頭，是她最後看見在一把匕首旁邊閃爍的眼睛。

這個魔影一向是她命中的剋星，這樣迫害著她，災禍接踵而至，使她經受酷刑。她一看見，頓時從麻木狀態驚醒，彷彿覺得厚厚掩蓋了她記憶的那重帷幕撕碎了。那些陰森悲慘遭遇的一切細節——從法路岱店裡黑夜的一幕直至她在小塔刑庭被判處死刑，猛然一下子出現在她的眼前，不再像先前那樣模糊混亂，而是清清楚楚，一無遮掩，確確實實，劇烈悸動，令人恐怖。這些回憶本來幾乎被遺忘，差不多已被過度的痛苦淹沒，而如今出現在她眼前的這個陰沉形象，使它們瞬間復活了，彷彿用隱形墨水寫在白紙上的字跡，在火烤之下就忽然清清楚楚地顯現了。她覺得，她心上的一切創傷又裂開了，流血了。

她「啊喲！」一聲，兩手遮住眼睛，一陣抽搐似的戰慄，說道：「您是那個教士！」

接著，她沮喪地垂下雙臂，仍然坐著，低垂著頭，眼睛死死盯著地面，緘口不語，繼續顫抖。

教士凝視著她，目光像隻鷲鷹，一隻長久在高空盤旋、虎視眈眈、環繞那麥地裡縮成一團的可憐百靈鳥的鷲鷹，一直不聲不響縮小著牠那可怕的飛旋圈子，倏然疾如閃電，向獵物猛撲下來，把痛苦喘息著的百靈鳥以利爪攫去。

突然，少女以非常低的聲音喃喃說道：

「了結吧！了結吧！快點打下你最後的一擊吧！」

然後驚恐萬狀，把頭低低縮著，就像一隻羔羊等著屠夫的大棒擊下。

「妳怕我？妳感到厭惡！」教士終於問道。

她不做聲。

「妳對我憎惡？」他又問。

她的嘴唇抽搐，像在苦笑。

「是的，」她說：「這是劊子手在作弄死刑犯。多少月來，他迫害著我，威脅著我，恐嚇著我！要不是他，我原來是多麼幸福，天哪！是他把我推進這萬丈深淵！啊，天！是他殺死的……是他殺死了他——我的孚比斯！」

說到這裡，她啜泣起來，抬眼注視教士：

「啊！壞蛋！你到底是誰？我究竟什麼地方得罪了你？為什麼你那麼恨我？啊！你對我有什麼仇恨？」

「我愛妳！」教士喊了出來。

她的眼淚猛然打住。她以木然癡呆的眼睛凝視著他。他跪了下來，目光燃燒著，死死盯著她。

「妳聽見了嗎？我愛妳！」他再次喊叫。

「愛！什麼樣的愛啊！」不幸的少女渾身哆嗦。

「……一個被打入地獄的人的愛！」他接口說。

兩人都陷入沉默，好一陣子，各自被自己的激情重壓碾碎：他瘋狂著，她癡呆了。

「妳聽我說，」教士終於說道，他又恢復了異樣的平靜：「我要把一切都告訴妳，我要告訴妳至今甚至我自己也不敢對自己說的話。夜深人靜，一片沉黑，似乎上帝再也看不見我們，在這樣的深夜，我偷偷捫心自問也不敢說出的話，我都要向妳訴說！妳聽我說！在我遇到妳以前，小姐，我生活得很愉快……」

「我也……」她微弱地嘆息。

「不要打岔……是的，那時我的生活很愉快，至少我覺得是愉快的。我純潔無污，我的靈魂晶瑩清澈。誰都不能像我那樣驕傲地容光煥發，高昂著頭。教士們來向我請教關於堅貞德行的問題，博士們來請教經學理論。是的，那時，做學問就是我的一切，科學是我的姐妹，我有一位姐妹就足夠了。要不是隨著年齡增長，我也不會有其他的想法。不止一次，看見一個女人走過，我的肉體就要顫動不已。性慾的力量，男人熱血的力量，在狂熱的少年時期，我原以爲已經終止扼殺，但實際上卻多次翻騰，不斷抽搐，掀起那誓言的鐵鏈，掀起把可憐的我牢牢鎖在聖壇冰冷石頭上的鐵鏈。然而，修院的齋戒、祈禱、絕食和學習，重新使得靈魂成爲肉體的主宰。於是，我躲避女人。況且，我只要開卷讀書，科學的光芒四射，腦子裡一切不純潔幻影就會煙消雲散。不需多久，我就能感覺到塵世的一切濁物都狼狽逃竄。我又恢復了平靜，在永恆眞理的平和光輝下冷靜而又肅穆。只要魔鬼始終只是差遣那些在教堂、在街道、在草地零零散散掠過我眼前的女人，即使在夢中也難得重睹的女人的模糊身影，那我還能夠很容易戰勝惡魔。不幸！若說我沒有始終保持勝利，這過錯全在上帝，是他沒有使人和魔鬼勢均力敵。……妳聽我說，有一天……」

教士說到這裡，忽然住口不語，女囚聽見從他胸中發出的嘆息，有如臨終喘息，好似肝膽俱裂。他接著說：

「……有一天，我靠在密室的窗台上。我本來在看什麼書呢？啊！這一切在我頭腦中已經是一團混亂。……我在看書。窗外是廣場。我聽見手鼓聲、音樂聲，擾亂了我的遐思冥想，我生氣了，向廣場上一看。我所看見的——除我之外，還有好些人也看見了，——但是我所見的，眞不是凡胎肉眼所得見的！在那裡，在廣場中間，那時正當中午，在大太陽下，有一個生靈在舞蹈。她是那樣美麗，上帝都會認爲她賽過聖母，寧願她做他的母親，假若在他化身爲凡人的時候她已經存在於人間！她的眸子烏黑閃亮，她那漆黑的頭髮中間陽光照耀，金光燦爛，就像縷縷金絲一般。她的腳飛快跳動，像是迅速旋轉的輪輻，全然不見蹤影。她那烏黑的髮辮盤繞於腦袋周圍，綴滿金屬飾片，在陽光中閃閃爍爍，使她額頭上好似戴著星星的王冠。她那散布著金箔銀片的衣裙，閃爍著藍光，千萬顆星星綴飾，恰似夏夜的星空。她那柔軟的棕色胳臂，環繞腰肢，盤旋而又伸展，輕拂著如同兩條飄帶。她那苗條的身段，襯托出她那驚人豔麗！啊！那燦爛的形象，即使在陽光照耀下，也像是發光體，光輝奪目！……唉，小姐啊，那就是妳！……我不覺驚倒、陶醉、心神蕩漾，我情不自禁地凝視著妳。啊……我凝視妳，終至我忽然恐懼起來，渾身哆嗦，我感到命運已緊緊抓住了我。」

教士爲激情所窒息，再次停了一會，而後又說下去：

「既然幾近魂魄全消，我就力求抓住個什麼，不要再墜落下去。

我想起以往撒旦多次給我設下圈套。我眼前的這個女人豔麗絕非人間所有，只能是來自天上或者地獄。她不是用一點點我們的泥土做成、體內有閃爍不定的光亮微弱照耀著婦人靈魂的平凡女郎④。她是一個天使！然而是黑暗的天使、火焰的天使，而不是光明的天使！正當我想到這裡，我看見就在妳身旁的山羊，群魔會的牲畜，牠朝著我大笑。中午的陽光把牠的角裝點得如火焰閃耀。於是，我隱隱約約看見惡魔設下的陷阱，我再也不懷疑妳是從地獄來的，是來毀滅我的。我就相信了這一點。」

說到這裡，教士直視女囚，冷冷地繼續說下去：

「而且我現在仍然相信這一點……同時，魔法漸漸起了作用，妳的舞蹈始終在我腦裡盤旋，我感覺到神秘的蠱術在我心中發揮威力，我靈魂中原應覺醒的一切都沉睡了，就像雪中瀕死的人，聽任自己睡去反而覺得愉快。突然，妳又開始歌唱。可憐的我，我能怎樣呢？妳的歌聲比妳的舞蹈還要蠱惑人。我想逃走，可是不可能。我呆立著，彷彿在土地裡生了根。我覺得好像石板升上來埋齊了我的膝頭以致不能不站在那裡聽到底，兩隻腿好像結了冰，腦袋裡嗡嗡直響。終於，妳似乎憐憫了我，停止歌唱，走掉了。令人目眩的返照幻影，使人心迷的回響音樂，漸漸在我眼前、在我耳際消散。於是，我癱倒在窗凹裡，僵硬，虛弱，賽過從底座上倒下來的石像。晚禱的鐘聲驚醒了我。我站起來，趕忙逃走，可是，不幸！從此我心中有個什麼倒了，再也立不起來；有個什麼發生了，再也無可逃避！」

他又停了一會，繼續說：

「是的，從這一天開始，我心靈中出現了一個我不認識的自我。我想運用一切治療方法：修院、聖壇、工作、讀書。唉，都是愚蠢虛妄！啊！科學是多麼空虛，當我們絕望地用慾情沸騰的腦袋使勁撞上去的時候！小姐，妳知道嗎，從此以後在書本和我之間所見的是什麼嗎？是妳，是妳的影子，是那一日穿過我面前的空間而降臨的光輝幽靈的形象。但是，這個形象不再是原來的顏色，它陰暗、陰森，黑暗得有如冒冒失失凝眸注視太陽之後視覺上長久不能消除的黑影。

再也不能擺脫，總是聽見妳的歌聲在我腦中鳴響，總是看見妳的腳在我的祈禱書上飛舞，夜裡在睡夢中總是感到妳的形象在我的肉體上飄拂，於是，我渴望重新見著妳，觸到妳，得知妳是誰，看看我再見著的妳，是不是與我心中留下的理想形象相符，我想，也許現實會粉碎我的夢幻；總之，我希望能獲得新的印象，抹去舊的印象，最初的印象已經使我越來越不可忍受。我到處找妳，終於重見著妳。不幸呀！我一旦見著妳兩次，我就渴望見妳千次萬次，渴望不斷見妳。於是，在這樣地獄般的斜坡上又怎能剎得住車呢？於是，我再也不能自持。魔鬼拴住我翅膀的線，另一端是纏在妳的腳上。我也成了流浪者，像妳一樣到處漂流。我在別人的大門口等妳，在街角上探伺妳，從我那鐘樓頂上窺視妳。每晚，我深思反省，發現自己更受蠱惑，更為絕望，更為妖法所迷，更加走頭無路了！

我打聽到妳是誰，是吉卜賽少女、波希米亞少女、茨岡人、秦加臘人⑤。怎會懷疑妳有巫術呢？妳聽我說，我希望能有一場審訊使我解脫妳的魔力。曾有一個女巫蠱惑了阿斯蒂的布魯諾⑥，他讓她受火刑，他自己也就得救了。我知道這故事，我要試試這種療法。我首先設法不許妳踏進聖母院前庭廣場，希望只要妳不來，我就可以忘記妳。妳卻滿不在乎，還是來了。接著，我想到把妳搶走。那天夜裡，我抓住了妳，我們有兩個人。我們已經把妳抓住，不料來了那個混蛋軍官。他救了妳。他就這樣開始了妳的不幸，也是我和他的不幸。終於，我再也不知道該怎麼辦，也不知道自己會搞到什麼田地，我就向宗教法庭告發了妳。

我以爲我可以像阿斯蒂的布魯諾那樣痊癒，我也模模糊糊地以爲一場審訊可以使妳委身於我，在牢獄裡我將得到妳，我將占有妳，在牢獄裡妳就無法逃脫我的捕捉了，既然你那樣長久地占有我的心靈，也該我來占有你的肉體了。既然作惡，就只好惡到底吧！惡行半途而廢，那就是瘋狂！罪惡登峰造極就產生狂熱的歡欣。一個教士和一個女巫可以在牢房的稻草堆上結爲一體，共享極樂！

所以，我告發了妳。就是在那時候，我每次遇見妳，妳總是驚恐萬狀。對妳策劃的陰謀，在妳頭頂上聚集的暴風雨，不斷構成威脅的閃電，一一發之於我。可是，我尙在躊躇，我的圖謀有其可怕的方面，我自己也望而生畏。

也許我是可以放棄這一切的，也許我的醜惡思想本可以在我腦中枯萎而不結出果實。我原以爲繼續或者中斷這場審訊，始終取決於我。可是，任何邪惡思想都是無可禳解的，一定要成爲事實。正是在我自認為萬能的地方，命運比我還強。不幸，唉！是命運抓住了妳，把妳送進我悄悄建造的機器運轉的可怕齒輪之中！妳聽著，快說完了！

一天，又是一個陽光燦爛的日子，我看見我面前走過一個人，他喊著妳的名字，哈哈大笑，眼神中盡是肉慾！下地獄的！我跟蹤他。下面的事妳自己知道……」

他不說了。

少女只說一句話：

「啊，我的孚比斯！」

「別說這個名字！」教士狠命抓住她的胳臂，說：「不許說這個名字！唉！可憐的我們，是這個名字毀滅了我們！更恰當地說，我們都是受命運莫名其妙的播弄而互相毀滅！……妳受苦了，是不是？妳冷，黑暗使妳盲目，牢房重重包圍著妳，可是，也許妳心底仍有一線光明，縱然那只是妳對那個玩弄感情的男人幼稚的愛！而我，我內心裡卻只有牢獄，我內心裡只有嚴冬、冰雪、絕望，靈魂中只有黑夜！

妳哪能知道我受了多大的痛苦！我參加了對妳的審訊，就坐在教會席上。是的，就在那些教士風帽的下面，掩蓋著一個被打入地獄者痛苦的痙攣。妳被帶進來的時候，我在那裡，訊問妳的時候，我在那裡。……那是豺狼之窟呀！……是我自己的罪行，是我自己的絞刑架，我看見在妳額頭上緩緩升起。每一證詞，每一證據，每一指控，我都在那裡；我得以盡歷妳在痛苦道路上的每一步伐；我也在那裡，當那頭凶惡的猛獸……啊！我本沒有料到會動酷刑！……妳聽我說，我跟著妳進了刑訊室，看見妳被扒去了衣服，半裸著，被行刑吏可恥的手恣意播弄。我看見了妳的腳，這雙腳，我願以一個帝國換得一吻在這雙腳上，然後去死，我願撞碎我的頭顱在這雙腳下，而獲致大幸福。我卻看見他們把這雙腳用腳枷枷上，那樣的腳枷會使任何活人的肢體成為一團模糊的血肉！啊，可憐的人！當我目睹這一切的時候，我的修士服下面藏著一把匕首，我用它一刀刀割我的胸膛。聽見妳那聲慘叫，我就用匕首刺入了我的身體；聽見妳第二聲喊叫，匕首一點點向我心臟刺去！妳看！我想傷口還在流血。」

他掀開修士服。確實，他的胸膛好似被猛虎利爪撕裂了，而胸側還有一個相當大的傷口，尚未完全癒合。

女囚憎惡地往後直退。

教士繼續說：

「啊，小姐！可憐我吧！妳以為妳自己不幸，唉！唉！妳並不知道什麼才是不幸。啊！愛一個女人，而自己卻是教士！被她憎恨，而自己卻以整個靈魂的狂熱去愛她，感覺到為換取她嫣然一笑，可以獻出鮮血、肺腑、名譽，不要靈魂得救，捨棄永恒不朽，犧牲今世和來生！恨不能身為國王、天才、皇帝、大天使、上帝，好奉獻自己為更大的奴隸，匍匐於她的足下。日日夜夜在睡夢中、在想像中摟抱著她，卻目睹她愛上戎裝武士，而自己卻只能獻出一件她所畏懼厭惡的骯髒教士服！當她向一個愚蠢而且可鄙的大草包虛擲珍貴的愛情和美貌的時候，自己卻心懷嫉妒，滿腔憤恨，在一旁眼睜睜地瞧著！目睹這使人慾火中燒的美麗身段，如此柔軟誘人的胸脯，這樣的肉體，卻在別人的熱吻下悸動，羞羞答答！啊，天哪！愛她的腳、她的手臂、她的肩膀，想她的藍色血管、棕色皮膚，以至於徹夜不眠，在斗室的地上扭曲呻吟，卻看見朝思暮想要給予的撫愛，結果化作了酷刑！只達到了使她睡在皮床上的目的！啊！直若地獄火焰燒紅了的鐵鉗折磨我！哦！在夾板中被鋸裂的人，四馬分屍的人⑦，都比我幸福！妳哪裡知道，漫長的黑夜裡，血管沸騰，心兒破碎，頭顱炸裂，牙齒啃嚙雙手，這樣的酷刑是什麼滋味！好似窮凶極惡的行刑吏無止無休在火紅的叉子上把妳轉來轉去。備受愛慾、嫉妒、絕望的熬煎！小姐，開恩吧！讓我暫得安息！稍稍用灰掩埋這熾熱的炭火！我懇求妳，拭去我頭上大滴大滴流下的汗吧！女孩！妳就一手折磨，一手撫慰我吧！可憐我吧，小姐啊！憐憫我吧！」

教士滾倒在石板上的水窪中，頭顱在石頭階梯角上碰得嘣嘣響。少女聽著，看著。

等他筋疲力竭，氣喘吁吁住了口，女孩還是低低呻吟著：

「啊，我的孚比斯！」

膝行著，教士爬到她跟前，叫道：

「我求求妳，若妳還有心肝的話，請不要拒絕我！啊！我愛妳！我多麼不幸！當妳說出那個名字的時候，不幸的女孩，妳就彷彿是用牙咬碎我心臟的全部纖維！可憐我吧！即使妳是從地獄來的，我也跟妳一起去。我已經做盡一切來達到這個結局。妳去的地獄，將是我的天堂，妳的目光比上帝更蠱惑我！啊！妳說呀！難道妳不要我？一個女人竟然拒絕這樣的愛情，我眞以爲天翻地覆了。啊，只要妳願意，喔，我們將多麼幸福啊！我們一起逃跑，我來設法讓妳逃跑。我們一同逃到一個地方去，我們去找一個陽光最燦爛、樹木最繁茂、天空最晴朗的地方。我們將相愛，我們的靈魂將互相傾注而結合，我們將互相渴求而永不饜足，一同痛飲永不乾涸的愛情甘露而天長地久！」

她狂笑一聲，聲如裂帛，打斷了他：

「你看，神父！你抓破了，指甲上有血滴啊！」

教士呆立半晌，化石一般，直瞪瞪望著手，然後終於以異樣的冷靜說：

「唉，是呀！妳侮辱我吧，嘲笑我、打垮我吧！可是妳要來，來！我們得快點！我告訴妳，已經定在明天了，河灘廣場的絞刑架，妳知道的，它始終準備著妳去。可怕呀！將眼見妳被架上刑車！可憐我吧！……我從來沒有像現在這樣感覺到我是多麼愛妳。啊，快跟我走吧！妳以後還有時間，等我救出妳之後，妳還會有時間再來愛我，若妳要恨我也可以。可是，現在得趕快走！明天，就是明天！絞刑架！處決！啊，快跑！求求妳！」

他一把拉住她的胳臂，氣急敗壞，想拖她走。

她直瞪著眼看他。

「我的孚比斯怎樣了？」

「啊！」教士說，鬆開她的手臂：「妳真沒有心肝！」

「孚比斯怎樣了？」她冷冷地又問。

「他死了！」教士叫道。

「死了！」她說，始終冷冰冰，一動不動：「那你還對我講什麼偷生於世！」

他並沒有聽她說，只是自言自語：

「噢，是的！他肯定是死掉了。刀插得很深。我相信，我已經把刀尖刺到了心臟。啊！我整個生命都貫注在刀尖上！」

少女猛虎般狂怒地向他撲去，以超自然的力氣把他推倒在梯階上，喊道：

「滾，惡鬼！滾，殺人凶手！讓我去死！讓我和他的血永遠沾在你的額頭上！跟你？教士，你休想，休想！毫無苟合的可能，甚至在地獄都不行！滾！滾！你走！」

教士在石梯上躓跌著，終於默默地把兩腿從袍子捲裹中解脫出來，提起他的燈籠，緩緩登上梯階，向門口走去，打開門，走了出去。

忽然，少女看見他又把腦袋探進來，臉上顯出可怕的表情，狂怒而絕望得聲音嘶啞，喊道：

「我告訴妳，他死了！」

她撲倒在地上。牢房裡再也沒有別的聲響，只聽見那水滴嘆息著滴落，水窪在黑暗中一下又一下地悸動。

---

① 義大利文：要進去的人，先把希望留在門外。(但丁)

② 司法宮爲路易九世（即聖路易）建造。

③ 在把犯人關進囚室時，獄卒通常會照例說一句「Vade in pace」(去安安穩穩度日吧)，後轉爲「囚室」之義。

④ 按照基督教義，女人是用男人肋骨做成的。用泥上做成之類，是所謂「異教」的傳說，例如希臘神話。

⑤ 這些都是吉卜賽人的別稱。「秦加臘」爲「茨岡」的義大利語音轉。

⑥ 阿斯蒂的布魯諾是義大利聖者 (1035—1101)。這裡說的是關於他的一個傳說。

⑦ 鋸刑和車磔都是中世紀的酷刑。

V
母親

我不相信，世上還有什麼比一位母親看見自己孩子的小鞋時心中覺醒的種種思緒更爲溫馨了。尤其，假如這是一隻節日的鞋、星期日的鞋、受洗的鞋，連鞋底也繡了花的鞋，孩子尚未走過一步的鞋。這隻鞋是那樣纖秀細小，是那樣不可能穿來走路，對於母親來說，就好像是見著了自己的孩子。她對它笑，吻它，又對它說話。她尋思，是不是當眞有這樣小的腳；就是孩子不在跟前，有這隻美麗的小鞋，那可愛柔弱的小人兒就彷彿在眼前。她好像看見了她，她確實看見了她，那整個的小人兒，活潑潑的，歡天喜地的，纖纖的小手，圓圓的臉蛋，純潔的嘴唇，明亮的眼睛，而眼白微微發藍。如果是冬天，她在那裡，在地毯上爬，使勁往小凳子上爬，母親提心吊膽，生怕她挨近火。若是夏天，她就在院子、花園裡爬，撥石板縫裡的草，以天眞的神情瞅著大狗、大馬，一點也不害怕；玩貝殼、花朵，把沙弄到花壇裡，把泥灑到小徑上，惹得園丁生氣。她周圍的一切都在笑，都在閃亮，在嬉戲，甚至空氣和陽光也競相在她那任意鬈曲的頭髮裡歡蹦活跳。那隻鞋使母親想起了這一切，像火熔化了蠟，熔化了她的心。

可是，在孩子丟失以後，小鞋勾起的無數歡樂、迷人、溫柔的形象，就極其可怕了。這隻小繡花鞋現在只是可怕的刑具，永遠痛裂母親的心。還是那同樣的心弦，最深裡、最敏感的心弦在顫動，然而已經不是天使在撫弄，而是惡魔在掐、在擰。

一天早上，五月的太陽升起在湛藍的天空——加羅法洛①喜歡以這樣的天空作爲他畫作《耶穌從十字架下來》的背景。羅朗塔樓的隱修女聽見河灘廣場上車輪轔轔、馬蹄得得、鐵器鏗鏘。她並沒特別注意，卻把頭髮編結起來遮住耳朵，不去聽它，仍然跪下來觀賞她已經崇拜了十五年的那件沒有生命的靜物。前面說過，這隻小鞋就是她的整個宇宙。她的思想已經禁錮在裡面，只有死了才出得來。爲了這隻玩具似的漂亮粉紅色鍛子繡花鞋，她向上天發出了多少辛酸的詛咒、多少感人的怨訴、多少祈禱和啜泣，只有羅朗塔樓這陰森的地窖知道。從來沒有這樣痛苦的絕望，爲比這更爲可愛、更爲優美的東西而拋灑！

這天早晨，她的痛苦似乎發作得比以往更厲害，外面只聽見她以摧人心肝的單調而高亢的聲音悲鳴：

「啊，我的女兒！我的女兒！我可憐的親愛寶貝！我再也看不見妳了！一切都完了！我總是覺得就跟昨天的事情一樣！上帝呀！上帝！祢這樣快就把她收回去，還不如當初不把她給我。祢難道不知道女人的孩子就是她們的心肝兒，做母親的失去了孩子就再不信上帝了？啊！可憐的我，那天偏偏不在家！……主啊！主啊！祢這樣把她奪走，那祢是從來沒有看過我是怎樣疼愛她囉，我是多麼歡天喜地爲她烤火，她吃我的奶是多麼愉快，我又是如何讓她的小腳丫一下子登上我的胸脯，一直登到我的嘴唇！呀，祢要是看過這些，上帝，祢會憐憫我的歡樂，祢就不會剝奪掉我心中唯一殘存的愛！難道我是這樣壞，主啊，祢就不能先看看再把我打入地獄？……唉，唉！鞋還在這裡，可是腳呢？還有其他呢？孩子呢？我的女兒，我的女兒！他們把妳怎麼樣了？主啊，把她還給我吧！我跪著求祢十五年了，上帝，膝頭都磨破了，還不夠嗎？把她還給我一天，一小時，一分鐘，一分鐘吧，上帝！然後由祢把我永遠扔給魔鬼！呀！只要我知道祢的袍子的一角在哪裡拖曳，我一定雙手緊緊拉住，一定要祢把孩子還給我！她這隻漂亮的小鞋，祢難道一點也不憐憫嗎，主？祢怎麼能使一個可憐的母親遭受十五年的苦刑？慈悲的聖母！天上慈悲的聖母，憐憫我吧！我的孩子就是我的耶穌，他們把她弄走了，偷跑了，在灌木裡把她吃掉了，喝了她的血，嚼了她的骨頭，慈悲的聖母呀，憐憫我吧！我的女兒！我需要我的女兒！她即使在天堂，對我又有什麼好處？我不要祢的天使，只要我的孩子！我是一頭母獅子，我要我的小獅子！……主呀，祢要是不把我的孩子給我，我就要在地上撒潑打滾，我要用我的腦袋把石頭撞碎，我情願下地獄，我一定要詛咒祢！祢看見的，我兩隻胳臂都咬爛了，主呀，好上帝，祢就毫無惻隱之心嗎？……啊，祢就只給我鹽和黑麵包好了，只要我有我的女兒，只要讓她像陽光一樣溫暖我！唉，上帝我主，我只是一個卑賤的女罪人，可是我的女兒會使我恢復虔誠的心。以往我由於愛她而篤信宗教，她的笑容像天開眼一樣，通過那裡我看見了祢。……噢！只要我能夠一次，僅僅一次，再一次，把這隻鞋穿上她那漂亮的小腳丫，我可以死而且祝福祢！……啊，十五年了！她現在該很大了！……不幸的孩子！什麼！那麼是眞的了，我再也看不見她了，甚至在天堂裡也看不見她！因爲，我不能上天堂。啊！多麼不幸，居然只有她的鞋在這裡，只有鞋！」

不幸的女人向這隻鞋——她多年來的慰藉和絕望——撲過去，就像當初那樣哭得肝膽俱裂。做母親的失去孩子，任何時候都是跟當初一樣，這樣的痛苦是不會減輕的。喪服儘管穿破、發白，心裡仍然是一片漆黑。

這時，幾個孩子清新、歡樂的笑聲經過小室前。每逢她看見或聽見孩子路過，這可憐的母親就趕緊躲進這墳墓最陰暗的角落，彷彿竭力要把頭鑽進石頭裡，免得聽見他們的聲音。這次卻相反。她好像一下子驚醒過來，站立起來，貪婪地聽著。

「今天要絞死一個吉卜賽女人。」有個小男孩說。

就像我們前面見過的，蜘蛛感到蛛網顫動立刻撲向蒼蠅一般，她猛地一躍，跳到了窗洞口。我們知道，這窗洞朝向河灘廣場。沒錯，已經有一架梯子靠在長年累月豎立在那裡的絞刑架前，劊子手的手下正在調整絞刑架上雨水淋鏽的鏈子。圍聚集了一些人。

窗前嬉笑的那群孩子已經遠去了。麻袋女四處張望，想找一個可以問問的過路人。她瞥見就在地穴附近，有個教士正裝模作樣，好像在讀公用祈禱書，其實，他關心「鐵柵欄裡聖書」的程度，遠不如關心絞刑架。他不時向絞刑架那邊投去陰沉、凶狠的目光。麻袋女認出他了，原來是那位聖潔的若薩的副主教先生。她問道：

「神父先生，要在那兒吊什麼人呀？」

教士看看她，不吭聲。

她又問了一遍，他才回答：「不知道。」

「剛才幾個孩子說是要吊死一個吉卜賽女人。」隱修女又說。

「我想是吧。」教士說。

帕蓋特‧香特弗勒里一聽，發出狼嗥似的狂笑。

「隱修女，這麼說，您仇恨吉卜賽女人？」副主教說。

「還用問嗎！」隱修女喊道：「吉卜賽女人是惡鬼，是偷小孩的惡魔！她們吃掉了我的小娃兒，我的孩子，唯一的孩子！我的心都沒有了，被她們吃了！」

她形容可怖，教士冷冰冰地看著她。她又說：

「特別有一個我最恨的，我一向詛咒的。是很年輕的一個，跟我女兒一般大——要是她母親沒有把我女兒吃掉的話。每次這條小毒蛇經過我窗下，我血液都沸騰了！」

「好吧！您可以高興了，」教士說，冷冰冰的，像是墓前的死者石像：「您馬上看見要絞死的，就是她！」

他腦袋垂至胸前，緩緩走開了。

隱修女高興得直扭胳膊，叫了起來：

「我早就對她預言過：她總有一天要上去的！謝謝您，教士！」

接著，她在窗洞鐵柵欄前大踏步走來走去，披頭散髮，兩眼冒火，肩膀往牆上撞，像關在籠子裡的母狼那樣凶殘，是一頭已經餓了很久的母狼，此刻正感覺到大嚼一頓的時刻臨近了。

---

① 加羅法洛（Garofalo 1481—1559）：義大利畫家。

VI
三顆心

事實上，孚比斯並沒有死。這種人總是長命的。御前特命狀師菲利浦·婁利埃老爺告訴可憐的愛斯美娜達：「他就要死了」，這可能是失誤，也可能是惡作劇。而副主教向女犯複述「他死了」，事實上他絲毫不知眞實情況，而是自以爲他死了，信以爲眞，但願如此。要是把情敵的什麼好消息告訴自己所愛的女人，他是難以忍受的。任何人處在他的地位，都會這樣做。

這並不是說孚比斯的傷勢不嚴重，只是並不像副主教盼望的那樣。巡防兵士把孚比斯抬到外科醫生家裡。這位醫生說他活不了一個星期，甚至用拉丁話告訴了他。然而，青春活力終占上風。常有這樣的事情：不管醫生怎樣診斷，自然造化愛開玩笑，嘲弄醫生，硬是叫病人死裡逃生。在他還躺在外科醫生手術枱上的時候，孚比斯受到菲利浦・婁利埃和主教法庭調查官的初步盤問，使他厭煩得要死。因此，一天早晨，他留下金馬刺作爲醫藥費，溜之大吉。不過，這絲毫也不給案件的預審造成任何麻煩。當時的司法機關對於刑事案件證據的明確性和確鑿性是不太在乎的。只要把被告絞死了，也就萬事大吉。況且，審判官們已經有足夠的證據處死愛斯美娜達；既然他們相信孚比斯已經死了，那就是死了。

至於孚比斯，他並沒有逃到天涯海角。他只不過是跑到在法蘭西島①、距離巴黎幾站的葛－昂－勃里，這是他那個部隊駐防的地方。

反正，他不覺得親自出庭受訊問是件愉快的事情。他模模糊糊地覺得，若是去的話，自己那副尊容一定是很可笑的。事實上，對整個案件該如何看待，他自己也不太淸楚。像任何一介武夫一樣，他不信宗教，但是迷信。所以，當他回顧探究這段艷遇的時候，他大惑不解的是那隻山羊，還有，他怎麼會那樣奇特地遇見愛斯美娜達，她又怎麼會同樣奇特地讓他識破她是愛他的，還有她是個吉卜賽女郎，還有那個莽和尙。他隱隱約約覺得，這些事情中妖術的成分遠遠超過愛情。也許她是個女巫，甚至就是魔鬼；反正是一齣鬧劇，用當時的言語來說，是一齣非常無趣的聖蹟劇，其中他扮演了極其笨拙的角色，挨刀子、受嘲笑。衛隊長為此羞惱萬分。他此時所感到的羞愧，拉封丹可是刻畫得妙極了：「羞愧有如狐狸被母雞逮住了。」

況且，他希望醜事不要張揚出去，既然缺席，他的名字不至於宣布，至少不要傳出小塔法庭的範圍。在這一點上他倒沒有錯。當時並沒有如今這樣的《法庭公報》，而且，每星期難得沒有一個鑄造僞帛幣的人被巴黎數不清的「司法女神」煮死，女巫被絞死，異端分子被燒死；人們早已司空見慣：在大小街口，封建制度的泰米斯②，捋起袖子，光著臂膀，使用絞架、梯子、恥辱柱，幹她的營生，以至於誰都不太注意了。當時的時髦社會，簡直不知道街角上過去的那個受刑人的姓名，至多只有民眾大享這樣粗鄙的盛宴。行刑處決是巴黎市井的日常景色，跟烤肉店的烤鍋和剝皮場的屠宰坊一樣不希罕。劊子手無非是一種更為內行的屠夫罷了。

於是，孚比斯很快也就心安理得了，什麼女巫愛斯美娜達，或者如他所說的「席米拉」，什麼吉卜賽女郎或莽和尚，管他是誰！什麼審訊結果如何，統統不放在心上了。不過，一旦他的心在這方面空虛，他就又想起了百合花。衛隊長孚比斯的心，像當時的物理學一樣，害怕眞空③。

況且，葛一昂一勃里這個村莊是非常乏味的一個地方，只有幾個馬蹄匠和皸了手的牧牛女，一條路，兩側棚屋茅舍像長帶般委蛇著，長不過半法里④，總之，只是一條「尾巴」⑤。

百合花小姐只在他的慾情中占倒數第二位，不過是個漂亮女子，還有很誘人的嫁妝。所以，這位心裡充滿愛情的情郎在痊癒後，既然事情過去了兩個月，相信吉卜賽女郎一案已經了結，想必早就被人遺忘，便在一天早晨，打扮得漂漂亮亮，來到了貢德洛里埃公館門前。

他絲毫沒有注意聖母院大門外前庭廣場上聚集著相當多的人。他記得這時正是五月，大概是在舉行什麼迎聖遊行，或者是什麼聖靈降臨節⑥活動，或其他活動吧。他沒有介意，把馬拴在門廊的環⑦上，喜氣洋洋，上去找他那美麗的未婚妻。

她正跟她的母親在一起。

百合花心上老是壓著那個吉卜賽女巫、山羊、該死的拼組字母的場景，也老是惦著孚比斯長久不打照面。可是，她一看見她的隊長走了進來，氣色是那樣好，軍服嶄新，綬帶閃亮，模樣兒又是熱情洋溢，就立刻高興得滿臉緋紅了。而這位高貴的小姐自己這時也比以往任何時候更為嫵媚動人。她那出色的金黃秀髮編成髮辮，越發迷人；她身穿天藍色服裝，襯托得膚色更加潔白——這是她的閨中密友珂蓉帛教給她的一種俏皮打扮，還有那雙媚眼顯出愛戀的迷惘神情，就越發出落得水葱似的了。

孚比斯自從領教過葛—昂—勃里的村婦們以來，已許久沒有見過這樣的美色。於是，他未免顯得情急而且分外殷勤巴結。這樣，小倆口就立刻和解了。貢德洛里埃夫人自己始終以慈母的神態坐在她的大椅子上，沒有精神去責備他。至於百合花小姐的嗔怪之詞，則化作溫柔的呼嚕聲而消散了。

百合花坐在窗口附近，還是繡著她那海王的洞穴。衛隊長倚著椅子背站立，女孩低聲愛憐地數落他：

「您是怎麼了，兩個多月不見人影兒，眞壞！」

孚比斯聽到這麼一個問題，相當尷尬，回說：

「我發誓，您這麼美麗，簡直會使大主教發瘋的！」

她禁不住笑了，說道：

「行了，行了，先生，別說什麼我美了！您倒回答我問題呀！眞是的，可不就是美極了！」

「呃，呃，親愛的表妹，我被召回去駐防。」

「在哪兒，請問？那您爲什麼不來告別？」

「在葛一昂一勃里。」

回答第一個問題就避開了第二個問題，孚比斯心中暗喜。

「可是那很近呀，先生。您怎麼一次都不來看我？」

這下子，孚比斯眞給問住了。

「因爲……因爲……勤務……還有，迷人的表妹，我病了。」

「病了！」她嚇壞了。

「是的……受了傷。」

「受傷！」

可憐的女孩慌作一團了。

「啊！別怕！」孚比斯漫不經意地說：「沒事了！只是吵架，動了刀子。這跟您不相干吧？」

「跟我不相干！」百合花叫道，抬起淚汪汪的美麗眼睛：「噢！您說這種話，該不是心裡話吧？是怎麼動了刀子的？我要您全都告訴我。」

「呃，好吧。親愛的美人，我跟馬埃·費迪吵了一架，您知道？就是聖日耳曼—昂—雷伊的副將，我們動起手，都破了點皮。不過如此。」

衛隊長信口開河，心裡明白，榮譽問題可以在女人心目中抬高男人的地位。果然，百合花瞪著眼睛看著他，激動萬分，又是擔心，又是喜悅，又是讚賞。不過，她還是不完全放心，說：

「您完全好了就好，我的孚比斯！我不知道您的那個什麼馬埃·費迪，可他一定是個大壞蛋！你們怎麼吵架的？」

孚比斯一向想像力尋常得很，一時沒有高招，不由得狼狽周章，不知道如何才能從他自己捏造的赫赫武功中脫身。

「哈，我怎麼知道？……小事情吧，一匹馬的問題，一句話的問題吧？……表妹！」他叫了起來，爲的是轉換話題：「廣場上吵吵嚷嚷的是怎麼回事？」

他走到窗前。

「啊，上帝呀！表妹，廣場上人眞多！」

「我不知道。」百合花說：「好像是有個女巫今天上午要在教堂門前請罪，然後再被絞死。」

衛隊長深信愛斯美娜達一案已經結束，所以對百合花的話很不在意。不過，他還是提了一、兩個問題。

「女巫叫什麼名字？」

「不知道。」她說。

「聽說她幹了些什麼嗎？」

「不知道。」她這次又聳聳她那雪白的肩膀。

「啊！耶穌上帝！」百合花的母親說：「現在巫師太多了，總是在燒，燒死了——我想，連個姓名也不知道。就跟打聽天上每塊雲朵一樣沒有意義。總算是可以太平了。好上帝的生死賞罰簿掌得牢牢的哩。」

說到這裡，可尊敬的老太太站立起來，走到窗口，說：

「主啊！孚比斯，你說對了，眞有一大堆賤民在那兒。甚至——讚美上帝呀！——屋頂上還趴著哩。……孚比斯，你知道，這使我想起了我以往的好日子。國王查理七世入城那時候，也是許許多多的人。我不記得是哪一年了。……我跟你們說這些，你們會覺得古老得很，可不是？可我覺得還是很近很近的事情。噢！那時候的人可比今天多得多！連聖安東尼門上的槍孔裡都是人。國王騎馬進城，王后坐在他身後；兩位聖駕的後面是所有的宮廷命婦，她們坐在所有貴族老爺的馬後鞍上。我記得，大家哈哈大笑，因爲瞧見五短身材的阿瑪尼昂·德·加朗德的旁邊，騎馬而過的是半截塔似的騎士馬特弗隆老爺；他殺死成堆的英國人呀！妙極了！所有的法蘭西侍從貴族都在行列裡，打著小紅旗⑧，紅彤彤照得你眼睛發花。還有打三角旗⑨、打戰旗⑩的。眞是說也說不清。加朗德爵爺打的是三角旗，若望·夏多莫朗是戰旗，庫錫爵爺也是戰旗，他的戰旗可比誰的都華麗，僅次於波旁公爵。……唉！想起這些往事，今不如昔，叫人傷心啊！」

那對情侶可並不聽可敬的富孀嘮叨。孚比斯又回轉身來，胳臂肘拄著未婚妻的椅子背。這個位置十分美妙，讓他那色眯眯的眼睛一直鑽進百合花上衣頸飾的領口。她那乳褡撐開得恰到好處，正好讓他看見不少美景異色，同時使他想像見所未見之物，所以，孚比斯觀賞著這緞子似閃亮的肌膚，心旌搖曳，不禁心中暗想：「除了這樣潔白的美人兒，還能愛誰呢？」

兩人一時無話。女孩不時以欣喜而含情脈脈的目光抬眼望他，兩人的頭髮在春日陽光照耀下糅合在一起了。忽然，百合花輕聲說道：

「孚比斯，我們三個月後就要結婚了，您要發誓：除我之外，您從來沒有愛過別的女人。」

「我向您發誓，美麗的安琪兒！」孚比斯答道，為使百合花深信不疑，他不僅嗓音極為誠懇，而且眼神裡燃燒著慾情。此刻他自己大概也信以為真了。

這當兒，好媽媽一看小倆口親熱到這般地步，大為高興，就走出去料理家務瑣事了。孚比斯發現別無他人在場，膽子更大了，這位情場老手腦子裡頓時產生了種種十分古怪的念頭。百合花愛他，她是他的未婚妻，這會兒只有他們倆，舊情未免覺醒，雖然並不來得個新鮮，卻衝動得要命，把自己的盤中餐提前吃一點反正不是什麼大罪過。很難肯定他那個頭腦裡是不是這樣胡思亂想，總之有一點是肯定的，那就是，百合花忽然被他的眼神嚇了一跳。她四處張望，沒有看見媽媽。

「上帝呀！」她面紅耳赤，驚慌異常，叫道：「好熱呀！」

「眞的，我想快到中午了吧。太陽照得眞討厭，把窗簾放下來就好了。」孚比斯說。

「不要，不要！」可憐的少女喊道：「相反，我需要空氣。」

彷彿一頭母鹿感覺到獵犬的鼻息，她站起來，跑到窗口，推開長窗，衝到陽台上去了。

孚比斯好生懊惱，也只好跟著她去。

陽台下，面聖母院廣場，我們知道，此刻是一種奇特的陰慘慘的景象，一下子就使膽怯的百合花的驚恐改變了性質。

許許多多的人，連附近各條街道都塞滿了，廣場本身更是人山人海。前庭周圍齊肘高的矮牆，要不是侍衛們和火銃手站成厚厚的人牆予以加固，而且手執火銃的話，根本擋不住，無法使廣場不被人衝進去。幸虧戈矛弓弩林立，前庭才空盪盪的。入口由一隊佩戴主教紋章的戟兵⑪把守。主教堂的幾道寬闊大門緊閉，與廣場四周無數窗戶洞開——甚至山牆上的小窗子也開著——恰成對比。從那些窗口，可以看見成千上萬的觀眾，一個個腦袋擠在一塊，差不多就跟砲兵倉庫裡一堆堆砲彈似的。

人海的浮面是灰濛濛的，骯髒而混濁。人們所等待的奇景異色，想必是足以觸發和喚起民眾內心中最齷齪的情感。任何醜惡，也比不上這千萬土色帽子攢動、千萬泥污頭髮蠕動所發出的響聲。人群中笑聲不絕，蓋過了叫囂。女人甚至多過男人。

不時有一聲尖叫，顫動著，刺透這一切嗡嗡嘈嘈之聲。

…………

「喂！馬伊埃・巴利弗爾！是在這兒吊她嗎？」

「笨蛋！是在這兒請罪，只穿內衣哩！好上帝將把拉丁話啐到她臉上！一向是在這兒的，中午的時候。你要看絞刑的話，得去河灘廣場。」

「看完這再去。」

…………

「布康勃里太太，您說，她當眞拒絕懺悔師？」

「好像是吧，貝歇尼太太。」

「眞是的，這個異教徒！」

…………

「先生，習慣是這樣的。由司法宮的典吏把歹徒判決後，如果是平民，交給巴黎市長，如果是教士，交給主教法庭處決。」

「謝謝您，先生。」

…………

「啊，我的上帝！可憐的人！」百合花說。

這樣一想，她掃視人群的目光就充滿了痛苦。衛隊長心裡裝的是她，哪裡顧得上那破衣爛衫的一群觀眾，這時他正從背後滿懷愛慾地搓揉她的腰肢。她回過身來，笑著，乞求說：

「做做好事，放開我，孚比斯！媽媽要是進來，會看見您的手的！」

恰在這時，聖母院的大鐘敲響中午十二時。人群中間響起了一陣滿意的嘀咕聲。第十二響幾乎還沒有打完，一個個腦袋就像風推波濤一般掀動起來，街道上、窗子上、屋頂上，一陣巨大喧嚷：「來了，來了！」

百合花兩手捂住眼睛，不想去看。

「美人兒，進去，好不好？」孚比斯對她說。

「不。」她回答。因爲害怕而蒙住的眼睛，又由於好奇而露了出來。

一輛刑車由一匹肥壯的諾曼第大馬拉著，由身穿繡著白色十字架的紫羅蘭色衣的騎兵簇擁著，從牛頭聖彼得教堂街駛入廣場。巡防長揮舞起皮鞭，在人群中開道。刑車旁騎馬馳行的是幾個司法治安軍官，看他們的黑制服和踏鐙乘鞍的笨拙模樣，就認得出來。昂昂然領隊的是雅各・夏莫呂老爺。

在死囚車裡坐著一位少女，雙臂反剪，身旁沒有教士。她只穿著內衣，長長的黑髮披散在幾乎裸露的胸前和肩上——當時的風俗是到了絞刑台下才剪掉頭髮。

透過這黑玉般烏黑閃亮的波浪狀秀髮，可以看見一根扭曲著、絞結著的灰色粗繩索，粗暴地蹂躪著可憐女孩的纖弱鎖骨，纏繞著她那美麗的頸項，好像一條蚯蚓爬在鮮花上。這根繩索下面閃爍著一個綴飾綠玻璃的護身符，讓她保留著，大概是因爲對於快死的人是不會拒絕什麼的。站在窗口的觀眾可以看見刑車裡面，她赤裸著兩腿——她竭力把腿藏在身下，大概是出於最後的女性本能。她腳下有一隻五花大綁的小山羊。女囚使勁用牙齒咬著不能蔽體的襯衫，彷彿即使這樣不幸，她仍爲幾乎赤身露體展示在眾人眼前深感痛苦。唉！處女的嬌羞原本不是爲了經受這樣的熬煎！

百合花對衛隊長說：

「耶穌啊！你看呀，表哥！這就是那個帶山羊的吉卜賽壞女人！」

說著，她轉向孚比斯。他兩眼發直，瞪著那刑車，臉色煞白。

「哪個帶山羊的吉卜賽女人？」他吶吶而言。

「怎麼？」百合花說：「您不記得了嗎？」

孚比斯打斷了她的話：

「我不明白您說的什麼意思。」

他走動了一步，想進去。可是，百合花的嫉妒心，前不久本來就被這個少女擾動起來，此刻更是覺醒了。她滿腹狐疑，敏銳地向他瞥了一眼。她模模糊糊地想起了：聽說有個衛隊長被牽扯進這個女巫的案件裡。

「您是怎麼啦？」她對孚比斯說：「這個女人似乎很使您著急。」

孚比斯強露訕笑：

「我！壓根兒沒有的事！哈，得了吧！」

「那您就待著吧，」她專斷地吩咐：「我們一起看到結束！」

倒霉的隊長只好待著了。他稍稍放心的是，女囚的眼睛始終低垂，只看著囚車的底板。千眞萬確，就是愛斯美娜達。即使在這恥辱和不幸的最後階段，她仍然豔麗異常，兩隻黑色大眼睛因爲兩頰瘦削了而更加顯得大，蒼白的面容純潔而傲岸。她仍然是舊時模樣，正如馬扎奇奧⑫所畫的聖母相似於拉斐爾所畫的聖母：只是虛弱一些，瘦削一些，單薄一些。

此外，她內心中沒有一樣不是多多少少已經分崩離析，除了她的羞恥之心，她把一切都任意拋擲，既然她是那樣麻木而且絕望，意志全部崩潰了。刑車每一顛簸，她的身體都隨之跳動，就跟一件破碎了的死物似的。她的目光哀傷而狂亂；還可以看見眼眶裡閃爍著一顆淚珠，滯留著，猶如凍結了。

這當兒，那陰森的騎列在喜悅的叫嚷聲中、在兩側奇形怪狀的姿態中穿過了人群。不過，爲求忠於史實，我們應該指出，看見她這樣美麗，這樣不勝愁苦，許多人都感到憐憫，非常感動，即使心腸最硬者也不乏其人。

刑車進入前庭，在中央正門前停了下來。

押解隊分列兩側，呈戰鬥隊形。觀眾沉默了，在這肅穆而焦慮的寂靜中，大門的兩扇門扉彷彿自動轉動起來，鉸鏈軋軋，發出尖銳淒厲的聲音。於是，只見主教堂裡陰暗慘淡，披著黑紗，只有主壇上遠遠有幾支小蠟燭閃爍，主教堂以整個深度張開了大嘴，在陽光燦爛的廣場輝映之下，就像洞穴的大口。頂裡面，在半圓室陰影之下，隱隱約約可以看見一只銀製巨型十字架攤開在從穹頂垂掛至地面的黑帷幕上。整個中堂渺無人影。這時，遠處唱詩班席次的教士座中幾位教士在搖頭晃腦。大門一打開，就從教堂裡面傳出莊嚴的聲音，響亮，單調，彷彿一聲聲向女囚的頭上投擲喪葬讚歌的碎片：

……*Non timebo millia populi circumdantis me; exsurge, Domine! salvum me fac, Deus!*

……*Salvum me fac, Deus! quoniam intraverunt aquœ usque ad animam meam.*

……*Infixus sum in limo profundi, et non est substantia.*

（拉丁文：……我不畏懼成千上萬聚集在我身邊的人；起來，主啊！救救我吧，上帝！……救救我吧，上帝！縱然水已進入，甚至淹沒了我的靈魂。……我已深深沉入萬丈深淵，我脚下沒有實地。）

同時，另一個聲音，超出於合唱之外，在主壇的階梯上唱起憂傷的獻祭歌：

Qui verbum meum audit, et credit ei qui misit me, habet vitam œternam et in judicium non venit; sed transit a morte in vitam.

（拉丁文：誰聽我的話，相信派我來的主，就得永生；他不是來審判，他是從死亡走向永生。）

那幾個老頭隱沒在黑暗中，從遠處，爲這個美麗的生靈歌唱，爲這個洋溢著青春、飽蘊著生命春日溫暖撫愛和陽光燦爛照耀的生靈歌唱。這是往生彌撒。

民眾肅靜地聽著。

不幸的少女魂飛天外，眼不能看，心不能想，一切皆消散在主教堂濃黑的深處。她那灰白的嘴唇顫動，彷彿在祈禱。劊子手的手下過去扶她下車，他聽見她在低聲念叨著：「孚比斯」。

給她兩手鬆了綁，她從車子上下來，身旁跟著她的小山羊——牠也鬆了綁，高興得咩咩直叫，感到自由了。他們叫她光著腳在堅硬的地面上走到教堂大門的台階下。她頸子上拴著的繩索在身後拖著，彷彿蟒蛇緊緊跟隨。

這時，教堂裡的歌聲停止。一個巨大的金十字架和一列小蠟燭在黑暗中閃亮跳動。又聽見服色斑駁的雇傭兵的刀槍鳴響。過了一會，一長列教士身穿無袖罩衫，還有助祭身穿法衣，唱著讚美詩，莊嚴地向女犯走來，在她眼前，在觀眾眼前，展開了隊列。可是，她的眼睛始終盯著那個緊跟手執長柄十字架的人後面、走在最前列的教士。

「啊！」她哆嗦著低聲說：「又是他——那個教士！」

確實是副主教。他的左側是副領唱人，右側是領唱人，手執指揮杖。副主教頭向後仰走著，雙眼瞪著，以雄渾的聲音唱道：

De ventre inferi clamavi, et exaudisti vocem meam.

Et projecisti me in profundum in corde maris,et flumen circumdedit me.

（拉丁文：從深深的地底，我呼喚你，你聽見我的呼聲。你把我遠遠投入海洋的深底，波濤永遠回旋，吞沒了我。)

他身披綴繡著黑色十字架的寬大銀色罩氅，在高大的尖拱門廊裡出現在陽光下，臉色極其蒼白，群眾中不止一人覺得，這是那些大理石主教塑像中的一個，本來是跪在唱詩班墓石上的，現在站了起來，出來到墳墓門口迎接即將死去的這個女人。

她，也極其蒼白，跟他一樣猶如石塑，簡直感覺不到他們把一根燃燒著的黃色粗重蠟燭塞到她手裡，根本聽不見錄事尖聲宣讀悔罪書那致人死命的詞句。他們吩咐她回答「阿們」，她就回答「阿們」。她看見那教士揮手叫看守的人走開，單獨向她走來，這才猛然一驚，恢復了一點知覺，有了一點力氣。

她覺得頭腦裡血液在沸騰，她那已經麻木冰涼的靈魂中，殘存的一點點憤懣又燃燒起來。

副主教緩步走到她身旁。即使在她這樣身處絕境的時刻，她還是發現他以閃爍著貪婪、嫉妒、色慾的目光飽看她幾乎赤裸的全身。接著，他高聲說道：

「小姐，妳請求了上帝寬恕妳的罪過和失足嗎？」他俯身到她耳邊，又說——觀眾還以為他在接受她的臨終懺悔：「妳要我嗎？我還可以救妳！」

她怒目以對，說：

「滾蛋，惡魔！否則，我揭發你！」

他強露笑容——猙獰的笑容：

「別人不會相信的。妳無非是罪行之外再加上誹謗。快回答！妳要不要我？」

「你把我的孚比斯怎樣了？」

「他死了。」教士說。

恰在這時，邪惡的教士正好一抬頭，瞥見廣場對面貢德洛里埃公館的陽台上衛隊長正站在百合花身邊。他一個趔趄，幾乎摔倒，揉揉眼睛，凝目再看，低聲詛咒，整個的面龐都劇烈地抽搐起來。

「那好吧，妳就死吧！」他咬牙切齒說：「誰也得不到妳。」

接著，揚手在少女頭頂上，以哭喪的聲調叫道：

「Inunc, anima anceps, et sit tibi Deus misericors!（拉丁文：現在你走吧！遲疑不覺的靈魂，願上帝憐憫你。）」

按當時的習俗，這是這場陰慘儀式終結的可怕套語。

民眾跪了下來。

「Kyrie eleïson!（希臘文：主啊！憐憫我們吧！）」侍立在尖拱門廊下的教士們說。

「Kyrie eleïson!」群眾嗡嗡附和，這聲音飄拂過人們的頭頂，猶如洶湧海濤拍擊之聲。

「阿們！」副主教說。

他轉過身去，背向著女犯，頭低垂至胸前，合起雙手，走入教士的行列。隨即，只見他率領著那十字架、所有的蠟燭和罩篷，進入主教堂霧濛濛的拱門裡面不見了；他那洪亮的聲音摻入合唱，唱著這一絕望詩句，逐漸消散：

……*Omnes gurgites tui et fluctus tui super me transierunt!*

（拉丁文：……主啊，祢所有的旋渦、所有的波濤淹沒了我！）

與此同時，雇傭兵戈矛的包鐵槍托斷斷續續的撞擊聲，也在中堂柱拱之間漸漸沉寂下去，彷彿時鐘的鐘錘敲響女囚的喪鐘。

然而，聖母院幾道大門始終敞開著，可以看見教堂裡空無一人，淒慘，披紗服喪，已經沒有蠟燭，也沒有人聲了。

女犯留在原地一動也不動，聽候處置。這必須由一名執棒長稟告夏莫呂老爺。而夏莫呂老爺，在這整個一幕中，一直細心審視正中大門兩旁的浮雕，上面的雕刻，有人說是亞伯拉罕的獻祭⑬，也有人說是點金法術，以天使表示太陽，柴堆表示火，亞伯拉罕表示術士。

好不容易才使他從這番靜觀冥想中清醒過來。終於，他轉過身來，揮揮手，兩個黃衣人——劊子手的手下——趨前，把吉卜賽女郎的雙手重新捆上。

不幸的少女在登上死刑車、駛向生命最後一站的時候，也許對生命萬分留戀而感到刺心的痛苦。她抬起紅腫乾涸的眼睛，望望天空、太陽，望望切割出蔚藍色四邊形、三角形晴空的銀白色雲彩。然後，她垂目四顧，望望土地、人群、房屋。……忽然，正當黃衣人捆綁她雙肘的時候，她發出一聲驚叫，歡樂的叫聲。

廣場的一角，那邊的一處陽台上，她看見了他，她親愛的朋友、她的主人——孚比斯，她一生鍾愛的幻影再次出現！

法官是撒謊！教士也撒謊！正是孚比斯，無可置疑，他在那裡，活著，還是那樣英俊，穿著他那色彩鮮艷的軍服，頭戴羽冠，腰佩長劍！她叫了起來：

「孚比斯！我的孚比斯！」

她兩臂因愛情、狂喜而戰慄，她想伸出去，可是被捆得緊緊的。

這時，她看見隊長皺起了眉頭，伏在他肩頭的一位美麗的小姐輕蔑地撇撇嘴，眼含慍怒，死死盯住他，於是，孚比斯說了幾句什麼。愛斯美娜達卻聽不見，緊接著，她看見他們兩人匆匆走進陽台玻璃門後面，門也關上了。

「孚比斯！難道你也相信？」她狂亂喊叫。

這時，她才忽然想起了一個可怕的念頭：她想起了，她被判處的罪名是殺害了孚比斯・德・夏多佩。

她至今一切都忍受了。然而，這最後的一擊太沉重了。她暈倒在地面上，完全癱瘓。

「把她抬到車上去，立刻了結！」夏莫呂吩咐。

直至此刻，誰也沒有注意到，就在尖拱門道上面的列王塑像走廊上，有一個怪人在觀望。他至今似乎無動於衷，脖子伸得老長，面孔奇形怪狀，要不是他身穿半紅半紫的奇特服裝，人們還會把他當作六百年來從嘴裡吐出主教堂長長承溜的那些怪物之一。聖母院門前從中午起發生的一切，這位旁觀者無一不看在眼裡。早在最初一刻，誰也沒有想到去注意他，然而，他已把一根打著一個個結的粗壯繩索牢牢拴在走廊的一根柱子上，一端低垂下來，拖至台階上。

幹完以後，他開始安詳地觀察動靜，不時，看見喜鵲飛過，還吹吹口哨。

忽然，正當劊子手的兩名手下準備好要執行夏莫呂的冷酷命令的時候，他一下子跨出走廊欄杆，雙腳、雙手、雙膝勾住繩索，只見他像一滴雨水滑落玻璃窗，哧溜滑下了主教堂建築的正面，疾如貓兒跳下屋頂，衝向兩名行刑人，掄起兩隻巨靈般的拳頭，把他們打倒，一手托起少女，就跟孩子抓住布娃娃似的，一個箭步就跳進了教堂，把少女高舉過頭頂，以可怕的聲音高呼：

「聖殿避難！」⑭

這一切是那樣急速，要是在黑夜的話，簡直就是閃電一亮的瞬間。

「避難！避難！」群眾也喊叫起來，一萬雙手掌拍響，使得卡席莫多的獨眼閃出歡樂、自豪的光芒。

一陣震動，女犯甦醒過來了。她抬起眼瞼，看看卡席莫多，立刻又閉上了，彷彿是畏懼這位救命恩人。

夏莫呂，連同劊子手們，還有押解兵卒，一個個目瞪口呆。因爲，在聖母院牆垣之內，犯人享有不可侵犯權。這主教堂是一座避難所，任何人間司法權限只到它的門檻爲止。

卡席莫多在中央大門下面站了一會。兩隻寬大的腳牢牢生根在教堂地面上，就像那裡粗壯的羅馬柱子。亂髮糾結的巨大頭顱縮著，彷彿沒有頸脖、卻有一頭鬣毛的雄獅。

少女托在他那滿是老繭的手裡，氣喘吁吁，懸浮著恰似潔白的輕紗飄帶。但是，他是那樣小心備至，就像是生怕把她碰碎了，又怕她枯萎了。彷彿他覺得這是個極為纖弱、精緻、珍貴的物品，天生該由別人而不是他自己來摟抱。不時，他顯得連碰也不敢碰她，吹口氣也不敢。隨後，驀地，他把她緊緊摟在稜角突出的懷裡，好像是他的財產，他的寶貝，他自己直若這孩子的生身母親；他那地鬼⑮的眼睛低垂著看她，以無限的溫柔、痛苦的悲憫。忽然，他又抬起頭來，目光如閃電一般。於是，女人們又是哭又是笑，群眾激情滿懷，拚命跺腳⑯，因為正是此刻，卡席莫多顯出了他眞正的美！他眞美，他——這個孤兒，這個棄嬰，這個被唾棄者，他感覺到自己威嚴而強大，他直視著斥逐他的、然而他如此強有力加以干預的這個社會，藐視著人間司法，強行奪走了它所蹂躪的犧牲品，迫使一切豺狼虎豹枉自亂咬而無可奈何，這些鷹犬，這些法官，這些劊子手——國王的這整個威力，他，渺不足道的一粒塵芥，卻憑持上帝的威力，把它踩在腳下！

沉且，這樣的畸形人保護這樣的不幸人，卡席莫多搭救了一個被判處死刑的女孩，這本身就感人肺腑。這是受自然、社會虐待的兩個極端不幸者，會合在一起，相濡以沫。

勝利示威似的站了一會，卡席莫多舉著這個負擔，猛然衝到了教堂裡面。民眾總是熱愛英勇行為的，張望著，想在黑暗的中堂裡找到他，惋惜他這麼快就跑掉了，來不及讓他們盡情歡呼。忽然，又看見他在法蘭西列王走廊的另一端出現了。他瘋了似的狂跑，雙手托著他的戰利品，叫喊著：「避難！」群眾再次掌聲雷動。跑完了走廊，他又鑽進了教堂裡面。過了一會，他出現在上面的平台⑰，始終托舉著吉卜賽少女，始終狂奔，不斷喊叫：「避難！」群眾再次鼓掌。終於，他第三次出現在置放大鐘的那座鐘樓頂層上。從那裡，他似乎十分自豪地向全城炫耀被他搭救的女孩；他聲如雷鳴——這聲音人們極少聽見，他自己從來聽不見——狂熱地高喊三聲：「避難！避難！避難！」聲音響徹雲霄。

「妙啊！妙啊！妙啊！」民眾響應地吶喊。

這浩大的歡呼聲一直傳至對岸，驚動了對岸河灘上的群眾和始終在注視絞刑架、始終等待著的隱修女。

---

① 法蘭西島：古地區名，相當於法國中部和偏北平原。

② 泰米斯（Thémis féodale）：希臘神話中的司法女神。

③ 早期的物理學不承認眞空，總要杜撰出某種名詞，命名並不存在的物質去填滿眞空。

④ 法里：半里約二公里。

⑤ 「蔿」的意思是「尾巴」。

⑥ 聖靈降臨節，復活節之後的第七個星期日。

⑦ 富貴人家門前專門用來拴馬的鐵環，一個或多個，視本宅需要而定。

⑧ 標誌王徽的小紅旗。

⑨ 挑在長矛尖上的細長尖端的三角旗。

⑩ 戰場上標明本爵封號的旌旗。

⑪ 主教有自己豢養的兵卒，既是私人警衛、護院，又是正規作戰部隊。

⑫ 馬扎奇奥（Masaccio 1401—1429）：義大利名畫家。

⑬ 《舊約聖經·創世記》第二十二章說，上帝爲了考驗亞伯拉罕，叫他把獨生子以撒獻爲燔祭。亞伯拉罕設下祭壇，捆起以撒，放在柴堆上，點火，要殺以撒。上帝知道他的敬畏，派天使制止了他，叫他以公羊代替。

⑭ 早在古希臘時代，某些神殿就享有 asulia（避難權），犯罪的人只要跑進去，就不受拘捕；如必須重新抓出來，得有一定的手續，還得發誓不處死、不虐待該罪犯。到羅馬時代，仍然如此。以後的基督教教堂有些也延續此例。關於中世紀這種避難權的情況，雨果在第九卷第二章中有相當詳盡的介紹。

⑮ 西方民間傳說中居住在地裡的侏儒，形相醜惡稱爲地鬼。

⑯ 西俗，跺脚是表示讚賞，甚至比鼓掌更熱烈。

⑰ 鐘樓從那裡升起的平台。

9

I
熱昏的瘋狂

當他的養子如此猛然斬斷不幸的副主教用來束縛吉卜賽少女、也束縛他自己的命運之結的時候，克洛德·弗羅洛並不在聖母院裡。一回到聖器室，他就連忙扯下罩衫、外衣、修士服，統統扔到堂守的手裡，搞得堂守莫名其妙；緊接著，從修院的暗門逃了出去，吩咐灘地的舟子渡他到塞納河左岸去，一頭扎進了大學城高低起伏的街道，自己也不知道要到哪裡去。他每走一步，都碰見三五成群的男男女女歡天喜地、急急忙忙趕奔聖米歇橋，指望「還來得及」觀看絞死女巫。副主教臉色蒼白，神色倉皇，其昏亂盲目，勝似被一群孩子在大白天放出來、而後追捕的夜鳥。他再也不知道自己身在何方、自己在想什麼，也不知是夢是眞。他踽踽而行，又奔跑起來，急不擇路，任意胡行，僅僅是由於身後有河灘在驅趕他前行——那可怖的河灘，他隱隱約約感覺到總是在他背後追逐。

就這樣，他沿著聖日內維埃芙山麓，終於從聖維克多門出了城。只要扭頭還能瞧見大學城塔樓聳立的城垣和城郊少數的幾間房屋，他就不斷往前直奔。終於，走下一個坡以後，他完全看不見那猙獰的巴黎，當他自認爲已經距離巴黎千百里，到了野外、到了荒漠地方的時候，才站住腳步，好像可以呼吸了。

這時，種種使他驚恐的念頭一齊湧現心頭。他清清楚楚地審視自己的心靈，不由得一陣哆嗦。他想到那不幸的少女，是她毀滅了他，又被他毀滅。他失魂落魄地顧視命運讓他們兩人各自走過的曲折而並行的道路，直至在交會點上，由於造化的無情撥弄，兩個命運互相撞擊而粉碎。他想，永恒誓願侍奉上帝是多麼瘋狂，守身獨處是多麼無聊，求知、宗教、修身養性盡皆虛空，而上帝又是那樣百無一用。他滿心舒暢地沉緬於邪惡思想之中，他越沉陷進去，就越清楚地聽見靈魂深處撒旦在獰笑。

這樣深入挖掘自己的心靈，他看見自然天性給了人多麼廣闊的天地去縱慾貪歡，於是，他更加辛酸地冷笑了。他在自己內心深處翻騰著，抖落出他的全部仇恨、全部邪惡；他以醫生診視病人的冷靜眼光，發現原來這種仇恨、這種邪惡，只是污化了的愛慾；他又發現，人的一切美德之源——愛，在教士心中轉化爲可憎之物，而像他這樣氣質的人成爲教士，也就是變成惡魔。於是，他獰笑了。猝然，他又臉色煞白，因爲他看見了自己那致命情慾最陰森的一面；這腐蝕心靈的、惡毒的、醜惡的、冥頑不治的愛，結果只是把一個人送上絞刑台，把另一人送進地獄，她被處決，而他受天譴！

隨即，他又冷笑起來，因爲想起了孚比斯還活著，畢竟衛隊長還活著，活得自在如意，穿的軍服比以往更華麗，還有一個新情人，他帶她去看被絞死的舊情人。他冷笑得更爲辛酸：想起了在他迄今必欲處死的人們之中，只有吉卜賽女郎是他不仇恨的，然而，正是這唯一的一個，沒有逃脫他的打擊。

然後，他從衛隊長又想到了民眾，感到前所未有的嫉恨：整個的民眾，他們居然也看見了他心愛的女人只穿著內衣，幾乎赤身露體。他痛心疾首地想到：這個女人，只有他才在黑暗中隱約見過她的肉體，原本是他的最高福祉，現在卻僅僅穿著供淫慾之夜用的衣衫，暴露在正午的光天化日之下，交由全體賤民玩賞。他狂怒地痛哭失聲，悲悼他自己愛情的一切神秘竟然這樣受到玷辱、污損、剝露而永遠凋殘。他狂怒地痛哭，想像著該有多少雙齷齪的眼睛從那無法扣好的衣衫裡盡情享受，而這位美貌少女，百合花般的處女，嬌羞和福祉盈杯的美酒，即使他也只敢戰慄著略略沾唇，現在卻變成了一種公用食盆①，甚至最卑賤的巴黎賤民、盜賊、乞丐、僕役，都來一同享受無恥的、淫穢的、道德淪喪的樂趣。

他竭力想像自己本可在地上獲致的幸福——假如她不是吉卜賽女人，假如他自己也不是教士，更假如孚比斯不存在，而她也不愛孚比斯；他想像自己本來也可能享受到安詳的愛情生活：就在此刻，就在地面上，隨時可見對對情侶，在柑子樹下，在小溪邊，觀賞著夕陽餘輝，期待著燦爛星空，情話綿綿，說個不完，如果上帝允許，他原可以同她兩人成爲其中受祝福的一對——當他這樣想像的時候，他的心因柔情和絕望而消蝕了。

啊，她！是她！是這樣排遣不去的思想，不斷縈繞於懷，折磨著他，啃嚙他的頭腦，撕裂他的心肝五臟！他並不後悔，無可懺悔；他所行所爲的一切，他還準備重做；他寧願看見她落入劊子手的掌握，也不願她投入衛隊長的懷抱。然而，他痛苦萬分，甚至不時揪下一把把頭髮，看看是不是已經白了。

有那麼一陣子，他想起也許正是此刻，他早上看見的那條獰惡的鐵鏈收緊活結，死死纏住了那樣柔弱、那樣優美的頸項。頓時，他感到每個毛孔都沁出了冷汗。

又有一陣子，他一邊惡魔似的訕笑自己，一邊在心裡描繪頭一次看見愛斯美娜達的模樣，她是那樣活潑，無憂無慮，歡樂，打扮得漂漂亮亮，舞姿翩翩，如同長了翅膀，是那樣和諧；他又描繪這最後一日的愛斯美娜達，只穿著內衣，脖子上套著繩索，赤著腳，緩緩登上絞刑台那稜角扎人的階梯。他描繪著這兩幅圖景，竟至發出了淒厲的號叫。

儘管傷心失意的風暴擾亂著、粉碎著、撕裂著、扭曲著、拔除著他靈魂中的一切，他偶爾也瞥見了四周的自然景物。在他腳下，幾隻雞在草叢裡啄食，金龜子迎著陽光飛舞；在他頭頂上，幾堆灰斑雲朵在湛藍天空中飄逸而去，天邊的聖維克多教堂的尖塔以它那石板方碑刺破了山丘起伏的曲線；科波山墩上的磨坊主吹著口哨，看著風車的四翼轉動。一切都生意盎然，井然有序，安詳恬靜，在他周圍以千姿萬態繁衍，這一切使他更加痛苦。於是，他又趕緊逃跑。

就這樣，他在田野裡遍地亂跑，一直跑到晚上。逃避大自然，逃避生活，逃避他自己，逃避一切人，逃避上帝，逃避一切，就這樣過了整個白天。有幾次，他撲倒在地上，用指尖摳著麥苗。又有幾次，他停留在某個村莊的僻靜街道上，種種的念頭實在受不了，就用雙手捧著腦袋，恨不得把它拔下來，擲碎在地上。

將近日暮，他再次反省，覺得自己幾乎已經瘋了。自從他失去救出吉卜賽少女的任何希望和意願以來，就在內心爆發了暴風驟雨，使他心靈中不再剩下健全的思想，再也沒有絲毫合情合理的念頭。他的理性已經埋葬，幾近全盤摧毀。他心中只剩下兩個清晰的形象：愛斯美娜達和絞刑架。其他是一片漆黑。這兩個聯繫在一起的形象向他呈現出可怕的聯想，他越凝目審視心中還能注意、還能思考的一切，就越感到這兩個形象以奇幻的速度增長不已：一個愈益優雅、嫵媚、姣好、光華奪目，而另一個愈益猙獰可怖；終於，愛斯美娜達燦爛明星般地出現在他眼前，而絞刑架則好像一隻瘦削無肉的巨臂。

值得注意的是，在遭受痛苦熬煎的這整個過程中，他一刻也沒有認眞想到尋死。這傢伙天生就是這樣。他緊緊貪戀著生。也許，他眞正看見地獄是在生命結束以後。

這時，天色更加暗下去。他內心尙存的生之餘息，已在朦朦朧朧叫他回家。他以爲已經走出巴黎很遠，其實，他一摸方向，才發現原來只是繞著大學城牆垣轉了一圈。聖絮皮斯修道院的尖塔和聖傑曼德佩教堂的三座高高的針尖，在他左邊高聳於地平線之上。他就朝這個方向走去。聽見聖傑曼德佩教堂壕溝四周城牆垛子上住持的武裝護院們高呼口令聲，他繞了過去，走上一條小路，從教堂的磨坊和聖日耳曼鎭痲瘋病院中間穿過，走了一會兒，到了神學生草坪的邊緣。這草坪當時由於經常日以繼夜發生神學生騷動而著稱於世，可以算得上可憐的聖日耳曼僧侶的「九頭蛇怪」，guod monachis Sancti Germani pratensis hydra fuit, clericis nova semper dissidionum capita suscitantibus。(拉丁文：對於聖日耳曼僧侶而言，這是一頭不斷在教會紛爭之中重新抬起頭的九頭蛇怪。)

副主教擔心碰見人，害怕看到任何人的面孔。他已經避開了大學城和聖日耳曼鎭，希望晚點走進大街，越晚越好。他擦過神學生草坪，取道僻靜的小徑前往新上帝②，終於到達塞納河邊。堂・克洛德找到了一葉舟子，給他幾個巴黎德尼埃，乘舟溯河而上，渡到了內城岬角。下船的地方正好是上文已經說過格蘭古瓦在那裡冥想的那塊荒涼沙嘴，即與牛渡舟子沙洲平行、御花園延伸的那個部分。

小船單調的搖晃和潺潺流水聲，多少也麻痺了不幸的克洛德的知覺。小船離去之後，他仍然呆呆地站立在灘頭，直瞪瞪看著前方，所見之物無一不在搖晃；又像放大鏡一般，使他看一切事物都像是鬼影幢幢。過度痛苦以致筋疲力竭，對我們心智產生的這種作用，其實是常有的事。

夕陽西下，墜落到納勒高塔的背後。正是薄暮時分。天上白茫茫，水上白茫茫。水天兩白之間，是他凝目呆望的塞納河左岸：這時整個左岸以龐大的陰影投射過來，向遠方延伸，越遠越細薄，像一支黑箭插入天際霧靄之中。那邊房屋成堆，只看見黝黑的側影，在明亮的水光天色襯托下，越發顯得黑糊糊的一片。到處有窗子開始閃亮，像是一個個爐口。水天兩蒼茫，中間這樣突出著的這偉岸方碑似的陰影，在這裡看尤爲寬闊，給予堂．克洛德的印象是奇特的，好似一個人仰臥在斯特拉斯堡鐘樓腳下，仰望那巨大尖塔在頭頂上高聳入雲，爲若明若暗的暮色所掩映。只是，克洛德是站著的，方碑卻是在那裡躺著；但是，既然河水反映天空，他腳下的深淵更加深不可測，那偉岸的尖角也就像任何主教堂的尖塔一樣潑辣挺拔、刺入空間了。給人的印象正是這樣。這種印象奇特而愈益深刻之處，還在於縱然好似斯特拉斯堡尖塔，而這一座的高度卻達兩法里，眞是聞所未聞，如此雄偉，如此不可測度，這是人的眼睛從未見過的，是一座巴別塔。房屋的煙突、牆垣的雉堞、爲屋頂所切削的山牆、聖奧古斯都的尖塔、納勒的塔樓，所有這些突角刺破了那偉岸方碑的側影，以豐富而奇幻的雕塑，奇特地巧飾以種種剪影，平添了幻想翩翩的色彩。

克洛德正處於著魔中邪的狀態，他彷彿看見了——親眼看見了——地獄的鐘樓。這整個恐怖高塔閃耀著無數燈光，他覺得就是地底下那巨大火爐③的一扇扇門戶，從裡邊傳出的人聲和喧囂，就是地獄的呼喊、死亡的喘息。於是，他害怕了，兩手捂住耳朵不去聽它，轉過身不去看它，快步逃跑，遠遠離開這可怕的幻景。

然而，幻景在他心內。

他回到了街上。店鋪門口燈光下來來往往的行人，他覺得是幽靈在他身旁飄蕩。奇特的喧鬧聲在他耳朵裡鳴響，異常的幻覺驚擾他的心智。房屋、街道、車輛、男女行人，他都看不見，眼前只有一團模糊，無以言狀之物各自邊緣嵌合，渾然合爲一體。在小桶廠街拐角處有一家雜貨店，按照古老的習俗，它的披屋門面整個周圍都有一道道白鐵，上面懸掛著一圈木製蠟燭，在風中互相撞擊，啪噠啪噠響，就跟呱達板似的。克洛德覺得，彷彿聽見的是鷹山④上那一大堆骷髏頭在黑暗中撞擊。他喃喃自語：

「啊！夜晚的風吹得它們互相碰撞，使它們鐵鏈的鳴響混雜著骨頭的響聲！她或許也在那裡，在它們中間！」

暈頭轉向，他不知何往。走了一段路，他發現已經來到聖米歇橋。一棟房屋的底層窗子裡透出燈光。他走近前去，穿過窗戶的裂縫，他看見裡面是一間骯髒的小廳。這間屋子彷彿勾起了他心中的某種模模糊糊的回憶。房子裡，在微弱的燈光下，有個面色紅潤的金髮青年，哈哈大笑，摟抱著不知羞恥、袒胸露臂的女郎。燈旁有個老太婆在紡線，聲音顫抖地唱著。那年輕人時笑時停，老太婆的歌聲也就斷斷續續傳至教士的耳鼓。這好像是一支不易理解、然而可怕的歌謠：

河灘，叫吧！河灘，狂吠吧！
我的紡錘，紡啊，紡啊！
給劊子手紡出絞索去吊，
他在監獄庭院裡吹著口哨。
河灘，叫吧！河灘，狂吠吧！

美麗的大麻纖維細又長，
東西南北遍地散播死亡！
到處是大麻，不是小麥，
小偷也不偷了拿去賣，
我這美麗的大麻絞索。

河灘，叫吧！河灘，狂吠吧！
一家家窗子好似眼睛，
瞧著那娼妓去受絞刑，
在爛眼絞刑架上擺個不停。
河灘，叫吧！河灘，狂吠吧！

聽到這裡，年輕人大笑，撫摸那女郎。老太婆是法路岱，女郎是妓女，那青年就是副主教的弟弟約翰。

副主教繼續窺視。這個景象也好，別的任何景象也好，在他反正已經漠然。

他又看見約翰走到房間另一端的窗子跟前，推開窗子，向遠方萬家燈火閃亮的堤岸大街看了一眼，關上窗說：

「憑我的靈魂！天黑下來了。市民們點燃蠟燭，好上帝點燃星星。」

然後，約翰回到婊子身旁，砸碎了桌上的一個瓶子，叫道：

「已經光了，牛的角！錢也沒有了！伊莎博，親愛的，我不滿意朱庇特，除非他把妳這對雪白的奶子變成兩瓶黑酒瓶，讓我日日夜夜從裡面吸飲博納葡萄酒！」

玩笑開得漂亮，那妓女笑了起來，約翰也就出去了。

堂・克洛德剛剛來得及跳下，幾乎給弟弟迎面撞上、看見、認出。幸虧街上很黑，大學生也醉了，不過，他還是看見了有個人躺在街上泥濘裡。他說：

「哈，哈！這傢伙今天玩得夠快活了！」

他伸腿踹踹堂・克洛德。克洛德屏息不語。約翰又說：

「醉死了！他灌飽了。眞是酒桶裡掉出來的螞蝗。」

他俯下身子看看，又說：

「還是個禿子！是個老頭！Fortunate senex！（拉丁文：走運的老頭。)」

接著，堂・克洛德聽見他走了，邊走邊說：

「反正是一回事，理智是個好東西，而我哥哥既理智，又有錢，眞走運！」

於是，副主教一躍而起，看見聖母院的巨大鐘樓在黑暗中矗立在萬家房舍之上，便一溜煙地跑開了。

等他氣喘吁吁跑到前庭廣場，不由得往後一退，不敢抬眼去看那致人死命的建築物。

「啊！那樣的事情，今天，就在今天上午，當眞是在這裡發生的！」他低聲說道。

終於，他硬著頭皮看看主教堂。門臉陰森森的。它背後是燦爛的星空。一彎月亮剛從地平線上躍起不久，這時正滯留在右邊鐘樓頂，像一隻發光的鳥雀棲歇在剪影呈一個個黑色梅花狀的欄杆邊上。

修士後院大門緊閉。不過，副主教總是隨身帶著他那間實驗室所在的鐘樓鑰匙。他掏出來把門打開，鑽進教堂。

他發現，教堂裡面像地穴一般黑暗死寂，到處都有大塊大塊的黑影，他知道這是爲上午的死刑典禮張掛的帷幔還沒有拆除。那銀製大十字架在黑暗中以點點光斑閃亮，就像這墳墓似的夜空中的銀河。唱詩班後面那幾扇長窗的尖拱窗頂露出在黑色帷幕上面，一線月光透過窗子的彩色玻璃，玻璃窗顯出可疑的顏色如同這黑夜一般：紫中泛白，白裡透青，只應爲死人臉上所有。副主教看看唱詩班席次四周窗頂的這些慘白尖拱，感到好像看見了那些受天譴下地獄的主教們的法冠。他閉上眼睛。等他重新睜開眼睛，又覺得這是一圈白如死灰的面孔在凝視他。

他趕緊穿過教堂飛奔。這時，他好像感覺到教堂本身也在搖晃，動盪，有了生命，活起來了，每根粗大的圓柱變成一個巨爪，用它那扁平的足趾拍擊地面，龐大的主教堂彷彿只是一頭怪異驚人的巨象，呼呼喘氣，行走著，以柱子作腿，兩座鐘樓是大象的鼻子，張掛的黑幕就是大象身上的鞍衣。

這樣，他熱昏的瘋狂劇烈到了極點，在這不幸的人看來，外在世界也就只是「啓示錄」般⑤的奇異景象，明顯可見，可以觸知，令人毛骨悚然。

有那麼一瞬間他感到輕快了一點：他向裡側走去，看見幾根粗壯的柱子後面有一點燈亮，微微閃著紅光。他跑過去，好像那是他的指路明星。其實，那只是聖母院鐵柵欄裡公用祈禱書上面日夜照耀的可憐小燈。他迫不及待地猛撲過去，抓住這本聖書，希望從裡面找到慰藉或鼓舞。祈禱書恰好翻在約伯這一段，他瞪著眼睛看了這一句：「有靈從我面前經過，我聽見微微的聲息，我身上的毫毛直立。⑥」

讀到這樣陰慘慘的詞句，他的感覺就像是一個瞎子撿起一根棍棒，卻被這根棍棒打了。他兩腿一軟，癱倒在地面上，想到了白天死了的那個少女。他感到頭腦裡掠過並滿溢出怪異可怕的煙塵，彷彿自己的頭顱變成了地獄之火的煙突。

他就以這種姿勢躺著，似乎躺了好久，什麼也不想，完全被壓倒在惡魔巨掌之下。終於，他恢復了一點力氣，想到該躲到鐘樓裡去，挨近他忠實的卡席莫多。他爬起來，心驚膽戰，便拿走祈禱書上面照亮用的小燈，這當然是褻瀆，可是這點小事他再也顧不得了。

他從鐘樓裡面的樓梯緩緩拾級而上，心裡直是發怵。他手裡的神秘燈光，在這樣夜深人靜時分，從一個槍孔到一個槍孔，徐徐而上，直至鐘樓頂，想必也使得廣場上稀少的幾個行人毛骨悚然。

忽然，他感到臉上一陣清涼，發現自己已經走到最頂層走道的門口⑨。空氣冷冽，夜空中漂浮著幾朵白雲，寬大的絮片彼此覆蓋，在邊邊角角上擠碎撕裂，猶如冬盡春來河開解凍。彎彎的月亮擱淺在浮雲之間，好像一只天舟擠夾在空中這些冰塊中。

他垂目下望，穿過兩座鐘樓之間一根根小圓柱的欄杆，向遠方眺望片刻，只見薄靄繚繞，霧氣茫茫，隱約顯現出沉寂群集著的巴黎城屋頂，尖峭，不可盡數，細微波動著，好似夏夜平靜海面上微波蕩漾。

月兒投射著微弱光線，天地一色，一片灰濛濛。

恰在這時，時鐘發出它那尖細而斷續的聲音。子夜敲響。教士想起了今日中午。又是一個十二點。他自言自語：

「噢！她現在大概全身都冰涼了吧？」

忽然，一陣風吹熄了他的燈。幾乎與此同時，他看見鐘樓對面拐角的地方出現了一個白糊糊的影子，一個形體，一個女人。他不禁全身戰慄。這個女人身旁有一隻山羊，咩咩的叫聲摻和著最後一記鐘響。

他奮力掙扎著去看。就是她！

她面色蒼白而陰沉。頭髮還像上午那樣披散在兩肩。不過，頸子上沒有繩索，手也沒有捆著。她解除了束縛，她已經死了。

她全身縞素，頭上也是蒙著白紗。

她仰面望天，款步向他走來。那超自然的山羊緊跟著她。他渾如化作了石頭，身體沉重，逃遁不得。她每進逼一步，他就後退一步。也只能這樣了。就這樣，他縮進了樓梯下黑暗的拱頂下面。他想大概她也要進來，嚇得渾身冰涼。當眞如此的話，他也只能嚇死完事。

她果然走到樓梯門口，在那裡站了一會，凝目向黑暗中注視，但是似乎沒有看見教士，逕自過去了。他覺得她好像比生前身材高大。他透過她那潔白的衣裙看見了月亮，還聽見了她的呼吸聲。

她走過之後，他開始下樓，緩慢得就跟他剛才看見的幽靈一樣。他感到自己也成了幽靈，失魂落魄，毛髮倒豎，小燈已經滅了，還擎在手裡。一邊走下螺旋樓梯，一邊清清楚楚聽見自己的耳朵裡有一個聲音在訕笑，在念叨：

「……有靈從我面前經過，我聽見微微的聲息，我身上的毫毛直立。」

---

① 兵士、教士等等共同用勺或其他食具從中取食的盆子。

② 教堂名。今已不存。

③ 指地獄。

④ 鷹山是處決犯人的地方。

⑤ 「啓示錄」般，常常意味著「恐怖、怪異、不可預知」等等。「啓示錄」的種種異象，參看《聖經》。

⑥ 《舊約聖經．約伯記》第四章。《聖經》中譯本缺中間一句。

⑦ 看來，他爬上了升起鐘樓的平台，這道小門應爲安放大鐘瑪麗的那座鐘樓的門。南北兩座鐘樓之間是這條走道，下文所說「小圓柱的欄杆」，即爲這條走道面向前庭廣場的欄杆。這時，月亮應在他背側，不應在他前面。

II
又駝，又瞎，又跛

中世紀的任何城市，直至路易十二以前法國的任何城市，都有其避難所。這些避難所，在洪水般淹沒城邦不可勝數的刑法和野蠻司法之中，猶如孤島，聳立在人間審判權限之上。任何罪犯一躲進去就得救了。在任何一個郊區，避難所的數量多如絞刑架。濫施免刑與濫施刑罰並肩而立，都是壞東西，卻試圖互相矯正。國王的宮殿、王公的府邸，尤其是教堂，都擁有避難權。有時整個一座城，因為人們想要增丁添口，就暫時使之成為避難所。路易十一在一四六七年曾使巴黎成為避難所。

一旦踏入避難所，罪犯就神聖不可侵犯了。不過，他必須小心翼翼不再出去。走出聖殿一步，就重新落入了法網。車碾、絞架、吊杆①，都在避難所周圍嚴陣以待，不斷窺伺著目標，好像鯊魚圍繞著船隻。常常看見待決犯就這樣在修士後院裡，在宮殿樓梯下，在寺院田地上，在教堂門拱下，奄奄待斃。

有時候，最高法院作出莊嚴決定，破壞避難權，把罪犯重新交給劊子手。不過，這種事情很少有。最高法院畏懼主教。當紅黑二袍發生摩擦的時候，法袍敵不過教袍②。但是，有時候，例如巴黎的劊子手小若望被殺一案，又加謀害若望·瓦勒萊的凶手艾默里·盧梭被害一案，司法機關跳過了教會，不去執行它的判決。然而，除非最高法院作出判決，誰要是執械侵犯避難所，就該誰倒霉！法蘭西元帥羅伯·德·克萊蒙和香巴涅都統若望·德·夏隆是怎樣死的，大家都知道。雖然事由只是牽涉一個卑賤的殺人犯——錢幣兌換商的小廝，一個名叫佩蘭·馬克的傢伙，可是，元帥和都統打破了聖梅里教堂的門，這就構成滔天罪行。

對於避難所，當時的人尊敬備至。據傳，有時甚至擴及動物。艾莫宛說過一個故事，說是達戈貝③追獵一隻鹿，鹿避難到聖德尼墳墓附近，整群獵犬頓時站住，狂吠不已。

各座教堂通常都有一間小房隨時接納要求避難者。一四〇七年，尼古拉·弗拉麥差人在屠宰場聖賈各教堂裡面建造了這樣的一間房，花費四里弗爾六索耳十六德尼埃巴黎幣。

聖母院的這間小室是在扶壁拱架下的裡側閣樓，對著修士後院，正好在現今鐘樓看守人的妻子開闢了一座花園的地方。這座花園像是巴比倫空中花園的縮小型，好比萵苣有點像棕櫚樹，門房的老婆有點像塞米臘密斯女王④。

卡席莫多瘋狂地、洋洋得意地在鐘樓上和走廊裡跑了一陣之後，把愛斯美娜達安頓在這間小室裡。他奔跑的過程中，少女始終沒有恢復知覺，半昏迷半清醒，感覺不到別的，只是隱約覺得自己升上天空，在漂浮，在飛翔，有個什麼把她托舉在地面之上。她不時聽見卡席莫多響亮的笑聲和喧嚷聲，便微微睜開眼睛，只見下面巴黎模模糊糊的一片石板屋頂和瓦屋頂，好似藍紅二色的蔓藤花紋圖案，頭上是卡席莫多嚇人然而高興的面孔。於是，她趕緊閉上眼睛，她以爲一切已經結束，自己在暈厥中已被處決，這一直主宰著她的命運的畸形鬼怪又攫奪了她，正把她帶走。她不敢看他，只好聽天由命。

但是，當蓬首垢面、氣喘如牛的敲鐘人把她抱到避難室裡放下來，她感到他的大手溫柔地解去死死勒住她雙臂的繩索的時候，她不覺一個寒噤，好似黑夜裡船碰到了海岸，旅客從睡夢中驚醒。她的記憶也驚醒了，往事一一浮現在眼前。她發現自己是在聖母院裡，想起了自己是從劊子手手裡被搶救出來的，想起了孚比斯還活著，孚比斯不愛她了；這兩個念頭同時出現在可憐女犯的頭腦裡，後一個想法的辛酸壓倒了前一個想法，她便轉身對站在她面前、仍然使她畏懼的卡席莫多說：「您又何必救我呢？」

他焦急地望著她，好像在竭力猜測她說的是什麼。她又說了一遍。於是，他向她無限哀傷地瞥了一眼，跑掉了。

她一個人待在那裡，不勝詫異。

過了一會，他回來了，帶來一個包袱，扔在她腳下。裡面是幾個善心女人放在教堂門口送給她的衣服。她垂目看看自己，這才發現自己幾乎赤身露體，頓時臉紅了。啊！生命又甦醒了。

卡席莫多似乎也感受到她的羞怯，趕忙舉起他的大手遮住眼睛，再次走開了──不過，這次是慢慢地退去。

她急忙把衣服穿上。那是一件白大褂，還有一領白色面紗，是主宮醫院見習護士的服裝。

她剛把衣服穿好，卡席莫多就回來了，一隻胳臂挽著一只籃子，另一隻胳臂挾著一床褥子。籃子裡放著一瓶水，還有麵包和其他食物。他把籃子放在地上，說：「吃吧。」又把褥子鋪在石板地上，說：「睡吧。」

敲鐘人取來的是他自己的飯、他自己的鋪。

吉卜賽女郎抬眼看看他，想謝謝他，可是說不出話來。可憐的卡席莫多實在可怖。她害怕得一陣哆嗦，又把頭低下了。於是，他說：

「我嚇著了您。我很醜，是吧？您別看我，聽我說話就行。白天您待在這裡，夜裡可以在教堂裡到處看看。不過，白天夜裡都不要出教堂。那樣您會送命的，他們會殺您，我也會死。」

她十分感動，抬起頭來，想回話。他卻不見了蹤影。又只剩下她一人，想著這個可以說是鬼怪的生物的奇特言語。他聲音嘶啞、卻很溫存，她不由得感到奇怪。

隨後，她仔細察看這間小室。這間房大約六尺見方，小窗子和門外面就是扁平石頭的屋頂微微傾斜的坡面。水溜上雕刻的獸臉似乎在她身後探頭探腦，伸長脖子從窗洞裡窺視她。她順著屋頂邊緣看過去，瞅見千千萬萬煙突的頂梢，全城家家戶戶舉火升煙盡收眼底。這景象⑤，在可憐的流浪少女——這個棄嬰，已被判處死的刑犯，沒有祖國、沒有家園、沒有溫暖家庭的不幸者——看來，眞是夠淒涼的！

這樣念及自己孑然煢立，倍增刺心之痛。這時卻感到有一個毛乎乎的腦袋探入她的手中，倚在她的膝頭上。她一陣哆嗦——現在，一切都會嚇她一跳，低頭一看，原來是可憐的小山羊。機伶的佳利，趁卡席莫多驅散夏莫呂押解隊的空檔，也跟著女主人逃跑了。現在已在她腿上蹭來蹭去將近一小時了，卻未能搏得主人一顧。女孩趕忙把牠抱起來，吻了又吻，說道：

「哦，佳利！我眞把妳忘了！妳倒一直惦著我哩！啊，妳不是忘恩負義的東西！」

與此同時，彷彿有一隻看不見的手卸去了長久壓抑著她的心、使淚水無法宣泄的重物，她痛哭失聲了。眼淚不住流淌，隨著眼淚，心中最刺痛、最辛酸的苦楚也慢慢消除了。

天黑以後，她看見夜是那樣美麗，月色是那樣柔和，她就走到環繞主教堂的高處回廊上去散步。俯視下方，大地多麼沉靜，她心中稍稍輕快些了。

---

① 酷刑用具。把犯人吊在杆上，往地上或水裡砸下去。

② 紅袍指法官的袍子，黑袍爲教士的袍子。教權勝過王權，在法國，直至拿破崙一世才有了徹底改變。

③ 公元七、八世紀，法蘭克人有三個國王，先後相繼都叫達戈貝。

④ 塞米臘密斯：傳說中的古巴比倫女王。見《聖經》。

⑤ 這是從聖母院鐘樓下部背側向下俯視的景象。

III
又聾

第二天早晨，她醒來才發現自己睡了一覺，眞不尋常，她吃了一驚。她早已失去了睡眠的習慣！歡樂的朝陽從窗洞裡射進光芒，直接照在她的臉上。與陽光同時，她看見窗洞裡有一樣嚇人的東西，那就是卡席莫多的醜臉。她不由自主地緊閉雙目，可是無效。她好像總是透過粉紅色的眼瞼看見了這張缺牙豁齒、一隻眼睛的地鬼似的醜臉。於是，她始終閉著眼睛，聽見一個粗嗓門十分溫柔地說：

「別怕！我是您的朋友。我是來看看您睡覺。我來看您睡覺，不使您難受，是吧？您閉著眼睛的時候我在這兒，又有什麼關係呢？現在我走了。瞧，我躲到牆後頭去了，您可以睜開眼睛了。」

還有比這些更淒慘的，那就是說話的聲調。少女心裡感動，就把眼睛睜開了。他確實已不在窗洞口。她走到窗口，只見可憐的駝子在牆角裡，以痛苦、順從的姿態縮成一團。她勉爲其難克制住對他的厭惡，溫存地說道：「過來！」卡席莫多從她嘴唇動作上猜測，以爲她是要趕他走，就站起身來，一拐一瘸，緩緩退出，低著頭，甚至不敢把傷心絕望的眼睛抬起來望望女孩。

她又叫了一聲：「過來呀！」但是，他繼續遠去。於是，她衝出小室，跑過去抓住他的胳臂。卡席莫多感覺到她的手，渾身哆嗦起來。他抬頭以懇求的目光看看她，明白了她是要把他拽到身邊去，不由得柔情滿懷，高興得容光煥發了。她要他進她的小室去，他卻堅持留在門檻上。他說：「不，不，夜貓子不可以進百靈鳥的窩。」

於是，她以優美的姿態斜倚在床墊上，山羊睡在她腳下。兩人一時無話，靜靜地對視著，一個眼裡所見是美麗飄逸，另一個眼裡所見是醜陋無比。她隨時都發現卡席莫多身上又增添了新的畸形。她的目光從他的羅圈腿看到他的駝背，從駝背又看到獨眼。她不能理解怎麼可能存在著塑造得這樣笨拙的一個生物。然而，他的一切又包含著那樣深刻的憂傷和溫柔，她也就開始適應了。

他首先打破沉默：「您是叫我回來？」

她點點頭，說：「是的。」

他看懂了點頭的意思。

「唉！」他吞吞吐吐地說，好像不情願說完整個句子：「我……是聾子。」

「可憐的人！」吉卜賽女郎叫了起來，露出慈悲憐憫的神情。

他滿臉痛苦地一笑，說道：

「您是覺得我是醜到極點了吧？是的，連耳聾都齊全。我就是這個模樣。使人厭惡，難道不是？您這樣美，您！」

這不幸者的聲調中飽含著對自己不幸的意識，她聽了，一句話也說不出來。況且，說了他也不會聽見。他又說下去：

「我從來沒有像現在這樣覺得自己醜。我拿我自己跟您比，我很可憐我自己——這樣可憐、這樣不幸的一個怪物！您一定覺得我跟野獸一樣，可不是？……您，您是陽光，是露珠，是小鳥在歌唱！我，我是形體猙獰的東西，不是人，也不是獸，是說不出名堂的一個比石子還硬、還遭人踐踏、還不成形狀的玩藝！」

說著，他大笑起來，這笑聲眞是世上最使人心碎的聲音；接著他又說：

「是的，我是聾子，可是您可以用動作和姿勢和我說話；我有個主人，他就是這樣跟我交談的。而且，從您嘴唇的動作和眼神上，我很快就可以懂得您的意思。」

「算了，」她笑笑說：「告訴我，您爲什麼要救我？」

「懂了，」他說：「您是問我爲什麼要救您。您忘了有個壞蛋那天夜裡想把您搶走，這個壞蛋，您第二天在他們的卑鄙恥辱柱上救助過他。一點點水，一點點憐憫，我就是獻出生命也報答不了哇！您忘了這個壞蛋；他，他記得。」

她靜聽著，內心非常感動。

敲鐘人眼眶裡淚光閃閃，然而，眼淚並不落下來。他大概認為咽下這滴眼淚是關於榮譽的問題。當他不再擔心眼淚落下的時候，又說：

「您聽我說，我們這裡的鐘樓很高很高，一個人從上面掉下去的話，不等碰到地面，老早就死了。您要是願意我掉下去，您不用說話，使個眼色就行了。」

說罷，他站立起來。這個怪人，儘管吉卜賽少女自己那樣不幸，還是在她心中引起了某種同病相憐的感情。她就示意叫他待著別走。

「不，不，」他說：「我不應該待得太久。您看著我，我渾身都不自在。您不轉過臉，只是出於憐憫。我去找個地方待著，看得見您而您看不見我。那樣好些。」

他從衣袋裡取出一只金屬哨子。他說：

「給您。您多少需要我，想我來，不覺得看見我太厭惡，那您吹這個哨子好了。這個聲音我聽得見。」

他把哨子放在地上，跑掉了。

IV
粘土和水晶

過了一天又一天。

愛斯美娜達的心靈逐漸恢復了平靜。過度的痛苦也像過度的歡樂一樣，十分劇烈，卻不長久。人的心是不可能長期處於某一極端之中的。吉卜賽少女受苦太深，現在的感覺只剩下驚訝了。

隨著安全感，她心中也重新產生了希望。她處於社會之外，人生之外，但是，她隱隱約約感覺到，返回社會、返回人生並不是不可能的。她好似一個死了的人，手裡卻掌握著墳墓的鑰匙。

她覺得那些長久糾纏著她的綽綽魔影漸漸遠去了。所有的那些猙獰幽靈：彼埃臘·托特律、雅各·夏莫呂之類，漸漸在她心中消逝，統統的，包括那個教士在內。

況且，孚比斯還活著，她可以肯定，因爲她親眼看見了他。孚比斯活著，這就是一切。接二連三致命的震撼使她心靈裡的一切俱已坍塌，然而她覺得有一樣還屹立著，有一個感情還生存著，那就是她對衛隊長的愛情，因爲愛情就像樹木，它自己生長，深深扎根於我們整個的生命，常常，儘管心已枯竭，愛情卻繼續在心上鬱鬱蔥蔥。

不可理解的是：這一激情越是盲目，就越是頑強。它自身最無道理可言的時候，正是它無比堅固的時候。

也許，愛斯美娜達想到衛隊長的時候未免心酸。也許，他也上當受騙了，相信了那萬無可能的事情，竟然設想這個寧願爲他捨卻千次生命的姑娘會捅他一刀——這是多麼可怕！可是，說到底，還是不應該太責怪他的，她自己不是承認了「罪行」嗎？她——一個弱女子，不是在酷刑之下屈服了嗎？完全得怪她自己。她應該寧願腳趾甲都給拔掉，也不說那樣一句話。總之，只要她能再見孚比斯一面，哪怕是一分鐘，只需要一句話、一個眼色，就可以使他醒悟，使他重新回來，這是她毫不懷疑的。她百思不得其解的，還有許多奇怪的事情，悔罪的那一天怎麼孚比斯恰好在場，同他一起的那位女子是誰。當然是他的妹妹囉！這個解釋明明不近情理，她自己卻很滿意，因爲她需要相信孚比斯仍然愛她，只愛她。他不是向她發過誓嗎？她這樣天眞，這樣輕信，難道還需要什麼別的保證？況且，在這件事情中不是有一些表面現象，與其說是不利於他，不如說是不利於她自己嗎？於是，她等待著，希望著。

還有，主教堂，這座宏大的教堂從四面八方包圍著她，護衛著她，庇佑著她，它本身就是上天的撫慰。這座建築物的莊嚴線條，少女周圍一切事物的宗教色彩，宛如從這座巨石每一毛孔裡滲透出來的莊重虔誠情緒，這一切都在不知不覺作用於她。這座建築似乎也發出莊嚴祝福的音響，慰藉著這病痛的靈魂。行法事者的單調歌聲，信眾給予教士的時而悄然無聲、時而聲若雷鳴的響應，彩色玻璃窗共鳴和諧的顫動，千百隻小號轟鳴似的管風琴聲，三座鐘樓①鐘聲嗡嗡如同幾窩巨大蜜蜂——這整個一部交響曲以無比磅礴的音階從人群到鐘樓、又從鐘樓到人群，不斷上行下降，痲痹了她的記憶、想像和痛苦。尤其是鐘樂使她安然忘憂。好像有強大的磁力，這些龐大樂器散發著音樂的洪流，席捲著她。

就這樣，隨著每次旭日東升，她變得更爲沉靜，呼吸更爲暢快，臉色也稍稍紅潤了。心靈的創傷逐漸癒合，優雅俏麗的容顏重新燦爛開放，都較從前深沉而安詳。過去的性格，甚至多少也像過去那樣的歡快，還有她特有的、慣常的噘嘴嬌態，對山羊的鍾愛，唱歌的愛好，處女的嬌羞，這一切也都恢復了。她小心翼翼，每天早晨穿衣服都躲在小室的角落裡，生怕附近閣樓裡會有什麼住客從這邊的窗洞看見她。

少女在思念孚比斯之餘，有時也想到卡席莫多。這是她現在與人——與活生生的人之間尚存的唯一聯繫、唯一交往、唯一交際。可憐的女孩！她甚至比卡席莫多更與世隔絕！對於不期而遇的這位古怪朋友，她一點也不了解。她時常責備自己不能感激到視而不見的程度，她怎麼也沒法對可憐敲鐘人的醜相感到習慣。他太醜了！

她把他給的那只哨子扔在地上沒有去管它。雖然如此，最初幾天卡席莫多還是不時出現。她竭盡努力，在他送食物籃子和水罐來的時候，不致嫌惡地掉過頭去，但是只要稍稍有這樣的表現，他總是能夠覺察，於是就悲傷地走開了。

有一次他來的時候，正趕上她在撫弄佳利。他沉思地站了一會，注視著山羊和吉卜賽少女這可愛的一對。最後，他搖晃著他那笨重的畸形腦袋，說道：

「我的不幸，在於還太像人。我倒情願完完全全是一頭牲畜，跟這隻山羊一樣。」

她揚起頭來，驚奇地看看他。

他回答這種目光說：「啊！我完全知道是為什麼。」緊跟著，他就跑掉了。

又有一次，他出現在小室的門口——他是從來不進去的，愛斯美娜達正在唱一支古老的西班牙民謠。歌詞她並不懂，但一向記得很熟，因為從很小的時候起，吉卜賽女人們就唱這支歌哄她睡覺。正當她唱歌的時候，這張醜臉突然出現，她不由自主地做出一個驚恐的動作，唱不下去了。不幸的敲鐘人跪倒在門檻上，乞求地合起他那畸形的大手，痛苦地說：「啊，我求求您，唱下去，不要趕我走。」她不願使他痛苦，就渾身哆嗦地繼續唱這支歌謠。漸漸地，驚恐消散，她以整個身心沉溺於自己所唱的搖曳著憂鬱的曲調之中。他始終跪在那裡，合著雙手，彷彿在祈禱，全神貫注，簡直沒有了呼吸，目不轉睛地瞧著吉卜賽少女明亮的眸子。彷彿他是從她的眼睛裡聽懂她所唱的。

還有一次，他笨手笨腳、怯生生地來到她面前，好不容易才說出：「您聽我說，我有話跟您說。」她表示她聽著。他卻嘆了口氣，嘴唇微微張開，在他好像就要把話說出來的時候，卻又搖搖頭，一手捂住臉，緩緩退去，弄得女孩莫名其妙。

在牆上雕刻的怪物中，有一個是卡席莫多特別心愛的，他似乎常常同它交換兄弟友愛的目光。有一次，女孩聽見他對它說：「啊！我為什麼不跟你一樣是石頭做的呀！」

終於，一天早晨，愛斯美娜達走到挨近窗外屋頂的地方，越過圓形聖約翰教堂的屋頂眺望廣場。卡席莫多也在，站在她後面不遠。他是自願選擇這樣的一個位置的，為的是盡量避免讓女孩看見而引起不快。突然，吉卜賽女郎一個寒噤，眼睛裡閃出淚花，同時也流露出欣喜的目光。她跪倒在屋頂邊緣，焦急地向廣場伸出雙臂，叫道：

「孚比斯！來，來呀！看在老天的份上，說一句話，只說一句吧！孚比斯！孚比斯！」

她的嗓音、面容、動作，整個的人，表現出令人心碎的神情，就好像一個沉船落水的人，向遠方在地平線上陽光裡駛過的歡樂船舶，發出求救的信號。

卡席莫多俯身向廣場看去，發現她這樣柔情千轉、心痛欲裂懇求的，原來是一位少年英俊的隊長。他騎著馬，盛裝華服，盔明甲亮，在廣場另一端縱馬躍立，舉起羽冠，向陽台上一位笑容滿面的小姐致敬。不過，這軍官聽不見不幸的吉卜賽女郎叫他。他隔得太遠了。

可是，可憐的聾子倒「聽」見了。他從胸腔中深深發出一聲嘆息。他轉過身去，強咽下去的眼淚充塞他的心胸。他兩手痙攣，握起拳頭狠擊腦袋。手縮回來的時候，每隻手掌心裡都是一把他自己的紅褐色頭髮。

少女哪裡會注意到他！他咬牙切齒地低聲自語：

「天厭棄呀！人就應該像這樣的長相！只需要好看的外表啊！」

這時，她還跪著，無比激動地呼叫：

「啊！他下馬了！……他就進屋了！……孚比斯！……他聽不見！……孚比斯！……那個女人多壞，與我同時對他說話！……孚比斯！孚比斯！」

聾子注視著她。他懂得這齣他聽不見的啞劇。可憐的敲鐘人兩眼淚汪汪，卻不讓淚水落下。忽然，他輕輕拉扯女孩衣袖。她回過頭來。卡席莫多已經神情鎮定了。他對她說：

「您要不要我去替您把他叫來？」

她高興地叫了一聲：

「啊！行呀，你去！你快跑去！這個隊長，隊長！你去把他找來！我以後喜歡你！」

她雙手摟住他的膝蓋。他禁不住痛心地搖頭。

「我去給您把他帶來。」他說，聲音微弱，接著轉身就走，大步衝下樓去，被啜泣所哽咽。

卡席莫多趕到廣場時，已不見人影了，只看見那匹駿馬拴在貢德洛里埃公館門口。衛隊長進屋去了。

他舉目向教堂屋頂看去。愛斯美娜達還在原來的位置，還是原來的姿態。他傷心地對她搖搖頭，然後，往貢德洛里埃家門口的一塊界碑上一靠，決心等候衛隊長出來。

這天，在這家大院裡面，正是婚禮前大宴賓客的喜日之一。卡席莫多只見許多人進去，不見有人出來。他不時望望教堂的屋頂。埃及少女跟他一樣，文風不動。來了一個馬僮，把馬解下來，牽進府內的馬廄。

整個白天就這樣過去了。卡席莫多靠在界碑上，愛斯美娜達跪在屋頂上。孚比斯當然是倚在百合花小姐的腳下。

終於夜幕降臨。是一個沒有月光的漆黑之夜。卡席莫多竭盡目力去注視愛斯美娜達，不多一會兒，在蒼茫暮色中，上面就只剩一個白點了，然後全然不見。一切俱已抹去，只有漆黑一片。

卡席莫多看見府邸正面上上下下窗子裡燃起了燈火。接著，廣場上其他人家的窗戶一個又一個也亮了起來；然後，他看見這些窗戶一個又一個熄去了燈光——因為他徹夜佇立在這個崗位上。

軍官還是沒有出來。最後的行人都已回家，所有其他人家窗戶裡不再透出燈光之後，卡席莫多仍然獨自一人，完全在黑暗之中鵠立。這時候，前庭廣場上再也沒有任何發光的物體。

然而，貢德洛里埃公館的窗子，即使午夜過後，仍然燈火通明。卡席莫多兀自呆立，全神貫注，只見那些五彩繽紛的玻璃花窗上映出人影綽綽，舞影婆娑。假如他不是聾子，隨著沉睡的巴黎聲息漸漸消隱，他就會越來越清楚地聽見貢德洛里埃公館裡面喜慶、歡樂的音樂。

將近凌晨一時，賓客開始辭去。卡席莫多捲裹在黑暗中，注視著他們一個個從火炬照耀的門道下經過，沒有一個是衛隊長。

他心中充斥著種種悲傷的想法。他不時仰面望天，就像人們感到心煩意亂時那樣。一朵朵沉滯的烏雲，殘破而龜裂，懸吊著，像是從星空的天拱垂下輕羅薄紗的吊床，又像是從穹窿張掛下來的蜘蛛網。

就在這樣的一刻，他忽然看見頭頂上的陽台——它那石頭欄杆剪影似的凸現著——落地長窗神秘地打開了。玻璃門輕盈開處，走出兩個人來——一男一女。隨即門又悄然無聲地關上了。卡席莫多在黑暗中好不容易才認出：男的就是英俊的衛隊長，女的是上午他看見從這座陽台上歡迎軍官的小姐。廣場上一片漆黑，門關上以後，裡面的深紅色雙層帷幔立刻遮上了，所以，陽台上幾乎一點光線也沒有。

聾子聽不見他們半句話語。僅從判斷上看，這對青年男女似乎是沉緬於異常親熱的密談之中。小姐看來允許了軍官摟著她的腰肢，卻微微推擋著他的吻。

這場景本不是給別人看的，所以更加優美動人，而卡席莫多正好從下面旁觀著。他觀看著這幸福的美妙場面，心中好不辛酸。這可憐傢伙的天性畢竟沒有喑啞，他的脊椎骨雖然惡劣地扭曲歪斜，仍然像別人一樣能有感受而戰慄。他想到上天給他安排的惡劣命運，女人、愛情、肉體歡娛，永遠從他眼底飄浮而過，他自己只能眼睜睜看著別人享受幸福。然而，這一場面中最使他痛心，痛苦中摻和著憤慨的，是想到如果埃及少女看見了該會多麼心碎。

不過，夜是沉黑的，而愛斯美娜達即使還留在原來的位置——對於這他是深信不疑的，距離這裡也遠得很，況且，連他自己分辨出陽台上這對情侶都極爲費勁。這樣，他心裡稍稍鬆快了。

這當兒，他們交換的言語似乎越來越激動了。小姐好像是在懇求軍官不要要求更多的了。然而，卡席莫多看見的，也只是她合起美麗的小手，微笑中含著眼淚，雙目仰望星空，而隊長以慾火中燒的目光虎視著她。

幸虧，正當小姐開始半推半就的時候，陽台的門忽然又開了，出來一位老太太，美麗的少女似乎狼狽不堪，軍官則滿臉惱怒。三人也就回屋去了。

過了一會，一匹馬在門廊下跳躍著，漂漂亮亮的軍官，捲裹著夜行大氅急速馳過卡席莫多面前。

敲鐘人讓他拐過街角，然後奔跑起來，在他身後追趕，身手矯捷有如猿猴，叫道：

「喂！隊長！」

衛隊長勒馬止步。

「這小子叫我幹什麼？」他說，在陰影中瞥見這樣的一張不成形狀的醜臉一顛一拐地跑了過來。

卡席莫多這時跑到他面前，放開膽量一把抓住馬轡繩，說道：「跟我走，隊長，有個人要跟您說話。」

「媽的！」孚比斯低聲吼道：「來了一頭醜鳥，毛髮倒豎，我好像在哪裡見過。……喂，傢伙，你想不想鬆開我的馬轡繩？」

「隊長，您就不想問一問是誰？」聾子答道。

孚比斯很不耐煩，又說：

「我叫你放開我的馬。你這混蛋拉著我坐騎的鬃毛想幹什麼？你把我的馬當作了絞刑架，是吧？」

卡席莫多還是不鬆開轡繩，決心要叫他向後轉走。無法理解隊長爲什麼抗拒，他趕緊說：「來，隊長，是個女人在等您。」他勉強說道：「是個愛您的女人。」

「混帳，眞少見！」隊長說：「還以爲只要是愛我的女人，或者自稱愛我的女人，我就必須去見！要是她剛好跟你一樣的長相，你這個夜貓子臉！去告訴派你來的那個女人，說我就要結婚了，叫她見鬼去吧！」

卡席莫多叫道：「請聽我說……」他以爲只要一句話就可以消除隊長的猶豫：「您來，老爺！是您知道的那個埃及女郎！」

這句話確實給予孚比斯深刻的印象，不過並不是聾子所期待的那樣。讀者想必記得，這位風流軍官是在卡席莫多從夏莫呂手中救出女犯之前不久，同百合花一起回屋裡去的。以後，他凡是到貢德洛里埃公館去作客，總是小心避免談到這個想起來心裡未免難受的女人。就百合花而言，她認爲，將吉卜賽少女還活著的消息告訴孚比斯是不明智的。孚比斯因此以爲「席米拉」已經死了，而且死了一兩個月了。加之，好一陣子，衛隊長想到今天黑夜是如此深沉，牽線的這個人醜得超乎自然，而且說話像是從墳墓裡發出來的聲音，子夜已經過了，街上渺無人影，就跟碰上莽和尙那天夜裡一樣，而且他的馬看見卡席莫多直打響鼻。他嚇得幾乎魂不附體，叫道：

「埃及女郎！怎麼！你是從陰間來的吧？」

他趕緊一手按住刀把。

「快，快點！」聾子想把馬拽著走：「這邊！」

孚比斯狠命用大馬靴朝他胸口猛踹一腳。

卡席莫多兩眼金星直冒。他一挺身，打算向隊長身上撲過去。隨後他克制住自己，說道：

「噢，您多幸福，有個愛您的人兒！」

他加重說出「愛您」二字，鬆開了轡繩。

「走吧！」他說。

孚比斯咒罵著，策馬馳去。卡席莫多眼睜睜看著他衝進了夜霧之中。

「唉！拒絕這樣的好事！」可憐的聾子輕聲自語。

他回到了聖母院，點燃了燈，爬上鐘樓。不出所料，吉卜賽女郎還在原地未動。

老遠看見他，她就跑了過來。

「就你一個人！」她叫道，痛苦地合起美麗的雙手。

「我沒有找到他。」卡席莫多冷冷地說。

「你該等一通宵的！」她又喊道，發了脾氣。

他看見她憤怒的手勢，明白了她的責備。

「我下次好好等他就是。」他說，低下了頭。

「你滾！」她說。

他走了。她太不滿意。他情願被她苛責，也不願給她帶來痛苦。他把一切痛苦留給自己。

從此以後，埃及少女再也看不見他。他也不再到她的小室來。至多，她只是有時候遠遠看見敲鐘人在鐘樓頂上憂鬱地注視她。但是，她一看見他，他就不見了。

我們得承認，可憐的駝子自動不來，她並不覺得難過。她內心倒很感激他。況且，卡席莫多在這方面並不抱幻想。

她看不見他了，可是隨時感覺到有個好天使就在身旁。有一隻看不見的手趁她睡著的時候給她更換了食物。有天早晨，她發現窗子上面有一只鳥籠。她的小室上方有一個石雕使她害怕，她多次在卡席莫多面前提到，一天早晨——因爲這些事情都是在夜裡進行的——她就看不見它了，它被砸爛了。爬到那樣高度的人，當然是冒了生命的危險。

有幾次夜裡，她聽見有個聲音躲在鐘樓遮檐下面，好像是給她催眠，唱著一支憂傷的古怪歌曲，是一首沒有韻律的詩，彷彿是一個聾子所能寫出來的：

不要看臉，
女孩，要看心。
英俊少年的心往往是畸形的。
有些人心中的愛情並不長存。

女孩，松柏不好看，
不如楊柳那麼美。
可是松柏歲寒還長青。

唉！說這些有什麼用！
不好看的人原不該生下；
美貌只能愛美貌。
陽春不理睬寒冬。

美貌就是完善。
美貌，一切都做得到。
只有美貌才是充分完美的存在。

烏鴉只在白天飛，
貓頭鷹只在夜裡飛，

天鵝白天夜裡都飛翔。

一天早晨，她醒來看見窗台上放著兩盆花。一個花盆是水晶的，非常漂亮，非常耀眼，可是盡是裂紋，裝的水都跑掉了，裡面的花也枯萎了。另一個花盆是黏土的，粗糙，平凡，可是水都保住了，裡面的花始終亮麗、豔紅。

不知道是不是有意的，愛斯美娜達摘下那束枯萎的花，整天佩戴在胸前。

那一天，她沒有聽見鐘樓裡的那個聲音歌唱。

她也不怎麼介意。她每天的時間都用來撫弄佳利，窺視貢德洛里埃公館的大門，輕聲念叨著孚比斯，掰麵包餵燕子。

這時，她已完全見不著卡席莫多，也聽不見他的聲音了。可憐的敲鐘人似乎已經從教堂裡消失了。可是，有一天夜裡，她還沒有睡，正思念她那英俊的隊長，忽然聽見就在小室前有人嘆息。她嚇得要死，趕緊爬起來，藉著月光看見有一堆不成形狀的東西橫臥在她的房門口。原來是卡席莫多睡在那裡，就在石頭地上。

---

① 正面兩座（南、北）鐘樓，加上背面（東）的尖塔。

V
紅門的鑰匙

與此同時，群眾中間的傳聞使副主教知道了吉卜賽少女是怎樣奇蹟般地被搭救了。他聽說之後，心中有說不出的滋味。他原已逐漸適應愛斯美娜達死了這一想法。這倒也心安理得，因爲他已經到達痛苦的最大限度。人心承受傷心失意的分量總是有限的。堂・克洛德思考過這樣的問題。海綿吸飽了水之後，大海盡可以從上面流過去，但無法使它多一滴眼淚。

愛斯美娜達既然死了，海綿就算是吸飽了，對於堂・克洛德來說，塵世上的一切已成定局。但是她還活著，孚比斯也活著，這就是重新開始受痛苦熬煎，永受顛簸震盪，不斷反覆，也就是苟延殘喘於世。而克洛德對這一切已經厭倦。他得悉這個消息之後，就把自己關在修士院的斗室裡。他不去參加教士會，也不去做例行聖事。誰來都不開門，就是主教也不開。這樣，他與世隔絕好幾個星期。大家以爲他病了。他也確實是病了。

他這樣禁閉著是在幹什麼呢？這不幸者在同怎樣的思想爭鬥呢？他是在最後掙扎抗擊可怕的情慾嗎？是還在籌劃最後的計謀，置她於死地，也使他自己毀滅？

他鍾愛的弟弟，那被他嬌慣的孩子約翰，有一次來到門口，又敲門，又罵人，又懇求，幾十次說明自己是誰。克洛德就是不開門。

他一天又一天把臉緊緊貼在窗戶玻璃上。從這扇修院的窗口，他看得見愛斯美娜達居住的那間小室，時常看見她一人同山羊在一塊，有時同卡席莫多在一塊。他注意到可惡的聾子對吉卜賽少女殷勤照顧、必恭必敬的態度，以及對她無微不至的關懷和順從。他想起了——因爲他記性很好，而記憶是折磨嫉妒漢的——某天晚上打鐘人瞧著跳舞女郎的異樣眼光。他推敲著是什麼動機促使卡席莫多去救她的。他現在目睹著吉卜賽女郎和聾子之間一幕幕小小的啞劇，從遠處看去，他用自己的慾情加以評論，認爲無一不是含情脈脈。他對於女人天性之乖張早有覺悟。於是，他隱隱約約感覺到心內產生了一種千萬料想不到的嫉妒，自己想起來都要羞愧憤慨得面紅耳赤。「爲衛隊長吃醋倒還罷了，可是爲這麼個東西！」念及此，他眞是惶惶不可終日了。

每一夜都是可怕的。自從他知道少女還活著，最初終日驚擾他的種種關於幽靈和墳墓冷澈骨髓的想法，現在都已消除，肉慾又回來刺激著他。他感覺到少女那棕色皮膚近在咫尺，不禁在床上扭曲著身子，輾轉反側。

每夜，他昏昏沉沉想像著各種姿態的愛斯美娜達，都是最使他血液沸騰的。他看見她橫陳在被捅了一刀的衛隊長身上，雙目緊閉，她那美麗的胸脯沾染著孚比斯的血，袒露著；就在那幸福的一剎那，副主教對準她蒼白的嘴唇印上一吻，不幸的女孩雖然半死不活，卻也感覺到這一吻熾熱灼人。他又看見她被行刑吏用粗暴的手扒掉鞋襪，她那雙小腳丫、珠圓玉潤的大腿、柔軟潔白的膝蓋，裸露出來並被嵌入鐵螺絲擰緊的腳枷。他還看見這光潔如玉的膝蓋，單獨露在托特律殘酷刑具的外面。他又想像著少女只穿內衣，脖子上套著繩索，雙肩裸露，赤著足，幾乎赤身露體，就是那最後一天他所見的形象。這種種肉感的圖景刺激得他攥緊拳頭，全身抖個不停。

特別是有一天夜裡，這種種色相極其殘酷地燃燒著他所有血管裡禁慾的、從來不知肉味的血液，他啃嚙枕頭，霍地跳下床來，在襯衣上披上一件罩衫，手裡提著燈，衝出房間，差不多衣不蔽體，失魂落魄，眼裡冒火。

他知道哪裡可以找到修士後院通至教堂紅門的鑰匙，而且我們知道，鐘樓樓梯的鑰匙他總是隨身帶著的。

VI
紅門的鑰匙
(續)

這天夜裡，愛斯美娜達在小室裡睡得正酣，心中滿是超脫、希望和甜蜜的思念。她睡著已好一會了，如往常一樣夢見孚比斯。忽然，她聽見周圍有響聲。她向來警覺性高，睡不安穩，像鳥雀一般，只要有一點動靜就會驚醒。她頓時睜開眼睛。夜是黑沉沉的。可是，她仍看見窗洞口有一張人臉在窺視她。有一盞燈照出這個人影。當他發現已被愛斯美娜達看見，就把燈吹熄了。可是，少女還是來得及大致上認出了這個人。她恐懼得緊閉雙目，以幾乎聽不見的聲音說：

「啊！是教士！」

她以往的一切不幸，閃電般重新浮現。她渾身冰涼，又倒在床上。

過了一會，她感覺到整個身子被什麼人抱住了，她猛然一個寒噤，坐了起來，完全清醒過來，火冒三丈。

是教士偷偷摸摸到了她的身旁，合臂把她摟住。

她想喊而出聲不得。

「滾蛋，惡鬼！滾蛋，殺人凶手！」她又憤怒又恐懼，只能聲音顫抖著低聲叫喊。

「開恩，開恩吧！」教士一邊把嘴唇貼上她的肩膀，一邊囁嚅著。

她一把揪住他禿頭上不多的幾撮頭毛，使勁推開他。他的吻就像蛇咬一般。

「開恩吧！」不幸的教士又說：「但願妳知道我是多麼愛妳！是火，是熔化的鉛，是千把鋼刀剜我的心呀！」

他兩手仍以超人的力氣緊箍著她。

「放開我，否則我啐你的臉！」她氣急敗壞，喝道。

他鬆了手，說道：

「妳就糟踐我，打我，使壞吧！妳要怎麼樣都行！可是妳開開恩，愛我吧！」

於是，她像孩子大發脾氣似的打他，又繃緊美麗的雙手去撕他的面孔，吼道：

「你滾，惡魔！」

「愛我吧，愛我吧！我求求妳！」教士喊道，滾倒在她身上。

她一下下打他，他都報之以愛撫。

忽然，她感到自己敵不過他。

「得快快了結！」他咬牙切齒地說。

她被制服了，上氣不接下氣，癱軟了，被他摟在懷裡，任他輕薄。她感到他那淫蕩的手在她全身亂摸。她奮力最後掙扎，開始高喊：

「救命呀！救命呀！吸血鬼，吸血鬼！」

什麼也沒有出現。只有佳利驚醒了，焦急地號叫。

「別出聲！」教士氣喘吁吁地說。

她在掙扎中，在地上爬著，忽然手碰著一樣東西，冰涼，像是金屬的。那是卡席莫多的哨子。她心懷希望，一個抽搐，抓住了哨子，送到嘴邊，使盡殘餘的力氣猛然吹響。哨子發出清脆、尖銳刺耳的呼嘯。

「怎麼回事？」教士說。

幾乎就在這一剎那，他覺得自己被一隻健壯有力的手臂舉了起來。小室裡漆黑，他看不清是誰這樣揪住了他，但是他聽見對方牙齒因狂怒而咬得軋軋響，黑暗中略有星散微光，恰好讓他瞥見自己頭頂上有一把刀，寬大的刀葉閃閃發亮。

教士好像看見的是卡席莫多的身影。他猜想只能是他。他想起剛才進來的時候，在門口外面碰著了一個橫臥著的什麼，幾乎絆了一跤。但是，既然對方不出一聲，他就無法斷定。他全身撲向舉刀待下的胳臂，叫著：「卡席莫多！」他在這千鈞一髮的時刻忘記了卡席莫多是個聾子。

一眨眼的工夫，教士被扔倒在地，感到一隻沉重的膝蓋抵著他的胸口。這膝蓋給他多稜多角的印象，他知道這就是卡席莫多。可是，怎麼辦呢？怎樣才能使卡席莫多認出是他呢？黑夜使聾子也成了瞎子。

他算是完了。吉卜賽女郎毫不憐憫，就跟雌虎暴怒似的。她不想救他。眼看著刀就要向他頭上砍下來，眞是危急萬分。忽然，對方好像猶豫起來，以嘶啞的嗓音說：「不要把血濺到她身上！」

果眞是卡席莫多的嗓音。

接著，教士感覺到一隻大手拉住他的腳，把他拖到室外。得教他在外面死。

算他運氣，月亮已經出來一會了。

他們剛剛出了房門，蒼白的月光正好落在教士的臉上。卡席莫多直視他細看，一陣哆嗦，放開了教士，往後直退。

少女這時也跨出了門檻，十分驚訝地發現兩人的角色顚倒了。現在是教士氣勢洶洶，而卡席莫多直是哀告。

教士手舞足蹈，對聾子大肆責罵，發洩憤恨，狂暴地揮手叫他滾開。

聾子低下頭去，接著，他跑到埃及女郎的房門口跪了下來，以順從而莊嚴的聲音說：

「大人，您願意怎樣您以後再幹，您先把我殺掉吧！」

說著，他把刀遞給教士。教士怒氣沖天，向刀撲了過去，可是少女比他還快。她一把從卡席莫多手裡奪去了刀，狂笑著對教士說：

「你過來！」

她把刀高高舉起。教士躊躇不前。她肯定會砍下來的。她對他喊道：「你不敢過來，膽小如鼠的東西！」接著又以冷酷無情的聲音說，「哈，我可知道了孚比斯沒有死！」

她心裡明白這可以把教士的心臟戳成千萬個透明窟窿。

教士一腳踢翻卡席莫多，怒氣沖沖地走進樓梯穹窿之下。

他走了以後，卡席莫多撿起救了埃及少女一命的哨子，遞還給她說：「生鏽了。」接著就走掉了。

這狂暴的遭遇使得少女心力交瘁、筋疲力竭躺倒在床上，開始痛哭起來。她覺得她的世界又變得陰沉了。

至於教士，他摸黑回到自己的小室。

就這樣完了。堂・克洛德嫉妒卡席莫多！

他沉思著，反覆宣布這個致命的判決：

「誰也得不著她！」

10

I
妙計連生

彼埃爾・格蘭古瓦自從看見整個局面急轉直下，兩個主要人物肯定會遭到繩吊、絞刑諸如此類不愉快的事，就不想去過問了。他認爲，歸根到底，無賴漢還算是他在巴黎最合得來的伙伴，所以至今還跟他們待在一起。而無賴漢卻繼續關心著埃及女郎的生死存亡。他覺得這也十分自然，因爲這些人像她一樣，最終無非是去見夏莫呂和托特律，不像他自己這樣騎著飛馬佩加蘇斯①，神遊於想像的王國。

他從他們的言談得知，他那摔罐成親的妻子已避難於聖母院，也就怡然自得了。不過，他倒沒有感到衝動要去探望她，只是偶爾思念小山羊，僅此而已。況且，他白天必須要把式混飯吃，晚上還得草擬控告巴黎主教的訴狀，因爲他記住了主教的水車濺了他一身水，至今耿耿於懷。同時，他還從事評注諾瓦戎和屠爾奈主教博德里－勒－魯日的不朽名著《De cupa petrarum》(拉丁文：石塑)，由此他對建築藝術有了濃厚的興趣，這在他內心中代替了對於煉金術的愛好。其實前者原是後者自然的結果，因爲煉金術與建築藝術是密切相關的。格蘭古瓦只是從愛好一種思想，轉變爲愛好這一思想的形式。

一天，他滯留在聖傑曼婁賽華教堂附近通稱「主教講壇」的大房子拐角處，就在另一棟名叫「國王講壇」的建築物對面。「主教講壇」內有一座美麗的十四世紀小教堂，其高壇面臨街道。格蘭古瓦滿懷虔誠地察看外部的雕刻。這時他享受著唯我的、排他的、無上的樂趣，也就是一般藝術家看見世上無一不是藝術、而世界也就寓於藝術的那種樂趣。突然，他感覺到有一隻手重重地落在他的肩頭。扭頭一看，原來是他的老朋友、以往的老師副主教先生。

他一下子愣住了。他好久沒有見到副主教，而且只要碰見堂•克洛德這樣莊重、激情的人物，總是會使任何一位懷疑派哲學家失卻平衡的。

副主教半天不作聲，格蘭古瓦恰好可以趁此機會觀察他。他發現堂·克洛德容顏完全改變，臉色蒼白得猶如冬天的早晨，兩眼凹陷，頭髮幾近全白。終於，教士打破沉默，以平靜而冷漠的聲調說道：

「您一向可好，彼埃爾？」

「我的身體？」格蘭古瓦答道：「嘿！嘿！可以說馬馬虎虎吧。不過，整個而言，還算很好。我幹什麼都不過分。您知道嗎？老師，身體好的秘訣，按照希波克拉提斯的說法是，id est, cibi, potus, somni, venus, omnia moderata sint.（拉丁文：在於，吃、喝、睡、愛，都要節制。）」

「這麼說，您毫無煩心事囉，彼埃爾？」副主教凝視格蘭古瓦，又說。

「確實，沒有。」

「您現在在幹什麼？」

「您看見的，老師。我在研究這些石頭雕刻的塑法。」

教士笑笑——是一種苦笑，僅僅牽起一邊嘴角——說道：

「您覺得挺有趣的？」

「天堂一般！」格蘭古瓦大叫，傾身細看雕刻，面露得意，就好像是在解說生命的現象，他說：「您難道不覺得這浮雕的變化刻得極有章法，玲瓏可愛，細緻耐心嗎？再看這小圓柱，您哪裡還能找到斗拱上葉飾的刀法更為柔和、更帶愛撫的感情？這兒，若望·馬伊文的三個圓浮雕，這還不是這位偉大天才的最佳作品。儘管如此，人臉上率眞表情、溫情的流露，人體姿態和衣飾的歡暢和悅，還有這樣不可言傳的賞心悅目彌補了一切缺點。這一切使得這些小人像都這樣明快飄逸，甚至猶有未盡之意哩。您不覺得這些都很有趣嗎？」

「倒也是。」教士說。

「您要是進小教堂裡面去看看，還要妙哩！」詩人激發起饒舌的熱情，又說：「到處都是雕刻。就像花椰菜似地簇聚著！聖壇所更是肅穆罕見，眞是我在別處沒有見過的！」

堂・克洛德打斷他的話：

「這麼說，您很幸福？」

格蘭古瓦十分激動地回答：

「當然幸福！我最初是愛女人，以後愛動物，現在我愛的是石頭！石頭跟動物、女人一樣有意思，而且不那麼薄倖！」

教士一隻手捂住額頭——這是他習慣的動作。

「眞的嗎？」

格蘭古瓦答道：「您看，人的樂趣各不相同！」他挽住教士的手臂，教士也就由他挽著。他又把教士拽進「主教講壇」樓梯小塔的下面，說道：「這兒有座樓梯！每次我看到它，都很高興。這是全巴黎刻鑿得最質樸、最希罕的樓梯。每一石級都是下面打成了斜面的。它的美麗和純樸在於：每一石級寬度都在一尺左右，它們互相紐結、嵌合、鑲入、串接、勾連、切交，彼此咬合得眞是天衣無縫，纖細美妙！」

「您也不企求什麼？」

「不。」

「也不惋惜什麼？」

「無所惋惜，也無所要求。我的生活都安頓好了。」

「人安頓好的，世事演變會把它打亂。」克洛德說。

「我是皮浪②派哲學家。我把一切都維持平衡。」格蘭古瓦回答。

「您怎樣餬口呢？」

「我隨時還做點敍事詩和悲劇，不過，收入最多的，是老師您知道的那種手藝：牙齒上摞椅子疊羅漢。」

「這種職業對於哲學家來說，太粗鄙了吧？」

「也還是平衡的。」格蘭古瓦說：「一個人有了一種思想，在什麼東西裡都可以發現這種思想。」

「這我知道。」副主教回答。

沉默了一會，教士又說：

「不過，您還是很貧苦吧？」

「貧雖貧，並不苦！」

恰在這時，傳來一陣馬蹄聲，這兩個交談的人看見街道另一頭馳來了一隊御前侍衛弓手，戈矛高舉，由一名軍官率領。這支馬隊聲勢赫赫，踐踏著路面。

「您怎麼那樣看著軍官？」格蘭古瓦對副主教說。

「因爲我覺得認識他。」

「您叫他什麼名字？」

「我想，他名叫孚比斯・德・夏多佩。」克洛德說。

「孚比斯！好一個古怪的名字！還有個孚比斯，是福瓦克斯的伯爵。我記得認識一位小姐，她從來只以孚比斯的名字發誓。」

「您到這邊來一下。我有話跟您說。」教士說。

自從這支人馬經過，副主教冷冰冰的外貌下面就透露出一些激動。他往前走去，一向服從他慣了的格蘭古瓦跟在後面。誰一旦接觸這個善於支配一切的人，都會這樣的。兩人默然走到貝爾納僧侶街。這時街上已經不見人影。堂・克洛德停了下來。

格蘭古瓦問道：

「您有什麼話跟我說，老師？」

副主教顯出沉思的神情，答道：

「您難道不覺得剛才過去的那些騎兵的服裝比你我漂亮嗎？」

格蘭古瓦搖搖頭。

「說眞的！我喜歡我這半黃半紅的短衫，不喜歡他們的鐵鱗甲。眞滑稽，走路發出的響聲賽過破銅爛鐵街鬧地震！」

「這麼說，格蘭古瓦，您從來不嫉妒這些身穿戰袍的小伙子？」

「嫉妒什麼呢，副主教先生？是他們的力氣？還是盔甲？還是紀律？衣衫襤褸攻讀哲學，而且獨立自在，豈不更妙！我寧爲雞首，不爲牛後。」

「眞奇怪！漂亮的軍服總歸是漂亮。」教士沉思著說。

格蘭古瓦看見他在想什麼，就撇下他，逕自去觀賞附近一幢房屋的門廊。

他拍著手回來。

「副主教先生，要是您少關心點武士的美麗服裝，我要請您去看看這座門。我一向說，奧勃里先生房屋的大門是世界上最壯麗的。」

「彼埃爾・格蘭古瓦，您拿跳舞小女孩怎樣了？」副主教說。

「愛斯美娜達嗎？您轉變話題眞突然！」

「她不是您的妻子嗎？」

「是呀，摔罐成親的。說定為期四年的。不過，」格蘭古瓦有點不高興的注視副主教：「這麼說，您還惦著呢？」

「您自己呢，您不再惦著了？」

「不怎麼惦著……我事情太多……我的上帝，小山羊多漂亮！」

「吉卜賽女郎不是救了您一命嗎？」

「完全正確。」

「那好，她現在怎樣了？您拿她怎樣了？」

「很不好，聽說是絞死了吧。」

「您以為眞？」

「不敢斷定。那天看見他們當眞要把人絞死，我就抽身局外了。」

「您就知道這麼一點？」

「等一等。還聽說她躲進聖母院避難，在裡面很安全，我也就放心了；可是我沒有打聽到小山羊是不是也跟著逃脫了，我不知道的就是這一點。」

「我來告訴您更多的情況吧，」堂・克洛德喊了起來。他的嗓門一直壓得很低，幾乎是嘶啞的，這時突然大吼起來：「她確實是進聖母院避難了，可是三天之後，司法機關就要把她從裡面捉出來，拿到河灘去吊死。最高法院作出了決定。」

「眞倒霉！」格蘭古瓦說。

教士一眨眼又冷淡沉著起來。

「是哪個混蛋開玩笑去請求作出引渡的決定？就不能讓法院安靜一會嗎？讓一個可憐的少女躲避在聖母院屋頂下面，跟燕子作個伴，又何妨呢？」詩人又說。

「世界上，撒旦總是有一些的。」副主教答道。

「眞是活見鬼的壞事情。」格蘭古瓦說。

副主教沉默了一會，又說：

「她不是救了你一命嗎？」

「是在我的好朋友無賴漢他們那裡。多少反正我給吊了上去。要是吊死了，今天他們會後悔的。」

「您就不想出把力搭救她？」

「我正巴不得哩，堂·克洛德。可是，要是我因而麻煩上身呢？」

「那有什麼關係！」

「沒關係？老師，您可知道，我有兩部巨著才剛開了頭！」

教士拍拍額頭。儘管他故作鎭靜，仍然不時有猛烈的動作透露出他內心動盪不安。

「怎樣救她呢？」

「老師，我要回答『Il padelt』，這在土耳其話中的意思是，『上帝是我們的希望。』」格蘭古瓦回答說。

「怎樣救她呢？」克洛德沉思著又說了一遍。

格蘭古瓦也拍拍額頭。

「您聽我說，老師。我有想像力，我來給您出計謀。……請求國王恩赦，如何？」

「請求路易十一？恩赦？」

「爲什麼不呢？」

「還不如與虎謀皮！」

格蘭古瓦另謀他法。

「有了，您看，我去向產婆申請檢查，就說少女懷孕了，怎樣？」

教士一聽，洞陷的眼珠直冒火花。

「懷孕了！混蛋！你是不是知道些什麼？」

他那副神情嚇了格蘭古瓦一跳。他趕緊解釋：

「啊！不是我幹的！我們的婚姻是名副其實的『forismaritagium（拉丁文：屬外婚)』③。我始終在門外。不過，畢竟這就可以獲得緩刑。」

「廢話！可恥！住口！」

「您發脾氣可不對囉，」格蘭古瓦嘀咕道：「獲得緩刑，這對任何人都沒有壞處，還可以讓產婆掙四十德尼埃巴黎幣，她們都是窮苦人哩。」

教士不聽他的，低聲自語：

「可是一定得救她出來！法院的決定三天之內實施！本來是不會有這個決定的！都怪那個卡席莫多！女人的口味眞反常！」他抬

高嗓門，說道：「彼埃爾，我仔細盤算過了，只有一個辦法可以救她。」

「什麼辦法？我看不出來還有什麼其他辦法。」

「您聽我說，彼埃爾，您得記住，您的性命是她救的。我把我的想法坦率告訴您吧。主教堂日夜都有人監視。只讓看見進去的人出來。所以您可以進去。您去了以後，我領您去找她，您跟她換穿衣服，她穿您的外衣，您穿她的裙子。」

「說到現在還行，然後呢？」哲學家說。

「然後？然後，她穿上您的衣服出來，您穿上她的衣服留在裡面。也許您會被絞死，可是她得救了。」

格蘭古瓦很認眞地撓撓耳根，說道：

「得了！這麼個主意我可絕對想像不出來！」

聽到堂・克洛德這樣出人意外的建議，詩人臉色大變，本來開朗而樂天的面容一下子黑了下來，就像是燦爛的義大利景色，忽然刮起一陣不該有的狂風，把一朵烏雲撞碎在太陽上。

「呃，格蘭古瓦，您說，這個辦法怎麼樣？」

「我說，老師，不絞死我也許有可能，絞死我卻是絕對肯定的。」

「這就不與我們相干了。」

「天殺的！」

「她救過您的性命，這筆債您得還！」

「我還有好些債，我都不想還哩！」

「彼埃爾，這筆債一定得還。」副主教說得專斷。

詩人大為尷尬，答道：

「您聽我說，堂・克洛德。您堅持這個主張，可錯了。我看不出為什麼我得替別人絞死。」

「那您對生命還非常留戀囉？」

「唉！理由成千上萬！」

「都有哪些，請講？」

「哪些？空氣呀，天空呀，早晨，晚上，月光，無賴漢朋友們，同老媒婆們開開心，巴黎的美麗建築尚待研究，有三部書要寫，其中一部是反對主教及其水車的，還有其他等等！安納克薩哥臘斯④說，他生在世上是為了讚賞太陽的。況且我很幸運，成天從早到晚跟一個天才待在一起——這個天才就是我自己，這可太有趣啦！」

副主教嘀咕道：

「你這個腦袋只好當響鈴搖！好吧，你說，你說得這麼美妙的生命，是誰給你保存下來的？你得感謝誰才呼吸到這樣的空氣，看見這樣的天空，還能快樂又逍遙，廢話連篇，幹盡蠢事？沒有她，你在哪裡呢？你這是想要她死，但你卻由於她而得生？要她死，她那麼美麗，溫柔，可愛，是世界的光明所需，比上帝還要神聖！而你，半瘋不瘋，不成名堂的廢物胚子，某種自以為會走、會思想的草木，你卻繼續活著；以你從她那兒偷竊來的生命，全然無用有如中午的蠟燭！算了，你發點善心吧，格蘭古瓦！你也得慷慨大度！是她先慷慨大度的。」

教士言詞激烈，格蘭古瓦聽著，先是猶豫不決，隨後受了感動，終而做了一個悲劇性的鬼臉，使他那灰白透青的臉好像一個新生兒內臟絞痛似的。

「您眞是激情滿懷，」他抹著眼淚說：「好吧，我考慮考慮！您想出的這個主意可眞妙！……不過，」他沉默了一會，又說：「誰說得準呢？也許他們不會把我絞死。訂了婚並不是個個都結婚的。等到他們發現是我待在小房裡，衣著那麼古怪，穿著裙子，戴著女帽，也許他們會哈哈大笑。……況且，就算是把我絞死，好吧，絞索！這樣的死法也跟其他的死法一樣，更恰當地說，這樣的死法跟其他的死法不一樣。這樣的死，是值得終生動搖不定的智者一幹的；這樣的死既非驢，又非馬，正如眞正懷疑論者的心靈；這樣的死充滿著皮浪主義和猶豫不決，介乎天地之間，總讓您懸宕著。這是哲學家的死，也許是我命中注定的。死也像生時一樣，該多麼壯麗！」

「那麼說定了？」教士打斷他的話。

格蘭古瓦還是興奮地說下去：

「歸根到底，什麼是死？不愉快的一剎那，一道關卡，從些微到烏有的過度。有人問梅加洛波利斯的刻爾吉達斯⑤是不是樂意死，他回答說：爲什麼不樂意？既然我死後可以見著已死的偉人：哲學家畢達哥拉斯、歷史學家赫克泰伊俄斯⑥、詩人荷馬、音樂家奧林普斯⑦？」

副主教向他伸出手去，說道：

「那就一言爲定？您明天來！」

這個動作使格蘭古瓦回到了現實世界。他如夢方醒，說道：

「啊！說眞的，不行！絞死！太荒唐！我可不願意！」

「那就再見了！」副主教咬牙切齒地說：「以後我再找你。」

「我才不要這個鬼人再來找我，」格蘭古瓦心想，一面跑去追趕堂・克洛德。「等一等，副主教先生，老朋友別生氣嘛！您關心這個女孩，我是說，關心我的老婆，那很好。您想出了一條妙計，把她安全救出聖母院，可是您這個辦法對於我格蘭古瓦太不愉快！要是我能另有良策就好了！……請允許我告訴您：我剛好此刻十分美妙地靈機一動。……要是我想出一條妙計能救她出絕境，又不致讓我的脖子碰一碰任何活結，您說怎麼樣？這對您豈不是夠了嗎？難道一定要我去上吊，您才滿意？」

教士不耐煩地拉扯著教士服上的鈕扣，喊道：

「廢話連篇！您的辦法呢？」

「好吧，」格蘭古瓦自自語，食指敲敲鼻側，表示在思考，說道：「有了！……無賴漢都是好樣的。埃及部落愛她。一聲號令，他們就會起來。再容易也不過了。奇襲，趁混亂很容易把她救出來。就在明天晚上……他們正巴不得哩！」

「辦法！快說！」教士推搡著他。

格蘭古瓦威嚴地轉向他：「放開我！您沒看見我在籌劃嗎？」他又思考了一會，然後他對自己的妙計大爲得意，拍掌叫道：「妙極，妙極！保證成功！」

「辦法！」克洛德憤怒地又說。

格蘭古瓦笑逐顏開，說道：

「這邊來，讓我小聲告訴您。這是一個很漂亮的反陰謀，可以使我們統統化險爲夷。天啊！您得同意我不是傻瓜。」

他停了停，又說：

「哈！小山羊是跟她在一起嗎？」

「是的。快點說！」

「那麼，也要把牠絞死，是不是？」

「這跟我有什麼關係？」

「是的，到時候會把牠也絞死。上個月就絞死過一頭母豬。劊子手喜歡這樣，他可以吃肉。要吊死我美麗的佳利！可憐的小羊！」

「該死！」堂・克洛德叫道：「劊子手就是你自己。你想出了什麼穩妥的辦法，混蛋？難道得用助產鉗才能使你生出主意來？」

「太妙啦，老師！您聽著！」

格蘭古瓦俯身對著副主教的耳朵，如此這般輕聲言講，一面眼睛不安地逡巡街道，其實什麼人也沒有。

他說完了，堂・克洛德握著他的手，冷冷地說：

「好的，明天見。」

「明天見。」格蘭古瓦複述。

副主教從一邊走開，他從另一邊走開，小聲自言自語：

「可眞是了不起的事業，彼埃爾・格蘭古瓦先生！沒關係。不見得人渺小，就畏懼偉大的事業。比通⑧肩扛大公牛；鶺鴒、黃道眉和頰白鳥能飛越大洋。」

---

① 繆斯的坐騎。

② 皮浪（約前 365—前 275）：古希臘懷疑論哲學奠基人。

③ 農奴被禁止於領主隸屬關係外締結婚姻。在拉丁文中 foris 又義「門外」，所以，格蘭古瓦下面說：「我始終在門外。」是一種俏皮話。

④ 安納克薩哥臘斯（卒於公元前 428 年），第一個以精神解釋宇宙動力的希臘哲學家。

⑤ 刻爾吉達斯（公元前三世紀）；希臘的犬儒學派哲學家。

⑥ 赫克泰伊俄斯：公元前四世紀的希臘歷史學家。

⑦ 奧林普斯或奧林匹亞德（328～408），古希臘音樂家。

⑧ 比通：按希臘神話，其母西狄帕令比通兄弟倆代替公牛拉車後，比通以此得永生。

II
「你就去當無賴漢吧！」

副主教回到修士庭院，看見他弟弟磨坊的約翰站在斗室門口等著他，爲了排遣無聊，正用一塊木炭在牆上畫哥哥的側面像，還加上一個大得不成樣子的鼻子予以美化。

堂・克洛德幾乎沒有看弟弟一眼。他別有所思。這張喜氣洋洋的小壞蛋面孔，以往的容光煥發，曾多次使教士的陰沉面容重新開朗起來，現在卻沒有能力驅散這腐朽、惡臭、死滯的靈魂與日俱增的濃雲密霧。

「哥哥，」約翰怯生生地說了一聲：「我來看您。」

副主教連眼皮也不抬一下，說：

「還有呢？」

那僞善的小鬼又說：

「哥哥，您對我眞好，您給我的教誨眞是好極了，所以我總是要來看您。」

「再來呢？」

「唉，哥哥，您說的可眞是至理名言：『約翰呀，約翰！cassat doctorum doctrina, discipulorum disciplina！（拉丁文：要是先生輟教的話，學生就應該悔罪！）約翰，你要乖點；約翰，你要好好求學，不要無正當理由、不經老師許可而私自離校。不要打皮卡迪人——noli, Joannes, verberare Picardos!，不要像不識字的笨驢——quasi asinus illiteratus，那樣爛在學校的草料堆上。約翰，你得聽任老師責罰。約翰，你每晚要去小教堂，唱一支聖歌，連詩節帶祈禱，向光榮的聖母瑪麗亞禱告。』……唉！盡是錚錚忠言呀！」

「那又怎麼樣？」

「哥哥，現在站在你面前的是一個罪人、罪犯、混蛋、浪蕩鬼、大壞蛋！親愛的兄長，約翰把您的忠告拿去餵狗吃了。我受足了報應，好上帝眞是無比公正。我有了錢，就大吃大喝、尋歡作樂。唉！放蕩生活從正面看，怪迷人的，從背後看，又醜又憔悴呀！現在我一個大子兒也沒有了，連桌布、襯衫和毛巾都賣掉了。再也過不成快活的日子了！美麗的蠟燭熄滅了，只剩下骯髒的油脂捻兒往我鼻孔裡直灌煙。婊子都笑話我。我只能喝涼水度日了。悔恨和債主逼迫著我。」

「還有什麼？」副主教說。

「唉！最親愛的兄長，我確實願意走上正道。我來見您，內心中充滿悔罪的心情。我來懺悔。我使勁捶我的胸脯。確實很有道理：我希望自己有朝一日當上學士，做托爾希學院的副訓育員。我現在覺得充任這個職務是我美妙天職所在。可是我沒墨水了，我必須買墨水；我沒有鵝毛筆了，我必須買鵝毛筆；我沒有紙了，我必須買紙；我沒有書了，我必須買書。要買，我太需要幾個錢了。所以，我來見您，內心充滿悔罪的心情。」

「說完了沒？」

「完了，要一點點錢。」

「沒有！」

於是，學生既莊重而又堅決地說：

「那好，哥哥，我很抱歉不得不告訴您：有人向我提出過很出色的建議。您不給我錢，是不是？……不給？既然這樣，我就去當無賴漢！」

說著這樣可怕的話，他擺出一副阿雅克斯①的神情，單等天雷劈在他的頭上。

「你就去當無賴漢吧！」副主教冷冷地說。

約翰向他深打一躬，吹著口哨下樓去了。

當他途經庭院裡他哥哥斗室的窗子下面的時候，忽聽得窗子打開了。他抬頭一看，只見副主教那嚴厲的面孔從窗口探了出來。堂·克洛德喊道：

「你見鬼去吧！拿去，我給你的最後一筆錢！」

教士向約翰扔下一個錢包，砸在他額頭上，打起了一個大包。約翰撿起來就跑，又生氣又高興，像是一隻狗給人用帶骨髓的骨頭砸了。

---

① 阿雅克斯：圍攻特洛伊的希臘盟軍中著名英雄。在圍城中與烏利塞斯發生糾紛，造成軍隊的分裂。「等天雷劈在他頭上」是刻畫他執意要分裂的決心。

III
歡樂萬歲！

讀者大概沒有忘記：奇蹟宮廷的一部分是由舊城牆圍著的。早在那時，牆上的許多敵樓就開始倒塌了。其中有一座敵樓被無賴漢改成了尋歡作樂的場所。底下的大廳充作酒店，其他的名堂都在上面幾層。這座敵樓是好漢幫最活躍、因而也最污穢的聚會地。它好像是一種醜惡的蜂窩，日夜嗡嗡響著。夜裡，當乞丐幫其他人等都已入睡，當廣場各家齷齪牆壁上不再有窗口透出燈光，當再也聽不到這一窩窩一堆堆無數盜賊、娼妓、偷來的孩子或私生子發出喊叫的時候，總可以認出這歡樂的敵樓——只需聽它發出的喧嘩，看它那從通氣孔、從窗子、從豁裂的牆壁縫隙，也就是說，從它所有的毛孔透出的猩紅燈光，就知道了。

這樣，地窖也就是酒店。要下去，得走一道低矮的小門，爬下一道跟古典亞歷山大詩句①一樣僵硬的樓梯。門上充作招牌的，是一幅絕妙的塗鴨，畫的是幾枚新鑄的索耳和幾隻宰了的雞，下面寫著這樣一句諧音雙關語：「爲死者敲鐘的人。」②

某日夜晚，巴黎的大小鐘樓正敲響宵禁，巡防長們假如被允許進入可怕的奇蹟宮廷，就會發現無賴漢酒店裡發出的喧鬧比往常更爲響亮，酒喝得更多，罵人也更加巧妙。外面有許多人三五成群，低聲計議，好像正在策劃著什麼重大圖謀，隨處都有賤民蹲在石頭上磨著可怕的銅刀。

與此同時，在酒店裡面，酒灌著，牌賭著，大大分散了他們對今晚主要事情的注意，因而光聽酒客們的言談是聽不出來爲了什麼事情的。只是，他們比慣常神色更爲快活，還可以看見所有的人兩腿之間都夾著閃閃發光的武器，大鐮、板斧、雙刃大砍刀，或是舊火銃的槍托。

大廳呈圓形，非常寬敞，可是桌子密集，酒客眾多，所以，酒店裡所容納的一切：男人、女人、板凳、啤酒罐，一切喝著的，一切睡著的，一切賭著的，身強力壯的，缺胳臂少腿的，似乎都成堆聚集，雜亂無章，要說什麼秩序與和諧，也不過像一大堆堆在一起的蛤蜊殼。桌子上雖然點著幾根蠟燭，但酒店的眞正照明，在這裡起著歌劇院大吊燈③作用的，還是爐火。因爲地窖裡非常潮濕，壁爐是從來不熄的，即使在盛夏也生火。這是一個帶雕刻框架的巨型壁爐，鐵製的爐襯和炊事用具笨重地四向散落著，熊熊大火是用木頭和草根燃燒的。夜裡，像這樣的火，在村莊的街道上往往向對面的牆壁上映出鐵匠爐前那種通紅通紅的魔影跳動。這時，一隻人狗正莊嚴地蹲坐在爐灰裡，在炭火上翻動著一只炙肉的鐵叉④。

雖然十分混亂，看上第二眼就可以看出這一大群人有三個主要集團，各自圍著一個中心人物，都是讀者已經認識的。其中一位古里古怪裝飾著許多東方式充金飾片的，是埃及和波希米亞公爵馬提亞·亨加迪·斯皮卡利。這小子坐在桌上，兩腿交叉，翹起一隻手指指向天空，高聲宣講他所精通的黑白魔術⑤。妳圍的人一個個都聽得大張嘴巴。

另 ·圈的中心是我們的老朋友屠納王克洛班·特魯伊甫。他武裝到牙齒，神色莊重、低聲發號施令，發放面前一只大桶裡的武器。這只大桶已大大劈開，成堆傾倒出斧頭、刀劍、火叉、鎖子鎧、大砍刀、矛頭、箭尖、弩弓和箭⑥，就像豐收角⑦裡源源流出蘋果和葡萄似的。人人隨意自取，有拿頭盔的，有拿大劍的，有拿十字把短刀的。孩子們也自行武裝；甚至沒有腿的殘廢也披甲戴盔，穿過酒客們的大腿爬行，就跟大甲蟲似的。

第三群的聽眾最吵鬧，最快活，人數也最多，佔滿了桌子凳子，中央有個人從頭盔直至馬刺，全副沉重的武裝，以尖銳的嗓音發表演說，同時詈罵著。這位老兄全身披掛，嚴嚴實實，整個的人都消失在戎裝之下，只能看見通紅的一隻厚顏無恥向上翹著的鼻子、一撮金色鬈髮、鮮紅的嘴唇、大膽無畏的眼睛。他腰帶上插滿短刀和匕首，腰側掛著一把長劍，左邊有一張生了鏽的大弩，面前放著大酒壺，還不算上右邊那個胖乎乎的袒胸露肚的娼妓。他周圍的每一張嘴都在笑、在罵、在喝。

此外還有二十來個次要的集團；還有來往伺候、胸前捧著酒罐的男女侍者；還有蹲著賭博的人，有賭彈子⑧的，下三子棋⑨的，擲骰子的，玩小母牛⑩的，還有熱鬧的投圈比賽；還有這邊牆角裡親嘴的，那邊牆角裡吵架的。把這些加上去，就大體上有了一個全盤印象。這整個圖景爲熊熊火光所照耀，酒店牆壁上也就到處舞蹈著無比巨大而古怪的人影了。

至於聲音，直若置身於正在大敲特敲的一口大鐘裡。

一只大煎鍋裡油脂雨點般嘩嘩直響，持續不斷的噼啪聲塡補著大廳裡東呼西應的無數交談的空隙。

這片嘈雜聲中，在酒店另一端，壁爐裡側的凳子上坐著一位哲學家，兩腳插在爐灰裡，眼睛盯著爐火，正在沉思。他就是彼埃爾·格蘭古瓦。

「來，快，加快速度，武裝起來！一個鐘頭之後就要出發了！」克洛班·特魯伊甫對他底下的黑話分子說。

一個少女哼唱：

晚安，爸爸媽媽！

最後走的人把火埋起來。

兩個玩牌的人吵了起來。其中面紅耳赤的那位，向對方伸出拳頭，喊叫：

「混蛋！我要在你臉上打出梅花印子來。你就可以去代替米吉斯特里⑪去參加國王大人的牌局了！」

「哎呀！這裡擠得就跟加佑維耳的聖者似的⑫！」有人吼叫，聽他那甕鼻子口音，知道是諾曼第人。

埃及公爵憋著假嗓子對他的聽眾說：

「孩子們，法國的女巫們去參加群魔會不騎掃帚，也不騎別的，身上不塗油，只是口裡念咒語。義大利的女巫們總是有一隻公山羊在門口等著。她們都必須從煙突裡出去。」

那個全身嚴嚴實實披掛的青年大聲叫喊，聲音蓋過了全場的喧囂：

「妙啊！妙啊！今天是我頭一次武裝！無賴漢！我是無賴漢，基督的肚子！倒酒給我喝呀！……朋友們，我名叫磨坊的約翰‧弗羅洛，我是上流社會的。我認為，即使是近衛騎兵，他也會當強盜的。弟兄們，我們就要出發，漂漂亮亮遠征了！我們都是勇士。去圍攻主教堂，攻破大門，救出美麗的少女，保護她逃脫法官、逃脫教士，搗毀修士庭院，把主教燒死在主教府內，這些我們要頃刻之間完成，比一個鎮長喝一勺湯還要快。我們的事業是正義的，我們要把聖母院搶光，那就一切都好了。還要吊死卡席莫多！小姐們，妳們認識卡席莫多嗎？妳們見過他氣喘吁吁地吊在大鐘上嗎？聖父的角！眞絕！簡直就是魔鬼騎在一張獸嘴上面。……朋友們，聽我說，我從心眼裡就是無賴漢，靈魂深處就是黑話分子，生來就是小偷！我以前很有錢，財產都吃光了。我母親要我當軍官，我父親要我當副助祭，我姑媽要我當審訊評議官，我奶奶要我當國王樞密官，我姑奶奶要我當短袍司庫，我自己當了無賴漢。我告訴了我爸爸，他臭罵我一頓，啐我一臉；告訴我媽媽，老太太她大哭大叫，一把眼淚一把鼻涕，就跟爐襯上的這根柴禾似的。歡樂萬歲！我是眞正的比塞特！親愛的老闆娘，再來一點酒！我還給得起錢。絮萊勒酒再也不要了，燒喉嚨！還不如咽只媽的籃子潤潤喉管哩！」

聽著聽著，周圍的人哄然大笑，鼓掌叫好。學生看見他們吵得起勁，就喊了起來：

「喔！多好聽的吵鬧！Populi debacchantis populosa debacchantio!（拉丁文：許許多多的人吵鬧瘋狂！）」

接著，他唱了起來，醉眼惺忪，聲調好似教士念夜間晚禱：

Quœ cantca!
quœ organa!
quœ cantilenœ!
quœ melodiœ hic sine fine decantantur!
sonant melliflua hymnorum organa,

suavissima angelorum melodia,

cantica canticorum mira!

（拉丁文：多美妙的歌聲！多美妙的樂器！這裡無止無休地唱著多美妙的旋律！管風琴響著甜蜜的贊歌，最甜美的天使般的曲調，歌曲中最可讚嘆的歌曲！）

「鬼老闆娘，拿飯來吃呀！」他忽然轉口喊道。

稍稍安靜了一些，突然響起了埃及公爵教導他那一堆吉卜賽人的尖銳嗓音：

「……黃鼠狼名叫阿杜因納，狐狸叫做藍腳或者樹林跑步家，狼名叫灰腳或者金腳，熊叫做老頭或者老爹。地鬼的帽子可以隱身，還可以看見看不見的東西。你要給癩蛤蟆施洗的話，得給牠穿上紅色或黑色絲絨衣服，脖子上掛個鈴鐺，腳上也掛個鈴鐺。教父提腦袋，教母捉住牠的屁股。魔鬼德臘加素姆有魔力叫女人裸體跳舞。」

「憑彌撒的名義！我眞願意做魔鬼德臘加素姆！」約翰插話。

與此同時，酒店另一端的無賴漢繼續武裝，一邊低聲嘀嘀咕咕。

「可憐的愛斯美娜達！她是我們的妹子。必須把她救出來。」一個吉卜賽人說。

「這麼說，她還在聖母院？」一個長著猶太人臉的賣劣貨的說。

「當然，媽的！」

賣劣貨的叫道：

「好吧，伙伴們，到聖母院去呀！尤其是因爲在聖費瑞俄小教堂和聖費律雄小教堂有兩座塑像，一座是聖巴普蒂斯特，一座是聖安東尼，全是黃金的，共重七金馬克⑬十五艾斯特蘭，鍍金的銀座重十七馬克五盎司。我知道的。我是金匠。」

這時，給約翰端來了晚飯。他往後一靠，全身倚在身旁的一個娼妓的胸脯上，叫道：

「以聖路加名義，我太高興啦！我面前有個傻瓜蛋，光溜的臉蛋像個大公，瞪著眼直瞧我。我左邊這個傢伙的牙齒眞長，連下巴都遮住了。還有，我就像吉埃都統圍攻蓬托瓦茲的時候，右邊靠在女人的奶頭上。……馬洪⑭的肚子！伙計！你的樣子像是賣網球的商人，竟然跟我坐在一塊。我是個貴族，朋友！商人怎能跟貴族搭配？你滾開吧！……喂！你們！你們別打架呀！怎麼，巴普蒂斯特——嚼小鳥的⑮，你的鼻子那樣好看，你拿它去同那個蠢貨的拳頭硬碰。你這個傻瓜！Non cuiquam datum est habere nasum.（拉丁文：並不是人人都有鼻子。）……妳很聖潔，雅各琳娜・啃耳朵！可惜妳沒有頭髮！……喂，我名字叫約翰・弗羅洛，我哥哥是副主教。鬼把他抓去！我跟你們講的都是實話。我當無賴漢，滿心樂意放棄了我哥哥答應給我的天堂裡一幢房子的一半所有權。Dimidiam domum in paradiso.（拉丁文：給我天堂的半邊房子。）我引述的是原話。我在蒂爾夏普街有一處釆邑，所有的女人都愛我，這是千眞萬確的，正如聖艾洛瓦是出色的金匠，巴黎這座名城的五大行業是染坊、鞣革、飾帶製作、錢包製造、皮匠，聖洛朗是用蛋殼燒的火燒死的。伙伴們，我向你們發誓：『我要是撒謊，我就一年不把酒來嘗！』

我的美人兒，妳看，出了大月亮，妳從窗孔往外看吧，風在搓揉雲彩，就像我搓揉妳的乳褡！……小姐們！給孩子們擤鼻子，給蠟燭剪剪燭花⑯。基督和馬洪！我這是吃的什麼呀，朱庇特！啊，老虔婆！妳這兒的騷娘兒們頭上看不見頭髮，頭髮倒跑到我的炒雞蛋裡來了！老婆子，我喜歡不長頭髮的炒雞蛋！鬼砸爛妳的鼻子！妳這酒店眞是別西卜開的，騷娘兒們梳頭用叉子哩！」

說罷，他把盤子砸碎在地上，尖聲怪叫唱了起來：

上帝的血！
我，沒有家，
沒有火，
我無法無天！
去它的，國王，
去它的，上帝！

這時，克洛班•特魯伊甫已經分好武器。他走到格蘭古瓦身旁。格蘭古瓦似乎深深陷入沉思，兩腳擱在一根爐襯上。

「朋友，你在想些什麼鬼？」屠納王說。

格蘭古瓦憂鬱地笑笑，轉身說道：

「我喜歡火，親愛的老爺。不是因爲火能烘我們的腳、煮我們的湯這些瑣細的原因，而是因爲火有星花。有時我一連幾個小時注視著火花。我看見爐膛黑洞裡面閃耀著星火，呈現出無數的東西。

每顆星花也就是一個世界。」

「要是懂得你說的什麼，就讓雷劈了我！你知道現在是什麼時候嗎？」無賴漢說。

「我不知道。」格蘭古瓦說。

於是，克洛班走到埃及公爵面前，說道：

「馬提亞伙伴，時候可不好，聽說國王路易十一在巴黎。」

「那就更應該把妹子從他的魔掌下救出來。」老吉卜賽人說。

「你這話眞是男子漢說的，馬提亞，」屠納王說：「況且，我們會速戰速決，不用擔心教堂裡面會有抵抗。教士都膽小如鼠，而且我們人多勢眾。等到明天法院差人去拘捕她，他們要上大當了。教皇的肚腸！我不准把美麗的少女吊死！」

接著，克洛班出了酒店。

與此同時，約翰在那裡嘶聲怪叫：

「我喝，我吃，我醉了，我是朱庇特！喂，屠夫彼埃爾，你要是還那樣望著我，我要打幾個榧子彈掉你鼻子上的灰！」

格蘭古瓦已經從沉思中醒來，開始觀察四周喧囂嘶叫的場面，輕聲嘀咕：

「Luxuriosa res vinum et tumultuosa ebrietas.（拉丁文：酒是使人淫佚的東西，酒醉使人喧囂。）唉！我不喝酒眞有道理，聖伯諾瓦說得好：Vinum apostatare facit etiam sapientes!（拉丁文：戒酒也使人理智！）」

這時正好克洛班走了進來，以雷鳴般的聲音喊道：

「午夜十二點了！」

這句話的效力，就像「上馬」的口令作用於一支休止前進的軍隊，所有的無賴漢，男女老少，一齊衝出酒店，發出武器鋼鐵碰擊的巨大響聲。

月色朦朧。奇蹟宮廷一片漆黑，一點燈光也沒有。但是，絕不是沒有人。只見一大堆男男女女低聲交語。聽得見這嗡嗡的聲音，看得見黑暗中各式各樣的武器閃閃發光。克洛班登上一塊大石頭，喊道：

「列隊，好漢幫！列隊，埃及！列隊，伽里略！」

黑暗中一陣騷動，大隊人馬大概是在排列爲縱隊。

幾分鐘後，屠納王叫得更響了：

「現在，肅靜，準備穿過巴黎！口令是『衣兜裡的小匕首』！到達聖母院才許點燃火把！出發！」

浩浩蕩蕩的隊伍，黑壓壓、靜悄悄，向錢幣交換所橋進發，穿過那從各個方向切割菜市場巨大街區的大街小巷，十分鐘之後，嚇得巡防騎兵狼狽逃竄。

---

① 亞歷山大詩體是法文格律詩中運用最廣泛的，每一詩行由十二音節六韻脚

組成，韻律要求是很嚴格的。

② 「爲死者敲鐘的人」(Aux sonneurs pour les trépassés)，可諧讀爲 Aux sols neufs, poulet trépassés，意爲「新鑄的索耳，死了的雞」。

③ 歌劇院劇場中央的花枝大吊燈。當時看戲，台下比台上亮，便於達官貴人看戲時炫示自己、交談逗笑，直到莫里哀時代仍然如此。

④ 烤肉機翻動烤肉叉，動力用人或狗。

⑤ 黑魔術是行妖作蠱之類，白魔術是點金術。

⑥ 一種鐵頭，帶銅翼的箭。

⑦ 豐收的象徵，一隻牛角。

⑧ 撞球的前身。

⑨ 在三個同心的方框上使三粒棋子走成一條線的遊戲。

⑩ 跑著互掄額頭上的帽徽的遊戲。

⑪ 米吉斯特里是撲克梅花的俗稱。

⑫ 據一個法文版編者注，「擠得跟加佑維耳的聖者似的」是諾曼第的俗話。

⑬ 金馬克：貴重金屬重量單位。每馬克爲八盎司，合二四四·五克。

⑭ 馬洪：是穆罕默德的訛音。

⑮ 賭棍。

⑯ 這裡「擤」和「剪」，在法語裡是同一個動詞。

IV
好朋友幫倒忙

這天夜裡，卡席莫多沒有睡覺。他剛剛在主教堂裡最後巡視了一圈。他關上各道門戶的時候，沒有發現副主教擦著他身邊走了過去。副主教看見他仔仔細細的門上鎖，一道道大鐵門固若金湯，心中惱怒異常。堂・克洛德這時的神情更比往常憂心忡忡。

自從那天夜裡摸進愛斯美娜達的臥室大觸霉頭，副主教就時常虐待卡席莫多，可是，不管他怎樣對他粗暴，有時甚至打他，絲毫也不能動搖忠心耿耿的敲鐘人的順從、忍耐和逆來順受。來自副主教的一切怒罵、威脅、拳打腳踢，他都受著，毫無怨言，一句責難也沒有。充其量，只是在堂・克洛德登上鐘樓樓梯的時候，他以惴惴不安的目光密切注視他的動向，不過，副主教倒是主動不再出現在吉卜賽少女眼前。

且說這天夜裡，卡席莫多看了看被他遺棄的那些可憐的鐘：雅各琳娜、瑪麗、蒂博……然後一直登上北面鐘樓的頂上，把風雨不透的馬燈擱在屋檐，開始眺望巴黎。當時的巴黎可以說是沒有路燈照明的，看上去只是一堆堆黑糊糊的東西，隨處爲塞納河那道河灣①泛白色的水面所切割。卡席莫多沒有看見任何亮光，只除了遠處的一扇窗子，那幢房子模糊昏暗的側影高高顯現在屋頂之上，在聖安東尼門那個方向②。那裡也有人徹夜不眠。

卡席莫多的獨眼任意掃視夜霧迷濛的天邊，敲鐘人感到內心有說不出來的不安。他像這樣警戒著已經好幾天了，也不斷看見有人在教堂四周轉悠，神情陰險，目不轉睛地盯住吉卜賽少女的避難所。他想，大概是在醞釀不利於不幸的避難女孩的陰謀。他猜想，民眾憎恨她，也憎恨他自己，十分可能，馬上就會大禍臨頭。因此，他守在鐘樓上，保持警戒，如拉伯雷所說「在夢境中徜徉」，他一會看看少女的小室，一會眺望巴黎，以保萬全，就像一隻忠實的狗，心中卻狐疑叢生。

那隻獨眼，造化或許是爲了補償，賦與極其敏銳的視力，幾乎可以代替卡席莫多所缺的一切其他器官。當他以這隻獨眼仔細察看全城的時候，忽然發現，似乎在老皮貨坊那裡堤岸的側影呈現出異常情況，有了動靜，堤岸襯托在白色水面上的那黑色剪影的線條，不像其他地方那樣平整而靜止，看來是在波動，像是河水的波浪，又像是一群人走動時腦袋晃動。

他好生奇怪，加緊注意。那邊的動向似乎是朝著內城而來。可是不見亮光。在堤岸上停了一會，然後緩緩流逸，彷彿那流動的一群是在進入島內，接著完全靜止，堤岸的輪廓又呈現平整而安靜了。

正當卡席莫多力盡智窮猜測不透的時候，他發現這一群好像流動到聖母院前面那條向內城延伸、而與主教堂正面垂直的街道③上了。雖然夜色濃黑，卡席莫多還是辨識出縱隊的一個前列突入了這條街道，不一會，廣場上就擴散開了一大堆東西，黑暗中看不清楚，只見黑糊糊的一大堆。

這一景象確實恐怖嚇人。這支奇異的行列似乎處心積慮在最黑的地方躲躲藏藏，同時也竭力保持最大的沉默。不過，多少總有點響聲透露出來，縱然只是腳步嚓嚓的聲音。然而，這麼一點點聲音甚至傳不到聾子卡席莫多所處的高度就消失了。這龐大的一群，他幾乎看不見，根本聽不見，卻緊緊在他下邊蠕動行進，給予他的印象有如一大群死人，啞口無言，不可觸摸，消融於煙霧之中。他好像看見向他迫近的是人影幢幢的一重迷霧，是一個個鬼影在黑暗中蠕動。

於是，他原有的種種疑慮重新襲來，心裡又想到會有人試圖加害埃及少女。他隱約感到緊急關頭臨近了。這樣的危急時刻，他在心中自謀主張，推理健全而且敏捷，是我們對於他這樣先天極不健全的頭腦，想也不會想到的。是不是應該叫醒她？叫她逃走嗎？往哪兒逃？街道都給圍上了，教堂陷於背水受敵的絕境。沒有船，無路可逃。……只有一個辦法，就是堅守聖母院而玉碎，至少抵抗到救兵來援——如果有救兵的話，而不要驚擾愛斯美娜達的睡夢。不幸的少女如果非死不可，任何時候醒都是來得及的。他下了這個決心之後，就開始泰然若定地察看「敵情」了。

前庭廣場上的人群似乎越集越多了。只是，卡席莫多推斷，他們一定是盡量不發出聲響，因爲廣場四周人家的窗子始終沒有打開。倏然，一下閃亮，霎時間七、八支火把在人群上空游蕩，在黑暗中晃動著一簇簇火焰。於是，卡席莫多清清楚楚地看見下面男男女女多得可怕，全是破衣爛衫，手執鐮刀、戈矛、大鐮、鈎鐮槍，數不清的刃尖閃閃發光。隨處都有黑黝黝的鋼叉高舉，他們醜惡的臉上因而就好像長出了角一般。他模模糊糊地還記得這些人，好像認得出幾個月前曾經擁戴他爲醜人王的所有那些面孔。有個人一手舉著火把，一手拿著布拉伊，登上一塊界碑，好像在發表演說。與此同時，這支奇異的軍隊作出幾次動作，好像是環繞著主教堂占領了陣地。卡席莫多拾起燈籠走下去，到了兩座鐘樓之間的平台上，仔細觀察並設想防禦的辦法。

克洛班·特魯伊甫已經把部隊部署爲戰鬥隊列，這時他走到了聖母院正中大門前。雖然他預計不會遭到抵抗，但這位審愼的統帥願意保持隊伍的秩序，以便一旦必須抵擋巡防隊或騎巡隊的突然襲擊。所以，他把部隊排列成陣勢，從高處和遠處看，就像是艾克諾馬④戰役中羅馬軍隊的三角陣、亞歷山大大帝的豬頭陣，或者古斯塔夫—阿多耳甫斯⑤那著名的楔形陣。三角形的底邊是廣場的邊緣，正好擋住前庭街；一條邊對著市醫院，另一條邊在牛頭聖彼得街。克洛班・特魯伊甫率領埃及公爵、我們的老朋友約翰和最英勇無畏的幾個假傷者，位於三角形頂點。

類似無賴漢此刻試圖攻打聖母院的壯舉，在中世紀的城市並不是希罕少見之事。今日所稱的「治安」，當時是沒有的；在人口眾多的城市，尤其是各國首都，它並不存在於起樞紐作用的、統一的中央政權。由於封建制度，這些大市鎮的結構式樣十分古怪。一座城市就是成千上萬領主采邑的集合體，把城市分割爲形形色色、大小不一的孤立藩地。因而治安制度彼此矛盾，也就談不上治安。例如巴黎，除了一百四十一名領主自稱有權收年貢以外，還有二十五名自稱有司法權、也有收年貢權，其中大至擁有一百零五條街道的巴黎主教，小至只有四條街道的田園聖母院院長。所有這些封建司法大權在握者，對於國王只在名義上承認其君主權。他們全都有權徵收通行稅，個個都自行其是。

路易十一堅持不懈，廣泛開始了拆除封建大廈的工作，以後由黎士留和路易十四繼續下去以利於王權，最後由米拉博完成以利於人民。路易十一竭盡努力打亂此一制度，採取激烈措施，連下兩三道諭旨，推行統一治安，撕碎密布巴黎的這封建領主網⑥。因此，在一四六五年，居民入夜之後必須點燃蠟燭、照亮窗戶，並把狗關起來，違者處絞刑；同年，巴黎夜間的街道，必須用鐵索封鎖，並且禁止夜間攜帶短刀或其他攻擊性武器上街。然而，不多久，所有這些市鎮立法的嘗試也都廢棄了。市民們任風吹熄窗口的蠟燭，他們的狗到處遊蕩，鐵索只在戒嚴時拉起來；禁止攜帶武器沒有帶來什麼變化，只是把割咽街改名爲割喉街。固然，這些都算是明顯的進步。古老的封建裁判結構保持不變；這種典吏制度和封建領主制度的龐大堆積，交錯重壓著城市，互相妨礙，彼此糾纏，互相盤絞，彼此重疊；許許多多巡防隊、巡防分隊、巡防檢查隊全然無用，打家劫舍者、舉兵作亂者依然明火執仗，橫行無阻。所以，在這種普遍混亂中，即使在最熱鬧的地段，一部分民眾攻打某座宮殿、府邸、房舍，並不是絕無僅有的事情。在大多數情況下，鄰居並不過問，除非劫掠擴及他們自己家裡；他們對火槍聲充耳不聞，關上窗板，堵塞門戶，聽任紛擾自行解決，管它有沒有巡防干預；第二天巴黎城裡人們競相傳告：「昨天夜裡，埃謙納·巴爾拜特被搶了。」「克萊蒙元帥被抓走了。」如此這般。所以，不僅王室——羅浮宮、舊王宮、巴士底、小塔之類，甚至一般領主住宅——小波旁宮、桑斯府邸、昂古萊姆府邸之類，院牆上都有城垛，大門上面都有突堞。教堂由於神聖而得苟全。但是，也有一些教堂是設防的，聖母院不在此列。聖傑曼德佩教堂武裝得賽過男爵府邸，用於火炮的銅多於用於鑄鐘。一六一〇年還可以看見這座堡壘；今天教堂本身也所剩無幾了。

言歸正傳，還是來說聖母院。

克洛班的命令默默地、極其準確地執行了，我們應該讚揚無賴漢的紀律。初步部署完畢以後，這位卓越的頭子登上前庭廣場的土牆，抬高他那嘶啞粗暴的嗓門，轉向聖母院，揮舞火炬——它那火光被風吹得動盪不定，隨時被它自己的煙柱蒙蔽，使得映紅的主教堂正面時隱時現。他喊道：

「巴黎主教路易・德・博蒙，法院評議官！我克洛班・特魯伊甫——屠納王，黑話幫頭目，醜人的主教，我告訴你，我們的妹子被錯誤地以妖術罪名判決，躲進了你的教堂，你必須給予避難，加以保護，而最高法院的意圖是把她從裡面拘捕出來，你竟然同意，致使她明天將在河灘廣場被絞死——要不是還有上帝和我們無賴漢的話。所以，主教，我們來找你。如果你的教堂是神聖的，我們的妹子也是神聖的，如果我們的妹子不神聖，你的教堂也不神聖。因此，我們勒令你把她交還給我們，假如你還想保全教堂的話；否則，我們將強行奪走妹子，還要搶劫你的教堂。這就太妙了！我在此插上我的戰旗⑦，讓上帝保佑你吧，巴黎主教！」

不幸，卡席莫多聽不見這以相當陰鬱而狂野的莊嚴神態發表的演說。一個無賴漢把戰旗呈獻給克洛班。克洛班把它鄭重其事地插在鋪地的兩塊石板之間。這是一把叉子，齒上鮮血淋漓地吊著一大塊腐肉。

接著，屠納王轉過身來，掃視他的軍隊。這一群凶猛的人，目光閃耀堪與矛頭的光輝媲美。沉默了片刻，他喊道：

「前進，孩子們！幹吧，壯漢！」

三十來個人身強力壯，膀闊腰圓，一副專門撬鎖的長相，應聲出列，肩扛大錘、鐵鉗和撬杠。他們跑向教堂的中央大門，上了台階，立刻在尖拱下蹲了下來，用鉗子和撬杠搗那座門。一群無賴漢也跟著上去，幫忙的幫忙，看熱鬧的看熱鬧。門口的十一級台階都爲之堵塞。

可是，大門不爲所動。

「見鬼！又結實又頑固！」一個說。

「它老了，骨頭也硬了。」另一個說。

「加油呀，伙伴們！我敢用我的頭賭：等你們把門撬開，搶出了女孩，剝光了主壇，教堂裡一定一個堂守也沒有醒。瞧，鎖鬆動了。」克洛班叫道。

忽然，身後一聲巨響，打斷了他的話。他趕緊回頭。一根巨大屋樑自天而降，砸爛了台階上十幾個無賴漢，到了下面之後仍以大砲的轟鳴聲蹦跳著，而且還在人群中砸斷了一些乞丐的腿。無賴漢驚恐地喊叫，四向逃避。一眨眼的工夫，前庭禁垣之內人都跑光了。撬鎖賊雖然有深深的門拱庇護，也從門口撤退了。克洛班本人只得後退，怵然與主教堂保持著距離。

「我險些兒送命！我感覺到有風颼下來，牛的頭！可是，屠夫彼埃爾給屠掉了！」約翰喊道。

這根巨樑落下來，使盜賊們陷入何等驚恐之中，簡直無法形容。他們呆立在那裡，直楞楞地仰望天空，看了老半天。這根木頭給予他們的恐慌勝似兩萬名皇家弓手。

埃及公爵吼道：「撒旦！這裡面有妖法！」

紅色的安德里說：「是月亮給我們扔下這根木棍的。」

弗朗索瓦・香特普里納接岔：「月亮是聖母的好朋友！」

克洛班喊道：「一千個教皇！你們都是大笨蛋！」可是，他也不知道該怎麼解釋大樑砸下來的原委。

然而，火把照不到建築物的上部，那上面看不出有什麼動靜。沉重的大樑橫躺在廣場中央。只聽見最早受到它打擊的幾個可憐傢伙的呻吟，他們的肚子磕在石階角上，給剖了開來。

屠納王一陣驚愕平息之後，終於找到了一個解釋，伙伴們聽來也頗有道理：

「上帝的臭嘴！難道是教士們在抵抗？那就把他們套起來，套起來！」

「絞死，絞死！」群眾狂熱地歡呼、喊叫。弓弩、火銃對準教堂正面一齊發射。

一陣轟轟隆隆，驚醒了周圍房屋的和平居民。好些窗子打開了，戴著睡帽的頭、拿著蠟燭的手探了出來。克洛班吼叫：

「向窗口射擊！」

窗子頓時關上。可憐的市民還沒來得及向火光熊熊、喧鬧震天的場景投下驚恐的一瞥，趕緊縮了回去，冷汗直淌，回到妻子的身邊，尋思著群魔會現在是不是挪到聖母院前庭來舉行了，或者，是不是勃艮地人又像六四年那樣打來了。於是，丈夫想到會被搶劫，妻子想到會被強姦。大家都嚇得直哆嗦。

「套起來！」黑話分子又吼叫。但是，誰也不敢前進。他們瞅著教堂，瞅著大樑。大樑沒有動靜。建築物依然安靜，卻有個什麼東西使無賴漢心裡直發毛。

「幹呀，撬鎖行家們！」特魯伊甫吼叫：「攻破大門！」

誰也不挪動一步。

「鬍子和肚子！」克洛班說：「瞧這些人，連一根椽子也怕！」

一個年邁的撬鎖賊對他說：

「統帥，討厭的不是椽子，是大門，它全是鐵杠焊起來的。鉗子根本啃不動。」

「那你們需要什麼來攻破它呢？」克洛班問道。

「啊，我們需要攻城槌。」

屠納王勇敢地跑到可怕的大樑前，一腳踏在上面，喊道：

「這就是一根呀！是教士給你們送來的。」

然後，他向教堂那邊滑稽地鞠了一躬，說道：

「謝謝你們，教士！」

他的英勇行為起了良好作用，大樑的魔力破掉了。無賴漢重振旗鼓。頃刻之間，兩百隻健壯的手臂把沉重的大樑像羽毛般輕輕托起，對著嘗試過卻未能動搖的大門猛烈撞去。無賴漢手裡不多的一些火炬照得廣場似明似暗，只見一群人抬著這根長大樑，奔跑著，把它向教堂撞去，這種情景就好像一頭千足巨怪低頭向那石頭巨人猛攻。

在大樑衝擊下，半金屬的大門如同巨鼓一般發出隆隆的響聲。

大門沒有破裂，可是整個主教堂都搖撼了，只聽見建築物深邃的內穴轟轟直響。

與此同時，一陣大石頭雨點般從正面高處向進攻者頭上傾瀉下來。

「見鬼！難道是鐘樓搖晃得石欄杆倒下來，砸在我們頭上？」約翰叫道。

然而，此刻銳氣方張，屠納王身先士卒。肯定是主教在抵抗，於是，儘管石如雨下，隨處砸得頭顱開花，他們還是以更加凶猛的氣勢撞擊大門。

值得注意的是，石頭雖然是一塊一塊落下，卻十分密集，好漢總是同時挨到兩下子，一下砸在腿上，一下砸在腦袋上，沒有挨砸的人極少。地上已經躺倒一大片死人和傷者，受到進攻者自己的踐踏，流著血，氣息奄奄。好漢們現在暴怒了，進攻的人前仆後繼。長長的大樑繼續撞門。一下下均勻的聲音，好似大鐘的舌頭撞擊。石如雨下，大門依然怒吼。

無疑，讀者已經不猜自知：使得無賴漢激怒不已的這出乎意料的抵抗來自卡席莫多。

只是由於偶然，局面有利於老實的聾子。

他下到兩座鐘樓之間的平台之後，腦子裡的想法混亂成一片。他沿著走道來回狂奔了一陣，瘋了似的；從上面看見無賴漢密密麻麻準備向教堂猛撲過來，他呼天搶地，索思保護埃及少女的方法。他一度想到爬上南面鐘樓去敲警鐘；但是他又想，在他還來不及敲響大鐘、瑪麗的聲音還來不及發出吼叫的時候，教堂的大門豈不是可以有十次被攻破的機會嗎？這時，正好撬鎖賊帶著器械向大門衝上來了。怎麼辦？

驀地，他想起泥瓦匠白天忙了一整天修理南鐘樓的牆壁、木架和屋頂。眞是一線光明！牆壁是石頭的，屋頂是鉛皮的，木架是木頭的。木頭又大又多，被稱作「森林」。

卡席莫多向南鐘樓跑去。下面那些房間裡果然堆滿了建築材料。有成堆的石料、成捆的鉛皮、成束的木板、已經鋸好的粗壯椽子，還有一堆堆碴土。這個「兵器庫」裡什麼都有。

時間緊迫。鉗子和錘子在下面正幹得起勁。天生神力由於危險感而增加了十倍，他抱起一根最重最長的大樑，從一個窗洞裡塞出去，然後從鐘樓外面把它抓住⑧，架在環繞平台的石欄杆角上推動，讓它向底下深淵墜落下去。這根巨木，直落一百六十尺，擦壞了牆壁，撞碎了雕塑，在空中旋轉數次，彷彿是風車的一翼在空間自由墜落。最後，它撞著地面，恐怖的喊聲四起。黑色的大樑在地上蹦跳，像一條蟒蛇。

卡席莫多看見無賴漢在大樑墜落撞擊下東逃西散，就像小孩子吹灰塵似的。當他們滿懷敬畏，以迷信的眼光瞪著這自天而降的大棒，當他們射箭投石毀損大門口的聖者塑像的時候，卡席莫多趁機悄悄在投下大樑的這邊欄杆旁堆積渣土、大石塊、石料，甚至還有泥匠一袋袋的工具。

所以，他們剛開始撞擊大門，石頭就如冰雹般落下，好像教堂自行坍倒砸在他們頭上。

我們要是能夠看見此刻的卡席莫多，準會嚇一大跳。他不僅僅在欄杆上堆積投射物，還在平台上堆了一堆石頭。外緣的石頭一旦用完，便從下面石堆上拿取。這樣，他就不斷俯身、直立、再俯身、再直立，動作敏捷得叫人難以置信。地鬼似的大腦袋往欄杆外面一伸，就有一塊巨石落下，然後又一塊，又一塊……不時他目送著巨石墜落，看見它砸中了，就得意地哼一聲。

可是，乞丐們並不氣餒。一百多人使盡力氣，加強了橡木撞角的衝力，撞擊之下，那厚實的大門有二十多次被搖撼了。鑲板軋軋碎裂，雕刻炸飛了，戶樞每次都在搭扣上跳動，門扉開始脫臼，鐵筋之間的木頭被碾成粉末而脫落。對於卡席莫多幸運的是：大門結構上的鐵比木頭多。

儘管如此，他感覺到大門搖搖欲墜了。雖然聽不見，每一下撞擊既在教堂內穴，也在他的胸腔裡發出反響。他從上面看見無賴漢自感勝利在望，狂暴倍增，向建築物沉黑的上層威脅地揚起拳頭。卡席莫多恨不得埃及少女和他自己長出翅膀，也可以像從他頭頂上飛出去的貓頭鷹那樣飛走。

石如雨下還不足以擊退進攻。

正在焦急萬分的時刻，他瞥見就在投石砸死黑話分子的那欄杆下面一點點，有兩根長長的石頭水槽，巨口直接挨著大門頂上。它們的內管通向平台的石板地坪。他忽然靈機一動，跑到他自己的敲鐘人的宿處，抱來一捆木柴，又把大量檁條、大量鉛皮——都是他迄今尚未使用過的彈藥——放在柴堆上，把這樣的一座柴堆在那兩根雨水管的入口，架好以後，就著燈籠點燃了火。

這個過程中，石頭不再落下，無賴漢也不再向上面張望了。盜賊們氣喘吁吁，像是一群獵犬向野豬巢穴強攻，洶洶然吼叫，擁擠在大門跟前。大門在撞擊下已經面目全非，卻依然屹立。他們興奮得全身戰慄，等待著最後一擊——剖開它肚皮的一擊。一個個爭先恐後逼近大門，都想一俟大門撞開，搶在前頭衝進這富可敵國的主教堂，衝進這已累積財寶三百多年的巨大寶庫。他們又高興又貪婪，咆哮著，互相提醒裡面有精美的銀十字架、華麗的錦緞教士服、鍍金銀質的墓碑，還有唱詩班的各種精美物件；凡是令人目眩的節日：火炬閃亮的聖誕節、陽光燦爛的復活節，所有這些輝煌莊嚴的典禮上，聖物盒、聖骨盒、聖禮盒、燭台、聖櫃，堆積在神壇上，形成厚厚一層黃金和鑽石貼面。當然，在這美妙的時刻，盜賊和假傷者、大幫凶和流浪漢，並不太想到搭救埃及少女，而是思量如何搶劫聖母院。我們甚至樂意認爲，對於他們中間的許多人，愛斯美娜達只是一個藉口——假如強盜還需要什麼藉口的話。

正當他們群集著作出最後努力，撞擊攻城槌，人人屛息，繃緊肌肉，使盡全身力氣，給予決定性衝擊的時候，忽然聽見他們一聲慘叫，比大樑砸下頭破血流、送卻性命時的喊叫更爲淒厲。沒有慘叫的人、還活著的人睜眼察看，兩道熔化的鉛水從教堂上面瀉入人群中最密集處。沸騰的金屬傾瀉下來，人的波濤滾滾後退，濺落之處，於人群中間打出兩個冒煙的黑洞，彷彿開水澆在雪地上。只見幾乎燒成黑炭的瀕死者蠕動者，痛苦地吼叫。在這兩股主流周圍，可怕的雨滴飛濺，濺落在進攻者頭上，火焰像鑽子，錐開了頭顱。這是霹靂千鈞的火，灑落無數的霰粒，掃蕩著這不幸的一群。

吼叫聲使人膽肝俱裂。無論膽大的還是膽小的，他們紛紛狼狽逃竄，把大樑扔在屍體上，廣場再次廓清了。

人人都抬眼觀察教堂的上層。所見是一片奇異景象。在最高層走道頂上，在中央玫瑰窗的上面，熊熊烈焰在兩座鐘樓之間騰起無數火星的漩渦。這散漫狂亂飛舞的火焰不時被風颳走一部分化爲濃煙。在烈焰下面，在火花從梅花形空檔中噴射而愈形黝黑的石欄杆下，兩道水糟雕塑成妖怪巨口，不斷噴射烈焰，銀色雨點飛濺，襯托出黑漆漆的下層建築。越接近地面，兩股熔鉛就越是四向擴散，好似水從噴壺的無數細眼中噴出。兩座鐘樓都呈現出兩個側面，粗獷而輪廓分明：一側沉黑，一側通紅。在火焰之上，這兩座鐘樓都把巨大的陰影一直投向天空，更加顯得高大巍峨了。鐘樓上的無數鬼怪和巨龍塑像顯出陰森淒慘的模樣。火焰跳動不定，閃閃爍爍，看上去這些塑像也在跳動。半獅半鷲怪似乎在大笑，筧嘴獸好像在吠叫，蠑螈在吹火，塔臘斯貢獸⑨在濃煙中打噴嚏。這些怪物都由於火光熊熊、人聲鼎沸而從石頭的沉睡中驚醒。它們中間有一個在走動，不時可以看見他掠過柴堆的火焰，像是一隻蝙蝠掠過燭光。

這座奇異的燈塔，大概會驚醒遠方比塞特山丘⑩的樵夫，讓他心驚膽戰地看見聖母院鐘樓的巨大陰影倒映在他那裡的灌木林上面搖晃。

無賴漢心驚膽戰，悄然禁聲。靜默中只聽見被封鎖在修院中的教士們的驚叫，比失火的馬廄裡的馬匹更爲驚慌。還有附近的窗子偷偷迅速打開、更迅速地重新關上的聲音，附近房屋和主宮醫院裡一片倉皇，火焰中風聲怒號，垂死者最後喘息，熔化的鉛流濺落在地面上持續不斷地嘞啪作響。

這當兒，爲首的幾個無賴漢已經退至貢德洛里埃公館的門檐下，商議大計。埃及公爵坐在一塊界埠上，帶著宗教恐懼仰望在空中二百尺高處輝煌照耀的幻景似的柴堆。克洛班・特魯伊甫怒氣沖天，咬著自己的拳頭。

「衝不進去！」他咬牙切齒地嘟囔。

「這古老教堂像是神話幻境中的！」老吉卜賽人馬提埃・亨加迪・斯皮卡利低聲吼叫。

「教皇的鬍子！」服過役的、頭髮斑白的丘八接口說：「瞧這水溜噴的鉛水，比勒克圖⑪的城牆突堞噴射的子彈還厲害哩！」

「你們看見了嗎，那個魔鬼在火邊走來走去？」埃及公爵說。

「媽的，是天殺的敲鐘人卡席莫多！」克洛班說。

「我告訴你們，他是撒納克陰魂⑫，大侯爵、主管城防要塞的惡魔。他的形體像武裝的兵卒，長著獅子的腦袋。有時他騎上一匹醜惡不堪的馬。他把人變成石頭用來建造砲台。他統率著五十個軍團。就是他，沒錯。我認得出的。有時他穿一件漂亮的金袍子，花紋是土耳其式樣的。」那吉卜賽人搖搖頭說。

「星星的貝勒維尼呢？」克洛班問。

「死了。」一個無賴漢回說。

紅色安德里發出愚蠢的笑聲，說道：

「聖母院讓市醫院有事幹了。」

屠納王頓足大叫：

「沒法子攻破這道門了嗎？」

埃及公爵傷心地指指那兩道沸騰的鉛流，它們就像紡錘不斷紡出硫磺，抽絲拉線般遮擋著主教堂黑黝黝的正面。他嘆道：

「這樣自衛的教堂倒是有過。四十年前的君士坦丁堡聖索菲亞教堂，曾經連續三次搖晃它那幾座圓屋頂，也就是它的腦袋，把穆罕默德的新月旗打倒在地。是巴黎的吉約墨建造的，他是個魔法師。」

「難道只好垂頭喪氣逃跑，像大路上的僕役⑬一樣？讓我們的妹子困在裡面，給那些披著人皮的豺狼明天拿去絞死！」克洛班說。

「聖器室裡還有幾車子黃金！」一個無賴漢補充說，可惜我們不知道他的名字。

「馬洪的鬍子！」克洛班叫道。

「再試一次，好嗎？」那個無賴漢說。

馬提亞・亨加迪搖搖頭說：

「從大門是進不去的。得找到聖母老太太鎧甲的弱點，也許是一個洞、一條暗道，或某個接合部位。」

「誰去幹？我自己去轉一趟吧。咦，那個小傢伙，全身上下銅鐵披掛的小傢伙約翰到哪裡去了？」克洛班說。

「可能是死了吧，沒聽見他笑哩！」有人回說。

屠納王皺皺眉頭：

「糟糕！他那銅鐵披掛的裡面是一顆勇敢的心呀！……彼埃爾·格蘭古瓦老爺呢？」

「克洛班統帥，我們剛走到錢幣兌換所橋，他就偷溜了。」紅色安德里說。

克洛班跺腳叫道：

「上帝的臭嘴！是他慫恿我們幹的，半途上他倒開溜！……專講廢話的膽小鬼，只配用拖鞋當頭盔！」

紅色安德里瞧著前庭街，叫了起來：

「克洛班統帥，大學生來了！」

「讚美普路托⑭吧！可是，他身後拖著個什麼鬼東西呀？」克洛班說。

確實是約翰，披掛著流浪武士的行頭，頑強地在地上拖著一架長梯子。他盡這些累贅所能允許的速度使勁跑了過來，跑得個上氣不接下氣，賽過一隻螞蟻拖曳二十倍於身長的草葉。

「勝利！神恩浩蕩！」他叫道：「聖朗德里港裝卸工的梯子弄來了！」

克洛班走過去說：

「孩子，上帝的角，你想幹什麼，拿這個梯子？」

約翰氣喘吁吁，說道：

「我弄來了，我知道藏在哪裡。就是在副將住宅的倉庫裡。有個妞跟我是相好，她覺得我標緻賽過小愛神。我就利用她弄到了梯子，弄來了，帕斯克—馬洪⑮！可憐的妞兒來給我開門，只穿著內衣哩。」

「好的，可你拿梯子幹什麼用？」克洛班說。

約翰顯出調皮、無所不能的神情，看看他，手指彈得拍拍響，跟打響板似的。這時他的神氣不可一世。他頭上戴的是那種沉重累贅的十五世紀頭盔，單是頂部各種怪異嚇人的裝飾就足以嚇退敵人。他的這一頂，上面有十根鐵喙，因此，約翰完全有資格同荷馬筆下奈斯托⑯的戰艦爭奪「δεχέμεολος」⑰這一稱號。

「我要幹什麼，威嚴赫赫的屠納王？您沒有看見那一排石像，一個個傻瓜似的，那兒，就在三座大門的上面？」

「看見了，怎麼樣？」

「那是法國列王走廊。」

「跟我什麼相干？」克洛班說。

「等一等！這道走廊盡頭有一道門，從來是只用門閂插上的，有了這架梯子我就能爬上去，進入教堂裡了。」

「孩子，讓我先上。」

「不行，伙計，梯子是我的。來，您第二個。」

「別西卜把你掐死！我絕不在任何人後面。」暴躁的克洛班說。

「克洛班，那你就自己去找個梯子來吧！」

約翰拖著梯子，跑過廣場，一邊嚷著：

「同伴們，跟上呀！」

不一會兒，梯子架了起來，倚著下層走道欄杆，在一道側門的上面。無賴漢們大聲歡呼，擁擠在下面，都想爬上去。但是，約翰堅持自己的權利，第一個把腳踏上了梯級。需要爬一陣子。法國列王走廊如今距離地面大約六十尺。當時聖母院有十一級台階，更增加了高度。約翰慢慢往上爬，一手抓住梯級，一手扶住弓弩，沉重的盔甲遲緩了他的速度。到達梯子中間的時候，他向台階上遍布的可憐黑話分子的屍體感傷地瞥了一眼，說道：

「唉，這樣一大堆屍體，眞值得《伊里亞德》的第五部加以描繪⑱一番哩！」

然後，他繼續攀登。無賴漢跟著他上去，每一級都有一個人。甲冑披掛的背影在黑暗中成一條直線波動著上升，好像是一條鐵甲蟒蛇向教堂昻然直立。約翰在最前面，還打著唿哨，就使這個形象更完全了⑲。

他終於夠著了走廊的陽台，在全體無賴漢掌聲中矯捷地把腳跨了進去。成了主教堂的主人，他發出一聲歡呼，可是忽然他停頓了，呆如化石——他看見在一座國王塑像後面，卡席莫多躲在黑暗中，獨眼直冒火。

後面的進攻者還沒來得及踏上陽台，那可怕的駝子就跳到了梯子跟前，二話不說，伸出孔武有力的手臂，一把抓住梯子兩端舉了起來，推出牆外，在一陣驚慌叫喊聲中，把上上下下爬滿無賴漢的有彈性的長梯搖晃了一會，然後猛然以超人的力量向廣場把這一大串人扔了下去。有那麼一瞬間，即使最果敢堅毅的人也會激動——梯子向後倒去，先是保持著直立，似乎在猶豫，然後搖擺起來，然後突然劃出一個半徑為八十尺的可怕圓弧，滿載著強盜向地面撲下，比鐵鏈斷了的吊橋還要迅速。只聽見轟然喧嚷的叫罵聲，接著，一切都沉寂了，幾個摔斷肢體的可憐人在死人堆下面爬動。

圍攻者中間最初的勝利歡呼，變成了一片痛苦而又憤怒的低聲吼叫。卡席莫多漠然無所動，兩肘拄著欄杆，注視下面，彷彿是一個披頭散髮的老國王在窗口眺望。

約翰這時處於危急情況之中。他單獨一人在走廊上面對可怕的敲鐘人，腳下高達八十尺的絕壁斷絕了他與同夥的聯繫。卡席莫多撥弄梯子的當兒，他已經向暗道跑去，以為它是開著的，可是卻關著！聾子回到走廊上，也就堵住了他身後的退路。於是，約翰躲藏到一座石像的背後，大氣也不敢出，凝視著嚇人的駝子，驚恐萬狀，就像一個人向動物園看守人的老婆求愛，有天晚上去同她幽會，爬錯了牆，突然發現自己面前是一隻白熊。

剛開始，聾子沒有注意他，後來一回頭，猛然挺立起來——他看見了大學生。

約翰準備受到重重的打擊。可是，聾子始終呆立不動，只是面向約翰，盯著他看。

「嘿，嘿，你幹嘛用你那隻憂傷的獨眼盯著我呀！」約翰說。

說著，小搗蛋暗中準備他的弩。

「卡席莫多！我要你改個綽號，以後你就叫雙眼瞎吧！」他叫道。

箭射了出去，飛矢呼嘯，射中駝子的左臂。可是對卡席莫多所起的作用，不過是好像法臘蒙王石像給蹭了一下。他抓住箭杆，把箭拔了出來，若無其事地在粗壯的膝頭上磕成了兩段。約翰來不及再射他一箭了。箭折以後，卡席莫多喘了口粗氣，蚱蜢般一蹦，撲在大學生身上，撞擊之下，約翰的甲冑在牆上碰得扁平。

接著，在火炬的光亮漂浮不定、若明若暗照映之下，隱約可見極爲恐怖的場景：

卡席莫多探出左臂，一把捉住約翰的雙臂。約翰知道自己完了，不作任何掙扎。聾子又伸出右臂，一聲不響，陰沉沉，緩緩地一件又一件剝去他全身的披掛：劍，兩把匕首，頭盔，胸甲，腿甲，好似猿猴剝核桃一般。卡席莫多把這銅鐵的外殼一樣樣扔在腳下。

大學生看見自己被解除了武裝，被扒去了全身披掛，落入這樣可怕的掌握，一無抵擋，無可奈何，他卻並不想向聾子求饒，只是厚著臉皮對著聾子的臉又笑又唱，以他十六歲少年的無憂無慮，唱起當時廣泛流傳的一首民歌：

康勃萊那城市
衣著多麼華麗，
馬臘番把它搶光……

他來不及唱完。只見卡席莫多站在走廊欄杆上面，一隻手握住約翰的兩腳，把他像投石那樣在懸岩上空旋轉。然後，聽見一種響聲，像是一只骨頭盒子撞在牆上炸裂開來，看到有個什麼東西在墜落三分之一的中途擱置在建築物的一個突角上。這是一具死屍掛在那裡，折成兩截，腰肢摔斷，腦漿迸裂。

無賴漢中間響起一陣恐怖的叫喊。

「要報仇！」克洛班吼道。

「絞死他！進攻！進攻！」群眾響應。

接著發出了一陣驚人的怒吼，其中混雜著各種語言、各種方言、各種口音。可憐的學生的死，激起了群眾的憤怒。就是這麼一個駝子把他們阻遏在教堂門前這麼久，不得前進半步，他們是又羞又惱。狂怒的人群搬來一架又一架的梯子，火把增加了一根又一根，不出幾分鐘，絕望的卡席莫多看見這可畏的人群，螞蟻一般從四面八方一湧而上，向聖母院猛攻。沒有梯子的就用打結的繩索，沒有繩索的就攀附著雕刻的突出部分向上爬。他們前後拽著破爛衣衫。義憤可怕的人臉猶如漲潮，洶湧而上。那是無法抵擋的。復仇的火焰在他們狂野的臉上燃燒；他們泥污的額頭上大汗淋漓；他們的眼睛火光閃閃。這一切鬼臉，這一切醜相，圍攻著卡席莫多，彷彿某個教堂把它的果貢⑳、猛犬、山妖、惡魔，一切最怪異的塑像都派來攻打聖母院了。又好似一層活著的鬼怪壓倒主教堂正面那些石頭的鬼怪。

這當兒，上萬支火把在廣場上多如繁星。這混亂的場面原來一直爲深深的夜幕所掩蓋，現在突然給火光照耀得燃著了一般。前庭廣場燦爛輝煌，燭照著黑暗的天空。上層平台上的柴堆始終在燃燒，遠遠照亮城市。兩座鐘樓的巨大側影遠遠投射在巴黎屋頂上，把這一片光亮打開了一道寬闊陰暗的缺口。城市似乎驚動了。遠方的驚鐘在悲鳴。無賴漢叫囂，喘息，詈罵，不斷向上湧去。卡席莫多面對這麼許多敵人，束手無策，爲少女提心吊膽，眼見一張張狂怒的面孔越來越逼近他那走廊，只好祈請上蒼顯示奇蹟，他絕望地扭曲著手臂。

---

① 塞納河自東向西，流經巴黎的時候，折向北再向南下，形成兩道河灣，中間夾著聖母院所在的西提島。

② 即巴士底那個方向。與以後的敍述相照應。

③ 即前庭街。今已不存在。

④ 艾克諾馬是西西里南部山峰名，第一次迦太基戰爭中，羅馬軍隊和迦太基軍隊曾在此激戰。

⑤ 古斯塔夫一阿多耳甫斯：瑞典國王（1611—1632），武功卓著。

⑥ 孚比斯·德·夏多佩所率領的巡防隊之類，也就是根據這樣的諭旨建立的。

⑦ 這是兩軍陣前挑戰的表示。

⑧ 依據巴黎聖母院建築實況來看，從下面房間的窗洞塞出去的大樑，無論多長，從上面鐘樓的外面徒手是夠不著的，因爲這根東西的仰角必然太大。

⑨ 刻在承溜口上的怪獸，因首先在塔臘斯貢採用而得名。

⑩ 比塞特山在巴黎以南遠郊塞納河畔。

⑪ 勒克圖，在加斯貢地區，宗教戰爭時期曾多次在該地激戰。

⑫ 城防要塞的恶魔撒納克陰魂，是獅首人身的怪物，中世紀武士們十分相信。

⑬ 貴族的僕役有一類有武裝，有一類沒有武裝；老爺在大路上遇劫時，後一類只好自己逃命。

⑭ 普路托：冥王。

⑮ 「帕斯克」，「復活節」一詞的音轉；「馬洪」，即穆罕默德。加在一起，是一種詛咒詈罵的話。

⑯ 奈斯托：《伊里亞德》中的有名的老智者。爲特洛伊人建造了九十艘戰艦。

⑰ 希臘文：十個衝角。衝角，古代戰艦艦首堅固銳利的部分，用於衝撞敵艦。

⑱ 荷馬的《伊里亞德》第五部說的是在雅典娜庇護下阿卡亞人（希臘人）大戰特洛伊人的最激烈場面之一。

⑲ 這是說，像蛇行進，一邊蠕動，一邊發出嘶嘶的聲音。

⑳ 果貢三姐妹，頭髮爲毒蛇構成，手臂爲銅的，有獠牙，長著金翅膀。人見了，就變成石頭。

V
法蘭西的
路易先生的祈禱室

讀者也許沒有忘記：卡席莫多在發現無賴漢夜行隊伍以前，從鐘樓上面眺望巴黎，看見只剩下一盞燈光閃亮。那盞燈是在聖安東尼門旁邊一座高大黑暗的建築物最上層的一扇窗裡。這座建築就是巴士底城堡。這顆閃亮的星火是路易十一的蠟燭。

國王路易十一，事實上來巴黎已經兩天了。他定於三天後返回他在塔樓蒙蒂茲的城堡。他在他心愛的巴黎城市露面，一向是罕見而且短暫的，因爲他總覺得左右設置的埋伏和絞架不夠多，蘇格蘭近衛弓手也不夠多。

這天，他到巴士底城堡就宿，因爲羅浮宮的三十呎見方的大房間，那雕刻著十二頭巨獸和十三個高大先知的大壁爐，十一尺寬、十二尺長的大床，他都不喜歡。在羅浮宮寬闊廣大的空間裡，他往往不知所措。這位小市民習性的國王偏愛巴士底城堡的小房間和小床。況且，巴士底比羅浮宮堅固得多。

國王在這棟著名的國家監獄裡，爲自己保留的所謂小房間其實還是相當寬敞，占據著與主塔相嵌合的一座小塔的整個最上層。這是一間圓室，四壁張掛著閃亮的麥秸席，天花板棟樑上裝飾著鍍金的錫製百合花，樑與樑之間漆著五顏六色的彩繪，華麗的護牆板上點綴著白錫的玫瑰花圖案，用雄黃和細緻的靛青漆成一種漂亮的亮綠色。

只有一個窗子，是一種長長的尖拱窗戶，繃著銅鋅合金網絡，又有鐵柵護著。此外，美麗的玻璃窗也是彩色的，上面還有國王和王后的紋章——每一片彩色玻璃價值二十二索耳，因此，更加遮擋光線。

只有一個入口，是一座當時時髦式樣的門。門拱向外突出，門裡張掛著帷幔，門外是那種愛爾蘭式木門道——這是一種精雕細刻的細木結構，一百五十年前還可以在許多老式房屋中看見。索伐耳無可奈何地說：「雖然這種東西有礙美觀而且妨礙走路，我們的祖先卻很不願意去掉，不顧一切地一定要保留著。」

這間房裡，凡是一般房間的家具設備都是沒有的，沒有板凳，沒有小桌子，沒有沙發椅，沒有普遍的箱形方凳，也沒有價值四索耳的支柱交叉的漂亮凳子。只有一張十分華麗的折疊扶手椅，漆成紅底玫瑰圖案，椅座是朱紅色羊皮面的，墜著長長的絲綢流蘇，釘著許多金扣。這張孤零零的椅子表明，在這間房裡只有一個人有權坐著。椅子旁邊，挨近窗戶，有一張桌子，上鋪鳥雀圖案的桌巾。桌上有一個灌滿墨水的墨水壺，還有幾卷羊皮紙、幾支鵝毛筆、及一個雕刻著花紋的銀杯。再過去一點是一只炭盆，一只猩紅絲絨的祈禱凳，裝飾著小金扣。最後，在最裡面是一張簡簡單單的床，上鋪紅黃二色的斜紋綢，沒有金屬飾片或金銀絲繡，只是隨隨便便地墜了些流蘇；就是這張聲名赫赫的床載負過路易十一的睡眠，也目睹過他的不眠之夜。兩百年前，我們還可以在一位樞密官的家裡觀賞到這張床。那位在《塞琉斯》①中以「阿麗吉狄雅」和「道德化身」這兩個名字著稱的老太太皮路，就曾經在那裡見過它。

人們所稱「法蘭西的路易先生的祈禱室」就是這個樣子。

我們在上面把讀者引入室內的時候，這間小室裡正十分陰暗。宵禁的鐘聲敲響有一個小時了，天色已晚；只有一支燭影搖曳的蠟燭放在桌上，照著房裡的五個人，他們分散在幾處。

燭光照著的第一人，衣著華麗，下身是緊身褲②，上穿銀色條紋的猩紅半長上衣，外罩黑花紋的金線呢半截袖外套。燭光搖映，這鮮艷的服裝似乎每一道褶皺都反射著火焰。這套服裝的胸襟上用鮮明的顏色繡著穿著者的盾形紋章：一個山尖，頂上有一隻奔鹿；

右側有一支橄欖枝，左側是一隻鹿角③。他腰帶上掛著一把華麗的短刀，鍍金的銀刀柄刻鏤成盔尖形，柄端是一頂伯爵冠冕。他面目可憎，神態傲慢，趾高氣揚。第一眼望去，他臉上的表情是盛氣凌人；第二眼則流露出詭詐神色。

他沒有戴帽子，手裡拿著一長卷文件，站在那張扶手椅的後面。椅子上坐著的卻是一個衣冠不整的人，身子很不雅觀地佝僂著，翹起二郎腿，一隻手肘搭在桌子上。

讀者不妨想像：在那豪華的羊皮椅面上，有兩隻彎曲的膝蓋，兩隻瘦削的大腿穿著黑羊毛編織顯得寒酸的緊身褲，身軀捲裹著綿絲絨大衣，皮裡子看不見什麼毛，只看見皮板；而且還頂著一頂油膩破舊的劣質黑呢小帽，帽檐四周還套上一圈小鉛人；再加上裡面那骯髒的帽襯幾乎不讓一根髮絲露在外面，坐著的這個人的模樣就齊全了。他把腦袋低垂到胸口，被陰影遮住的臉也就看不見別的，只看得見他的尖鼻子，有一線光正好照著，看來一定是長鼻子。從他那瘦削的盡是皺紋的手來看，可以想見是個老頭。這就是國王路易十一。

在他們身後相當距離之外，有兩個人在低聲交談，穿著是弗蘭德爾式的。他們被陰影遮住的不多，看過格蘭古瓦聖蹟劇演出的人自會認出，這是弗蘭德爾御使團兩位主要成員——詭譎的根特領養老金者威廉·里姆和受大眾擁護的襪商雅各·科柏諾。我們都記得，這兩個人參與了路易十一的秘密政治活動。

最後，在最裡面，房門邊的陰暗處，站著一位四肢粗壯、精力充沛的人，石像般一動也不動地立在那兒。他身穿軍服，外罩繡有紋章的外套，四方臉，大闊嘴，低額頭，兩隻眼睛鼓出，平直的頭髮大頂蓋似的從兩邊壓下來，遮沒了耳朵，模樣像惡犬，又像猛虎。

除了國王，全都脫帽恭立。

站在國王身後的那位貴族正在向他作長篇報告，國王似乎聽得很仔細。而兩個弗蘭德爾人則在交頭接耳。

「媽的！我站累了，這裡就沒有椅子嗎？」科柏諾嘟囔說。

里姆搖搖頭，謹愼地笑笑。

「媽的！」科柏諾又說，他委實覺得難受，因爲他不得不壓低嗓門：「我恨不得坐在地上，盤起腿來，像在我店裡賣襪子那樣。」

「您千萬別那麼坐，雅各先生！」

「哎唷！威廉先生！這麼說，這裡只可以兩腿站著囉？」

「還有，兩腿跪著。」里姆說。

這時，國王說起話來。他倆立刻禁聲。

「僕役做衣服五十索耳，王室的教士們做外套十二里弗爾！這麼多成噸的金子往外潑呀！你瘋了嗎，奧利維埃？」

說著，老頭抬起頭來。只見他頸脖上聖米歇項鏈上貝殼狀的金墜子閃亮，燭光充分照亮著他那瘦削陰沉的面容。他一把將文卷奪過去。

「你要我們傾家蕩產呀！」空洞失神的眼睛掃視文卷：「這是怎麼搞的？我們用得著這麼奢侈驚人的家宅嗎？兩名懺悔師，每個月一人十里弗爾！還有小教堂一名僧侶，一百索耳！一名親隨，一年九十里弗爾！四名大御廚，每人一年一百二十里弗爾！燒烤師一名，湯羹師一名，臘腸師一名，燴製師一名，卸甲師④兩名，其手下兩名，這些都是一個月六里弗爾！還有兩名轉叉師⑤，八里弗爾！看馬的⑥一名，外加兩名助手，每人一個月二十四里弗爾！搬運的⑦一名，做糕點的一名，做麵包的一名，做熟肉的兩名，都是每人一年六十里弗爾！馬蹄師是一百二十里弗爾！總帳房先生一千二百里弗爾，總帳房稽核又是五百！……我簡直說都說不清！眞是瘋狂！王室傭人的工錢，就要把法國搶劫一空！羅浮宮所有的金銀財寶，也經不住這樣大的開銷呀！若繼續下去，我們可能只好變賣餐具啦！明年，假使上帝和聖母（說到這裡，他舉了舉帽子）還允許我們活著⑧，我想只好拿錫罐子喝飲料了！」

說著，他向桌上閃閃發光的銀杯瞥了一眼，咳嗽一聲，又說下去：

「奧利維埃先生，貴爲人君，統治廣漠國土者，是不應該讓奢侈淫佚在自己家宅內滋生的，因爲這樣的毒焰必定向外省蔓延。所以，奧利維埃先生，請你注意聽，並且記下來。我們的開銷逐年增加，這是我不喜歡的！你看，天啊！直到七九年還不超過三萬六千里弗爾；八〇年達到四萬三千六百一十九里弗爾。──數字我都記在腦子裡哩！八一年，就到了六萬六千六百八十里弗爾；今年呢，我保證，將高達八萬里弗爾！四年之內漲了一倍！太可怕啦！」

他大口喘氣，只好歇了歇，接著，他火冒三丈，大叫：

「我身邊看見的人，竟是一些利用我、養肥自己的人！每天都從我每個毛孔裡吮取埃居！」

大家作聲不得，這樣的怒氣是只好讓它發洩出來。國王又說：

「正如法國全體貴族用拉丁文寫的那份奏摺所說，我們必須重新平衡他們所說的『王室的沉重負擔』！確實是負擔！壓死人的負擔！啊！先生們！你們說我算不上國王，dapifero nullo, buticulario nullo!（拉丁文：既無總管，又無侍臣！）我們要讓你們瞧瞧，帕斯克-上帝！天知道我到底是不是國王！」

說到這裡，他充分意識到自己的權勢，笑了笑，火氣也就消退了些。他轉向弗蘭德爾人，又說下去：

「你知道嗎，威廉伙計⑨，麵包司、司酒、司寢、家令⑩，統統頂不上一個僕役。科柏諾伙計，請記住，他們什麼用處也沒有。他們一無用處地圍繞著君王，我覺得，就像是圍繞在王宮大鐘上的四位福音聖徒⑪，可不，剛才還得靠菲利浦．勃里依去把鐘撥到九點哩！他們四位都鍍了金，可是並無用處，時針根本用不著他們。」

他沉默了一會，搖晃著盡是皺紋的臉，說：

「嘿，嘿，聖母呀！我還不如菲利浦．勃里依，我糾正不了我的家臣。——接著念吧，奧利維埃！」

叫這個名字的那個人接過長卷文件，又高聲朗讀起來：

「……給予巴黎市府衙門掌印官亞當．特農十二巴黎里弗爾，爲支付鐫刻上述印章——因原用者已舊損不能使用，需翻鑄爲新。

給予吉約墨．弗萊爾款項爲四里弗爾四索耳，以酬其勞，獎賞他在今年一月、二月、三月餵養調弄小塔行宮兩鴿舍的鴿子；又，爲此支付七塞斯提⑫大麥。

給予某結繩派教士四索耳巴黎幣之報酬，爲其爲一罪犯行懺悔。」

國王聽著，不時咳嗽，又把銀杯湊至唇邊，喝一口，做個鬼臉。奧利維埃繼續唸下去：

「……今年一年內，奉司法之命，在巴黎通衢大街，吹喇叭，進行了五十六次呼喊曉諭。——尙待結算。

爲在巴黎以及其他某些地點搜尋並探索據傳埋藏的財寶，但並無所獲。——四十五巴黎里弗爾。」

「爲了挖掘出一文小錢，埋進去一個金幣！」國王嘆道。

「……爲小塔行宮內在鐵籠子所在之地安裝六塊白玻璃⑬，十三索耳。

奉旨爲陛下製作並於鬼怪日呈交四座王徽，四周綴飾玫瑰花冠，六里弗爾。……陛下的舊上衣換兩隻新袖子，二十索耳。……油潤國王的皮靴，置辦油脂一盒，十五德尼埃。……爲國王的那些黑豬新建豬舍一座，三十里弗爾巴黎幣。……爲在聖彼得教堂附近畜養獅子，建造若干隔間，安裝地板和蓋板，二十二里弗爾。」

「可眞是貴重的動物！」路易十一說：「沒關係！畢竟是合乎王者的豪華。有一頭紅褐色大獅子，溫馴可愛，我很喜歡。你去看過嗎，威廉先生？王侯必須有這類奇妙動物。至於我們爲人君者，應該以獅爲狗，以虎爲貓。帝王必須威嚴。在朱庇特異教時代⑭，民眾獻給教堂一百頭牛、一百頭羊，國王就賞賜教堂一百頭獅子、一百隻鷹。這很粗獷，也很壯麗。歷代法國君王寶座的左右都有這種吼叫聲。不過，後世會公正評斷我的，會說我在這上面花得少，用於獅、熊、象、豹的費用我節省得多。……繼續念吧，奧利維埃！我只是說給我們的弗蘭德爾朋友聽的。」

威廉・里姆深打一躬；至於科柏諾，他臉色依然陰沉，就像國王剛才提到的熊。國王卻沒有注意。

國王嘴唇沾著銀杯，呷了一口，又趕緊吐出來，說道：

「噗！這藥水眞要命！」

念文書的繼續往下念：

「一名攔路行劫賤民在剝皮廠監獄關押已有六月，等候吩咐處置，爲其吃食，六里弗爾四索耳。」

「怎麼回事？」國王打斷他說：「該吊死的人還給吃的！帕斯克-上帝！這樣的供飯吃，我以後一個錢也不給！奧利維埃，你去跟戴屠維耳先生商量定妥，今晚就給我作好準備，叫那個風流鬼去跟絞刑架結婚。……往下念！」

奧利維埃用大拇指在「攔路行劫賤民」項下劃了一道印子，跳了過去。

「……給予巴黎司法大劊子手頭目昂里埃・庫贊六十索耳巴黎幣，奉巴黎市府大人之命賞賜，償付奉上述市府之命購買一把闊葉大刀，供因違法而被司法判處死刑者斬首之用，該刀配有刀鞘以及一切附件；同時已將處決路易・德・盧森堡⑮時砍缺破損的舊刀磨利並修整，今後可能更充分表明……」

國王再次打斷了他：

「夠了！我樂意降旨支付這筆錢。這樣的開支我是不在乎的。這種錢花了我從來不心痛。……繼續念吧！」

「爲製作一個新的大鐵籠……」

「啊！」國王說，兩手按著椅子扶手：「我就知道我到巴士底來是不會白來的。你等等，奧利維埃先生，我要親自去看看籠子。我一邊看，你一邊給我接著念好了。弗蘭德爾先生們，請你們也來看看，很有意思的。」

說著，他站起身來，扶著奧利維埃的肩頭，向站在門邊啞巴似的那個人揮揮手，叫他先行，又叫兩個弗蘭德爾客人跟在後面，出了房間。

在小室的門口，御駕一行中又增添了沉重負荷著鐵甲的侍衛和舉著火把的瘦小童僕。他們在牆內開鑿出樓梯和走道的黑暗主塔裡面走了一陣。巴士底的隊長走在最前面，爲邊走邊咳嗽的年邁多病的國王打開一個個小洞門。

每過一個洞門，他們都不得不彎腰低頭，只有因爲歲數太大已經佝僂的那老頭例外。這個老東西已沒有牙齒，透過牙齦說道：「哼！我們都快要進墳墓的門了。過矮門，就得彎腰低頭。」

最後一座洞門上的鎖重重疊疊，花了一刻鐘工夫才打開。他們走進去，裡面是一間尖拱頂的高大寬敞的大廳，藉著火把的亮光可以看見中央有一個巨大厚實的箱子，水泥鐵木結構。箱子外實內空。這就是用來監禁國家要犯的有名籠子之一，人稱「國王的小姑娘們」。籠子側壁上開了兩三個小窗，粗糙地安裝著粗壯的鐵柵，厚厚的，連玻璃也遮住了。門是一大塊平石板，好像墳墓的門。這種門從來只進不出；只是，裡面的死者是個活人。

國王開始緩步圍著這座小建築物轉，仔細地察看；同時，奧利維埃一直跟著，高聲朗讀那份報告：

「為新建一座棟樑、肋材、桁木均甚粗壯的巨人木頭籠子，長九尺，寬八尺，上下板間距為七尺，榫接並以粗大鐵螺栓嵌合。該籠子置放於聖安東尼門巴士底堡壘塔樓之中。該籠內，奉國王陛下諭旨，囚禁原居住於破舊殘損的老籠內犯人一名。用於該新籠：九十六根橫樑和五十二根豎樑；十根桁木，每根長三尋；十九名木工在巴士底庭院內幹了二十天，砍削、製作並安裝所有上述木料……」

「相當出色的橡木心。」國王說，用拳頭敲敲木架結構。

奧利維埃繼續念下去：

「該籠使用了二百二十根八、九尺長的鐵螺栓，其餘每根中等長度，尚有固定此等螺栓的板條、螺帽和壓襯，各該鐵製品共重三千七百三十五斤；外加八根大鐵鉚釘用來接合上述木籠，連同抓釘和鐵釘，計重二百一十八斤⑯；還不算上該木籠所在房間的窗戶上的鐵柵和房門上的鐵柱以及其他等等……」

「鐵可真不少，」國王說：「足以使人克制住輕舉妄動的念頭！」

「……合計三百一十七里弗爾五索耳七德尼埃。」

「帕斯克-上帝！」國王大叫起來。

路易這句口頭禪大粗話剛一出口，就好像有個人在籠子裡醒來了。只聽得鐵鏈蹭著底板咣噹直響，有一個微弱的人聲似乎發自地獄：「陛下！陛下！開恩呀！」只聽見聲音，看不見人。

籠子裡發出的悲鳴使每個在場的人都毛骨悚然，連奧利維埃也不例外。只有國王好像沒有聽見。他吩咐奧利維埃繼續念下去，仍然無動於衷地漠然視察這個籠子。

「……此外，一個泥瓦匠打洞以安搜窗柵，並加固籠子所放房間的地坪，否則，原有的地坪承受不住籠子的重量，支付其工錢計二十七里弗爾十四索耳巴黎幣……」

籠子裡又呻吟起來：

「開恩吧，陛下！我向您發誓，是安惹的紅衣主教先生謀叛，不是我！」

「這個泥瓦匠眞貪財！」國王說：「往下念，奧利維埃。」

奧利維埃繼續念：

「木工安裝窗戶、床鋪、馬桶等等，二十里弗爾兩索耳巴黎幣……」

那個聲音也繼續喊叫：

「唉！陛下，您怎麼不聽呢？我向您保證，不是我給圭亞納大人寫那個東西的，是紅衣主教巴呂⑰先生！」

「木工太貴了，」國王說：「完了？」

「沒有，陛下。玻璃工，安裝上述小屋的玻璃，四十六索耳八德尼埃巴黎幣。」

「開開恩吧，陛下！我的財產都給了審判我的法官們，餐具給了托爾席先生，藏書給了彼埃爾・多里奧耳先生，壁毯給了魯席戎的總督，還不夠嗎？冤枉呀！我在鐵籠子裡死去活來已經十四年了！饒了我吧，陛下！在天堂您會得到報答的。」

「奧利維埃先生，總共？」國王說。

「三百六十七里弗爾八索耳三德尼埃巴黎幣。」

「聖母呀！」國王叫道：「這籠子眞是駭人聽聞！」

他把報告從奧利維埃手裡奪過來，開始自己扳著手指頭計算，看看書，又看看籠子。這中間，可以聽見囚徒在啜泣。在黑暗中越發顯得陰森，人人面面相覷，臉都白了。

「十四年了，陛下！十四年了！從一四六九年四月開始！看在上帝的聖潔母親的面上，陛下，請俯聽下情！這整個時間您享受著陽光的溫暖。我體弱多病，難道再也看不見天光了嗎？開恩吧，陛下！發發慈悲吧！寬大爲懷是人君的無上美德，只要寬宏大量，怒氣頓消。難道聖上認爲，到臨終之際，爲人君者想起對任何冒犯從不寬貸，會是極大的滿足？何況，陛下，我根本沒有背叛聖上，全是安惹的紅衣主教幹的。我腳上拴著沉重的鐵鏈，鐵鏈後面還拖個大鐵球，重得不近情理！唉，陛下，可憐可憐我吧！」

「奧利維埃，」國王搖搖頭說：「我發現灰泥每繆伊德⑱造價二十索耳，實際上只值十二索耳。你把這份報告修改修改。」

他從籠子轉過身去，開始向大廳外面走去。可憐的囚徒，見火光和人聲遠去，知道國王走了。

「陛下！陛下！」他絕望地叫喊。

門重新關上。他再也看不到什麼了，聽見的只有獄卒嘶啞的聲音傳至他耳鼓的歌聲：

若望·巴呂再也看不見他的主教區；

凡爾登先生⑲也丟掉了主教區；

兩個都完了，一點也不剩！

國王默不作聲重新向祈禱室走去。隨行人員跟在後面，對於犯人最後的哀號心有餘悸。忽然，國王轉身向巴士底總管發問：

「籠子裡剛才是有個人嗎？」

「確實，陛下！」總管回稟，對這個問題萬分驚愕。

「那麼是誰呢？」

「是凡爾登的主教。」

國王其實比誰都明白，不過，他的癖好一貫如此。

「哦！」他說，天眞的模樣，彷彿這才頭一次想起來：「紅衣主教巴呂先生的朋友吉約墨·德·阿朗古！是個好主教哇！」

片刻之後，小室的門開了，讀者在本章開頭看見的那五個人進去之後，又關上了。他們各就各位，保持原來的姿態，繼續小聲談話。

剛才國王不在的時候，底下人在他桌上放了一些信函。他一一躬親折封，立刻一一過目，招手叫奧利維埃先生（看來他在國王面前充當文牘大臣）過去拿鵝毛筆，也不告訴他來函的內容，就開始低聲口授覆信⑳。奧利維埃相當不舒服地跪在桌前迅速筆錄。

威廉·里姆注意觀察。

國王說話的聲音很小，兩個弗蘭德爾人聽不清他口授的內容，只是斷斷續續聽到隻字片語，也不易理解，例如「……以商業維持肥沃的地區，以工業維持貧瘠的地區……讓英國先生們看看我們的四尊火砲；倫敦號、勃臘邦號、布格-昂-勃瑞斯號、聖奧邁號……大砲致使現今的戰爭更為合理……致我們的朋友勃端絮爾先生……沒有貢獻，軍隊是無法維持的……」等等。

有一次，他提高了嗓門：

「帕斯克-上帝！西西里國王竟然用黃火漆封信，就跟法國國王一樣！我們允許他這樣幹，大概是錯了。連我們的表弟勃艮地公爵當年的紋章㉑都不是紅底子的。世家的尊嚴要確保，端在維護特權之完整。把這一點記下來，奧利維埃。」

又有一次：

「啊，啊！好大的口氣，這封信！我們的兄弟皇帝㉒向我們要求什麼呀？」一邊瀏覽來書，一邊不時發出感嘆：「當然！德意志偉大強盛，簡直令人難以置信！可是，我們不能忘記這句老諺語：最美麗的伯爵封地是弗蘭德爾，最美麗的公園是米蘭，最美麗的王國是法蘭西。是不是，弗蘭德爾先生們？」

這次，科柏諾也同威廉·里姆一起鞠躬了——襪商的愛國心受到了奉承。

最後一封信使路易十一皺起眉頭，喊道：

「怎麼搞的！控告我們在皮卡迪的駐軍，還請願！奧利維埃，火速去信給魯奧都統。你就說紀律太鬆弛；近衛騎兵、有采邑的貴族、自由弓手㉓、瑞士兵，對平民無惡不作；軍人從種田人家裡搶劫仍嫌不足，還用棍棒打他們、用鞭子抽他們，逼迫他們到城裡去乞討酒、魚、香料和其他毫無道理可言的東西。國王知道這一切；我們打算保護老百姓，讓他們安居樂業，不受偷竊和劫掠；憑聖母的名義，這是我們的意志！你還寫上，我們不喜歡任何樂師、理髮師、武裝僕役㉔像王侯一般穿什麼天鵝絨，穿綢著緞，戴金戒指；這種奢侈是上帝所厭惡的。我們雖然是天潢貴胄，也滿足於十六索耳一碼的呢子上衣；那些鄉紳先生們也完全可以降格嘛！你就這樣頒詔下旨，給我們的朋友魯奧先生。好。」

他大聲口授這封信，語氣堅決，說得斷續。他剛要結束，房門開了，又來一人，他慌慌張張地進來，喊著：

「陛下，陛下！巴黎發生了民變！」

路易十一的陰沉臉龐頓時抽搐，不過，明顯的激動只是疾如閃雷，一閃即過。他立即克制了自己，以平靜而嚴厲的口吻說：

「雅各伙計，你進來得太猝然了！」

「陛下，陛下！發生了叛亂！」雅各．庫瓦蒂埃伙計又說，喘不過氣來。

國王已經站起身來，粗暴地抓住他的手臂，對他耳語，只讓他一人聽見，壓抑著氣惱，從眼角裡瞟瞟弗蘭德爾御使：

「別說了，要不，你就小聲點！」

來人明白過來，開始低聲向國王作了一番驚慌失措的敍述，國王冷靜地聽著。這時，威廉‧里姆叫科柏諾注意來人的面容和衣著：皮毛風帽——caputa forrata、短斗篷——epitogia curta，還有說明了穿著者是審計院院長的那種黑天鵝絨袍子。

這人剛對國王說了幾句，路易十一就哈哈大笑起來，叫道：

「眞的！大聲點，雅各伙計！你幹嘛要這樣小聲說話呢？聖母知道，我們沒有什麼要瞞著我們的佛蘭德爾好朋友的。」

「可是，聖上……」

「大聲點！」

這位雅各伙計一時愣住了。

「怎麼，你說呀，先生！我們的好巴黎城發生了平民騷動？」國王又說。

「是的，陛下。」

「你說他們是針對司法宮典吏的？」

「看來是的。」伙計回說，結結巴巴，仍然莫名其妙，弄不清楚國王思想中怎麼忽然不可解釋地有了變化。

「巡防部隊在什麼地方同暴民相遇的？」路易十一又問。

「從大無賴漢場走向錢幣兌換所橋的途中。我自己遇到暴徒是在奉旨前來的半路上。我聽見他們中間有人高呼：『打倒司法宮典吏！』」

「他們對典吏有何不滿？」

「啊！因爲他是他們的領主。」雅各伙計 說。

「當眞！」

「是的，聖上。他們是奇蹟宮廷的賊民，也是典吏領屬的子民，早就對他不滿。他們不願意承認他有權司法、有權管理大路。」

「噢，噢！」國王說，滿意地笑了——竭力掩飾，還是露出了笑容。

「他們向最高法院提出的訴狀中都說，他們只有兩個主子：一個是陛下，一個是上帝——我想，他們說的其實是魔鬼。」雅各又說。

「嘿，嘿！」國王說。

他得意地搓搓手，暗中竊笑，容光煥發了。他遮蓋不住喜悅，雖然不時試圖鎮定點。誰也弄不清是怎麼回事。甚至奧利維埃先生也莫名其妙。國王沉默了一會，思考著，然而顯然很滿意。

「他們人多勢眾？」他忽然問道。

「是的，陛下。」雅各回稟。

「有多少？」

「至少六千人。」

國王禁不住說了聲：「好！」然後又問：

「有武器嗎？」

「拿著大鐮、戈矛、火槍、十字鎬。各種非常厲害的武器。」

他這樣誇張一番，國王卻好像一點也不著急。雅各覺得應該補充說：

「假如陛下不立即派人馳援，典吏可就完了！」

「要派的，」國王佯作鄭重地說：「好，我們一定派。典吏先生是我們的朋友。六千人！都是亡命之徒！膽大包天，眞是可惱可恨！可是我們今夜身邊人不多。明天早上還來得及！」

雅各伙計叫了起來：

「刻不容緩呀，陛下！明天早上的話，典吏衙門不知給搶劫多少了，領主莊園早遭蹂躪，典吏早給吊死了。看在上帝的面上，陛下！馬上就派，不要等到明天早上。」

國王直視他的面孔，說道：

「我已經對你說了，就是明天早上！」

他那樣的目光是不容置辯的。

沉默了一會，路易十一再次抬高嗓門：

「我的雅各伙計，你大概知道吧，以往……」他糾正自己說：「現在典吏的封建管轄範圍怎樣？」

「聖上，司法宮典吏現在擁有壓布廠街，一直到草市街爲止，擁有聖米歇廣場和田園聖母院附近、俗稱繆羅的地方，（這時，路易十一掀了掀帽檐。）那裡的府邸計有十三座，外加奇蹟宮廷，還有被稱爲郊區的痲瘋病院，還有從痲瘋病院到聖賈各門的整個大路。他是這些地方的大路管理官，高級、中級、初級司法官，全權領主。」

「哎唷！」國王說，右手撓撓左耳：「這占了我的城市好大一塊呀！啊！典吏先生以往是這一大塊的王呀！」

這一次他不糾正自己了。他沉思著繼續說，好像在自言自語：

「好極了，典吏先生！你牙齒裡咬著我們巴黎好大一塊！」

忽然，他暴跳起來：

「帕斯克-上帝！怎麼搞的，這些人在我們家裡自稱大路管理官、司法官、領主、主人！他們到處徵收買路錢，在我們的百姓中間到處施行司法權，到處有他們的劊子手！以至於就像古希臘，有多少泉水，就有多少神；就像古波斯，有多少星星，就有多少神；法國人看得見的絞架有多少，就有多少國王！天呀！這樣的事情太惡劣，這樣造成的混亂我討厭！我倒要問一問：是不是上帝的慈悲，讓巴黎除了國王以外還有什麼大路管理官，除了我們的最高法院以外還有什麼司法機關，在這個帝國疆域內除了我們之外還有其他皇帝！憑我靈魂的信仰！必須終有一日，在法國只有一個國王、一個領主、一個法官、一個斬首的地方，正如天堂只有一個上帝！」

他再次掀掀帽檐，仍然沉思著說下去，神態與語氣都像一個獵人激勵並放縱他的獵犬：

「好！我的老百姓！幹得好！砸爛這些假主人！放手幹吧！上，上！搶劫他們，吊死他們，把他們套起來！……哈！你們想當國王，先生們？去幹，百姓們，動手！」

說到這裡，他猛然打住，咬咬嘴唇，彷彿要捕捉已遁逸一半的思想，銳利的目光輪番注視周圍的五個人，忽然兩手抓下帽子，盯著它，對它說：

「啊！你要是猜得到我腦子裡盤算些什麼，我就把你燒掉！」

隨後，他像悄悄回到洞穴的狐狸那樣，注意觀察，惶惶不安的眼睛再次四處逡巡：

「不管它！我們還是要去馳援典吏先生。不幸，我們此刻手頭的兵卒太少，對抗不了那麼多的民眾。非得等到明天不可。明天要在內城恢復秩序，凡捕獲者格殺勿論！」

「且慢，陛下！」雅各伙計說：「我一陣慌亂倒把這事給忘了，巡防隊逮著了那一夥中兩個脫隊的。要是陛下想見一見，他們就在這兒！」

「我要不要見！」國王喊道：「怎麼，帕斯克-上帝！這樣的事你都忘了！快去，你，奧利維埃！去把他們帶來！」

奧利維埃出去了一下，帶進來兩名犯人，由近衛弓手押解著。前面的一個長著一張大臉，癡呆、酒醉、驚訝的模樣。他衣衫襤褸，彎膝拖曳著步子。後面的一個臉色蒼白，笑瞇瞇的，是讀者已經認識的。

國王打量他們半晌，沒有出聲，然後，猝然詢問前一個：

「你叫什麼名字？」

「吉夫羅瓦・潘斯布德。」

「職業？」

「無賴漢。」

「你參加這萬惡的叛亂想幹什麼？」

無賴漢盯著國王，兩隻胳臂愚騃地搖擺著。他那顆頭顱屬於結構拙劣的一種，智力在裡面沒有什麼回旋的餘地，就像壓燭罩下的燭光。他說：

「我不知道。他們去，我也去。」

「你們不是要去悍然攻打、搶劫你們的領主司法宮典吏嗎？」

「我只知道，他們要到什麼人家裡去拿什麼東西。就是這些。」

一名兵卒把無賴漢身上搜出來的一把大鐮呈交國王過目。

「你認得這把兵器？」國王問。

「認得，這是我的鐮，我是種葡萄的。」

「你承認這個人是你的同夥？」路易十一又問，指著後一名犯人。

「不，我不認得他。」

「行了，」國王說著，向我們已經請讀者注意站在門邊一動不動的那個啞巴角色招招手，又說：「特里斯唐伙計，這個人由你處置。」

修行者特里斯唐鞠了一躬，低聲命令兩名弓手把那可憐的無賴漢帶走。

這時，國王已經走到後一名犯人跟前。這個犯人冷汗直淌。

「你的名字？」國王問道。

「陛下，我叫彼埃爾・格蘭古瓦。」

「職業？」

「哲學家，陛下。」

「混蛋，那你怎麼竟敢參加圍攻我們的朋友司法官典吏先生，關於這次民眾騷動，你有什麼交代的？」

「陛下，我沒有參加。」

「啊，這樣！淫棍㉕，你難道不是在他們一夥壞蛋中間被巡防隊抓住的嗎？」

「不是，陛下，是個誤會。也是我命該倒霉！我是個寫悲劇的。我請求您聽我稟告。我是個詩人。幹我這一行的都有憂鬱的毛病，夜裡愛到街上遛達。今晚我正好經過那兒，完完全全出於偶然。抓錯了，我跟這場內亂毫無牽連。聖上明鑒，剛才那個無賴漢不是不承認我嗎？我乞求陛下……」

「住口！」國王喝了一口藥水之後，喝道：「你把我們的腦袋都吵炸了！」

修行者特里斯唐走上來，指著格蘭古瓦：

「陛下，把這一個也吊死？」

這是他開口說的第一句話。

「嘿！我看沒有什麼不行。」國王漫不經意地說。

「我看很不行，不行！」格蘭古瓦說。

我們的哲學家此刻的臉色比橄欖還綠。他一看國王那冰冷漠然的模樣，知道別無他法，只能訴之以激動人心的言詞，便撲倒在路易十一的腳下，絕望掙扎地手舞足蹈，叫道：

「聖上，千乞俯聽下情！陛下呀！不要天威震怒，殛死我這樣的蟲蟻草芥！上帝的神聖霹靂是從不打擊一棵萵苣的。聖上是無比強大的威嚴君王，請可憐可憐我這樣的一個可憐的老實小民，我這樣的人要去煽動叛亂，眞比冰塊要發出火花還難。萬分仁愛的聖上，寬厚是爲人君者獅子般的美德。哎呀！嚴厲僅僅令人生畏，北風怒號不能使行人脫去外套；陽光燦爛，逐漸使人溫暖，方得促其脫盡衣衫。

國王呀，您就是太陽！我的君王，我的主人，至尊的主，我向您發誓，我不是無賴漢同夥，不是盜賊，不是汚七八糟的人。叛亂和蹇徑不是阿波羅的隨行。投入爆炸爲叛逆的烏雲的，絕不會是我。我是陛下的恭順臣民。丈夫爲維護妻子貞節的嫉妒，兒子爲孝順父親的熱愛，馴良臣民都應該爲君王的光榮而具備。他必須爲赤誠維護宗室，爲竭盡駑鈍效忠君主，而肝腦塗地！如有其他任何欲情支配他，那只能是瘋狂。陛下，這些就是我的最高座右銘。所以，不要看我衣服肘部磨破了，就認定我是叛逆、搶劫犯。如蒙陛下寬恕，我將日夜爲聖君祈禱，磨破我的雙膝。唉，不幸呀！我確實並不有錢，甚至相當貧困，然而並不因爲窮而邪惡，窮不是我的過錯。大家知道，錢財並不產生於學術，讀書破萬卷的人並不總是能身擁千重裘。要說收穫，單憑惡棍手腕就能攫取全部穀物，只把稻草留給其他科學職業。關於哲學家盡是窟窿的外套，足足有四十句絕妙的諺語。

啊，陛下！寬宏大量，是唯一能夠照亮偉大靈魂的光芒。寬宏大量，位於一切其他美德前列高舉火炬。沒有它，世人都會成爲摸索著尋找上帝的瞎子。慈悲同寬大是一碼事，慈悲博得臣民的愛戴，也就使君王獲得最強大的防身武器。陛下的威嚴，萬民不敢仰視，在地面上多留一個可憐人對陛下又有何礙呢？一個可憐無辜的哲學家，他只是在災難的黑暗中爬行，而他囊空如洗，肚皮貼著背脊。況且，陛下，我是一個文人。偉大的國王總是把獎勵學術當作他們王冠上的一顆珍珠。赫克勒斯不輕視繆薩蓋特斯㉖這個頭銜。馬提亞・科爾文㉗寵愛數學明珠若望・德・蒙羅瓦亞。絞死文人，是提倡學術的極壞辦法。亞歷山大要是絞死亞理斯多德㉘，會是多麼大的污點呀！這樣幹的話，不會是一顆美人痣㉙，美化他的令名；只會是一個惡性腫瘤毀損他的美名。

啊！陛下，我寫過一部非常棒的婚禮讚歌，是獻給弗蘭德爾公主和極其威嚴的王太子殿下。這怎麼會是叛亂的點火棒㉚呢？聖上明鑒，我不是一個拙劣作家，我以往學習成績出眾，我天生很有辯才。請陛下開恩吧！聖上這樣做，也就是與聖母結善緣。我向您發誓，想起要被吊死，我就心驚膽戰！」

說著，悲苦萬分的格蘭古瓦吻著國王的拖鞋。威廉・里姆悄悄對科柏諾說：

「他在地上爬，是個高招！因為國王都像克里特島上的朱庇特，耳朵只長在腳下。」

襪商也不管什麼克里特的朱庇特，傻笑著，眼睛盯著格蘭古瓦，回答說：

「哦，確實如此！我好像是聽見了雨戈奈樞密官向我求饒㉛！」

格蘭古瓦終於氣喘吁吁地住口不語，戰慄著抬眼望望國王。國王此刻正在用指甲刮著短褲膝頭上的一個污點，然後，開始喝銀杯裡的藥水。況且，他一言不發，這種沉默使格蘭古瓦心驚肉跳。終於，國王看看他，說道：

「這小子眞是囉嗦得要命！」

接著，他轉向修行者特里斯唐，吩咐說：

「呸！放掉他！」

格蘭古瓦高興得害怕起來，一屁股坐倒在地上。

「放他！陛下要不要讓他在籠子裡蹲蹲？」特里斯唐嘟囔。

「伙計，」路易十一說：「你以爲我們每個籠子花三百六十七里弗爾八蘇三德尼埃，是爲了這種人？立刻給我把這個『淫棍』（路易十一偏愛這個稱呼，這同『帕斯克-上帝』一樣，是表示高興的基本詞彙）放掉，你們給我用拳頭把他轟出去！」

「眞乃有道明君！」格蘭古瓦叫了起來。

接著，唯恐國王反悔，他忙向門口衝去。特里斯唐很不情願地給他開了門。兵卒同他一道出去，在後面用拳頭捶他，捅著他走，格蘭古瓦以斯多噶派哲學家的姿態統統忍受了。

自從聽說發生了反典吏的叛亂，國王就情緒甚好，這從各方面都看得出來。異乎尋常的寬大，絕不是一個微不足道的跡象。修行者特里斯唐站在原來的角落裡，滿臉的不高興，就像一頭猛犬看見了目標，卻咬不著。

這時，國王興致勃勃地用手指頭在椅子扶手上敲出奧德邁橋進行曲的拍子。他是一位善於矯飾的君王，但是，掩蓋痛苦的本領遠遠超過掩飾喜悅。聽到好消息，就從外表上表現出內心的喜悅，有時甚至達到態度失常的程度。例如，得知鹵莽漢查理的死訊，他甚至許願給圖爾的聖馬丁教堂建造幾座銀欄杆；他自己得就王位的時候，甚至忘了傳旨安葬亡父。

雅各・庫瓦蒂埃忽然叫了起來：

「哎，陛下！您宣召叫我來看的那種疾病，究竟怎樣了？」

「啊！我確實痛苦萬分，伙計。我耳朵裡響，胸膛裡火燒火燎痛得鑽心。」國王說。

庫瓦蒂埃拿起國王的一隻手，以行家的模樣給他把脈。

里姆輕聲說道：

「科柏諾，您看。他一邊是庫瓦蒂埃，一邊是特里斯唐。這就是他全部的朝廷。一個醫生給他自己，一個劊子手給一切其他的人。」

庫瓦蒂埃診脈，診著診著，神色越來越驚慌。路易十一相當焦慮地注視他。庫瓦蒂埃的臉色顯然陰沉下來了。國王的健康欠佳，是他絕無僅有的搖錢樹，他就竭盡全力搖晃它。

「啊！確實嚴重！」他終於嘟囔道。

「是嗎？」國王著急地問。

「Pulsus creber, anhelans, crepitans, irregularis.（拉丁文：脈搏快速，間斷，劈拍響，不規則。）」醫生又說。

「帕斯克-上帝！」

「三天之內就要送命！」

「聖母呀！」國王叫了起來：「怎麼治呢，伙計？」

「我正在考慮，陛下。」

他叫路易十一把舌頭伸出來，一看，搖搖頭，做了個憂慮的表情，裝神弄鬼的當兒，他忽然說：

「天啊！陛下，我必須稟告您，有一個主教收益權㉜出缺，我有一個侄兒。」

「我把我的權益賜予你的侄兒，雅各伙計，但你得給我把胸中火燎的疼痛治好！」

「既然陛下這樣寬宏大量，想必不會拒絕予以鼎力，使我得以建造在拱廊聖安德烈街的房屋。」醫生又說。

「嗯！」

醫生繼續說：

「小的實在財力不濟了，要是臣宅沒有屋頂，那就太遺憾了。倒不是爲了那棟房子，房子很簡單，完全平民式的；而是爲了美化護牆板上約翰•傅博的那些畫。畫上面有個月神狄安娜飛翔在空中，出色極了，溫柔雅緻，動作是那樣天眞無邪，頭髮梳得好看極了，頭上環繞著月牙兒，皮膚是那樣白淨，誰過分好奇地觀看都會受不了誘惑。還有一個收穫女神刻瑞斯，也是一位絕色女神，她坐在幾束麥子上面，頭戴麥穗花環，點綴著婆羅門參，裝飾著其他花朵。再也沒有比她的眼睛更爲含情脈脈，比她的腿更爲圓潤，比她的神態更爲高貴，比她的裙子更爲輕飄的了。這是畫筆歷來畫出的最純潔、最完美的美人之一。」

「你要我的命呀！」路易十一吼道：「你有完沒完？」

「我得蓋個屋頂把這些畫蓋起來呀，陛下，雖然是小事一樁，可是我沒有錢了。」

「你的什麼屋頂，要多少錢？」

「呃，這個……是銅的，鏤花鍍金，至多不過兩千里弗爾。」

「啊，你要殺人呀！」國王大叫：「瞧你，拔我的牙，每一顆都得是金剛鑽的！」

「我能蓋屋頂嗎？」庫瓦蒂埃問。

「行！你見鬼去吧，但你得快點治好我的病。」

雅各・庫瓦蒂埃深打一躬，說道：

「陛下，用消散劑可以治好您的病。我們要給您在腰部敷上用蠟膏、氨膠、蛋清、植物油和醋做成的大福膏。陛下的藥水還得繼續喝。陛下福壽康泰包在小的身上。」

一支燃燒的蠟燭招來的不僅僅是一隻飛蛾。奧利維埃先生看見國王正當慷慨之際，認爲時機有利，也湊上前去，說道：

「陛下……」

「又是什麼？」路易十一問。

「陛下明鑒，西蒙・臘丹死了。」

「怎麼樣呢？」

「他生前是專司財務司法的王室顧問。」

「怎麼樣呢？」

「陛下，該職出缺了。」

說著，奧利維埃那高傲面容上的傲慢神情已經換成了卑下的神情。朝臣的面部表情轉換，也就是這兩種而已。國王瞪著眼睛瞧著他，冷冷地說：

「知道了。」

接著，他又說：

「奧利維埃先生，布席戈督統在世時常說：『賞賜皆來自國王，打魚只能在大海。』我看你贊成他的見解。現在你聽好！我的記憶力很好。六八年，我讓你當上侍寢；六九年，聖克盧橋別莊莊頭，俸給是一百圖爾里弗爾——你想要巴黎幣；七三年十一月，我頒詔惹若耳，確立你爲樊尙樹林總管，替換吉貝·阿克勒候補騎士；七五年，聖克盧魯弗萊森林的山林所有人，替代雅各·勒邁爾；七八年，我賜予綠火漆雙封特許憑券，使你們——你和你妻子——安然享受聖日耳曼學校附近的商人廣場所生十里弗爾巴黎幣年利；七九年，我命你爲色納爾森林的山林所有人，替換那可憐的約翰·戴茲；爾後，洛希城堡隊長；爾後，聖岡坦總管；爾後，墨朗橋隊長，你就此讓人稱你爲這個橋的伯爵。理髮師凡是節日給人刮鬍子的罰款五索耳，其中三索耳歸你，我只得到餘額。我慨然把你原來的姓『勒摩維』（意爲『壞東西』）改掉了，其實那個姓倒是太符合你了。七四年，不顧全體貴族的不滿，我恩准你使用五顏六色的紋章，你由此挺胸疊肚，驕傲如孔雀一般。帕斯克-上帝！你還不飽足嗎？打的魚不是夠大夠多，奇蹟似的嗎？你難道不怕只要再多撈一條梭魚，就會把你的船壓沉？驕傲會毀掉你的，伙計！緊跟著驕傲而來的，從來就是毀滅和羞辱。你好好想想，免開尊口吧！」

國王說得聲色俱厲，奧利維埃先生的面部表情重新變成了傲慢。

他近乎高聲地嘟囔：

「好吧，很明顯，陛下今天是病了，好處都賞給醫生！」

這樣的唐突無禮，路易十一卻不惱怒，反倒和顏悅色地說：

「嘿，我倒忘了，還讓你出使根特，駐瑪麗皇后㉝宮廷爲御使。是的，」國王轉向兩位弗蘭德爾人，又說：「先生，他當過御使。」他又對奧利維埃說：「伙計，你瞧，你就不必生氣了，我們是老朋友嘛！噢，天色也不早了，工作也做完了。來給我刮鬍子吧！」

讀者大概無需等到現在才認出，奧利維埃先生就是名叫「天命」的那位偉大劇作家那樣藝術高超地摻入路易十一生平漫長而血腥的喜劇中可怕的費加洛㉞。我們不打算在這裡就此古怪角色多加闡述。國王的這個理髮師有三個名字：在宮廷裡，人們彬彬有禮地稱他爲「奧利維埃公鹿」；民眾稱他爲「奧利維埃魔鬼」；他自稱「奧利維埃壞東西」。

「奧利維埃壞東西」就這樣呆立著，賭氣地瞅著國王，斜視著庫瓦蒂埃。

他咬牙切齒地嘀咕：

「是的，是的，醫生！」

「呃！是呀，醫生，」路易十一複述，脾氣好得出奇：「醫生比你有權威哩。這很簡單。他控制我整個身體，而你只揪住我的下巴。得了，可憐的理髮師，機會有的是。要是我正經地當國王，還有你混的嗎？你那官兒會有什麼下場呢？要是我眞像希佩里克國王那樣，習慣一手捋鬍子，那你怎麼辦呢㉟？算了，伙計，幹你的正經差事，給我刮鬍子吧！去拿你該拿的工具吧！」

奧利維埃看見國王決意要笑，甚至沒法子惹他生氣，只好嘟嘟囔囔出去奉旨行事了。

國王站起身來，走到窗口，突然異常激動地推開窗子，拍手叫道：

「噢，眞的！內城的天空一片紅光，是典吏在燃燒。只能是這樣。啊，我的好百姓！你們到底幫助我來粉碎領主制度啦！」

接著，他轉向弗蘭德爾人：

「先生們，來看看這個。難道不是火光熊熊嗎？」

「是大火。」威廉・里姆說。

「哦！」科柏諾說，兩眼突然閃亮：「這使我想起了焚燒丹伯庫領主的房子。那邊一定是發生了大規模叛亂。」

「您以爲是這樣，科柏諾先生？」路易十一的眼神幾乎也像襪商一樣顯露出高興：「難道不是難以抵擋嗎？」

「媽的，陛下！您的兵卒碰上去，也得損失好幾支部隊哩！」

「哼，我！那就不一樣了，」國王說：「只要我願意……」

「如果叛亂像我設想的那樣，陛下願意也沒用！」襪商壯膽回說。

「伙計，只要我的近衛兵去兩大隊，放一陣蛇形砲，那一堆賤民就報銷了。」路易十一說。

襪商不顧威廉•里姆向他擠眉弄眼,似乎下了決心與國王頂撞：

「國王陛下，瑞士兵也是出身賤民的。勃艮地公爵大人是個大貴族，他瞧不起這些賤貨，在格朗松戰役中，陛下，他高喊：『砲手們，對準那些下流胚開砲呀！』他還以聖喬治的名義破口大罵。可是，司法官夏納希塔耳手執大棒，率領他的平民百姓，向漂亮的公爵衝上去；和皮厚得像水牛一般的農民一接觸，亮閃閃的勃艮地軍隊就碰得粉碎了，就跟玻璃碰到石頭似的，當場許許多多騎士被小人之輩殺死了；勃艮地的最高位貴族夏多-吉戎先生，也在一小片沼澤草地和他那高頭大灰馬一起被打死了。」

國王卻說：

「朋友，您說的是戰役，現在這裡是叛亂。我什麼時候願意皺皺眉頭，就能夠把他們收拾乾淨！」

對方冷漠地駁斥：

「可能吧，陛下。要是這樣，那就是說，人民的時候還沒有來到。」

威廉・里姆認爲應該干預：

「科柏諾先生，跟您說話的是一位強大的君王。」

「我知道。」襪商鄭重地說。

「讓他說吧，我的朋友里姆先生。我喜歡這種坦率直言。父王查理七世常說，『眞話病了』；我自己以爲眞話死了，連懺悔師都沒有找到哩！其實，科柏諾先生使我看淸自己想錯了。」國王說。

於是，他親切地把手放在科柏諾的肩頭：

「您剛才說，雅各先生？……」

「陛下，我說您也許說得對；貴國人民的時候還沒有到。」

路易十一目光銳利地凝視他：

「那何時到呢，先生？」

「您會聽見這個時辰敲響的。」

「在哪個鐘上，請問？」

科柏諾土里土氣的面容仍然冷靜，請國王走近窗口。他說：

「陛下，請聽我說！這裡有一座主塔、一座鐘樓、若干大砲，還有市民和兵卒。當警鐘噹噹、砲聲隆隆、主塔轟然倒坍、市民和兵卒吼叫著互相廝殺的時候，那個時辰就敲響了㊱！」

路易的臉色陰沉下來，陷入沉思。他半晌作聲不得，然後，像撫摸戰馬似的，用手輕輕拍擊主塔的厚牆，說道：

「啊，不！你不會這樣輕易倒坍，是不是，我親愛的巴士底？」

他又猛然一下子轉向那大膽的弗蘭德爾人：

「您見過叛亂嗎，雅各先生？」

「我製造過。」襪商說。

「製造叛亂，您是怎麼幹的？」國王說。

「哦，不太困難，辦法多的是。首先需要城市裡的人心懷不滿，這是常有的。其次是居民的性格，根特居民很容易叛亂，他們總是喜歡君王的兒子，從不喜歡君王本人。好的，假定有天早上，有個人到我店裡來，對我說：科柏諾老爺，這樣，那樣……比方說，弗蘭德爾公主想保全自己的寵臣，大典吏要增加鯊魚皮革稅，諸如此類，您愛怎麼說都行。我就把手頭的活兒一撂，出襪店，上大街，喊叫：『套起來！』隨時隨地什麼破桶總是有的。我跳上去，想到什麼就說什麼，把心裡壓著的話講出來。只要是人民的一分子，心裡總是壓抑的，陛下。於是，隊伍就聚集起來了，高聲喊叫，警鐘敲響，解除軍隊的武裝，用來武裝平民，市場上的人也參加進來，就這樣幹起來！事情今後仍然如此，只要領地上還有領主，市鎮上還有市民，鄉下還有農民。」科柏諾回說。

「你們造反反對誰呢？」國王問道：「反對你們的典吏？反對你們的領主？」

「看情況。有時候也反對奧地利大公。」

路易十一走開，又坐下，笑笑說：

「噢，我們這裡，他們還在反典吏的階段。」

正說著，奧利維埃公鹿又進來了，後面跟來兩個童僕端著國王的梳妝用品。不過，引起路易十一注意的，是後面還跟著巴黎市長和巡防騎士，這兩人都神色倉皇。滿肚子牢騷的理髮師也顯得倉皇，不過內心裡幸災樂禍。他首先開口：

「陛下，請您原諒我帶來了災難消息。」

國王在座位上急忙轉身，椅子腳把地上的蓆子也揉破了。

「什麼意思？」

「陛下，民眾叛亂不是衝著司法宮典吏的。」奧利維埃公鹿一臉壞相——一個人對於給予別人沉重打擊感到高興時的模樣。

「那麼，是衝著誰？」

「衝著陛下！」

老邁的國王一躍而起，身子板直，跟個年輕人似的。

「你得解釋，奧利維埃！你得解釋！小心你的腦袋，伙計！因爲，我憑聖洛的十字架㊲發誓，這樣的時刻你要是撒謊，砍斷盧森堡先生脖子的刀並沒有缺口，不會砍不下你的頭！」

這個言詞眞是嚇人。路易十一憑聖洛的十字架發誓，一生中也只有兩次。

「陛下……」奧利維埃開口想辯解。

「跪下！」國王粗暴地打斷他，叫道：「特里斯唐，你給我看著這個傢伙！」

奧利維埃跪下，冷冷地說：

「陛下，有個女巫之前被陛下的最高法院判處死刑。她跑進聖母院去避難了。民眾想用武力把她劫走。要是我說了假話，市長大人和巡防騎士大人剛從亂民那邊來，可以駁斥我的話。民眾圍攻的是聖母院！」

國王臉色煞白，氣得渾身直哆嗦，低聲說道：

「哎呀！聖母院！他們到聖母的主教堂去圍攻聖母——我們的女主人！……起來，奧利維埃，你說得對。我賞賜你西蒙・臘丹的官位。你對了！——他們是攻擊我。女巫在主教堂庇護下，而主教堂是在我的庇護下。而我還以爲是反對典吏！不，是反對我的！」

狂怒使他恢復了朝氣，他開始大踏步踱來踱去。他不笑了，面容猙獰可怖，走過來又走過去。狐狸變成了豺狼。他似乎閉了氣，說不出話來了，嘴唇直打顫，瘦削的拳頭抽搐著。忽然，他抬起頭來，凹陷的眼睛好像火光閃閃，說話像喇叭轟鳴：

「特里斯唐，打擊這群小人！去，特里斯唐，我的朋友！殺！殺！」

一陣爆發過去之後，他又坐了下來，冷冷地壓抑著憤怒：

「這裡，特里斯唐，我們身邊，在這個巴士底，有吉夫子爵的五十名砲兵，這就有三百匹馬，你帶去。還有孚比斯先生的近衛弓手營，你也帶去。你是都統官，你有你的兵卒，也一起帶去。在聖波別莊，你可以聚集世子的新侍衛四十名弓手，也帶去。你帶上這些兵卒，火速前往聖母院。……啊！巴黎平民先生們，你們居然這樣與法國王室爲敵，與聖潔的聖母爲敵，破壞全民大家庭的安寧！……斬盡殺絕，特里斯唐，斬盡殺絕！一個也不留，只能剩下送到鷹山去處決的！」

特里斯唐打了一躬，說：「是，陛下！」沉默了一會，他又說：「女巫如何處置？」

國王對這個問題略一思索，說道：

「啊！女巫！戴屠維耳先生，民眾要拿她怎樣？」

市長說：

「陛下，我想，既然民眾要把她從聖母院避難所抓出去，當然是對她免受懲辦感到不滿，該把她絞死。」

國王似乎沉思起來，然後向修行者特里斯唐說：

「好吧，伙計！殺光民眾，絞死女巫。」

「正是如此：民眾表達意願，得受懲辦，要按照民眾的意願行事！」里姆向科柏諾說。

「明白了，陛下。不過，要是女巫還在聖母院裡，可不顧避難權進去抓她嗎？」特里斯唐又說。

「帕斯克-上帝！避難權？」國王說，撓撓耳朵：「可是必須把這個婆娘絞死呀！」

說到這裡，彷彿忽然想到了一個主意，他猛然跪倒在椅子面前，脫下帽子，放在椅子上，虔誠地注視帽子上的一個鉛製護身符，合掌說道：

「啊，巴黎的聖母呀，我的仁愛的女主人，寬恕我吧！只此一次。必須懲辦這個女罪犯呀！我的慈祥的女主人聖母呀，我斗膽奉稟，她是個女巫，不值得您寬厚的庇護。聖母，您知道，許多君王儘管十分虔誠，也曾爲了上帝的光榮和國家的需要，侵犯教堂的特權。英國主教聖雨格允許國王愛德華進入教堂去抓出一個魔法師。我的祖先聖路易爲了同樣的目的，侵犯過聖保羅教堂；耶路撒冷王之子阿耳封斯親王甚至侵犯過聖墓教堂本身。所以，原諒我這一回吧，巴黎的聖母！下不爲例。我還要給您塑造一座美麗的銀像，跟我去年獻給艾庫伊聖母院的那座一樣。阿們！」

他劃了十字，站起身來，戴上帽子，對特里斯唐說：

「火速前往，伙計。把孚比斯先生帶去。你去敲響警鐘、粉碎民眾、絞死女巫。就這麼辦！我要你自己去做，辦好行刑所需一切事宜，再回來向我報告。……來，奧利維埃，我今夜不睡覺，你給我修鬍子！」

修行者鞠了一躬，出去了。接著，國王揮揮手叫里姆和科柏諾退下，說道：

「上帝保佑你們，我的好朋友弗蘭德爾先生。去稍稍休息一會，夜深了。唉！已經不是夜裡，快早晨了。」

兩人退去，由巴士底隊長引他們去各自的臥室。科柏諾對威廉·里姆說：

「哼！我討厭這個老是咳嗽的國王！我見過勃艮地的查理喝得醉醺醺的，就算是那樣，他也不像生病的路易十一這麼壞。」

「雅各先生，這是因爲國王們喝的酒不像喝的藥水那樣厲害。」里姆答道。

---

① 塞琉斯（前560—前529）：波斯帝國的奠基人。關於他的生平，古希臘的色諾芬寫了八大卷的歷史小說，以後的作家也有過各種文藝形式的表述。這裡的《塞琉斯》大概是一部劇作。

② 緊身褲是中世紀上流社會男子的標準服飾，從足至腰緊緊包著身體，顯出曲線；以後才流行我們所知的那種齊膝短褲（culotte）。

③ 這個人的名字叫做奥利維埃（Olivier，意爲橄欖枝）·公鹿，所以紋章旁有橄欖枝和鹿角。

④ 大宴賓客時爲武將卸甲的僕役。

⑤ 專司轉動烤肉機的廚師副手。

⑥ 爲賓客看馬的僕役。

⑦ 給廚師當手下搬運物品用料等等。

⑧ 第二年路易十一就死了，未得「允許」活下去。

⑨ 「伙計」是路易十一對常侍君側者的親密稱呼。

⑩ 這四種皆爲內侍的官職，職司自明。

⑪ 即聖約翰、聖馬太、聖馬可、聖路加。

⑫ 塞斯提，穀物計量單位，約合六十公斤。

⑬ 製造彩色玻璃先於發明透明玻璃（即白玻璃）。後者當時價錢還是相當貴的。

⑭ 指古羅馬時代，下面所說「教堂」應作「神廟」。

⑮ 路易·德·盧森堡（1418-1475）：法蘭西提督，因勾結英國人謀叛，被路易十一斬首。

⑯ 原文作「鐵斤」，是計算鐵重量的單位，略大於「斤」。

⑰ 安惹的紅衣主教若望·德·巴呂（1421-1491）：原被路易倚爲左右臂，但後與英國人勾結謀叛，逃亡國外。

⑱ 中世紀衡量單位，合一八七二斤。

⑲ 即籠子裡的囚徒。

⑳ 路易十一的書信集在他死後出版。

㉑ 最後一個勃艮地公爵鹵莽漢查理死於五年前（1477）。

㉒ 指奧地利（大德意志）帝國的皇帝馬克西米連一世（1459-1519）。他的女兒，即弗蘭德爾的瑪格麗特，與法國王世子婚配，故路易十一稱他爲「兄弟」。

㉓ 對封建領主沒有隸屬關係的兵士，與瑞士兵一起，成爲雇傭兵的主體。

㉔ 僕役中隨主人打仗的。

㉕ 這也是路易十一的一句口頭禪。據說，無論這個用語或這種行爲，他都是

非常熟悉。

㉖ 繆薩蓋特斯是繆斯的坐騎。大英雄曾代替繆薩蓋特斯拉車。

㉗ 馬提亞・科爾文生於一四四三年；一四五八至一四九〇年爲匈牙利王。

㉘ 亞理斯多德事實上是亞歷山大的老師。

㉙ 女人用黑紗或其他貼在臉頰上的一種化妝物，從中世紀直至十七、八世紀流行。

㉚ 點火棒：用絨布或氈子纏住一頭的金屬棒，用於點燃火藥。轉義爲「肇事者」。

㉛ 雨果透過平民襪商之口，在這裡和下面說的大多是預言專制制度的覆滅。

㉜ 主教出缺時，他那個主教區的收益歸國王所有，直至新主教就任。

㉝ 勃艮地公爵鹵莽漢查理的女兒瑪麗於一四七七年嫁給奧地利皇帝馬克西米連，她生的女兒就是本書中所說的弗蘭德爾的瑪格麗特公主。因此，弗蘭德爾周旋於奧地利、法蘭西、勃艮地之間，處境既微妙，也舉足輕重。

㉞ 費加洛是博馬歇（Beaumarchai, 1732-1799）所創造的人物，是其《塞維利亞的理髮師》和《費加洛婚禮》的主角。——編注

㉟ 這裡是說，路易十一若蓄起鬍鬚，就不需要奧利維埃理髮了。

㊱ 這個預言，在一七八九年七月十四日，巴士底就被攻陷了。

㊲ 聖洛是現今海峽省首府。這個十字架是現已毀掉的聖洛聖母院裡的古物。

VI
「衣兜裡的小匕首」

格蘭古瓦出了巴士底，以奔馬的速度跑下聖安東尼街。到了博多耶門，他逕自走向廣場中央的石頭十字架，就好像他在黑暗中也能看清坐在十字架下台階上、身穿黑衣、頭戴黑風帽的那個人的面孔。

「是您嗎，老師？」格蘭古瓦問。

黑衣人站立起來，說：

「該死，基督殉難！您讓我等得心焦，格蘭古瓦。聖荖維塔上的人剛剛呼報過早晨一點半了。」

「哦！這不能怪我，全得怪巡防隊和國王。我剛才差一點送命！我總是幾幾乎被吊死！這是我命中注定的。」格蘭古瓦接口說。

「你幾幾乎什麼壞事都全了！不過，快走！你有口令嗎？」對方說。

「老師，您想想，我見到了國王。我剛從那裡來。他穿著綿絨布短褲。眞是奇遇！」

「喔！廢話連篇的傢伙！你的奇遇跟我什麼相干？你有無賴漢的口令嗎？」

「有，放心吧。『衣兜裡的小匕首』。」

「好。否則，我們就到不了教堂。各條街道都給無賴漢封鎖了。幸虧，他們似乎遭到了抵抗。也許我們到達還來得及。」

「是的，老師。可是我們如何進聖母院呢？」

「我有鐘樓的鑰匙。」

「我們又如何出來呢？」

「修士庭院背後有一道小門，門外是灘地，那就到了塞納河。我弄來了小門的鑰匙，今天早晨我在那兒拴了一條船！」

「我眞是差一丁點兒就被吊死了！」格蘭古瓦又說。

「快點！快來！」對方說。

兩人邁開大步向內城走去。

VII
「孚比斯馳援來到！」

讀者大概還記得，我們離開卡席莫多的時候，他正處於萬分危急的時刻。這個好聾子遭到重重圍攻，雖然還沒有喪失全部勇氣，至少已不再抱希望救出──不是救出他自己，他不想自己，而是吉卜賽少女。他在走道上狂奔亂跑。聖母院即將被無賴漢攻陷。猝然，群馬奔馳的聲音響徹附近各條街道，只見火把高舉，長龍一般，密集縱隊的騎兵，伏鞍橫戈，衝向前來，暴怒的吼叫猶如狂風暴雨，掃蕩廣場：

「法蘭西！法蘭西！斬殺賤民！孚比斯馳援來到！典獄長！典獄長！」

無賴漢驚恐萬狀，頓時轉向。

卡席莫多不可能聽見，卻看見了刀劍出鞘，火把通明，戈矛閃亮，那是許許多多騎兵，領頭的，他認出是孚比斯隊長。他也看見了無賴漢中間一片混亂，其中有些人恐懼萬分，即使最勇敢的也感到慌亂。卡席莫多從這喜出望外的救援中重新汲取力量，把頭一批已經跨進走道的進攻者扔了出去。

確實是國王的軍隊來了。

無賴漢英勇不屈，拚死自衛。側面從牛頭聖彼得教堂街受敵，尾部從前庭街受敵，被逼迫背抵著聖母院，他們卻還在攻打主教堂。卡席莫多繼續守衛著聖母院。這樣，既是圍攻者，又是被圍攻者，好漢幫處在一種奇特的境地。自從一六四〇年著名的圍攻都靈之戰，亨利·達爾庫伯爵既圍攻薩伏瓦的托馬斯親王，又被勒加奈侯爵封鎖，正如他在書信中所說，Taurinum obsessor idem et obsessus.（拉丁文：圍攻都靈同時又被圍攻。）自從那時以來，現在這是第二次。

一場混亂的惡戰。像馬太神父說的，既是狼的肉，就有狗牙來咬。孚比斯·德·夏多佩在國王的騎兵中間英勇奮戰。他們絕不寬恕，逃脫了槍尖的人在劍下喪命。無賴漢武器窳陋，怒火千丈，亂咬亂抓。男女老少竄上馬背，跳上馬脖子，用牙齒、用四肢的爪子，貓似的緊揪住不放。還有人掄起火把，亂戳弓手的臉。也有人用鐵鉤子砍入騎者的頸脖，把他們拖了過來。掉下來的都被撕成碎片。

只見其中一人手執閃閃亮的寬大鐮刀，一直在砍馬腿。非常可怕！他用鼻音哼著一首歌曲，揮鐮不懈，又不斷抽回他的大鐮。揮舞之處，只見身旁四周砍下的馬腿堆成一大圈。他就這樣專揀騎群密集之處砍殺，不慌不忙，徐徐前進，像刈割者切入麥地那樣搖晃著腦袋，均勻地喘氣。這是克洛班・特魯伊甫。然而，弓弩響起，他應聲倒地。

這當兒，四周的窗子已經打開。鄰人們聽見王室兵卒的喊殺聲，也投入了戰鬥，各座樓房上彈如雨下，撲殺無賴漢。前庭廣場烟霧迷漫，火銃射擊劃出一道道火光。隱約可見聖母院建築正面和破爛的主宮醫院。主宮醫院醫頂高處有幾個臉色慘白的病人從窗洞裡窺視。

終於，無賴漢敗退了。筋疲力竭，沒有精良武器，遭到突襲而陷於恐慌，從窗口射來槍彈，王室兵卒大砍大殺——這一切壓倒了他們。他們衝出包圍，開始四處逃竄，前庭的遺屍比比皆是。

卡席莫多一刻也沒有停止戰鬥。當他看見無賴漢潰退的時候，跪倒在地，舉手向天；接著，欣喜若狂，鳥兒一般飛速向上奔跑，跑到他那樣英勇保衛、不許任何人進犯的那間小室。他現在只有一個念頭，就是，跪在他剛剛再次搭救了的少女面前。

他進入小室，一看，裡面卻是空的。

11

I
小鞋

無賴漢圍攻主教堂的時候，愛斯美娜達正在睡覺。

可是，不一會兒，聖母院周圍喧鬧聲越來越大，山羊先於她醒來，驚慌地喊叫，她也就從睡夢中驚醒了。她坐起來，聽聽，看看，火光和嘈雜聲把她嚇得要死。她趕忙衝出房門，跑出房去看個究竟。

廣場上景象嚇人，種種幻影翻騰不已，夜襲掀起一場混戰，猙獰可怖的人群一湧而上，騰挪著就像一大群青蛙，在黑暗中隱約可見，這嘶啞吼叫的一群哇哇直叫，若干通紅的火砲在一片黑影之上穿梭似的奔跑，直若鬼火磷磷劃破沼澤上茫茫霧氣。——這一切使她覺得是群魔會的妖魔在同主教堂的石頭鬼怪作戰。她從幼小時候起，就浸透了吉卜賽部落的迷信觀念，所以她的頭一個想法就是：這是偶然撞見了只有夜間才出沒的非人間靈物在那裡興妖作怪。於是，她心驚膽顫奔回小室，縮作一團，企圖從她那可憐的藁墊尋求不像這樣可怕的噩夢。

然而，最初因恐懼而生的迷惘逐漸消散；她聽見喊聲不斷增長，又覺察出其他一些現實跡象，逐漸明白過來：不是受到幽靈的圍攻，而是受到人的圍攻。於是，她的恐懼雖然沒有增加，卻改變了性質。她想，也許是民眾叛亂，要把她從避難所搶奪出去。想到又要喪失性命，失去希望，丟棄她始終隱約寄予希望的孚比斯，而自己又是這樣軟弱無力，無路可逃，一無依靠，隨命運播弄，孑然於世，形影相依——諸如此類的想法使她完全喪失了力量。她跪下來，頭伏在地上，合掌摟著腦袋，惶恐不安，渾身打顫，雖然是個吉卜賽女郎、偶像崇拜者、異教徒，她也開始哭泣著祈求基督仁慈上帝的恩典，同時向庇護她的聖母祈禱。一個人儘管可以毫無宗教信仰，一生中也有這樣的時刻：好歹依附於就近方便的廟宇所信奉的宗教。

她就這樣久久匍匐於地，事實上戰慄更多於祈禱，茫然感覺到下面狂暴群眾的喘息越來越逼近，絲毫不能理解這場凶焰的由來，也根本不知道暗中在策劃什麼、他們在幹什麼、他們想要怎樣，只是預感到可怕的結局。

正在這樣提心吊膽的時候，她忽然聽見有腳步聲，轉頭一看，原來是兩個男人：其中一個提著燈籠，走進了小室。她虛弱地叫了一聲。

「不要怕，是我。」這嗓音她聽來很熟悉。

「您是誰？」她問。

「彼埃爾·格蘭古瓦。」

聽到這個名字，她放下心來。她抬眼一看，果眞是詩人。但是，他身旁還有一人，身穿黑袍，從頭到腳裹得嚴實，沉默不語，她見了心驚。

格蘭古瓦語帶責備：

「啊！您沒認出，佳利早就認出了是我。」

確實，小山羊無需等待格蘭古瓦自報姓名。他一進來，牠就跳過去，親熱地蹭他的膝蓋，在詩人身上蹭來蹭去，蹭得他全身都是白毛——因爲牠正在換毛的時期。格蘭古瓦還以撫愛。

「跟您一塊來的是誰？」少女低聲詢問。

「您放心好了，是我的一個朋友。」格蘭古瓦說。

接著，哲學家把燈籠放在地上，在石板地上蹲下來，緊緊摟著佳利，熱情地喊道：

「啊！多麼溫雅可愛的小山羊！更逗人喜歡的也許是牠的潔淨，而不是牠的個子，可是牠這麼聰明、感情細膩，又有學問，比得上語法家！來，我的佳利，妳那些美妙的戲法是不是忘了？雅各·

夏莫呂是個什麼樣子？……」

黑衣人不讓他說完，走過去，粗暴地推推他的肩膀。

格蘭古瓦站了起來，說：

「唉，眞是的，我倒忘了時間緊迫。不過，老師，總不能因爲這樣，就粗暴對人吧？……我親愛的美麗的小女孩，您有生命危險，佳利命也難保。他們要抓妳們。我們是妳們的朋友，來救妳們的。跟我們走！」

「眞的？」愛斯美娜達慌張起來，喊道。

「是的，千眞萬確，快走！」

「我當然很願意，」她吶吶而言：「可是，你的朋友怎麼不說話呀？」

「啊！這是因爲他的父母都生性古怪，養成他天生不愛講話。」格蘭古瓦說。

她也只好聽信這麼個解釋了。格蘭古瓦抓住她的手，他那位同伴撿起燈籠，走在前頭。恐懼使得少女腰酸腿軟，就讓他牽著走。小山羊跟在後面。牠再次看見格蘭古瓦，高興得直蹦，隨時把兩隻角鑽入他的襠下，弄得格蘭古瓦不斷磕磕絆絆。

每次幾幾乎絆倒，哲學家就說：

「生活正是這樣，經常是我們最要好的朋友絆我們跤！」

他們急速跑下鐘樓的樓梯，穿過教堂。教堂裡一片漆黑，渺無人影，喧鬧聲卻在裡面回響，形成可怖的對比。然後，他們從紅門走進修士庭院。院子裡也見不著人，修士們都逃到主教府裡去集體禱告了。庭院空盪盪的，只有幾個倉皇失措的僕役蜷縮在黑暗的角落裡。他們走向庭院通至灘地的小門。黑衣人掏出一把鑰匙，把門打開。

讀者知道，灘地是一條長河灘，向著內城一側有牆圍著，它隸屬於聖母院的教士，構成主教堂後面西堤島的東端。

院牆內外完全空盪盪的。到了那裡，空中傳來的喧鬧聲已經微弱，無賴漢進攻的吼叫，在他們聽來，已不那麼振耳欲聾，也比較模糊了。順流吹拂的冷冽寒風，攪動灘地尖端那棵獨樹的樹葉，發出沙沙聲，相當響亮地傳來。不過，還沒有完全脫離危險。距離最近的建築物就是主教府和聖母院。而在主教府內顯然是一片混亂。裡面的燈光從一個窗口到一個窗口跳躍，時時劃破了主教府那沉黑的龐大陰影，就好像剛剛燒過紙以後，留下的一大堆焦黑的灰燼，裡面有跳躍的火花劃出千百道奇特的花紋。旁邊，聖母院的兩座偉岸鐘樓，這時從背後看，矗立在長條形中堂上面，襯托著前庭廣場上的燭天火光，刻印出黑色的剪影，好像巨人火爐裡兩根龐大爐襯。

極目四望，所見的巴黎，都在眼前搖曳在明暗交織之中。林布蘭的繪畫中就有這樣的背景。

提燈籠的人逕自向灘地岬角走去。那裡，緊貼水面的岸邊上有一排釘了板條的木樁的蟲柱殘骸，上面低低垂掛著一些瘦溜溜的葡萄藤條，伸展著像是叉開的手指。後面，在這樣格網交錯的陰影中藏著一隻小船。那人招招手，叫格蘭古瓦和他的女伴上船。小山羊跟在後面也上了船。那人最後上去。他隨即砍斷纜繩，把長篙杆一戳，船離開了岸。他抓起兩隻槳，坐在前面，使盡全力向河中間划去。塞納河在這裡水流湍急，他費了好大的勁才得以離開岬角。

格蘭古瓦上了船，首先關心的是把山羊抱在膝頭。他坐在後面。陌生人使少女心裡有說不出來的忐忑不安，她也過來坐下，緊緊倚靠在詩人身邊。

我們的哲學家感到船在搖晃，就拍起手來，對準佳利的額頭吻了一下，說道：

「嘿！我們到底得救了，我們四個！」

緊跟著，他擺出一副深刻思想家的模樣，又說：

「偉大事業的圓滿結局，有時是由於走運，有時是由於手腕高。」

小船緩緩向右岸划去。少女心存畏懼，偷偷觀察陌生人。他已經把燈籠裡的火小心遮蓋嚴實。這樣，只能隱隱約約看見他的身影，在前面坐著渾如幽靈一般；風帽始終低垂著，臉上就跟蒙了面具似的；每次划槳，胳臂甩動，寬大的黑袖子飛舞起來，就像是蝙蝠的兩隻翅膀。況且，他一句話也沒有說過，一點聲息也沒有發出，只是坐在船裡不斷划槳，來來回回的槳聲混合著水波隨船翻起的汩汩聲。

格蘭古瓦突然喊道：

「憑我的靈魂！我們眞是輕鬆愉快，就跟貓頭鷹似的！可是都不做聲，眞像畢達哥拉斯的門徒，或者說，魚一般的沉默。帕斯克-上帝！朋友們，我倒眞想誰跟我說說話。『人說話的聲音，在人的耳朵聽起來，就是音樂。』這話可不是我說的，是亞歷山大城的狄迪穆斯①說的，可是至理名言呀！當然，亞歷山大城的狄迪穆斯不是平凡的哲學家。

美麗的小女孩，您跟我說句話吧，我求求您！對了，您那噘嘴的小動作，可眞別緻，眞有意思！您經常這樣嗎？親愛的，您知道嗎？最高法院對任何避難所有完全司法權，您躲在聖母院還是有很大危險的。唉！小鷚鳥在鱷魚嘴裡築巢呀②！……

老師，月亮又出來了。但願沒有人看見我們！救出小姐，是大可讚揚的好事；可是，只要他們逮著我們，就會以國王的名義把我們絞死。唉！一切人的行爲都有兩端：人們譴責我的地方，恰恰是讚揚你的地方；讚美凱撒的人必定斥責卡蒂利納③。不是嗎，老師？您說這個哲理怎麼樣？我掌握哲學，就是憑持本能、發自天性的，ut apes geometriam（拉丁文：就像蜜蜂會幾何學一樣）……

算了，誰也不搭理我！你們兩個心情多麼惡劣！我只好一個人說話了。這就是我們在悲劇中所稱的『獨白』。……帕斯克-上帝！我告訴你們，我剛才見著了國王路易十一，從他那裡學來的這句口頭禪。眞是帕斯克-上帝！內城那裡還是喊聲震天。……

這個老國王是個大混蛋！裡裡外外都是皮襖、皮袍，欠我婚禮贊歌的錢卻始終不給，就差剛才沒把我絞死，要是絞死，那我就討不成債了！他對有德有才的人多麼吝嗇刻薄！他眞應該好好念念科隆的薩耳維安的四本書——《Adversus avaritiam》（拉丁文：駁吝嗇）。眞的，這個國王像那樣對待文人眞是心眼太狹窄，他還常幹野蠻殘暴的事情。他就像海綿吸盡老百姓的血汗錢！他的吝嗇刻薄就像脾臟：身體的其他部分越消瘦，它就越肥大。因此，抱怨時勢艱難的不滿，都成了反對君王的牢騷。在這個溫良篤誠的國王統治下，絞刑架上吊滿了絞死的人，斬首台④上鮮血淋漓，牢房裡關的人多得簡直要擠炸了。這個國王一隻手搜刮，一隻手絞死人。他是加拜勒夫人和吉貝大人⑤的代訴人。大人物被剝奪榮華富貴，小人物備受壓榨欺淩。這是一個敲骨吸髓的魔王。我不喜歡這個君主，您呢，老師？」

黑衣人聽任嘮叨的詩人逕自喋喋不休。他照舊划槳，奮力抗擊湍急緊迫的逆流。由於這逆流，使得船的方向相反——船頭朝向內城，船尾朝向聖母院島（即今日所稱聖路易島⑥）。

忽然，格蘭古瓦又說：

「啊！老師，我們剛剛穿過那些瘋狂的無賴漢到達前庭廣場的時候，您是否注意到那個可憐的小鬼，就是您的聾子在國王廊台欄杆上敲碎他頭顱的那個傢伙？我眼睛不太好，看不太清楚誰。您知道他是誰嗎？」

黑衣人仍不置一詞，可是猝然中止了划槳，兩隻胳臂像折斷一般垂吊下來，腦袋低垂至胸前。愛斯美娜達聽見他痙攣地嘆息，不覺打了個寒噤——她聽見過這樣的嘆息聲。

小舟無人駕駛，一時隨波逐流。不過，黑衣人終於振作起來，又抓緊了雙槳，開始奮力溯流而進，繞過了聖母院島的岬角，駛向草料門碇泊處。

「啊，那邊就是巴爾博府邸了！」格蘭古瓦說：「呃，老師，您看黑壓壓的一片屋頂，角度奇特，在那兒一大堆牽牽掛掛、齷齪骯髒的低沉烏雲下面，雲裡的月亮也全給擠碎了，像砸破蛋殼，蛋黃拋灑出來。……那是一座漂亮的公館。有一座小教堂，它那小小的穹窿，精雕細琢，裝飾得華麗異常。上面您可以看見鐘樓刻鑿得玲瓏剔透。還有一座可愛的花園，裡面有一個池塘、一座大鳥棚、一處回聲廊、一個木槌球場、一座迷宮、一所猛獸房、許許多多使愛神覺得非常愉快的草木茂密的幽徑。還有一棵壞蛋樹，人稱『大淫棍』，因爲它曾經爲某位著名的公主和一位風流又有才氣的法蘭西提督尋歡作樂效勞。唉，像我們這樣可憐的哲學家，跟法蘭西提督相比，不啻一畦白菜蘿蔔比之於羅浮宮花園。可是，說穿了又算得上什麼呢？人生，對於偉人和我們這號人，一樣是好壞摻雜。痛苦總是伴隨歡樂，二長韻步旁邊就是一長二短韻步⑦。……

老師，我一定得把巴爾博公館的故事講給您聽。結局是個悲劇。那是在一三一九年菲利浦五世統治時代，他是法國國王中最高的一位。這個故事的寓意就是肉欲的誘惑是有害的、邪惡的。鄰人的老婆，不管多麼標緻，逗得我們心裡癢癢的，也別老是盯著她看。未婚私通是一種極其淫惡的思想。通姦是對別人淫樂的好奇。……咦！奇怪，那邊吵鬧聲更厲害了！」

確實，聖母院周圍的喧囂聲增長了。他們靜聽著，可以相當清楚地聽見勝利的歡呼。突然，千百只火把照耀著主教堂上上下下的武士頭盔：鐘樓上，走廊上，扶壁拱架下，到處閃亮。這些火炬似乎是在尋找什麼，不多一會，遠處的叫喊聲清清楚楚傳到這幾個逃亡者的耳邊：

「吉卜賽女郎！女巫！處死吉卜賽女郎！」

不幸的少女頭低下來，兩手捂著臉。陌生人開始拚命向岸邊划去。這時，我們的哲學家心中暗暗盤算。他緊緊摟著小山羊，悄悄避開吉卜賽少女，然而她越來越緊緊依靠在他身邊，彷彿這是她現在僅存的唯一避難所。

顯然，格蘭古瓦焦心地處在左右爲難的境地。他想，「按現行法律」，山羊要是被逮住，也得吊死，那可太遺憾了，可憐的佳利！他又想，兩名女犯都這樣緊緊依附著他，未免太多，而那位同伴正巴不得他來照顧少女哩。左思右想，他心中劇烈鬥爭，好似《伊里亞德》中的朱庇特⑧，在吉卜賽少女和小山羊之間翻來覆去權衡。他兩眼淚汪汪，輪番注視她倆，心中暗想：「我可沒法子兩個都兼顧！」

小船一陣振動，說明終於抵岸了。內城那邊，不祥的喧嘩聲始終震天價響。陌生人站起身來，走到少女跟前，想挽住她的胳臂，扶她下船。她卻把他推開，緊緊拉住格蘭古瓦的衣袖。格蘭古瓦一心惦著小山羊，幾乎是一把把她推了開去。於是，她只好自己跳上岸。她心亂如麻，該幹什麼都不知道了，也不知道自己要到哪裡去。她就這樣茫然呆立了一會，注視著水流。等她稍稍清醒過來，只剩下她一人跟陌生人一起站在岸邊。看來，格蘭古瓦已經趁下船的機會，牽著山羊溜走，鑽到水上穀倉街大片房屋中間去了。

可憐的吉卜賽女孩一看只有自己跟這個人在一塊，不由得渾身哆嗦。她想說話，想喊，想叫格蘭古瓦，舌頭卻黏在嘴裡動不了，嘴巴也吐不出聲音。忽然，她感覺到陌生人的一隻手擱在她的手上。這是一隻冰冷然而有勁的手。她上下牙齒直打顫，臉色蒼白，比照著她的月光還要蒼白。那人一聲不響，只是大踏步向河灘廣場走去，緊緊拽著她的手。這一瞬間，她隱隱約約感到命運是一種不可抗拒的力量。她再也無力抵抗，聽任他拉著她走。他走，而她是跑。碼頭在這裡是上坡的，她卻覺得彷彿是順坡往下飛奔。

她四處張望，不見行人。堤岸上完全空盪盪的。她聽不見聲音，感覺不到人的活動，只有內城那邊火光通紅、喊聲振天，與她相隔僅僅一衣帶水。就是從那邊傳來她自己的名字，混雜著要致她死命的狂呼亂喊。除此之外，整個巴黎以幢幢黑影擴展在她周圍。

這當兒，陌生人始終拉著她走，依然沉默，依然急速。此刻走的地方，她想不起來以往曾經經過。走過一扇有燈光的窗子的時候，她奮力掙扎，猛然挺身，高呼：「救命呀！」

窗子裡面住著的那個市民打開窗子，穿著內衣，掌著燈，出現在窗口，傻不楞登地看看窗外，嘀咕了幾句她聽不明白的話，又把窗板關上了。最後的一線希望泯滅了。

黑衣人仍一聲不吭，把她抓得牢牢的，越走越快。她不再抵抗了，有氣無力地跟著他。

不時，她強打起精神，路面又不平，跑得直喘息，她只能上氣不接下氣地說：「你是誰？你是誰？」對方不予搭理。

他們就這樣，始終沿著河堤走，走到了一個相當大的廣場。月色尚好。原來是來到了河灘廣場。只見廣場中央矗立著一個黑色十字架似的東西，那是絞刑架。她認出來了，知道自己到了哪裡。

那人站住腳步，轉身向她，掀起風帽。

她嚇呆了，喃喃地說：

「啊！我早知道又是他！」

正是教士。他這時的模樣就像他自己的陰魂。這是月光映照的結果——在月光下我們看什麼都覺得好像是所見之物的幽靈。

「妳聽我說！」他說。

她聽見好久沒有聽到的這帶來死亡的嗓音，不禁戰慄起來。

他繼續說下去，聲音急速，氣喘吁吁，斷斷續續——正是表現出一個人內心深刻激動的那種聲音：

「妳聽我說。我們來到這裡，我要對妳說話。這裡是河灘廣場。這裡是一個終點。命運使妳我相依。我即將決定妳的生死，妳即將決定我的靈魂。這裡的廣場，現在的夜晚，跨越過去之後即是冥冥之鄉。所以，妳要好好聽著。我要告訴妳……首先，妳不要提到妳的那個孚比斯。(說著，他像個一刻也不能安靜的人那樣來來回回走動，接著，他把她拖到跟前。)不許妳提到他，明白嗎？妳要是說到這個名字，我不知道我會幹出什麼來，但一定是很可怕的。」

說罷，像一個終於找到重心的物體，他又靜止不動了。儘管這樣，他的話語還是透露出內心的激動，聲音也越來越低沉了：

「妳不要這樣背過臉去。妳聽我說，這是嚴肅的事情。首先，我告訴妳經過的情況是怎樣的。……一切都絕不是開玩笑，我向妳保證。……我剛才說些什麼呀，妳提醒一下吧！……哦！最高法院作出了決定，要把妳再次送上絞刑架。我把妳從他們手裡救出來了。但是，那邊，他們追捕妳來了，妳看！」

他伸出手臂，指指內城。沒錯，看來還在繼續搜尋。吵鬧聲越來越近。河灘廣場對面的副將府邸的塔樓人聲嘈雜，燈火通明，兵卒們在對岸舉著火把，跑來跑去，高呼：

「吉卜賽女郎！吉卜賽女郎哪裡去了？絞死，絞死她！」

「妳看見了，他們在追捕妳，我不是撒謊吧？我，我愛妳！妳不要開口，最好是別說話，要是妳只想說妳恨我。我下了決心，絕不再聽了！我已經救了妳，妳先得讓我說完。我能夠徹底拯救妳。我把一切都準備好了，一切只看妳的意願了。只要妳願意，我就能夠做到。」

他猛然頓住，又說：

「不，該說的不是這些！」

他跑了起來，始終不鬆手，也就拖著她跑，逕自跑到絞刑台下，指著它，冷冷地說：

「在它和我之間選擇吧！」

她掙脫他的掌握，跪倒在絞刑台下，吻著這陰慘慘的石台。然後，她把美麗的臉龐略略轉了過來，瞥瞥身後教士，彷彿是一位在十字架下的童貞聖女。教士始終佇立不動，手指一直指著絞架，保持著這個姿態，泥塑木雕一般。

終於，吉卜賽女孩對他說：

「我厭惡你，還超過厭惡它！」

他只好緩緩丟開她的胳臂，垂視石板地面，沮喪萬分。他喃喃自語：

「要是這些石頭會說話，是的，它們會說這裡是一個極其不幸的人。」

他繼續往下說。少女跪在絞刑架前，長髮裹著全身，由他去說，不置一詞。他現在聲調悲淒而柔和，與他那高傲嚴峻的面容形成痛苦的對比。

「我，我愛妳！啊，這卻是不幸的事實！我心中燃燒著火，外表並沒有表露出來！不幸啊，小姐，日日夜夜，眞的，日日夜夜，這火在我胸中燃燒。這未必不值得憐憫？朝思暮想，爲愛情所燃燒，我要說，這是受酷刑熬煎……唉，我受的痛苦太大，可憐的孩子！……我得說，這是值得同情的。妳看，我不是很溫柔地對妳說話嗎？我眞希望妳不再那樣厭惡我，……畢竟，一個男人愛一個女人，這不能怪他！……啊，上帝呀！……怎麼，妳永遠也不原諒我？妳永遠仇恨我！那就一切都完了！正因爲這樣，我才變得很壞，妳看，我自己都厭惡自己！……妳甚至看都不看我一眼！我站在這裡跟妳說話，面臨我們兩人的永恆深淵心驚膽顫，而妳也許正在想別的！……妳尤其不要在我面前說起那個軍官！……什麼！我眞想投身於妳的腳下，我要吻……不是吻妳的腳，這妳是不願意的，我要吻妳腳下的塵土呀！什麼！我要像小孩一般哭泣，我要從我的胸腔裡……不是發出言詞，而是掏出我的心來，挖出我的心肝五臟，對妳說我愛妳。然而，這一切都是沒有用的，這一切！……可是，妳的靈魂中豈能有其他，只有溫柔慈祥，妳是那樣煥發著最甜蜜的溫柔，妳洋溢著青春魅力，又是那樣善良、仁慈而嬌媚！不幸呀！妳冷酷無情只是對我一人！啊，這樣的命運！」

他雙手掩面，少女聽見他在哭泣。這是第一次。這樣站立著，哭得全身顫動，比跪下來更可憐，更悲切。就這樣哭了許久。

頭一陣眼淚過去之後，他又說：

「算了！我也找不出話來說了。我本來倒想了很多要向妳講的話。現在我卻只能戰慄，在決定性關頭我軟弱了，我感到有什麼至高無上之物捲裹著我們，於是，我躓跌了。啊！妳要是不可憐我，不可憐妳自己，我立刻就會倒在這地面上！求妳不要驅使我們兩個人都滅亡。但願妳知道我是多麼愛妳！我的心是怎樣的一顆心呀！唉！我拋棄了任何美德！不顧一切棄絕了我自己！我這個博士，踐踏了一切科學；我這個貴族，作賤了我的姓氏；我這個教士，拿彌撒書做了淫蕩的枕頭；我對我的上帝的臉上唾吐！這一切全是爲了妳，妳這迷人的妖精！也正是爲了更有資格進妳的地獄！然而，妳並不要我這天譴的罪人！啊！讓我把一切都說出來吧！不止這些，還有更可怕的，啊，更爲可怕的！……」

說著最後幾句的時候，他的樣子就跟完全瘋了似的。他沉默了一會，又彷彿自言自語地說，聲音卻很響：

「該隱，你把你弟弟怎樣了⑨？」

又沉默了一會，他又說：

「我是怎樣對待他的，主呀？我收養了他，把他撫養成人，給他吃喝，愛他，崇拜他，可我把他殺死了！是的，主啊！剛才就當著我的面，在妳房子的石頭上，他的腦袋被砸爛了。這要歸咎於我，歸咎於這個女人，歸咎於她……」

他目光狂亂，嗓音漸漸暗啞，不斷複述，機械地複述，其間間隔很長，好像一口鐘延長著餘音的振動：

「歸咎於她……歸咎於她……」

隨後，他的舌頭再也發不出清晰的聲音，只是嘴唇始終在顫動。忽然，他兩腿一軟，栽倒在地上，好像是個什麼東西一下子垮下來。他匍匐於地，頭埋在兩膝之間，一動也不動。

女孩把腳從他的身子下面抽出來，這樣微微一動，他倒清醒過來了。他舉手摸摸凹陷的臉頰，驚愕地對著沾濕了的手指看了一會，喃喃自語：

「怎麼！我哭了！」

猝然，他轉向吉卜賽少女，苦惱難以言述。他說：

「唉！妳就這樣眼見著我哭，無動於衷！女孩啊，妳知道這眼淚就是熔漿？這麼說此話是眞的，就是：我們仇恨的人，怎麼樣也不能感動我們？妳情願看著我死，還在一旁歡笑。啊！我，我卻不願意看著妳死！說一句話吧！只要一句寬恕的言詞！不須妳說妳愛我，只要妳說妳願意愛我，這就夠了，我就可以救妳。否則……哎，時間一分一秒過去了，我以一切神聖東西的名義求妳，妳不要蹉跎，以致我重新變成頑石，就像這絞刑架，它也在要妳！妳要想想，我掌握著我們兩人的命運，而我瘋了，這是可怕的，我可以聽任一切不幸發生，我們腳下是無底深淵，不幸的女人！我將在妳之後也墜落下去，永恆墜落！說一句寬厚的話吧！說一句吧！只要一句！」

她開口要說，他趕緊跪倒在她面前，崇敬地聽她的言語，從她口裡出來的也許是發了善心的言語。

但是……，她卻說：

「你是殺人的凶手！」

教士狂熱地把她一把摟住，發出猙獰的狂笑，說道：

「好，是的！殺人凶手！我可一定要得到妳。妳不要我做奴隸，妳將得到我作為妳的主人。我一定要得到妳！我有一個巢穴，我要把妳拖進去。妳將跟我走，妳將不得不跟我走，否則我就把妳交付法律之手！我的美人兒，妳只有或者死，或者屬於我！屬於教士，屬於叛教者，屬於殺人凶手！就在今夜，妳聽見了嗎？來，共享歡樂吧！來，吻我吧，妳這個瘋狂的女人！不是墳墓，就是我的床笫！」

他眼睛裡齷齪狂怒的火花灼閃，淫蕩的嘴唇燙紅了少女的頸項。她在他懷抱中奮力掙扎。他以狂暴的吻吻遍她的全身。

她叫了起來：

「不許你咬我，惡魔！啊！萬惡、可恨的教士！你放開我！我要揪下你骯髒的花白頭髮，大把大把地扔在你臉上！」

他臉上紅一陣白一陣，隨後只好把她放了，陰沉沉地看著她。

她以為自己勝利了，又說：

「我告訴你，我屬於我的孚比斯，我愛的是孚比斯，只有孚比斯最美！你，教士，你是個老東西，你是個醜東西！滾！」

他狂吼一聲，好像是一個不幸的人被人用燒紅的鐵施加烙刑。他咬牙切齒地說：「那妳死吧！」她看見他目露凶光，就想逃走。他把她揪住，推搡她，把她摔倒在地，拽著她美麗的雙手，把她在地上拖著，急速向羅朗塔樓拐角處走去。

到了那裡，他轉向她，又問：

「最後一遍，妳願不願意屬於我？」

她使勁地回答：

「絕不！」

於是，他高聲喊道：

「古杜勒！古杜勒！吉卜賽女孩在這裡啦！妳報仇吧！」

少女感覺到頸脖子猛然被掐住了。她一看，是一隻瘦削的胳臂從牆上的窗洞裡伸出來，像一把鉗擒住了她。

「掐緊！她就是逃跑的吉卜賽女孩。不要鬆手！我去叫侍衛長。妳就要看見她被絞死了！」教士說。

回答這血腥言詞的是牆內一陣發自深喉部的笑聲：

「哈！哈！哈！」

女孩看見教士向聖母院橋跑去——那邊傳來了馬蹄得得的聲音。

少女這時已經認出是那個凶惡的隱修女。她恐懼萬分，氣都喘不出來，拚命想掙扎開去。她扭曲身子，絕望地垂死掙扎一般蹦了幾下，可是對方緊揪著她不放，力氣大得異乎尋常。緊卡著她的那瘦骨嶙峋的手指抽搐著掐進她的肉裡，慢慢合攏起來，彷彿這隻手是焊接在少女自己的胳臂上。這甚至不僅僅是鐵鏈，不僅僅是枷鎖，不僅僅是鐵箍，這是從牆上伸出來的一只有智力、有生命的鐵鉗。

少女筋疲力竭，頹然靠在牆上，這時死亡的恐懼壓倒了她。她想到生活的美好，想到青春、天空、自然景色，想到愛情和孚比斯，想到即將逝去的一切和即將來臨的一切，想到告發她的教士、就要來到的劊子手、就在跟前的絞刑架。於是，她覺得恐懼一直升到了髮根。她聽見隱修女獰笑著，低聲說道：

「哈！哈！哈！妳就要被絞死了！」

少女以垂死的目光看看那窗洞，看見了鐵柵裡面麻袋女凶惡的面容。

「我哪裡得罪您了？」少女問，但幾乎已經沒有了聲息。

隱修女不答話，只是以惱怒且揶揄的歌唱般的聲調叨唠著：

「吉卜賽人的女兒！吉卜賽人的女兒！吉卜賽人的女兒！」

不幸的愛斯美娜達又把腦袋低垂下去，爲長髮所覆蓋，知道同自己打交道的並不是一個人。

忽然，隱修女叫了起來，彷彿過了老半天少女的問題才達到她的大腦。

「妳幹了什麼？妳居然問我！……啊！妳對我幹的，吉卜賽女人！好吧，妳聽著！……我有過一個孩子，妳明白嗎？我有過一個孩子！一個孩子，我告訴妳！……一個漂亮的小女娃！……我的安妮絲！」她聲嘶力竭，在黑暗中好像在吻什麼東西，又說：「好的！妳要知道嗎，吉卜賽人的女兒？我的孩子被弄走了，被偷走了，被吃掉了。這就是妳幹的。」

女孩回說，像那隻羔羊一般：

「唉！也許我那時還沒有生出來哩！」⑩

「呸！不對！」隱修女接著說：「妳肯定已經生出來了。妳那時正是他們中間的一個。她活著的話，也是妳這個年紀了！沒錯！……我在這裡十五年了，受了十五年的苦，祈禱了十五年，十五年來我不斷把頭往四面牆上撞……我告訴妳，是吉卜賽女人把我的孩子偷去的，妳聽明白了嗎？用她們的獠牙把她吃了……妳有沒有心肝？妳怎能想像孩子是怎樣玩耍、吃奶、睡覺！是那樣天真爛漫！……唉，是這個，他們奪走的、殺死的是這個呀！仁慈的上帝看得一清二楚！……今天，該我來，該我來吃掉吉卜賽人的女兒……啊！要是沒有鐵柵攔著，我真要咬妳幾口！我的頭太大，過不去！……可憐的小東西，是在睡覺了的時候！要是她們抱走的時候把她驚醒，她該是多麼徒勞地痛哭呀，是我不在家！……啊！吉卜賽的母親們，妳們吃掉了我的孩子！妳們來看妳們孩子的下場吧！」

接著，她哈哈大笑，或者說是咬牙切齒——在她那狂怒的臉上這兩樣原是一回事情。天開始破曉。青灰色的曙光影影綽綽照著這一場景。廣場上的絞刑架越來越清晰了。從另一邊，聖母院橋附近，可憐的待決女囚彷彿聽見馬蹄聲越來越近了。

「夫人！」她叫道，合起雙手，雙膝跪倒，披頭散髮，失魂落魄，驚恐萬狀：「夫人，饒命！他們來了。我從來沒有做過對不起您的事情。您難道願意看見我慘死在您面前？您總有惻隱之心吧，我相信？這太可怕了！放我逃走吧！放開我！開恩呀！我不要這樣死去！」

「還我孩子！」隱修女說。

「開恩，開開恩吧！」

「把我的孩子還給我！」

「放開我，看在上蒼的面子！」

「把我的孩子還給我！」

少女再一次倒下，筋疲力竭，全身癱軟，眼珠已經泛出被扔入墓穴的人那種死色。她斷斷續續地說：

「可憐啊！您找您的孩子，我找我的父母。」

「還我孩子！」古杜勒還是說：「妳不知道她在哪兒？那妳就死吧！……我來告訴妳。我當過妓女，有過一個孩子，她們把我的孩子偷掉了……是吉卜賽女人幹的。所以妳應該明白，妳必須死。等妳的吉卜賽媽媽來領妳的時候，我就跟她說：『妳這個母親，妳看那絞刑架吧！』……再不，妳就把我的孩子還給我。妳知道我的孩子、我的小娃兒在哪兒嗎？妳看，我來給妳看，這是她的鞋，她唯一遺留下來的東西。妳知道哪裡有同樣的嗎？妳要是知道，妳就告訴我，縱然是在天涯海角，我也要膝行去找。」

說著，她揚起伸在窗洞外面的另一隻胳臂，讓少女看那隻粉紅色的小繡花鞋。

這時，天已大亮，可以看得清鞋的形狀和顏色了。

「我看，讓我看這鞋！上帝呀，上帝！」少女戰慄著說。

與此同時，她用空著的那隻手急速打開戴在頸子上、裝飾著綠玻璃片的小荷包。

「去，去！收起妳那魔鬼的護身符！」古杜勒喝道。

說著，她猛然打住，渾身哆嗦，大叫一聲：「我的女兒！」聲音發自肺腑的最深處。

原來，吉卜賽女孩從小荷包裡掏出一隻一模一樣的小鞋。這隻小鞋上縫著一張羊皮紙，上面寫著這句讖語：

當妳把另一隻鞋找到，

妳就投入母親的懷抱。

眞是比閃電還要急速，隱修女已經比較了兩隻鞋，看了羊皮紙上的字跡。她笑逐顏開，那是上蒼所賜的歡樂；她把臉貼在窗柵上，喊道：

「我的女兒！我的女兒！」

「我的母親！」女孩應道。

詳情無法細表。

母女倆中間隔著牆和柵欄。隱修女叫道：

「啊！這牆！呀！看得見她，卻不能摟抱！妳的手，妳的手！」

女孩把胳臂伸進窗洞，隱修女撲上去抓住她的手，把嘴唇貼上去，陶醉在這個吻中，半晌動彈不得，唯一表現出還有生命的，只是不時啜泣使她後背起伏。其實，她在黑暗中無聲地淚珠兒滾滾而下，像是夜雨落個不停。可憐的母親內心中無限苦楚一滴滴滲透、累積了十五年而成的淚泉，那黑不隆咚的深井，今天都要傾盡在這受崇拜的小手上。

突然，她直起身來，從額頭上拂開斑白的長髮，一言不發，用她的雙手，比母獅還要凶猛，狠命搖撼窗洞上的鐵柵。鐵棍不爲所動。於是，她跑到一個角落裡去，搬來她用作枕頭的大石板，使勁向鐵棍砸去，其中的一根迸出萬道火花，應聲折斷了。又是一下，擋住窗洞的那古老鐵十字柵就完全掉了下來。接著，她又用兩手把生鏽的殘段一一鬆動，統統拔去。——有時候，女人有超人的力量。

不到一分鐘的工夫她就把通道打開了，然後攔腰抱起女兒，把她拖進小室。她嘀咕道：

「來，讓我把妳救出深淵！」

女兒進得室來，她輕輕把她放在地上，然後又把她抱起來，摟在懷裡，彷彿這仍然是她的小安妮絲。她在那狹窄的小屋裡走來走去，陶醉，歡欣，又叫，又唱，吻她的女兒，對她說話，哈哈大笑，號啕大哭——這一切都湧在一起，同時狂暴地爆發。

她說：

「我的女兒！我的女兒！我有了我的女兒！她就在這裡。好上帝把她還給我了。喂，你們！大家都來吧！有沒有哪一個看見我找到了我的女兒？我主耶穌啊，她多麼美麗！上帝呀，您讓我等了十五年，只是爲了把這樣的一個美人兒還給我……吉卜賽女人沒有把她吃掉！這是誰說的呢？我的小女兒，我的小女兒！吻我呀！那些善良的吉卜賽女人！我愛妳們……這就是妳呀！怪不得妳每次經過，我都心跳。而我還以為這是仇恨。原諒我，親愛的安妮絲。妳以為我很壞，是不是？我愛妳！……妳脖子上的痣還在嗎？來，我看看。還在！啊！妳長得多好！妳這麼大的眼睛是我給的，小姐！吻我！我愛妳。別的母親有自己的孩子，我才不希罕哩，我現在根本看不上她們。讓她們來好了。這是我的孩子，妳們看她這脖子，這眼睛，這頭髮，這手。這樣美的人兒妳們找找看！啊！我敢說，她會有人愛她的，這樣的人兒！我哭泣了十五年。我的美貌盡皆衰退，都到她那裡去了。吻我呀！」

麻袋女還給少女講了其他許許多多荒唐話，聲調優美、溫柔。她翻動可憐女孩的衣服，弄得她的臉都紅了；又用手摩挲她那光滑油亮的頭髮，還吻她的腳、膝蓋、額頭、眼睛，一切都使她欣喜若狂。少女就任她這樣，只是不時以無限深情低聲念叨：

「媽媽，媽媽！」

「妳看，我的小娃兒，」隱修女又說，說一句吻她一下：「妳看，我多麼愛妳！我們要從這裡逃出去。我們就要得到幸福了。我在我們家鄉蘭斯繼承了一點產業。蘭斯，妳知道嗎？啊，不，妳不知道，妳那時候還太小！但願妳知道妳四個月大時是多麼漂亮！那樣好看的小腳丫，好些人好奇，甚至從七法里開外的艾佩奈趕來看！我們就要有一塊田地、一棟房子了。我要讓妳跟我一起睡我的床。上帝呀，我的上帝！有誰想得到呢？我找到我的女兒了！」

「啊，我的母親！」女孩激動萬分，但終於有了說話的力氣，她說：「吉卜賽女人早對我講過的。我們那裡有一個善良的吉卜賽女人，她去年死了，一直像乳娘一樣看顧我。是她把這個小荷包掛在我脖子上的。她常常對我說：『小女孩，這個珠寶妳要保存好，這是寶貝，它將保佑妳們母女重逢。妳這是把妳母親佩戴在脖子上呀！』她真說中了，那個吉卜賽女人！」

麻袋女又把女兒緊緊摟在懷裡。

「來，讓我吻妳！妳說得多好！等我們回老家，就把這雙小鞋拿去給教堂的聖嬰穿。我們這一切都感謝童貞聖母。我的上帝！妳的聲音多甜！妳剛才對我說話，就跟音樂似的！呀！我主上帝！我可找到了我的孩子啦！但是，這樣天大的好事，難道能相信嗎？人是不會輕易死掉的，我這不是沒有高興得死掉嗎？」

接著，她又拍起手來，又笑又嚷：

「我們要過幸福日子囉！」

恰在這時，小屋裡回蕩著戶外武器的碰擊聲和馬匹奔馳的聲音，似乎是從聖母院橋馳來，從河堤上越跑越近了。女孩慌慌張張投入麻袋女的懷抱。

「救救我！媽媽！救救我！他們來了！」

隱修女的臉刷地泛白。

「啊，天！妳說什麼？我倒忘了！他們追捕妳！那妳幹了什麼呢？」

「我不知道，可是我被判處了死刑。」不幸的孩子回說。

「死！」古杜勒說，搖搖晃晃，五雷轟頂一般。

「死！」她又緩緩地說，瞪著眼睛看著女兒。

「是的，媽媽，」女孩驚慌失措：「他們要殺我。他們來抓我了。絞刑架就是在等著我！救救我！救救我！他們來了！救救我！」

隱修女半晌動彈不得，好像變成了石頭，然後，她搖搖頭表示懷疑，忽然，狂笑起來——她那嚇人的狂笑又恢復了。她說：

「喔！喔！不！妳對我說的是一場夢。啊，是的！我丟掉了她十五年之久，現在又找到了她，卻僅僅一分鐘！他們又要把她奪走！而現在她這樣美，長得這樣高大，跟我說話，愛我，現在他們倒要來把她吃掉，就當著我這個做母親的面！啊，不行！這樣的事是不可能的。仁慈的上帝不允許這樣。」

正說著，馬隊似乎停下來了，只聽見遠處有個人喊叫：

「這兒走，特里斯唐大人！教士說的，在老鼠洞那兒可以找到她。」

馬蹄聲再作。

隱修女絕望地一聲喊叫，站了起來：

「快逃命！快逃命，我的孩子！我都想起來了。妳說得對，是要處死妳。可惡！該死！快逃命吧！」

她把頭探向窗口，立刻又縮了回來。

「妳就待在這裡！」她輕聲說道，聲音急促而陰沉，痙攣地抓住少女的手。女孩這時只比死人多口氣了。隱修女又說：「待著！別出聲！到處都是兵。妳也出不去了。天太亮了。」

她那乾涸的眼睛閃閃發亮。過了一會，她沒有言語，只是在石室裡大踏步走來走去，間或站住腳，一把把扯下斑白的頭髮，又用牙齒啃嚙頭髮。忽然她說：

「他們過來了。我去跟他們說話。妳躲在這個角落裡。他們看不見妳的。我告訴他們，就說妳逃脫了，說我放掉了妳，就這樣！」

她把女兒放了下來——她是一直抱著她的。她把她安頓在外面看不見的一個角落。叫她蹲下去，仔細布置了一番，使她的腳和手都不露在陰影外，把她的烏黑頭髮披散，覆蓋住白長袍，使人看不見她，又把水罐和石板擱在她前面。她只有這兩樣東西，以爲這兩樣就可以把她的身子擋住。安頓好以後，比較放心了，她立刻跪下來祈禱。天剛亮不久，老鼠洞裡還有許多地方仍是黑漆漆的。

就在這一刻，聽見教士那陰險苛毒的聲音就在小室跟前喊道：

「這邊，孚比斯・德・夏多佩隊長！」

一聽這個名字和這個嗓音，愛斯美娜達原來蜷縮在角落裡的，悸動了一下。

「別動！」古杜勒說。

話音剛落，就聽見人聲、刀劍聲、馬蹄聲一片嘈雜，統統在小室周圍停了下來。那母親急忙站起來，跑去站在窗洞口，把它堵著。她看見一大隊武裝人員，有的徒步，有的騎馬，排列在河灘廣場上，領隊的人跳下馬，向她走來。

面目猙獰的這個人喊道：

「老傢伙！我們在搜捕一名女巫，要把她絞死。聽說在妳這裡。」

可憐的母親做出毫不相干的模樣，回答：

「您說些什麼，我不太清楚。」

「上帝的腦袋！那魂不附體的副主教胡謅些什麼？他人呢？」對方又說。

「大人，他不見了。」一名兵卒說。

「啊，老瘋子，不許妳撒謊！剛才有個人交給妳看管一名女巫。妳把她怎麼了？」帶隊軍官又說。

隱修女不便把一切都賴掉，免得引起懷疑，就以坦率而乖戾的口吻答道：

「要是您說的是剛才別人塞到我手裡的那個高個子小妞⑪，我可以告訴您，她咬了我，我只好鬆手。就是這樣。別打擾我啦！」

軍官失望地做了個表情。

「妳休想撒謊，老怪物，」他又說：「我名叫修行者特里斯唐，我是國王的朋友。修行者特里斯唐，妳聽見了嗎？」他又環視廣場，說道：「這個名字在這兒連房子都要震塌！」

「哪怕您是修行者撒旦，」古杜勒又有了希望，答道：「我也沒有其他的話告訴您，我也不怕您！」

特里斯唐說：

「上帝的腦袋！這老潑婦！啊！女巫逃掉了！往哪邊跑的？」

古杜勒以滿不在意的聲調說：

「我想是往羊肉街那邊吧？」

特里斯唐扭頭吩咐隊伍準備再次出發。隱修女暗自鬆了口氣。

突然，一名弓手說：

「大人，您得問問老妖婆，窗子上的鐵條怎麼拆成這樣。」

聽到這個問題，可憐的母親心裡又著急萬分。不過，她仍然保持清醒，吶吶地說：

「一向就是這樣的。」

弓手又說：

「呸！昨天還是個黑十字架，很虔誠的模樣。」

特里斯唐斜瞟隱修女一眼，說：

「我看這老狗婆慌了手腳！」

不幸的女人知道，一切有賴於自己保持鎮靜，於是，她橫下一條心來，冷笑起來。——做母親的總是有這種力量的。

「呸！這個傢伙是喝醉了吧？是一輛大車裝滿石頭，車後身撞的，柵欄給撞折了，都一年多了。我還罵了車把式的！」她說。

「是真的，我當時在場。」另一名弓手說。

是的，到處都有明察一切的人。意想不到的這一有利證詞鼓舞了隱修女的勇氣——這場盤問正使她覺得好似踏著刀刃在懸崖上走過深淵。

可是，她注定要受一會兒安心、一會兒驚慌的熬煎。

頭一個兵卒又說：

「要是大車撞的，斷鐵條應該是往裡面倒，現在卻是向外面散的。」

特里斯唐誇獎這個兵說：

「嘿，嘿！就憑你鼻子這麼尖，真可以當小堡法庭的調查官。老太婆，妳快回答他的話！」

「上帝呀！」她給逼急了，喊了起來，聲音裡卻不由自主帶著哽咽：「我向您發誓，大人，是大車撞的。您不是聽見這個人說親眼看見的？況且，這跟你們的那個女巫有什麼關係？」

「哼！」特里斯唐吼道。

「見鬼！斷裂的地方還是新的哩！」那個兵卒又說，軍官誇獎了兩句，他大爲得意。

特里斯唐搖搖頭。她臉色蒼白了。

「妳說，大車是什麼時候撞的！」

「一個月，也許半個月吧，大人，我記不清了。」

「她剛才說是一年多以前。」士兵指出。

「這裡面有鬼！」軍官說。

「大人呀！」她叫道，身子始終貼在窗前，提心吊膽，生怕他們一疑心，把腦袋伸進來向小室裡張望：「大人，我向您發誓，是大車把鐵柵撞斷的。我以天堂天使的名義向您發誓！如果不是大車，我情願永世下地獄，被上帝拋棄！」

「妳發這個誓倒很起勁哩！」特里斯唐說，刨根究底的目光向她投去。

可憐的女人感覺到越來越不能自持了。她已經到了言語支吾的地步，驚恐地發現自己說出來的話恰恰是不該說的。

這時，有一個兵喊叫著跑回來：

「大人，老妖婆撒謊。女巫沒有走到羊肉街。封鎖街道的鐵索整夜牽著，看守的人沒有看見有人過去。」

特里斯唐的面容越來越陰沉，他質問隱修女：

「妳怎麼解釋？」

她勉力頂住，不爲這又一意外的不幸所動搖，說道：

「大人，我不知道，可能是我搞錯了。我想，她實際上是過河去了。」

「那是對岸囉！」軍官說：「可是，十之八九她是不願意回內城去的，既然那邊正在抓她。妳又撒謊了，老太婆！」

「況且，河兩岸一條船也沒有。」頭一個士兵說。

「她大概是游水過去的吧。」隱修女寸步不讓，駁道。

「女人還游水？」那名士兵說。

特里斯唐悻悻然叫嚷：

「上帝的腦袋！老東西！妳撒謊！撒謊！我倒恨不得放下女巫不管，先把妳吊死！只要一刻鐘刑訊，保管叫妳吐眞話。來，跟我們走！」

她正巴不得有這句話。

「隨您的便，大人。快點，就這樣辦吧！刑訊，我願意。帶我走，快，快點！馬上就走！」她想，這期間，女兒就可以脫逃了。

「上帝的死！多怪的胃口，喜歡拷問台！這個瘋婆子我眞鬧不清楚是怎麼搞的。」軍官說。

一個頭髮灰白的老巡防隊長站出隊列，稟告長官：

「確實是個瘋子，大人！要是她沒有看住吉卜賽女孩，這不能怪她，因爲她是厭惡吉卜賽女人的。我幹巡防十五年了，天天晚上聽見她不住嘴咒罵，大罵流浪女人。如果我們追捕的是——我以爲是——那個帶小山羊的跳舞小女孩，她最恨的就是這一個！」

「最恨的是她！」古杜勒硬著頭皮說。

巡防隊員眾口一詞作證，向長官證實了老隊長的話。修行者特里斯唐看見從隱修女口裡掏不出什麼東西，已經不指望了，就轉過身去。接著，她以說不出來的提心吊膽看著他慢慢向坐騎走去。

「好吧，出發！繼續搜索！不把吉卜賽女孩抓住吊死，我絕不睡覺！」他咬牙切齒地說。

但是，他還猶豫了一陣子才翻身上馬；他好似獵犬嗅到獵物就藏在跟前，臉上驚動不已，捨不得離開，目光不斷掃視廣場。隱修女見了，眞是在生死之間惴惴不安。終於，他搖搖頭，跳上馬去。古杜勒的心一直可怕地揪著，現在才算是放了下來。他們來了以後，她始終不敢瞟女兒一眼，這時才看了看她，低聲說道：

「得救了！」

可憐的孩子始終躲在角落裡，不敢呼吸，也不敢動彈，心裡只有一個念頭：死亡就在面前威脅著她。古杜勒和特里斯唐之間一來一往的每個細節她都看在眼裡，母親提心吊膽的一舉一動都在她心中發出回響。她聽見那根把她懸吊在懸崖上空的頭髮絲兒連續不斷軋軋直響，她數十次彷彿看見它就要斷裂；終於漸漸暫得喘息，感覺到腳踏實地了。恰在這時，她聽見有個聲音對長官說：

「牛的角！長官先生，絞死女巫，這不是我們軍人幹的活兒。暴民既已掃蕩，我讓您自行其便。您想必認爲我還是回自己隊伍的好，免得他們沒有主！」

這是孚比斯•德•夏多佩的聲音。她一聽百感交集，難以言述。這麼說，他來了——她的朋友，她的保護人，她的靠山，她的避難所，她的孚比斯！她趕緊爬起來，母親還未及阻擋，她已經衝到窗口，喊道：

「孚比斯！救救我，我的孚比斯！」

孚比斯已經不在那裡，他躍馬奔馳，已經轉過廚刀廠街。可是特里斯唐並沒有走。

隱修女大吼一聲，向女兒撲過去。她一把掐住女兒的頸脖，拚死把她拉回來。做母親的好似猛虎護子，再也顧不得了。然而爲時已晚，特里斯唐已經看見了。

「哈！哈！」他大笑一聲，全口牙齒都震脫了，使他的臉像煞惡狼的嘴臉。他叫道：「老鼠洞裡兩隻耗子！」

「我早猜到了。」那個士兵說。

特里斯唐拍拍他的肩膀：

「你眞是一隻好貓！……來呀，昂里埃•庫贊何在？」

一人應聲出列，衣著和面孔都不像當兵的。他穿著一件半灰半棕的衣服，平直的頭髮，皮革的袖子，一隻大手握著一包繩索。特里斯唐總在路易十一左右，此人總在特里斯唐左右。

修行者特里斯唐說：

「朋友，我猜想，我們要找的女巫就在這裡邊。你給我把她絞死，梯子帶來了嗎？」

「有一架，在柱屋的棚子裡，」那人回說：「咱們幹活是用那個『公道台』嗎？」他指指絞刑架。

「是的。」

「嘿，嘿！」那人獰笑一聲，比長官的笑聲更爲凶狠，說道：「那就不用多大工夫了。」

「快！你以後再笑不晚。」特里斯唐說。

自從特里斯唐看見她的女兒，隱修女一切希望都已失去，還沒有說過一句話。她把半死不活的少女扔進洞穴裡原來的那個角落，自己又跑到窗洞前站立，兩隻手像爪子摳著窗台角。就以這樣的姿態，她英勇無畏地顧視那些兵卒，目光又像原先一樣凶猛而瘋狂了。昂里埃・庫贊走近地穴，她那張臉獰惡異常，嚇得庫贊往後直退。

他回到長官面前，問道：

「大人，抓哪一個？」

「年輕的那個。」

「好極了，這個老東西好像厲害得很。」

「可憐的帶山羊的跳舞小女子！」老隊長說。

昂里埃・庫贊走到窗洞口。母親怒目而視，他不敢仰望，只能畏畏縮縮地說：

「夫人……」

她打斷他的話，聲音低沉而凶惡：

「你要幹什麼？」

「不是找您，是找那一位。」

「什麼那一位？」

「那個年輕的。」

「沒有人！沒有人！沒有人！」她搖著頭喊道。

「有人！您自己知道的。讓我抓那個年輕的，我並不想害您！」劊子手說。

她異樣地冷笑道：

「啊！你並不想害我！」

「把那個年輕的交給我，夫人！是長官先生的吩咐。」

「沒有人！」她以瘋狂的神態複述。

「我跟您說就是有人！我們都看見了，妳們是兩個人。」劊子手仍然說。

「那你就看吧！你把頭伸進來好了！」隱修女冷笑著說。

劊子手看看母親的指甲，不敢。

「快點！」特里斯唐吼叫，他已部署隊伍包圍起老鼠洞，自己騎在馬上候立在絞架附近。

昂里埃非常狼狽，再次回到長官跟前。他已經把絞索放下，笨拙地雙手轉動著帽子。

「大人，從哪裡進去呢？」他問道。

「從門裡進。」

「沒有門。」

「從窗子裡進。」

「太窄了。」

「打大些，你們不是有十字鎬嗎？」特里斯唐說，怒氣沖沖。

母親在她的巢穴裡面，時刻警戒著，注視這一切。她再也不存什麼指望，再也不知道自己能怎麼辦，只是堅決不讓他們奪走她的女兒。

昂里埃·庫贊到杜屋棚子下面去找劊子手工具箱，同時也從棚子下面取出一架雙層梯子。他立刻靠著絞架支了起來。五、六個人拿起尖鎬和撬槓，跟著特里斯唐向窗洞走來。

「老東西，乖乖地把女孩交出來！」特里斯唐厲聲喝道。

她看看他，好像聽不懂。

「上帝的腦袋！」特里斯唐嚷道：「妳到底為什麼要阻攔絞死女巫的聖旨？」

可憐的女人又像往常那樣狂笑不已。

「為什麼？她是我的女兒！」

她那個聲調，甚至特里斯唐聽了都毛骨悚然。

「我很抱歉，可是這是國王的旨意。」特里斯唐又說。

她那可怕的笑聲更劇烈了：

「你的國王跟我什麼相干？我告訴你她是我的女兒！」

「把牆捅開！」特里斯唐吩咐。

在牆上鑿出一個足夠大小的洞，只要去掉窗洞下面一層石頭底座就行了。母親聽見鎬頭和撬槓打擊她的堡壘，發出一聲嚇人的怒吼，接著以可怕的速度在洞室裡轉圈子——這是一隻猛獸長期關在籠子裡養成的習慣。她什麼也不說了，只是兩眼閃射火光。兵卒們感覺到一直涼到心裡的恐懼。

猛然，她搬起她那塊石板，雙手托起，向幹活的人砸過去。可是扔得不準，因爲她雙手顫慄，並沒有砸中誰，只滾到特里斯唐馬腳下才停止。

她咬牙切齒。

這當兒，雖然太陽還沒有出來，天已大亮。杜屋的那幾根古老坍塌的烟突染上了明亮鮮艷的朝霞。此刻正是這座大城市最早起來的人們，把窗子向著下面的屋頂愉快地推開的時候。幾個村鎮居民，若干水果販子，騎著毛驢，奔赴菜市場，開始穿過河灘廣場。他們在擁集於老鼠洞周圍的兵卒面前站住，驚訝地看了一會，隨即逕自去了。

隱修女已經坐在女兒身邊，從前面遮擋著女兒的身體，目光呆滯，聽著可憐的孩子一動也不動地只是低聲呢喃：「孚比斯！孚比斯！」隨著拆牆打洞工作的進展，母親機械反射似的往後直退，緊緊摟著女兒，越來越往牆裡面縮。忽然，隱修女看見（因爲她仍然警戒著，目不轉睛地望著）石頭鬆動了，又聽見特里斯唐鼓勵幹活人的聲音。她原來身心衰竭已有相當時間，這時強打起精神，吼叫起來，有時聲音像鋸子一般撕裂耳朵，有時囁嚅著，彷彿千百般咒罵一齊湧上嘴，要在這一次爆發：

「哈！哈！哈！多可惡！你們是強盜！你們當眞要搶走我的女兒？我告訴你們，她是我的女兒！啊，膽小鬼！呀，劊子手奴才！可憐的卑鄙的殺人凶手！救命呀，救命呀！失火啦！他們當眞要像這樣奪走我的女兒？那麼，所謂的好上帝在哪裡呢？」

接著，她轉向特里斯唐，怒火千丈，目光散亂，毛髮倒豎，像一隻豹子那樣爬著：

「你過來，來抓我的女兒呀！你聽不懂我這個女人跟你說她是我的女兒？你知道有個孩子是什麼意思嗎？哈，你這隻豺狼，你從來沒有跟你的母狼睡過嗎？就從來沒有過狼子？要是你有子，牠們嗥叫的時候，你肚子裡面不覺得攪動嗎？」

「撬下石塊，它已經鬆動了。」特里斯唐吩咐。

撬槓掀起了那一大塊沉重的石頭底座。上面說過，這是母親的最後堡壘。她撲了上去，想頂著它。她用指甲抓那塊大石頭，可是它那麼巨大，又是六條漢子從外面推動的，她哪裡抵得住，只見它順著鐵撬槓輕輕滑落在地上。

母親看見入口已經打開，就躺倒在洞口橫著身子，堵塞缺口，雙臂扭曲著，頭在石板地上碰得直響，筋疲力竭而聲音嘶啞，喊叫：「救命呀！失火啦！失火啦！」聲音簡直聽不見。

「現在去抓那女孩！」特里斯唐還是無動於衷。

母親瞪著兵卒們，模樣非常嚇人，他們只敢後退，不願向前一步。

「那好，昂里埃．庫賛，你上！」長官又叫道。

誰都不動一下。

「基督的腦袋！還算是武士嗎！連娘兒們都怕！」長官罵道。

「大人，這麼個玩藝兒您說是女人？」昂里埃說。

「她的頭髮就跟獅子的鬃毛似的！」另一個說。

「上呀！洞口夠大了。三個人並排鑽，就像攻打蓬托瓦茲時打開缺口那樣。快點，馬洪的死！誰先退後，我就把他砍成兩段！」長官說。

在長官和母親之間，兵卒們左右爲難，猶豫了一會，終於決定向老鼠洞挺進。

隱修女見了，突然跪了起來，從臉上拂開長髮，隨即兩隻瘦削褪皮的手向身後垂了下來。接著，大滴大滴的眼淚奪眶而出，順著兩頰的皺紋直往下落，像是沖刷出河床的奔流一樣。與此同時，她說話了，嗓音是那樣哀苦，那樣輕柔，那樣卑順，那樣感人肺腑。特里斯唐周圍儘管人肉都敢吃的老差役，也禁不住落淚。

「各位老爺！侍衛長先生們，請聽我說！這件事我非說不可。她是我的女兒，明白嗎？是我丟失的愛女！你們聽吧，說來話長。請你們想想，先生們對我都很熟悉。從前，孩子們因爲我生活放蕩向我扔石頭，那時候你們對我一向都是很好的。你們知道嗎？等你們知道一切以後，你們是會把我的孩子給我留下的！

我是一個可憐的娼妓。是吉卜賽人把她偷走的。可是我把她的小鞋一直保存了十五年。瞧，就是這隻鞋！她那時腳多小！是在蘭斯！香特弗勒里！福耳-潘納街！這些你們也許都知道。那就是我。那時你們還年輕，生活正美好。那時的日子過得多麼快活！你們會可憐我的，是不是，老爺？吉卜賽女人把她偷走了，她們把她藏了十五年。我還以爲她死了哩。我在這裡，在這個洞裡過了十五年，冬天連個火都沒有。艱苦呀！可憐的親愛的小鞋！我呼天搶地，連上帝都聽見了。今天夜裡他就把女兒還給我了。這是好上帝顯靈啊！她沒有死，你們不會把她搶走，我敢說。要是絞死我的話，我二話不說，可是那是她呀！只是十六歲的孩子啊！讓她有時間享受陽光吧！……她哪點對不起你們？沒有，我也是。你們本不知道世上我只有她，而我已經老了，聖母把她送回來這是我的幸福！況且，你們是這樣仁慈，你們都是！你們原來不知道她是我的女兒，現在你們知道了。

啊！我愛她呀！長官老爺，我情願在我胸口戳上一刀，也不願意看見她的手指劃破一道口子！你的模樣就是慈祥的大老爺！我向你申訴的是夠清楚了，可不是嗎？大人呀，你自己不是有過母親？老爺！你是長官，把我的孩子留下吧！你看，我跪下來求你，就像一個人向耶穌基督祈求！我並不是向誰乞討什麼，我是蘭斯人，老爺們，我有我舅舅馬尹埃・普臘東給我的一小塊田地。我並不是乞丐。我不要任何東西，可是我要我的孩子！啊！我要留住我的孩子。好上帝是我們的主人，祂不是平白無故把孩子還給我的。國王！你說什麼國王！就是把我的小妞兒殺了，又怎能給他很大樂趣！況且國王是仁慈的！她是我的女兒！是我的，我的女兒！不是國王的！不是你們的！我願意走，我們願意走！兩個女人，母女倆走，不該讓她倆走掉嗎？放我們過去吧！我們是蘭斯人。啊，你們都是大好人，先生們，我愛你們大家。你們不會把我親愛的孩子抓走，這是不可能的！不是根本不可能嗎？我的孩子，我的孩子！」

她的手勢，她那聲調，她一邊說一邊吞飲眼淚，合起而又扭絞雙手，令人心酸的苦笑，淚水模糊的目光，呻吟，嘆息，語無倫次中不時發出可憐刺心的瘋狂喊叫——這一切，我們不想盡述了。她終於沉默下來，修行者特里斯唐皺起了眉頭——這卻只是為了隱藏他那猛虎般眼睛中滴溜直轉的眼淚。不過，他克制住一時的軟弱，冷冷地宣稱：

「這是聖上的旨意！」

接著，他欠身貼著昂里埃·庫贊的耳朵，低聲吩咐：「快幹，快點！」這可怕的人可能是覺得，甚至他的心也軟了。

劊子手和侍衛長們闖進洞室。母親不作任何反抗，只是向女兒爬過去，拚死撲上去，遮擋著她。女兒看見兵卒過來了，死亡的恐懼使她重新抖擻起精神。

她叫嚷：「媽媽！我的媽媽！他們來了！保護我呀！」聲調的悲淒難以言述。

「是的，我心愛的，我保護妳！」母親應道，聲音已經窒息；緊緊把女兒摟在懷裡，吻遍她的全身。兩人都躺在地上，母親覆蓋著女兒，此情此景令人悲痛萬分。

昂里埃·庫贊箍住少女肩下，把她攔腰抱起。她感覺到這隻手，叫了聲：「哎唷！」便暈了過去。劊子手不禁一滴又一滴眼淚滴落在她身上。他想把她抱走，想把母親的手掰開，然而，母親的雙手緊緊箍住女兒的腰肢，纏得緊緊的，不可能鬆脫她的懷抱。昂里埃·庫贊只好拖著少女出去，連帶著也把母親拖在女兒的身後。母親也雙目緊閉。

這時旭日東升。廣場上已經聚集起許多人，遠遠觀望著這從地面上拖向絞刑台的東西。因爲這是特里斯唐行刑的習慣。他有一種癖好，不許閒人聚在近旁。

家家戶戶窗口上都沒有人。只是遠遠瞥見那座俯臨河灘的聖母院鐘樓頂上的窗子裡，有兩個人影襯托著朝暉，似乎在向這邊張望。

昂里埃・庫贊拖著母女二人，來到奪人性命的梯子腳下，站住，心裡不勝憐憫，氣也喘不過來了。他把絞索纏住少女可愛的頸脖。不幸的孩子感覺到麻索可怕的接觸，抬眼觀看，只見頭頂上那石頭絞架伸出瘦骨嶙峋的臂膀。於是，她全身搖晃，以撕裂人心的聲音高呼：

「不要，不要！我不要！」

母親把腦袋始終埋藏在女兒的衣衫下面，一聲不響；只看見她渾身戰慄，只聽見她更加狂熱地吻她的孩子。劊子手趁機急速掙脫她緊緊環抱女犯的雙臂。也許是筋疲力竭，也許是絕望灰心，她不再抗拒了。於是，劊子手把女孩扛上肩頭。這標緻的女郎，在他那巨大頭顱上面，優美地折成兩截垂吊著。然後，他踏上梯子，開始攀登。

這時，蜷縮在地面上的母親，兩眼忽然圓睜，沒有一聲叫喊，她忽地一躍而起，形容可怖，像猛獸撲向獵物。她跳過去，咬住了劊子手的一手，使勁地咬，疾如電光一閃。劊子手痛得直叫。人們跑過去，好不容易才把他那鮮血直滴的手從母親的牙齒裡抽出來。

她始終保持深沉的沉默。人們粗暴地把她推開，只見她的頭重重地碰在石板路面上。再把她扶起來，她又頹然倒下去——她已經死了。

劊子手沒有放開女孩，又開始踏著梯子向上爬去。

---

① 亞歷山大城的狄迪穆斯（311-398）：有名的希臘盲哲學家。

② 傳説，鷚鳥以剔食鱷魚牙縫裡的食物殘渣爲生。格蘭古瓦認爲，只要鱷魚一合嘴，鷚鳥就會喪命。

③ 卡蒂利納（前 109—前 62）：多次叛亂反對西塞羅。凱撒知情，參與了陰謀，但以後及早脱身，並利用了這幾次叛亂。

④ 原文是指初期斬首台上讓犯人擱置腦袋等待屠刀落下的枕木。

⑤ 加拜勒：意爲「鹽税」；吉貝：意爲「絞架」。

⑥ 聖路易島（舊稱聖母院島），並不是巴黎聖母院所在的西堤島，而是其東的一個小一些的沙洲。所以，「船頭朝向內城，船尾朝向聖母院島」，正好與他們要去的方向相反。他們自西向東划行，應該船頭朝向聖路易島，船尾朝向西堤島。

⑦ 希臘、拉丁詩中，兩長音節爲一韻步的詩行，叫做二長韻步詩行；一長音節和兩短音節爲一韻步的詩行，叫做一長二短韻步。

⑧ 《伊里亞德》中的衆神對交戰雙方各有其偏袒，只有大神朱庇特久久猶豫，

決定不了是支持圍攻者希臘人一方呢，還是支持被圍攻者特洛伊人一方。

⑨ 該隱殺死弟弟亞伯的故事，見《舊約聖經・創世記》第四章。兄弟反目，甚至成仇，這樣的事情或跡近於這樣的事情，在雨果的劇作、小説和詩中多次出現。據法國作家安德烈・莫羅瓦（1885-1967）説，這是由於維克多・雨果的哥哥歐仁・雨果嫉妒維克多與阿黛兒・傅歇結婚以致神經錯亂而死，因此事維克多・雨果終生内疚。

⑩《拉封丹寓言》中狼以種種罪名加於羔羊，證明吃掉牠爲正當，羔羊的辯解就是這樣的一句話。

⑪ 雨果在前面原來説：「她個兒不高。」

II

La creatura bella bianco Vestita (但丁)

美麗的白衣女子

卡席莫多看見小室裡空了，女孩不在裡面了，正是在他保護她的當兒，她卻被劫走了。他一看，雙手揪扯頭髮，驚訝又痛苦地跺腳。接著，他在教堂上下亂跑，尋找他的吉卜賽女孩，向所有牆角狂呼亂喊，他那棕紅色頭髮拋灑得到處都是。恰在這時，王室侍衛弓手勝利地攻進聖母院，也來尋找吉卜賽女孩。卡席莫多幫助他們尋找——這可憐的聾子，哪裡想得到他們心中要置她於死的意圖！

他還以爲女孩的敵人是無賴漢。他自動帶領修行者特里斯唐找遍一切可能的藏身場所，爲他打開秘密門戶，打開聖壇的夾層和聖器室的內壁。假如不幸的少女此刻還在，那就是他把她交出去的。

特里斯唐不會輕易灰心，這時也由於一無所獲、筋疲力竭而垂頭喪氣。卡席莫多卻繼續獨自一人尋找。他數十次上百次跑遍教堂上下，上去又下來，奔跑，呼號，叫嚷，嗅著，搜尋，挖掘，腦袋探進一切洞穴，火炬伸向一切穹窿，絕望，瘋狂。失去母獸的公獸咆哮、失魂落魄，也不過如此。

終於，他明白過來，深信她已經不在，一切全完了，她被人偷走了。他緩緩走上鐘樓的樓梯。就是這樓梯，他搭救她的那天他曾得意洋洋，欣喜若狂，攀登上來。現在他又經過同一地點，垂著頭，沒有聲音，沒有眼淚，幾乎連呼吸也沒有。主教堂裡再次不見人影，重新墜入往常的寂靜。弓手已經離去，前往內城追捕女巫。廣闊的聖母院剛才還遭受猛烈圍攻，那樣驚擾喧鬧，現在只有卡席莫多一人留在那裡。他再次前往埃及少女在他警衛下睡了許多天的那間小室。

走近前去，他一邊想像著也許即將看見她又在室內。他拐過俯臨下層屋頂的走道，瞥見那窄小的幽室，小窗、小門依然如故，蜷縮在一道大扶壁拱架下，像一個鳥窩掛在樹枝下。可憐的人見了，心臟幾乎都停止了跳動，靠在一根柱子上，才沒有倒下。他想像，也許她已經回來，也許有什麼好天使把她送了回來，這間小室這樣幽靜、這樣安全、這樣可愛，她怎能不在裡面呢？他生怕打破了自己的迷夢，再也不敢前行一步。

「是的，」他心中暗想：「她大概在睡覺，或者在祈禱。別打擾她吧！」

終於，他鼓起勇氣，踮起腳尖又向前走，看了看，走了進去。還是空無人影！小室裡始終是空的。不幸的聾子慢慢地在屋裡轉圈，又掀起地鋪，向下面張望，彷彿她能夠藏在石板和褥子之間似的。隨即，他搖搖頭，呆立不動。忽然，他狂怒地一腳踩熄火把，一聲不吭，一聲嘆息也沒有，全速奔跑，用頭向牆上撞去，暈倒在石板地上。

他甦醒以後，撲倒在床鋪上打滾，狂熱地吻著少女睡過如今仍然溫暖的地方，躺著不動好幾分鐘，彷彿就要嚥氣了。然後，他又跳起來，滿頭大汗，喘著粗氣，瘋了似的，把頭使勁往牆上撞，一下下像他敲鐘似的有規律性，這樣的決心正是要把頭顱撞碎。終於，他筋疲力竭，再次倒在地上。他四肢著地，爬出室外，在房門對面蹲伏著，驚訝萬分。

就這樣待了一個多鐘頭，一動也不動，眼睛始終盯著人去室空的小屋。他臉色陰沉，沉思著，憂傷賽過坐在空了的搖籃和裝了的棺材之間的母親。他一聲不吭，只是，間隔很久，有一聲啜泣強烈震撼他的全身，然而，這是無淚的嗚咽，恰似夏天的閃電那樣沒有聲音。

看來，正是在這時，當他悲痛地遍索想像，想要探究出可能是誰這樣猝不及防地搶走了吉卜賽少女的時候，他想到了副主教。他想起了，只有堂·克洛德有通向小室的樓梯門上的鑰匙；他又想起了，堂·克洛德曾經兩次在夜裡對女孩欲行非禮，第一次卡席莫多自己給了他協助，第二次他加以制止了。他回想到許許多多細節，頓時他再也不懷疑是副主教把女孩劫走了！然而，他對教士是那樣尊敬，對這個人又是那樣感恩戴德、竭盡忠誠、無比敬愛，心中這種種感情根深蒂固，即使這時，也抗拒著絕望嫉妒的侵襲。

他想到這是副主教幹的。如果是任何別人，卡席莫多會感到不共戴天的憤恨，然而，現在既然凶手是克洛德·弗羅洛，可憐聾子內心的憤恨化作了不斷增長的痛苦。

他的思想就這樣集中到教士身上，這時扶壁拱架上泛起魚肚白曙光。他瞥見聖母院頂層，環繞東圓室的外面欄杆的拐角那裡，有個人影在走動。這個人影向他這邊走來。他認出了：正是副主教。

克洛德以莊重的步伐緩緩走著。他走著，眼睛並不看前面。他是向北鐘樓走去的，可是他的臉扭向一旁，朝著塞納河右岸，他還高高揚著頭，好像是想越過屋頂看見什麼東西。貓頭鷹帶有這種陰險的姿態：飛向某一點，眼睛卻瞅著另一點。教士就這樣從卡席莫多頭頂上走過去，沒有看見他。

這幽靈似的突然出現，使得卡席莫多驚呆，渾如石塑一般。他看見教士鑽進北鐘樓的樓梯門裡不見了。讀者知道，這座鐘樓上是看得見市醫院的。卡席莫多站起身來，跟蹤教士。

卡席莫多走上鐘樓的樓梯，是為了弄清楚教士為什麼要上去。此外，可憐的敲鐘人並不知道自己將幹什麼，將說什麼，又有什麼打算。他滿腔憤怒，同時也心懷畏懼。副主教和吉卜賽女孩在他內心裡發生了衝突。

當他到達鐘樓頂上，還沒有從陰影裡出來，走上平台的時候，他先小心翼翼地看了看教士在哪裡。教士是背向著他。鐘樓平台四面環繞著一邊透空雕琢的欄杆。教士把胸脯伏在朝向聖母院橋的那面欄杆上，眼睛向外城眺望。

卡席莫多躡手躡腳從他身後走過去，看看他在瞧什麼。

教士的注意力完全在別處，沉浸於夏季黎明的清新晨曦之中，從聖母院鐘樓頂上眺望，眞是絢麗多彩的動人美景。這天可能是七月天。天空晴朗異常。稀稀落落的幾顆殘星漸漸消隱，東方有一顆特別明亮，恰恰在最透亮的天際。朝陽方待升起。巴黎開始有了動靜。十分純淨潔白的晨曦輝映之下，東邊千千萬萬幢房屋更加烘托出鮮明的各色各樣輪廓。聖母院鐘樓龐大陰影，從巨大城市的一端到另一端，逐個屋頂移動。已經有些地段開始有了說話聲，發出了聲響。這裡聽見一聲鐘鳴，那裡聽見一聲錘擊，再過去又聽見車行轔轔錯綜複雜的聲音。一些炊煙零散升起在這屋頂密集的浮面上，彷彿是從廣漠的地獄谷縫隙裡透出來的。塞納河水，在一座座橋樑拱券、一個個沙洲岬尖那裡激起無數漣漪，波光粼粼，閃出無數銀色折皺。城市周圍，向牆垣的外面極目眺望，只見一片片薄霧環繞，隱隱約約可以看見一展平川，無盡伸展，其間山巒起伏，形成優美的曲線。似醒非醒的城市上空四散飄蕩著形形色色朦朧的聲響。向東方，晨風吹拂，撕裂山丘間羊毛般的霧氣，拋灑在天空，驅趕著一團團白絮般的晨靄。

幾個老實婦人手裡端著牛奶罐子，來到前庭廣場，驚訝萬分，互相指點著聖母院中央大門那種奇特的殘破景象和山牆尖裂縫之間那凝固了的鉛流。卡席莫多在兩座鐘樓之間點燃的柴堆早就熄滅。特里斯唐早就派人把廣場打掃乾淨，把死屍扔入塞納河。像路易十一這樣的國王，總是處心積慮在屠殺之後把路面迅速清洗乾淨。

在鐘樓欄杆外面，就在教士停下腳步的那個地方的下面，有一道通常哥德式建築物上常有的那種雕刻式樣古怪的石頭水槽。從承溜的一道裂縫中長出兩株紫丁香，美麗的花朵盛放，在曉風輕拂之下搖擺著，像是有了生命，逗樂似地互致問候。在鐘樓上空，高處，遠遠的天空頂上，有鳥雀啁啁鳴叫。

但是，教士對這一切充耳不聞，視而不見。他這樣的人，是不知有早晨、鳥雀、花朵的。廣闊無垠的天地在他周圍呈現出無盡多樣的面貌，他沉思的目光卻牢牢專注在一個點上。

卡席莫多急於詢問他把少女怎樣處置了。可是，副主教此刻似乎已經魂飛天外。顯然，他正處於即使天崩地裂，也不會覺察的生命激烈動盪的時刻。他雙目緊緊死盯著某個地點，始終靜止沉默，這種靜止沉默中卻有某種令人恐懼的東西，即使狂野的敲鐘人見了也不寒而慄，不敢貿然衝撞。卡席莫多只能順著他的視線看去——其實這也是詢問的一種方式，於是，不幸聾子的目光就落到了河灘廣場上。

他就這樣看見了教士注視的目標。在那常備絞刑架旁已經豎起梯子；廣場上聚集了一些民眾，還有許多兵士；有個男人從地面上拖著一個白色物體，後面還拽著另一個黑色物體；那個人走到絞刑台下停住了。

這時，那地方似乎發生了什麼事情，卡席莫多卻未能看清楚。並不是因為他那隻獨眼已經不能看得那麼遠，而是由於有一大堆兵擋住，使他不能看清全部情況。況且，此刻，太陽正在升起，地平線上湧現出光的洪流，燦爛輝煌，霎時間，巴黎的一切頂端，尖塔、烟突、山牆頂，彷彿一下子燃燒起來了。

與此同時，那個人開始爬上梯子。於是，卡席莫多把他看得清清楚楚了。他肩上扛著一個女人，是個穿白衣服的女子，頸脖上套著一根繩索。卡席莫多一下子就認出了。

就是她！

那人就這樣爬到了梯子頂上。到了上面，他把活結調整了一下。這時，教士為了看得更清楚些，爬上欄杆跪著。

突然，那人用腳猛然踹開梯子，已有好幾分鐘不能呼吸的卡席莫多頓時看見，那不幸的女孩被絞索懸吊著，在離地兩尋的高度，搖擺起來，而那人蜷縮著把兩腳蹬在她的肩上。絞索轉了幾轉。卡席莫多看見埃及少女全身可怕地痙攣了幾下。至於教士，他伸長了脖子，眼珠簡直要蹦出眼眶，凝視著那個男人和那個女子的可怕景象——眞是一幅蜘蛛捕蠅圖。

就在這最為恐怖的一剎那，教士慘白的臉上迸出一聲魔鬼的狂笑——只有已經不是人的時候才能夠發出的狂笑。卡席莫多聽不見這聲狂笑，但是看見了。敲鐘人在副主教身後退了幾步，突然，向他身上猛撲過去，伸出兩隻巨大手掌，重擊他的後背，把他推下了他所俯視的深淵。

教士叫了一聲：「天譴我！」掉了下去。

下面剛好有那道石頭水槽，他向下墜落的時候，把他托了一下。他趕緊伸出垂死掙扎的雙手一把抓住，他正要開口發出第二聲叫喊，看見卡席莫多可怕的復仇面孔在他頭頂上，探出欄杆的邊沿。

於是，他不出聲了。

深淵就在他腳下。墜落兩百多尺，就是石板路面。

雖然處境是這樣可怕，副主教一言不發，也不呻吟。他只是吊住水槽，扭曲著身子，作出驚人的努力，想重新爬上去。可是，那花崗石上雙手無處把握，他用兩腳在黑暗的牆壁上劃出一道道印子，然而也無處生根。登上過聖母院鐘樓的人都知道，就在頂層欄杆下面石牆恰恰凹了進去。就是在這後縮的角度上掙扎，可憐的副主教耗盡了精力。他要對付的並不是陡立的牆壁，而是在他腳下遁去的牆壁。

卡席莫多只要一伸手，就可以把他從懸崖下拉上來，可是他連看也不看。他注視著河灘廣場。他注視著絞架。他注視著埃及女孩。

聾子俯身在欄杆上，就在副主教剛才站的地方，目不轉睛始終看著他此刻在世界上唯一的目標。他一動也不動，啞口無言，就像一個遭天雷劈中的人。他那隻獨眼從來沒有掉過一滴眼淚，這時淚珠兒默默地滾滾而下。

副主教在那兒仍喘個不停，禿頭汗如雨下，指甲在石頭上磨出了血，膝蓋在牆上蹭得皮開肉綻。

他聽見掛在水槽上的教士服，隨著自己每一掙扎，撕裂聲直響。更爲倒霉的是，這道承溜的末梢是一根鉛管，在他的身體重量下漸漸彎了下去。副主教感到這根鉛管慢慢下垂。這不幸的人心想，一旦雙手疲憊無力，一旦教士服撕裂，一旦鉛管垂落，他一定會掉下去。恐懼使他膽肝俱裂。幾次，他失魂落魄看看身下十尺左右，由於雕塑凸凹不平而形成的一小方平台，他在悲淒的靈魂深處乞求上蒼，讓他在這二尺見方的平台上了此殘生，即使他還可以活上一百年。還有一次，他看看身下的廣場——那深淵；他趕緊抬起頭來，雙目緊閉，頭髮也直立起來了。

這兩人的沉默不語，都十分可怖：副主教在他腳下若干尺之處可怕地垂死掙扎，而卡席莫多則哭泣著，注視著河灘廣場。

副主教看見自己每一用力，只是使那唯一的脆弱支點搖晃得更加厲害，他下了決心不再掙扎。他懸吊在那裡，摟抱著水槽，簡直沒有呼吸，不再動彈，身體沒有其他的動作，只是腹部還有機械的痙攣，就像一個人在睡夢中覺得自己往下墜落時那樣。死滯的眼睛病態地以驚訝的神態大睜著。然而，漸漸地，他失去了把持，指頭從水槽上滑下去，他越來越感到雙臂沒有了力氣，身體越來越重，支持著他的鉛管，每分每秒、一點一點地越向深淵彎曲下去。

他看看身子下面，怵目驚心，那圓形聖約翰教堂的屋頂小得像一張折成兩半的紙牌。他一一注視鐘樓上漠然毫無表情的雕塑，它們也像他一樣懸吊在深淵上空，然而並不為它們自己擔心，也不為他憐憫。他周圍的一切，都是石頭，在他面前是大張巨口的石頭怪獸；他下面，在最底下，是廣場上的石板路面；在他頭頂上，是卡席莫多在哭泣。

前庭廣場上聚集了許多好奇的路人，正不慌不忙地猜想著這個瘋子是怎麼回事，以這樣奇特的方式尋開心。教士聽見他們的議論——因為他們的聲音清楚、尖銳地達到他的耳際：

「他這樣可會摔個粉身碎骨的！」

卡席莫多還在哭泣。

副主教不勝憤恨，也不勝恐懼，終於明白了一切都沒有用。然而，他還是拚其餘力，作一次最後的努力。他懸吊著水槽，挺直身子，雙膝猛一推牆，雙手使勁摳住石頭的一道夾縫，總算向上攀緣了大約一尺。但是，這樣猛一掙扎，使得支撐他的鉛管猝然向下彎去，同時，教士服也完全裂開了。於是，他的腳下失卻了任何依託，只有僵直的、力氣漸漸耗盡的雙手好像還在抓著什麼，不幸人閉上雙眼，鬆開水槽，掉了下去。

卡席莫多看著他往下墜落。

從這樣的高度摔下去，是不大可能垂直下降的。向空間拋落的副主教先是頭朝下，兩手伸展向前，然後他轉了好幾個圈。風把他吹向一座房屋的屋頂，撞了上去，這不幸的人骨頭斷裂了。但是，他還沒有撞死。敲鐘人看見他還試圖用指甲抓住山牆，可是山牆的剖面太陡峭，同時他也沒有了力氣。他急速地從屋頂上滑落，就像脫落了的瓦片一樣掉了下去，在石板地面上彈了幾下。然後，就不動彈了。

於是，卡席莫多抬眼再看埃及少女，只見她的身子遠遠地懸吊在絞架上，在她那白衣服裡作臨死最後的顫抖；隨後，他又低頭看那副主教，只見他橫臥在鐘樓下面，已經不成人形。他從心底裡發出一聲悲鳴，說道：

「啊！我所愛過的一切！」

III
孚比斯結婚

當天將近傍晚，主教的司法官員前來，從前庭的石板路面上收走副主教摔裂的屍體，這時卡席莫多已經從聖母院失蹤了。

關於這段奇事有許多傳聞。誰也不懷疑這是預定的共限到了。人們認爲，根據兩人之間的協議，卡席莫多（即魔鬼）要抓走克洛德•弗羅洛（即巫師）的日子已經到了。人們推斷，卡席莫多砸碎他的身體，取走了他的靈魂，就像猴兒要吃核桃就得砸碎核桃殼。

為了這個緣故，副主教未得葬入聖地。

次年，路易十一死去——那是一四八三年八月的事。

至於彼埃爾·格蘭古瓦，他到底救出了小山羊，而且在悲劇創作上也屢獲成就。看來，他在嘗試星象學、哲學、建築藝術、煉金術諸如此類瘋狂行業之後，還是回到了悲劇創作，即一切行業中最瘋狂的行業。這就是他所說的「有了一個悲劇結局」。關於他在戲劇方面的成就，早在一四八三年，王室費用賬簿上就有這樣的記載：「給予約翰·馬尚與彼埃爾·格蘭古瓦——木匠和作者，彼二人製作並創作了於教皇使節先生入城時在巴黎小堡上演的聖蹟劇，設計了角色，皆按照該聖蹟劇所需穿衣打扮，同時製作了為此所需的舞台，特賞賜一百里弗爾。」

孚比斯·德·夏多佩也有了一個悲劇結局：他結婚了。

IV
卡席莫多結婚

之前提到卡席莫多在埃及女孩和副主教死去的那一天，從聖母院失蹤了。確實，沒有人再看見他，也不知道他的下落。

愛斯美娜達受刑的那天夜裡，劊子手的手下把她的屍體從絞架上解下來，按照習俗，搬進了鷹山的地窖。

鷹山，如索伐耳所說，是「王國裡最古老、最威嚴的絞刑台」。位在聖殿城郊和聖馬丁城郊之間，在巴黎城牆外大約一百六十尋的地方，距離庫爾提數箭之遙，幾乎不可覺察緩緩升起的小山丘——但也有足夠的高度，可以在方圓幾里以內看得見——山頂上，有一座建築，形狀奇特，很像是凱爾特人的大石台①，這裡面也殺生獻祭。

讀者不妨想像，在一座石灰石圓丘頂上，有一座平行六面體的建築物，高十五尺，寬三十尺，長四十尺，有一道門、一座外欄杆、一個平台；平台上有十六根粗石砌成的粗壯柱子，直立著，高三十尺，從三面環繞著支撐它們的平台，成為柱廊，柱頂之間架著結實的橫樑，間隔著垂吊下鐵鏈，這些鐵鏈上都吊著人的骷髏；在附近的平原上，有一個石頭十字架和較小的兩座絞架，彷彿是從中央樹椿上生長出的再生枝杈；在這一切之上，空中始終有烏鴉盤旋著。這就是鷹山。

十五世紀末，建造於一三二八年的那座可怕的絞刑架，已經將近傾圮。橫樑已遭蟲蛀，鐵鏈生鏽，柱子上長滿青苔。石子砌成的基座接合處都已經開裂，不再有人踏上去的平台長出了青草。這座建築襯托著藍天，眞是可憎的形象，尤其是夜裡，當月色朦朧，照射著那些發白了的頭顱，或者夜間寒風吹過，鐵鏈和骷髏嚓嚓作響，陰影中一切都在動盪的時候，這座絞刑架矗立在那裡，就足以使周圍的一切陰風慘慘。

那座醜惡建築物的基礎，即石頭平台，底下是空的。裡面做成一個寬敞的地穴，周圍圍著破舊的鐵柵欄，柵欄裡面不僅扔進了從鷹山鐵鏈上解下的屍骨，而且扔進了巴黎其他常備絞架上處死的不幸者。在這地下骨骼陳列所裡，許許多多人體殘骸和形形色色罪行一同腐爛，世上許多偉人和屈死者先後來此留下他們的骨骼，上自首遭其禍的昂格朗・德・馬里尼②——這是一位正人君子；迄至最後送去的克立尼海軍上將③——這也是一位正人君子。

說到卡席莫多神秘的失蹤，我們能夠發現的不過是：

結束這篇故事的那些事件發生之後大約兩年或者一年半，人們到鷹山地穴裡尋找奧利維埃・公鹿的屍體——他是兩天以前被絞死的，查理八世恩准移屍聖洛朗，埋葬於較爲善良的死者中間。人們在那些醜惡的殘骸中發現兩具骷髏，一具以奇特的姿態摟抱著另一具。這另一具是個女的，身上還有白色衣服的碎片，脖子上套著一串念珠樹種子的項鏈，上繫一個綢質小荷包，裝飾著綠玻璃片，已經被打開，裡面空無一物。這兩樣東西不值什麼錢，想必是劊子手並不樂意取走的。緊緊摟著她的那一具卻是一個男的。人們發現，他的脊椎骨歪斜，腦袋縮在肩胛骨裡，一條腿比另一條腿短，頸椎骨上卻沒有破裂的痕跡，顯然他不是被絞死的。因此，這個人是自己前來就死的。當人們想把他和他所擁抱的那具骨骼解開時，他化作了塵埃。

---

① 凱爾特人是原始印歐人的一部分，文化遺跡遍布西歐。尚存於愛爾蘭、布

列塔尼等等地方的巨石疊成的平頂台是古凱爾特人的遺跡之一。

② 昂格朗・德・馬里尼（約 1260-1315)：原爲俊美王菲利浦四世的寵臣，後以瀆職和行巫罪名被絞死於鷹山。

③ 克立尼海軍上將（1519-1572)：一五五二年爲查理九世的海軍元帥，有武功，後遭王太后凱薩琳之忌恨，被暗殺身亡，屍體搬至鷹山，再處絞刑。

〈附錄〉

譯後記

管震湖

藝術的眞實只能夠是……
絶對的眞實。

——克倫威爾

1

'ΑΝΑΓΚΗ!

那痛苦的靈魂——克洛德•弗羅洛，「站起身來，拿起一把圓規，默然不語，在牆壁上刻下大寫字母的這個希臘文：'ΑΝΑΓΚΗ!」

他並不是瘋了。

維克多・雨果一八八二年八月十五日①在札記中寫道：

這個X有四隻臂膀，擁抱著全世界，矗立著，衰亡或失望的眼睛都看得見它，它是地上的十字架，名字就叫耶穌。

雨果，這個從不望彌撒，明確拒絕身後葬禮上有任何教會演說，甚至不要任何教士參加的人，這個首創其始、遺體以俗人儀式進入先賢祠的巴黎「第十八區的無神論者」，他在這裡所說的「耶穌」，也同他在《世紀的傳奇》等等問世作品中所說的「上帝」、「神」、「人子」、「耶穌」一樣，只能是被天主教當局視爲異端的某種東西。

在一首短詩〈致某位稱我爲無神論者的主教〉中，雨果斷然答覆：「耶穌，在我們看來，並不是上帝；他還超過上帝：他就是人！」

這個人本身，在浪漫主義大師雨果筆下，就是一座火山：在形色各異的外殼掩蓋之下，里奧深處有永恆的熔漿沸騰轟響。被社會唾棄的聖者若望・華若望、被社會壓在底層的海上勞工吉利亞、被社會放逐的強盜埃納尼是這樣，受天譴的副主教克洛德・弗羅洛以及自感人神共棄的非人生物卡席莫多也是這樣。按照天上的教義和世上的法理來判斷，這樣背負著十字架的「耶穌」，只能是魔鬼，是別西卜，是撒旦。

師承古希臘悲劇大師，雨果敍述「'ΑΝΑΓΚΗ!」這個字，也就是以激情的筆觸刻畫人的悲劇。首先是人的內心衝突、分裂、破碎以至毀滅的悲劇。在《鐘樓怪人》中突出表現爲靈與肉之間矛盾不可調和，終以矛盾所寓的主體的覆滅、以致他人無辜受害而告終。堂・克洛德和卡席莫多這一主一僕，各從一個極端向我們呈現的正是這種痛苦掙扎、毀滅一切的驚心動魄的圖景。

雨果首要的意圖是剖析他筆下的主人翁（不僅副主教和敲鐘人，還有若望・華若望、甘樸蘭，以至羅伯斯比等等）的不由社會身分、時代環境等等規定其實在內涵的人性。人道主義者雨果不止一次讓我們看見：即使邪惡，克洛德・弗羅洛也是以鮮血淋淋的痛楚爲代價的。尤其是在作者多方烘托小約翰天眞淘氣的可愛性格之後，讓他的哥哥克洛德爲他的慘死，發出「我不殺約翰，約翰實由我死」似的悲鳴，我們在惋惜偉大作家如此敗筆之餘，不禁要呼喚復仇女神來爲我們袪除任何不必要的由弟及兄的同情！

維克多・雨果仍然是偉大的人道主義者。二十九歲，他就已經開始超出他原來的哲學，尋求人性以外更多的東西，或者說，人性裡面更深的東西。果然，無論是克洛德，還是卡席莫多，他們歸根到底是社會的人，他們內心的分裂、衝突，反映的是他們那個時代神權與人權、愚昧與求知②（即使在卡席莫多那樣混沌的心靈中，理性的光芒仍然不時外露，他那聲「聖殿避難」的吶喊絕不說明他是一個白癡！）之間，龐大沉重的黑暗制度與掙扎著的脆弱個人之間的分裂、衝突。而這種反映，是通過曲折複雜的方式，交織著眾多糾葛，歷經反覆跌宕的。——唯其如此，雨果這位巨匠才把這場悲劇刻畫得深刻感人，按照某些傳統評論家的說法，甚至「恐怖氣氛渲染得極爲出色」。間斷三十年（1831 年至 1861 年）③之後，雨果在《悲慘世界》中更爲成熟，若望・華若望悲慘的一生，遠遠不是人性內在衝突達至不幸的解決所能解釋的；他最後那樣悲天憫人地聖化，看來有違作者的初衷，是早已超越過什麼主教的感化、內心中善戰勝惡的結果，而是這個苦命人痛苦地感受和觀察社會生活，因而明辨善惡、善善惡惡的有意識的行爲。

筆下的人物如此作爲，正是作者本人明辨善惡、善善惡惡使然。說雨果是偉大的人道主義者，尤其是因爲他不僅揭示出人性衝突中實在的社會內涵，而且自己就在生活中斷然作出抉擇，強烈地愛所應愛、憎所應憎④，並在作品中以引人入勝的筆法誘導讀者愛其所愛、憎其所憎。如果說這恰似雨果自己津津樂道的「良心覺醒」，這個覺醒在《鐘樓怪人》即已開始。青年的雨果是以這種「內心的聲音」，而不是以其他什麼聲音，迎接了他的「而立」之年。

道貌岸然的堂・克洛德就是惡魔的化身。這還不僅僅在於他淫穢、不純潔、不信上帝、叛教、致無辜者於死命，還不單單在於他個人作惡多端、行妖作祟，而在於他代表著野蠻的宗教裁判，橫掃一切的捉鬼（la chasse aux sorcières 或 witch-hunting）鬧劇，蔚爲時尚的禮儀周旋進退，以及今日看來不値一笑的僞科學、假智慧，藉以欺世盜名的荒謬眞理……一句話，他代表著中世紀：整個中世紀的黑暗勢力旣以他爲僕人、工具，又聽命於他，爲他作倀。堂・克洛德絕不是浮士德博士，他是公山羊，即，撒旦在人世間寄寓的肉身。

他又是國王路易十一在教會的一個代理人。不，他就是作者著墨最多的又一位路易十一，穿上教士服、專愛罵別人「淫棍」的暴君。

華洛瓦的查理和安茹的瑪麗夫婦的兒子路易•瓦洛⑤（即路易十一，1423-1483），在位二十二年（1461年登基），是一個不得人心、既爲朝臣又爲黎民痛恨的君王。即使隨侍左右的親信：修行者特里斯唐這隻警犬，既是理髮師又是劊子手的奧利維埃・公鹿，以及其他形形色色的冒險家，也莫不痛感此人刻薄寡恩、殘暴多疑、貪鄙吝嗇。他對上帝、聖母以至宗教信仰和教會，也採取實用主義態度，正如他對這些他需用一時的佞臣的態度。他像一切暴君一樣，性喜絕對專制獨裁，卻偏愛裝出開明、寬厚、慈祥的模樣。他不讀書，卻附庸風雅，自稱尊重學問。他迷信而自私到這種程度：只允許四種人接近龍顏，即醫生、劊子手、星象家和行奇蹟者（尤其是煉金術士）。即使他自己的那副尊容：矮小肥胖（老了以後，由於多病而瘦小枯乾），大而禿的腦袋，深目鷹鼻（這大概會被中國的阿諛奉承者美稱爲「隆準」吧？）也令人憎惡。所有這些，在《鐘樓怪人》中都有與情節發展密切結合的生動而眞實的描寫。

另一方面，雖然絕對談不上英姿天縱，路易・瓦洛仍是一位奮發有爲、勵精圖治的君主。他繼承父志，終其一生爲建立統一的強盛的中央集權王國而奮鬥不懈，傳之於子。歷經查理七世、路易十一自己、查理八世三代統治下法國人的努力，爲以後的「太陽王」路易十四、爲絕對專制統一的法國，開闢了道路。路易十一就位時的法蘭西，是百年戰爭的創傷尚未治癒、百業凋敝、民不聊生的國家，是外部強敵英國人仍然占領著大片國土、內部大小封建領主割據的四分五裂的國家。在當時的法國，正如路易十一自己所說，「法國人看得見的絞刑架有多少，就有多少國王！」這些自稱主人的領主中最強大的，是割據東部富庶地區的勃艮地公爵⑥、霸占沿海地帶的布列塔尼公爵和盤據心腹要地的安茹公爵。路易十一經過長時間的努力，與嘗試振興手工業和農業（農業仍然失敗），並採取增丁添口措施的同時，通過戰爭、外交、聯姻……一切正當的和不正當的手段，終於去除了構成最嚴重威脅的勃艮地公爵，只留下布列塔尼問題給兒子去解決。英國人被逼迫龜縮在加來城周圍的一隅之地。路易十一甚至不惜下毒，毒死了他的勁敵——英王愛德華四世。在全國境內，路易著手建立和推行統一的稅收、統一的治安、統一的軍隊、統一的司法、不對羅馬教廷俯首貼耳的統一的教會。雨果通過路易十一之口預言：「終有一日，在法國只有一個國王、一個領主、一個法官、一個斬首的地方，正如天堂只有一個上帝！」以後終於實現。

但是，雨果寫的是小說，並不是歷史。作者以罕見的淵博，依據史實，又以藝術誇張的手法，拿出來示眾的是一個全然可憎的陰暗角色。這個傢伙對處決活潑、純潔、美麗的少女愛斯美娜達負有直接的主要責任，他也是把受盡踐踏的賤民們，即所謂的黑話分子，斬盡殺絕的元凶。黑暗之力——按照中世紀的看法，即魔鬼——通過人間的法律而逞其淫威、大啖人肉的時候，是以神權和王權兩副面孔出現的，一副叫做克洛德·弗羅洛，一副叫做路易·瓦洛，二者同樣地猙獰可怖，而由於後者躲在背後，深藏在巴士底堅固城堡中，而更加陰狠毒辣，力量也增強了十倍。

卡席莫多不幸是個聾子，幫了倒忙，把六千多義民阻遏於聖母院門前，方便了路易十一的屠殺，致使全部好漢血染前庭廣場。他們堪稱壯烈犧牲！愛斯美娜達是他們的妹子，不錯；但是，一方面，她就是一切慘遭中世紀愚昧黑暗勢力摧殘的無辜百姓中的一個，也是他們的楚楚動人的形象；另一方面，這些賤民憤然起義，要攻擊的不是司法宮典吏，而是國王，是王權。路易十一渾身哆嗦，臉色煞白，喊道：「我還以爲是反對典吏！不，是反對我的！」他調兵遣將，狂呼：「斬盡殺絕……斬盡殺絕！」

遭到路易十一血腥鎭壓而全部玉碎的民眾，就是《鐘樓怪人》的眞正主角。他們是用血寫這部壯麗史詩的主角，哪裡像某些遵從傳統的法國評論家、文學史家所說，是巴黎聖母院這座建築物本身？不。甚至也不是那個俗稱「鐘樓怪人」的卡席莫多。

由於不幸的造化捉弄，這個棄兒生來畸形，這個內心善良、純眞的人承受的苦難也就更比其他畸形兒增加一倍而猶有過之。著意刻畫某些畸形人的痛苦，不能見容於社會，甚至爲全人類所唾棄，使讀者拋灑同情的眼淚，這原是雨果的得意之筆。像甘樸蘭那樣的笑面人，或者從某些生理特徵上說也非同常人的若望・華若望，所做所爲應該使許許多多上流社會人士感到羞愧，他們被看成異類，恆常陷於走投無路的境地，就是勢所必然的了。這種悲劇的致因，當然並不是生理性質的，而是社會性質的。然而，在卡席莫多，幾乎是他的「又駝、又瞎、又跛」，特別是「又聾」，成爲導致他短暫一生悲劇的不可抗誘因，而在一個關鍵時刻，甚至累及他曾愛過的一切以及他漠然對待的一切，釀成像古典悲劇那樣統統死光的慘烈結局。善良的人偏偏形體可憎，邪惡的人偏偏道貌岸然，雨果善於使用這種鮮明對比的反襯手法，這確實十分扣人心弦。但是，如果說後一事實使讀者覺得不乏其例，甚至比比皆是；那麼，前一點也許可以說是絕無僅有的，只是某些高超的作者有意的、也是專斷的巧妙安排（例如，法國文學中還可以舉出的大鼻子西哈諾⑦）。

我們可以從研究古希臘悲劇中，把雨果的前輩古人所說的命運，剖析其動因或契機，分別爲三類：一是偶然的不幸，二是人自我矛盾的不幸的解決，三是人與環境（社會的、自然的）的衝突不可調和。如果單純著眼於卡席莫多的畸形，《鐘樓怪人》這整個的悲劇，就只是偶然因素起主導作用的一種不幸命運在一個例外情況下造成的結果。

安德烈・莫羅瓦認爲，雨果用以構築他的命運大廈的是三部作品，我們也可以稱作雨果的「命運三部曲」：《鐘樓怪人》（他說是「教條的命運」），《悲慘世界》（法律的命運），《海上勞工》（事物的命運）。不，並不盡然。固然，《鐘樓怪人》所敍述的命運，一個十分重要的側面是一個教士與他的教條分裂；《悲慘世界》從若望・華若望與雅維爾的衝突角度，指出了人間法律給人們的只是噩運；《海上勞工》著重刻畫了人向自然鬥爭的嚇人場面；但是，偉大作家雨果並不局限於某一個方面。我們在《鐘樓怪人》中看見命運的行動，給予幾乎所有重要的角色以毀滅性打擊，憑恃的旣是偶然因素，又是幾個主要人物自身矛盾的紐結及其不幸解決，更重要的是把這齣戲劇放在特定的舞台上，即中世紀的法國，愚昧迷信、野蠻統治長久猖獗的那個社會之中。這三者的巧妙結合而發揮威力，就是雨果筆下致人死命的「'ΑΝΑΓΚΗ」。

生活，就是承受重擔；生活，就是昂首前瞻！

——《我的豎琴》

人在命運的重壓下，高瞻遠矚，昂首舉步，走向未來。

你很清楚：我要走向哪裡；正義，我走向你！

——《出征歌》

是的，應該像雨果那樣——

我睜開眼睛，看見了燦爛的晨星……

——《出征歌》

人呀，你要永遠樂觀：

相信白晝，相信光明，相信歡樂！

——《我的豎琴》

2

巍峨的巴黎聖母院，威嚴赫赫，以其不朽的智慧，在它存在的迄今八百年中，默默注視著滾滾河水、芸芸眾生，曾是多少人間悲劇、人間喜劇的見證！在雨果的小說中，它彷彿有了生命的氣息，庇護愛斯美娜達，證實克洛德・弗羅洛的罪行，悲嘆眾路好漢嘗試打擊黑暗統治而慷慨獻身的壯舉，驚嘆卡席莫多這「渺不足道的一粒塵芥」，把一切豺狼虎豹、一切劊子手的威力踩在腳下的俠義行為；它甚至與卡席莫多合為一體，既是這畸形人靈魂的主宰，又是他那怪異軀殼的依托。在雨果的生花妙筆下，它活了起來，同時也以它所銘刻、記述並威武演出的命運交響曲增添了偉大作家的光輝。

這座堪稱人類藝術傑作之一的建築物，它的第一塊基石奠定於一一六三年春⑧，大約整整兩百年之後（也就是，我們這個故事發生之前約莫一百年），建築工程才告完成，大體上就是今天的外貌和規模。嗣後，這座聖母的教堂提供了場所，舉行國家的、王室的，以至民眾的重大儀式，記載的歷史事件主要有：國王路易九世從這裡出發參加十字軍侵略中東（1248），僅以骸骨返回聖母院的穹窿之下（1271）；法國有史以來民眾第一次登上政治舞台：在這裡舉行第一個總議會（即以後的三級議會）（1302）；幼主亨利六世加冕於此，在慶典上平民大量闖入，趕跑王公大臣，霸占了筵席（1430）；納瓦爾的亨利於此舉行婚禮，二十二年艱苦奮鬥之後，改信天主教，成為亨利四世（即亨利大王），開始了波旁王朝⑨的統治，來此感謝天主教的聖母（1594）；路易十三統治下，法國外御強敵（主要是英國人）幾次重大勝利作戰所繳獲的敵軍戰旗呈獻在聖母腳下，法國境內再也沒有外國占領軍（1714 年完成）；一六五四年六月在此舉行空前隆重的加冕典禮，路易十四登基，開始了法蘭西國力強盛、文化昌明的太平盛世；路易十六加冕的鐘樂(1775)彷彿餘音尚在耳際繚繞；巴士底堡壘轟然倒塌，次日（1789年7月15日）市政府和國民議會進入巴黎聖母院歡慶攻陷巴士底；雅各賓革命專政時期(1792-1793)，主教堂被封閉，禁止舉行宗教儀式；一七九三年十一月十日民眾湧入主教堂，打倒偶像，舉行理性女神即位的典禮；一八〇四年十二月二日拿破崙以遠遠超過路易十四的隆重儀式在此加冕稱帝，從此直至拿破崙一世覆滅，這裡屢次舉行感恩彌撒，鐘聲飄揚，誇耀他的赫赫武功；一八七一年巴黎公社時期，曾有一狂人意圖焚毀巴黎聖母院，火被及時撲滅，未造成損失；一九一八年感謝聖母爲法國取得了對德作戰的勝利；一九四四年八月二十四日夜裡鐘聲嘹亮，共產黨員和市民們歡慶巴黎解放；一九四五年五月九日鐘樂再作，慶祝粉碎納粹德國的勝利。至於僅僅爲宗教目的舉行的活動、典禮和節日，例如本書中描寫的聖禮遊行，還有譯者於一九八一年復活節有幸旁觀的甚是有趣的大彌撒，諸如此類，就不必贅言了。

閱讀《鐘樓怪人》這部偉大的石頭書，也就是在相當大的程度上，閱讀法蘭西民族八百年來的歷史。維克多·雨果熱愛這座主教堂，並不是僅僅出於他的藝術愛好。

美麗的巴黎聖母院是哥德式建築藝術⑩的珍貴佳品。法國朋友驕傲地宣稱：這樣的瑰寶，是全世界現存哥德藝術建築中保存完好的唯一一座，「它的悠久歷史和今日的盛名表明法國的偉大」。它現今吸引著大量的遊客，漫步於前庭廣場和觀賞主教堂正面以及內部結構和裝飾，數量之多遠遠超過在兩座鐘樓周圍翱翔和在四周草坪上蹣跚而行的鴿子。僅僅計算攀上南鐘樓頂層去瞻仰那座大鐘（據講解員說，這就是卡席莫多的大鐘瑪麗）的遊客，每天就達三千人次之眾。

巴黎聖母院這類哥德建築藝術，我們知道，是中古時期占統治地位的一種建築式樣，特別用於建築教堂。它起始於十二世紀中葉（法國最早的哥德風格主教堂——桑斯的聖埃謙納教堂建造於 1130 至 1160 年間），延續至十五世紀（即本書所涉及的那個世紀）末葉，到十七世紀初，這種建築式樣已經被稱作「野蠻」了。這種建築式樣是繼承和代替（本書中也說到）仿羅馬建築式樣而興起的。它們的共同點，或者說，都尋求解決的問題是：用穹窿來覆蓋教堂的正殿，而且兩者都使用所謂的 voûte basilique，即與 voûte cintré（開闊穹窿，也是本書中提到的）相對的那種把殿堂分做若干長方形區域的模式。但是，兩者又各有其特點，其中最顯著的，在哥德建築中，就是本書中多次描述的尖拱式樣，此外，哥德建築還以美妙的形式廣泛使用扶壁拱架和粗壯柱子（這兩種構件也是本書一再提到的）。尤其是建築物內外的裝飾，仿羅馬式樣和哥德式樣呈現出一目了然的差異：前者莊重、素淨，多有抽象的寓意，而後者豪華、俏麗，幾乎一律採用人形、獸形或怪物圖案或形象。對於譯者這樣外行的遊客來說，巴黎聖母院在裝飾方面的這種特徵當然極其怵目，也是不能不嘆爲觀止的。哥德建築式樣最早出現在法蘭西島和香巴涅，以後擴展到諾曼第、安茹、勃艮地、法國西南部，同時也進入英國、伊比利半島、義大利北部、荷蘭以及中歐許多地方。

雨果酷愛哥德建築風格達到狂熱的程度，以至於有人⑪把他的姓加以歪曲，戲稱他爲「雨哥德」(Hugoth)。他在本書中和其他場合一再大聲疾呼：必須從滅絕文明的野蠻行爲中搶救古代建築藝術，尤其是哥德建築藝術。多虧他的呼籲，特別是這部影響巨大的《鐘樓怪人》出版以後，在法國掀起了「哥德藝術復興運動」。政治家、歷史學家弗朗索瓦•基佐 (1787-1874) 與他配合，發起成立組織；一八三七年成立歷史文物保護委員會，一八四八年又成立「Service des Edifices diocésains (主教堂建築保護機構)」。在雨果、基佐等等社會名流的努力下，數千座古建築維修完善或恢復原狀。其中，從一八四四年開始修繕巴黎聖母院，恢復工程歷時二十年，於一八六四年完畢。擴大前庭廣場的工程從一八六五年開始，於一八七八年完成。至此，除前庭廣場比中世紀擴大了兩倍而且拆除了短牆以外，主教堂本身大體上恢復了中世紀的模樣。只是，內部有許多裝飾品和紀念物，例如本書中一再提到的列土塑像，已經蕩然無存。

然而，現在我們能夠見到的巴黎聖母院並不是雨果筆下的巴黎聖母院。正如雨果的中世紀，他的巴黎聖母院也是以歷史實況爲藍本，縱其活躍的想像而創造出來的。至少，我們可以指出，這部小說中的主教堂，無論內部的曲折幽深、廣闊宏大，還是它投影的開闊延伸，都遠遠超出實際存在的這座建築物。也正因爲雨果把它炮製擴大，巴黎聖母院才提供了充分廣闊的天地，在這裡演出了這雄渾悲壯的戲劇。一座建築物創造出來的人類幻想產物，當以此爲絕響！

3

小說《鐘樓怪人》出版於一八三一年三月。前此若干年，作者在參觀這座主教堂的時候，假托在某個陰暗的角落裡發現了一個中世紀刻下的字跡「'ΑΝΑΓΚΗ」，好奇心受到觸發，決心探究這個人的命運。雨果所說的這段趣聞本身就含有強烈的故事性，眞實與否可以不去管它。但是，不容置疑，這座奇妙建築物早已牽動了作者的想像，促使他情不自禁要爲它寫一部小說；同時，他從少年時代即已培養的建築藝術的興趣，也在慫恿他以文學形式謳歌哥德藝術。他便爲此目的進行了至少三年的準備，大量查閱有關路易十一時代、中世紀的巴黎，中世紀的下層社會等等的文獻和實物，勘察詳審可以見著的許多中世紀遺物，其中包括殘存的房屋和街巷，尤其屢次鑽入巴黎聖母院裡面，熟悉了這座建築的概貌和一切拐角之處。終於，他從一八三〇年七月底著手寫稿。

這時的維克多・雨果，是《克倫威爾》(1827) 的雨果，是《候拿尼》首演大獲成功 (1830) 的雨果，是《東方人》(1829) 的雨果。他不僅早已與古典主義決裂，而且已經成爲新的流派——浪漫主義的主帥。按照詩人波特萊爾 (1821-1867) 的說法，「維克多・雨果是那唯一的人：人人都仰望著他，尋求當前的口號。」這個口號就是：「戲劇的特性是眞實；而眞實來自兩種典型——即，莊嚴崇高和荒誕滑稽——完全自然的結合，這兩種典型在戲劇中交叉會合，正如在生活和創作中。」(《克倫威爾》) 作爲對三一律的反抗，浪漫主義的這一信條實踐在《候拿尼》中，贏得了擊潰古典主義的勝利。繼《候拿尼》之後，雨果又把它應用於《鐘樓怪人》。

於是，我們看見，這種「矛盾律」既體現爲卡席莫多和好漢們，也體現爲克洛德•弗羅洛和路易•瓦洛。前者唯其渺小而愈形偉大，後者唯其高貴而愈益卑劣。正是從這個意義上，也只是從這個理解上，我們擊節再三，驚嘆偉大作家確實不同凡響。但是，究竟什麼是眞實呢？難道僅僅是兩極端的結合、或交叉會合？在雨果，這兩極端叫做「莊嚴崇高和荒誕滑稽」，那麼，我們換成其他任何一對極端，例如，漆黑和潔白、巨人和侏儒、長壽的龜和朝生暮死的蜉蝣、廣漠無垠的宇宙和物質無盡分割的微塵……不是也可以嗎？這些，即使用於修飾，也只是修飾法之一，而不是全部；即使用於戲劇，也只是戲劇手法之一，而不是全部。如果我們把它附會爲我們所說的統一體的矛盾兩方面，那也只是在某種經選擇的情況下對立著的一對矛盾，與普遍的矛盾概念是並不相干的兩回事情。

《鐘樓怪人》在小說中獲得了與《候拿尼》在戲劇中程度不相上下的成功，並不是由於這個用以代替古典同一律的浪漫「矛盾律」的運用再次獲得成功。恰恰相反，當時和後世不贊成或攻擊雨果者，正是抓住了這個相當有理地被稱作「刻板的」甚或「僵死的」信條。

雨果畢竟是偉大的作家，就在他寫作這部小說的過程中，他也並沒有死守這個教條。我們看見，《鐘樓怪人》自己成長、發展，多次突破作者最初意圖加之於它的框子。它作爲一部浪漫主義代表作的勝利，正是由於作者忠實地做到了他要打破古典主義矯揉造作的桎梏，力求符合自然原貌的眞實。「藝術的眞實只能夠是……絕對的眞實」；「凡在自然中存在的一切，都存在於藝術中」（《克倫威爾》）。千差萬別的大自然和社會現實生活，以卓絕的手法和豐富的形式，依據動人的情節發展，凝聚、精煉在《鐘樓怪人》中而呈現出它們的生動面貌。所以，我們認爲這部小說是不朽傑作。

由於出版商的逼迫，雨果只用了六個月的時間匆匆交稿（一八三一年一月初）。據雨果夫人阿黛兒的敍述⑫，「他買了一瓶墨水和一大塊厚厚的灰色羊毛披肩，把自己從頭到腳裹了起來，把其他的衣服都鎖在別處，免得自己忍不住要跑出去，他奮筆疾書他的小說，彷彿蹲監獄一般。」終於，正好趕在出版商戈斯蘭規定的期限之前完工。

眞是又一巴爾扎克！儘管雨果也是稀世天才，這樣一部波瀾壯闊的巨著只用一百五十多天的時間趕寫出來，也是夠驚人、非常令人欽佩的了。另一方面，這部傑作也就難免有若干粗糙之處。譯者的學生就曾在課堂上加以挑剔。我的答覆是：「瑕不掩瑜，《鐘樓怪人》仍然是傑作，維克多・雨果確實是偉大的作家！」

---

① 雨果的教名是維克多-瑪麗。八月十五日是聖瑪麗（亞）日。第一個教名是他的教父維克多·拉奧里將軍的名字，第二個教名是教母瑪麗·貝席里埃的名字。

② 即，被中世紀的人誇張地稱爲「科學」的那個東西。

③ 這中間，雨果全力以赴寫詩和劇本，（除了一篇不爲後人道及的〈克洛德葛〉之外）中斷了寫小說。

④ 雨果對幾次重大歷史事件——一八四八年的資產階級革命、一八五二年小拿破崙稱帝、一八七一年的巴黎公社等等——的態度，是人們熟知的，無需贅言。

⑤ 瓦洛王朝，由菲利浦六世登基（1328）開始，至亨利三世死亡（1589）結束。以後才是大家熟知的波旁王朝。

⑥ 勃艮地公國最盛時期，疆土從法蘭西版圖東陲經過弗蘭德爾的一部分直至海峽。它長期實際上是法蘭西王國和奧地利帝國之間的一個獨立的緩衝國。

⑦ 艾德蒙·羅斯丹（1868—1918）所寫五幕喜劇中的主角，內心善良，能自我犧牲，卻生就一副醜陋的面貌，尤其是一個大鼻子，令人生厭。

⑧ 雨果在本書第三卷中說：是查理大帝奠定第一塊基石的。

⑨ 波旁王朝由亨利四世登基（1589）開始，至路易十六被送上斷頭台（1789），然後經兩次王政復辟，至一八三〇年七月的法國資產階級革命推翻國王查理十世後結束。

⑩ 哥德人原是古日耳曼的居民，三、四世紀曾建立強大帝國。三七五年匈奴

人侵入歐洲，帝國覆滅。哥德藝術並不是哥德人創造的，這只是文藝復興時期人們對於中世紀一種建築式樣的輕蔑稱呼，意指它野蠻落後。沿用至今，哥德建築藝術反倒成爲某種美麗形象的同義語。雨果以他對建築藝術的深刻理解，把巴黎聖母院列爲「從羅馬式到哥德式過渡」的典型，也是不錯的。不過，一般認爲，它仍屬哥德建築藝術，雨果自己創導「哥德藝術復興運動」，也說明他並不排斥這種通常見解。

⑪ 指佩特律·博瑞耳。

⑫ 見“Victor Hugo raconté par un témoin de sa vie.”

法國歷代君王表

墨洛溫王朝（Mérovingiens, 428-751）

墨洛溫（Merovee, 447-458）
席勒德瑞克一世（Childeric I, 458-482）
克婁維斯一世（Clovis I, 482-511）
席勒德貝一世（Childebert I, 511-558）
克婁戴一世（Clothaire I, 558-562）
卡席貝（Caribert, 562-566）
席勒佩瑞克一世（Chilpéric I, 566-584）
克婁戴二世（Clothaire II, 584-628）
達戈貝一世（Dagobert I, 628-637）
克婁維斯二世（Clovis II, 637-655）
克婁戴三世（Clothaire III, 655-668）
席勒德瑞克二世（Childéric II, 668-674）
提耶希三世（Thierry III, 674-691）
克婁維斯三世（Clovis III, 691-695）
席勒德貝二世（Childebert II, 695-711）
達戈貝三世（Dagobert III, 711-716）
席勒佩瑞克二世（Chilpéric II, 716-721）
提耶希四世（Thierry IV de Chelles, 721-737）
席勒德瑞克三世（Childéric III, 743-751）

卡洛林王朝（Les Carolingiens, 751-987）

丕平（矮子王, Pépin le Bref, 751-768）
查理曼大帝（Charlemagne, 768-814）
路易一世（敦厚王；Louis I le Débonnaire 814-840）
查理一世（禿頭王；Charles I le Chauve 840-877）
路易二世（口吃王；Louis II le Bégue 877-879）
路易三世（Louis III, 879-882）
卡洛曼（Carloman, 882-884）
查理二世（粗胖王；Charles II le Gros Empereur, 884-888）
俄德——巴黎伯爵（Eudes Comte de Paris, 888-898）
查理三世（天眞王；Charles III le Simple, 898-929）
拉烏爾（Raoul, 923-936）
路易四世（海外王；Louis IV d'Outremer, 936-954）
樓戴（Lothaire, 954-986）
路易五世（Louis V, 986-987）

卡佩王朝（Les Capetiens, 987-1328）

兪格・卡佩（Hugues Capet, 987-996）
羅伯二世（恭敬王；Robert II le Pieux, 996-1031）
亨利一世（Henri I, 1031-1060）
菲利浦一世（Philippe I, 1060-1108）
路易六世（粗壯王；Louis VI le Gros, 1108-1137）
路易七世（Louis VII le Jeune, 1137-1180）
菲利浦二世（奧古斯都；Philippe II Auguste, 1180-1223）
路易八世（獅王；Louis VIII le Lion, 1223-1226）
路易九世（聖路易；Louis IX St-Louis, 1226-1270）
菲利浦三世（膽大王；Philippe III le Hardi, 1270-1285）
菲利浦四世（俊美王；Philippe IV le Bel, 1285-1314）
路易十世（Louis X le Hutin, 1314-1316）
菲利浦五世（Philippe V le Long, 1316-1322）
查理四世（英俊王；Charles IV le Bel, 1322-1328）

瓦洛王朝（Les Valois, 1328-1589）

菲利浦六世（Philippe VI de Valois, 1328-1350）
讓二世（仁慈王；Jean II le Bon, 1350-1364）
查理五世（明智王；Charles V le Sage, 1364-1380）
查理六世（嬌寵王；Charles VI le Fol, 1380-1422）
查理七世（勝利王；Charles VII le Victorieux, 1422-1461）
路易十一（Louis XI, 1461-1483）
查理八世（Charles VIII , 1483-1498）
路易十二（萬民之父；Louis XII Pére du Peuple, 1498-1515）
弗蘭索瓦一世（François I, 1515-1547）
亨利二世（Henri II, 1547-1559）
弗蘭索瓦二世（François II, 1559-1560）
查理九世（Charles IX, 1560-1574）
亨利三世（Henri III, 1574-1589）

波旁王朝（Les Bourbons, 1589-1792）

亨利四世（Henri IV, 1589-1610）
路易十三（Louis XIII, 1610-1643）
路易十四（太陽王；Louis XIV, 1643-1715）
路易十五（Louis XV, 1715-1774）
路易十六（Louis XVI, 1774-1793）